강남에 봄은 지고

일러두기

1. 본문 중의 설명은 원주와 역주를 분리하여 표기해 두었습니다.

2. 인명과 지명은 국립국어원 외래어표기법에 따라 중국어 발음으로 표기하였습니다.

3. 단 고유명사와 일부 건축물, 자연물은 독자들의 친숙함을 고려해 한자음 그대로 표기하였습니다.

강남 3부작 제3권

강남에 봄은 지고

거페이 장편소설 | 유소영 옮김

더봄

'중국문학전집'을 출간하면서

마오둔 茅盾은 루쉰 魯迅과 함께 중국 현대문학의 발전에 이바지한 진보적 선구자이자 혁명문학가로 평가받는 인물이다. 그의 뜻에 따라 1981년에 제정된 마오둔문학상은 4년을 주기로 회당 3~4편, 2015년까지 총 9회 수상작을 발표하면서 중국 문학계에서 가장 권위 있는 문학상으로 자리매김했다.

특히 중국 인민문학출판사가 1998년부터 '마오둔문학상 수상작 시리즈'를 출간하면서, 수상작들은 중국 현대 장편소설 중 최고의 걸작으로 인정받아 광범위한 독자들로부터 지속적인 사랑을 받고 있다. 노벨문학상 수상자인 중국 소설가 모옌 莫言도 2012년 제8회 마오둔문학상을 수상한 바 있다.

출판사 '더봄'은 중국 최대의 출판사인 인민문학출판사의 특별한 협조를 받아 '중국문학전집'을 기획하고, 마오둔문학상 수상작과 수상작가, 그리고 당대 유명 작가의 최신작을 중심으로 중국 현대 장편소설을 지속적으로 펴낸다.

출판사 '더봄' 대표 김덕문

차례

제1장

초은사

1

"이제 난 당신 사람이에요."

슈룽秀蓉이 바닥에 놓인 초석에 누워 《네루다 시선》[1]을 베고 어리광을 부리며 그를 올려보았다. 수줍고 천진난만한 눈빛이다. 추석날 밤, 풀벌레 소리가 들렸다. 창문으로 들어오는 바람이 벌써 조금 쌀쌀하다. 그녀의 나이 겨우 열아홉. 표정이나 목소리가 아직 학생 티를 벗지 못한 데다 몸이 새털처럼 가볍다. 유일하게 몸에 걸친 빨간 라운드 셔츠가 땀으로 흠뻑 젖었다. 줄곧 입술을 다문 채 눈을 감고 오늘의 마지막 장식을 고대하며, 이 말 한마디를 할 기회를 기다리고 있었다. 그녀는 자신의 말이 하늘의 별도 감동시킬 거라고 생각했다. 그러나 여러 차례 잠자리를 하고도 결혼은 생각지도 않는 돤우端午에게 그녀의 말은 뜬금없고 유치하면서도 진부하며, 심지어 협박처럼 느껴질 뿐이었다. 그는 슈룽

---

1) 파블로 네루다(Pablo Neruda, 1904~1973): 칠레 시인. 마르크스주의자. 1971년 노벨 문학상 수상.

의 가슴 위로 올라가 있는 라운드 셔츠를 끌어내려 아직 발육이 덜 된 예쁜 젖가슴을 덮어주고는 일어나 앉아 그녀 옆에서 담배를 피웠다.

슈룽은 만족과 오만, 냉소가 가득한 그의 속내를 알 수 없었다.

그들은 한참 동안 아무 말도 하지 않았다. 창밖의 둥근 달이 유난히 크고 밝았다. 달빛에 비친 마당의 허물어진 담과 우물이 서리가 내린 듯 희뿌옇게 빛난다. 컴컴한 밤, 먼 곳의 물 흐르는 소리가 들렸다. 슈룽이 그의 무릎에 얼굴을 붙이고 가만히 말했다.

"달빛이 아름다워요. 나가서 산책할래요?"

두 사람은 마당으로 나왔다.

문 앞 연못에 자줏빛 수련이 가득 피었다. 두툼한 연잎과 꽃봉오리가 옹기종기 모여 사락사락 소리를 냈다. 연못 주위에 드문드문 수양버들이 몇 그루 있었다. 아쉽게도 슈룽은 모네도 알지 못했으며, 드뷔시의 〈베르가마스크〉도 들어본 적이 없었다. 너무 놀란 나머지 돤우는 그녀를 멸시할 또 하나의 이유가 생겼다. 슈룽은 결혼 생활에 대한 동경에 가득 차 있었다. 무궁화로 울타리를 만든 작은 마당에 개 한 마리가 뛰어놀고 아이는 쌍둥이를 키우고 싶었다. 만약 지금 신혼 여행지를 정해야 한다면 티베트가 좋겠다고 생각했다.

그녀가 주절대자 돤우는 짜증이 났다. 매혹적인 풍경을 앞에 두고도 감동하지 못하다니 그야말로 '포진천물'暴殄天物(하늘이 준 천하 만물을 낭비하다)이나 다름없었다. 연못에 핀 연꽃이 아까울 뿐이었다. 그러나 아직 슈룽의 육체에 미련이 남아 있었다. 그는 걸음 중간, 중간 멈춰 그녀를 포옹하고 키스했다. 그가 아무리 지나친 요구를 해도 그녀는 언제나 '마음대로 해요'라고 말했다. 욕망이 새롭게 일어났다. 그녀의 부드러움, 너그러움이 그의 내면에 꿈틀거리는 거친 야성을 다소곳이 감싸 안

왔다.

깊은 밤, 슈룽은 열이 나기 시작했다. 돤우는 의사는 아니었지만 완벽한 키스로 진단을 내린 결과 한기와 피곤으로 인한 보통 감기일 뿐이며 그렇다면 그리 걱정하지 않아도 된다고 생각했다. 새벽녘, 돤우는 슈룽이 잠든 틈을 타 조용히 그곳을 빠져나와 5시 20분 기차로 상하이로 돌아왔다. 떠나기 전 그는 수중에 땡전 한 푼 없다는 생각이 들어 그녀의 청바지 호주머니에 있는 돈을 탈탈 털어 가져왔다. 물론 훔친 건 아니다. 1980년대 상하이에서 시인으로 살아가는 사람이 다른 사람 주머니에서 돈을 가져가는 건 범죄가 아니라 우정과 친밀함의 표시였다. 그는 미완성의 시 한 수를 남겼다. 겨우 여섯 줄이었다. 〈제단 위의 달〉이란 제목이었다. '초은사 공원관리처'라는 글자가 찍혀 있고 붉은색 줄이 그어진 편지지를 사용했다. 사실 이 시는 그냥 떠나기 전에 아무렇게나 쓴 시로, 별다른 의미가 담긴 것이 아니었다. 하지만 슈룽은 이를 이별의 시로 생각했다. 물론 전혀 이해가 되지 않았다. 다만 시에서 '제단'이란 단어를 통해 자신이 '희생자'가 되었다는 것, 자신이 버려졌다는 잔혹한 사실을 깨달을 수 있었다. 영원히 사라져버릴 수도 있는 시인 돤우는 제사장이자 제물을 향유하는 조상이며, 신이었다.

그러나 돤우가 슈룽 앞에 다시 나타나는 데는 그리 많은 시간이 걸리지 않았다.

1년 6개월 후, 그들은 허푸鶴浦에 문을 연 화롄華聯백화점에서 다시 만났다. 탄돤우는 그녀를 모르는 척하려 했지만 허사였다.

그리고 다시 한 달이 지나 그들은 한시도 지체할 수 없다는 듯이 결혼하고 말았다.

결혼이라는 현실 앞에 당시 추석날 밤과 그 후 만나지 못했던 1년 반에 대한 생각이 뒤틀리며 두 사람 모두 나름대로 마음의 응어리가 생겼다. 둘은 되도록 기억 속의 아픈 상처를 건드리지 않기 위해 아예 그런 일이 없었던 척했다.

두 번의 낙태 이후 산부인과 의사의 심각한 경고를 듣고 두 사람은 아이를 갖는 데 동의했다.

"그렇게 하겠습니다."

미래에 대해 두 사람이 유일하게 의견일치를 본 사항이었다.

그리고 그 후, 우리 모두에게 그러하듯 시간은 더 이상 그들에게 다른 어떤 가치 있는 것들도 가져다주지 못했다. 이 세상은 1백 년을 살든, 하루를 살든 별 차이가 없다. 돤우는 조금 과장된 시어로 죽음을 기다리는 것이 바로 현재를 살아가는 이유라고 했다. 둘 사이의 균열은 커져만 갔고 날이 갈수록 서먹해졌다.

아이가 하루하루 자라는 사이 돤우는 슈룽이 그날 밤을 어떻게 기억하고 있는지 알 도리가 없었다. 다만 돤우는 그들이 만나지 못한 1년 6개월 동안 슈룽에게 무슨 일이 있었는지 자꾸만 추측하게 되었고, 옛일을 회상하다보면 으레 그렇듯 자꾸만 몽롱한 기분에 빠져들었다. 혹시 그때 화롄백화점에서 만난 사람이 다른 사람은 아닐까 의문이 생길 정도였다.

2

약 두 달 전, 팡자위龐家玉가 베이징 화이러우懷柔로 변호사협회 연수

강남에 봄은 지고

반에 참가하러 갔을 때였다. 마침 노동절 연휴 기간이라 아들은 메이청에 있는 할머니 집에 보냈다. 간만의 조용한 시간이 찾아왔지만 그가 생각했던 것처럼 편안하지는 않았다. 거리낌 없이 담배를 피울 수 있다는 것 외에 아내가 떠난 후 그에게 남겨진 자유는 별로 쓸 데가 없었다.

돤우는 베개 두 개를 겹쳐 등 뒤에 받쳤다. 동쪽으로 난 창문으로 바이셴 공원의 스케이트장, 그 너머 인공호수와 흐린 하늘까지 볼 수 있었다. 공중을 선회하는 까마귀가 마치 쇳조각처럼 보였다. 맑고 푸른 하늘이 보이지 않는 건 이젠 이상한 일도 아니었다. 이따금 푸른 하늘이 나타나면 오히려 가슴이 벌렁거렸다. 그는 연거푸 담배를 피우며 침대 머릿장 위에 놓인 어젯밤 먹다 남긴 냉동만두 위에 담뱃재를 털었다.

팡자위는 원래 전공이 조선공학이었다. 그러나 졸업 후에는 한동안 노점을 열고 싼 옷을 팔았다. 녹두떡 가게도 열었지만 금방 망했다. 탄돤우는 가짜 마오타이를 뇌물로 바친 끝에 문학연합예술계의 텐씨를 설득해 팡자위를 위기 직전의 《허푸鶴浦 문예》 편집인으로 앉혔다. 그런데 팡자위는 결국 그 자리도 거절했다. 그녀는 꿈틀거리는 시대의 은밀한 맥박을 감지하고 이미 퇴출이 선포된 케케묵은 진부한 문인들과 함께하는 삶은 좋은 결과를 얻지 못할 거라고 결론내렸다. 탁월한 조언과 힘겨운 노력으로 그녀는 변호사 자격증을 취득해 동업자와 함께 다시로大西路에 변호사사무실을 열었다. 아직까지도 탄돤우는 대체 변호사가 어떻게 돈을 버는지 아는 바가 없었지만 어쨌거나 집안형편이 확실히 좋아진 것만은 부정할 수 없는 사실이었다. 그의 집은 냉장고가 두 개나 될 만큼(하나는 차와 커피 전용) 부유해졌고 탄돤우는 현기증이 일기 시작했다.

어느 날 저녁, 팡자위가 사전에 일언반구도 없이 빨간색 혼다를 몰고 나타났다. 돤우는 아내의 지시에 따라 아래층 잡화점에서 폭죽 한 꾸러미를 산 후, 단지 입구에서 폭죽을 터뜨렸다. 팡자위가 언제 운전을 배웠는지는 중요하지 않았다. 중요한 것은 성공한 사람들을 좇아 너무 빠르게 달리고 있다는 것이다. 아내는 이미 그의 시야를 한참 벗어나 있었다. 위험한 신호였다. 이어 집에서 보모를 쓰기 시작했다(팡자위는 무심코 그녀를 하인이라고 불렀다). 어느새 차를 마실 때면 언제나 '농부광천수' 農夫礦泉水(중국산 유명한 광천수)만 사용했다. 그의 아들은 학년 전체 중 꼴찌에서 두 번째 성적으로 시에서 가장 좋은 학교인 허푸실험소학교鶴浦 實驗小學校에 들어갔다. 그들은 교외 지역의 '탕닝완'唐寧灣에 정원이 딸린 집을 구입했다. 탄돤우는 방관자의 차가운 시선으로 이 모든 것을 받아들였다. 이 모든 변화가 자신과는 무관한 것 같았다. 그는 여전히 허푸 지방지 사무실로 출근했고, 가능하다면 어디든 도망을 가고 싶었다. 매달 2천 위안 조금 넘는 월급으로는 담배나 사서 피우면 고작이었다. 그는 여전히 시를 썼지만 어디다 발표하기도 부끄러운 수준이었다. '조금씩 썩어 문드러져가고 있다'는 팡자위의 경고도 들은 체 만 체했다.

두 달 전쯤 팡자위가 베이징에서 열리는 연구토론회에 참가해야 할지 말지 고민할 때였다. 한참을 망설이며 결정을 하지 못하던 그녀가 남편에게 의견을 구했다.

돤우는 그저 '어'라고 말했을 뿐 별다른 반응을 보이지 않았다.

팡자위가 그의 서재로 쫓아가 회의 참석에 대해 분명한 의견을 말해달라고 했다. 돤우는 잠시 생각하고는 신중하게 대답했다. "한번 가보는 것도 좋겠지."

벌써 오전 10시가 넘었다. 모서리 작은 장 위에 열대어가 담긴 유리

어항이 있었다. 자줏빛 조명이 계속 불을 밝혔다. 아내가 떠난 후 그는 물고기 밥을 주지 않았다. 원래 소음이 없이 조용하던 기포기는 수초에 막혔는지 모터 돌아가는 소리가 귀에 거슬렸다. 꽝자위가 유난히 아끼며 '노란잠수정'이란 별명을 붙여준 미인상어美人鯊(모래무지)가 저 세상으로 간 건 이미 며칠 전의 일이었다.

구양수의 《신오대사》新五代史를 읽다가 침대에 늘어져 있었다. 할 일이 없어서가 아니라 할 일이 너무 많아서였다. 무엇부터 해야 할지조차 모르겠으니 차라리 아무것도 하지 않는 것이 낫다.

4S점2) 직원이 아내의 혼다 차량 보험약정기간이 끝났다고 통보하면서 재가입을 독촉했다. 하지만 아내는 이미 허푸를 떠났고 차량은 방치된 상태였다. 대리점에서 뭐라고 하든지 신경 쓸 필요가 없었다. 어젯밤에는 어머니가 난산에 다녀오라고 독촉했다. 이부형제인 형 왕위안칭이 난산의 정신병원에 입원 중이었다. 전에는 어머니에게 전화가 올 때마다 이미 다녀왔다고 거짓말을 했지만 이번은 상황이 달랐다. 어머니가 울먹이며 형이 음력설 전에 끔찍한 자해를 했다고 말했다. 톼우가 즉시 정신병원 저우 주임선생에게 전화를 해본 결과 황당무계한 거짓말임이 밝혀졌다. 어머니는 이야기를 잘 꾸며냈다.

우체국에 가야 한다. 푸젠의 오디오 마니아 친구인 차이롄파오蔡連炮가 그에게 진공관앰프 한 쌍을 보냈다. 미국 웨스트 일렉트릭West Electric 복제판 300B 앰프였다. 톼우는 클래식음악 애호가로 소리에 관해 병적으로 예민했다. 원래 쓰고 있던 후난 지역 제품인 '서광'曙光 대신 웨스트 일렉트릭의 앰프로 바꿀 계획이었다. 친구가 보낸 300B는 스피커의 저,

---

2) 4S店: 자동차 판매 및 서비스센터, Automobile Sales Service Shop.

중역 밀도를 높이는 한편 고역의 신장성도 높인다고 한다. 차이렌파오가 이메일을 보내면서 잔뜩 허풍을 떨었다.

이 앰프로 슈베르트의 〈겨울나그네〉를 들어보니 정말이지 입이 다물어지지가 않아. 디트리히 피셔디스카우^{Dietrich Fischer-Dieskau}(1925~2012, 독일 바리톤 가수)의 목울대가 눈앞에 보이는 것만 같아. 하이든의 〈일출〉은 현악기에서 어디선가 송진 냄새가 풍기면서 눈앞에 해가 떠오르는 지평선이 그려지며 바람이 얼굴을 스치는 듯하고. 또한 발터의 베토벤 교향곡 제6번 〈전원〉은 어떤 줄 알아? 촉박한 선율은 처연하고 느린 선율은 편안함을 선사하니, 때로 산이 무너지고 바위가 갈라지며 높은 산에서 샘물이 솟아나고 밤에 비바람이 몰아치는 기분이 들기도 해.

물론 표현이 조금 과장된 감이 없지 않았다. 하지만 돤우는 그의 말을 그대로 믿고 싶었다. 매일 약간의 하이든이나 모차르트 감상은 탄 돤우가 누리는 최소한의 사치요, 기쁨이었다.

매일 아주 조금씩 쇠락해갔다.

메이청에도 가야 했다. 어머니 집에 가서 아들을 데려와야 한다. 노동절 휴가가 다 끝나가고 있었다. 그 전에 퉁런당同仁堂에 들러 어머니 약도 사야 했다. 변비가 벌써 3주째다. 어머니에게 추천한 미나리즙은 효과가 없었다.

바람이 불었다. 황사가 천지를 뒤덮었다. 하늘빛이 우중충했다. 또 비가 올 것만 같다. 최선의 선택은 지금 당장 출발하는 것. 만약 비가 내리면 택시는 꿈도 꾸지 못한다.

물론 이런 잡다한 모든 일에 앞서 정말 시급하고 성가신 일이 그를 기다리고 있었다.

탕닝완唐寧灣에 있는 그의 집을 차지하고 앉은 사람이 있다. 40년 그의 인생을 한꺼번에 뒤엎을 정도로 심각한 일이다. 그는 해파리처럼 흐물흐물 무력하기만 했다. 동시에 자신이 이 사회와 심각하게 유리되었다는 생각이 들어 슬픔이 밀려왔다.

그는 침대에 누워 누군가 초인종을 누를 때까지 엎치락뒤치락 이 일을 한참 동안 생각했다.

방문자가 누군지 알 수 없으나 무례하고 경망스러운 것만은 분명했다. 초인종을 누르고 문을 쾅쾅 두들기는 것이 꽤나 긴박해 보였다.

3

뤄진상駱金祥. 그는 자신을 팡자위의 고향에 사는 사촌오빠라고 소개하면서 허푸의 창저우 신구에 있는 관탕진官塘鎮에서 왔다고 했다. 얼굴은 늙어 보였지만 머리를 까맣게 염색한 까닭에 실제 나이가 몇 살인지 잘 가늠이 되지 않았다. 그의 아들 하나는 이미 죽었고, 나머지 아들 하나와 딸 하나가 파출소에 잡혀갔다고 했다.

"우리 딸애는 벙어리야, 자네도 알겠지만(콴우는 모르는 일이었다). 귀성國勝이 6층 발코니에서 굴러 떨어졌는데. 그 애 외삼촌이 돼지 잡는 백정이야. 상황이 이 모양 이 꼴이 된 건 싱가포르에서 돌아온 그 대학생 때문이라고. 병원 외과주임이란 자가 한마디로 딱 잘라 말하더군. 마오마오毛毛가 식물인간 상태라 그냥 임의대로 처리해도 된다고 말이야. 마오마오란 애는 팡자위랑 소학교 친구야. 어렸을 때 양가 부모들이 결혼을 약속했지. 귀성은 팡자위의 아버지를 장인어른이라고 불러서 마을 사람들이 아직도 그 말을 기억하고 있어."

뤄진샹은 눈물이 그렁그렁하다가 억지웃음을 짓기도 하면서 횡설수설 이야기를 늘어놓았다. 일부러 그러는 건 아니었다.

창저우 일대는 하강下江(창장 하류 지역) 관화官話(표준어)와 오방언吳方言(장쑤성 남부, 저장성 대부분 및 상하이 일대의 방언)을 뒤섞어 사용하는 곳이라 그런지 그의 말을 알아듣기가 힘들었다. 그는 탄우가 건네는 휴지 따윈 아랑곳 않고 눈물, 콧물을 바짓가랑이에 문질러 닦았다. 사건의 경위를 정확하게 파악하느라 탄우는 어쩔 수 없이 여러 차례 그의 말을 끊고 계속 질문을 하면서 단편적인 이야기를 시간 순서와 논리에 따라 얼기설기 꿰맞췄다.

뤄귀성(아명이 아마도 마오마오인 것 같다)은 뤄진샹의 둘째 아들이었다. 그는 창장의 모래를 팔아 돈이 좀 모이자 방 두 칸, 거실 하나짜리 집을 분양받았다. 집 열쇠를 받는 날 뤄귀성은 술자리를 마련하여 부모와 형, 여동생을 초대하고 즐거운 자리를 가졌다. 식사 후 형제는 거실 발코니 쪽에서 좋은 집을 분양받아 이사 온 기쁨과 함께 묘한 질투심이 뒤섞인 상태에서 부른 배도 꺼지게 할 겸 담배를 피우며 이야기를 나눴다. 귀성은 비대한 뚱보였다. 크롬으로 도금한 발코니 난간이 그의 체중을 견디지 못하고 살짝 밀리더니 형태가 찌그러지며 그대로 무너지고 말았다. 귀성은 마치 아마추어 다이빙 선수처럼 예비동작을 취하는 듯싶더니 그대로 고꾸라져 6층에서 땅바닥으로 떨어지고 말았다. 중태이긴 했으나 병원으로 옮겨진 후에도 숨이 붙어 있었다. 원무과에서 청구한 치료비가 벌써 10만 위안을 넘었는데도 이승에 미련이 남는지 계속

강남에 봄은 지고

버티고 있다고 했다.

대략 이런 뜻이긴 한데 이해되지 않는 부분이 적지 않았다.

나중에는 도덕적이고 동정심 많은 외과주임도 더 이상 참을 수가 없었던 것 같다. 그는 뤄진샹 부부와 결혼한 지 1년도 채 안 된 귀성의 아내를 병실 복도로 불러냈다. 그리고 그들에게 설사 살려낸다고 해도 (그럴 확률이 극히 낮다) 식물인간이 될 확률이 거의 100%라고 말했다. "이렇게 시간만 질질 끌면서 돈을 쓴다고 한들 무슨 의미가 있겠습니까?"

그의 말에 귀성의 어머니는 연거푸 세 번이나 기절하고 말았다.

결국 앞에 나서서 문제를 해결한 것은 귀성의 큰외삼촌이었다. 도축업자인 그는 마음이 모질었다. 그가 귀성의 병상으로 다가가 소매를 걷더니 외조카의 귓가에 입을 바짝 대고 평생 처음 부드러운 목소리로 말했다. "귀성아, 이렇게 버텨봤자 무슨 의미가 있겠니? 망자를 보내며 안온한 곳에선 편히 쉬고, 고달픈 곳에 이르면 돈을 쓰라는 말이 있지. 어서 가거라. 그리고 괜히 외삼촌 탓을 하지는 말거라. 이건 네 엄마와 아내의 생각이야."

이렇게 말한 후 그가 이미 적지 않은 빚을 지게 만든 '빚쟁이'의 머리와 발을 잡아 안쪽으로 구부리자 뤄귀성이 다리를 부르르 떨더니 숨을 거두었다.

본래 이 일은 그냥 이렇게 끝이 날 것이었다. 그런데 하필 그때 싱가포르에서 한 대학생이 마을에 사는 친척을 만나러 왔다. 뤄귀성 사건에 대해 이야기를 들은 그는 귀성의 형에게 신축 건물의 발코니 난간이 그 정도 무게 때문에 무너지다니, 이는 싱가포르 같은 나라에서는 상상도 못하는 일이라고 말했다. 당연히 개발업자가 책임을 져야 한다는 뜻이었다. 그의 말에 분기탱천한 궈성의 형이 그날 밤 즉시 백여 명이나 되는 사람들을 불러 모아 개발업자 사무실로 달려갔다. 사무실을 에워싼 사람들이 밤새도록 고함을 질렀지만 개발업자는 코빼기도 보이지 않고 파출소에서 사람이 나왔다.

"파출소하고 개발업자 놈이 한패인 거야, 그치?"(돤우는 모른다고 고개를 저었다) 뤄진샹은 마지막으로 "경찰이 호각을 불자 백 명이 넘는 사람들이 순식간에 흩어져버렸어. 불쌍한 우리 큰애랑 애꿎은 벙어리 딸만 파출소에 잡혀갔는데 아직도 감감 무소식이야."

사실 뤄진샹의 이야기는 인터넷에 올라오는 황당한 뉴스에 비하면 별것도 아니었다. 명색이 손님인데 차도 내놓지 않고 돤우는 그저 상대가 빨리 가줬으면 하는 마음뿐이었다. 그는 짜증난 얼굴로 아내는 지금 허푸에 없다고 알려줬다. 아내는 베이징에 공부하러 갔고 그는 '법'에 대해서는 완전히 문외한이었다. 이어 그는 일부러 침묵을 이어갔다. 침묵의 효과는 절묘했다. 뤄진샹이 얼마 버티지 못할 거라는 걸 알고 있었다. 돤우가 일부러 냉랭하고 성가신 모습을 꾸민 것이 아니기에 더더욱 효과적일 터였다.

상태가 별로 좋아 보이지 않는 과일 한 망태, 검은깨 한 봉지, 량허洋河 주조회사에서 만든 백주白酒(고량주) 남색경전藍色經典3) 두 병 등, 뤄씨가 가지고 온 선물이 보란 듯이 하늘색 유리다탁에 놓여 있었다.

두 사람은 한동안 대치했다. 뤄씨는 전혀 어색해하지 않았다. 그는 자랑스럽게 농촌의 새로운 변화를 이야기했다. 현재 대규모 철거

---

3) 남색경전(藍色經典): 장쑤성 량허양조장(洋河酒廠)에서 2003년 내놓은 고급 브랜드의 백주. 품질과 가격에 따라 하이즈란(海之藍), 톈즈란(天之藍), 멍즈란(夢之藍) 등 세 종류로 나뉜다.

강남에 봄은 지고

가 진행 중이지. 새로 건설한 항공공업원에는 폐기된 맥도널 더글러스 MD-11도 세워져 있어. 넓은 8차선 도로가 생겨 세 시간이면 항저우에 갈 수 있어. 아시아 최대 제지공장도 있고. 마을에 스웨덴 엔지니어가 왔어.

그는 심지어 4성급 호텔 앞에서 공공연하게 호객행위를 하는 매춘부도 있다고 했다. 이런 변화를 언급하는 뤄씨의 얼굴에 자랑스러움이 가득했다. 돤우는 하는 수 없이 조금 있다가 일이 있어서 나가봐야 한다는 말만 여러 번 반복했다.

뤄진샹은 가기 전에 다시 한 번 죽은 자의 외삼촌이란 사람 이야기를 꺼냈다. 그가 생각해 낸 해결방안은 그(외삼촌)가 나서 궈성의 시신을 밤중에 몰래 병원 영안실에서 빼내 파출소 입구에 두자는 것이었다. 망할 놈의 시신이 한몫 하겠군. 외삼촌은 파출소가 제아무리 대단하다 해도 시신을 구속시키진 못할 테니 그들이 찾아오면 얼렁뚱땅 주도권을 쥐게 될 수 있을 거라는 생각이었다. 뤄진샹은 돤우에게 이렇게 했을 때 뭔가 예상치 못한 결과가 나오진 않을지 좀 생각해 봐달라고 했다.

돤우는 한참 동안 생각한 후 또박또박 대답했다.

"한번 시도해보는 것도 괜찮겠네요."

"확실하지?"

뤄씨가 재빨리 되물었다.

돤우는 문득 자신이 '확실하다'라는 말을 꺼내기가 무섭게 상대방이 '축하합니다. 정답입니다'라고 말할 것 같다는 생각이 들었다. 뤄씨가 중국 중앙텔레비전에서 방영하는 종합예능프로그램 '속전속답'(원명은 콰이쑤치앙다快速搶答)을 너무 많이 봐서 말투가 비슷해졌음을 알 수 있었다.

돤우는 뤄진샹이 한 발은 집안에, 다른 한 발은 문밖에 둔 채 차마 발걸음을 떼지 못하고 그를 빤히 쳐다보고 있는 모습에 자기도 모르게 측은지심이 생겼다. 그는 삼촌의 계획을 다시 한 번 생각한 후 약간 수정을 가했다.

"돌아가신 분 장례식을 거창하게 치러주는 것이 좋을 것 같아요. 장의사 영구차가 파출소 입구에서 한 바퀴 돌며 어머니가 직접 파출소로 들어가서 큰아드님하고 벙어리 따님이 장례식에 참석하도록 해달라고 요청해보세요. 필요하면 무릎도 꿇고요. 구속만 풀리면 상황은 해결되니까요."

"자네 말뜻은 장례식만 끝나면 우리가 사람을 데려갈 수 있을 거라는 뜻인가?"

돤우는 순간 가슴이 쫄깃해졌다. 자신의 귀를 믿을 수가 없었다. 중국 사회의 거대한 변혁은 이미 뤄진샹과 같은 이들의 이해의 범위를 훨씬 넘어섰다.

4

2년 전, 어머니 장진팡張金芳은 정식으로 돤우에게 그들도 메이청에서 허푸로 이사하겠다고 말했다. 그녀는 손자 뤄뤄가 성인이 될 때까지 자신이 돌보기를 원했다. 어머니가 말하는 '그들'이란 본인 외에도 안후이 출신 보모 샤오웨이小魏가 포함된 것이었다. 돤우가 아내 팡자위에게 그 이야기를 꺼내자 그녀는 생각이고 뭐고 그 자리에서 시어머니의 제

강남에 봄은 지고

안을 일축했다.

"꿈도 꾸지 말아요. 일찌감치 포기하라고 전해요."

돤우는 어머니에게 '조금만 기다려요'라고 달랠 수밖에 없었다. 장진팡은 멀리 떨어져 있었지만 '조금만 기다려요'라는 아들의 말 뒤에 무엇이 숨겨져 있는지 눈을 감고도 능히 상상할 수 있었다. 또 그 '망할 년'이 개수작을 부리고 있는 거야. 하지만 그녀는 조급하게 굴지 않았다. 조상 대대로 내려오는 며느리 길들이기 비법을 잘 알고 있었기 때문이다. 그저 되는대로 한두 가지 방법만 써도 팡자위를 너끈히 쓰러뜨릴 수 있었다.

"아니면 따로 주택 한 채를 분양 받아서 사시라고 할까?"

마침내 자위가 스스로 한 걸음 물러나 절충안을 내놓았다.

"난징, 상하이는 물론이고 쑤저우의 집값도 금방 폭등할 거야. 여긴 아직 잠잠해. 투자로 보더라도 괜찮은 시기야. 당신 의견은 어때?"

상황은 이렇게 종료되었다. 은행에 가서 주택담보대출을 신청하고 인테리어를 결정하는 일까지 모두 팡자위가 나서서 직접 처리했다. 그녀는 돤우에게 기대할 것이 아무것도 없다는 사실을 누구보다 잘 알고 있었다. 그녀 말을 빌리자면, 돤우는 온힘을 다해 분투노력한다고 하지만 오히려 자신을 쓸모없는 인물, 실패한 인물로 만들려고 애쓰기만 할 뿐이었다. 그나마 기분 좋을 때 하는 말이 이 정도였다. 기분이 나쁠 때면 종종 또 다른 반어적 표현이 등장하곤 했다.

"설마 정말로 이렇게 하루하루 썩어문드러지길 원하는 거야? 펑^馬씨처럼? 정말 그래?"

그녀가 말한 펑씨란 돤우가 일하고 있는 지방지^{地方志} 사무실의 책임자를 가리켰다. 펑씨는 홀아비에 결벽증이 심하고 장자^{莊子}와 난초를 유난히 좋아했다. '먼저 쓸모없는 인간이 되어야 마침내 자기 자신을 완성할 수 있다.' 그가 늘 읊조리는 명언 가운데 하나이다. 문장 구조는 마르크스를 모방하고 있으되 가락은 '군자불기'君子不器(군자는 한 가지 용도에 한정되는 그릇 같은 존재가 아니라는 뜻)와 같이 낡고 진부하다.

탄롼우와 달리 팡자위는 모든 일에 완벽을 추구했다. 그녀는 태엽이 단단히 감긴 기계처럼 끊임없이 움직였다. 낮에는 사건조사, 증거취합, 법정출두 등등 변호사 업무로 분주했고 퇴근하고 돌아오면 모든 정력을 아들에게 쏟았다. 그녀는 아들에게 《상서》, 《예기》 등 고전을 암기하도록 했다. 분명히 자폐증 증세가 의심되는데도 모른 척 외면했다. 그녀는 올림피아드 수학과 화수華數4), 그리고 확률을 독학한 후 아들을 가르쳤다. 그녀는 자주 불같이 화를 냈다. 그녀가 지금까지 깨부순 그릇만 해도 서커스 곡예사들이 접시돌리기를 연습하느라 깨뜨리는 양만큼 될 정도였다. 그녀의 인생신조는 '단 한 걸음도 뒤쳐져서는 안 된다'였다.

자위가 선택한 거주지는 서쪽 근교에 위치한 베이구산北固山 아래였다. 그녀는 '탕닝완'이라는 명칭에 매우 흡족해했다. 영어의 '다우닝'Downing이란 표현에서 따왔기 때문이었다. 그녀는 이렇다 할 이유 없이 영국을 좋아했다. 생전 가보지도 못한 영국의 여러 대학 홈페이지를 뒤져가며 나중에 아들을 캠브리지로 보낼지, 옥스퍼드로 보낼지 고민했다.

새 거주지는 정원이 딸린 단독주택의 1층이었다. 무엇보다 자위가 혐오하는 '가난뱅이 회천호回遷戶'(재개발로 인해 새 집을 얻게 된 원주민)가

---

4) 화수(華數): 중국의 저명한 수학자 화뤄겅(華羅庚, 1910~1985)을 기념하기 위해 만든 수학경시대회 '화뤄겅 골드컵(華羅庚金杯)'의 약칭.

강남에 봄은 지고

없다는 것이 마음에 들었다. 또한 주위 5킬로미터 이내에 화학공장이나 쓰레기처리장도 없었다. 위층은 성이 바이^白인 사람이 살았는데 지식인 가정이었다. 개를 키우지도 않았으며 마작도 하지 않았다. 아들이 중국중앙텔레비전 방송국에서 일한다고 들었는데 아쉽게도 바이옌쏭^{白巖松}(중앙텔레비전 방송국 인기 캐스터)은 아니었다.

그래도 모든 것이 흡족했다.

그런데 새 집 실내장식이 모두 끝나고 어머니를 허푸로 모셔올 때가 되자 어머니가 오히려 '조금만 기다리자'고 했다. 그녀가 내세운 이유는 정황상 합리적이어서 반박할 여지가 없었다. 인테리어 자재와 새로 구입한 가구에 포름알데히드나 자일렌을 포함하여 온갖 방사성 물질이 들어 있는데 반감기가 7년이라는 이야기였다. "날 빨리 죽게 하고 싶은 게 아니라면 적어도 1년 반은 지나야 되지 않겠니?"

어려운 화학 용어와 전문용어가 어머니 입에서 술술 나오자 부부는 서로 멍하니 얼굴만 쳐다볼 뿐이었다. 하루 종일 어둡고 곰팡내 나는 침실에 누워 손에 리모컨을 잡고 25인치 TV스크린이나 바라보던 어머니가 사실은 전 세계를 조종하고 있는 것처럼 보였다.

팡자위가 베이징에 공부하러 가기 전날 밤이었다. 팡자위는 떠나기 전 비어 있는 집이 조금 아까웠는지 남편에게 우선 세를 내주자고 했다. 월세를 한 달 2500위안으로 계산하면 1년에 3만 위안이다. 돤우는 자신의 쥐꼬리만 한 월급과 아내가 말한 월세를 비교하니 그녀의 의견을 반박할 자신이 없었다.

"이번 일은 내가 알아서 처리할게."

그가 자발적으로 중임을 맡았다. 아내가 떠나고 그 다음 날, 그는 무작정 베이구산 일대를 돌아보러 갔다가 이거^{頤居}라는 주택 임대를 전문으로 하는 부동산중개업소가 눈에 들어왔다. 탕닝완 변두리였다. 조립식 간이 건물로 흰 벽에 파란색 지붕이 얹혀 있었다. 청년 몇 명이 안에서 해바라기 씨를 까먹으며 카드놀이를 하고 있었다. 젊은 여자가 상냥하게 '오빠'라고 부르며 그를 맞이했다. 그녀의 작은 덧니, 야릇하고 매력적인 웃음이 좋았다. 그들은 후다닥 임대차계약을 체결했다. 마누라가 말한 대로 월세는 2500위안, 매달 지불하기로 했다.

계약을 마치고 집에 돌아와 두 다리를 다탁에 올려놓고 편안한 마음으로 베토벤의 후기 사중주를 감상할 때에야 문득 등기부등본을 중개업소에 두고 온 일이 생각났다. '덧니'가 복사하러 가져갔다가 돌려주지 않았던 것이다. 날이 아직 환한 것을 보고 베토벤의 14번 in C sharp minor, Op.131을 다 듣고 가야겠다고 생각했다. 그 사이 전화가 세 통 걸려왔다. 그중 둘은 스팸이었고, 다른 하나는 동료 샤오스小史에게서 온 전화였다. 샤오스는 퇀우 아내가 없는 걸 알고 시시덕거리며 한참 동안 이런저런 잡담을 나눴다.

그가 다시 등기부등본 생각이 난 건 그로부터 3주가 지난 후였다.

치과에 가서 사랑니를 뽑았다. 돌아오는 길에 아직 마취 기운이 남아 있을 때 등기부등본을 찾으러 다녀오리라 마음먹고 택시기사에게 탕닝완 동네로 돌아가자고 했다. 그런데 중개업소 건물이 보이지 않았다. 흰 벽에 파란색 지붕의 조립식 건물이 흔적도 없이 사라져버렸다. 원래 조립식 건물이 있던 곳은 새로 녹지가 조성되어 있었다. 백발의 노인한 사람이 호스를 들고 새로 깐 잔디에 물을 주고 있었다. 신속한 발전, 높은 효율이 언제나 좋은 것만은 아니란 생각이 들었다.

그때까지도 탄퇀우는 그것이 그리 심각한 일이란 생각이 들지 않았다. 욱신욱신 쑤시기 시작하는 뺨을 감싸고 탕닝완 B구역 새로 산 집

앞에 도착한 후에야 자기 열쇠가 맞지 않는다는 것을 발견했다. 한참 동안 초인종을 눌렀지만 아무도 반응이 없었다. 건물 남쪽으로 돌아가 정원 장미넝쿨 너머로 안을 들여다봤다.

자기 집 화단에 무릎까지 자란 띠를 벌써 누군가 벤 후였다. 화단 한가운데에는 검푸른 파라솔이 놓여 있고 파라솔 아래 나무의자에 선글라스를 쓴 여인이 앉아 전화 통화를 하고 있었다.

돤우는 깜짝 놀라 무의식적으로 허리를 굽혀 뭔가 켕기는 일이라도 있는 사람처럼 이웃집 장미넝쿨 뒤쪽으로 몸을 숨겼다.

그는 멀리 베이징에 있는 팡자위에게 곧바로 이 일을 알리진 않았다. 먼저 허푸만보鶴浦晚報(허푸 석간) 뉴스부 주임인 친구 쉬지스徐吉士에게 도움을 청했다. 지스가 당황하지 말라고 당부했다. 그는 인터넷을 뒤져 허푸에 확실히 '이거'라는 이름의 부동산중개업소가 있다는 사실을 확인했다. 하지만 두 개의 전화번호 모두 받는 사람이 없었다. 본사는 모다오항磨刀巷 2호에 있었다.

"걱정할 것 없어. 중개업소를 통해 세를 내놨으니 세입자를 들였겠지. 지극히 정상적인 순서야. 문제될 건 없는 것 같은데."

지스가 그를 위로했다.

"그런데 느낌이 별로 안 좋아."

돤우는 요즘 시대에는 불길한 느낌이 언제나 거의 철칙처럼 그대로 들어맞는다고 말했다.

자기 느낌이 그렇다는데 지스라고 달리 방법이 없었다.

저녁 무렵 화급히 모다오항으로 달려간 두 사람은 철거민들의 소동을 목격했다. 가족으로 보이는 늙은이와 어린아이가 나서서 석유를 몸에 붓고 분신을 하겠다고 소란을 피웠다. 경찰들이 대거 골목 입구에 안

전선을 치고 있어 두 사람은 들어갈 수가 없었다. 쉬지스는 나름대로 분석한 결과 골목 전체가 철거대상이니 이거 부동산중개업소도 정상적으로 운영을 하지 못할 거라고 말했다. 그들은 탕닝완으로 돌아가 세입자에게 상황을 물어보기로 했다.

입구에서 두 시간을 기다린 후 퇴근하고 귀가하는 여주인을 만났다. 여자는 키가 컸다. 현대 소나타에서 내리는 여자의 손에 루이비통 짝퉁이 들려 있었다. 성격이 사나워 보이는 여주인은 아예 그들을 상대조차 하려 들지 않았다. '모모 중개업소'를 통해 합법적으로 집을 빌렸고, 정식으로 계약서를 썼으며 2년 치 집세를 선불로 냈다고 말했다.

2년. 그녀가 아주 분명하게 '2년'이라고 말했다.

쉬지스가 작은 소리로 굽실거리며 잠시 집에 들어가 천천히 이야기를 나눌 수 없겠느냐고 물었다. 여자가 되물었다. "왜 당신들을 집에 들여요? 요즘 세상이 얼마나 무서운데! 당신들이 누군 줄 알고요?"

쉬지스가 자기 명함을 꺼내 공손하게 두 손으로 그녀에게 건넸다. 여자는 명함은 거들떠보지도 않았다. 완전히 안하무인이었다. 쉬지스가 당황스러움을 감추지 못한 채 겸연쩍은 표정으로 그녀에게 공손하게 '성함'과 함께 직장을 물었다. 그러자 여자가 갑자기 선글라스를 벗고 정수리에 머리카락이 헤싱헤싱하고 변변치 않아 보이는 쉬지스를 한참 동안 훑어보더니 정통 북방 발음으로 말했다.

"어디서 개폼을 잡아? 우습지도 않아!"

쉬지스가 충격을 받아 몸을 부르르 떨며 잠시 정신을 놓은 사이, 여자는 벌써 문을 '쾅' 닫고 안으로 들어가버렸다.

탕닝완 주변에 양저우揚州 사람이 운영하는 작은 음식점이 있었다. 정말 더러웠다. 그들은 그곳에서 저녁을 먹었다. 맥주 거품이 흘러내리며 시원한 소리를 냈다. 쉬지스는 여자가 쑨리孫儷(중국 여배우)를 닮았는데 얼굴에 주근깨가 있는 게 좀 아쉽다고 했다. 돤우는 쑨리가 누군지 몰랐지만 지스가 취했다는 것만은 분명했다. 쉬지스가 다시 그녀의 엉덩이가 얼마나 풍만한지, 엉덩이에 비해 허리는 또 얼마나 가는지 봤냐고 물었다. 시간이 흐를수록 쉬지스의 말이 음란하고 외설적으로 변했다. 그는 얼굴에 주근깨 있는 여자를 좋아했다. 지금까지 그의 인생의 가장 큰 유감이 바로 그런 여자랑 잠자리를 하지 못한 거라고 말했다.

다음 날 퇴근 후, 돤우는 다시 모다오항 2호를 찾아갔다. 이거 부동산중개업소가 소재한 낡은 건물은 이미 반쯤 철거된 상태였다. 겉으로 드러난 까만 서까래가 마치 X-Ray 필름에 나타난 갈비뼈 같았다.

5

뤄진샹이 간 후 돤우는 다시 한 번 모차르트의 현악사중주 제17번 〈사냥〉을 들었다. 느낌이 이전만큼 좋지는 않았다. 수많은 걱정거리가 마치 낙엽처럼 마음에 쌓였다. 고통은 근본적으로 완전히 제거할 수 없다는 것을 그도 알고 있었다. 그저 새로운 고통으로 묵은 고통을 잠시 덮을 따름이다. 독기 가득한 마음을 벗어던지기 위해 그는 즉시 메이청에 가서 아들을 데려오기로 마음먹었다.

메이청은 원래 허비鶴壁 전구專區(행정단위)에 속하는 현이었다. 발전소, 화물터미널, 조선소 등을 건설하느라 1962년에 현에서 시로 승격하여 계획단열시計劃單列市5)가 되었다. 1966년부터 1976년까지 메이청은 융

중시永忠市, 이어 둥팡훙시東方紅市로 개명되었다. 1988년에 메이청은 다시 허비 관할로 새로운 화학공업단지로 조성되었다. 허비鶴壁 역시 인근의 푸커우浦口와 합병해 허푸시鶴浦市로 개명했다.

　　1976년 10월, 14살 탄롼우는 어머니와 형을 따라 아버지 탄궁다의 시신을 화장하러 갔다. 그의 기억으로는 아버지와의 첫 만남이었다. 메이청 모범감옥에서 성 밖 화장장까지는 8km밖에 되지 않았는데도 꼬박 하루를 걸어가야만 했다. 억수같이 퍼붓는 비에 석탄 부스러기를 깐 좁디좁은 길이 물에 잠겼기 때문이었다. 하지만 그 덕분에 시신을 실은 삼륜자전거에서 풍기는 악취가 조금 덜하기는 했다. 자전거가 시동이 꺼진 석탄운반트럭에 가로막혔다. 그때 화장장의 굴뚝이 눈에 들어왔다. 아름다운 무지개가 드리운 화장장의 모습이 웅장하고 아름답기 그지없었다.

　　롼우는 아직 활짝 펼쳐지지도 않은 자신의 일생을 담보로 제발 비가 그치길, 제발 빨리 저곳에 닿길, 한시라도 빨리 저 썩어가는 시신으로부터 해방이 되길 갈망했다. 훗날 매번 화장장을 떠올릴 때마다 가슴속에서 끓어오르는 건 갈망 저 너머에 있는 희미한 희망이었다. 아니, 희망 그 자체라고도 말할 수 있었다. 어머니는 목청껏 아버지에게 악독한 저주를 퍼붓는 것 이외에는 달리 아무것도 할 수 없어 보였다. 형 왕위안칭은 아버지와 혈연관계는 없지만 중요한 순간에 구세주 역할을 했다. 형은 부패가 시작된 아버지 시신을 자전거에서 끌어내려 등에 업고

---

5) 계획단열시(計劃單列市): 중앙 직속 중점 개발 도시로 행정 체계는 그대로 유지하면서 경제 체제와 관리 권한은 독립성을 유지한 성(省)급에 준하는 도시이다. 광저우, 청두(成都), 우한(武漢), 샤먼(廈門), 선전(深圳), 다롄(大連) 등이 있다.

　　　　　　　　　　　　　　　　　　　　　　　　　　강남에 봄은 지고

첨벙첨벙 물을 건너 마침내 태양이 서산으로 넘어가기 전에 아버지를 화장장 화로에 집어넣었다. 이렇게 해서 형은 그 후 가장으로서 확고한 입지를 굳혔다.

그 앞에서 어머니는 눈매가 선해지면서 그의 보호를 받는 작은 소녀가 되곤 했다.

장례식장 구조물은 아직 그 자리에 있었다. 허푸에서 메이청의 1등급 도로 정중앙에 위치했다. 높고 거대한 굴뚝을 보니 그때나 다름없이 마음이 철렁 내려앉았다. 다만 기억 속의 무지개는 다시 떠오르지 않았다. 장례식장 전방 정중앙에 현대적인 산모 및 영아 보건의원이 우뚝 서 있었다. 장례식장은 폐쇄된 지 오래지만 채 철거하지 못한 굴뚝은 예지적 능력과 더불어 잔혹한 은유의 상징처럼 그곳에 존재했다. 마치 갓 태어난 아이가 세상에 나오자마자 중간 머무름 없이 바로 장례식장의 정문으로 들어가는 듯했다.

이제 막 5월이 지났을 뿐인데 견디기 힘들 정도로 무더웠다. 택시 안은 담배 냄새가 찌들어 있었다. 택시기사는 가오유高郵 사람이었는데 말수가 적었다. 도로 양측에 늘어선 공장, 점포, 회사들이 미친 듯이 분열하는 불길한 세포처럼 줄줄이 연이어져 메이청과 허푸를 하나로 용접해 붙여놓은 것 같았다. 금서제지, 메융화학공업, 화룬코크스, 우저우전자, 빅토리아부동산, 강남피혁, 칭룽광산기계, 메이츠시멘트, 허푸제약, 메르세데스 대리점…….

구름은 없는데 돤우는 태양이 어디 있는지 찾을 수가 없었다. 있는데 보이지 않았다. 공중에 새 한 마리도 보이지 않았다. 핸드폰 소리가 들렸지만 받지 않았다. 계속 마음속으로 망설였다. 잘 알려진 엘리엇의 〈The Waste Land〉는 '황원'이라고 번역해야 할까, 아니면 '버려진 땅'이라고 번역해야 할까? 이것이 더 중요한 문제라는 생각이 들었다.

팡자위가 베이징에서 전화를 걸었다. 돤우가 물었다. 왜 그렇게 시끌벅적해? 그는 아무것도 똑똑히 들리지 않았다.

"친구랑 중관춘中關村 페이텅위샹沸騰魚鄉(광저우에 본점을 두고 있는 유명 음식점)에서 밥 먹고 있어. 이제 나왔어, 잘 들려?"

팡자위는 조금 흥분한 것 같았다.

오전에 들었던 강연 이야기를 했다. "발표자는 위추 교수인데, 정말 강연을 잘해. 전국 각지에서 온 사람들이 식사시간에도 끊임없이 논쟁을 했지. 강연 제목이 '미래 중국사회의 4대 지주'라고 하더라고."

부부끼리 대화를 나눌 화제가 별로 없는 데다 잔뜩 흥분한 팡자위를 생각해 돤우는 자기도 마치 '4대 지주'에 잔뜩 호기심이 당기는 척했다.

"4대 지주가 뭔데? 간단하게 말해줄 수 있어?"

"첫째는 개인재산의 투명화, 둘째는 헌법의 사법화司法化, 셋째는……, 뒤에 두 개는, 어휴, 이 대갈통……. 잠깐만 기다려 봐!"

"대의제 민주주의와 미디어의 자유 아냐?"

돤우가 알려줬다.

"맞아, 맞아. 그거 두 개야. 어? 당신 어떻게 알아? 신기하네. 오전 연설을 들은 것도 아니면서."

"4대 지주라니, 모두 개소리야. 외국물 먹었다는 해외유학파들이 늘 입에 달고 다니는 말이잖아."

돤우는 야박하게 코웃음을 쳤다. "괜히 함부로 흥분하지 마. 위 교수는 미국 포드 재단의 지원을 받는 인물이야."

돤우의 말에 전화기 너머 팡자위의 소리가 뚝 그쳤다. 잠시 침묵이 흐른 후 광자위가 집은 어찌되었는지 물었다. 돤우는 그저께 오후에 다시 탕닝완을 다녀왔는데 얼굴에 주근깨가 있는 쑨리 닮은 여자가 또다시 찾아오면 그때는 경찰을 부르겠다고 으름장을 놨다는 말을 전했다.

마치 원래 자기 집이라도 되는 것처럼 행동했다는 말은 뺐다.

"당신은 빠져. 내가 돌아가서 처리할게. 메이청에 가서 애 데려오는 것 잊지 말고. 아침에 계란 다 먹는지 지켜봐야 돼. 그리고 매일 숙제 검사할 때도 세밀하게 검사해. 특히 올림피아드 수학은……."

돤우는 그녀에게 택시를 타고 메이청으로 가는 중이라고 말했다.

뤄뤄의 어깨에 사랑앵무(잉꼬) 한 마리가 앉아 있었다. 청록색 깃털은 마치 녹슨 청동 같고, 빨간 정수리는 닭 피처럼 붉었다. 이름은 사스케(佐助)였다. 돤우는 아들이 왜 그렇게 이상한 이름을 붙여주었는지 궁금했지만 귀찮아서 물어보지 않았다. 뤄뤄가 앵무새에게 해바라기 씨를 먹이고 있었다. 샤오웨이가 손에 파 한 묶음을 들고 주방에서 나오며 그를 향해 겸연쩍게 웃었다.

그녀는 안후이성 우웨이현無爲縣 출신으로 광자위가 인력회사에서 소개받은 보모였다. 돤우는 글을 쓸 때 누가 자기 앞에서 얼쩡대는 것을 싫어했다. 그래서 모친의 고희연 자리에서 그녀를 생신선물로 넘겨주었다. 돤우는 매번 그녀를 볼 때마다 알 수 없는 슬픔이 밀려왔다. 샤오웨이는 어머니를 모신 지 2년이 채 안 돼 어린아이 같은 말투, 반짝거리는 눈망울, 숨길 수 없을 정도로 활기찬 기운이 모두 사라지고 말았다. 말랑했던 입 꼬리는 표정이 굳고 단호해지고, 작은 동물처럼 경계의 눈빛과 더불어 비굴한 모습이 엿보였다.

어머니는 침실에서 카드로 점을 치고 있었다. TV가 켜져 있고, 탁자 위 접시에 비스킷 몇 개가 놓여 있었다. 톈우가 다가오자 리모컨으로 TV 음량을 줄이고 곧바로 자기 배가 이상하다고 불만을 털어놓기 시작했다. 그녀의 배는 북처럼 볼록 부풀어 있었다. 두드리면 둥둥 소리가 나고, 대변은 딱딱한 염소 똥처럼 알알이 떨어졌다. 그래서 샤오웨이가 조금씩 손으로 파내줘야만 했다. 변비 이외에 건망증도 심해져 조금 전에 한 말도 순식간에 까먹었다.

"팡자위는 왜 같이 안 오고?" 어머니가 물었다.

"베이징에 갔어요. 한 달 있어야 돌아와요. 조금 전에 전화 왔었는데 안부 전해달래요."

"고맙구나."

어머니는 무덤덤하게 말했다.

"위안칭元慶은 만났어?"

"나중에 가볼게요. 요 며칠 동안 너무 바빴어요."

"언제나 바쁘지. 하긴 젊은 사람들은 자기 미래가 있으니 바쁜 것도 당연해. 너희들에게 방해되지 않게 하마. 내 나이면 하루를 두 개의 반나절로 쪼개 사는 거야. 조만간 죽음이 다가오지. 신경 쓸 것 없다. 그냥 집에 늙은 개 한 마리 키우는 셈 치면 돼. 그저 시간 맞춰 밥 주는 사람 있으면 그걸로 족하지."

어머니는 말을 하면 할수록 시무룩해지면서 금방이라도 울먹일 것만 같았다. 어떻게 해서든지 다른 쪽으로 말을 돌려야 할 것 같았다.

"어제 꿈에는 또 위안칭이 나왔어."

어머니가 말했다.

"정말 귀신이 곡할 노릇이구나. 네 아버지 친아들도 아니면서 어째서 미치광이 길을 똑같이 걸어가는지 모르겠어. 땅 위에 발을 딛고 있

강남에 봄은 지고

는 사람이 생각은 어째 구름 위를 둥둥 떠다니는지. 정말 대낮에 귀신이 쏘다니는 것처럼 큰일이야, 큰일. 당초에 걔가 무슨 정신병원을 차린다고 할 때부터 영 기분이 찜찜하더라니, 결국 어떻게 됐어? 병원을 짓기 무섭게 자기가 첫 번째로 들어갔잖아."

어머니는 이렇게 횡설수설하다 문 입구로 고개를 들이민 뤄뤄에게 손짓을 했다.

"어서 이리 온, 아빠가 널 데리고 간다네. 어서 와서 할머니에게 뽀뽀해 주렴."

어머니는 이렇게 말하며 탁자 가장자리를 잡고 힘겹게 일어섰다.

뤄뤄가 할머니 품에 뛰어드는 바람에 할머니는 하마터면 뒤로 나자빠질 뻔했다. 어머니가 몸을 굽혀 뤄뤄를 껴안고 애가 입맞춤을 하도록 얼굴을 옆으로 돌렸다.

"안 돼! 양쪽 볼에다 모두 해야지."

어머니가 웃으며 얼굴을 반대쪽으로 돌렸다.

택시가 한참을 달렸다. 뒷좌석에 앉아 있던 뤄뤄가 투명보호막 너머에서 손가락으로 그의 어깨를 쿡 찔렀다.

"아빠, 다시 돌아가야 돼요."

"왜? 또 뭔 장난을 치는 거야?"

돤우가 뒤를 돌아봤다. 뤄뤄 어깨에 앉은 앵무새가 위엄이 넘치는 자세로 그를 바라봤다.

"플레이스테이션 까먹고 할머니 집에 놓고 왔어."

"괜찮아. 그냥 놔둬. 며칠 후에 또 와야 돼. 마침 잘 됐네. 마음도 좀 차분하게 가라앉히고."

돤우가 되는 대로 대답했다. 이유는 모르겠지만 다시 어머니 얼굴을 보고 싶지 않았다.

"하지만 아빠, 그래도 할머니 집에 갔다 와야 할 것 같은데."

아들이 유유히 말했다.

"왜 그러는데? 빨리 말해 봐!"

"그건, 플레이스테이션이 책가방 안에 있거든."

"그럼 책가방도 놓고 왔다는 거야?"

"응."

돤우는 하는 수 없다는 듯 한숨을 내쉬며 쓴 웃음을 지었다. 그가 택시 기사에게 차를 돌려달라고 부탁했다.

택시가 할머니 집 단지 정문에 이르렀을 때 샤오웨이가 아들 책가방을 들고 큰길에서 사방을 둘러보고 있는 모습이 보였다.

6

1985년 7월, 탄돤우는 상하이의 사범대학 중문과를 졸업하고 같은 대학 제3부속중고등학교에서 국어교사가 되었다. 그는 당시 이미 시인으로 명성이 나 있었기 때문에 연애하기에 좋은 조건을 가지고 있었다. 자주 애인을 바꾼 이유는 평범하지 않은 멋진 사랑을 찾기 위해서라고 했지만 사실 육체에 대한 갈망과 탐욕, 즉 색욕이 어느 정도 작용했다. 사실 그건 돤우 자신만이 아는 이유였다. 아주 오랫동안 그는 육체적 관계보다 더 행복한 일을 찾지 못했다.

강남에 봄은 지고

어느 날 오후, 그는 학교 앞에 있는 은행에 돈을 인출하러 갔다. 창구에 줄을 서 있을 때 자연변증법연구소(약칭 자변소^{自辨所}) 교수를 만났다. 탄돤우가 학부에서《자본론》에 빠져 있을 때 그에게 몇 번 가르침을 청한 적이 있었다. 그는 이미 연구소를 떠나 새로 설립된 철학과 학과장을 맡고 있었다. 그는 탄돤우에게 학교를 그만두고 대학원에 와서 자기 학생이 되라고 적극 권유했다. 당시 돤우는 다른 이의 호의를 완곡하게 거절하는 법을 몰라 즉시 그의 권유를 받아들여 철학과 석사과정에 들어갔다.

졸업 논문 심사 학기에 전국을 들썩이게 만든 대사건이 벌어졌다. 그는 매일 3, 4시간밖에 자지 않았다. 어느 때는 한껏 흥분하여 눈이 시뻘게지고 목소리가 잔뜩 쉬기도 했다. 그는 자신이 역사를 창조하고, 천하의 형세를 바꿀 수 있을 것이라고 여겼다. 하지만 사실 그것은 어쩌다 몽유병 증세를 보인 것에 불과했다. 베이징에서 돌아온 지 얼마 안 돼 그는 과도하게 자신을 내몰기 시작했다(어떤 시각으로 보더라도 이는 정말 쓸데없는 짓이었다). 북으로는 산시^{陝西}, 간쑤^{甘肅}, 닝샤^{寧夏}, 남으로는 윈난^{雲南}, 꾸이저우^{貴州}, 쓰촨^{四川}까지 한참을 들쑤시다가 결국 그의 고향 메이청으로 돌아왔다.

어머니 장진팡조차 그를 알아보지 못했다. 그녀는 아들의 기이한 경험을 들은 후 눈물을 글썽이면서 연거푸 아들의 어깨를 쓰다듬으며 웃었다.

"아들아! 네가 야오페이페이, 그 염병할 년처럼 되려나 보다."

당시 탄돤우는 어머니가 말한 야오페이페이라는 사람에 대해 확실히 알지 못했고, 구태여 그 말뜻이 무엇인지 따져 물어볼 생각도 없었다. 허푸에 있는 시우^{詩友}인 쉬지스와 천서우런^{陳守仁}이 길을 물어 그의 집까지 찾아와 허푸로 가서 잠시 머물라고 강권했다. 그곳이 '비교적 안전한 곳'이라는 이유에서였다. 천서우런의 어머니는 허푸 원림국 부국장이었는데, 그를 위해 남쪽 근교 산허리에 은신하기 좋은 곳을 물색해 놓았다.

그가 머물 곳은 이제 곧 허물게 될 청리산방^{聽鸝山房}이란 작은 공간인데 예전 초은사^{招隱寺}의 일부라고 했다. 쉬지스는 1700년 전 소명태자 소통^{蕭統}이 이곳에서 《문선》^{文選}을 편집했노라고 말하기도 했다. 대나무가 우거지고, 맑고 깨끗한 곳으로 인적이 드물었다. 뜰 밖에는 수련이 가득한 넓은 못이 있고 주위에 갈대와 창포가 가득 자라고 있었다. 낮에는 뜨거운 여름의 태양 아래 매미 울음소리와 폭우 속에 단잠을 잤고, 밤이면 그가 사랑하는 파블로 네루다와 라이너 마리아 릴케(1875~1926, 오스트리아 시인)의 작품을 읽었다.

쉬지스와 천서우런은 거의 들르지 않았다. 모두 그의 안전을 위해서라고 했다.

그의 일생 중 가장 평온한 세 달이었다. 그런 달콤하고 행복한 기분은 도시 근교 숲속의 맑고 그윽하며 아름다운 풍경, 낮과 밤이 뒤바뀐 채 그 어떤 구속이나 일에도 얽매이지 않는 환경, 인생에 대한 그의 새로운 각오에서 오는 것이었다. 그는 폭풍의 한가운데 자리하면서도 폭풍 밖에 있었다. 돤우는 영원히 그곳에서 살 수 있길 바랐다. 여름이 가고, 가을이 오고, 아침 비가 내리고 황혼의 구름이 찾아들고, 꽃이 피고 지는 모습을 보며 늙어간다면……. 물론 그 역시 외부의 힘이 개입하지 않는 한 불가능한 일임을 잘 알고 있었다. 당시 그는 강제력이 없다면 자유란 건 생각할 수도 없다는 이상한 역설에 고통스러웠다.

가을날 보슬비에 그는 현실로 돌아왔다. 허푸를 떠나기 하루 전, 쉬지스가 주머니에 '쌍구대곡'雙溝大曲(중국 명주)을 찔러 넣고 작별인사를 하러 왔다. 피가 뚝뚝 떨어지는 '노화계'蘆花鷄(중국 토종닭의 한 종류)도 한 마리 들고 있었다. 허푸 선박공정학원의 여대생 두 명과 함께였다. 한 명은 약간 통통하고 다른 한 명은 파리하게 야윈 몸매였다. 둘 다 시 쓰는 걸 좋아한다고 했다.

그날 오후 돤우는 손님 셋과 함께 초은사의 유적을 돌아봤다. 돤우는 별로 말이 없었다. 여학생들의 출현에 석별의 정이 더욱 깊어지기도 했고, 또한 두 여대생의 기질과 외모를 자세히 비교하느라 정력을 소진했기 때문이기도 했다. 마지막으로 그들은 물이 말라 바닥이 드러난 냇가에 이르렀다. 쉬지스는 몽계추범夢溪秋泛6)이라고 새겨진 마애석각에 소변을 보려고 여대생들에게 뒤로 돌아서라고 했다. 여대생들이 입을 가리고 키득거렸다. 두 사람이 뒤돌아서자 지스가 궁금한 듯 돤우에게 작은 소리로 물었다.

"두 여대생 가운데 한 사람과 밤을 지낼 수 있고 뒷일 따위는 걱정할 필요가 없다면 누굴 고를 거야?"

당시 돤우는 소변을 다 보고 거시기를 털면서 앞으로 자신의 운명이 이때부터 변할 거라는 사실을 전혀 예감하지 못한 채 별로 관심이 없는 척했다.

"어떻게 그래? 아직 애들 이름도 제대로 모르는데."

여대생 둘 다 제법 매혹적이었다. 하나를 선택한다는 건 둘 가운데 하나를 포기한다는 뜻이었다. 두 명 중에서 좀 더 마음이 끌리는 건 약

---

6) 몽계추범(夢溪秋泛): 전장(鎭江) 몽계의 경색을 그린 그림으로 청대 유명 화가 주호(周鎬)가 그린 〈경강이십사경(京江二十四景)〉 가운데 일부이다. 몽계는 몽계원으로, 심괄(沈括)이 만년에 거주하며 《몽계필담(夢溪筆談)》을 저술한 곳이다.

간 통통한 쪽이었다. 적어도 좀 더 개방적인 것 같고 말이나 행동거지가 성숙하고 자유분방한 멋이 있었다. 검붉은 색 체크무늬 반바지 차림이었다. 드러난 허벅지는 검증이 따로 필요 없었다. 또 다른 한 명은 말만 하면 얼굴이 붉어지는 모습이 아직 어린 티를 벗지 못했다. 청순한 얼굴을 보고 있으면서 조금이라도 '불량한' 생각을 떠올리자니 죄의식이 느껴졌다.

탄돤우가 계속 쑥스러운 듯 미적거리자 쉬지스가 하나를 골라줄 수밖에 없었다. 지스는 돤우의 시 경향으로 볼 때 '순결'에 마음이 쏠릴 것이라고 생각했다. 그날 저녁 그는 어두컴컴한 숲속으로 통통한 여자애를 데리고 '돌연' 실종되었다(나중에야 돤우는 그녀의 이름이 쑹후이롄宋蕙蓮이라는 것을 알았다).

돤우가 나중에 안 사실이지만 당시 쉬지스는 초은사를 벗어나 그녀를 데리고 영화를 보러갔단다. 어두컴컴한 영화관에서 쉬지스의 서툴고 조금은 돌발적인 시도는 결국 성공하지 못했다. 언뜻 보기에 '놀기 좋아하는' 것 같던 쑹후이롄이 뜻밖에도 뺨이 얼얼하도록 따귀를 후려치고 귀에 거슬리는 장쑤 북쪽 사투리로 수많은 관객들 앞에서 장장 15분 동안이나 욕설을 퍼붓는 바람에 〈노리〉双里라는 인도영화가 잠시 중단되기까지 했다.

그때 초은사 연못 옆의 뜰에서는 리슈룽李秀蓉이 전기난로 앞에서 양은냄비가 작아 닭이 들어가지 않자 어찌할 바를 모르고 애를 태우고 있었다. 그녀가 탄돤우를 바라보며 어색하게 웃었다.

"닭 머리를 누르면 닭다리가 삐져나오는데 어떻게 하죠?"

돤우는 그 기회를 놓치지 않고 자신의 얼굴을 그녀 귓가에 바짝 붙이며 자기가 느끼기에도 낯설고 이상야릇한 목소리로 말했다.

"나도 여기 뭔가가 삐져나왔는데……."

슈룽은 낯 뜨거운 그의 말을 이해하지 못했다. 그녀가 고개를 돌리고 그를 올려다보며 궁금한 듯 물었다. "뭐가요? 보여줄 수 있어요?"

말을 끝내기도 전에 그녀의 얼굴이 발갛게 달아올랐다. 도저히 믿어지지 않는 듯 경악하는 눈빛이었다. 돤우는 그녀가 손에 쥐고 있던 젓가락을 빼앗아 내던져버리고 그녀를 껴안았다.

그녀가 버둥거렸다. 그의 예상대로였다. 하지만 그는 그녀의 수치심과 도덕성이 얼마 가지 않을 것임을 알고 있었다. 그는 그녀를 꼭 껴안은 채 가만히 있었다. 슬픔과 연민 속에 그녀의 딱딱하게 굳은 몸이 서서히 풀어지길 기다렸다. 그녀의 두 입술이 살짝 벌어지면서 두 눈을 꼭 감고 숨이 조금씩 가빠지면서 그에게 몸을 맡기길 기다렸다.

상황은 그의 예상보다 훨씬 더 순조로웠다. 하지만 그로 인해 또 다른 여자애를 잊은 건 아니었다. 그녀의 몸으로 들어가던 그 순간에도 그의 머릿속에는 석양에 반짝이던 체크무늬 빨간 반바지가 남아 있었다. 심지어 약간은 냉혹하게도 그 애였더라면 기분이 더 좋지 않았을까 생각했다.

그가 그녀에게 아픈지 물었다. 슈룽의 대답에 그는 자기도 모르게 마음이 에었다.

"내게 신경 쓸 필요 없어요!"

일이 끝난 후 그녀가 부끄러운 듯 불빛 아래에서 손바닥을 그에게 보여줬다. 돤우가 그녀의 손에 있던 젓가락을 빼낼 때 너무 세게 힘을 주는 바람에 스치며 베인 상처가 있었다. 다행히 상처가 깊지 않아 배어나온 피는 이미 마른 상태였다. 돤우가 그녀의 손이 예쁘다고 칭찬했다. 슈룽의 뺨에 주르륵 눈물이 흘렀다.

"예쁘든 아니든 어차피 이제 당신 거예요."

돤우는 그녀의 말에 화들짝 놀랐다. 다음 날 아침 일찍 허푸를 떠나야 한다는 사실을 알려줘야 할까 말까 망설였다. 슈룽이 머리를 그의 어깨에 기대며 말했다.

"밖에 달빛이 아름다워요. 나가서 산책할래요?"

두 사람은 문 앞 연못에 이르렀다. 그녀는 상처 입은 손을 그의 주머니에 넣고 그와 손가락 깍지를 끼고 걸었다. 선선한 초가을 바람에도 그는 얼굴이 화끈거렸다. 심지어 밤공기에 자줏빛 수련의 꽃잎이 벌어지는 소리마저 들을 수 있었다.

상하이로 돌아오는 기차 안에서 그는 깊은 근심에 사로잡혔다. 모른 척 잊어버릴 수가 없었다. 슈룽은 열이 심했다. 그녀의 바지 주머니에서 꺼낸 돈 가운데 12위안 80전이 남아 있었다. 생수 한 병을 사면서 처음으로 자신의 손이 떨리고 있다는 것을 알았다. 그 돈 사이에서 쪽지한 장을 발견했다. 쪽지에 그의 이름과 주소가 적혀 있었다.

어제 오후, 그들이 처음 만났을 때 몸매가 통통한 쑹후이렌이 돤우에게 상하이 연락처를 물었다. 슈룽은 자기도 적어달라고 하지 않으면 혹시라도 예의가 없는 것은 아닌지 주저하는 빛이 역력했다. 그녀가 가까스로 용기를 내 자기에게도 주소를 적어달라고 말했다. 그런데 지금 그의 이름과 주소를 적은 쪽지가 다시 그 자신에게 돌아왔다. 이는 슈룽이 버림을 받았다는 사실을 안 후에도 그에게 편지를 전할 방법이 없다는 것을 의미했다.

'설마 그녀가 나에게 편지를 쓸 것이라고 기대하는 거야?'

돤우는 자꾸만 자신에게 되묻지 않을 수 없었다. 결연한 의지를 다지면서 그는 자신의 물음에 부정으로 답했다. 그냥 시골 여자애일 뿐이

　　　　　　　　　　　　강남에 봄은 지고

야. 이걸로 끝이야. 두 사람의 미래에 교차점은 없어.

학교는 마치 아무 일도 일어나지 않은 듯 모든 것이 그대로였다. 넉 달 동안 아무 이유도 없이 실종됐던 사실에 대해서도 추궁하는 이가 없었다. 그 폭풍우 속에서 그가 어떤 역할을 했는지 아무도 물어보지 않았다. 그에게 시말서를 쓰라는 사람도, 심사에 협조하라는 사람도 없었다. 심지어 자기 지도교수조차 그의 갑작스런 실종에 대해 단 한마디도 언급하지 않은 채 모든 것을 함구했다.

다시 두 달이 흘렀다. 논문 심사가 반년이나 연기되었다가 마침내 재개되었다. 그리고 그는 순조롭게 철학 석사학위를 취득했다. 지도교수는 그에게 박사과정에 들어가서 계속 연구하든지 아니면 상하이교육출판사에 취업을 하든지 둘 중 하나를 선택하라고 했다. 불행하게도 탄롼우는 지도교수의 속내를 오판했다. 선후배들이 선의로 에둘러 언질을 주었지만 그는 들은 체도 하지 않고 최선을 다해 이듬해 4월에 있는 박사과정 시험 준비에 열을 올렸다. 그리고 필기시험에서 1등을 했지만 마지막 면접을 통과할 수 없었다. 지도교수는 헤이룽장성黑龍江省 출신으로 교사연수를 온 여자를 자기 학생으로 받아들였다.

어쨌거나 지도교수는 그를 잊지 않았다.

노동절에 집에서 조촐하게 식사를 하는 자리에서 이미 부교장이 된 지도교수는 그에게 직장 두 곳을 제시하며 한 곳을 고르라고 했다. 하나는 상하이박물관이고 다른 하나는 바오강 그룹의 정책연구실이었다. 탄롼우는 일찌감치 지도교수와 연을 끊을 기회를 엿보고 있던 터라 다른 사람들이 있는 자리에서 지도교수의 제안을 일언지하에 거절했다. 그와 교수 사이에 격렬한 말다툼이 벌어졌다. 완전히 이성을 상실한 그는 "나이가 드시더니 공명과 이익에 눈이 어두워지셨다"는 식으로 막 말을 퍼부었다. 돤우 자신조차 조금 지나쳤다는 생각이 들 정도였다. 지도교수는 얼굴이 하얗게 질려 욕을 퍼부었다.

"뭐, 이런 놈이 다 있어! 머리에 피도 안 마른 놈이 어디서 이런 짓거리야! 네가 무슨 대단한 놈인 줄 알고 있나 본데, 돼먹지 못한 놈 같으니라고."

돼먹지 못했든 말든 이미 주周나라 곡식을 먹지 않기로 마음을 먹은 터였다. '옜다' 하고 던져주는 자리를 뿌리치고 나왔으니 이것이 마지막 선택일 수밖에 없었다. 이후 그는 사방으로 이력서를 보냈지만 어디에서도 답이 오지 않았다. 그는 두 번이나 채용박람회에 갔었지만 면접 기회조차 얻지 못했다. 곧이어 기숙사 관리인이 우람한 체격의 보위처保衛處(보안실) 경비 두 사람을 데리고 그의 방으로 찾아와 일주일 내에 제1학생 기숙사에서 사라져달라고 요구했다.

이따금 슈룽이 생각나기도 했다. 우수에 젖은 야윈 얼굴이 생각났다. 그녀의 청초한 눈빛. 그녀가 입고 있던 빨간색 라운드 속옷. 그리고 그녀의 상처 입은 손. 그녀가 초은사 연못가에서 그의 볼을 쓰다듬으며 했던 말이 마치 흐르는 물처럼 그의 몸을 스쳐 지나갔다. 마치 소중한 가족을 잃은 것 같은 기분이 들면서 목이 메었다.

사실은 쉬지스에게 전화를 걸어 슈룽의 근황을 물어본 적이 있었다. 지스는 쌍후이렌이 자신을 고발(지스가 영화관에서 그녀의 은밀한 곳, 유방이 아니라 유두를 만졌다고 우겼다)하는 바람에 파출소에서 15일 동안 구류 처분을 받았다고 했다. 그렇기 때문에 돤우가 슈룽의 이야기를 꺼내기 무섭게 '지난 일은 돌아볼 엄두가 안 난다'고 하면서 아예 귀를 막아버렸다. 많이 놀란 것이 분명했다. 돤우는 허푸 선박공정학원에 편지 한 통을 보냈는데 그것도 곧 반송되었다.

그해 6월 초, 그의 브리지(카드놀이의 일종) 맞수인 중문과 고대문헌 전공의 탕보가오唐伯高가 그에게 중요한 취업정보를 전해주었다. 허푸 광산기계공장에서 중문과를 졸업한 비서를 구한다고 연락이 왔는데, 대우가 좋은데도 아무도 가려고 하지 않는다는 것이었다. 탕보가오는 "누구는 한밤중에 과거장으로 달려가고 또 누구는 눈보라 맞으며 고향으로 돌아온다"[7]는 말을 들먹이며 돤우는 원래 허푸 사람이니 굳이 이곳에서 떠돌기보다 차라리 귀거래사歸去來辭를 읊으며 어머니가 계신 곳으로 돌아가는 것이 어떠냐고 물었다. 돤우는 절대 돌아가고 싶지 않았지만 어쩔 수 없이 한번 해보겠노라고 대답했다. 이후로는 일이 술술 잘 풀렸다.

한 달 후, 그는 벌써 학교 사무실에서 호구와 식량, 식용유 관계 등 이전수속을 모두 끝냈다. 사람들은 모두 웃는 얼굴로 그를 맞이했다. 사무직원들은 손에 둥근 도장을 들고 몸을 뒤로 젖힌 채 언제라도 그가 내미는 서류에 확실하게 도장을 찍어 줄 준비가 되어 있었다.

그는 슈룽을 생각하면서 그나마 그녀와 같은 도시에 살게 되었다는 허황된 친근감을 느끼며 스스로를 위안했다.

광산기계공장은 허푸시에서 30km 떨어진 황량한 시골에 자리하고 있었다. 온통 먼지투성이에 매일 공장장과 술을 마시는 것 말고는 달리 할 일이 없었다. 그는 지스에게 연락하여 자신이 이 재수 없는 곳에 온 것은 취업이 아니라 감옥에 갇힌 것이라고 푸념을 늘어놓았다. 천서우런과 쉬지스는 가까스로 돤우와 관련된 서류를 허푸 지방지 사무실로 넘겼다.

---

7) "有人漏夜赶科場, 有人風雪還故鄉辭." 오경재吳敬梓의《유림외사(儒林外史)》

돤우는 허푸에 왔지만 즉시 그녀를 찾아가지 않았다. 그렇게 하고 싶지가 않았다. 지스는 그에게 새로운 여자 친구를 소개시켜 주었고, 돤우 역시 이를 거부하지 않았다. 1년 후, 그와 슈룽은 화롄 백화점 2층 다푸진大福金(금은보석가게)에서 재회했다.

슈룽은 팡자위로 개명한 후였다.

돤우는 슈룽의 개명과 동시에 한 시대가 바뀌었음을 분명히 느낄 수 있었다.

7

주말이었다. 돤우는 저녁 식사 후 아들을 식탁 옆에 앉혔다. 부드러운 아이의 머리카락을 쓰다듬으며 점잖은 목소리로 잠시 외출을 해야 하는데 좀 늦을 거라고 말했다. 그는 아들에게 혼자 '용감하게' 집에 있을 수 있는지 물었다.

"그럼 플레이스테이션 해도 돼요?"

아들이 교환조건을 내놓았다.

"물론이지. 놀고 싶은 만큼 놀아."

"〈나루토〉Naruto 봐도 돼요?"

"그래."

"그럼 사스케 데리고 다이쓰치戴思齊네 집에 가도 돼요?"

"안 돼, 그건 절대 안 돼!"

탄돤우가 단호하게 그의 말을 잘랐다.

　　　　　　　　　　　　　　　　　　　　강남에 봄은 지고

"밖에 나가면 안 돼. 다른 사람을 집에 데려와도 안 되고. 아빠가 열쇠 가지고 있어. 누가 초인종을 눌러도 상대하지 마. 작년 겨울에 우리 단지 13동에서 가족 모두가 살해당한 사건 알지? 일가족 5명, 두 살짜리 아이까지……"

탄우는 더 이상 말하지 않았다. 앵무새를 잡고 있는 아들의 손에 잔뜩 힘이 들어가고 눈은 겁에 질렸기 때문이다.

쉬지스가 오후에 전화를 걸어 저녁에 '호소산장'呼嘯山莊8)에서 모임이 있다고 알려줬다. '국구'國舅도 온다고 했다.

"그런 이야기를 할 수 있는 좋은 기회야. 중개업소를 찾을 수 없으면 국구에게 부탁해서 그 여자를 손봐달라고 하는 것도 괜찮아." 이유를 물어보려고 했지만 이미 지스는 전화를 끊은 뒤였다.

'호소산장'은 천서우런이 강변에 지은 별장이었다. 이제는 사용하지 않는 선창가에서 그리 멀지 않은 곳에 있었다. 서우런은 시정부의 사정을 속속들이 알고 있었다. 그는 5년 후 도크가 있는 부두 일대가 어떤 모습으로 변할지 파악하고 있었기 때문에 인근 어부들에게 싼 가격으로 택지를 대거 사들였다. 못을 파서 물을 대고, 건물을 짓고 토지 구획을 하느라 그야말로 신바람이 났다. 그는 도시건설 담당 부시장과 이탈리아에 다녀오더니 기상천외한 발상으로 강변의 더러운 판자촌을 중국의 쏘렌토로 변신시키겠다고 호언장담했다. 재작년 겨울, 별장이 막 완공되었을 때 탄둬우와 팡자위도 그곳에 가본 적이 있었다. 그곳은 이전에 주로 낚시를 하러 가던 곳이었다. 하지만 아직까지 그 일대에서 화려

---

8) 호소산장(呼嘯山莊): 에밀리 브론테(Emily Brontë)의 《워더링 하이츠(Wuthering Heights)》의 한어 역어.

한 모습 따위는 찾을 수 없었다. 갈대가 지천으로 뒤덮이고 잡초도 무성한 데다 매섭게 강바람이 몰아치는가 하면 야생토끼가 뛰어다니는 바람에 더욱 처연한 느낌이 들었다.

돤우는 길에서 연거푸 세 대의 택시를 잡았지만 어떤 기사도 그 '재수 없는 곳'에 가려고 하지 않았다. 그러던 끝에 옆에서 한참 동안 그를 살펴보던 오토바이 기사가 다가오더니 의뭉스런 얼굴로 그에게 말했다.

"에이 니미럴! 오슈. 50위안인데, 가시겠수?"

돤우는 잠시 주저했지만 오토바이를 타는 것 외에 뾰족한 수가 없었다. 그는 기사의 불룩한 배를 껴안고 강변 부두를 내달렸다.

지난번과 비교하면 서우런의 별장에는 많은 변화가 있었다. '호소산장'이란 명칭은 '화미전장'畵眉田莊9)이라고 고쳐야 할 것 같았다. 뜰 동남쪽에 팔각정을 새로 만들었다. 정자 옆에 태호석으로 가산假山을 만들고, 등나무와 담쟁이넝쿨을 심었으나 아직 산을 뒤덮을 정도는 아니었다. 정자와 별장 사이에 좁은 자갈길이 나 있고 버섯 모양의 가로등도 설치되어 있었다. 조금 전에 깎았는지 잔디의 풀냄새가 공기 중에 진하게 배어 향기로웠다. 원래 마당에 웅덩이를 파고 야외수영장을 만들 거라고 했었는데 지금은 사방에 청석을 깔고 연꽃을 심었다. 동쪽 철문의 마름쇠 벽 옆으로 오동나무도 줄지어 심었다. 1년 남짓한 사이에 오동나무가 부쩍 자랐다. 지스가 알려주길, 서우런이 빨리 자라는 오동나무를 심어 빽빽한 오동나무 울타리로 인근의 더럽고 구질구질한 판자촌과 경계를 지을 의도였다고 했다. 서우런은 병적으로 '아름다움'과 '허

---

9) 에밀 브론테의《워더링 하이츠(Wuthering Heights)》에 나오는 린턴(Linton)가의 저택인 '스러시크로스 그레인지(Thrushcross Grange)'의 역어.

정'虛靜 상태를 숭상했다. 웃통을 벗어젖힌 가난뱅이들을 보면 심란하기 그지없었다. 그런 자들은 서우런이 '정수'靜修(좌선이나 명상 등의 수련)에 돌입할 때 마음을 심각하게 어지럽히는 존재들이었다. 마당 서쪽에는 강을 지나는 고압선 탑 옆까지 이어진 넓은 공터가 있었다. 서우런은 아내 샤오구小顧를 타이저우에서 데려와 공터에 절대 '농약과 화학비료'를 치지 말고 유기농 채소를 재배하도록 했다. 오이, 콩, 토마토, 제비콩, 가지, 마늘 등 있을 건 다 있었다. 하루 세 끼를 충당하고 친구들에게 나눠 줄 정도로 많이 남았다. 광자위도 샤오구가 보낸 부추로 춘병春餅을 만들어 먹었는데 너무 많이 먹어 설사를 하기도 했다.

샤오구가 희미한 등불 아래 복도에서 그를 맞이했다. 좐우가 저녁을 먹었다고 몇 번이나 말했지만 서우런은 한사코 아내를 시켜 완쯔훈툰灣仔餛飩(훈툰은 만두피가 얇은 중국만두, 완쯔는 홍콩의 유명 물만두 브랜드) 한 그릇을 내오도록 했다.

아래쪽으로 낮게 움푹 파인 형태의 넓은 거실에 사람들이 가득 앉아 있었다. 담배 연기가 모락모락 피어올랐다. 사람들은 몇몇 무리로 나뉘어 이야기를 하고 있었다. 문련文聯(중국문학예술계연합의 준말)의 주석인 톈 선생과 허푸 화원의 화가 몇 명을 제외한 다른 이들은 좐우가 모르는 사람들이었다. 그중에는 지방정부 관리들도 적지 않을 것이다. 그들은 보통 입을 다물고 있거나 아니면 뜬금없이 한다는 소리가 도무지 종잡을 수 없는 이야기이고, 말미는 언제나 한숨으로 끝났다. "요즘 백성들은 정말 다루기 힘들어."

서우런이 톈 선생에게 요즘은 하루하루 살아가는 것만도 대단하다고 탄식을 내뱉자 톈 선생이 소파에 등을 털썩 기대며 웃었다.

"제기랄! 살고 싶다고 살아지나?"

그들은 양생경養生經에 대해 이야기를 나눴다. 물을 마실 수도 없고, 우유는 더더욱 안 된다고 하면서, 콩나물에는 표백제, 장어에는 피임약이 들어 있다고 했다. 또한 흰 목이버섯은 유황으로 훈증하고, 돼지고기에는 베타2 성장촉진제가 들어 있다고도 했다. 그래서 이미 암 발병률이 20%를 넘는다는 말도 오갔다. 공기오염에 비하면 흡연이 오히려 안전하다는 말도 나왔다. 톈 선생은 매일 아들이 캐나다에서 사 온 오메가3 한 알과 복합비타민 세 알, 딸이 사다 준 아교阿膠(당나귀의 가죽을 삶아 농축시킨 것으로 보양, 빈혈 및 보습의 효능이 있다)를 먹었다.

돤우가 서우런에게 왜 지스가 안 보이냐고 물었다.

그의 말을 못 들었는지 서우런은 톈 선생에게 자신이 최근 고안해낸 새로운 양생 처방을 알려주느라 열심이었다. "동충하초와 검실芡實(가시연밥), 마, 연밥, 깨를 갈아 가루로 만들어 제비집과 벌꿀, 그리고 낙타젖을 넣어 고르게 저은 다음에 찜통에 찌는 거예요."

"낙타 젖이라! 단봉낙타야 아니면 쌍봉낙타야?" 톈 선생이 이렇게 묻자 옆에 앉아 있던 카디건을 입은 여자아이가 '푸우!' 하고 웃음을 터트렸다. 그녀의 얼굴은 묘하게 애달픈 우수를 띠고 더불어 중년남자들이 그녀를 보면서 이제껏 허송세월을 했다고 한탄할 만한 미모를 지니고 있었다.

서우런이 여자아이에게 웃으며 말했다. "뤼주綠珠! 위층에 가서 쉬 삼촌 좀 불러오렴." 서우런은 조금 전에 돤우가 했던 말을 들은 것이 분명했다.

쉬지스는 위층에서 카드를 하고 있었다.

곧이어 쉬지스가 얼큰하게 취한 모습으로 위층에서 내려왔다 그의 뒤편으로 검은 양복을 입은 사람이 따라 내려왔다. 키가 작고 뚱뚱했지

강남에 봄은 지고

만 상당히 다부지게 보였다. 상고머리를 하고 있었는데, 목은 어디에 있는지 찾을 수가 없었다. 아마도 지스가 전화에서 언급했던 '국구'라는 인물인 것 같았다.

지스는 거실 쪽으로 오지 않고 계단 입구 종려나무 화분 아래에서 돤우에게 손짓을 했다.

위층에 올라간 뤼주는 내려오지 않았다.

세 사람은 별장 대문을 나와 곧바로 맞은편 정자로 갔다. 지스가 돤우에게 탕닝완의 집에 관해 국구에게 설명해주라고 했다. 국구에게 사람을 동원하여 쑨리처럼 생긴 여편네를 내쫓아줄 것을 요청하라는 뜻이었다. 돤우는 국구의 능력을 의심하지는 않았지만 그런 행동이 너무 거칠고 무모한 것이 아닌지 걱정이었다. 그가 머뭇거리다가 겨우 입을 열려고 할 때 국구가 답답하다는 듯 그의 말을 가로챘다.

"이런 일은 어차피 다 비슷비슷해요. 말 안 해도 알아요! 괜히 자질구레한 이야기는 할 필요 없고. 어떤 여자가 어떻게 당신 집을 차지하게 되었는지, 그런 것도 관심 없고! 그냥 까놓고 원하는 것을 말하쇼. 내가 어떻게 손봐주면 되겠소?"

국구가 굵은 시가를 콧구멍 아래 바짝 대고 빙글빙글 돌리면서 말했다. 그의 손에 끼워진 네모반듯하고 큼지막한 반지가 눈에 띄었다.

돤우는 국구를 힐끗거리며 순간 뭐라고 대답을 해야 할지 몰라 마치 애원하듯이 지스를 바라봤다.

"에이 썹할! 요즘 세상에 왕도가 어디 있나? 말해 보슈, 어떻게 해주면 좋겠소? 안 하면 모를까, 내가 한번 뜨면 완전히 뒤집어놓지! 어서 말하라니까!"

국구가 계속 그를 재촉했다.

상황이 이쯤 되자 쉬지스가 나서 국구에게 말했다.

"씹할! 일도 하기 전에 무턱대고 사람 겁주지 말고! 그 집 일은 자네가 좀 처리해 봐. 그냥 쫓아내기만 하면 돼. 다만 사람은 다치지 않게 하고."

국구가 말했다 "그거야 나도 알지. 다 방법이 있어. 염려마쇼."

그때였다. 갑자기 샤오구가 자갈길을 따라 허둥지둥 걸어오는 모습이 보였다. 서우런이 평탄^{評彈}(평화^{評話}와 탄사^{彈詞}의 총칭으로 장쑤성 쑤저우의 전통 설창 예술) 예인들을 불렀는데, 택시가 판자촌이 몰려 있는 선자항^{沈家巷}을 지날 때 개 한 마리를 치어 죽이는 바람에 동네사람들에게 에워싸여 빠져나오질 못하고 있다는 것이었다. 샤오구가 국구에게 빨리 가서 해결을 해달라고 말했다. "몇 푼 쥐어주고 어서 데려와."

"좆같은 새끼들!"

국구가 돌의자에서 벌떡 일어나며 핸드폰을 꺼내 어디론가 전화를 걸었다. 그는 연신 욕지거리를 퍼부으면서 샤오구를 따라 나갔다.

"국구 저 사람, 오늘 술을 좀 하더니 흥분했나 보네."

국구가 나간 후 지스가 돤우에게 말했다.

돤우는 놀란 가슴을 쓸어내리며 정색하고 지스에게 말했다. "이 일에는 저 사람이 끼어들지 않았으면 좋겠어. 자네도 팡자위가 어떤지 잘 알잖아. 큰소리 치고 떠드는 사람 제일 싫어해. 한 달 후면 베이징에서 돌아오니 그때 가서 다시 의논하지. 아직 위기 상황도 아니고. 그냥 방세 몇 푼 손해 보는 거야, 뭐. 괜히 불난 데 부채질까지 해서 국구가 무슨 사달이라도 내면 수습하기 더 힘들어."

돤우의 말을 듣고 지스가 다시 잠시 생각하더니 입을 열었다. "그럼 일단 좀 미뤄 둘까?"

강남에 봄은 지고

"미뤄 둬. 근데 왜 저 사람을 국구國舅라고 불러? 뭐 하는 사람이야?"

"원래 이름은 렁샤오추冷小秋야. 허푸 일대의 유명한 건달이지. 요즘 서우런에게 꼭 붙어 있어. 부하가 70, 80명 되는데 기존 주택을 철거하다 문제가 생기면 부동산업자들이 그에게 '정의구현'을 부탁하지. 그럼 그가 수하의 졸개들을 몰고 가서 닥치는 대로 때려 부수는 거야. 그래서 이곳 사람들은 죄다 그를 무서워하지. 작년에 시의 부동산업계 사람들이 그를 '철거의 고수'로 선정했다니까. 사실 이따금씩 지방정부에서도 암암리에 그에게 도움을 청해."

쉬지스가 피식 웃더니 다시 말을 이었다.

"저 사람 여동생이 하나 있는데 고등학교 다닐 때 나랑 서우런이랑 같은 반이었어. 예쁘게 생겨서 별명이 '양귀비'였다니까. 동생이 황비皇妃니 그 오빠인 렁샤오추는 '국구'國舅 아니겠어?"

"근데 왜 나한테는 한 번도 말을 안 했어? 양귀비는 나중에 어떻게 됐는데?"

"제대군인한테 시집가서 부부가 같이 서우런 회사에서 일해. 양귀비가 서우런의 아들을 낳았다는데, 정말인지 헛소문인지 나도 잘 몰라."

두 사람은 정자에서 이야기를 좀 더 나눴다. 지스는 일어나 다시 위층으로 카드를 하러 갔다.

둰우는 좀 일찍 자리를 뜨려했지만 택시를 잡지 못할까 봐 거실에 있는 텐 선생에게 왔다. 그의 낡은 '오토'奧拓10)로 데려다줄 수 있겠느냐

---

10) 오토(奧拓, Alto): 중국 충칭에 있는 장안영목(長安鈴木) 주식회사에서 만든 자가용 명칭. 장안영목 회사는 중국 창안자동차와 일본 스즈키 주식회사, 중국 스즈키 투자유한회사의 합작회사.

고 물어볼 참이었다. 하지만 톈 선생은 좀 더 있을 생각이었다. 그가 실눈을 뜨고 톤우에게 말했다.

"평탄하는 예인들이 아직 안 왔지 않습니까?"

언제 갔는지 서우런은 이미 떠난 후였다. 거실에 남아 있는 몇몇 사람은 군대에 미친 두 사람을 에워싸고 F-14 전투기의 무장력, 미래 항모의 함재전투기, 99탱크의 작전 성능 등에 대해 물어보고, 난하이南海에서 전투가 벌어지면 베트남을 먼저 칠 것인지 아니면 필리핀을 먼저 칠 것인지에 대해 토론을 벌이기도 했다. 톤우는 군사에 대해 완전히 문외한인 데다 흥미도 없었기에 잠시 귀를 기울이는 척하다 갑자기 아들을 혼자 두고 온 것이 걱정되기 시작했다. 집에 전화를 걸었지만 아무도 받지 않았다. 뭐뭐가 벌써 잠이 들었을 것이라고 추측하는 수밖에 없었다. 국구가 자리를 뜬 지 한참이 지났지만 돌아올 기미가 보이지 않았다. 평탄을 하는 예인들을 당장 구할 듯이 달려 나갔지만 아직 나타나지 않는 것으로 보아 큰소리 치는 것에 비해 그다지 신통한 것 같지는 않았다.

8

톤우는 그윽한 계화桂花 향기를 따라 복도 벽에 걸린 유화를 쭉 둘러봤다. 정신을 차려보니 어느새 거실 서쪽에 있는 주방이었다. 샤오구가 요리사 두 명을 데리고 야참을 만들고 있었다. 주방은 수증기가 가득했다. 샤오구가 뜻밖에도 탕닝완 집 이야기를 꺼냈다. 그녀는 숙련된 솜씨로 찹쌀완자를 빚어 설탕과 계화를 넣고 냄비에 완자를 튀겼다. 이어 감주가 담긴 병을 돤우에게 내밀며 열어달라고 했다.

돤우는 요리에 대해 자못 흥미가 있는 척하며 샤오구와 이야기를 나누다 가끔은 자기가 생각하기에도 따분한 질문 한두 개를 던졌다. 예를 들면 팥소에 왜 돼지기름을 넣는지, 이 계절에 계화는 어디서 구했는지 등이었다. 그는 주방에 북쪽 뜰로 난 작은 문이 있는 것을 발견하고 바람을 쐬러 밖으로 나갔다.

'호소산장'은 강가의 완만한 비탈에 있었다. 청석이 깔린 작은 길을 따라 앞으로 걸어가면 풀이 가득한 언덕 끝까지 갈 수 있었다. 은은하게 반짝이는 물빛이 아름다웠다. 그곳은 창장의 안쪽에 인공으로 만든 강으로 홍수 때 물을 빼내기 위한 일종의 내하^{內河}였다. 강변에 접어둔 파라솔 하나와 나무 의자 두 개가 있었다. 평소 서우런이 낚시를 하는 곳으로 돤우와 지스도 가끔 놀러온 적이 있었다. 그들은 그곳에서 낚시를 하며 차를 마셨다.

내하에는 풀이 가득한 댐이 있었는데 맞은편 창장의 커다란 댐으로 이어졌다. 어둠 속 강물에서 역겨운 비린내가 났다. 뻐끔거리는 물고기 소리도 들렸다.

돤우는 의자의 이슬을 털어내고 앉으려다가 맞은편 강둑에 사람이 있는 것을 발견했다. 상대가 그에게 손짓을 했다.

댐을 따라 맞은편 언덕으로 걸어갈 때 별장에서 평탄 노랫소리가 들렸다. 다만 비파소리는 그리 잘 들리지 않았다. 댐에서 새는 물소리가 악기 소리를 집어삼켰다.

"담배 가져왔어요?"

댐에 쪼그리고 앉은 사람이 그를 향해 크게 외쳤다.

돤우는 상대가 누군지 알 수 있었다. 그가 댐 한가운데 서서 말했다.

"담배 안 가져왔으면 되돌아가라는 뜻이야?"

뤼주가 키득거렸다.

그녀는 서우런과 친척이었다. 샤오구는 이모라고 부르면서 이상하게도 서우런은 '꼬마 이모부'라고 불렀다. 왜 그런 호칭을 쓰는지 알다가도 모를 일이었다. 평소 모임이 있을 때 서우런이 이따금 그녀를 데리고 나왔다. 돤우는 뤼주와 이야기를 나눈 적이 없었다. 뤼주는 나름 도도해서 사람들과 잘 어울리지 않는 편이었다. 그녀의 눈에 비친 이들은 누구든 가까이하고 싶지 않은 타인일 뿐이었다. 서우런의 말을 빌리면, 그녀는 오로지 자신의 미모를 감추려는 일념으로 언제나 꾀죄죄하고 너저분한 모습을 하고 다닌다고 한다. 그래서 그런지 언제나 잠에서 덜 깬 사람처럼 몽롱하게 보였다.

담뱃불을 붙일 때 불빛이 그녀의 얼굴을 비췄다. 눈언저리가 붉은 것이 눈물이 반짝이는 듯했다. 돤우는 못 본 척했다. 두 사람은 2, 3미터 거리를 두고 강둑에 나란히 앉아 수면을 바라보았다. 바닥에 길고 가는 흰색 담배꽁초 몇 개가 흩어져 있었다.

돤우가 그녀에게 왜 이곳에 혼자 있냐고 물었지만 그녀는 대답하지 않았다.

"이 일대가 광링의 조수廣陵潮를 볼 수 있는 곳이라던데요."

뤼주가 뜬금없이 말했다. 아직 어린아이의 맑고 고운 티가 묻어나는 목소리였다.

"창장이 이곳에서 바다로 들어가지. 그래서 예전에는 이 일대를 하이먼海門이라고 불렀어."

강 수면에 물안개가 하얗게 피어올랐다. 강둑 아래 드넓은 갈대숲과 강변에 군데군데 보이는 모래톱이 강 한가운데 물결선까지 이어져 있는 듯했다. 지나는 선박의 모습은 보이지 않았다. 어둑한 안개 너머 먼 곳에서 탕탕거리는 엔진소리와 묵직한 기적소리가 들려왔다. 노란 안개가 맞은편 도시의 불빛을 막고 있었다. 발전소의 우뚝 솟은 거대한 굴뚝까지도 그림자만 어른거릴 뿐이었다. 달은 없었다.

"앞에 어화漁火(고기잡이 어선의 불빛) 보여요?" 뤼주가 먼 곳을 가리켰다.

"강변의 어부가 그물을 친 걸까요?"

그녀가 가리키는 방향을 보니 강둑 서쪽에 불빛이 반짝였다. 마치 여름밤 불빛처럼 가물가물 깜빡거렸다.

"가보고 싶지 않아요?"

돤우가 말했다. "가까워 보이지만 멀어. 산을 보고 달려가다 말이 쓰러진다는 말이 있잖아. 날이 밝을 때까지 걸어도 닿지 못할 수도 있어."

"어차피 할 일도 없는데요, 뭐."

뤼주는 벌써 자리에서 일어나 있었다.

"여기 안 오셨으면 나 혼자서는 가볼 생각을 못했을 거예요."

그녀의 말소리가 웅얼웅얼 뭘 먹고 있는 것 같아 물었다.

"사탕요. 먹을래요?"

그녀가 사탕을 꺼내 돤우에게 주면서 그를 끌어당겼다. 그녀의 손이 차가웠다.

그들은 강둑을 따라 서쪽으로 걸었다.

뤼주의 고향은 타이저우다. 부모는 모두 사업을 했다. 각자 전해알

루미늄 업체와 황산구리 업체를 경영했다. 아버지가 돌아가신 후 그녀가 열일곱 되던 해에 어머니와 대판 말다툼을 하고 집을 나왔다. 거의 중국의 반을 돌아 간쑤의 둔황에 이르렀다. 더 이상 앞으로 나아가고 싶지 않았다. 고비사막의 처량한 일몰이 아름다웠다. 그녀의 유일한 동행은 항상 그녀를 떠나지 않는 슬픔이었다. 기억하건대, 슬픔이 마치 작은 뱀처럼 그녀의 몸에 똬리를 틀고 앉아 그녀와 함께 자라났다. 그녀는 이 세상이 지긋지긋하게 재미가 없었다.

그해 여름, 서우런은 독일에서 카피해온 기술로 시닝西寧의 PVC창호를 생산하는 기업에 투자했다. 그는 샤오구와 시닝의 업무를 처리하고 한가해지자 밍사산鳴沙山의 웨야취안月牙泉에 갔다. 가는 길에 뇌음사雷音寺라는 고비사막의 옛 사찰을 지나다 우연히 뤼주를 만나 양쪽 모두 깜짝 놀랐다. 당시 뤼주는 어메이산峨眉山에서 온 탁발승을 만나 향불 연기 감도는 천정天井(마당의 방과 방 또는 방과 담장 사이에 하늘이 보이는 공간)에서 한가로이 차를 마시고 있었다.

샤오구가 기쁨에 들떠 언니에게 전화를 걸어 공치사를 늘어놓았지만 뤼주의 엄마는 단 한마디만 했다. 그녀는 '난 그런 딸 없다'는 말만 하고 전화를 끊었다.

"내 이럴 줄 알았다면 차라리 태어나지 말 것을."[11]

뤼주가 흥얼거렸다.

그들은 이미 폐기된 도크 부근에 이르렀다. 공기 중에 비릿한 철 녹슨 냄새가 가득했다. 그녀가 무심히 《시경》의 구절을 인용하는 것을 보

---

11) 《시경·소아(小雅)·어조지십(魚藻之什)·초지화(苕之華)》, "지아여차, 불여무생(知我如此, 不如無生)."

강남에 봄은 지고

고 돤우는 적이 놀랐다.

"뇌음사에 있을 때 출가하고 싶었던 거야?"

돤우는 그녀가 바닥을 알 수 없는 도크의 틈새로 빠지지 않도록 손을 잡고 거대한 강철 들보 사이를 통과했다. 그녀의 경력은 황당무계하고 기이하기만 했다.

"나한텐 출가란 개념이 없어요. 그냥 깨끗한 어딘가를 찾아 죽어버리고 싶은 생각뿐이에요. 그곳의 깊은 마당이 좋고, 바닥의 이끼, 커다란 나무의 짙은 녹음이 좋았어요. 마당 구석에 무궁화가 있었죠. 지극히 평범한 꽃이에요. 우리 고향에는 집집마다 무궁화로 마당 울타리를 만들어요. 너무 평범해서 별로 주의 깊게 본 적이 없었죠. 그런데 사실은 정말 예쁜 꽃이에요. 크림색 꽃잎, 화심花心 부분의 검은 점, 마치 나비 날개 같죠. 그날 오후 뇌음사에는 여행객이 없어서 나 혼자 멍하니 서 있었는데 어메이산에서 오신 스님이 맨발로 그곳을 지나갔어요. 나이는 들고 꼴이 말이 아니었는데 갑자기 내게 말을 건네더군요. 그 말에 한참을 울었어요. 그리고 출가도 썩 괜찮겠구나 생각했어요.

"그 스님이 뭐라고 했는데?"

"그냥 허허 웃었어요. 뒤돌아보니 스님이 이가 거의 다 빠져서 입이 쪼글쪼글하더라고요. 스님이 '소나무는 천 년을 살다가 썩고, 무궁화는 하루 만에 시든다'松樹千年朽, 槿花一日歇고 했어요. 처음엔 잘 못 알아들어서 다시 한 번 말해달라고 하고 싶었는데 어느새 사라졌더라고요."

그녀가 뇌음사에서 '꼬마 이모부'를 우연히 만났을 때 탁발승은 이미 그녀를 제자로 받아들이겠다고 약속하고 순화舜華라는 법명을 준 상태였다. 그녀는 이 법명이 정말 맘에 들었다. 순화는《시경》에 나오는 무궁화의 별칭이다.

뤼주는 서우런을 따라 허푸로 돌아왔다. 며칠 지나지 않아 냉정을 되찾은 어머니가 타이저우에서 달려왔다. 하지만 뤼주를 데려가겠다고 고집하진 않았다. 대신 동생인 샤오구에게 뤼주를 부탁했다. 떠나기 전 그녀에게 은련카드^{銀聯卡}(Union Pay 카드)를 주고 갔다. 서우런과 샤오구 두 사람은 머리를 맞대고 상의한 끝에 카드에 있는 돈으로 그녀를 호주의 회계학교에 보냈다. 하지만 뤼주의 멜버른 생활은 반년도 되지 못해 끝났고 그녀는 곧이어 유럽으로 향했다. 카드의 돈을 거의 다 썼을 무렵 뤼주는 다시 허푸로 돌아왔다. 해외 생활이 재미가 없었다고 했다. 어디를 가도 빌어먹을, 정말 재미가 없었다.

서우런은 하는 수 없이 회사에 그녀의 자리를 마련했다. 하지만 뤼주는 회사에 출근하는 법이 없었다. 흥이 나면 그냥 이모와 함께 마당의 화초와 채소를 가꿨다.

그의 핸드폰이 울렸다.

돤우는 마음의 준비가 되어 있었지만 팡자위의 반응은 예상보다 더 혹독했다. 뤼주 앞에서 그녀와 말다툼을 벌이고 싶지 않아 목소리를 내리깔며 짐짓 아무렇지 않은 척했다. 이러한 그의 태도에 팡자위는 더 발끈했다.

"어디예요? 지금 어디냐고 묻잖아요? 누구랑 같이 있어요? 친구 누구요? 이름이 뭔데요? 정말 갈수록 가관이군요! 뭐라고요? 아이를 혼자 집에 놔두다니! 12시가 다 되어 가는데 아직도 밖이라니! 뭐가 그래, 그래예요! 뭐가 어떠냐고요? 미국이라면 이건 범법행위예요! 알아요, 몰라요?"

마지막 말에 돤우는 화가 치밀었다.

그놈의 빌어먹을 미국! 그는 속으로 욕을 퍼부으며 팡자위의 욕설에 대충 동문서답하는 식으로 얼버무렸다. "그래, 그래. 나중에 다시 이야기해." 말을 마친 그는 핸드폰을 끊어버렸다.

그들은 이미 강둑을 따라 한참을 걸었다. 고개를 돌렸을 땐 이미 조금 전 도크의 철탑도 보이지 않았다. 곧이어 코를 찌르는 악취가 났는데 앞으로 갈수록 심해졌다. 돤우가 몇 번이나 돌아가자고 했지만 뤼주의 흥은 가라앉지 않았다.

"다 왔잖아요! 다 왔어요, 조금만 더 가요. 어민이 잡은 활어를 사가지고 갈 수도 있어요. 게도 있을지 몰라요!"

그러나 그들의 마지막 종착지는 거대한 쓰레기매립장이었다. 창장 댐 남쪽 둔덕에 쌓인 쓰레기산은 끝이 보이지 않을 정도였다. 그물을 치고 고기를 잡는 어부는 없었다. 활어와 게도 없었다. 상상 속의 어화漁火는 쓰레기매립장에서 나온 것이었다. 시내로 통하는 도로에 환하게 불을 밝힌 쓰레기 운송차량이 길게 줄을 이었다. 쓰레기산 꼭대기에서 수십 명이 손전등을 들고 긴 장화를 신은 채 한데 모여 쓰레기를 뒤졌다. 그들로부터 멀지 않은 댐 아래 쓰레기로 에워싼 공간에 작은 간이음식점이 하나 있었다. 몇몇 쓰레기 운반 기사들이 노천 탁자에 둘러앉아 큰 소리로 이야기를 나누며 맥주를 마셨다.

뤼주는 그다지 실망한 티를 내지 않았다. 그녀는 돤우에게 담배 한 개비를 달라고 한 후 강둑에 앉아 멍하니 술을 마시고 있는 사람들을 바라봤다.

돤우는 어쩔 수 없이 역한 냄새를 참으며 그녀 옆에 앉았다. 무엇이 또 그녀의 상처를 건드렸는지 뤼주는 다시 우울한 모습이었다. 돤우가 그녀를 위로할 말을 찾고 있을 때 갑자기 그녀가 나지막이 말했다.

"세상에, 저렇게 개뼈다귀 같은 인생도 나보다 더 잘 지내네."

"개뼈다귀라니?"

"거지발싸개 같은 저 사람들 말예요."

"멀쩡한 사람들 보고 왜 그래? 널 보고 뭐라고 한 것도 아닌데."

돤우가 웃기 시작했다.

"그리고, 저 사람들이 너보다 잘 지낸다고 누가 그래?"

"적어도 즐기고 싶을 때 즐기고……."

"냄새 역겹지 않아?"

잠시 후 돤우가 아이를 달래듯 그녀에게 물었다.

"상관없어요."

"설마 날이 밝을 때까지 이 쓰레기장을 지키고 있을 거란 소리야?"

"난 상관없어요. 정말요. 뭐래도 상관없어요." 여전히 그 소리였다.

"마치 《홍루몽》의 임대옥林黛玉과 사상운史湘雲처럼?"

그가 농담하듯 뤼주에게 말했다.

"다만 차 대접해주는 묘옥妙玉(《홍루몽》에 나오는 머리를 기른 비구니)이 없어서 아쉽네."

9

돤우가 '호소산장'에서 집으로 돌아온 것은 다음 날 새벽 다섯 시가 조금 넘어서였다.

강남에 봄은 지고

서우런이 직접 자신의 캐딜락을 몰고 돤우를 집까지 데려다줬다. 서우런은 그에게 '황학루'黃鶴樓 담배 두 갑과 헤이룽장성黑龍江省 '오대연지' 五大連池12)의 특산품인 쌀 한 포대도 선물했다. 물론 샤오구가 준비한 커다란 바구니의 채소도 빠지지 않았다. 희끄무레한 새벽빛 아래 서우런에게 작별인사를 할 때 그는 갑자기 연거푸 하품을 해대는 이 옛 친구가 전에 알던 것처럼 그렇게 저속하지만은 않다는 느낌이 들었다.

그는 새벽 어스름 아래 어제 일기에 다음과 같은 내용을 덧붙였다. 첫 구절이다.

아름다운 사물이 눈앞에 다가왔다.

이어진 말은 첫 번째 말과 아무런 관련이 없었다.

가장 마음을 사로잡는 건 순결함과 고요함, 그리고 삶과 죽음에 대한 깨달음.

자신이 보기에도 뜬금없었다.

돤우가 아들의 아침을 준비할 때 뤄뤄는 이미 양치를 끝내고 앵무새에게 먹이를 주고 있었다. 팡자위가 촨시川西(쓰촨 서쪽) 티베트자치구에서 저 귀염둥이를 데려온 이후로 아들은 단 한 번도 늦잠을 잔 적이 없었다. 아이는 사스케가 굶을까 봐 걱정이었다. 아이는 앵무새에게 잣,

---

12) 오대연지(五大連池): 헤이룽장성 가운데 휴화산이 무리지어 있는 자연풍경구. 1720년 화산 활동으로 이루어진 다섯 개의 큰 호수로 인해 오대연지라고 한다.

해바라기씨, 호박씨, 기장, 야채즙을 먹었다. 영양을 보충해주느라 시도 때도 없이 씨앗과 잣 표면에 녹인 버터를 발랐다.

"아빠, 사실 어제 아빠를 위해 거짓말을 했는데 아쉽게도 실패했어."

식탁에서 뭐뭐가 달걀 프라이를 빵에 끼워 넣으며 아빠 기분을 살폈다.

"무슨 말이야?"

"어젯밤에 엄마가 아홉 시에 전화했었거든. 거짓말로 아빠가 샤워한다고 했어. 엄마가 그래, 하고 끊었는데 그게 11시 조금 넘어 다시 전화가 와서……."

"그래서?"

"또 샤워하고 있다고 했어."

아들이 멋쩍은 듯 웃었다.

"엄마가, '뭐? 두 시간 동안이나 계속 샤워를 하고 있어?'라고 했어."

"그래서?"

돤우가 아이의 머리를 쓰다듬은 후 목에 빨간 스카프를 매주며 물었다.

"사실대로 말했더니 엄마가 벌컥 화를 냈어."

아들 말에 돤우는 짜증스런 고민에 빠졌다. 팡자위에게 어젯밤 일에 대해 뭐라고 해명을 해야 할지 고민이었다. 거짓말을 지어내는 것도 이젠 정말 지겹다. 하지만 뤼주와 만난 후 영혼의 숨구멍이 트이는 느낌이 들었다.

아들을 보낸 후에도 그는 전혀 무료하지 않았다. 거실 소파에 기대 잠시 음악을 들었다. 바흐의 평균율이었다. 차이렌파오가 부쳐준 진공

관앰프로 바꾼 후 확실히 글렌 굴드^{Glenn Gould}(1932~1982, 캐나다 피아니스트)의 피아노 소리가 훨씬 더 매끄럽고 풍성해졌다. 심지어 세상과 떨어져 고고한 생활을 추구하던 굴드가 어머니가 그를 위해 특별히 만들어 준 작은 걸상에 앉아 과장되고 기괴한 몸짓으로 연주하며 주위에 아무도 없는 듯 병적으로 흥얼거리는 모습이 눈앞에 보이는 듯했다. 돤우는 뭔가에 병적으로 몰두하는 이들을 좋아했다. 2년 전쯤, 그는 어우양장허^{歐陽江河}와 함께 몬트리올에서 열리는 시^{Poetry} 페스티벌에 참가했다. 동행한 시인들 중에 굴드를 아는 사람은 아무도 없었다. 그들의 최대 관심사는 노먼 베쑨^{Norman Bethune13)}의 동상을 찾는 데 있었다.

그는 음악을 듣다가 설핏 잠이 들었다. 10시가 조금 넘어 직장 동료인 샤오스로부터 전화가 왔다. 그녀가 한껏 목소리를 낮춰 그에게 말했다.

"조금 전에 펑 선생이 자료실로 찾아왔었어요. 두 번이나요. 급한 일이 있나 봐요. 내가 대충 문화산업관리회에 갔다고 둘러댔어요."

"또 그 문화산업관리회. 그 핑계는 그만 대. 다른 데 갈 수도 있잖아. 문화재국이나 계획위원회, 아니면 발전개혁위원회라든가. 물론 필요한 경우에는 병이 났다고 할 수도 있고."

돤우가 웃었다.

그녀의 거짓말 솜씨가 아들과 엇비슷하다는 생각이 들었다.

"펑 선생은 갔는데 이번에는 라오구이^{老鬼}(늙다리)가 왔어요. 낮에 톈톈위강^{天天漁港}(유명 음식점)에 가서 갈치 먹자고요. 어떻게 하죠?"

---

13) 노먼 베쑨(Norman Bethune, 1890~1939): 캐나다 출신의 세계적인 의사. 중국 이름 바이추언(白求恩)은 은혜를 베풀어 사람을 구한 은인이라는 뜻이다. 허베이성(河北省) 혁명 열사 무덤에 묻혔다.

"그럼 가면 되지!"

돤우가 웃었다.

샤오스가 '피!' 하며 전화를 끊어버렸다.

10

지방지 사무실이 있는 3층짜리 회색 서양식 건물은 시정부 마당 서북쪽 구석에 자리하고 있었다. 오랫동안 개보수를 하지 않아 건물이 낡고 지저분했다. 누가 지었는지, 언제 지었는지조차 알 수 없는 건물이었다. 군데군데 석회가 떨어져 얼룩덜룩하고 이끼는 잔뜩 낀 데다 넝쿨이 한가득 자라있었다. 그곳은 각종 작은 동물들의 피신처였다. 쥐, 바퀴벌레, 흰개미, 벽호, 칠성무당벌레 등 셀 수도 없을 정도로 많은 동물과 벌레들이 출몰했다. 언젠가 현지 사람들이 능구렁이라 부르는 독 없는 얼룩무늬 뱀이 발견된 후 원래 그곳에 있던 여성연합회가 그날 밤으로 이사를 나갔고 때마침 갈 곳을 고민 중이던 지방지 사무실이 들어왔다.

돤우가 사무실에 출근하기 시작했을 때는 기관에서 숙소를 제공할 수 없었기 때문에 비록 암묵적이긴 하나 임시로 사무실에서 기거할 수 있었다. 그해 겨울, 전기난로에 국수를 삶다가 실수로 나무 바닥을 태우는 바람에 바닥에 구멍이 생겼다. 갓 태어난 쥐새끼들이 줄줄이 시커멓게 그을린 구멍에서 기어 나왔다. 모두 다섯 마리의 새끼 쥐들이 부들부들 떨며 돤우의 신발 발등으로 기어 올라왔다. 연분홍빛 소시지처럼 유약하고 꼬물거리는 모습에 그는 쥐에 대한 혐오감을 버렸다. 그는 그

강남에 봄은 지고

중 가장 작은 새끼 하나를 골라 필통에 넣고 채소 찌꺼기나 남은 밥을 먹였다. 마치 이야기에 나오는 두더지처럼 그의 옆에서 먹물을 핥아주길 바라며(루쉰이 뱀에게 물린 두더지 한 마리를 종이상자에 넣어 키웠는데 상처가 다 아물고도 루쉰 곁을 떠나지 않고 루쉰이 서예 연습을 할 때면 때로 먹물을 핥아 그의 습자 시간을 즐겁게 해줬다는 이야기가 전해진다) 쥐를 보살폈다. 확실히 영양이 과다했는지 쥐새끼는 통통하고 실하게 자랐다. 결국 필통 위에 올려놓은《더블린 사람들》Dubliners(제임스 조이스의 단편소설집)을 들추고 나올 정도로 힘이 세진 쥐는 필통을 탈출해 어디론가 도망쳐 버렸다.

적막했지만 자유로웠던 시절이었다. 따분했다. 회색 건물에서의 삶은 마치 스님이 수양생활을 하는 것처럼 신경 쓸 것도, 해야 할 일도 없었다. 유일하게 그를 곤혹스럽게 만드는 건 현실감을 전혀 느낄 수 없는 생활이었다. 그는 자신이 카프카의《성》주인공인 측량기사 K처럼 느껴질 때도 있었다. 허푸시는 도대체 지방지 사무실 같은 상설기관이 필요하긴 한 걸까? 그것은 1990년 8월 허푸 광산기계에서 이곳으로 전근해 온 후 줄곧 돤우를 곤혹스럽게 만드는 문제였다. 지금까지도 이에 대한 답을 얻지 못한 상태이다.

청대 문인 이두李斗의《양주화방록》揚州畵舫錄과 명대 문인 유동劉侗의《제경경물략》帝京景物略 등 몇 권의 책 이외에 돤우는 지방지장고地方志掌故 같은 문헌들에 대해 별로 아는 바가 없었다. 그저 예전 같으면 지방지를 개인이 엮던 것처럼 '회좌14)이유'淮左二兪라고 불리던 유희루兪希魯(원元대

---

14) 회좌(淮左): 송대 소북(蘇北)과 강회(江淮)에 회남동로(淮南東路)와 서로를 만들었는데, 회남동로를 회좌, 서로를 회우라고 했다. 회우는 지금의 안후이성으로 산이 많고, 회좌는 장쑤성으로 물이 많다.

《지순진강지》至順鎮江志의 편집자)와 유양兪陽 같은 식이었다. 이로 인해 그는 자신이 지방지 사무실로 발령을 받은 이유가 지방의 어떤 '선비'의 조수로 파견된 건 아닌가 하는 착각이 들었다. 더욱 뜻밖의 사실은 이곳이 지방의 국局급 기관이라는 것이다. 업무인원만 해도 20여 명에 달했다. 주임, 부주임뿐 아니라 그 아래 편집심사과, 편집1과, 편집2과, 문서과, 자료과 등 여러 부서가 존재했다.

일반적으로 지방지는 30~50년 간격으로 한 차례 수정이 이루어지는 것이 관례다. 그러나 시정부에서 최근 이른바 '성세수지'盛世修志(태평성세에 지방지를 편찬한다는 뜻)의 전통에 착상하여 편찬 간격을 20년으로 단축했다. 설사 그렇다고 할지라도 딱히 편찬할 지방지가 없는 시절에도 이렇게 많은 이들이 어둡고 축축한 작은 건물에 모여 어영부영 세월을 흘려보낸단 말인가?

다행히 '연감'年鑑이란 것이 있었다.

중국이 빠르게 발전하고 새로운 일이 대거 발생하면서 매 순간 변하고 있는 통계숫자와 격동에 휘말린 거대하고 복잡한 인심, 사회발전의 성과 모두 연감에 반영해야 했다. 게다가 연감의 편집과 정리 역시 이후 지방지의 편찬에 반드시 필요한 자료이다.

이곳의 임금은 심지어 광산기계공장만도 못했고, 돤우 이외에 다른 사무원들은 모두 쉰 살이 넘은 데다 심리상태 역시 그다지 건강하지 못했다. 샤오스가 오기 전까지 지방지 사무실에는 단 한 명의 여자도 없었다. 매번 연감 편집을 위해 시정부의 여러 부서에 들어갈 때면 그곳 사람들의 경멸과 분노에 찬 눈초리를 견뎌야만 했다. 팡자위는 부부싸움을 할 때마다 그를 '작은 건물에서 조금씩 썩어 문드러져가고 있다'고 비꼬았다. 하지만 사실 돤우는 이렇게 있어도 그만, 없어도 그만이며 중요하지 않지만 그렇다고 완전히 중요하지 않은 것도 아닌 이런 기관이 마음에 들었다. '썩어 문드러져가는' 처지가 오히려 마음에 들었다는 뜻이다.

그는 서서히 산처럼 쌓인 책과 종이에서 풍기는 곰팡내에 익숙해졌다. 비가 오는 날이면 자료와 사무실 남쪽 창을 통해 마당 저편 잡풀 우거진 간석지를, 까맣게 반짝이며 악취 풍기는 고운하古運河(항저우에서 베이징에 이르는 옛 운하)를, 그리고 물결을 가르는 선박을 바라보며 고여 있는 물에서 잔잔히 물결이 일렁이는 부염浮艶한 아름다움을 느낄 수 있었다. 이런 모습들이 때로 그의 시적 정취를 불러일으키고 자양분이 되었다.

지방지 사무실의 주임이 세 번이나 바뀌었다. 작년에 온 주임은 궈싱춘郭杏村이란 자로 원래 시정부 문화국의 국장이었다. 그는 여론이 들끓었을 뿐, 정확한 증거가 없었던 스캔들로 인해 시정부 안에서의 수평 인사이동을 받아들였다. 그와 거의 동시에 지방지 사무실로 전근한 샤오스는 조금 맹하긴 해도 사무실의 유일한 여성인 데다 궈 주임의 총애를 받았다. 궈 주임은 자주 자료과에 들러 그녀와 인생 이야기를 나눴다. 이따금 한밤중에도 불러내 다실에서 카드를 친다는 이야기가 있었다.

샤오스는 뒤에서 그를 '라오구이'라고 불렀다.

궈 주임은 중요 영도자이니 당연히 아무것도 안 할 이유가 있었다. 진짜 실무 책임자는 허푸일중鶴浦一中(허푸 제일중학) 퇴직자인 어문교육연구조의 조장이었다. 그는 지방지와 연감의 실질적 편집장이자 최종심사위원으로 이름은 펑옌허馮延鶴이다. 그는 업무에 조금도 소홀함이 없는 괴상한 성격의 노인네였다.

그의 결벽증은 병적이었다. 사무실의 난 화분 몇 개를 키우고 정리를 할 필요도 없는 방을 정기적으로 정리하느라 엄청난 정력을 기울였다. 그는 어찌나 빨래를 해대는지 하얗게 빛이 바랜 남색 토시를 항상 차고 다녔다. 세균이 옮지 않을까 하는 걱정에 악수를 하는 법이 없었고 다른 사람과 이야기를 할 때면 얼굴에 침이 튀지 않을까 걱정했다. 업무 보고를 하러 그의 곁에 가면(불문율에 따라) 으레 두 발 물러서고 나서야 그가 입을 열었다. 돤우는 그를 모티브로 한 〈허푸 지방지 사무실의 굴드 씨〉라는 시를 쓴 적도 있었다.

다만 안타깝게도 그는 피아노를 칠 줄 몰랐다.

평옌허는 부하들의 업무능력에 대한 불신이 강했다. 그는 지금껏 한 번도 돤우와 이야기를 나눌 필요성을 느끼지 못했다. 반년 전에야, 일 년 중 가장 한가한 여름에서 가을로 넘어가는 시기에 그는 전체 직원을 회의실로 불러 이른바 '집단학습'을 실시했다. 그는 허푸사범학원에서 고대 한어를 전공한 부교수 한 명을 초청하여 모두에게 고대 문자에 대한 수업을 받도록 했다. 참가한 직원들 중에 초등학생 과외수업과 같은 '집단학습'을 중요하게 생각하는 사람은 거의 없었다. 첫 번째 수업 시간에 과반수 이상이 탁자에 엎드려 잠을 잤다. 평옌허는 당혹스러움을 감출 수 없었다. 그는 교수의 강연을 중단시킨 후 직접 사람들에게 다가가서 자는 사람들을 하나하나 흔들어 깨웠다. 이어 작은 칠판에 오원伍員(초나라 오자서伍子胥), 고요皐陶(중국 상고시대 전설 속 인물), 역이기酈食其 (중국 진秦 말기 유방劉邦의 참모이자 세객說客), 만사설萬俟卨(악비를 무고한 남송시대 감찰어사. 성이 만사) 등 고대 인명을 적었다. 그는 장내의 사람들을 향해 만약 칠판에 적힌 이름을 정확하게 발음하는 사람이 있다면 집에 돌아가 잠을 자도 되며 이런 집단학습에 참가할 필요가 없다고 했다.

샤오스가 쿡쿡 찌르며 바람을 넣고 이에 덩달아 사람들이 박수를 치는 바람에 탄롼우는 얼떨결에 자리에서 일어나 자신 없는 목소리로 칠판의 이름들을 읽어갔다. 그가 이름을 다 읽자 장내가 쥐 죽은 듯이 고요했다. 샤오스만 작은 소리로 그에게 바보 같은 걱정을 털어놓았다.

"오, 난 왜 전부 틀린 것 같죠?"

펑옌허가 모두 맞았다고 선언하며 어느 대학을 졸업했는지 물었을 때 샤오스의 얼굴이 마치 발정 난 닭의 볏처럼 빨갛게 달아오르며 수치심이 분노로 변해 그의 팔을 세게 꼬집었다.

롼우는 그 즉시 회의실을 떠날 수 있는 권리를 획득했지만 이를 실행에 옮기는 대신 겸손한 모습으로 회의실 모퉁이에 움츠리고 앉아 얌전하게 영도자를 쳐다보았다. 이로 인해 펑옌허는 그가 배움에의 겸허한 자세를 갖춘 진취적인 청년이라 착각하고 그에 대해 각별한 애정을 보여주기 시작했다.

물론 이런 집단학습을 통해 펑옌허는 의심의 여지가 없는 절대적인 권위를 확립했다. 마치 다른 이의 전과를 손에 쥔 사람처럼 그는 단 한 번의 고생으로 영원히 남보다 못함을 창피스럽게 여기게 된 부하직원들의 '수치'羞恥라는 은행에서 안정적인 '이자'를 얻을 수 있었다.

사실 펑옌허는 언변이 뛰어나고 바둑을 좋아했다. 자칭 아마추어 3단이라고 했는데 탄롼우는 아마추어 초단의 실력으로 일부러 허점을 보이며 그에게 승리를 양보하느라 머리를 굴려야 했다. 언젠가 복기復棋를 끝냈을 때 펑 주임이 그에게 아무런 걱정 말고 지방지 사무실의 업무에 대해 허심탄회하게 의견을 말해보라고 했다. 순간 롼우는 열성적으로 한바탕 불평을 늘어놓은 후 지방지 사무실은 근본적으로 존재할 필요가 없으며 이에 사무실을 없애야 한다고 말했다.

평옌허가 이맛살을 찌푸렸다. 그는 돤우에게 《장자》를 잘 읽어보라고 했다. "모든 일이 하나의 '혼돈'이니 그 근원을 캐보지 않으면 안 된다"고 말하기도 했다. 그는 계속해서 돤우에게 물필勿必(절대화하지 말 것), 물아勿我(자기만 옳다고 생각하지 말 것), 물고勿固(틀에 박히지 말 것), 물집勿執(집착하지 말 것)의 이치를 늘어놓으며 장자의 어록을 인용하기 시작했다. 천하는 추호지말秋毫之末(가을철 털갈이를 할 때 매우 가늘어진 동물의 털이란 뜻으로 사소한 것을 의미한다)과 다름없다, 취한 자는 수레에서 떨어져도 죽지 않는다, 천하가 혼탁하니 장중한 말(또는 장자의 말)로 더불어 이야기할 수 없다天下沈濁, 不可與莊語 등등이었다.

돤우는 중문과를 졸업하긴 했지만 그의 말을 완벽하게 이해할 수 없었다. 하지만 마지막 말만은 분명하게 그 뜻을 헤아릴 수 있어 조용히 자기 마음에 새겨뒀다.

"쓸모없는 사람은 걱정이 없으니 마치 매어놓지 않은 배처럼 떠다닐 수 있다고 했지. 먼저 아무 쓸데없는 무용無用의 인물이 되어야 결국 자기 자신이 될 수 있다는 말이야."《장자·열어구列御寇》)

평 주임은 예순이 넘었지만 기억력만큼은 매우 뛰어났다. 매번 돤우가 이야기를 나누러 갈 때마다 평 주임은 한참 동안 《장자》에 대한 이야기를 했다. 그런데 참으로 기이하게도 매번 인용하는 내용이 중복되는 경우가 거의 없었다. 이렇다보니 반년이 지나기도 전에 돤우는 《장자》 전체를 한 번 읽은 셈이 되었다.

돤우가 보기에 평 주임은 입만 열었다 하면 《장자》를 읊어대니 제법 그럴싸했지만 성현의 말씀이 그의 인간됨에는 별다른 영향을 미치지 못한 것 같았다. 그런 모습은 돤우에게도 절망적이었다. 바둑을 둘 때 돤우가 그의 알을 네다섯 개 잡은 다음 죽은 돌을 바둑판에서 꺼내

강남에 봄은 지고

려하면 펑 주임은 본능적으로 손을 뻗어 그의 손을 붙잡았다. 마치 자신의 심장이라도 파내가는 것처럼 필사적이었다. 수를 무르는 것은 더더욱 비일비재했다. 언젠가 식당에서 밥을 푸다가 돤우가 그에게 2.5위안짜리 식권을 빌린 적이 있었는데 펑 주임은 두 달이 지난 후에도 똑똑히 기억하며 빚을 갚으라고 재촉했다.

그래도 돤우는 비쩍 마른 이 노인네가 좋았다.

그는 하루가 멀다 하고 출근도 하지 않은 채 집에 틀어박혀 책을 읽거나 시를 쓰기도 했고, 아예 늘어지게 잠을 자기도 했다. 그래도 펑옌허는 굳이 이유를 묻거나 나무라지 않았다. 궈 주임은 자주 샤오스를 찾아가 자신의 이상理想에 대해 이야기 하느라 누군가 방해하는 것을 극도로 싫어했기 때문에 돤우의 무단결근에는 관심이 없었고 알고도 모른 척했다. 직원들의 출근을 관리하는 부주임이 조사를 나올 때도 샤오스가 대충 거짓말로 둘러대면 그럭저럭 넘어가곤 했다.

매년 연말 평가 때면 돤우는 놀랍게도 '우수' 평가를 받았다.

그렇게 시간이 흐르다보니 현縣의 지방지 사무실에서 돤우는 점차 매우 특별한 인물이 되었다. 치열한 경쟁 속에 모두가 정신없이 내달리고 있는 시대에 돤우는 사회 밖에 자리한 자신의 위치에 매우 흡족했다.

11

회색 벽돌 건물로 들어서던 탄돤우는 위층에서 내려오는 샤오스와 '라오구이'를 만났다. 벌써 점심시간이었다. 아마도 톈톈위강에 갈치를 먹으러 가는 모양이었다. 라오구이가 누군가와 핸드폰 통화를 하고 있어 돤우는 그에게 인사를 안 해도 됐다. 그런데 샤오스가 애처로운 눈길로 그를 바라봤다. 샤오스가 마치 함정에 빠진 사냥감처럼 공포에 질린 눈빛을 보냈다. 그에게 같이 가자고 무언의 구원 요청을 하는 것 같았다.

물론 들어줄 수 없는 부탁이었다.

위층으로 오르던 돤우는 다시 샤오스 쪽으로 고개를 돌렸다. 적어도 섹시하게 쭉 뻗은 그녀의 뒷모습은 라오구이가 거금을 들여 이제 막 시장에 나온 갈치 맛을 보여줄 이유로 충분했다.

그는 자료과 사무실로 가지 않고 곧장 2층의 총편집실로 향했다.

펑옌허는 서가 앞에 서서 노래를 흥얼거리며 서가의 육중한 책을 꺼내 물걸레로 조심스럽게 먼지를 닦고 있었다. 펑 주임이 무슨 노래를 흥얼거리는지 정확히 알 수 없었지만 어쨌거나 정말 못 들어줄 정도였다. 장쑤성 지방극인 회극淮劇인 듯했지만 자세히 들어보니 상하이, 쑤저우 등의 지방극인 호극滬劇 같기도 했고 양저우의 양극揚劇 같기도 했다. 그런데 가까이 다가간 후에야 그는 펑 주임의 노랫말이 1959년에 후베이성의 실험가극단이 초연한 〈훙후 호수의 적위대〉洪湖赤衛隊에 나왔던 '훙후 호수에 파도가 친다'洪湖水浪打浪는 곡이라는 걸 알았다.

돤우는 그를 놀라게 하지나 않을까 싶어 살짝 헛기침을 했다. 그런데도 펑 주임은 깜짝 놀라며 몸을 부르르 떨었다.

"깜짝이야! 어떻게 그렇게 소리도 없이 나타나나! 간 떨어질 뻔했네!"

펑 주임은 손에 들고 있던 걸레를 그를 향해 휘둘렀다.

"우선 앉아 있게. 금방 끝나."

그는 마지막 책 몇 권까지 꼼꼼하게 닦은 후 걸레를 깨끗한 물이 담긴 세숫대야에 담가 빨고는 창틀에 반듯하게 펴서 말렸다. 그는 피식, 방귀를 뀌고는 세숫대야를 들고 화장실로 향했다.

펑 주임은 일을 할 때 자기만의 순서가 있어서 이를 반드시 지켰고, 조금이라도 방해하는 걸 용납하지 않았다. 돤우가 보기에는 일종의 강박증 같았다.

"담배 피우지?"

펑옌허가 서랍을 열고 안에서 비닐봉지에 든 '소연'蘇煙 두 보루를 꺼내 돤우 앞으로 내밀었다. "가져가 피우게. 난 담배에 대해서는 잘 몰라, 이 담배가 좋은 건지 아닌지도 잘 모르겠네."

"주임님, 이건……? 죄송해서 이걸 어떻게!" 돤우가 당황해서 어쩔 줄을 몰랐다.

"주임님, 주임님……. 다 같은 남방 사람끼리 뭘 그렇게 예의를 차리나! 장자가 말했지. '하늘은 사사로이 덮지 아니하고, 땅은 사사로이 신지 아니한다'天無私覆, 地無私載고. 이 담배도 누가 갖다 준 거야. 자네랑 나 사이에 무슨 예의를 그렇게 챙기나! 하지만 그냥 주는 건 아냐. 날 좀 도와줄 일이 있어."

펑옌허가 비시시 웃으며 찻잔에 담가둔 틀니를 꺼내 물에 흔든 다음 쪼글쪼글한 입 안에 끼우자 원래의 근엄한 모습을 되찾았다. 돤우는 문득 조금 전 펑 주임의 노래가 그렇게 엉망이었던 것은 천성적으로 음치였기 때문만이 아니고 틀니를 끼지 않아서 그랬던 것임을 깨달았다.

"요즘도 시 쓰세요?"

돤우는 망연한 표정으로 그의 지도자를 바라봤다.

그는 일전에 펑옌허가 그에게 고시 몇 수를 주며 발표할 곳을 소개해달라고 했던 기억이 났다. 시를 출판사 몇 군데에 보내봤지만 모조리 퇴짜를 맞았다고 했다. 결국 하는 수 없이 쉬지스에게 부탁해 임의로 두 수를 뽑아《허푸만보》鶴浦晚報 문화면에 실었다.

"요즘은 그런 걸 하고 싶은 마음이 안 나네. 그러지 말고 우리 밥부터 먹지. 요즘 갈치가 막 시장에 나왔다는데, 런민루에 있는 텐텐위강이란 음식점에……."

"아뇨, 아뇨. 어젯밤에 한숨도 못 잤어요. 지금은 그저 아무 데나 누워 잠이나 자고 싶어요."

둰우는 할 수 없이 그의 말을 끊었다. 텐텐위강에 갔다가는 라오구이와 샤오스를 만날 위험이 있기 때문이었다.

"그럼 단도직입적으로 말하지."

펑 주임이 잠시 생각하더니 웃었다.

"뭐냐 하면, 그게……. 시골에 아들 하나가 있었는데 몇 년 전에 죽었어. 며칠 전에 우리 며늘아기가 손녀를 데리고 여길 왔어. 날 찾아 이렇게 먼 길을 온 걸 보고 뭔가 분명히 좋지 않은 일이 있었을 거라고 생각했지. 정말이더군. 손녀가 작년에 소학교를 졸업했는데 성적이 아주 좋다고는 말 못하지만 그래도 10등 안에 들었나 봐. 그런데 그 애 뒤에 있던 몇 명이 모두 중점重點중학에 갔대. 우리 손녀는 야계학교野鷄學校(무허가 학교)로 배정을 받았고. 그건 그렇다 쳐. 뜻밖에도 등교한 첫날, 고학년 장난꾸러기 애들 몇 명이 애를 운동장 주변 숲으로 데리고 가 그 애가 가지고 있던 몇 푼 안 되는 용돈을 뒤져갔나 봐. 이게 말이 되나! 우리 손녀 애가 평소 겁이 많거든. 그때 어찌나 놀랐는지 다시는 학교에 가질 못한다네. 우리 며늘아기가 그래서 애를 데리고 허푸에 나타난 거지. 허푸일중에 좀 넣어달라고."

강남에 봄은 지고

"원래 허푸일중에 계셨잖아요?"

돤우가 어리둥절해서는 물었다

"문제는 바로 그거네."

펑 주임이 쓴웃음을 짓더니 말을 이었다 .

"모두 내가 허푸일중에 재직했었고 거기서 어문교육연구조 조장이었고 지금은 허울뿐이라 하더라도 시에 와서 일을 하고 있다는 걸 알아. 그래서 마치 내가 무슨 신출귀몰한 능력이라도 있는 줄 아는 거지. 하지만 자네도 알다시피, 내가 무슨 힘이 있나! 허푸일중 교장은 새로 부임한 젊은 놈인데, 내가 이 늙은 얼굴에 철판을 깔고 들이대며 부탁을 했지. 그랬더니 이 개자식이 내게 뭐라고 했는지 아나? 교사 출신이 되어가지고 나이 값도 하지 못하고 점잖지 못하게 교풍을 망가뜨리는 데 앞장을 설 수 있느냐는 거야. 게다가 사람들이 모두 당신과 같으면 무슨 공평이나 공정을 외쳐댈 수 있겠느냐고 하면서, 교육이고 나발이고 사도師道니 사덕師德(교사의 덕)이니 외쳐대며 화해사회和諧社會(조화로운 사회, 중국 공산당 지도부가 추구하는 사회)를 부르짖을 수 있겠느냐고 게거품을 물더군. 그 개자식이! 흥! 내게 사덕을 들이대다니! 그자 입에서 터져 나오는 배비구排比句(대구對句, 교장의 발언이 대구로 이루어졌음을 말한다)들이 하나하나 칼날이 되어 내 마음을 난도질했어. 나중에 사리에 밝은 사람 한 명이 내게 그러더군. 이 일은 교장 탓만 할 순 없다고 말이야. 그에게 연줄을 대려는 쪽지가 서랍 하나 가득 쌓여 있어서 그 사람도 별 도리가 없다고. 이 일을 성사시키려면 이런 늙다리는 필요 없고, 좀 더 모질고 센 사람이 나서야 된다는 거야."

그는 숨도 쉬지 않고 장광설을 늘어놓더니 돤우를 빤히 쳐다보았다.

돤우는 그의 눈길이 당황스러워 고개를 숙이며 자조하듯 펑 주임에게 말했다.

"주임님이 보시기에 제가 그 '센 사람' 수준에 가당키나 합니까?"

"그건 내가 정확하게 알지. 자네나 나나 마찬가지로 이 사회의 절연체야. 아무짝에도 소용이 없지. 하지만 자네 부인이 나서면 한두 마디에 끝날 수도 있는 일이지."

"모질기로 말하면 집에서 제게 오히려 모질고 세지요."

돤우는 사실 이미 펑 주임이 뭘 말할 건지 심지어 그가 어떤 방식으로 말을 할 건지 알고 있었다. 그래도 그는 억지웃음을 지으며 그냥 자기 의견을 밀고 나갔다. "아내는 그저 평범한 변호사예요. 아내더러 누구에게 부탁하라고 하시는 거예요?"

펑옌허의 눈빛이 흔들리더니 차츰 동정이 서렸다. 그가 눈썹을 살짝 치켜 올리며 웃었다. "알 텐데!"

그는 말을 하지 않았다. 펴야 할 주름이 너무 많았다. 헐렁헐렁한 복부의 지방이 더러운 오물을 숨겨주는 것처럼. 그가 입 밖으로 꺼내지 않은 그 이름은 사람들 모두가 알고 있는 일상적인 전고典故였다. 차갑게 식은 돼지기름처럼 돤우의 얼굴에서 웃음기가 얼어붙었다.

이런 말을 돤우가 처음 들은 건 아니었다. 쉬지스는 의심쩍은 한 독자로부터 편지를 받았다. 발신자는 팡자위라는 이름을 콕 집어서 적고는 그녀가 아들을 허푸실험중학교에 보내기 위해 '금전 또는 금전 이외의 특별한 방식'으로 교육국의 허우 국장에게 뇌물을 줬다고 고발했다. 물론 쉬지스는 그 편지를 묵살했다. 그러나 그 말이 입만 열었다 하면 '덕을 쌓아야 현명하고, 북해의 물가에 기거하며 천하의 맑음을 기다린다'修德就賢, 居于北海之濱, 以待天下之清(《맹자·만장하》)는 소리를 떠들어대는 펑옌허의 입에서 나오자 추잡하다 못해 소름이 끼칠 정도였다. 돤우는 수치

강남에 봄은 지고

와 분노가 엇갈리는 마음을 억지로 참으면서 펑옌허가 건네는 비스킷 통을 거들떠보지도 않았다.

딴우는 잠시 마음을 가다듬은 후 짐짓 아무렇지도 않은 듯 팡자위를 시켜 베이징에 전화를 넣어보겠다고 말했다.

"해보죠."

잠시 침묵이 흐른 후 펑옌허가 다가와 그의 어깨를 토닥거리며 사무실에서 잠시 취침할 건지 아니면 자료실에 가서 잘 건지 물었다.

그 질문에는 쉽게 답할 수 있었다.

자료과 사무실로 돌아온 딴우는 창문을 열고 의자 몇 개를 붙인 다음 연감 두 권을 머리에 받치고 누웠다. 그러나 단 1분도 잠들 수가 없었다. 머릿속엔 온통 자신의 말은 귓등으로도 듣지 않을 팡자위의 모습이 떠올랐다.

그는 화롄백화점에서 그녀를 다시 만났을 때의 광경이 떠올랐다. 당시 그녀는 예전에도 그랬듯이 한 손을 다른 사람 주머니에 넣고 상대방 어깨에 머리를 기댄 채 가만히 유리장 속 반짝이는 보석들을 구경하고 있었다. 전보다 혈색이 좋고 얼굴에 윤기가 흘렀다. 묶은 머리에 비취색 실크 끈을 매고 있었다. 그녀 옆의 남자는 체격이 우람했다. 뒷모습만 봐도 바짝 긴장이 될 정도였다. 그들은 결혼반지를 고르고 있는 것 같았다. 남자가 그녀를 안은 채 환한 조명 아래 백금반지를 들어 올리며 찬찬히 살폈다. 팡자위의 몸이 갑자기 딱딱하게 굳었다. 벽에 걸린 커다란 사각 거울을 통해 딴우를 발견하고 경악하듯 입을 딱 벌렸다. 그녀의 반응에 남자도 천천히 몸을 돌려 그를 바라봤다. 남자의 커다란 덩치에 비해 팡자위의 몸은 너무도 왜소해 보였다.

익숙한 연민의 감정이 그의 마음속으로 스며들었다.

돤우는 거울 속 얼굴, 경악과 의혹에 가득 찬 그녀의 맑은 눈빛을 바라보며 운명이란 것의 오묘하고 은밀하며 장엄한 아름다움을 느꼈다.

그는 그녀를 못 알아본 척하고 재빨리 뒤돌아 에스컬레이터 옆 북적이는 사람들 속으로 사라져버렸다.

그 후 결혼생활 동안 부부는 재회 당시의 광경을 입에 올리지 않았다. 돤우는 그래도 자꾸만 생각이 그 순간에 머무를 때가 많았다. 바로 그때, 그 순간, 자신의 세상은 기울어지면서 뒤죽박죽이 되었다. 사실 팡자위나, 그 전의 수줍고 겁 많던 리슈룽이나 잘 이해가 안 되는 건 마찬가지였다. 전자는 익숙하면서도 하루하루 더 낯설어지고 후자는 그의 머릿속에서 허황된 어두운 그림자로 바뀌었다.

싸구려 향수 냄새가 오후의 정체된 고요 속으로 나풀나풀 날아들었다. 샤오스가 들어왔구나. 그녀가 그의 코를 비틀며 고개를 살짝 기울이고는 미소 지었다.

그녀가 기관에서 식용유 배급이 나왔다고 알려줬다. 조금 전 노동조합을 지나는 길에 돤우 것도 한 통 받아왔다고 했다.

"어때? 잘 빠져나왔어?"

돤우가 의자에서 일어나 앉으며 물었다.

샤오스에게 커튼을 열라고 했다. 궈 주임이 갑자기 들어오면 조금 애매한 분위기가 될 수도 있었다.

"좀 애매한들 뭐가 걱정인데요? 어차피 아내 분도 집에 없잖아요."

샤오스가 바보같이 입을 헤벌리고 웃었다.

생각이라고는 없는 저 바보 같은 여자애는 그와 농담하는 걸 좋아했다. 그녀는 돤우와 못하는 이야기가 거의 없었다. 예를 들어 한번은 비아그라가 효과가 있는지에 대해 논쟁을 벌일 때였다. 샤오스는 자신의 주장을 증명하기 위해 자랑스럽게 돤우에게 자기 두 번째 남자친구 별명이 '직사포'였는데 비아그라를 과다복용해서 하룻밤에 그녀와 '화끈한 관계'를 자그마치 여섯 번이나 했다고 말했다. 그녀의 말에 가슴이 벌렁거리고 절로 건전치 못한 상상이 떠올랐다. 별 뜻 없이 한 이야기라 해도 이런 농담은 분위기를 불결하게 변질시킬 위험이 있었다.

"왜 기분이 별로인 것 같아? 궈 주임이 또 무슨 새로운 약속을 하라고 한 건 아니지?"

"그런 소리 하지 마요."

샤오스는 이미 자기 책상 앞으로 가서 작은 원형거울을 들고 화장을 고치고 있었다. 벽에 반사된 거울의 동그란 빛이 천장에서 폴짝거리고 뛰어다녔다. 그녀가 얼굴을 살짝 옆으로 기울이고 빨간 입술을 비비면서 말했다. "라오구이한테 음식점 열 돈을 빌려줄 수 있느냐고 물었거든요? 그런데 생각해보겠다고 하던데요?"

"정말 음식점을 열면 내가 사직하고 거기 가서 서빙할게, 어때?"

"서빙 같은 일에 어떻게 탄 선생님을 써요? 그러지 말고 나랑 동업해요. 반만 출자하고 가만히 앉아서 이익금이나 나눠 먹어요. 어때요? 시내에 찍어 둔 가게가 있거든요. 월세가 4천 위안 정도밖에 안 한대요. 거기를 넘겨받아 먼저 생선요리집을 열 거예요. 알잖아요, 우리 아빠……."

돤우가 그녀의 말을 끊으며 웃었다. "서빙은 할 수 있어. 하지만 동업 사장은 됐어."

"그게 무슨 차이가 있어요?"

"요즘 세상에 자본금 적은 사장놀이 하는 건 무기징역을 사는 거나 별반 차이가 없어."

"그럼 여기서 이렇게 별 볼 일 없이 지내는 건 무기징역 아니고요?"

"그거야 다르지. 적어도 이론적으로는 자유거든. 언제든지 사직할
수 있지."

"이 감옥에서 또 다른 감옥으로 가는 거란 소리예요?"

순간 말문이 막힌 돤우는 그녀에게 반박할 말이 떠오르지 않았다.
샤오스가 이런 말을 할 수 있다니 아마 자기가 생각하는 것처럼 멍청하
진 않을지도 모른다.

지방지 사무실 출근 첫날부터 샤오스는 허푸에 음식점을 열겠다고
떠들어댔다. 그녀 평생의 가장 큰 꿈이었다. 그녀의 집은 강변 고기잡이
항구에 있었다. 아버지는 고기를 잡느라 매일 창장의 파도를 넘나들며
살았다. 음식점을 열 수만 있다면 적어도 물고기 걱정은 할 필요가 없
었다. 음식점을 열겠다는 생각에 사로잡히자 그것이 마음의 병으로 자
리 잡았다. 그녀는 돤우에게 맹세하듯 누군가 돈 많은 사람이 그녀 음
식점에 투자를 한다면 주저없이 그에게 시집을 가겠다고 했다. 하지만
돤우가 보기에는 앞뒤가 뒤바뀐 말이었다. 돈 많은 사람 입장에서 '그에
게 시집가는 건' 은혜가 아니라 오히려 위협이었다. 더욱이 돈 많은 사
람에게 시집가는 일은 허푸에 가게를 내는 것보다 훨씬 더 힘든 일이다.

"아 참. 펑 주임이 오늘 아침부터 다급하게 선생님을 찾던데 대체 무
슨 일이에요?"

샤오스가 손톱을 다 깎고 나서 손톱깎이에 달려 있는 줄칼로 손톱
모서리를 다듬으며 이따금씩 '훅' 하고 불었다.

"라오구이 한 사람만으로도 충분히 버겁지 않아? 괜한 참견 말아
줄래?"

돤우의 안색이 어두워졌다. 말투도 어딘가 어색했다. 그는 전화기를 들어 아래층 '융허더우장'永和豆漿15)에 전화를 걸어 바오즈(만두), 요우탸오(중국식 파이), 더우장(중국식 콩물)을 시켰다.

"펑 주임 그 사람 나이에도 그런 일을 할 수 있을 거라고 생각해요?"

잠시 후 샤오스가 다시 입을 열었다.

그 말에 멍해진 돤우는 놀란 표정으로 그녀를 바라봤다.

"무슨 말을 하는 거야?"

"세상에, 선생님도 호기심이 있긴 하네요. 안 그래요?"

샤오스가 냉소를 지었다. 반짝 빛나는 눈빛이 예리했다. 잠시 후 그녀가 다시 말했다.

"병이 들어 비실비실하잖아요. 오줌 누는 일도 힘들어 하는데 아들을 낳는다니 정말 말도 안 되는 이야기죠."

그녀의 말에 기가 찬 돤우는 더 이상 대꾸하지 않기로 했다. 그 역시 직장에 떠도는 갖가지 풍문을 못 들은 것은 아니었다.

12

순식간에 6월 중순이 되었다. 햇살은 그리 뜨겁지 않았다. 구름과 스모그에 태양이 가렸다. 마치 노출이 과한 필름을 보는 듯했다. 공기오

---

15) 융허더우장(永和豆漿): 원래 타이완 신베이시(新北市) 융허구(永和區)에서 중국인의 단골 아침식사 메뉴인 더우장(豆漿)을 팔기 시작하여 1982년 기업으로 발전한 음식점 이름이다. 1995년 이후 대륙으로 진출했다.

염이 가져다 준 장점 하나는 태양에 그대로 노출되어도 화상 입을 염려
는 하지 않아도 된다는 것이었다.

그래도 날씨는 후텁지근하고 더웠다.

보리를 수확할 계절이라 그런지 근교의 농민들이 퇴비를 만들기 위
해 보릿짚을 태웠던 것 같다. 연기가 먼지를 가득 품고 마치 거대한 담
요처럼 바오셴(伯先)공원16)을 둘러싼 채 롤러스케이트장 상공에 머물러
있었다. 바오셴공원에서 까마귀와 까치가 더러운 공기 속을 시끄럽게
울며 날아다녔다. 매미소리가 귓전을 때리며 파고들었다. 비릿한 악취를
풍기는 인공 호숫가 풀숲은 온통 매미소리였다.

겨울이면 시베리아 한류가 몽고초원과 장화이 평원을 넘어 허푸 화
학공장의 더러운 공기를 흩어놓고 엄청난 먼지와 스모그, 부유물을 쓸
어갈 것이다. 맑고 차가운 바람이 불어오면 바오셴공원의 하늘도 높아
지고 푸른 보석 같은 본래의 면모를 드러낼 것이다.

지금은 여름이니 그가 바라는 것은 그저 하늘을 들썩이게 할 천둥
소리와 세상 전부를 쓸어내려갈 폭풍우밖에 없었다. 폭풍우가 지나면
빨갛게 달아오른 쇳물 같은 저녁놀이 서산의 윤곽을 또렷하게 드러내
손을 뻗으면 닿을 것처럼 눈앞에 나타날 것이다.

그럴 때면 침실 발코니에 서 있어도 산속 행인들이 밟고 지나는 하
얀 오솔길뿐만 아니라 산사에 향불을 켜고 기도하는 노인들까지 볼 수
있었다.

그럴 때마다 돤우는 탐욕스럽게 숨을 들이켰다. 마치 오랫동안 물

---

16) 바오셴공원(伯先公園): 민주혁명열사 자오성(趙聲)을 기념하기 위해 만든 공원으로 전장시(鎭江市)
에 있다.

강남에 봄은 지고

속에서 숨을 참고 있던 사람이 수면 위로 고개를 들며 숨을 몰아쉬는 것처럼. 그의 마음속에 감격의 물결이 용솟음쳤다. 그것은 마치 습관처럼 자신의 인생이 구차하다는 느낌, 부끄럽기도 하지만 한편으로는 행운이라는 생각도 불러 일으켰다.

그날 저녁 아들이 학교에서 돌아와 현관문을 열기가 무섭게 담임인 바오鮑 선생이 그에게 학교에서 강연을 해줄 것을 요청했다고 말했다.

"그럼 너희 담임이 아빠를 안다는 거네?"

그의 마음속에 깊이 잠들어 있던 허영심이 꿈틀거리고 일어나 몸 전체에 퍼지면서 기분이 좋아졌다.

"물론이지!"

아들은 이미 사스케 다리에 묶인 쇠사슬을 풀어 자기 어깨에 올려두고 터키석 같은 새 깃털을 살며시 쓰다듬고 있었다. "'바오쥔'暴君(폭군)이 내게 직접 말한걸."

담임 성이 '바오'라서 학생들은 모두 그녀를 '바오쥔', 즉 폭군이라 불렀다.

"그럼 언제? 그리고 제목은 뭐로 하라든?"

돤우는 기쁜 나머지 아이를 껴안고 뽀뽀를 해주려 했다. 그런데 이를 질투한 사스케가 여지없이 날카로운 부리로 돤우의 손등을 쪼아댔다.

"그건 나도 몰라. 아님, 아빠가 바오쥔에게 전화해서 물어볼래?"

순간, 아들의 눈이 반짝거렸다.

뤄뤄는 바오 선생의 핸드폰 번호는 모르고 교무실 전화만 알고 있었다.

둬우는 선생님이 퇴근했을지도 모른다는 생각에 잠시 머뭇거리다 그래도 사무실로 전화를 해보기로 했다.

나이 든 사람이 전화를 받았다. 그는 바오 선생이 옆 회의실에서 전성초중 올림피아드 경시대회에 참가할 대원들에게 브리핑을 하고 있다고 했다. 하지만 그래도 옆 회의실에 가서 그녀를 불러오겠다고 했다.

"누구시죠?" 바오 선생의 목소리가 냉랭했다. 자신의 보고 시간을 방해해서 기분이 상한 말투였다.

"탄량뤼譚良쿕의 아빠예요. 전⋯⋯."

"무슨 일이세요?"

그녀의 목소리가 더 날카로워졌다. 게다가 자기소개를 하려는 둬우의 말을 매몰차게 끊어버렸다. 그의 이름 따위에는 관심이 없음이 분명했다.

둬우는 갑자기 심장이 철렁 내려앉아 자기도 모르게 고개를 돌려 아들을 살폈다. 뤼뤼는 존경과 기대의 눈빛으로 그를 바라보고 있었다. 까맣게 반짝이는 눈빛에 뭔가 두려움과 교활함이 교차하고 있었다. 둬우는 어쩔 수 없이 폭군과 맞짱을 뜨는 수밖에 없었다. 그저 빨리 통화가 끝났으면 하는 바람이었다.

"아뇨. 우린 강연을 부탁한 적이⋯⋯. 애가 어떻게 그런 터무니없는 이야기를 지어낼 수 있죠? 게다가 학교는 이제 곧 방학이에요. 전 애들을 난징 경시대회에 보내느라 바빠서 강연 초청 같은 프로그램은 짤 시간도 없고요. 아, 정말 바빠서 화장실 갈 시간도 없는데⋯⋯. 하지만⋯⋯."

"아마 아이가 잘못 알았나 봅니다." 이번에는 둬우가 그녀의 말을 끊었다. "그럼 됐습니다. 바오 선생님, 안녕히 계십시오."

강남에 봄은 지고

"어, 잠깐 기다리세요."

전화 너머 '폭군'이 전화를 끊으려는 그를 막았다. 그와 동시에 그녀의 목소리가 조금 부드러워졌다.

"아이가 터무니없는 거짓말을 했으니 작은 일이 아니죠! 이번 학기에 아버님 몇 분을 초대해서 강연을 한 건 사실이에요. 하지만 모두 성공하신 분들이었어요. 아마도 아빠가 초청받지 못한 것에 대해 뭐뭐가 많이 낙담을 한 것 같군요. 아빠가 학교에 오셨으면 하고 바랐던 게지요. 그건 이해할 수 있지만 그렇다고 없는 사실을 꾸며낼 수는 없어요. 내일 교무실로 나오시죠. 필요하다면 아이에게 반성문도 쓰도록 해야 하고요. 이 부분에 대해서는 학부모님께서 협조해 주시기를 바랍니다. 그리고 사실상 강연을 부탁할 계획은 없었습니다만 이렇게 자진해서 전화를 주셨으니 강연 프로그램에 집어넣는 것도 괜찮을 듯합니다. 저, 전공이 어떻게 되시나요?"

돤우는 머릿속이 하얗게 질려 그저 부끄럽고 화가 났지만 자기가 상대해야 할 사람이 다른 사람이 아닌, 아들 담임이라는 데 생각이 미쳤다. 그는 스스로 자신이 훌륭하다는 자아는 잊고, 이 세상의 수치란 두 글자도 잊어야 했다.

"네. 문학을 전공했습니다." 그가 우물거렸다. 그와 동시에 그는 입을 벌려 멋쩍은 상태를 벗어나기 위해 얼굴 근육을 움직이며 기분을 풀어보려고 했다.

"제 말뜻은 무슨 강연을 할 수 있는가 말씀드리는 겁니다. 아이들에게 동화 이야기를 해주시는 건 어떠세요? 잠깐만요. 잠시 생각 좀 하고요. 아이들은 장샤오펑張曉風(1941년생. 타이완 산문작가)이나 정위안제鄭淵潔(1955년생. 중국 작가이자 자선가) 선생을 좋아하죠. 한 사람을 택해서 책을 읽고 느낀 부분을 말씀해 주시는 건 어떤가요? 여보세요? 가능하세요? 그럼 그렇게 정하죠. 내일 오전 10시 반, 제 언어시간 한 시간을 드릴게요. 기말고사 준비 때문에 한 시간밖에 못 드리겠네요."

"하지만, 바오 선생님. 저, 원래……."

"사양하실 것 없어요. 내일 오전에 뵙죠. 제가 바빠서, 죄송합니다. 먼저 끊겠습니다."

밤에 팡자위가 전화를 걸어 아들 숙제 검사를 한 다음, 전화에 대고 사마천의 《보임안서》報任安書를 외우라고 했다.

돤우는 엄마에게 다음 날 아빠가 학교에 강연을 하러 간다는 이야기를 했다.

팡자위가 흥분해서 그에게 소리를 질렀다. "정말 잘됐네요. 마침내 당신이 나가게 됐군요. 너무 잘됐어요. 이번 기회에 바오 선생님과 이야기도 좀 나누고요. 학부모회의 때도 몇 번이나 당신이 안 가려고 했잖아요. 힘든 기회예요. 정말 잘됐어요. 옌옌 아빠도 다녀갔대요. 유명한 화가잖아요. 지난주에 가서 인물소묘에 대한 이야기를 했대요. 타오타오 아빠는 공상工商은행 부행장인데 개학 초기에 가서 용돈을 관리하는 법에 대해 이야기했고요. 야야 아빠는 박물관 관장이라 아이들을 데리고 박물관 견학을 시켜주면서 청동기에 대해 설명을 해줬고, 루루 아빠는 국유자산감독관리위원회에 다녀서……. 아, 그런데 당신한텐 뭘 강의해 달래요? 시는 아니겠죠? 적어도 당신이 조금 영향력이 있는 사람이라는 증거네요? 안 그래요?"

돤우는 할 수 없이 바오 선생님과의 난처했던 상황을 설명했다.

그는 가고 싶지 않았다. 옆구리 찔러 절을 받는 기분이 들어 더욱

강남에 봄은 지고

그러했다. 게다가 그는 장샤오펑도, 정위안제도 좋아하지 않았다. 이치에도 안 맞고 오히려 반감이 드는 작품들이었다. 그들 작품은 단 한 편도 읽어본 적이 없었다. 팡자위는 한참 동안 아무 말이 없었다. 돤우는 그녀가 무슨 생각을 하고 있는지 알 수가 없었다. 한참 후에 아내가 가볍게 한숨을 내쉰 후 말했다.

"당신은 너무 예민해요. 이 사회에는 모든 것이 필요하지만 딱 하나, 필요로 하지 않는 게 있죠. 그게 예민함이에요. 이 사회에서 생존하려면 자기 신경시스템을 철근처럼 굵게 만들 필요가 있어요. 어쨌거나 좋은 기회예요. 그 알량한 체면, 자존심만 생각하지 말고요. 그건 풍선이나 마찬가지예요. 크게 부풀어 오르지만 사실은 바람도 못 이겨낼 만큼 약해빠졌잖아요. 한번 쿡 찌르면 그냥 터져버리죠. 바오 선생님이 강연 시간을 정해줬다니 가야 돼요. 어찌 되었든 간에 꼭 가야 돼요. 속담에 군자의 미움은 살 수 있지만 소인의 미움을 사서는 안 된다고 했어요, 더구나 아이의 담임 선생님 미움을 살 수는 없죠. 학기가 다 끝나가요. 올해 상반기에는 선물도 안 했는데. 내가 돌아갈 즈음이면 학기가 끝나버리니 걱정이에요. 내일 강연 가는 김에, 빨리 생각 좀 해봐요. 선생님께 무슨 선물을 가져가면 좋을까요?"

팡자위는 화장품 이름 몇 개를 댔다. 크리스찬 디오르, 랑콤, 구찌, 샤넬…… 하지만 바오 선생처럼 한사코 한국 브랜드만 좋아하는 사람이라면 이런 화장품의 가치를 알 리가 없었다. 바오 선생에게 선물을 주자면 수학이나 영어 선생도 빠뜨릴 수 없다. 만일 그러지 않고 혹시라도 바오 선생에게만 선물을 주었다는 비밀이 탄로나면 수습하기가 쉽지 않을 것이다. 하지만 수학 선생님이 남자라 향수나 화장품은 좀 그렇다. 돤우가 의견을 내기도 전에 팡자위는 향수를 '부결'시켰다.

그럼 주유카드는 어떨까?

바오 선생은 체리^{Chery}(치루이^{奇瑞}, 중국 5대 자동차회사 중 하나) 자동차를 몰고 다니니 주유카드도 괜찮은 선물이다. 하지만 문제는 나머지 두 사람이 차를 모는지 알 수 없다는 사실이다. 만약 차가 없다면 주유카드는 현금으로 바꿀 수도 없으니 괜히 성가신 선물을 하는 셈이다. 일단 짜증을 유발하는 선물은 원래의 가치를 상실한다. 따라서 이 선물도 그리 실행 가능한 품목이 아니다. 물론 직접 현찰을 주는 것 역시 별로 좋은 생각이 아니다. 선생 셋 가운데 아직 도덕적으로 바닥까지 가지 않은 사람이 있다면(팡자위는 사실 그럴 가능성이 거의 없다고 부언했다) 적나라한 현찰 앞에서 다소 죄의식을 느낄 가능성이 있으니까…….

팡자위는 최종 방안을 내놓았다. 까르푸에 가서 기프트카드 세 장을 구매하는 것이었다.

"까르푸는 9시까지 영업하니까 서둘러야 돼요. 전화 끊고 택시 타고 가면 아마 그 전에 갈 수 있을 거예요."

하지만 돤우는 까르푸를 가지 않을 것이며, 선생들에게 선물도 하지 않으리라 결심했기 때문에(정말 그렇게 선물을 줄 경우, 강연은 선물을 주기 위한 핑계가 될 것이고, 돤우는 절대 그런 상황을 견딜 수 없었다) 시원시원하게 아내에게 그러겠노라고 답했다.

저녁 식사 후, 그는 인터넷에서 장샤오펑과 정위안제의 작품을 검색했다. 아들은 독촉을 하지 않았는데도 스스로 알아서 샤워를 하러 갔고, 자기가 가장 좋아하는 스누피가 그려진 티셔츠를 옷장에서 꺼내 입고 거울 앞에 서서 한참 동안 머리를 빗었다.

마치 다음 날 학교에서 강연할 사람이 자신인 듯했다.

돤우의 느낌은 아들과 정반대였다. 그는 어떤 의미에서 나약한 아들이 되어 있었다. 아들이 이 세상에 품고 있는 아주 작고 가냘픈 희망과 호기심을 상상했다. 오색창연하고 귀한, 거품과도 같은 것. 그는 덧없이 그저 그 거품이 조금만이라도 늦게 꺼지길 바랄 뿐이었다.

그가 컴퓨터 앞에서 장샤오펑의 작품을 읽느라 끙끙대고 있을 때 아들은 침대에 쓰러져 잠이 들었다. 입을 벌린 채 하이든의 4중주 리듬에 맞춰 코를 고는 모습이 후텁지근한 밤공기 속에서 신비로운 정적을 느끼게 했다. 그는 문득 왜 고대 중국 사람들이 "현악기는 관악기만 못하고, 관악기는 사람의 육성만 못하다"絲不如竹, 竹不如肉라고 했는지 조금 이해가 갔다. 하이든의 음악이 아무리 훌륭하다고 해도 어둠속에 이어지는 아들의 숨소리보다 아름답진 못했다.

그는 아들을 위한 자신의 모든 고통과 수고, 심지어 굴욕까지도 모두 가치가 있다고 느꼈다.

그런 생각이 들자 장샤오펑 또는 정위안제의 문자들이 친숙하게 느껴지기 시작했다. 더 이상 원래 그가 생각했던 것처럼 차마 끝까지 읽기 힘든 글들이 아니었다.

하이든의 〈일출〉(현악사중주 63번)이 끝나고 나서야 돤우는 자기가 이미 한참 동안이나 침대 옆에서 아이를 바라보고 있었다는 것을 발견했다.

다음 날 오전, 보슬비가 내리기 시작했다. 그는 16번 버스를 타고 아들 학교에 도착했다. 학교 입구에서 경비원이 예의바르면서도 엄격하게 신분 검사를 했다.

그 사이 뤄주가 그에게 '도미화사'荼蘼花事17)라는 곳에서 만나자고 문

---

17) 도미화사(荼蘼花事): 도미화는 봄에 가장 늦게 피는 참찔레꽃이다.

자를 보내왔다. 쉬지스에게 들어본 적이 있는 곳이지만 가본 적은 없었다. 그는 간단하게 '좋아'라고만 적어 보내고 핸드폰 전원을 껐다.

텅 빈 복도를 따라 주위를 두리번거리며 6학년 교실 입구에 이르렀다. 바오 선생이 학생들에게 훈화 중이었다. 단발머리에 목이 가늘고 길었지만 아래턱은 삼중턱이었다. 시간은 이미 11시가 지났다. 그는 교실 입구에 서서 학생들의 얼굴을 쭉 훑어봤다. 맨 끝줄 구석에 아들이 있었다. 뤄뤄는 이미 학생들 중 첫 번째로 그를 발견한 터였다. 아빠가 자기를 발견하도록 자리에서 한껏 목을 빼들고 몸을 일으키다 금세 선생님께 욕을 먹을까 봐 머뭇거리며 다시 자리에 앉았다.

아이의 얼굴이 앞줄 키 큰 여학생에게 가려버렸다.

마침내 바오 선생님이 말을 마치고 교실에서 나왔다. 그녀가 엄숙한 표정으로 돤우를 머리부터 발끝까지 훑어봤다. 조금 의혹이 서린 눈빛이었다. 어쨌거나 선생은 그를 향해 고개를 끄덕인 후 조용히 말했다. "시작하시죠."

그러더니 자기 노트북을 들고 교무실로 돌아갔다.

교실에 정적이 감돌았다. 자신에게 주어진 시간이 많지 않다고 판단하고 정성껏 준비한 적잖은 유머가 담긴 서두는 생략한 채 강연을 시작했다.

그런데 아들 뤄뤄가 갑자기 쏜살같이 교탁을 향해 뛰어나오는 바람에 돤우는 깜짝 놀랐다.

알고 보니 칠판이 닦이지 않은 상태였다.

돤우가 뒤돌아보니 칠판에 빽빽하게 영어단어가 적혀 있었다. 뤄뤄는 아직 키가 작아서 까치발을 해도 손이 칠판 반밖에 닿지 않았다. 돤우가 아들에게 다가가 아들 귓가에 대고 살며시 말했다. "아빠가 할게."

강남에 봄은 지고

하지만 뤄뤄는 자기가 하겠다고 고집을 부렸다. 아빠를 위해 끝까지 칠판을 닦았다. 손이 닿지 않는 곳은 폴짝폴짝 뛰어가며 닦았다. 돤우는 문득 가슴이 뭉클해져 하마터면 눈물을 흘릴 뻔했다. 아이가 자신을 자랑스럽게 여기고 있다는 것을 알았다. 하지만 뤄뤄는 자신이 아버지를 자랑스럽게 생각하는 그 이유들이 지금 사회에서는 이미 빠른 속도로 평가절하되고 있다는 사실을 몰랐다. '시인'이라는 호칭은 이미 입을 떼기 쑥스러운 직업이 되었다.

강연하는 내내 아들은 웃고 있었다. 그는 때로 자랑스러운 눈빛으로 주위 친구들을 훑어보며 아빠의 강연에 대한 아이들의 반응을 살폈다. 아빠가 자신을 볼 수 있도록 수시로 몸을 옆으로 기울였다. 하지만 강연 도중 돤우는 아들과 눈을 맞출 수가 없었다.

마음이 무거웠다.

마침내 강연이 끝나고 교실 밖 복도로 나오니 바오 선생이 그곳에서 자신을 기다리고 있었다. 돤우는 조금 전 강연을 할 때도 바오 선생이 창밖에 서서 창문을 통해 교실 내 동정을 살피고 있었는지 기억이 나지 않았다. 바오 선생은 이번 강연이 학교 계획에 없던 일이기 때문에 재무과에 강연비를 청구할 수가 없다고 했다.

"제가 최근에 소책자 한 권을 냈는데 기념으로 드리겠습니다." 그녀가 책을 돤우에게 건넸다. 돤우는 황급히 과장된 몸짓으로 감사를 표시하고 기쁜 척을 했다.

책 제목이 정말 놀라웠다.

《하버드로 향하는 계단》

갑자기 비가 거세게 내렸다.

바오 선생님이 아이의 최근 학교생활에 대한 자기 '보고'를 들을 시간이 있는지 물었다. 바오 선생님은 그를 교무실로 안내할 계획이었지만 돤우가 핸드폰을 흔들며 미안한 표정으로 친구와 약속이 있어 시간이 얼마 없다고 했다. 실제로도 뤼주가 연거푸 여섯 번이나 그에게 문자를 보내 재촉하고 있었다. "나귀가 방아 돌리는 모습을 본 적 있어요?"

바오 선생님은 그의 사양에도 아랑곳하지 않고 갑자기 웃으며 이렇게 물었다.

"아뇨."

돤우는 어리둥절했다.

그때 문자가 오진 않았지만 그래도 돤우는 수시로 핸드폰 액정을 들여다보며 일부러 정신이 딴 데 팔려 있는 시늉을 했다.

"제 말뜻은 나귀가 방아를 돌릴 때 왜 눈을 가리는지 말하는 거예요."

"아뇨. 근데 왜 그러죠?"

"먼저, 나귀 눈을 가리면 방아를 돌릴 때 어지럽지가 않아요. 그건 우리 모두가 알고 있는 사실이고요. 다음으로, 눈을 가리면 나귀가 일에 집중하기 때문이죠. 일단 눈이 가려지면 모든 정신을 방아 돌리는 데만 집중해요 그래서 실은 자신이 같은 장소를 계속 맴돌고 있다는 걸 알지 못하죠. 그렇게 해야 나귀의 일이 훨씬 효율적이 돼요. 나귀 역시 자신이 무미건조하게 똑같은 일을 반복하고 있다는 것을 알게 되면 염증을 내겠죠. 그런데 눈을 가렸으니 목적지를 향해 가고 있다고 여기는 겁니다. 자신이 원한다면 심지어 연도의 풍경을 마음대로 상상할 수도 있어요. 산이나 강, 화초……."

돤우는 바오 선생의 양쪽 입가에 지저분하게 침이 고여 있는 것을 발견했다. 입가에 가득 고인 채 떨어지지는 않았다. 게다가 가만히 보니 목이 정말 가늘고 길었다. 말하자면 누군가 목을 조르기에 딱 좋은 형태였다.

바오 선생의 말뜻은 자기에게 마치 방아를 돌리는 나귀처럼 아이의 눈을 가리라는 건가? 하지만 감히 물어볼 수가 없었다.

다행히 바오 선생은 그에게 조금 전 이야기는 그냥 작은 비유일 뿐이라고 말했다. 그다지 적절한 비유가 아닐 수도 있었다. 그러더니 다시 조금 전과 모순되게도 그냥 아이들일 뿐이니 사실 우리 어른들이 눈을 가려야 한다고 말했다.

13

'도미화사'는 클럽 하우스로 딩자항의 구석지고 오래된 옛 거리에 있던 오래된 정원을 개조해 만든 곳이다. 정문이 운하를 마주하고 있었다. 가게 이름은 《홍루몽》의 "참찔레꽃이 필 때가 되었다"開到荼蘼花事了를 차용한 것 같았다.

큰비가 거리의 쓰레기를 모두 하천으로 쓸어 보내 휴지며 스티로폼, 생수 페트병 등등 수없이 많은 각양각색의 쓰레기가 모여 부유하는 백색의 섬이 되었다. 강물의 비릿한 악취에 타이어 고무 타는 냄새가 났다. 하지만 빗속에서 이 정원만은 뭔가 퇴폐적이면서도 적막한 아름다움을 간직하고 있었다.

'도미화사'란 글자가 상아색 목판에 새겨져 있었다. 글자는 빨간색이며 글자체가 매우 가늘었다. 문 앞 항아리 속 수련의 여린 잎이 막 수면 위로 솟아올라왔다. 항아리 옆에 검은색 우산통이 놓여 있었다. 담벼락 모퉁이에 꽃을 피운 백일홍이 있었고 빗물에 젖은 마당 청석판이 반질반질했다.

마당 왼쪽에 서쪽 뜰로 통하는 깜찍한 아치형 돌다리가 있었다. 철지난 개나리가 긴 가지를 드리워 작은 다리 난간을 거의 뒤덮을 기세였다. 가게에는 손님이 없었다. 치파오를 입은 아가씨들이 우산을 받쳐주며 그를 안내해 돌다리를 넘어 독특하게 생긴 작은 정원을 지나갔다.

뤼주가 2층 창문 난간에서 그를 향해 손짓하는 모습이 보였다.

뤼주는 오늘 허리가 잘록한 하얀색 면 셔츠 차림이었다. 옷깃 둘레에 옅은 꽃무늬가 있고 옷섶에 약간의 주름 장식이 보였다. 아래는 긴 푸른빛 실크 치마를 입고 있었다. 단정한 모습이 조금 낯설게 느껴졌다. 곱고 하얀 얼굴이 전보다 물이 올라 더 매력적이었다. 이렇게 가까이서 그녀를 본 건 처음이었다. 이유는 잘 모르겠지만 마음 내키는 대로 행동하던 나태한 모습이 더 보기 좋았다. 탁자에는 열빙어 구이 한 접시와 거위 간 한 덩이, 앙증맞은 대광주리에 빵 몇 조각이 담겨 있었다. 탁자 중앙, 청화자기로 된 향꽂이에 인도향이 빨간 불빛을 내며 타오르고 있었다. 하늘하늘 피어오르는 은은한 향기에 마음이 안정되었다.

"어? 어디 멀리 가나?" 돤우가 그녀 옆에 까만색 등산배낭이 놓여 있는 것을 보고 그녀에게 물었다.

"꼬마 이모부랑 대판 싸웠어요."

뤼주가 가녀린 손가락으로 레몬조각을 집어 열빙어 구이 위에 즙을 짰다. 탁자 위 백포도주를 이미 절반은 마신 상태였다.

"어제 저녁에 한바탕했거든요. 다시는 거기로 안 돌아갈 거예요."

"꼬마 이모부가 네게 집적댄 거야?"

그냥 농담으로 해본 말이었으나 막상 입에서 뱉고 나니 금방 후회가 됐다. 이제 막 얼굴을 보고 자리에 앉자마자 농담을 하다니 경박한 사람이 되어버린 느낌이었다. 다행히 뤼주는 별로 개의치 않는 것 같았다. 그녀는 냉소를 짓더니 돤우에게 술을 따라준 후 잔을 들고 뾰로통한 표정을 지었다. "그 사람의 위장술僞裝術은 24시간을 채 못 가더군요."

　　돤우는 그녀의 말에 담긴 뜻을 알아차리고 차마 말을 잇지 못했다. 그는 친구들 사이의 비밀이 항상 두려웠다. 하지만 뤼주는 한번 입을 열자 그 다음부터는 전혀 거리낌이 없었다.

　　"당신에게는 말해도 상관없어요. 뇌음사 승려방에서 그와 이모를 만났을 때부터 기차에서 날 건드리려고 할 때까지 채 24시간이 걸리지 않았다는 말이에요. 밤에 용변을 보러 가려는데 그가 화장실 앞에서 날 가로막더군요. 생리를 시작했다고 거짓말을 했더니 꼭 거기로 들어가야 하는 건 아니라고 그러더라고요. 그래서 근친상간의 느낌은 별로 좋아하지 않는다고 했어요. 그랬더니 그 사람 한다는 말이 오히려 그런 느낌이 절묘한 것이래요. 뭐랄까, 허락되지 않는 것일수록 사람 정신을 쏙 빼놓는다고요. 그래서 할 수 없이 내가 큰 소리로 고함을 질러 경찰을 부르면 열차 공안원들은 당신이 이사장인지 뭔지 모를 거라고……."

　　"여기 괜찮은데?"

　　돤우가 고요한 실내를 둘러보며 화제를 바꾸려 했다.

　　"창문이 나무 그늘에 다 가렸어. 비가 조금만 세게 오면 더 운치가 있겠는데."

　　"여기가 허푸에서 가장 아름다운 곳이에요."

　　뤼주가 다행히 꼬마 이모부에 관한 끔찍한 이야기를 멈추고 우울한 표정으로 피식 웃으며 중얼거렸다.

"늦가을이면 더 좋죠. 늦은 계화 향기가 공기 중에 퍼지면 당신 마음도 하늘하늘하니 마치 신선처럼 떠오를 거예요. 시후西湖의 만각농滿覺隴(계화나무로 유명하다) 만큼이나 아름다워요. 이런 분위기 속에 있으면 사람들은 대개 그 순간 죽어도 아무 여한이 없다고 하잖아요. 난 자주 여기서 차를 마시고 한가롭게 독서도 하고 비파 연주도 들어요. 그래서 한번 앉았다 하면 오후 내내 여기 있어요."

"어디 가려고? 타이저우 집으로 돌아가려고?"

"당신 집이요!"

뤼주가 장난기 가득한 눈길로 그를 응시했다.

"아내 분이 베이징에 연수받으러 가지 않았어요?"

그는 뤼주가 농담을 하는 거라고 생각했다. 그러나 가을 물기가 촉촉이 담긴 뤼주의 두 눈이 계속 그를 뚫어져라 바라보는 모습은 정말 그의 대답을 기대하는 것 같았다. 돤우의 심장 모터가 계속 부릉, 부릉거렸다. 몸의 한 부위가 터져버릴 것처럼 부풀어 올랐다. 그는 이런 느낌을 잊은 지 오래 되었다.

"금방 돌아와. 물론 우리 집에 기거하지 못할 건 아니야. 하지만 그게 장기적인 계획이 될 순 없어."

그가 가만가만 말했다. 자기가 듣기에도 짜증날 정도로 겁먹은 티가 역력했다.

"그냥 있겠다는 게 아니에요." 뤼주도 물러서지 않았다.

뤼주는 잠시 쉬었다가 더욱 노골적인 표현을 내놓았다.

"나랑 자고 싶지 않은 척 내숭 떨 필요 없어요."

"여기 정말 좋네."

돤우가 다시 실내를 돌아봤다.

"그 말 조금 전에도 했거든요?" 뤼주가 야릇한 미소를 지으며 비아냥거렸다.

돤우는 얼굴이 시뻘겋게 달아올라 허둥댔다. 그가 비에 젖은 《하버드로 향하는 계단》을 그녀에게 흔들어 보이며 아들 학교에 가서 강연한 이야기로 화제를 돌리려고 할 때였다. 핸드폰이 울렸다.

문자가 들어왔다.

재빨리 문자를 살피는 그의 낯빛이 조금 당황스러웠다. 뤼주가 그런 그를 눈여겨봤다.

"아내분이 돌아왔나 봐요?"

"아니, 아니야."

돤우가 황급히 말했다. "일기예보야, 일기예보."

"장난한 거예요. 안심해요. 당신 집에 안 갈 거예요.!"

뤼주가 계속해서 킥킥거리며 그의 접시에 열빙어 한 마리를 놓아줬다.

"조금 전 호텔에 전화해서 예약했어요. 걱정 말아요. 난 당신들 같은 50, 60년대 사람들을 제일 싫어해요. 매사에 전전긍긍, 그러면서도 꿍꿍이가 많잖아요. 머릿속이 죄다 추잡한 욕망으로 가득 차 있으면서 도덕군자인 척 점잔을 떨고. 사회가 당신 같은 사람들 때문에 엉망이 됐어요."

치파오를 입은 여종업원이 음식을 내왔다. 돤우가 그녀에게 화장실이 어딘지 물었다.

"아래층 정원 옆이에요. 절 따라오세요."

종업원이 그를 향해 환하게 웃었다. 나긋나긋한 목소리가 묘하게 들렸다.

돤우가 화장실에서 나와 위층으로 가보니 테이블 위의 술병은 이미 비어 있었다. 뤼주는 약을 먹고 있었다. 우울증 약을 조심스레 병뚜껑에 털어놓고 수를 세더니 한 알을 꺼내고 나머지는 다시 약병에 집어넣었다. 그리고 목을 한껏 쳐들고 잔에 남아 있는 약간의 와인과 함께 약을 삼켰다. 잠시 후 그녀는 완전히 다른 사람이 되어 있었다. 마치 풀밭 위에 드리운 구름의 그림자처럼 어두운 빛이 역력했다.

"요즘은 이 약에 의존해 살고 있어요."

뤼주의 눈빛이 흔들렸다.

"아침에 약을 먹고 나면 오직 대여섯 시간이 빨리 지나갔으면 하는 바람뿐이에요."

"왜?"

"그 다음 약을 먹을 시간이니까요. 이 약은 마약이나 똑같아요."

"해봤어?"

"뭘요?"

"마약 말이야."

"헤로인 같은 건 안 해봤어요." 뤼주가 담뱃불을 붙였다.

"대마만 두세 번 해봤어요. 중독은 아니에요."

"요가 같은 것 해볼 생각은 안 했어?"

"해봤죠. 요가, 정좌, 온천, 무슨 단식요법 등등 다 해봤지만 소용이 없어요."

"어떤 일본 사람이 인지행동요법으로 우울증을 치료했다는 이야기를 들었는데."

"모리타 쇼마森田正馬(도쿄 자혜의대 정신과 모리타 쇼마 교수가 개발한 신경증 치료법)요? 두 달 정도 해봤죠. 확실히 효과는 조금 있었어요. 하지만 내가 인내심이 부족해서 계속할 수가 없었죠. 내 문제가 뭔지는 내가 잘 알아요. 예를 들어 절대 한 걸음도 내딛어선 안 되죠. 일단 한 걸음 내딛고 나면 다시 되돌리는 일이 너무 어렵거든요. 나도 본래 다른 사람들처럼 아무것도 못 본 척 안전하게 내 삶을 온전히 보내고 싶었어요."

"눈을 감고?"

"네. 눈을 감고요."

뤼주의 말을 이해하기 위해서는 아무래도 곰곰이 생각해 볼 필요가 있었다. 돤우는 몇 번이나 그 첫 걸음을 어떻게 내딛었는지 묻고 싶었다. 타이저우라는 그 작은 지역에서 그녀와 그녀의 부모 사이에 대체 무슨 일이 있었단 말인가? 그러나 그는 결국 호기심을 억누른 채 아무 말도 하지 않았다.

사실 그는 그녀에 대해 아는 바가 전혀 없었다. 강변 둑을 한 차례 산보하고, 대여섯 통 이메일을 보낸 것이 다였다. 한두 번 뤼주가 자신이 쓴 시를 보여주었지만 모두 유치찬란했다.

비가 그친 것 같았다. 계화나무에서 청석판 바닥으로 빗방울이 툭툭 떨어졌다.

"이제 어떻게 할 건데? 어쨌거나 평생 호텔에 갇혀 살 수는 없잖아?"

돤우가 걱정스러운 눈초리로 그녀를 바라봤지만 건성으로 무덤덤하게 내뱉는 말투라는 걸 자기도 느낄 수 있을 정도였다.

"그건 아직 모르겠어요. 매일 아침 눈을 뜨면 수면제에 의존해서 흐리멍덩하게 있다가 다시 잠이 들 때까지 머릿속에 오직 한 가지 생각만 계속되어 떨칠 수가 없어요."

"무슨 생각?"

"알잖아요."

실낱같은 그녀의 목소리는 마치 한숨을 내쉬는 것 같아 거의 들리지 않을 정도였다. 눈빛이 애잔하면서도 도발적인 느낌이 가득했다. 돤우는 '성'性에 관한 문제라고 생각했지만 그건 착각이었다.

"죽는 방법 중 가장 좋은 것과 가장 나쁜 것을 모두 생각해본 후에야 마음이 가라앉아요. 하지만 자살은 안 할 거예요. 가장 좋기로는 햇살 아래 거리를 걷고 또 걷다가 다리 힘이 빠지면 그냥 아무렇게나 길가 아무 데나 쓰레기통 옆 같은데 쓰러져 눈을 감고 그렇게 인생을 끝내는 거예요."

"그럼 가장 안 좋은 건 뭔데?"

"병원에서 죽는 거요."

뤼주가 전혀 주저하지 않고 대답했다.

"당신 기관을 절개해 안에 호스를 삽입하고 코로 음식물을 위장으로 흘려보내요. 30분 간격으로 가래를 뱉어내야 하고. 대소변을 지리면서……. 분명히 그렇게 해요. 하지만 문제는 의식이 완전히 깨어 있다는 거예요. 당신 가족, 제일 가까운 가족이라 해도 인내심에는 한계가 있어요. 가장 민망스러운 건 예쁜 간호사가 소변줄을 꽂을 때 아련하게 느껴지는 욕망에 자기도 모르게 발기를 한다는……."

"이봐, '당신'이란 말은 좀 빼줄래?"

돤우가 웃으며 그녀에게 사정했다.

"미안해요. 내 말은 당신이 아니라, 우리 아빠를 말하는 거예요. 당시 마흔 셋이었어요. 욕창으로 엉망이 되어 있는 가랑이 아래로 따끈한 대변을 종이로 감싸 손 안에 쥐면 마치 막 요리한 곱창 같아요. 골백번이나 내 목숨을 바쳐 아빠 목숨을 살리고 싶은 생각이 굴뚝같다가도

강남에 봄은 지고

그 순간만은 아빠가 빨리 죽었으면 하고 바랐어요."

뤼주가 갑자기 아무 소리도 내지 않았다.

눈이 시리도록 하얀 목을 창밖을 향해 틀었다가 다시 고개를 돌린 그녀가 재빨리 돤우의 얼굴을 살폈다. 의혹과 놀라움에 이어 그녀의 두 눈에 분노가 이글거렸다.

샤오구와 천서우런이 각자 우산을 들고 아래층 정원에 서서 위를 바라보고 있었다. 그들 곁에 기사도 서 있었다.

"당신이 내가 여기 있다고 말했어요? 그래요?"

뤼주의 입가에 야릇한 웃음이 번졌다.

"조금 전 문자가 왔을 때 일기예보라고 거짓말을 했군요! 그때 이미 날 팔아먹기로 결정한 거죠, 그렇죠? 이런 젠장, 당신은 분명 화장실 소변기 앞에서 한손으로는 수음을 하면서 다른 한손으로 천서우런에게 전화를 건 거야. 그렇지? 처음부터 날 넘기기로 마음먹은 거지. 그렇지? 그런 당신을 나는 심지어 친구로, 큰오빠로 생각하고 있었는데, 당신도 알고 있었잖아. 천서우런, 저 개만도 못한 구린 인간, 저자가 어떤 놈인지 당신도 잘 알고 있잖아. 그런데도 날 넘길 생각을 했어, 안 그래?"

뤼주가 구토를 하기 시작했다. 조금 전 먹었던, 채 소화 되지 않은 약까지 모두 토해냈다. 돤우가 재빨리 그녀를 붙잡고 등을 두드려주면서 황급히 테이블에 놓여 있던 냅킨을 집어 입을 닦아줬다. 뤼주가 그의 어깨에 얼굴을 기댔다. 구토물의 역한 냄새에도 불구하고 은은한 향기가 풍겼다. 그녀의 얼굴 피부는 차가웠고 비단처럼 매끄러웠다. 그녀가 살며시 돤우를 향해 웃었다.

"아직도 날 갖고 싶죠, 그렇죠? 좋기로는 내가 덥석 당신에게 안기는 거겠지. 어떤 걱정도 하지 않고 못 이기는 척하면서. 안 그래?"

샤오구는 이미 위층으로 올라온 상태였다. 그녀가 마치 아기를 대하듯 뤼주를 품에 안고 눈물을 흘렸다.

"뤼주, 그깟 몇 마디에 이렇게 난리를 피워? 새벽 4시부터 지금까지 네 이모부는 밥 한 술도 못 먹었어. 얼마나 초조해했는지 알아? 뤼주! 하고 싶은 말이 있으면 돌아가서 천천히 이야기하자, 응?"

뤼주는 이모에게 눈길도 주지 않았다. 그녀는 꼼짝 않고 돤우를 바라봤다. 땀으로 헝클어진 머리카락이 이마에 달라붙었다. 눈물이 소리 없이 뺨 위에 흘러내렸다.

"이메일로 내게 한 말 잊어버렸어요? 가롯 유다! 당신은 서문경西門慶(《금병매》의 주인공으로 여성 명의 부인을 두는 등 방탕한 생활을 했다)만도 못해! 서문경은 여자에게 함부로 하긴 했지만 적어도 정도 있고, 의리도 있었어. 당신은? 기껏해야 응백작應伯爵(서문경의 친구로 아첨꾼에 배은망덕한 인물) 정도나 될까, 천서우런보다도 못한 인간이야. 무슨 시빌Sybil18)의 조롱이니 엘리엇의 시니……, 웃기는 소리하고 있네. 뭐, 마른 풀의 노래? 돌 위를 흐르는 경쾌한 물소리? 지빠귀가 소나무 숲에서 노래한다고? 휘익, 휘익? 정말 웃기고 있네! 천서우런은 적어도 못된 짓을 할 용기라도 있지만 당신은 그런 용기도 없잖아. 바다에서 죽은 채로 몇 년이고 떠다니다 썩고 썩어 더 이상 썩을 수 없을 정도로 문드러진 해파리 같은 놈! 사람들 뒤에서 먹다 남은 찌꺼기나 주워 먹으면서, 무슨 '운명이 우리를 한 배에 타라고 했다!'고? 헛소리하고 있네."

샤오구와 기사가 양쪽에서 뤼주를 끼고 아래층으로 내려갔다. 그녀

---

18) 시빌(Sybil): 그리스신화에 나오는 무녀. 아폴론의 사랑을 받아 자신이 원하는 장수의 행복을 얻었지만 젊음을 유지하지 못해 늙고 쪼그라들어 조롱에 매달리는 신세가 된다. 소원을 묻는 물음에 그녀는 '죽고 싶다'고 대답한다.

강남에 봄은 지고

는 고개를 돌리고 돤우를 향해 쉬지 않고 욕을 퍼부었다. 계단 아래에서 치파오를 입은 두 명의 종업원이 황당한 얼굴로 서 있었다. 그 가운데 한 명이 손으로 입을 가렸다. 얼굴은 물론이고 마음속으로도 비웃고 있는 것이 분명했다.

"이 계집애, 정말 다루기 힘들군."

서우런이 그녀를 보면서 고개를 절레절레 흔들며 한숨을 내쉬었다. 커다란 선글라스를 끼고 있어서 돤우는 그의 표정을 읽을 수 없었다.

"내가 그랬잖아. 천천히 달래서 데려가라고. 나서지 말라니까. 그새를 못 참고 후다닥 쫓아와?"

돤우의 표정이 굳어 있었다.

"샤오구 성격 모르는 것도 아니면서. 아내가 심지어 공안국과 형사들에게까지 연락을 취했어. 뜨거운 부뚜막 위에 올라 있는 개미처럼 얼마나 초조해했는지 몰라. 뤼주가 허푸 지역을 벗어난다면 아마 평생 다시는 찾을 수 없을지도 모른다고 했어. 네가 보낸 문자 받고 집에 불이라도 난 사람처럼 구는 바람에 도저히 막을 수가 없었어."

서우런이 냅킨으로 등산 배낭 위에 묻은 구토물을 닦은 후 가방을 둘러메고 돤우에게 아래층으로 내려가자고 고갯짓을 했다.

"대체 왜 그런 거야? 왜 또 이 난리가 났어?"

"말 좀 조심해 줄래? '또'라니?"

서우런이 또박또박 돤우에게 따졌다.

"사실 우리랑 내내 잘 지냈어. 전엔 싸운 적도 없었고. 그런데, 이게…… 어휴, 어떻게 말을 해야 할지 모르겠네. 나중에 기회를 봐서 천천히 설명해 줄게."

아래층 마당으로 내려오자 샤오구와 기사가 뤼주를 차에 타게 하느라 끙끙대고 있었다. 뤼주는 한사코 차에 타지 않으려 차 유리창을 마구 발로 차고 있었다.

"차 유리는 주먹이 아니라 망치로 내리쳐도 깨지지 않아."

서우런이 허탈하게 웃더니 입구에 서 있던 제복 입은 청년 둘에게 고갯짓을 했다.

그들이 알았다는 듯 재빨리 샤오구를 거들었다.

"이렇게 소란을 떨면 자네의 그 청년 지도교사의 이미지가 철저하게 무너져 내리는 거야. 적어도 유다라는 악명은 평생 씻지 못할걸? 뤼주가 얼마나 지독한데."

잠시 후 서우런이 다시 웃으며 그에게 작은 소리로 말했다.

"너도 참! 걜 붙잡고 뭔 허풍을 떤답시고 그것도 하필이면 엘리엇 이야기를 했어? 경고하겠는데, 너 공자 앞에서 문자 쓴 거야! 저 계집애는 〈황무지〉를 처음부터 끝까지 다 외워. 차량정査良錚 것이든, 자오뤄루이趙蘿蕤 것이든, 아니면 추샤오룽裘小龍 것이든. 이 셋이 번역한 각기 다른 판본을 단 한 글자도 안 틀리고 다 외운다고! 믿기지 않지?"

돤우는 머릿속이 하얘졌다. 뤼주가 화를 내던 모습이 떠올랐다. 그녀의 눈에서 눈물이 아니라 영혼이 튀어나오는 것 같았다. 찌릿찌릿 가슴에서 통증이 느껴졌다. 사람들이 뤼주를 자동차 뒷좌석에 눌러 앉혔다. 그녀는 계속 발길질을 해댔다. 허둥대는 와중에 파란색 치마가 뒤집혔다. 돤우는 얼결에 흰색 속치마 밑으로 드러난 팬티를 봤다. 아주 짧은 시간이었지만 허벅지 위쪽 피부색이 조금 어두워 보였다.

그는 얼른 고개를 돌렸다.

샤오구가 유리를 내리고 머리를 내밀어 서우런에게 "신발!"이라고 소리를 질렀다.

서우런이 돤우의 어깨를 툭 친 후, 차 옆으로 가 뤼주가 떨어뜨린 빨간색 힐을 집어 들었다. 신발을 쳐다보고 코앞에 대고 냄새를 맡더니 차문을 열고 앞좌석에 앉았다.

캐딜락이 쏜살같이 달려가며 흙탕물을 튕겼다.

돤우는 망연자실한 채, 여전히 바오 선생이 준《하버드로 가는 계단》을 들고 '도미화사' 처마 아래 서 있었다.

그는 운하 옆 거리모퉁이를 돌다 파리가 어지럽게 날아다니는 쓰레기통에 책을 던졌다.

14

관련 기관에 주의를 요청해야 한다; 만약 내가 어느 날 피살된다면 범인은 분명히 장유더張有德이다.

달빛 아래 금전은 바쁜 인류에게 잠시 잠깐의 안녕도 허락하지 않았다.[19]

성실한 사람은 언제나 손해를 본다.

행복은 부패하기 쉬운 먹을 것으로 단 한 푼의 가치도 없다.

---

19) 단테《신곡》에 나오는 구절이다.

우리는 사실 살고 있는 것이 아니다. 단 1분도 살아 있지 않다. 우리는 바삐 생활을 준비하느라 하루 종일 안절부절 못하느니.

고현苦縣에 있는 광화光和의 노자비老子碑는 아직도 뼈대가 서 있으니, 글씨는 야위고 꼿꼿해야 신통하더라.[20]

15

형 왕위안칭王元慶이 최근 그에게 보낸 편지 내용이다.

위안칭은 간간이 그에게 편지를 보내곤 했다. 앞에 인용한 내용은 작은 해서체로 화선지에 세로쓰기로 적혀 있었다. 필적이 준수하고 단 한 글자도 허투루 쓰지 않았다. 표현 사이에 비록 논리가 통하지는 않지만 그래도 어느 정도 형의 감정 상태를 보여주고 있었다. 돤우는 이러한 경구, 격언 식의 미친 소리를 통해 형의 정신병이 어느 정도인지 판단하고 통제할 수 있었다.

그들은 이부동모異父同母, 즉 아버지가 다를 뿐 같은 어머니에게서 태어난 형제이다. 위안칭의 아버지는 1950년대 집단 패싸움을 하다가 절벽에서 실족하여 사망했다. 하지만 구체적인 상황에 대해서는 돤우는 아는 것이 없었다. 어머니는 위안칭의 아버지가 똑똑하고 뛰어난 목공이

---

20) "고현광화상골립, 서귀수경방통신(苦縣光和尚骨立, 書貴瘦硬方通神)." 두보의 시 〈이조팔분소전가(李潮八分小篆歌)〉에 나오는 구절이다.

강남에 봄은 지고

었으며, 평소 말이 별로 없었다고 했다. 평생 했던 말을 다 합쳐도 그녀가 하룻밤 동안 하는 말만큼도 되지 않는다고 했다. 사건이 터지기 얼마 전 그는 마을 사람의 신혼 침대를 만들어 주고 동시에 또 다른 집의 관을 짜줬다고 한다. 미신에 따르면, 이는 금기시하는 행위였다.

왕위안칭이 아버지의 머리와 과묵한 성정을 그대로 이어받은 것은 그리 이상한 일이 아니다. 다만 이해가 안 되는 건 그의 기상천외한 발상과 괴이한 행동이 탄궁다를 쏙 빼닮았다는 점이다. 그들은 아무런 혈연 관계가 없었다. 게다가 위안칭과 탄궁다는 그리 오래 만난 것도 아니었다(탄궁다는 마지막 10년을 거의 감옥에서 보냈다). 어머니는 이 모든 것이 하늘의 처사라고 원망했다. 그렇기 때문에 어머니는 밤낮으로 망령에 시달리는 미치광이를 저지할 충분한 이유가 있었고, 청명절에 아버지 성묘를 거부할 명분이 있었다.

위안칭의 다소 희극적인 행적은 족히 지방지의 《기인전》에 기록될 만했다. 하지만 사실 돤우는 형에 대해 아는 것이 극히 적었다. 적막하고 길기만 했던 초등학교와 중고등학교 시절, '덤받이'(의붓자식)라는 별명이 줄곧 그림자처럼 그를 따라 다녔다. 그 별명은 이후 또 다른 별명, 즉 '천재'로 대체된 후에야 비로소 사라졌다. 형이 현 전체 글짓기대회에서 1등상을 받아왔지만 어머니는 기뻐하기는커녕 오히려 수심이 가득했다. 고등학교 2학년 때 그가 쓴 단막극이 메이청현의 석극단錫劇團에 의해 무대에서 공연되면서 한때 대단한 뉴스거리가 되었다.

위안칭은 얼마 후 간염으로 휴학했다.

어머니는 그가 건강이 회복되자 푸젠성福建省 출신 절름발이 재봉사에게 재봉을 배우도록 했다. 메이청 고등학교 교도주임이 몇 번이나 재봉가게를 찾아갔다. 위안칭에게 옷을 맞추려고 갔던 것이 아니라 복학을 권유하기 위해서였다.

선생님은 10년 간 중단되었던 대입이 1977년 다시 부활한다는 소문을 들었다. 그는 심지어 어머니에게 자신의 딸을 위안칭에게 시집보내겠으니 위안칭이 대입시험을 볼 수 있도록 해달라고 말하기까지 했다. 식견이 높을 리 없는 어머니는 당연히 요지부동이었다. 가장 중요한 이유는 위안칭이 재봉을 잘한다는 소문이 퍼져 이미 어머니에게 상당한 금액의 안정된 수입을 가져다줬기 때문이었다. 당시 어머니의 가장 큰 꿈은 큰아들이 언젠가 푸젠의 절름발이 재봉사로부터 독립하여 자신의 가게를 갖는 일이었다. 푸젠 절름발이는 '눈치 빠르게도' 얼마 되지 않아 심근경색으로 급사했다. 그러나 형은 사부의 죽음 이후 재봉에 대한 흥미를 잃어버리고 말았다.

그는 현성縣城에서 정체를 알 수 없는 너절한 이들과 사귀기 시작했다. 자신이 개조해 만든 단파라디오로 '미국의 소리'(VOA, 미국의 대외선전방송. 제2차 세계대전 중이던 1942년 2월 24일에 첫 방송을 시작했다)와 덩리쥔鄧麗君의 노래를 듣기 시작하더니 며칠씩 집에 들어오지 않을 때도 있었다. 급기야 나중에는 행방이 묘연해졌다. 공안기관이 스스로 우쭐거리며 '비밀조직'이라 자처하는 그들을 일거에 체포했고, 형은 난징에서 메이청으로 압송되었다.

어머니는 '죽은 귀신' 탄궁다의 생전 친구를 통해 관련 기관에 선을 대어 가까스로 위안칭이 처벌을 면하도록 손을 썼다.

당시 위안칭의 첫 번째 시가 《청춘》 잡지에 발표됐다. 그 시는 돤우가 다니던 중, 고등학교에 소리 소문 없이 퍼졌고 덩달아 돤우까지 시를 쓰고 싶은 기이한 충동에 사로잡혀 절박한 일이 되고 말았다. 그들은

강남에 봄은 지고

같은 처마 밑에 살았지만 거의 이야기를 나누는 법이 없었다. 모든 것을 통찰하고 있는 것 같은 왕위안칭의 맑은 눈빛은 동생에게 머무는 시간이 극히 적었다. 그러니 탄둰우가 그를 몹시 숭배하고 있다는 사실을 알 리가 없었다. 또한 아우가 몰래 그의 일거수일투족을 열심히 따라하고 있다는 사실도 알지 못했다.

1981년, 둰우는 상하이의 한 대학 중문과에 입학했다. 어머니는 기쁜 나머지 얼토당토않은 말을 했다. 위안칭에게 시간을 내서 둰우를 상하이로 데리고 가서 학교 등록을 하고 오라는 것이었다. 어머니는 상하이가 대도시인 데다 둰우가 한 번도 멀리 가본 적이 없으니 혹시라도 기차에서 내리기 무섭게 인신매매단에게 납치될까 걱정이었다. 위안칭은 어머니의 제안을 거부하지 않았다. 다만 식지로 자기 코끝을 가리키며 건달처럼 어머니를 향해 다가갔다. 그가 앞으로 한 걸음 디디면 어머니는 뒤로 한 걸음 물러났다.

"뭐라고요? 나보고 말했어요? 나더러? 나더러 쟤를 데리고? 상하이를 가라고?"

줄줄이 이어지는 그의 질문이 이미 문제가 뭔지 잘 설명해주고 있었다. 위안칭의 편협한 성격, 강한 질투심이 고개를 들기 시작한 것이다.

어느 해인가, 둰우가 여름방학이 되어 상하이에서 메이청으로 돌아왔을 때였다. 형이 자신의 장편시를 편집장이 돌려보낸 것에 대해 씩씩거리며 불만을 토하더니 밀랍봉인이 된 원고를 동생에게 주면서 넌지시 의견을 말해달라고 했다. 둰우는 대충 훑어본 후 적절치 못한 언사로 솔직한 느낌을 내놓았다.

"편집부 탓만은 못하겠네. 글 수준이 많이 떨어져. 정말 발표까지 할 만한 글은 아니야. 형이 쓴 시들은 확실히, 음…… 뭐라고 할까? 시대에 뒤떨어졌어."

"그래? 그럼, 난 이제 안 된다는 거야? 확실히 안 되겠어?"

그의 말이 화장실에서 들려왔다. 소변을 누면서 중얼거리는 나지막한 소리를 들으며 돤우는 뭔가 실수를 했다는 느낌이 들었다.

이후 그는 허구한 날 천장만 바라볼 뿐 단 한마디도 하지 않았다. 왕위안칭은 급격히 노쇠해지기 시작하여 어머니보다 더 늙어 보였다. 돤우가 별생각 없이 내뱉은 말이 위안칭에게 뜻밖의 타격을 준 것이 분명했다. 심지어 그는 더 이상 돤우와 말을 섞지 않았다. 마침내 형제 사이에 무슨 일이 벌어졌는지 눈치를 챈 어머니가 애원의 눈빛으로 돤우에게 장편시에 대한 재평가를 부탁했다. "어차피 몇 마디 좋은 말 해주는데 힘이 드는 것도 아니잖아." 돤우는 맘에도 없는 '걸작'이니, '위대하다'느니 심지어 '절대미문'絶代未聞 등의 표현을 동원하여 찬사를 늘어놓았지만 이미 물은 엎질러진 뒤였다.

1990년대 중, 후반기에는 위안칭도 비록 짧기는 했으나 성공가도를 달린 적이 있었다. 철강재를 암거래하여 기반을 마련하더니 메이청에 기성복 회사와 술집을 차렸다. 이어 인쇄업과 시멘트업까지 손을 댔다. 회사의 본사도 허푸의 더우좡으로 옮겼다. 그가 매년 학교나 자선기관에 기부하는 액수도 걸핏하면 수백만 위안을 넘어섰다. 그러나 돤우에게는 단돈 한 푼 준 적이 없었다. 위안칭의 말을 빌리면 지식인을 존중하기 때문이라고 했다.

하지만 그 말은 어떻게 해석해도 그다지 듣기 좋은 말이 아니었다.

이후 그는 우연히 장유더라는 쓰촨 사람을 만나게 되었다. 두 사람은 동업으로 더우좡 맞은편 마을과 제법 규모가 큰 땅을 인수했다. 그 마을 이름은 화자서花家舍였다. 남쪽으로 호수를 마주하고 북쪽으로 펑

황령鳳凰嶺이 자리했다. 원래 큰 마을이었는데 최근 몇 년간 청장년들이 외지로 일을 나가면서 점점 황량해지고 퇴락한 마을이 되고 말았다. 두 사람은 헐값에 마을을 임차하여 그곳에 세상과 동떨어진 독립왕국을 세우기로 했다.

위안칭과 동업자는 화자서 재건사업에 의기투합했다. 그러나 독립왕국의 미래 청사진과 기능을 설계하면서 첨예하게 의견이 대립했고 심지어 사업의 구체적인 항목에서조차 의견일치를 보지 못했다. 동업자는 수상 오락시설에 심취해 있어 배산임수背山臨水의 고급 별장을 짓거나 오락사업을 할 생각뿐이었다. 원칙은 단 하나, 빨리 돈을 버는 것이었다. 그는 쓰촨에서 아가씨들을 대거 모집하여 화자서를 합법적이면서도 은밀한 유흥가(매음굴)로 만들려고 했다. 장유더는 여기에 에덴동산이라는 이름을 붙였다.

왕위안칭은 '화자서 공사公社21)'라는 이름에 더 끌렸다. 하지만 위안칭은 이 '공사'의 미래 청사진에 대해 입을 다물었기 때문에 돤우 역시 아는 바가 없었다. 어느 날 저녁, 모처럼 가족이 함께 모여 식사를 했다. 위안칭은 입만 열었다 하면 화자서 이야기를 꺼냈다. '대비천하한사'大庇天下寒士22)라는 화자서의 웅대한 계획을 말하느라 열을 올릴 때 신혼의 팡자위가 스스럼없이 시아주버니의 말을 끊고 웃으며 말했다. "눈앞의 이 가난뱅이 둘은 언제쯤 '비호'해 주실 건데요?" 위안칭은 입을 다물고

---

21) 공사(公社): 원시사회에서 구성원들이 공동으로 생산하고 공동으로 소비하는 사회형태를 말한다. 중국에서 실험한 인민공사는 정치와 경제가 합일된 사회형태이며, 중세기 유럽의 공사인 코뮌(commune)은 자치 장원의 일종으로 시민들이 일정한 권리를 지닌 사회조직을 말한다.
22) 대비천하한사(大庇天下寒士): 천하의 가난한 선비들을 비호하다. 두보의 〈가을태풍에 띳집이 날아가고(茅屋爲秋風所破歌)〉에 나오는 구절로, 천 칸 만 칸 집을 지어 가난한 선비들을 기쁘게 하고 싶다는 내용이다.

아무 말도 하지 않았다.

형과 장유더의 관계는 결국 수습이 불가능할 정도까지 악화되었다. 장유더가 고집하는 사업내용에 형은 결사반대였다. 반대로 형의 주장에 대한 장유더의 입장도 마찬가지였다. 위안칭 곁에 점차 사람들이 모여들었다. 모두 당시 '비밀조직'의 핵심들이었다. 당시 그들은 거의 자포자기 심정으로 실의에 빠져 있었고, 톈 선생이 주관하는《허푸문예》에 '더우푸간'豆腐乾23) 같은 글이나 발표하면서 원고비를 받아 생활하고 있었기 때문에 돈에 대해 별다른 저항력이 없었다. 그렇기 때문에 그들이 순식간에 장유더에게 매수되어 형에게 반격을 가한 것도 충분히 납득할 수 있었다.

위안칭은 마침내 동생을 떠올렸다. 그는 퇀우에게 지방지 사무실을 나와 자기와 화자서로 가서 그의 오른팔이 되어 '교육 담당'이 되어달라고 했다. 퇀우는 건성으로 한번 생각해 보겠다고 말했다. 사실 완곡한 거절이나 다름없었다.

위안칭은 자신과 장유더의 이견 따위엔 관심이 없는 듯했다. 그는 안후이의 펑양鳳陽, 허난의 신샹新鄉, 장인江陰의 화시華西를 수개월에 걸쳐 답사하고 그 결과에 크게 실망했다. 그는 양두구육 식 수작에 이를 갈았다. 그는 마지막에 일본 이와테岩手 현에서 그런대로 흡족한 '공사'의 모델을 찾았다. 일본에서 돌아온 그는 신바람이 나서 동업자에게 그가 찍은 사진을 보여줬다. 그러나 동업자는 이미 위안칭의 자금을 어떻게 빼돌릴 것인가 궁리하느라 정신이 없었다.

---

23) 더우푸간(豆腐乾): 인터넷에서 사용하는 말로 부녀(腐女, 남성의 동성애를 좋아하는 여자)와 건물녀(乾物女, 연애에 무관심하고 생활이 무미건조하며 편안함을 추구하는 도시의 화이트컬러 여성을 지칭하는 건어물녀의 뜻)를 합친 용어이다.

강남에 봄은 지고

장유더는 이미 새로운 투자자를 물색한 후였다. 형이 사방을 주유할 때 이미 화자서 철거가 시작되었으며, 심지어 싱가포르에서 초청한 설계사가 이미 시공 초안을 완성한 상태였다. 쓰촨 사람이 형에게 투자금을 빼라는 암시를 줬지만 아무 효과도 없었다. 하는 수 없이 점잖게 허푸시 서기장 한 사람을 내세워 형에게 손을 뗄 것을 요청했다. 하지만 왕위안칭은 단번에 거절했다. 그는 그날 밤 이제 막 변호사자격증을 딴 팡자위를 찾아와 자신의 법률고문을 맡아달라고 부탁한 후 소송을 상의했다.

상황이 커질 것 같자 장유더는 위안칭을 허푸에서 가장 호화로운 '부용루'로 불러 저녁식사를 했다. 마지막으로 최대한의 성의를 보여준 셈이다. 두 사람은 결국 얼굴을 붉히며 헤어졌다. 팡자위는 법률고문 자격으로 그 자리에 나갔다. 쓰촨 사람이 식사자리에서 한 위로의 말은 이후 팡자위가 남편을 비난할 때 자주 사용하는 표현이 되었다.

"형씨, 나와 맞서는 건 상관없소. 하지만 기억하쇼. 시대와 맞설 순 없는 겁니다."

이어서 기이한 일들이 줄줄이 발생했다.

경비가 삼엄한 회사 본부에 검은 옷을 입은 수상한 사람 세 명이 대명천지에 형의 사무실로 쳐들어와 그의 늑골 두 개를 부러뜨렸다. 그 바람에 형은 넉 달 동안이나 병원에 입원했다.

그리고 엽총 실탄이 들어 있는 협박편지 한 통을 받았다.

곧이어 영문도 모른 채 공안기관에 체포되었다. 이틀 후 공안기관은 사람을 '오인'했다며 그를 석방했다.

위안칭은 유치장에서 나온 그날 밤, 동업자인 장유더에게 이메일을 보내 간곡한 어조로 '자금회전' 및 건강상의 이유로 화자서 프로젝트에서 빠지겠다고 말했다. 한데 이에 대해 장유더는 자신이 막후 조종자임을 감추느라 애쓰지 않았다. 그의 메일 답변은 매우 간단하고 거만했으며 노골적이었다.

일찌감치 그럴 줄 알았네.

들은 바에 따르면, 공안국의 한 경찰이 위안칭이 유치장을 나올 때 미소를 지으며 그에게 다음과 같은 경고를 했다고 한다.

이렇게 놓아주는 건 다 당신을 위해서야. 선처를 해줬는데 소란을 피우면 안 되겠지. 당신네 사람들이 어떻게 기반을 닦았는지 잘 알고 있어. 모두 원죄가 있는 사람들이지. 원죄라는 것 알아, 몰라? 당신을 체포하고 안 하고는 문제가 아니야. 언제 당신을 잡을 것인가가 문제지. 되바라지게 왁자지껄 까불어대지만 좆도 아닌 것들이. 우리가 사과하기를 바란다면 그건 꿈도 꾸지 마. 공안기관이 언제 누구한테 사죄를 한 적 있어? 머리에 이상한 것만 가득 차 가지고! 우리가 조사하겠다고 맘만 먹으면 넌 바로 문제가 있는 놈이 되는 거야. 이번에 문제가 없다고 해서 다음에도 문제가 없진 않아. 잘 생각해 보라고.

형의 마지막 투자는 이후 두고두고 사람들 사이에서 화젯거리가 되었다. 허푸 남쪽 근교 '성시산림'城市山林 부근의 땅이 그의 눈에 들어왔다. 그는 거의 모든 자금을 털어 허푸시 정부, 적십자회와 합작으로 그곳에 현대화된 정신병치료센터를 세웠다. 그는 사회 경제가 발전하면 정신병자가 마치 강을 건너는 붕어처럼 많아지면서 자신이 세운 치료센터를 가득 메울 거라고 생각했다.

이후 실제 상황을 통해 그의 당시 마지막 결정에 뛰어난 예지능력이 발휘되었음이 입증되었다. 정신병치료센터 준공과 동시에 위안칭 자신이 시기적절하게 정신병에 걸렸고 이로써 완벽한 시설을 갖춘 이 치료센터에 들어간 첫 번째 환자가 되었다.

16

돤우는 아침에 일어나서 뤄뤄에게 줄 쫑쯔糉子(대나무 잎에 찹쌀, 대추, 밤, 고기를 넣고 쪄낸 중국음식) 두 개와 소금에 절인 오리알 한 개를 준비했다. 쫑쯔와 오리알은 어머니가 어제 특별히 샤오웨이를 시켜 바구니 가득 보내온 것이다. 샤오웨이는 액막이용으로 문에 꽂아 둘 쑥과 창포도 가져왔다. 어머니가 직접 '왕'王자를 수놓은 '라오후셰'老虎鞋(호랑이 모양 수를 놓은 어린이신발)는 너무 작아 아들은 동전을 넣어두는 용도로 사용했다.

팡자위가 다음 날이면 베이징에서 돌아온다. 뤄뤄는 며칠 동안 한껏 들떠 있었다. 아이가 집을 나갔다가 다시 문을 열고 그 작은 머리를 문으로 쑥 들이밀며 돤우에게 생일축하 인사를 했다.

돤우는 사무실에 들어가 마작을 한 판 두고 슬며시 밖으로 빠져나왔다. 그는 24번 버스를 타고 징지가京畿街에 내려 성을 일주하는 3번 관광버스를 갈아타고 남쪽 근교 초은사공원에 갔다. 그곳 정신병치료센터로 형을 만나러 가는 길이었다.

공원 남문 밖에 커다란 야외 골동품 시장이 있다. 땅바닥에 옥팔찌, 도자기, 청동화로, 서예작품, 고서 등이 잔뜩 쌓여 있었다. 사는 사람이나 파는 사람 모두 물건이 가짜라는 걸 알고 있지만 꽤나 성업 중이었다.

골동품시장을 가로질러 동쪽으로 가니 지금은 폐기되어 사용하지 않는 옛 운하의 물길이 나왔다. 알록달록한 깃발이 펄럭이고 사람들이 들끓었다. '둥, 둥' 북소리, 요란한 징소리에 세상이 다 흔들리는 것 같았다. 아마도 1년에 한 번 거행하는 용주龍舟 경기가 한창인 것 같았다. 대략 30분 정도가 지나자 시끄럽게 들리던 북소리도 점점 사라져 더 이상 들리지 않았다. 길가에 치료센터를 알리는 녹색 나무 표지판이 보였다.

협죽도 수풀 사이로 난 아스팔트길이 산을 따라 굽이굽이 위로 이어지다가 1백 미터 정도 지난 지점에서 빽빽한 숲속으로 모습을 감췄다. 산길 오른쪽은 수십 미터나 됨직한 계곡이었다. 때마침 우기인지라 잡석과 쓰러져 있는 고목 사이로 계곡물이 세차게 흘러내렸다. 계곡을 낮게 비행하는 제비들 때문에 골짜기가 온통 새카맣게 보였다. 이 일대에서 유명하다던 흰 제비는 이미 귀한 존재가 되었다. 거대한 수목이 한동안 하늘을 뒤덮고 짙은 나무 그늘 사이로 햇살이 스며들어 동전만 한 크기로 폴짝거리며 뛰어다녔다. 계곡에 걸쳐 있던 나무다리는 이미 썩어 허물어진 상태로 푸른 이끼가 잔뜩 덮여 있었다.

계곡 다른 쪽에는 녹슨 철망이 있었는데 울창한 푸른 나무와 활짝 핀 협죽도에 가려 잘 보이지 않았다. 다만 '군사요지, 출입 엄금'이라는 팻말만은 바깥쪽으로 분명하게 드러나 있어 사람들에게 이곳 맞은편에 군대가 주둔하고 있다는 것을 말해주고 있었다. 군사지역 병영 역시 깊은 숲속에 자리하는지 보이는 것은 산꼭대기에 우뚝 서 있는 레이더 관측소뿐이었다.

그는 길을 걷는 동안 녹색 두건 차림에 대바구니를 끼고 그에게 향료를 사라고 권하던 할머니 두 명 외에는 아무도 보지 못했다. 숲속이 신비한 묘역처럼 고요했다.

최근 2, 3년 사이 산림지역이 국가산림공원 부지로 구획되면서 허푸와 인근 지역의 돈 좀 있다는 사람들이 집중적으로 거주하기 시작했다. 수없이 많은 건축부지와 개인별장이 산자락에 빽빽이 들어찼다. 부근의 제철소와 코크스공장, 펄프공장 등이 이주를 마쳤고, 남쪽 근교지역 역시 심각한 오염재해구역에서 하룻밤 사이에 '음이온'과 동의어가 되어 허푸의 남녀노소가 다 아는 '도시의 허파', 살기 좋은 생태환경을 지닌 '육조의 못 다 이룬 꿈'[24]과 같은 지역이 되었다.

매번 이곳에 와서 형을 만날 때마다 돤우는 자기도 모르게 마음속에 부러움이 꿈틀거렸다. 물론 그 안에는 형에 대한 존경심도 섞여 있었다. 위안칭은 가히 천재적인 안목으로 장소를 선택했다. 이는 족히 군분구軍分區(성省 군구 예하 지역에 설치한 군부대)의 수장과 쌍벽을 이룰 만한 실력이었다. 그가 점찍은 더우좡은 당시만 해도 모기나 파리가 득실거리고 악취가 풍기는 곳이었지만 지금은 최고급 건물 부지의 대명사로, 심지어 상하이, 난징의 거상들이 눈독을 들이는 곳으로 탈바꿈했다. 그는 일반 사람들에 비해 10년은 앞선 안목으로 남쪽 근교를 발견했다.

그의 신경체계가 붕괴되기 전날 밤, 그는 마지막으로 정확한 결정 하나를 내렸다. 아름다운 풍광이 있는 깊은 숲속에 합법적인 자신의 안

---

24) 육조유몽(六朝遺夢): 육조는 난징(南京)을 수도로 삼은 남조 여섯 조대를 말한다. 육조 시대 수도로서 화려한 귀족사회를 영위한 당시의 영광을 재현한다는 뜻이다.

식처를 마련한 것이다. 그곳에서 그는 어느 누구의 간섭도 받지 않고 편안하게 여생을 보낼 수 있었다. 아직은 그래도 정신상태가 맑았던 형은 평소 그답지 않게 시정부와 협약을 체결하기 위해 협약서 내용을 꼼꼼히 가다듬었다. 협약서 작성 과정에 참여한 팡자위는 형이 이토록 이상야릇한 결정을 내린 동기를 이해하는 데 자못 많은 시간이 필요했다. 황당하고 기괴하기까지 한 협약서에 따르면, 형은 거의 4천만 위안에 육박하는 투자금에 대해 그 어떤 대가나 이자도 원치 않았다. 시 정부의 관리들조차 이해할 수 없었던지 서명에 앞서 오히려 자신들이 '호기심' 가득한 모습으로 위안칭에게 신중하게 생각하라고 거듭 이야기할 정도였다.

위안칭의 단 한 가지 요구는 바로, '만에 하나 자신이 정신병에 걸릴 경우 입원치료를 할 수 있도록' 요양원에 자신을 위한 개인병실을 남겨두는 것이었다. 협약서에 따르면, 그는 그 병실에 대해 50년 동안 사용권한을 보유하고, 입원 후에는 무상으로 치료 및 모든 서비스를 제공받을 수 있으며, 설사 본인이 강력하게 퇴원을 원한다 해도 병원 측에서 절대 동의해서는 안 된다는 조건이었다.

"그건 형이 3, 4천 만 위안으로 자신의 감옥을 산 것이나 마찬가지 아니에요? 대체 어떻게 된 거예요?"

당시 팡자위는 걱정이 태산 같은 얼굴로 돤우에게 끊임없이 이렇게 중얼거렸다. 이는 훠쌍霍桑[25] 소설 줄거리만큼이나 황당무계하고 기이했다. 그러나 위안칭은 자신의 병을 예견하고 한 번의 투자를 통해 영원

---

25) 훠쌍(霍桑): 중국의 추리소설 작가인 청샤오칭(程小靑)의 소설 《훠쌍탐안(霍桑探案)》에 등장하는 주인공. 청샤오칭은 셜록 홈즈 이야기로부터 절대적인 영향을 받았다. 그의 작품 속에서 셜록 홈즈에 해당하는 인물이 바로 훠쌍이다.

강남에 봄은 지고

히 평안하게 쉴 곳을 마련한 것일 뿐이었다. 그의 발병에 어머니가 비통함을 감추지 못한 데 비해 돤우는 형이 화자서 프로젝트로 인해 받은 일련의 충격이 떠올라 그다지 탄식하지 않았다. 하지만 팡자위는 냉정하게 위안칭의 발병이 위안칭의 취약한 신경세포 때문이라고 생각했다. 아내가 형에 대해 악인들 편을 들어 나쁜 일을 했다는 식으로 말하자 돤우는 기분이 몹시 상했다.

키 작은 소나무 숲을 관통하자 진홍빛 돌담이 눈앞에 나타났다. 주철 대문 양측에 하나씩 문패가 걸려 있었다. 왼쪽 문패는 새로 단 것인데, 이 역시 흰 바탕에 검은 글씨로 적혀 있었다.

허푸시 정신보건센터

대문은 열려 있고 마당에 경찰차 한 대가 서 있었다. 초소 옆 경비는 할 일이 없는지 보호자 둘과 이야기를 나누고 있었다. 그가 아르마니 티셔츠를 입은 청년으로부터 담배 한 개비를 받다가 그를 보더니 손을 내저으며 소리쳤다.

"병상 없어요. 입원 대기 환자들이 3백 명이 넘어요. 누가 와도 못 들어갑니다. 시에 등록된 '삼무병인'三無病人(신분이 없고, 책임기관이나 보호자가 없으며, 지불능력이 없는 환자)이 아닌 다음엔……."

돤우가 정문으로 걸어 들어갔지만 그에게 등록을 하라거나 신분증을 제시하라는 사람은 아무도 없었다.

형은 직원 숙소 바로 옆 작은 건물에 살았다. 돤우는 중증환자들이 있는 제2병동, 여성환자들이 집중되어 있는 제4병동을 지나가야 했다. 나무 그늘 아래 벤치에 두셋씩 앉아 있는 사람은 모두 깊은 생각에 잠긴 환자들이었다. 그들이 약속이나 한 듯 고개를 들어 돤우를 쳐다보는 바람에, 그들이 자신을 공격할 가능성이 거의 없음에도 불구하고 절로 걸음이 빨라졌다. 물론 형에게 선물로 가져온 쭝쯔가 더운 날씨에 상하지나 않을까 걱정이 되기도 했다.

제4병동 마당에 노란색 운동기구들이 늘어서 있었다. 몇몇 의사와 간호사가 나체의 중년여인을 잡으려고 그녀 주위를 포위하고, 그녀는 운동기구 주위를 빙빙 돌며 의사, 간호사와 술래잡기를 하고 있었다. 간호사가 능직綾織으로 짠 풀오버를 들고 뛰어오느라고 숨이 턱에 차서 가슴을 두드리며 외쳐댔다.

"아주머니 아들 안 죽었어요. 아주머니 젖 먹으려고 기다린다고요."

여자가 그 말을 듣자 반신반의하며 자리에 멈췄다. 그녀가 축 처진 젖가슴을 받치고 손으로 주물럭거리자 갑자기 젖이 흘러나왔다.

형의 병실은 3층짜리 흰색 건물 1층에 있었다. 건물 밖에는 20평방미터 정도의 작은 뜰도 있었다. 마당 벽에 제비콩 넝쿨, 수세미와 파란색 나팔꽃이 가득 피어 있었다. 방문이 반쯤 열려 있었는데, 청소부 하나가 방을 청소하는 중이었다. 그녀는 빨간색 비닐 앞치마에 노란색 고무장갑을 끼고 대걸레를 힘껏 눌러 짜면서 왕 이사장이 방금 전에, "눈도 깜빡하기 전에" 나갔다고 말했다. 그러면서 어디 갔는지는 잘 모르겠다고 했다. 아마도 사무동으로 저우 주임과 바둑을 두러 갔을 것이다. 돤우는 들고 있던 쭝쯔를 입구 TV 테이블에 올려놓은 후 사무동으로 향했다.

형은 그곳에 없었다. 간호사실로 사용하는 파란색 조립식 건물을 돌자 멀찌감치 저우 주임이 입원실 입구에서 경찰 두 사람과 악수하면서 작별인사를 하고 있었다. 저우 주임이 그를 알아보고 잠시 기다리라

는 시늉을 했다. 그는 손님을 그늘이 진 큰길 아래까지 전송하고 나서야
되돌아왔다.

저우 주임은 울상이 되어 돤우에게 밤새도록 한숨도 못 잤다고 하
소연했다. 어젯밤에 제1병동에서 누가 자살을 했다고 말했다. 제대군인
인데 베이징에 상방上訪(일반인이 직접 상급기관에 문제 해결을 요청하러 가는
것을 말한다)하러 갔다가 중간에 저지당해 돌아온 후 기어코 일을 냈다
는 것이었다. 물론 처음 있는 일은 아니었다. 하지만 누구든지 이곳으로
보내는 바람에 골치를 썩일 수밖에 없었다. 어쨌거나 이곳이 감옥은 아
니지 않은가.

"그럼, 대체 그 사람이 정신병이 있다는 겁니까, 없다는 겁니까?"

"이걸 어떻게 말해야 하나. 의사 입장에서 볼 때 만약 선생님이 거
리에 나가 아무나 끌고 와서 우리에게 진단을 내리라고 한다면 그 사람
에 대해 정신적으로 결함이 전혀 없다고 단정 짓는 것은 절대 불가능하
지요. 요즘은 정말 산다는 것 자체가 스트레스의 연속이잖습니까. 사실
사람은 매우 취약한 존재입니다. 예를 들어 요전번에 어떤 운전기사 한
명이 왔는데요. 가족들 말이 원래는 정말 멀쩡했는데 어느 날 심야에
차를 몰고 나가서 까만 비닐봉지를 치고 지나갔는데, 사람을 차로 깔아
뭉갰다고 여기더니 돌연 정신병이 생겼답니다. 선생님 형님께서 이 병원
을 세울 당시 심의회에 저도 참가했었는데요. 당시 병상을 6백 개 마련
하자고 했더니 대다수 사람들이 너무 많다고 반대했어요. 그런데 지금
은 어떤지 아십니까? 병상 3백 개를 늘렸는데도 턱없이 모자랍니다. 매
일 여기로 쪽지를 보내거나 연줄을 찾아 온갖 사람들을 이곳으로 보내
려고 기를 씁니다. 기를 써요. 하지만 일단 들어오고 나면 우리가 그를
내보낼 권한은 없습니다. 그렇지 않습니까? 그저께 들어온 이 사람은

어찌나 반항하고 비협조적인지, 정말 힘들었습니다. 그의 특수한 신분 때문에 의사들이 오히려 경계를 느슨히 했죠. 그런데 신발 끈으로 목을 맸어요. 하지만 형님은 별일 없습니다."

저우 주임이 쓴 웃음을 지으며 절레절레 고개를 젓더니 멀리 숲 쪽을 가리켰다.

"형님은 요즘 대부분 개방 병동 쪽에서 탁구를 치죠. 가보시겠습니까?"

"괜찮아요. 금방 가야 돼요." 돤우가 서둘러 대답했다.

"형님 병은 그게……, 음 어떻게 말해야 하나. 좋을 때는 더할 나위 없이 상태가 좋고, 나빠질 때도 그냥 그렇다고 할 정도예요. 상태가 좋을 때는 정상인하고 똑같아요. 그저께 낮에는 제게 와서 장기를 뒀는데 '마'랑 '포'를 하나씩 물러주고도 날 이겼어요. 발작할 때도 그럭저럭, 막무가내로 소동을 벌이진 않습니다. 다만 언제나 누군가 자신을 해치려 한다고 걱정하는 게 문제입니다."

"늙은 어머니께서 항상 걱정이세요. 행여 뜻밖의 사고라도 나지 않을지, 먹는 것은 괜찮은지."

"그 문제라면 부인께 천만 번 만만 번 안심하라고 하십시오. 괜찮습니다. 형님은 평범한 사람이 아닙니다. 게다가 이 병원을 세운 사람이 형님이시잖아요. 우리가 잘 돌봐드릴 겁니다. 형님 정신이 맑을 때는 우리가 결정하기 힘든 문제를 형님과 상의하기까지 한다니까요. 선생님이 말한 뜻밖의 사고라는 것이 우선 말하자면, 자살 같은 것을 의미하는 것 같은데, 자살은 절대 하지 않을 겁니다. 얼마나 목숨을 아끼시는데요."

그 소리에 돤우가 웃기 시작했다.

강남에 봄은 지고

저우 주임도 허허 웃으며 말을 이었다.

"식당에서 식사하실 때면 자기 음식에 행여 누가 독이라도 넣었을까 봐 언제나 걱정이 많으시지요. 이런 분이 어떻게 자살을 하겠습니까? 그 밖에 폭력적인 행동은 그래봤자 탁구에서 지고 나면 화를 푸느라 공을 밟는 정도죠. 그런 건 아무것도 아닙니다. 여기 온 지 벌써 3, 4년인데 한 번도 다른 사람을 때린 적이 없습니다. 대수롭지 않아요. 조금 편집광적인 부분이 있는데 그건 선생님도 아실 겁니다."

저우 주임은 그에게 식사를 하고 가라고 했지만 돤우가 계속 거절하자 더 이상 잡지 않았다. 떠나기 전 저우 주임이 생각난 듯 말했다. "다음에 방문하실 때는 글씨본을 몇 권 가져다주시면 고맙겠습니다. 형님이 요즘 서예에 푹 빠졌어요. 전에 정말 진지하게 내게 물어본 적이 있어요. 지금부터 독하게 마음먹고 매일 다섯 시간 이상 연습하면 10년 후쯤 자기 글씨가 왕희지를 능가할 수 있겠느냐고요. 허허, 형님은 정말 재미있는 구석이 있어요, 안 그래요?"

저우 주임과 작별한 후, 돤우는 왔던 길이 아닌, 평소처럼 보호자용 옆문을 거쳐 공원관리처 꽃밭을 통과해 초은사공원으로 들어갔다.

단오절이라 좁은 산길에 초은사로 분향을 하러 가는 사람들이 가득했다. 새로 보수를 마친 초은사 사찰과 보탑이 산 정상에 우뚝 서 있었다. 멀리서 보니 마치 안개에 둘러싸인 초록 나무 위에 떠 있는 환상의 물체처럼 느껴졌다.

'청리산방'은 아직 그 자리에 있긴 했지만 이미 3층짜리 식당으로 개조된 상태였다. 누군가 가라오케에서 노래를 부르고 있었다. 날카롭고 시끄러운 〈칭짱고원〉青藏高原이란 노래였다. 마지막 고음이 올라가지 않자 늘 그렇듯이 한바탕 웃음이 터져 나왔다.

　문 앞에 위치한 못은 원래보다 크기가 많이 줄었다. 못 주변 버드나무 그늘 아래 파라솔이 몇 개 세워져 있고, 거대한 뚱보 한 사람이 웃통을 벗은 채 범포의자에 앉아 발가락을 후비며 낚시를 했다. 혼탁한 수면 위에 때때로 물고기 떼가 몰려들어 물결이 일었다.

　수련은 없었다.

　돤우는 멍하니 뜨거운 햇살 아래 서서 식당에서 밥을 먹고 갈까 망설였다.

　그리고는 곧바로 그곳을 떠났다. ❀

　　　　　　　　　　　　　　　　　　　　　　강남에 봄은 지고

제2장

호로안

호로안葫蘆案: 《홍루몽》 제4회 '호로승이 호로안을 제멋대로 판결하다'
에서 나온 표현. 사건의 진상과 관계없이 당시 배경 및 이해득실로 인해
왜곡, 판결된 사건을 말한다.

1

팡자위는 시어머니를 혐오했다. 심지어 마음속으로 시어머니가 빨리 죽기를 바랐다. 매번 시어머니가 병이 날 때마다 팡자위는 희망을 품었다. 그러나 유감스럽게도 시어머니는 병세의 경중과 상관없이 언제나 스스로 회복하는 나름의 방법이 있었다. 매번 팡자위는 이처럼 못된 생각에 사로잡힐 때마다 죄의식에 시달렸고 자신의 불효와 냉혹함에 소스라치게 놀라곤 했다. 이러한 죄의식이 그녀를 괴롭히기는 했지만 오히려 정반대의 효과를 거둘 때도 있었다. 팡자위가 그런 생각이 들 때마다 최선을 다해 시어머니를 모시고 착한 며느리 역할을 함으로써 자기 마음속에 자리한 죄의식을 상쇄시켰기 때문이다.

물론 작위적이고 위선적인 행동이었다.

갖은 풍상을 겪은 데다 예리한 시각을 가진 장진팡이 이를 모를 리 없었다. 팡자위가 시어머니에게 잘할수록 그들 사이의 삭막한 거리감은 더욱 깊어졌다. 그러다 스트레스가 일정한 수위를 넘어서면 팡자위는 또다시 시어머니가 빨리 죽었으면 좋겠다고 되뇌며 본래 출발점으로 되돌아왔다.

둰우는 그녀에게 시어머니를 친어머니처럼 모셔달라고 당부했다. 어떤 상황에서나 잘 대처하고 고부간의 스트레스를 참아달라는 뜻이었다. 하지만 팡자위는 이를 받아들일 수 없었다.

팡자위의 친어머니는 자위가 다섯 살 때 세상을 떠났다. 그녀와 관련해 남아 있는 기억은 수년 동안 지갑에 소중하게 간직되어 있던 작은 사진 한 장뿐이었다. 어머니는 영원히 29세에 머물렀다. 세월이 흐름에 따라 한때 그녀의 언니가 되었다가, 최근 들어서는 여동생이 되었다. 아버지는 술 마시는 것을 목숨처럼 좋아했는데 어머니가 돌아가신 이듬해, 그녀를 데리고 인근 마을에 사는 젊은 과부의 집으로 들어갔다. 이후에 인공수정으로 과부에게서 아들 하나를 얻었다. 팡자위는 냉대와 욕설 속에서 자랐다. 언제나 의지할 데 하나 없이 가시방석에 앉아 있는 느낌이었다. 팡자위는 둰우와 결혼한 후 아버지를 만나는 횟수가 점점 줄었다. 매번 아버지가 찾아오는 목적은 단 하나, 돈 때문이었다. 팡자위의 경제적 여건이 크게 개선되고 그녀가 정기적으로 아버지에게 돈을 보내면서 아버지는 더 이상 그녀를 찾아와 힘들게 하지 않았다.

고부 갈등이 심각한 다른 수많은 가정과 달리 팡자위는 시어머니의 너절한 모습이나 잔소리, 독단적인 행동, 심지어 만행까지도 모두 참을 수 있었다. 그녀가 괴로웠던 것은 시어머니의 표현 방식이었다. 시어머니는 위안칭 또는 둰우와 이야기할 때면 거침없이 단도직입적으로 말했고 심지어 막말도 서슴지 않았다.

그러나 팡자위에게는 달랐다. 그녀는 항상 우언寓言을 이야기하듯 '내가 이야기 하나 해주마'라는 식으로 말을 꺼내기 시작하여 '내가 한

강남에 봄은 지고

말 이해하겠어?'로 말을 끝냈다. 이야기 속의 주인공은 종종 동물이었고 그중에서도 개가 가장 많이 등장했다. 시어머니의 기이하고 난해한 이야기 속의 '미언대의'微言大義(함축된 말 속에 심오한 뜻이 담겨 있다는 뜻)는 이해하기가 쉽지 않았다.

매번 메이청으로 시어머니를 만나러 갈 때마다 팡자위는 마치 시험을 앞둔 초등학생처럼 불안하기 그지없었다. 뜻을 헤아리기 어려운 심오한 이야기를 듣고 있으면 소화가 되지 않아 가슴이 답답했고 마치 꽉 찬 오줌을 참고 있는 듯했다.

돤우는 이런 그녀의 처지에 대해 일말의 동정심도 느끼지 못했고 오히려 그녀를 비웃으며 조롱을 서슴지 않았다. "이제 알았지? 사실 일상생활은 법률과 논리만 가지고는 아무 문제도 해결할 수 없어."

두 사람이 갓 결혼했을 때 시어머니는 그녀에게 수캐와 암캐가 싸운 이야기를 해줬다. 음울하고 쓸데없이 긴 이야기였다. 돤우의 해석에 따르면 줄거리가 들쑥날쑥하고 곁가지가 많긴 하지만 매우 간단한 우언으로, 가정에서 암캐는 수캐에게 절대복종해야 한다는 뜻이라고 했다.

또 한번은 시어머니가 숫양과 암양이 주인공인 이야기를 해줬다. 숫양과 암양이 향락을 추구하는 방종한 생활을 하면서 미래를 생각지 않고 눈앞의 즐거움만 추구하다가 마지막에 가서는 늙고 힘이 빠져 모든 일을 망치고 결국 아무리 물을 퍼도 줄줄 새는 대바구니처럼 빈털터리로 비참한 신세가 되었다는 이야기였다. 자위는 시어머니의 의도를 파악할 수 있었다. 그녀는 남편에게 시어머니의 말을 그대로 옮기며 그녀 나름의 결론을 내렸다.

"어머니 뜻은 우리에게 낭비하지 말고 절약해서 나중에 늙어 가난하고 곤궁한 처지가 되지 않도록 하라는 훈계 아니겠어요?"

돤우는 코웃음을 치며 고개를 저었다.

"엄마 이야기를 완전히 거꾸로 이해했네."

"그럼 우리더러 환경보호에 유의해서 지구의 자원을 함부로 개발, 이용하지 말라는 뜻이에요?"

"엄마한테 무슨 그런 고매한 식견이 있겠어?"

"그럼 대체 무슨 뜻인데?"

"그건 음, 우리가 아이를 하나 낳았으면 한다는 뜻이지."

"젠장!"

팡자위는 가볍게 욕설을 내뱉고 끝냈지만 다시 한 번 아둔하고 우매한 자신을 탓할 수밖에 없었다. 그 후 언젠가 자위는 고등학생이 담임을 토막내 죽인 사건을 조사하기 위해 메이청에 간 적이 있었는데, 겸사겸사 시어머니를 보러 갔다. 시어머니는 자위를 불러 자기 침대 옆에 앉으라고 했다. 이어 꼬박 세 시간 동안이나 자위에게 황량한 들판에 버려진 늙은 개 이야기를 했다. 당시 시어머니는 건망증 때문에 똑같은 이야기를 세 번이나 반복했다. 자위는 아무리 생각해도 이해가 되지 않아 결국 돤우에게 가르침을 청했다. 돤우는 서두만 듣고 웃으면서 그녀의 말을 끊었다. "이 이야기 역시 마찬가지로 새로운 뜻은 없어. 허푸로 이사해서 우리와 함께 살고 싶다는 뜻이야. 벌써 몇 번이나 내게 말하셨어."

"꿈도 꾸지 말아요!"

팡자위가 완전히 이성을 잃었다.

"나랑 지금 당장 이혼하고 싶은 것이 아니라면 당신 엄마더러 그 따위 생각은 아예 버리라고 해요!"

말은 그렇게 했지만 자위는 속을 알 수 없는 어머니 머릿속을 스쳐 지나가는 그 어떤 생각도 절대 '사라지지' 않는다는 것을 잘 알고 있었다. 없애야 할 것은 오히려 자신의 나약한 자아와 자존감이었다. 어김없이 시어머니의 처벌이 내려졌다. 시어머니는 별다른 말을 하지 않았다. 양이니 개니 들먹이며 우언을 줄줄이 늘어놓는 대신 아예 며느리를 상대하지 않았다. 고부간의 '묵언 놀이'가 장장 1년 3개월 동안 계속되었다. 심지어 정월 초하루에 팡자위가 시어머니에게 세배를 갔을 때도 여전히 벙어리 흉내였다.

그 후 팡자위는 돤우와 이혼을 심각하게 고려했다. 심지어 속으로 이혼협의서 초안을 몇 차례나 구상해보기도 했다. 단 1분도 참을 수 없었다. 그녀가 돤우에게 이혼을 제안했을 때 놀랍게도 돤우는 전혀 놀라지 않았다. 그는 잠시 침묵한 후 매우 엄숙한 말투로 아내에게 말했다.

"진지하게 생각한 거야?"

팡자위는 어쩔 수 없이 자기가 했던 말을 철회하고 다른 방으로 건너가 한바탕 눈물을 흘렸다. 시어머니가 그녀를 처벌하는 방법은 이처럼 고단수여서 굳이 직접 나서지 않아도 팡자위 스스로 무너져 굴복할 수밖에 없었다.

시어머니는 상대방을 직접 괴롭히기보다 상대가 스스로 들볶길 원했다. 결국 팡자위는 신중하게 생각한 끝에 자진해서 돤우에게 대체 방안을 내놓았다. 노인과 샤오웨이가 살 수 있도록 허푸에 집 하나를 더 마련하자는 것이었다.

일이 이렇게 마무리가 되었지만 그녀는 자신이 받은 굴욕으로 마음이 썩어 들어갔다.

"왜 나는 태어나면서부터 끊임없이 치욕에서 벗어나지 못하는 걸까? 한도 끝도 없어, 한도 끝도……."

그날 밤, 팡자위는 돤우의 품안에 웅크린 채 혼잣말을 중얼거렸다. 눈물이 그의 러닝셔츠를 적셨다.

"자기야, 세상을 살아가며 치욕을 느끼지 않는 사람은 단 한 명도 없어. 그건 불가능해!"

돤우가 마치 아기를 대하듯 아내의 어깨를 토닥거렸다.

그의 위로는 언제나 이렇듯 요령부득이었다.

그 후로 주말마다 부부는 뤄뤄를 데리고 사방으로 집을 보러 다녔다. 팡자위는 한동안 두 번째 집을 갖는다는 사실에 흥분하여 급격히 떨어지는 아들의 성적에 마음이 쓰라렸지만 보고도 못 본 척 신경 쓰지 않았다.

그녀는 틈만 나면 집을 보러 다녔다. 교통상황, 부대시설, 용적률, 프리미엄 가능성, 화학공장과의 거리, 주변 환경, 회천호 유무를 살펴보고 다니느라 심지어 어떤 날은 밤을 꼬박 새기도 했다. 돤우의 말을 빌리면 그녀는 철근콘크리트 집이 아니라 마치 그녀의 미래를 고르는 것 같았다.

그러나 팡자위는 매물로 나온 부동산 가운데 맘에 쏙 드는 곳을 한 곳도 발견할 수 없었다. 무슨 '빅토리아'니 '캘리포니아 햇살', '푸른 도나우', '남유럽 마을' 등 지나치게 식민주의적 분위기가 물씬 풍기는 이름에 그녀는 속이 뒤집힐 정도였다. 이에 비해 '제호'帝豪, '황도'皇都, '어경'御景, '육조수묵'六朝水墨 등의 이름은 볼품없는 건축과 우스꽝스럽게 대비를 이루었다. 또한 '진회효월'秦淮曉月, '해상화'海上花 또는 '연련여인'戀戀麗人과 같은 이름은 왠지 간음이나 절도 같은 나쁜 짓을 교사하는 느낌을 주었다.

강남에 봄은 지고

한 달 내내 집을 보러 다닌 결과 그런대로 봐줄 만한 이름을 한 곳 발견했다. '금문사소구'金門寺小區라는 곳이었다. 중성적인 이름이었다. 그런데 때마침 변호사 사무실 동료인 쉬징양徐景陽이 그녀에게 금문사의 발음이 '진문사進門死(문에 들어가면 죽는다는 뜻)'와 같아 듣는 순간 가슴이 철렁했다고 말했다(금문사와 진문사의 중국어 발음이 '진먼쓰'로 같다).

　　"들어가서 사는 건 물론이고, 잠깐 놀러가기만 해도 등골이 서늘해질 것 같아. 불길해!"

　　쉬징양의 경고에 주의하면서 팡자위는 다시 한 번 단지 주변을 살펴보았다. 역시 새로운 문제가 눈에 띄었다. 집 옥상이 까만색이라 아무리 봐도 관 뚜껑처럼 느껴졌기 때문이다. 그녀는 하는 수 없이 그곳을 포기했다.

　　시어머니의 편리한 생활, 원예에 대한 자신의 관심(어머니는 언젠가 돌아가실 테니까), 특히 충분치 않은 자금 상황을 생각하여 팡자위는 화원이 딸린 1층 아파트를 고르고 싶었다. 그녀는 개를 무서워했다. 또한 왠지 의심쩍게 생긴 회천호들을 싫어했다. 여름이 되면 그들은 웃통을 벗은 채 단지 내를 싸돌아다닐 것이며 삶에 대한 그녀의 절망감을 배가시킬 것이 분명했기 때문이다. 그녀는 윗집에서 마작을 두는 것도 싫었다. 지나치게 외진 곳이라 불안한 것도 싫었다. 특히 중요한 것은 화학공장과 쓰레기처리장 부근의 공기와 오염된 지하수가 돌연변이를 만들어낼까 두려워했다. 이런 이유로 그녀는 집을 고르러 다니는 내내 쓸데없는 고통과 불만이 쌓여 도무지 재미라는 것을 느낄 수 없었다.

　　4개월이 지난 어느 날, 그녀는 도심의 신호등 앞에 서 있었다. 기름이 잔뜩 묻어 더럽고 시커먼 손이 이제 막 오픈한 부동산 홍보전단을 그녀의 차창 틈으로 들이밀었다. 그녀는 역겨운 잉크 냄새가 풍기는 전단지를 바라보다가 문득 마음이 동했다. 다음 날 저녁, 퇴근한 팡자위는 된우 그리고 졸려서 당장이라도 쓰러질 것만 같은 아들을 데리고 황급히 '탕닝완'이라는 아파트 단지로 향했다. 성격 급한 팡자위는 이미 완전히 인내심을 잃은 후였다.

"세상에, 이렇게 큰 허푸에서 내 맘에 드는 집을 정말로 찾을 수 없다는 거야?"

그녀가 재빨리 남편을 살폈다.

"아마 그게 현실일걸?"

된우가 말했다.

"좋아, 그럼 이거요."

팡자위가 씩씩거리며 말했다. "어떤 집이든 간에 이걸로 해요. 짜증나. 탕닝완, 그래 여기야. 더 이상 개뼈다귀 같은 집들을 보러 다니고 싶지 않아!"

그녀는 울화통이 터지는지 강변도로를 따라 미친 듯이 차를 몰았다. 어찌나 빨리 달렸는지 참새 한 마리가 차 앞 유리창에 부딪쳐 나가떨어지고 말았다.

팡자위는 그냥 눈을 딱 감기로 했다.

그들은 텅 빈 분양사무실에 도착해 집도 보지 않고 매물로 나온 집에 대한 그 어떤 정보도 묻지 않았으며 심지어 가격 흥정도 하지 않은 채 계약금을 알아서 지불했다. 분양사무실 직원이 두 번이나 '확정하는 거예요?'라고 물었다. 그의 얼굴에 오랫동안 의아한 표정이 사라지지 않았다.

된우가 계약서를 쓰는 사이에 팡자위는 넝쿨식물 화분 뒤에 앉아

강남에 봄은 지고

극도로 기분이 상한 채 풀이 죽어 있었다. 새 집에 대한 넉 달 동안의 동경이 차가운 재가 되어 흩어졌다. 팡자위는 문득 집을 구하러 다니던 과정이 마치 긴 인생 같다는 생각이 들었다. 영합, 순종, 망설임, 몸부림, 항거, 근심과 걱정, 사전 준비, 완벽한 일처리 등등. 하지만 아무리 당신이 발버둥을 쳐도 결국 영안실이나 장례식장의 분장사가 단 몇 분 만에 당신을 가볍게 처리해버릴 텐데…….

물론 사랑이란 것도 있다.

그녀는 예전에 자신의 인생 반려자를 수도 없이 상상하곤 했다. 위풍당당한 파일럿, 류더화劉德華나 귀푸청郭富城, 중·고등학교 시절의 젊은 교생, 미국에 간 사촌오빠, 흰색 펜싱복을 입은 펜싱선수.

그러나 초은사에서 처음 만난 낯선 사람에게 그녀는 주저하지 않고 자신을 내줬다.

그 사람이 바로 이 순간 분양사무실 데스크 옆에 서 있다. 셔츠의 깃은 꼬질꼬질하고, 잠자리에 들기 전 양치질을 하는 법이 없다. 소변을 볼 때면 늘 변기 옆에다 오줌을 흩뿌려놓는다. 그는 화를 낼 줄 모르는 목석같고, 이제 막 도시에 올라온 농민 같다. 분양사무실 여직원이 가느다란 손가락으로 가리키는 곳에 그가 사인을 하고 있다.

"드디어 끝났군."

집으로 돌아가는 길, 노을빛이 가득한 강 수면을 바라보며 돤우가 무거운 짐을 내려놓은 듯 한숨을 내쉬었다.

"끝났어요."

한참 시간이 흐른 후 갑자기 팡자위가 한숨을 들이키더니 애절하게 나지막한 소리로 힘없이 말했다.

그들은 '탕스하이셴주루'湯氏海鮮酒樓에서 식사하면서 '축하'를 했다.

둬우는 비싼 룽샤龍蝦(가재)를 시켰다. 그러나 한껏 들떠 있는 둬둬 말고 두 사람은 좀처럼 신이 나지 않았다.

2

갑자기 울리는 핸드폰 소리에 팡자위는 알몸으로 침대에서 내려왔다. 잠이 덜 깬 그녀는 바닥에 쌓인 옷들 사이에서 그녀의 '노키아'를 찾았다. 그녀는 손에 잡히는 대로 실크 가운을 들어 하복부를 가렸다. 굳이 그럴 필요가 없다는 것도 잊어버린 듯했다. 그녀의 복부에는 제왕절개 수술 흔적이 남아 있었다. 복부에 볼록하게 솟아오른 도랑처럼 남아 있는 흉터가 마치 지렁이 같았다.

조금 전 타오젠신陶建新은 그 흉터만 빼면 그녀의 몸매가 완전무결하다고 말했다. 그는 나이 든 여자를 좋아했다. 그녀의 풍만한 몸매, 잘 익은 살구 같은 냄새를 좋아했다. 그는 한 움큼의 눈덩이가 깊이를 알 수 없는 우물 속에 빠진 것처럼 완전히 녹아버리는 느낌이라고 했다.

그는 침대에 기대 담배를 피우고 있었다.

둬우에게서 걸려온 전화였다. 그가 팡자위에게 얼마 전에 산 집을 전세로 내놓았는데 복잡한 일, 그것도 아주 복잡한 일이 생겼다고 말했다.

"조금 있다가 이야기할래요? 지금 수업중이에요."

팡자위는 별 생각 없이 말했다.

그녀가 사뿐사뿐 창 앞까지 걸어가 하늘빛을 보려고 커튼 한쪽을

강남에 봄은 지고

젖히다가 깜짝 놀랐다. 꽤 오랫동안 적막이 흐른 후 핸드폰에서 다시 축축하면서도 약간 쉰 목소리가 들렸다. "그래, 수업해. 방금 이메일 보냈으니까 시간 있을 때 봐."

"복도로 나왔어요. 말해요."

하지만 돤우는 전화를 끊은 후였다.

돤우의 목소리에서 어렴풋이 비꼬는 듯한 느낌을 읽을 수 있었다. 그녀는 무의식적으로 탁자 위 알람시계를 힐끗 바라봤다. 남편의 조소도 일리가 있었다. 너무 깊이 잠들었던 것이 문제였다. 옌시후雁栖湖 주위에 등불이 환히 켜져 있었다. 호수 위에 엷게 안개가 끼어 있었다. 맞은편 계곡 어둑한 농가 마당의 엷은 그림자가 보였다. 연수 건물 외에 수강생 몇몇이 건물 앞 계단에 앉아 이야기를 나누고 있었다. 목소리가 컸다.

"누구 전화예요?" 타오젠신이 웃으며 물었다.

"남편요."

"수업 중이라고 말하면 안 되죠. 벌써 11시인데."

"잠결이라 정신이 없었나 봐요."

팡자위가 하품을 하며 중얼거렸다.

"왜 그렇게 깊이 잠이 들었지? 지난 몇 년 동안 이렇게 푹 자본 적이 없어요. 하지만 상관없어요."

타오젠신은 침대 머릿장에 놓인 재떨이에 담배를 눌러 끈 후, 실오라기 하나 걸치지 않은 몸으로 침대에서 내려왔다. 아무리 봐도 그냥 덩치 큰 남자애 같았다. 두 다리 사이 몽둥이가 우스꽝스럽게 불뚝 솟아 있었다. 그가 등 뒤에서 그녀를 껴안고 손가락 사이에 그녀의 젖꼭지를 끼워 넣었다. 그가 웃으며 자기는 오후 다섯 시부터 지금까지 1분도 잠을 잘 수 없었다고 말했다. 하지만 정력을 회복하는 데는 전혀 지장이 없었다. "당신이 깨어나길 기다렸어요. 배 안 고파요?"

"조금요. 하지만 이렇게 늦은 시간에 이곳 화이러우懷柔 어디에서 먹을 곳을 찾을 수 있겠어요? 나한테 쿠키가 좀 있는데 먹을래요?"

타오젠신은 대답하지 않았다. 대신 그녀의 얼굴을 자기 쪽으로 돌리며 일부러 거칠게 그녀의 입술을 탐했다.

그는 그녀가 이렇게 하는 걸 좋아한다는 사실을 알고 있었다.

"나랑 그 사람이랑 누가 더 좋아요?"

타오젠신이 키스를 끝내고 그녀의 귓가에 속삭였다.

"뭐라고요?"

"나랑 당신 남편 중에 누가 더 좋아요?"

"또 시작이네!"

팡자위는 일부러 화가 난 것처럼 그를 밀어냈지만 그의 손이 마치 강철 띠처럼 그녀를 꼭 감고 있어 옴짝달싹할 수 없었다.

타오젠신이 웃었다. 그는 그녀와 이미 잠자리를 했으니 좀 더 거칠게 다룰 충분한 자격이 있다고 여기는지 거리낌없이 행동했다. 그가 그녀를 껴안아 침대에 던진 뒤 그녀의 두 다리를 어깨에 걸쳤다.

"당신 남편이 전화로 뭐라고 했어요?"

"아, 집 때문에요. 귀찮은 일이 생겼대요. 무슨 일인지 알 게 뭐예요. 가임기간 아니니까 그거 쓸 필요 없어요."

"우리 일 그 사람에게 말할 거예요?"

"그럴 건데?"

팡자위가 웃으며 말했다.

"남편이 날 죽이려고 할까?"

강남에 봄은 지고

"그럴 거예요."

"아직 내 질문에 답 안 했어요. 나랑 당신 남편이랑 누가 더 좋아요?"

그가 그녀를 계속 박아댔다. 똑같은 질문을 매번 박아댈 때마다 했기 때문에 그녀는 제대로 대답할 수가 없었다.

"아아, 당신! 당신…… 아아…… 정말 귀찮…… 귀찮아 죽겠네……. 그래, 그래. 당신이 좋아, 됐어요?"

곧이어 그들은 더 이상 아무 말도 하지 않았다. 하지만 팡자위는 아무리 노력해도 머릿속에서 롼우의 그림자를 지울 수 없었다. 남편에 대한 증오가 밀려들었다. 전화를 해도 하필 꼭 이럴 때 하다니. 몸과 마음을 모두 쏟아 붓는 데 방해가 됐다. 그녀는 심지어 롼우가 옆에서 조용히 그들을 바라보고 있는 것 같아 마음이 짠해지면서 남편이 불쌍하다는 생각이 들고 흥분과 연민이 함께 몰려들며 깊은 쾌락에 빠져들었다.

어둠 속의 독사가 알록달록한 자신의 무늬를 서서히 펼치고 있었다. 순간 그녀는 자신을 감싸고 있는 것이 희열인지 비애인지, 자신이 구름 끝까지 올라간 것인지 혹은 심연으로 추락한 것인지 알 수가 없었다. 그러나 둘 다 그녀를 취하게 만들기는 마찬가지였다.

타오젠신의 얼굴이 사납게 일그러지더니 점점 더 빨리 움직이면서 뭐라고 웅얼거렸는데, 언뜻 그녀를 형수라고 부르는 것 같았다. 그는 이러한 은밀한 변태를 서슴지 않았다. 팡자위는 조금 놀랐지만 별로 물어보고 싶지 않았다.

그녀는 눈을 감고 오로지 쾌감만 생각했다. 오르가즘이 세차게 밀려들길 기다리면서.

엄격하게 말해 팡자위와 타오젠신이 서로 알게 된 건 겨우 하루, 아니 채 하루도 되지 않았다. 팡자위가 그에 대해 알고 있는 사실은 그의 나이(26세)와 본적(스자좡石家莊), 그리고 학력(시난西南 정법政法대학)뿐이었다. 그거면 충분했다. 수업이 열린 첫날부터 팡자위는 그에게 관심이 있었다. 말끔한 외모의 그는 섬세하면서도 대담한 청년 같은 느낌이었다. 멀리서 한 번 힐끗 봤을 뿐인데도 온몸에 전율이 일었다. 남자가 저렇게 멋지게 생길 수 있다니, 정말이지 말도 안 돼.

그날 아침, 변호사협회에서 무톈위幕田峪 장성長城으로 야유회를 갔다. 날이 밝자마자 안개를 뚫고 버스가 출발했다. 차에 빈자리가 많았는데도 그는 굳이 그녀의 옆자리에 앉았다.

사실 이해 못할 것도 아니었다. 팡자위 앞줄에 정수리가 벗겨진 노인이 앉아 있었는데, 그 역시 스자좡 사람이었기 때문이다. 차에 오르자마자 그들은 주절주절 끊임없이 주식에 대해 이야기꽃을 피웠다. 팡자위는 자신이 구매한 '동방그룹'과 '굉원宏源증권' 주식이 엄청나게 떨어졌기 때문에 자연히 그들 대화에 귀를 기울이다 가끔 한두 마디씩 끼어들기도 했다. 하지만 그녀의 견해가 유치했던지 두 사람은 그녀의 말을 들은 척도 하지 않았다.

차가 왼쪽으로 급회전을 하는 바람에 균형을 잃은 그의 몸이 오른쪽으로 기울면서 한 손이 그녀의 허벅지를 짚었다. 그녀가 '앗!' 하고 소리를 질렀다. 상대방이 곧바로 그녀에게 '죄송합니다'라고 말했고, 팡자위 역시 재빨리 '괜찮다'고 말하면서 그를 향해 살짝 미소를 지었다.

이상하게도 이후 한 시간 넘게 그들은 아무런 이야기도 나누지 않았다. 팡자위는 애써 자는 척했다. 무톈위로 향하는 산길은 구불구불해서 자꾸만 급회전 길이 나왔다. 하지만 타오젠신이 손가락 관절뼈가 두

강남에 봄은 지고

드러지도록 앞좌석 손잡이를 꽉 잡고 있어 급회전 길에서도 더 이상의 신체 접촉은 일어나지 않았다.

점심때 그들은 무톈위 산자락 아래 농가식당에서 밥을 먹었다. 그들은 이번에도 '우연히' 함께 앉았다. 숲속 공중화장실로 가는 자갈길에서도 또다시 우연히 만났지만 그저 무심하게 고개를 한 번 까닥했을 뿐이다.

그들이 진지하게 대화를 나누기 시작한 것은 험한 산봉우리에서였다. 내, 외벽으로 구분되는 다른 장성과 달리 외겹인 무톈위 장성은 거의 다 무너져 폐허가 되었다. 벽돌이 사방에 흩어지고 잡초가 무성했다. 한낮의 작열하는 태양 아래 팡자위는 정신이 흐릿하고 머리가 어지러웠다. 타오젠신과 같이 스자좡에서 온 대머리가 수백 미터 떨어진 장성 성가퀴에 서서 그에게 손을 흔들었다. 그의 뒤로 흰 구름이 가득 펼쳐졌다. 멀리서 전해지는 그의 고함이 아련히 전해지며 광활함과 동시에 공허함을 선사했다. 타오젠신은 자신을 부르는 대머리의 고함소리를 못들은 척 제자리에서 미동도 하지 않고 서 있었다.

"이곳 복사꽃은 왜 이제야 피죠?"

그가 팡자위를 바라보며 말했다.

그의 곁에 야생 복사꽃이 활짝 펴 있었다.

"그렇군요."

그녀가 사진기를 들고 그에게 걸어갔다.

"산 공기가 차가워서 조금 늦게 피는 거겠죠."

그녀는 이어 잘 알려진 백거이의 〈대림사 복사꽃에 제하여〉題大林寺桃花에 대해 이야기를 꺼냈다. 어리둥절한 표정을 짓는 상대방을 바라보며 팡자위는 약간 으스대는 기분으로 시의 앞 두 구절을 읊었는데 뜻밖에도 타오젠신이 고개를 돌리며 그녀에게 물었다.

"루산廬山에 가봤어요?"

"루산요? 안 가봤는데, 왜요?"

"대림사大林寺는 루산에 있는 사찰 아닌가요?"

맙소사! 그는 시는 물론이고 제목에 나오는 대림사가 루산에 있다는 것도 알고 있었다. 팡자위는 창피해서 얼굴이 붉어졌다. 망했네! 그들이 다시 무너진 장성 담장을 건너 산 정상에 있는 일행들을 쫓아갈 때 그는 기회를 놓치지 않고 그녀의 손을 잡아주었다. 손을 잡고 있는 시간이 조금 길긴 했지만 무례하다고 느낄 정도는 아니었다. 정상으로 향하는 비탈진 계단에서 이번에는 팡자위가 그에게 손을 내밀었다. 사실 정말로 무서웠다. 정상에 도착하기까지 두 사람은 손을 놓지 않았다. 하지만 그녀는 조금도 부자연스럽다는 느낌이 들지 않았다.

그가 그녀에게 몇 동에 있는지 물어와 팡자위는 곧장 자기 방 번호를 알려줬다. 타오젠신은 좋아서 입이 귀에까지 걸려서는 대놓고 말했다. "왜 이렇게 어지럽죠?"

그의 입김이 그녀의 귓불을 간질거렸다. 그가 다시 조금 숨이 차지만 체력 때문만은 아니라고 말했다. 그녀는 음탕한 눈길로 그의 눈을 응시하며 그의 애매한 표현에 확실한 답을 주었다.

"나도 그래요."

타오젠신은 새벽 한 시가 넘어서야 그녀의 방을 떠났다. 팡자위는 TV 앞에 앉아 돤우가 보낸 이메일을 두 번이나 꼼꼼하게 읽었다. 그리 심각한 상황이라고 여겨지진 않았다. 머릿속에서는 타오젠신이 그녀에게 한 말들이 뱅뱅 돌고 있었다. 마치 또 다른 은밀한 삶을 사는 것 같았다. 현실의 모든 관계와 끊어진 또 다른 삶. 심지어 그녀는 탕닝완에 집이 있다는 사실조차 기억나지 않을 정도였다. 두 다리가 시큰한 것이 뻐근했고 유방은 더욱 그러했다.

육체에 대한 탐욕, 야성적 쾌락을 느낀 게 이번이 처음은 아니었지만 여자로서는 딱히 말하기 수줍은, 그런 느낌이었다. 부끄러움이 쾌감의 향유를 방해하지는 않았다. 오히려 쾌락과 방종의 촉매제가 되었다.

타오젠신은 팡자위가 자기 형수와 똑같이 생겼다고 말했다. 향수 냄새도 똑같다고 했다. 성숙하면서도 천진난만한 방탕함도 똑같다고 했다. 심지어 오르가즘이 오는 속도와 리듬도 똑같다고……

그녀는 자신의 큐큐QQ(중국의 메신저 클라이언트. 텅쉰騰訊, Tencent이 개발했다) 계정을 열고 수많은 친구들 중에서 돤우의 아이콘을 찾았다. 쭝쯔였다. 팡자위가 골라준 아이콘이다. 아이콘은 흑백으로 오프 상태였다. 남편이 늘 늦게 잠이 든다는 건 알고 있었지만 이 시각 그가 컴퓨터 앞에 앉아 있을 거라고 장담할 수는 없었다. 그녀는 시험 삼아 '있어요?'라고 자판을 두드린 다음, 그날 뉴스를 검색해보기 시작했다. 얼마 후, 흥겨운 귀뚜라미 소리와 함께 돤우의 아이콘이 칼라로 바뀌면서 반짝였다.

팡자위는 시나新浪(중국 검색 포털사이트 시나닷컴) 화면을 끄고 QQ로 남편과 온라인 대화를 시작했다.

슈룽: 있어요?
돤우: 응.
슈룽: 뭐해요, 당신?
돤우: 당신과 채팅하고 있지.

슈룽: 헛소리.

돤우: 경기 보고 있어.

슈룽: 칠칠치 못하게, 두 사람 모두 쑨리에게 넘어간 거야? 누가 그 여자에게 접근하래? 당해도 싸지. 먼저 부동산중개업소를 찾아갔어야지.

돤우: 쑨리 아냐. 지스가 그냥 쑨리를 닮았다고 한 거야. 아직까지 그 여자 이름도 몰라.

슈룽: 법률적으로 두 사람은 당연히 부동산 중개업소를 찾아갔어야지요.

돤우: 가봤지.

슈룽: 어땠어요?

돤우: 마도항 골목길에 경찰들이 잔뜩 몰려들어 골목을 봉쇄했어.

슈룽: 왜요?

돤우: 누가 분신자살했대.

슈룽: KAO(인터넷에서 주로 쓰는 말로 제기랄! 빌어먹을! 등의 뜻이다)

돤우: 어떻게 하지?

슈룽: 생각 좀 해보고요. 뭐뭐는 어때요?

돤우: 아주 잘 지내. 지금 곤하게 자고 있어.

슈룽: 쉬징양에게 전화해서 물어봐요. 그 사람 이런 분쟁 처리에 뛰어나요. 전화번호가 1391075439예요.

돤우: 응. TV 좀 끄고 올게. 기다려.

슈룽: 새 집 일은 내버려두고요. 정말 문제가 있으면 내가 돌아간 후에 다시 이야기해요. 우리 같은 변호사에게 그까짓 일은 누워서 떡먹기죠. 뭐뭐나 신경 써요. 이제 곧 중학생인데. 7월 중순이 되면 반 배정 시험이 있어요. 빨리 올림피아드 수학 선생도 좀 수배해 보고요.

강남에 봄은 지고

슈룽: 고문이랑 작문은 당신이 해주면 되고. 신개념^{新概念}(중국의 영어책 이름) 제2권은 어디까지 읽었대요? 매일 한 과씩 외우라고 해요. 사실 별로 안 어려워요. 절대 축구하러 가게 놔두지 말고요.

슈룽: 매일 책가방 검사해서 안에 담배 포장지 같은 것 있나 보고요. 페이페이카^{呸呸卡}(담배 포장지로 접은 딱지. 한국의 딱지놀이와 비슷하다) 있는지도 보고요. 있으면 당장 압수해요. 아직 있는 거죠?

돤우: 응.

슈룽: 플레이스테이션은 잘 숨겨둬요. 당신이 아예 직장에 가지고 가면 가장 좋고요. 사무실 서랍에 넣고 잠가둬요. 집에 숨겨두면 안 돼요. 어떻게든 찾아내니까. 아이들 사랑은 마음에 담아두고 얼굴에 드러내면 안 돼요. 어쨌거나 아이에게 좀 더 엄격해져요. 매 시간, 아니 분 단위로 감독해야 해요. 졸거나 기지개를 펴는 순간 다른 애들이 우리 애를 넘어선다고요. 1분만 늦어도 그런 애들이 운동장 절반을 넘게 돼요.

슈룽: 앵무새가 문제예요. 애초에 티베트에서 가져오지를 말았어야 했는데. 정말 후회막심이야! 당신 있어요?

돤우: 응.

슈룽: 물고기 먹이 주는 것 잊지 말아요. 그리고 어항 물도 갈아줘야 하고요. 물고기 배에 반점이 생기면 병이 났다는 신호예요. 그럼 세균치료제를 좀 사고요. 화훼시장에 가면 팔아요. 수입품인데 영문 이름이 White Spots Fungi Specific Medicines예요.

돤우: 밤 11시에도 수업이 있어?

돤우: 당신 있는 거야?

돤우: 있냐고?

돤우: 왜 아무 말도 안 해?

슈룽: 화장실 다녀왔어요.

돤우: 이렇게 오랫동안?

슈룽: 음식을 잘못 먹었나 봐요.

돤우: 노르플록사신이나 황련소黄連素 있어?

슈룽: 괜찮아요. 걱정 말아요. 조금 피곤해요, 당신은요?

돤우: 난 괜찮아. 좀 일찍 자.

슈룽: 그래요. 난 그럼 이만!

돤우: 바이, 바이

3

아침 7시 2분, 베이징에서 저녁에 출발하여 아침에 항저우에 도착하는 화해호 열차가 정시에 허푸역에 도착했다. 오늘은 토요일, 팡자위는 돤우에게 마중을 나오지 말라고 했다. 보슬비가 내리고 있고 멀리 계곡 쪽에서 하늘이 찢어질 듯한 천둥소리에 이어 둔중한 메아리가 울려 퍼졌다. 공기 중에 이상야릇한 냄새가 났다. 오래되어 무른 사과에서 나는 시큼한 냄새 같기도 했다. 우산은 캐리어에 있었다. 북적대는 사람들 속에서 캐리어를 열기 싫었기 때문에 그냥 비를 맞으며 버스매표소까지 갔다.

50m 정도 떨어진 택시정류소는 이제 막 기차에서 내린 승객들로 장사진을 이루었다. 비가 오니 그냥 가까운 데서 불법 운행 자가용을 타기로 했다. 조금 죄책감이 들었다. 법조계에 있는 사람으로서 지켜야 할

도덕성이 결국 50m를 더 가야 한다는 현실 앞에서 무너져버렸다. 제일 먼저 아들을 보고 싶었지만 어쩔 수 없이 변호사 사무실부터 가야 했다. 1주일 전에 그녀의 동업자인 쉬징양이 전화를 했다. 급히 처리해야 할 사건 파일 두 개를 사무실 책상에 올려놓았으니 되도록 빨리 자료를 가져가라는 것이었다. 징양의 오른쪽 폐엽에 문제가 좀 생겼는데 상태가 좋지 않아 입원하고 수술을 해야 한다고 했다. 그가 맡고 있던 일들은 꽝자위가 대신해야 한다.

꽝자위는 변호사 사무실 아래층 세븐일레븐seven-eleven에서 라면 한 봉지, 옥수수 한 개, 차지단茶鷄蛋(찻잎에 삶은 계란) 하나와 믹스커피 두 포를 샀다. 핸드폰에 문자 세 개가 들어왔다. 얼굴을 붉히며 그중 하나에 답장을 보냈다. 사무실은 건물 6층에 있었다. 엘리베이터가 6층에 서지 않기 때문에 먼저 7층으로 올라가 계단으로 내려와야 했다.

4개월 만인데도 사무실 책상은 먼지 하나 없이 깨끗했다. 책상 위 자스민 꽃도 걱정했던 것처럼 말라비틀어지기는커녕 까만 가지와 잎 사이에 흰색 꽃봉오리가 가득 맺혀 있었다. 벌써 은은한 향기가 느껴졌다. 두꺼운 인쇄자료 위에 호치키스로 쪽지 하나가 박혀 있었다. 쉬징양이 남긴 쪽지였다. 꽝자위에게 법률지원센터에서 맡긴 두 가지 안건을 되도록 빨리 처리해야 한다고 당부하는 내용이었다.

그녀는 라면에 붓고 남은 물로 커피 한 잔을 탔다. 이어 냅킨으로 조심스럽게 머리의 빗물을 닦고 옥수수를 먹으며 책상에 놓인 자료를 읽었다.

첫 번째 안건은 별게 없었다. 농촌 독거노인이 낸 부양비 소송이었다. 여든에 가까운 이 노인네는 슬하에 아들 다섯에 딸 둘을 두었는데 아무도 그를 돌보려 하지 않았다. 이런 일은 허푸 일대에서 흔히 일어나는 것이기 때문에 변호사의 능력이나 지능지수에 전혀 도전적인 사건이 아니었다. 전체적으로 번잡하기만 할 뿐 그다지 재미있는 사건도 아니었다.

이번 사건의 특수성은 노인이 자녀가 많은데도 부양을 받을 수 없다거나 자녀들이 너 나 할 것 없이 '가진 것이 한 푼도 없거나 병마에 시달려, 줄 돈은 없고 그저 목숨 하나 달랑 있으니 가져가라'는 식으로 막무가내인 것이 아니었다. 그들은 심지어 노인네를 정신병원에 처넣겠다고 하거나 아예 벽돌로 내리찍어 죽여버리겠다고 협박까지 했는데, 문제는 그 노인네의 성격이 불같은 데다 걸핏하면 중앙에 진정서를 내겠다고 '상방'上訪을 마다하지 않는다는 것이었다. 그는 이미 고발하러 베이징에 다녀온 적이 있었다.

사실 그의 고발건은 둥자오민항東交民巷(중국인들이 상방하기 위해 몰려드는 베이징 최고인민검찰원이 있다)에 고소, 고발을 위해 밀려드는 사람들, 전국 각지에서 '엄청난 고통과 원통한 억압'을 호소하기 위해 먼 길을 마다하지 않고 달려온 이들에 비하면 아무것도 아니었다. 당연히 그들은 그의 호소를 거들떠보지도 않았다. 사람들은 그 노인네에게 배때기가 부르니 호강에 겨워 별짓을 다한다고 비꼬았다. 그중 몇몇 사람들이 선의로 그 정도 일은 지역의 관공서에 고소장 한 장만 내면 처리될 텐데 굳이 베이징까지 올라와 소란 떨 필요 없다고 권했다. 결국 허푸시의 베이징 주재원들이 그를 찾아왔다. 그들은 노인을 허핑먼和平門 근처 취안쥐더全聚德(유명한 오리구이집)로 초대해 식사 대접을 한 후 만리장성까지 구경시킨 후 허푸시로 가는 침대칸 기차표까지 사줬다. 그는 '만리장성에 가지 않으면 사내대장부가 아니다'不到長城非好漢라고 적힌 티셔츠를 입고 으쓱거리며 돌아왔다.

이에 비하면 두 번째 안건은 복잡하고 기이했다. 팡자위는 되도록 자세하게 사건의 전체 맥락을 파악하기 위해 관련 자료를 읽는 동시에 구글Google을 통해 관련 뉴스를 검색했다. 1년 전에 발생한 사건이었다.

어느 날 오후, 아버지는 여느 때와 다름없이 아들을 데리러 학교에 갔다. 아내는 그와 이혼한 후 행방이 묘연했다. 그는 아홉 살 난 아들과 서로 의지하며 살아갔다. 아들은 책가방을 메고 친구들과 웃고 떠들며 학교 정문을 걸어 나오고 있었다. 동시에 아버지는 그에게 다가오는 거대한 위험을 감지했다.

대머리 중년 남자가 갑자기 나무그늘에서 뛰어나오며 품안에서 칼을 꺼냈다. 그는 자신이 죽게 될 것이라는 사실을 직감했다. 심지어 이를 받아들일 마음의 준비를 끝냈다. 다만 죽음의 장소와 시간이 적절치 않다는 것이 문제였다. 아들, 자기 생명의 끈이 웃고 떠들며 학교 정문을 나서고 있었다. 그자가 가장家長(학생들의 부모, 즉 학부모)들이 모두 보고 있는 곳에서 공공연하게 칼을 꺼냈다는 것은 살인의 결과에 대해 개의치 않겠다는 의미였다. 북적이는 사람들 때문에 그에게 다가오기도 쉽지 않았는데 학부모들은 마치 호응하기로 약속이나 한 듯 길을 내주었다. 금세 조그마한 통로가 생겼다. 지금 두 사람이 그에게 가까이 다가오고 있다. 하나는 대머리 모습을 한 죽음의 신이었고, 하나는 그의 삶의 유일한 위안인 아들이었다.

그 중요한 순간에 아버지는 냉정하게 비범한 지혜를 발휘했다. 이역시 사건 발생 후 사람들이 흥미진진하게 이야기하는 화젯거리가 되었다. 아들이 의아해하는 눈빛과 곤혹감, 그리고 공포에 질린 얼굴로 그의 앞으로 다가왔을 때 그는 아들을 향해 재빨리 눈을 깜빡이며 빙그레 웃었다. 그의 아들도 매우 영특했다. 악당이 미친 듯이 아버지를 향해 칼을 휘두르는 순간, 아들은 아버지의 바람과 의도를 정확하게 깨닫고 애써 마음을 진정시켰다. 아이는 아버지를 모르는 척 그냥 옆을 스쳐지나가 위험을 피했다.

광자위는 문득 고개를 돌려 문 입구에서 자신을 바라보고 있는 청소부를 쳐다보았다. 눈물이 절로 흘러나왔다. 그 순간 뭐뭐가 곁에 있었다면 아마도 아이를 꼭 껴안았을 것이다. 아이가 아무리 발버둥을 쳐도 절대 손을 놓지 않을 것이다.

그런데 이 살인사건은 전체 사건의 시발점에 불과했다.

아이는 다행히 당시 위험을 피해 살아남긴 했지만 이후 얼마 살지 못했다. 두 달 전 백혈병에 걸려 허푸 제일인민병원의 중환자실에서 사망하고 말았다. 아이는 죽기 전까지 아버지가 남긴 낡은 셔츠를 손에 꼭 쥐고 있었다. 그 자리에 있던 의사와 간호사 모두 흐느껴 울었다. 아이의 할머니는 바닥을 데굴데굴 구르며 통곡했다.

그런데 엉뚱하게도 아이의 할머니는 손자가 의료사고로 사망했다며 법원에 병원을 고발했다. 황당하고 인정머리 없는 처사이자 은혜를 원수로 갚은 것 아니냐는 말이 나왔다. 당연히 병원 측의 분노도 족히 이해할 수 있었다. 아이의 아버지가 1년 전 참혹하게 살해당하고 범인이 아직 체포되지도 않은 상황에서 의사들은 모든 방법을 동원하여 아이를 살리고자 최선을 다했다. 의료비 일체를 면제해 주었을 뿐만 아니라 병원 직원들 사이에 자발적인 모금활동도 벌였다. 모금액은 그리 많지 않았지만 병원 역사상 전대미문의 일이었다. 하지만 할머니는 자신의 아들과 손자가 연이어 세상을 떠났다는 사실을 받아들일 수 없었다. '이 세상 모든 사람이 죽는다 해도 우리 손자만은 죽을 수 없다'는 완고한 신념이 그녀를 지배했다. 그녀에게 다른 의료지식은 없었고 그저 골

강남에 봄은 지고

수만 이식하면 아이는 살아날 수 있었다는 확신뿐이었다. 그리고 그녀에게는 필요한 것이 또 하나 있었다.

돈.

사건 파일 가운데 쉬징양이 당사자와 나눈 필담 복사물이 있었다. 쉬징양은 복사물 상단 여백에 할머니의 연락처를 적어두었다. 할머니의 이웃인 첸씨 전화번호였다. 간단한 마을 약도와 차량운행 노선도 표시되어 있었다. 약도 옆에는 작은 글씨로 몇 마디 적어놓았다.

될 수 있는 한 마을의 '화강華强 식당'에서는 식사를 하지 마. 그곳 국수에서 이상한 냄새가 나. 비누 냄새 같아.

징양은 정말 이상적인 동업자다. 꼼꼼하고, 주도면밀하고, 온화한데다 대단히 이성적이다. 열 장이 넘는 필담 내용 가운데 '죽음'은 물론이고 '작고'나 '떠나다' 등 사망과 관련된 표현이 전혀 없었다. 아들과 손자를 잃은 할머니가 '죽음'이란 말 자체를 치가 떨리도록 싫어했기 때문이다. 할머니는 손자의 죽음에 대해 언급할 때마다 언제나 '희생'이란 단어를 사용했다. 내 손자, 내 귀염둥이가 희생된 지 벌써 석 달하고도 열이레가 지났어. 그녀와 나눈 필담에는 이렇게 적혀 있었다. 빈틈없고 매사에 객관적이며 엄격한 쉬징양은 할머니의 말도 빠짐없이 기록해 두었다.

광자위는 절로 그녀와 돤우의 논쟁이 생각났다.

돤우가 장시 한 편을 완성했을 때였다. 제목은 〈희생〉. 당시 돤우는 한동안 '희생'이란 단어에 푹 빠져 있었다.

그의 견해에 따르면, 매 시대마다 통계를 낼 수 없을 만큼 많은 희생자가 있었다. '희생'이라는 개념이 등장하면서 그저 흔하디흔한 일상적인 일로 여겨지던 죽음의 실제적 의미에 약간의 변화와 더불어 그 의미가 승화되었다. 시에서는 죽음 자체만이 아니라 죽음이 지향하는 목표와 의미를 강조했다. 돤우는 예를 들어 상고시대 종교와 무술巫術에서 제단에 바치는 희생, 그것이 동물이든 사람이든 모두 숙연하고 신비로운 의식의 일부분이 되어 마땅히 치러야 할 대가가 된 것이라고 말했다. 이렇듯 각 시대마다 희생자가 선택된 이유는 그들의 순결함이 신의 구미에 적합했기 때문이다.

그들이 예물로 바쳐짐으로써 비바람이 잠잠해지고, 음양이 조화를 이루며, 사시사철 좋은 기운이 생긴다. 희생은 그 자체가 역사의 일부분, 혹은 문명의 일부분이다. 혁명의 시대에도 예외는 아니다. 구체적이든 비현실적이든 간에 모종의 목적을 달성하기 위해 희생자들은 무리를 지어 컴컴한 지하에서 영면하거나 흔적도 없이 사라진다. 하지만 그들 역시 종종 하나의 개념을 담은 부호(예를 들어 열사나 기념비 등의 부호)에 흡수되어 회고와 기념의 대상이 되며, 이로써 역사 속에 상징화가 이루어진다.

그런데 지금은 희생자가 흔적도 없이 사라질 운명에 처해 있다.

형형색색의 개인들은 형형색색의 이유로 영문도 모르고 죽어간다. 불행하게도 그들은 역사 밖에서 죽고, 어떤 우발적인 사건의 결과가 된다. 심지어 그들에게 희생을 요구하는 사람도 없다. 그들은 자발적으로 희생물이 된다. 그 원인을 따져보면 모두 행위가 부당하거나 운이 나쁘기 때문이다.

기념하지 않는다.

추도하지 않는다.

그리워하지 않는다.

신분이 없다.

목적과 의미가 없다.

돤우의 말을 빌리면 마치 수면 위의 기포처럼 살짝 바람만 불어도 '픽' 하는 소리와 함께 터져버리고 만다. 때론 아무런 소리가 나지 않을 때도 있다. 그들의 희생은 생존자들의 행운에 한층 더 믿음을 선사한다. 그들의 불행과 고통은 구차하게 삶을 이어가는 사람들의 이야깃거리가 된다. 이렇게 해서 희생자에게는 치욕만 남을 뿐이다.

돤우가 보기에 오늘의 희생자는 아무런 가치도 없기 때문에 진정한 의미의 희생자가 된다. 이 말은 그다지 이해가 되지 않았다.

사실, 팡자위는 남편의 견해에 전혀 동의하지 않았다. 그녀는 돤우가 하루 종일 어두운 집구석에 박혀 암울한 문제만 생각하고 있으니 건강에 도움이 되지 않는다고 여겼다. 게다가 사회에 대한 남편의 생각이 지나치게 부정적이고 소극적이었다. 마치 중국이 금방이라도 무너질 것처럼 생각하는 듯했다.

"무너졌어요?"

그녀가 돤우에게 매몰차게 질문을 던졌다.

"아니에요." 그녀는 스스로 답했다.

남편이 이처럼 비관적인 건 그가 이 시대와 함께 전진하길 거부했기 때문이었다. 자신의 대오 이탈과 낙오를 해명하기 위함이자 그녀의 가련한 자신감에 타격을 주기 위함이었다. 그가 어찌 알겠는가? 그나마 얄팍한 자신감을 지키기 위해, 그 알량한 자존심을 유지하며 살기 위해, 그녀가 얼마나 참담하고 고통스러운 대가를 지불했는지.

남편은 이제 막 완성한 〈희생〉을 팡자위에게 보여줬다. 하지만 그녀는 대충 훑어본 후 던져버렸다. 따분해. 그녀가 말했다. 돤우는 화가 치밀어 냅다 소리를 질렀다.

"적어도 한 번쯤은 천천히 읽어보고 자신의 생각을 말해야……."

"아이! 소리는 왜 질러요? 아무짝에도 쓸모없는 짓 좀 그만 두지 않을래요? 설마 변기가 막혀서 물이 안 내려가는 것을 모르지는 않겠죠? 전화해서 사람 좀 불러요. 나는 머리하러 가야 하니까."

왠지 모르겠지만 오늘 사건 파일을 보다가 아버지 셔츠를 손에 쥐고 죽어간 아이를 떠올리며 가슴이 저려왔다. 눈물을 흘린 건 비단 그 아이 때문만은 아니었다. 그때 문득 돤우가 한 말이 어느 정도 일리가 있다는 생각이 들었다. 물론 본능적으로 자신의 미래도 떠올렸다. 자기도 모르게 소름이 끼쳤다.

최근 들어 그녀는 괜한 우울감에 젖어 좌불안석이었는데 돤우는 오히려 그녀의 이런 모습이 발전하는 증거라고 칭찬했다. 그의 칭찬에 그녀는 더욱 빈정이 상했다.

이런 거지같은 느낌에서 되도록 빨리 벗어나기 위해 그녀는 멀리 스자촹에 있는 타오젠신에게 전화를 걸었다. 기차역에서 헤어지고 지금까지 그는 그녀에게 십여 통의 문자를 보내왔다. 그가 보낸 문자를 볼 때마다 그녀는 마치 소녀처럼 머리가 혼란스러웠다. 뺨이 화끈거리고 심장이 두근거렸다. 그는 '마약'이라는 비유에 꼭 들어맞는 사람이었다.

광자위가 무거운 캐리어를 끌고 집으로 돌아왔다. 뭐뭐가 앵무새를 손에 받쳐 들고 문을 열어줬다. 아들이 그녀를 향해 활짝 웃었다. 놀랍기도 하고 부끄럽기도 했다. 아이의 눈은 맑고 영롱하여, 마치 다이아몬드처럼 반짝였다. 뭐뭐는 돤우를 전혀 닮지 않았다.

이상했다. 예전에는 팡자위가 출장에서 돌아오면 아들은 그녀에게 덥석 달려들어 머리를 양 다리에 묻거나 아니면 자기에게 무슨 선물을 가져왔는지 그녀의 여행 가방을 뒤지기 일쑤였다. 그런데 이번에는 그러지 않았다. 이미 부끄러움을 알아버린 모양이다. 팡자위가 아이를 품에 안으려고 하자 아이가 살짝 몸을 비키며 엄마를 등지고 섰다. 팡자위는 아이가 여전히 소리 없이 웃고 있다는 걸 알았다.

"아빠는?"

그녀가 아이 머리를 쓰다듬으며 돤우의 서재를 살폈다.

"우체국 갔어요. 금방 돌아온댔어요."

"아빠는 왜 매번 오디오 끄는 걸 잊어버리지? 가서 끄고 오렴. 시끄러워 죽겠네."

아들이 막 가려고 할 때 팡자위가 다시 그를 불렀다. 아이 이마에서 소독약 겐티안 바이올렛 자국을 발견했다.

"이마에 상처는 어쩌다 생겼어?"

"축구하다 실수로 쏠렸어요."

"거짓말이지? 사스케가 쪼았어?"

아들이 미안한 듯 고개를 숙였다. 들고 있던 앵무새가 구리에 생긴 녹 같은 녹색 깃털을 파르르 털며 잔뜩 경계하듯 팡자위를 노려봤다.

이 사랑앵무는 그녀가 티베트에 갔을 때 '렌위'蓮烏라는 장족 마을을 지나다 한 라마승으로부터 얻어온 것이다. 그러나 그녀는 금세 후회했다. 앵무새가 집에 들어온 후로 그녀가 아들에게 '누가 제일 좋아?'라는 따분한 질문을 던질 때마다 그녀는 언제나 2등이었던 것이다. 뭐뭐는 앵무에게 사스케라는 일본 이름을 붙여줬다. 게다가 앵무새는 그녀가 처음에 생각했던 것처럼 그렇게 온순하지 않았다. 사스케는 늘 한밤중에 괴상한 소리를 냈다. 아무리 좋게 마음을 먹으려 해도 듣기 좋은 소리는 아니었다. 심지어 뤄뤄는 멀쩡한 옷이 하나도 없게 되었다. 앵무새가 온통 쪼아대는 바람에 여기저기 찢어지고 구멍투성이였다. 스웨터는 소매 실밥이 풀려 있기도 했다. 게다가 집안 곳곳에 앵무새의 분변이 떨어져 있었다.

뤄뤄의 열 살 생일날 돤우가 화조花鳥시장에서 쇠틀을 사왔다. 상단에 알루미늄 가로대-뤄뤄는 이를 공중 주랑走廊이라 불렀다-가 있는데 너비는 약 3㎝, 길이가 50㎝ 정도였다. 양 끝에 철판으로 만든 작은 그릇이 하나씩 있는데 한쪽에는 잣이나 씨앗 또는 기장을 넣어두고, 다른 한쪽에는 맑은 물을 담아두었다. 앵무새의 발을 묶은 가는 쇠사슬이 쇠틀에 고정되어 있었다. 이렇게 해서 앵무새는 쇠틀 위에서 편안하게 산책할 수 있었다.

집안은 완전히 엉망진창이었다. 바닥에 슬리퍼가 널브러져 있고, 식탁에는 아들의 장난감 자동차 조립 부품이 가득 쌓여 있었다. 반쯤 먹다 만 바나나는 시커멓게 변해 있었고, 라면 스프 봉지도 이곳저곳에 널려있었다. 언제 켰을지 모를 TV와 컴퓨터가 계속 돌아가고 있었다. 어항의 조명은 불이 나갔고, 갈색 물때가 잔뜩 낀 데다 수초는 썩어 있었다. 그녀가 가장 좋아하는 '황색잠수정'은 어디로 갔는지 보이지도 않았다. 그녀가 어항 앞에 한참을 쪼그리고 앉아 찾아봤지만 비쩍 마른 '신호등' 두 마리밖에 찾을 수 없었다. 물고기들의 움직임이 느렸다. 숨은 쉬고 있었지만 한눈에 봐도 많이 허약해진 상태라는 것을 알 수 있었다.

팡자위는 집을 정리할 마음이 나지 않았다. 먼저 샤워를 하기로 했다. 오른쪽 유두의 피부가 벗겨져 물에 닿기 무섭게 싸하게 통증이 밀려왔다. 유륜에 난 상처는 별로 티가 나지 않았지만 느낌이 좋지 않았다.

타오젠신과 2, 3일 함께 있는 동안 밥을 먹거나 잠깐씩 잠을 잘 때를 제외하고는 모든 시간을 섹스에 바쳤다. 이 진부한 유희가 싫증날 때까지. 마지막에는 미래에 대한 불길한 걱정과 두려움이 그녀의 심장을 옥죄었다. 그녀는 자신의 광적인 몰입이 도무지 납득이 되지 않았다.

머리가 마르길 기다리는 사이, 팡자위는 침대에 비스듬히 누워 쑤퉁蘇童(중국 작가)의《벽노》碧奴(한국에서는 '눈물'이란 제목으로 출간되었다)를 들었지만 한 글자도 눈에 들어오지 않았다. 쉬징양에게 전화를 걸어 탕닝완 집에 대한 상황을 처음부터 끝까지 알려준 다음 그에게 물었다.

"당신이라면 어떻게 처리하겠어요?"

동업자는 참을성 있게 그녀의 말을 다 들었다. 언제나 그런 것처럼 이성적으로 신중하고 꼼꼼하게 그리고 여유 있게 상대의 말을 다 들은 후 진지하게 답변했다.

"전화 끊지 말고 내게 생각할 시간을 5분만 줘."

그러나 채 2분도 안 돼 쉬징양이 그에게 답을 내놨다.

"그게, 내가 당신이라면 직접 탕닝완으로 세입자를 찾아가 의논을 할 거야. 될 수 있는 한 법적인 소송은 피해야지."

"왜?"

"법원에서 입안하고 증거조사, 그리고 법정이 열릴 때까지 시간이 많이 걸리잖아. 또한 설사 재판이 열린다 해도 역시 조정을 권유할 것이 뻔해. 물론 협상이 이루어지지 않으면 재판이 열리긴 하겠지. 하지만 법 집행은 또 다른 문제야. 변호사니까 재판 과정에서 일어나는 일들을 잘 알 거 아니야? 당신처럼 성질 급한 사람이 이런 사소한 일에 1년 반을 쓴다고 생각해 봐. 여기에 들어가는 시간과 돈을 생각한다면 완전히 손해이니 굳이 그럴 필요가 없단 말이지."

"남편 말이, 지금 우리 집에 들어가 있는 여자는 대화가 좀 어렵다고 하더라고요. 그 여자가 협박도 했대요. 우리가 다시 찾아가 자기의 생활을 방해하면 바로 경찰을 부르겠다고."

"이건 호로안葫蘆案이야. 그 여자가 그렇게 말하는 것도 이해할 수 없는 건 아니지. 이론적으로 말하면 그녀 역시 죄가 없거든. 그녀에게는 이거중개업소와 맺은 정식 임대차계약서가 있잖아. 안 그래? 당신도 공상국工商局에 가볼 수 있지. 거기 가면 이거중개업소의 등록번호와 주소, 전화번호가 있을 거야. 이거중개업소는 체인업체니까 사라질 수 없어. 물론 공상국에 직접 나서서 처리해달라고 할 수도 있고."

"알았어요. 고마워요. 끊을게……."

"기다려 봐요. 이런 일은 절대 서두르면 안 돼. 먼저 스스로 이건 '게임이다, 게임이다'라고 세뇌시켜야 해. 너무 진지하게 생각하면 안 돼. 계속 자기가 억울하다고 생각하지 말고. 당신보다 억울한 사람 많거든. 그래봤자 당신은 그냥 집세 몇 달치 손해 보는 거잖아? 속담에 '사완즉원' 事緩則圓(천천히 해결할 방법을 찾아 응대하면 모든 일이 원만하게 풀린다는 뜻)이란 말이 있잖아, 결국 잘 풀리게 되어 있어."

"알아요. 다른 일 없으면 그만……."

"기다려 봐요. 팡 변(변호사)은 성격도 급해."

쉬징양이 웃었다.

"왜 나 지금 어디 있냐고 안 물어봐?"

"어디 있는데요?"

"암 병동."

쉬징양의 목소리는 기운이 없었지만 약간 흥분한 느낌이 들었다.

"두 주 전에 마누라를 대충 속여 집으로 돌려보낸 후 유서를 쓰고 그야말로 단기필마單騎匹馬로 암병동으로 들어왔지. 그런데 이제 다시 천군만마千軍萬馬 속에서 살아 남았으니 정말 불가사의不可思議한 일이지!"

"어떻게 된 거예요?"

"그저께 오전에 수술했어. 폐엽 조직검사 결과가 나왔는데, 축하해줘. 악성이 아니라 양성良性이래, 양성! 정말이지 다시 태어난 것 같아. 우리 병실에 새로 환자가 7명 들어왔는데 복도 쪽 두 명까지 포함해서 나혼자만 양성이야. 정말 기적이지!"

잠시 후 쉬징양이 소리를 낮춰 다시 말을 이었다.

"같은 병실 환자들이 그저께만 해도 같이 웃고 떠들었는데 지금은 아무도 날 상대 안 해. 마치 그들처럼 내가 악성이어야 좋겠다는 건지. 나에 대한 곱지 않은 태도도 이해할 수 있긴 해. 어쨌거나 그들 중 내가 유일하게 운이 좋은 사람이니까."

여기까지 말한 후 평소 매우 진중한 성격인 쉬징양이 갑자기 아이처럼 큰 소리로 훌쩍거리기 시작했다. 전혀 예상 밖이었다.

"내일 보러 갈게요."

팡자위의 눈에도 눈물이 맺혔다. 그러나 확실한 건 자신이 쉬징양만큼 기뻐할 수는 없다는 것이었다.

"퇴원하면 어떻게 축하할 거예요?"

"'기필코' 화자서에 한번 갔다 와야지."

"왜요?"

"화자서여야 해. 하하, '기필코' 거기여야만 해."

둥베이 사람들에게는 요즘 '기필코'란 말이 유행이었다. 그녀는 '기필코'란 말도, 이런 단어를 유행어랍시고 쓰는 둥베이 사람들도 싫었다.

팡자위는 전화를 끊은 후 금세 정신없이 잠에 빠져들었다. 어렴풋이 돤우가 문 여는 소리가 들리는 것 같았다. 그와 아들이 작은 소리로 이야기를 나누고, 이어서 그가 침대 곁으로 다가와 가만히 자신을 들여다보더니 그녀가 품에 꼭 끼고 있는《벽노》를 빼낸 후 타월 담요를 덮어주고 나갔다.

4

"춘샤春霞라고 부르세요."

꽃무늬 앞치마를 허리에 두른 키 큰 여자가 전정가위를 들고 만면에 미소를 지은 채 팡자위에게 말했다. 그녀 옆에 머리가 둥글둥글한 중년 남자가 서서 팡자위를 향해 고개를 숙이며 가볍게 인사했다. 남자는 중국어가 그다지 유창하지 않았다. 일본인인가 생각했지만 그것도 아닌 것 같았다. 돤우가 이메일에 적은 것과 달리 춘샤는 그녀를 매우 점잖게 대했다. 심지어 조금 과분하게 느껴지는 부분도 있었다. 돤우와 지스는 그녀가 쑨리를 닮았다고 했는데, 정말로 그런 느낌이 들긴 했다. 특히 치아가 그랬다. 춘샤는 다시 한 번 집이 너무 어지러워 들어오라고 하기가 어렵다고 사과했다.

"시간 있으면 밖에 나가서 커피 한잔 하실래요? 큰길에 스타벅스가 문을 열었어요. 좀 멀긴 한데……, 아니면 중리다오棕櫚島에 가서 차를 마실까요?"

춘샤가 '집'이란 말을 꺼내자 팡자위는 기분이 극도로 나빠졌다. 이 불법침입자는 이미 그곳을 자기 집으로 생각하고 있는 것 같았다.

강남에 봄은 지고

"어디가 더 가까워요?"

팡자위가 시큰둥하게 물었다.

"그럼 중리다오가 좋겠네요. 우리 단지의 회관 위층에 있어요. 조금만 기다려요. 옷 갈아입고 올게요."

현관의 다보각多寶閣(중국식 장식장. 도자기나 골동품 등을 진열한다) 너머 자신이 정성을 다해 장식했던 집안이 조금 낯설게 느껴졌다. 서글펐다. 원래 TV 받침대 위쪽에는 티베트의 불교화인 탕카唐卡가 걸려 있었다. 허푸의 부시장이 준 선물이었다. 티베트 르카쩌日喀則에 있는 타쉬룬포 사원의 라마승에게 부탁하여 그린 그림이라고 했다. 그런데 지금은 어디로 갔는지 보이지 않았다. 대신 커다란 배용준 영화포스터가 붙어 있었다. 그렇다면 아마도 조금 전 머리가 동글동글한 중년 남자는 한국인 일지도 모른다. 허푸에 한국 자본이 집중적으로 투자된 것을 감안하면 아마도 자신의 추측이 맞을 거란 생각이 들었다.

소파는 원래 자리에 있었지만 위에 손뜨개 레이스 천이 덮여 있고 빨간색 태극도안이 그려진 쿠션 몇 개가 있었다. 괜찮네. 가오리방쯔高麗棒子(중국인들이 한국인을 폄하하여 부르는 호칭). 팡자위가 가장 참기 힘든 것은 다탁 위에 있는 용천청과반龍泉靑果盤이었다. 저장의 뛰어난 도예가 작품으로 수상작품이기도 했다. 그런데 지금 그곳에 춘샤가 과일 씨를 뱉고 있는 것이 아닌가.

마을회관 2층 다실로 간 춘샤가 그녀를 조용한 구석자리로 안내했다. 두 사람은 마주보고 앉아 차분하게 대화를 시작했다. 보이지 않는 팽팽한 신경전이 벌어졌다.

아침 8, 9시. 다실에는 손님이 별로 없었다. 서쪽 창가에 젊은 연인

한 쌍이 앉아 있는데 커다란 플라스틱 종려나무에 가려 모습이 보이지 않았다. 주사위 놀이를 하고 있는 것 같았다. 이유는 모르겠지만 다탁 의자를 그네 모양으로 디자인했는데 해먹 같은 느낌이 들었다. 장식으로 걸쳐놓은 초록색 넝쿨 역시 플라스틱이었다. 의자는 그네처럼 흔들리진 않았지만 팡자위의 불안을 가중시키는 것만은 확실했다.

춘샤는 먼저 자기가 마실 벽라춘碧螺春(중국 장쑤성 둥팅산에서 생산되는 찻잎) 한 잔을 주문한 후, 팡자위에게 뭘 마실 건지 물었다. 팡자위는 맥주 한 병을 시켰다. 코로나 맥주 병 주둥이에 레몬조각이 끼워져 있었다. 이어 그들은 나이에 대한 이야기를 나누었다. 춘샤가 팡자위보다 한 살이 많았다. 춘샤가 별 뜻 없이 그녀의 가족과 아이를 물어봤고 팡자위는 일일이 사실대로 대답했다.

상대방이 자기 직업을 묻자 팡자위는 혹시 자기 능력이 어느 정도 수준인지 가늠해보는 건 아닐까 의구심이 일었다. 그녀는 적당히 신분을 속이기로 하고 그냥 회사에 다닌다고 했다. 이 여인은 모든 것이 컸다. 손도 크고, 발도 크고, 얼굴도 컸다. 눈썹 사이에 커다란 사마귀도 나 있었다. 키가 크고, 가슴이 유난히 불룩 튀어나왔지만 거추장스럽거나 지나치다는 생각은 들지 않았다. 그녀는 검은색 반팔 실크블라우스를 입고 터키석 목걸이를 하고 있었다. 밖으로 드러난 어깨는 희고 둥글었다.

그녀의 몸에서 특이한 냄새가 났다. 화장품이나 향수 냄새가 아닌 그녀의 직업과 관련된 특정한 냄새였다. 강한 향기가 아닌데도 자꾸만 신경이 쓰였다. 팡자위는 에돌려 냄새 이야기를 꺼내며 상대방의 대답으로 그녀의 신분을 판단할 수 있길 바랐다. 팡자위는 춘샤가 그런 대답을 할 거라고는 상상도 하지 못했다.

강남에 봄은 지고

"내 몸에서 나는 냄새를 묻는 거죠?"

춘샤가 몸을 굽히고 과장된 몸짓으로 자기 팔 여기저기의 냄새를 맡더니 웃었다.

"죽음의 냄새죠. 당신이 괜찮다면 정확하게 말해주죠. 시체 냄새예요. 정말이에요, 거짓말 아니에요."

"그럼 장의사에서 일한다는 거예요?"

"물론 아니에요. 그냥 사신死神의 사자일 뿐이죠."

춘샤가 다시 웃기 시작했다.

"시체 무섭죠, 그렇죠? 그렇게 긴장할 필요 없어요. 언젠가 당신이 나 나나 모두 그렇게 될 테니까요."

그녀의 말 속에 숨은 뜻이 있는 것 같았지만 팡자위는 재빨리 화제를 바꿨다.

춘샤는 이런저런 잡다한 이야기를 늘어놓았지만 집에 관한 이야기는 끝내 꺼내지 않았다. 이따금 분위기가 어색해졌지만 춘샤는 전혀 불안한 기색이 없었다. 그녀는 익숙하게 팡자위 술병에 레몬즙을 짜주고 다시 피스타치오 한 접시를 주문했다. 심지어 《천일야화》 이야기를 꺼내기도 했다. 그녀는 어릴 때 이 책을 읽을 때 이 책에서 자주 들먹이는 '아웨훈쯔'阿月渾子(피스타치오)가 무엇인지 알 수가 없었다고 했다. "하, 그런데 피스타치오였지 뭐예요."

그녀는 접시를 팡자위 앞으로 밀어주며 말했다.

"산초와 소금에 절인 건데 맛이 괜찮아요. 먹어볼래요?"

팡자위는 자리에 앉은 채 꼼짝도 하지 않았다. 그녀는 상대방이 이것저것 잡다하게 이야기를 늘어놓는 것이 오로지 지금 이 순간 자신의 우월감을 나타내기 위함이라는 사실을 잘 알고 있었다.

그녀는 먼저 집 이야기를 꺼내지 않았다. 조급해 하지 않았다. 팡자 위더러 먼저 입을 열라고 넌지시 암시를 주고 있었다. 마치 '시작해요. 뭘 기다려요?'라고 말하는 것 같았다.

이미 벌어진 일인데, 뭘! 성질 급한 팡자위, 때로 복잡한 일을 너무 천진난만하게 생각하는 버릇이 있는 그녀는 단도직입적으로 본론을 꺼 내기로 결심했다. 바로 그녀가 상대를 찾아온 목적이었다.

"언제 우리 집에서 나갈 거예요?"

그녀가 불쑥 이렇게 물었다. 분위기가 어색하기 그지없었다.

"왜요?"

춘샤는 갑자기 긴장감이 도는 이런 분위기를 이미 예상하기라도 한 듯 팡자위에게 이렇게 웃으며 반문하더니 다시 다음과 같이 덧붙였다.

"여기서 잘 살고 있는데 왜 나가야 되죠?"

"하지만 이건 내 집이니까요."

팡자위가 얼마 남지 않은 맥주를 한 번에 다 마신 후 냅킨으로 입 술을 지그시 눌러 닦았다.

"동생, 성격이 정말 급한가 봐, 안 그런가? 할 말이 있어도 좀 천천히 풀지 그래요?"

춘샤가 그녀에게 맥주 한 병을 더 시킬까 물어보자 팡자위가 쌀쌀 맞게 거부했다.

"방금 당신 집이라고 했죠? 맞아요. 당신은 그렇게 말할 수 있죠. 하 지만 정확하게 말하면 그 집은 당신 것도, 내 것도 아니고 국가 거예요. 만약 관련 법률상식을 알고 있다면 집은 그 밑에 있는 대지까지 모두 국가 거라는 걸 알 거예요. 당신의 사용권한은 다만 70년이에요. 안 그 래요? 이 집이 5년 전에 팔린 것을 감안하면 당신의 실제 사용 연한은

강남에 봄은 지고

겨우 65년 남았네요. 그래요, 안 그래요? 그럼, 65년 후에 이 집은 또 누구 거죠? 그러니까 당신도 나와 마찬가지로 그냥 임차인에 불과하죠. 난 부동산중개업소에서 합법적으로 이 집을 임대했어요. 법률적 보호를 받는 정식계약도 체결했어요. 우리 사이에는 거래가 없었죠. 내 말 뜻 알겠어요?"

"계약서 볼 수 있나요?"

춘샤가 가엾다는 듯이 자신의 적수를 바라봤다.

"계약서는 안 갖고 나왔네요. 가져왔다고 해도 당신에겐 안 보여줄 거예요. 무슨 근거로 보여달라는 거죠? 나 역시 당신에게 당신 등기부등본을 보여 달라고 안 하잖아요?"

춘샤가 등기부등본 이야기를 꺼내자 팡자위는 바짝 긴장이 됐다. 돤우가 등본을 이거 부동산중개업소에 빠뜨리고 왔고, 이거 부동산중개업소는 이미 사라져버렸다. 그녀는 한동안은 집에 대한 자신의 소유권을 증명할 어떤 문서도 제공할 수가 없었다. 부동산관리국에 가서 등기부등본을 재발급해줄 수 있는지 물어보았다. 최소한 3개월이 걸린다고 했다. 지금 그녀는 집을 둘러싼 그녀와 춘샤 사이의 분쟁이 생각했던 만큼 간단하지 않겠다는 생각을 했다. 돤우가 몇 번이나 그녀에게 일깨워줬던 것처럼 이 사회는 아무리 작은 일이라고 해도 아예 추궁을 하지 않으면 모를까, 일단 추궁하기 시작했다 하면 모두 뒤죽박죽 애매모호해진다고 말했다. 법률이란 것도 실질적인 작용은 극히 제한적이었다.

"동생, 다짜고짜 화부터 내지 말고, 오늘 이렇게 날 찾아와 함께 앉아 차를 마셨다는 것만 해도 세상에 보기 드문 인연이죠. 사실, 나와 당신 사이에는 아무런 문제도 없어요. 당신은 집을 이거부동산중개업소에 맡겼고, 이거부동산중개업소는 당신 집을 나에게 임대했죠. 안 그래요? 이 집을 회수하고 싶으면 먼저 중개업소 사무실에 가서 계약을 해지해야죠. 그럼 자연히 회사가 내게 계약 파기를 하겠노라고 협상을 하겠죠? 그들이 내 손실을 배상해야 하고요. 이렇게 중개사무소를 거치지 않고 날 직접 찾아온 건 법률적으로 문제가 있어요. 여긴 법치국가예요. 물론 아직 법에 미흡한 점이 많긴 하지만요."

"그 말은 중개사무소가 영원히 사라져 나타나지 않는다면 원래 내 소유였던 부동산을 두 다리 쭉 뻗고 그대로 차지하겠다는 말인가요?"

팡자위가 다짜고짜 그녀의 말을 끊었다.

"뭐라고요? 이거부동산중개업소가 사라졌다고요? 그게 무슨 말이에요?"

"회사가 하루아침에 사라졌어요. 대체 어찌된 일인지 아직 파악을 못했어요. 몇 달을 찾았는데 아직 아무런 소식도 없어요. 당신도 모르진 않았겠죠? 괜히 모르는 척할 필요 없어요."

팡자위는 춘샤가 아무것도 모르는 태도를 취하자 경멸스러움에 화가 치밀어 올랐다. 그녀가 핸드백에서 세련된 담뱃갑을 꺼내 담배 한 개비를 꺼내 불을 붙이려는데 춘샤가 입을 열었다.

"담배 피워요? 안 좋은데. 여자는 더 안 좋아요. 끊지 그래요? 빨리 끊을수록 좋은데. 다 과학적 근거가 있어요. 담배에 들어 있는 발암물질이 적어도 40종류가 넘어요. 안 피울 수 있으면 되도록 피우지 말아요. 그게 당신을 위해 좋아요."

하지만 팡자위가 자기 권고에도 아랑곳하지 않자 춘샤가 가볍게 한숨을 쉰 후 자리에서 일어나 창문을 약간 열었다.

"방금 이거부동산중개업소가 사라졌다고 했어요? 그렇게 큰 기업이, 허푸만 해도 몇 곳인데, 그런 체인점이 어떻게 그냥 그렇게 사라질 수 있어요? 공안국에 신고했어요?"

"오늘은 당신하고 싸우려고 온 게 아니에요. 누구인들 이 지경까지 오고 싶겠어요?"

"이 지경이라니, 어떤 지경을 말하는 거예요? 소송? 동생, 그렇게 애매하게 이야기하지 말고 할 말 있으면 솔직히 까놓고 말해요. 다시 말하지만 우린 법치국가에 살고 있어요. 소송을 해야 한다면 하면 되죠. 문제될 것 없어요. 중국인들은 예전부터 한사코 체면을 지키느라 절대 소송은 하지 않겠다는 고정관념이 있는데 그건 좋지 않아요. 당신이 법원에 소송을 제기한다면 기꺼이 받아줄게요."

"그럼, 당신 말은 법정에서 볼 수밖에 없다는 뜻이에요?"

"그건 당신 뜻이지, 내 뜻은 아니죠."

춘샤가 웃을 듯 말 듯 그녀를 바라봤다. 마치 만나는 내내 계속 이 말을 기다린 것 같았다.

"그런데 어쨌거나 당신 집은 정말 좋아요."

잠시 쉬었다가 춘샤가 다시 입을 열었다.

"인테리어가 조금 촌스럽긴 하지만요. 화는 내지 말고요. 원래 심각한 불면증에 시달렸는데 여기로 이사 오고나서는 날이 밝을 때까지 깨지 않고 잘 자요. 꽃밭이 특히 마음에 들어요. 장미는 재작년에 심은 거죠? 올봄에 꽃이 만개했어요. 빨간색, 노란색 그리고 흰색도 있고 은은하게 맑은 향기도 나요. 꽃가지를 꺾어 집에 있는 화병에 꽂았어요. 우리 집 그이가 마당에 텃밭을 만들고 박하를 심었어요. 한두 달 지나면 박하 잎으로 고기를 싸 먹을 수도 있을 거예요. 잠깐만요. 화장실에 다녀올게요."

춘샤가 조금 전 법 이야기를 꺼내자 팡자위는 기분이 무척 상했다.

춘샤의 눈에는 자기가 아마도 법에 무지한 사람으로 보일지도 모른다. 그녀는 춘샤가 돌아오면 자기 직업이 변호사라는 걸 이야기 할까 말까 망설였다. 하지만 이미 기회는 사라지고 없었다. 춘샤는 다시 돌아오지 않았다.

15분 정도가 지난 후, 다실 종업원이 그녀에게 다가왔다. 그녀가 미소를 지으며 키 큰 여성분이 이미 계산을 하고 나갔다고 말해줬다.

이제 막 알게 된 사이에 인사도 안 하고 나가다니……, 그녀를 대놓고 무시하는 태도였다.

5

저녁에 가족 모두 식탁에 둘러앉아 식사를 하는데 정확히 그 시간에 전화벨이 울렸다. 제기랄, 또 시어머니다. 팡자위는 순간적으로 짜증이 나 참기가 힘들었다. 그녀가 차갑게 남편을 힐끗 쳐다보며 말했다. "당신이 받을래요?"

둬우를 보니 머뭇거리는 기색이 역력했다. 그가 닭 날개를 뜯고 있는 아들에게 말했다.

"뭐뭐, 네가 받아. 할머니한테 우리가 주말에 메이청에 간다고 말해."

매일 저녁 7시, 시어머니는 정확하게 전화를 걸었다. 건망증 때문에 매번 하는 말이 똑같았다. 안부를 묻는 가식적인 말투도 마찬가지였고, 말 속에 배어 있는 끝도 한도 없는 원망도 마찬가지였다. 그대로 벽에 머리를 박고 죽고 싶은 충동이 이는 것도 마찬가지였다. 매일 저녁 7시, 그건 팡자위가 넘어야 하는 작은 산이었다. 자신이 직접 시어머니의 전화를 받는 경우는 극히 드물었다. 어쩌다 갑자기 전화를 받게 되면 그날 밤 내내 이유도 없이 기분이 상하고 풀이 죽었다. 마치 자기 생활 속의 곡절과 번뇌와 분노를 시어머니가 만드는 것 같았다.

대충 그 내용을 정리해보면 시어머니가 전화를 하는 내용과 순서는 다음과 같다.

1. 일기예보. 최고기온. 최저기온. 내일 차가운 공기가 남하한다. 절대 꼬맹이를 춥게 해선 안 된다. 또는 내일 최고기온이 기록적인 41도라더라. 저녁 무렵에 폭우가 온단다. 요즘 하늘에서 내리는 비는 죄다 산성비다. TV에서 그러는데 비를 많이 맞으면 피부암에 걸린단다. 네가 차가 있으니 시간 내서 꼬맹이 비 맞지 않게 데리러 가라. 에어컨은 너무 춥게 틀면 안 된다. 특히 잠잘 때는.
2. 일반적인 안부인사. 넌 어떠냐. 일은 어떠냐. 몸은 괜찮으냐. 꼬맹이 공부는 어떠냐.
3. 푸념. 원망. 난 말이다. 그냥 마지막 숨을 쉬고 있는 거다. 똥이 안 나와. 너희는 나 신경 쓸 것 없다. 천 리 물줄기가 바다로 들어가는 것마냥 때가 되면 모두 죽는 거다. 너희는 나 신경 쓸 것 없다. 일이 바쁘니 보러 올 필요 없다. 그저 늙은 개 한 마리 키우는 셈 치면 된다.
4. 울먹인다(이따금).

그런데 이번에는 아니었다. 아들이 재빨리 침실에서 나오며 말했다.
"엄마, 할머니 아니에요. 엄마 찾아요."

'아롄'阿蓮이라는 사람에게서 걸려온 전화였다.

순간 팡자위는 머릿속으로 아롄이라는 사람의 정보 검색을 시작했다. 그런데 아무리 생각해도 누군지 알 수가 없었다. 장난 전화나 보이스 피싱이 아닐까? 예를 들어 아주 잘 아는 사이를 사칭하면서 자신에게 사고가 생겼으니 좀 도와달라거나 또는 집이나 기념우표, 자동차보험, 자산관리 같은 것을 광고하는 영업사원. 그것도 아니면 은행카드가 당좌 대월되었으니 빨리 계좌로 돈을 송금하라는 등의 낚시성 전화일수도 있다. 문득 이런 온갖 사기꾼들에 둘러싸여 살고 있다는 생각에분노가 치밀었다.

"죄송합니다. 누구신지 모르겠네요. 전화 잘못 거신 것 아니에요?"

"Fuck, 빌어먹을. 정말 내가 누군지 몰라? 아니면 모른 체하는 거야? Fuck you! 나 쑹후이롄이야. 생각 안 나?"

상대방이 전화에 대고 폭소를 터트렸다. 그녀의 기억을 되살려주기위해 상대방은 뒨우 이야기, '껄렁패' 쉬지스, 17년 전 여름 끝 무렵 어느 오후에 대한 이야기를 꺼냈다. 이제는 재가 되어 흩어져버린 기억의끝을 따라가자 팡자위의 눈앞에 어렴풋이 반짝이는 흐린 불빛 하나가어른거렸다. 이제는 칙칙해진 빛의 띠, 그 끝자락에서 그녀의 기억 속에여대생 기숙사 정문 앞 농구장, 오동나무, 구름에 닿을 듯이 우뚝 서 있는 초은사 보탑, 숲속에서 반짝이는 체크무늬 반바지, 수련이 가득 피어난 못…… 등이 차례로 등장했다.

쑹후이롄이었다. 오래된 이름. 이미 죽어버린 시대의 이름. 팡자위가일부러 잊고자 했던 기억의 일부분. 이제 그 기억의 일부분이 갑자기 그녀에게 전화를 걸어 그때의 특별한 상처와 응어리를 들춰내고 있었다.

사실 팡자위와 쑹후이롄은 그다지 친한 사이도 아니었다. 지금까지

만난 횟수를 다 합쳐도 몇 번밖에 되지 않았다. 대학을 졸업했을 때 쑹후이렌이 한 미국 노인네에게 시집갔다는 말을 들었다. 그 미국인은 펄 벅(1892~1973. 미국 여류소설가. 사회인권운동가. 1938년 노벨상 수상.《북경에서 온 편지》,《대지》의 작가)의 전기 집필을 위해 자료 수집차 허푸를 방문했었다. 하지만 소식에 정통한 쉬지스의 말을 빌리면, 그 노인네는 미국으로 돌아간 지 얼마 되지 않아 병으로 세상을 떠났다고 한다. 쑹후이렌은 미국에 가자마자 말 그대로 과부가 된 것이다. 이에 한동안 쉬지스는 그녀 이야기만 꺼내면 콧날이 시큰해지며 "그러니까 그때 내게 시집을 오지. 내 거시기가 크지 않아서 싫었나?"라고 말했다.

"아직 보스턴이야?"

"No, 지금은 Waterloo에 살아."

"그럼 너 영국 갔어?"

"이런 젠장. 캐나다 Waterloo, Toronto에서 가까운."

쑹후이렌이 깔깔대고 웃었다.

"넌 잘 지내? 방금 전화 받은 애는 아들이니? 정말 귀엽더라. very, 그러니까 뭐라고 할까? cute. 그래 맞아. 나중에 넌 누구한테 시집갔니? 시인? 아니면 그 경찰?"

광자위는 성질을 꾹꾹 누르며 그녀와 이야기를 이어갔다. 하지만 가슴속에서 분노의 불길이 이글거렸다. 계속 상대방에게 식사 중이었다고 몇 번이나 암시를 줬지만 쑹후이렌은 계속 전화통을 붙들고 늘어졌다. 연봉부터 시작된 이야기는 나중에는 향수 종류에 이르기까지 시시콜콜한 내용까지 모두 들먹이며 끝 간 데 없이 이어졌다. 수영장과 밤나무 그리고 야생 사슴 이야기도 나왔다. 그녀는 Waterloo에 있는 자기 집은 교외의 숲 가장자리에 있고 북쪽으로 호수를 바라보고 있다고 했다. 공기는 당연히 깨끗하겠네. 호수는 바닥이 보일 정도로 맑을 것이고, 호수에는 하늘의 구름이 비치겠지. 호수 주변은 온통 밤나무라고 했다. 지황천로地荒天老('땅이 황폐해지고 하늘이 늙음'. 시간이 매우 오래됨)의 신비로운 느낌을 선사하는 곳이겠네. 겨울이 되면 숲속 밤나무에서 저절로 떨어진 밤이 족히 10cm는 쌓인다고 했다. 그냥 두 눈을 빤히 뜨고 알밤이 떨어져 썩어가는 모습을 지켜볼 수밖에 없어. 지금은 하루 종일 뜰에 피어 난 장미를 보고 근심에 젖어 있어.

"왜? 장미나무가 별로야?"

팡자위가 멍하니 이렇게 물었다.

"무슨! 정말 탐스럽고 예쁘게 폈어. 숲속 멧돼지 때문에 걱정이지. 이 말썽꾸러기들이 얼마나 똑똑한지 몰라. 꼭 신선한 장미꽃만 먹는다니까? 화원 울타리를 밟아서 다 망가뜨리고 장미밭을 엉망으로 만들어 놓지 뭐야."

그녀는 매일 두 번 수영을 한다고 했다. 물론 자기 집 수영장에서. 매년 여름에는 해외, 카이로나 트리폴리, 생트로페, 모나코 등지로 휴가를 간다고 했다. 지금도 시는 여전히 쓰고 있어. 물론 영어로. 2년 전 그녀는 이라크 주재 미군 장병에게 보내는 장문의 시를 써서 미국 대통령 상을 받고 아들 부시를 접견하기도 했다고 자랑했다. 팡자위는 쑹후이렌의 새 남편 직업과 신분에 대해서는 아는 바가 없었지만 어쩌면 회계와 관련이 있을 거라는 생각이 들었다. 쑹후이렌이 2주 전에 남편과 함께 귀국해 일이 잘 풀리면 베이징에 살 거라고 했기 때문이다.

팡자위가 마침내 반격할 기회를 잡았다. "그렇게 해외에서 오랫동안 사시던 분이 왜 갑자기 이런 가난한 곳이 눈에 들어왔을까? 예전 재미를 좀 보시려고? 중국에 오래 있을 거야?"

"캐나다는 청렴하고 민주적인 국가잖아. 거기선 장부 조작을 할 수가 없어. 검은 돈을 벌고 싶으면 귀국할 수밖에 없지."

후이렌이 웃었다.

쑹후이렌은 베이징에 자리를 잡으면 시간을 내서 허푸로 부모님과 남동생을 만나러 온다고 했다. 아마도 11월 말이 될 것이다.

전화를 끊고 나니 벌써 9시 반이 다 되어가고 있었다. 식탁이 지저분했다. 어디서 들어왔는지 파리 한 마리가 식탁 위 닭 뼈 주위를 윙윙 날아다니고 있었다. 아들 방을 힐끗 보니 아들이 몰래 PSP(플레이스테이션)를 하고 있었다. 엄마 눈길을 감지했는지 아들은 바로 게임기를 끄고 뒤죽박죽 쌓여 있는 시험 답안지 사이로 쑤셔 넣었다.

팡자위는 만사가 귀찮았다. 상대하고 싶은 생각이 없었다.

그녀는 주방에서 설거지를 하며 자신의 20년 삶을 처음부터 끝까지 되돌아봤다. 쑹후이렌의 전화를 받고 나자 자연스레 당시 생각에 잠겼다. 와인 술잔의 이가 나간 부분에 왼쪽 식지 손가락을 베었다. 냉장고를 열어봤지만 밴드를 다 썼는지 보이지 않았다. 손가락을 수도꼭지 아래 두고 물로 상처를 씻어 내렸다. 핏물이 계속 배어나왔다. 통증과 함께 가슴까지 답답함이 밀려들면서 눈물이 흘렀다.

20년 전이었다면 시인과 결혼한 것만으로도 자신의 허영심을 어느 정도 채울 수 있었을 것이다. 하지만 요즘 시대에 '시'란 시를 쓰는 이들과 더불어 쓸데없는 잉여剩餘의 존재가 되고 말았다. 잉여의 로르카 Federico García Lorca(1899~1936. 스페인 시인. 《피의 결혼식》, 《예르마》등의 작품이 있다). 잉여의 횔더린Johann Christian Friedrich Hölderlin(1770~1843. 독일의 서정시인). 세상과 삶에 대한 잉여의 근심과 상처. 잉여의 집 문제. 잉여의 신체

분비물.

과거의 그녀는 습관적으로 번뇌를 미래로 밀쳐버렸다. 그런데 이제는 밀쳐둔 그 미래가 너무 환히 보인다는 것이 문제였다. 멀지 않은 곳에서 그녀 삶의 끝을 기다리는 미래를 볼 수 있었다. 이제는 결코 바꿀수 없는 미래!

나는 사신의 사자에 불과할 뿐이에요. 이틀 전 다실에서 춘샤가 한 말이었다. 농담이긴 했지만 불길한 암시가 계속해서 그녀를 돌돌 감쌌다. 춘샤는 뻔뻔하게 자신의 집을 차지하고 있으면서도 파렴치하기 이를 데 없었다. 적반하장이 아닐 수 없었다. 두 번이나 허푸시 10대 변호사의 명예를 차지했던 법조계 인사의 일반적인 법률상식으로는 그랬다. 이 세상이 괴이하고 낯설게 변하고 있었다.

마음에 드는 일이 하나도 없었다. 심지어 손에 들고 있던 뒤집개조차 자신을 향해 도전을 하는 것 같았다.

1년 동안 뒤집개를 네 개나 바꿨다. 뒤집개의 에보나이트 손잡이가 언제나 덜렁거렸다. 뒤집개 부속 장치를 쇠망치로 두드렸다. 한 주 전엔 아예 잡화점에서 스테인리스 손잡이로 된 뒤집개를 사가지고 왔었다. 자루와 뒤집개가 용접되어 있어서 비교적 견고한 것 같았다. 그런데 스테인리스로 만든 손잡이마저 떨어졌다.

사람들은 저마다 지금이 태평성세라고 말한다. 그런데 어찌하여 미사일로 위성을 떨어뜨릴 수 있는 시대라고 하면서 손잡이가 떨어지지 않는 뒤집개 하나 제대로 만들어내지 못하는 걸까? 이런 걸 태평성세라고! 팡자위는 들고 있던 뒤집개를 개수대에 세차게 내리쳤다. 그 바람에 서재에서 책을 보고 있던 남편이 깜짝 놀라 달려왔다. 당대의 은사隱士이신 남편께서 자신의 트레이드마크인 의문의 눈초리로 그녀를 바라봤

　　　　　　　　　　　　　　　강남에 봄은 지고

다.

"무슨 일이야?"

그가 물었다.

"정말 이 지랄 같은 물건, 쇠로 만든 것 맞아요? 짜증 나 미치겠어!"

팡자위가 그에게 소리를 질렀다.

주방 입구에서 돤우의 모습이 어른거리는가 싶더니 이내 서재로 돌아가 계속해서 《신오대사》新五代史를 읽는다.

주방에서 나오던 팡자위는 아들이 아직도 게임기에 매달려 정신이 팔려 있는 모습을 보고 끝내 이성을 잃고 말았다. 그녀가 미친 듯이 달려가 아들이 막 서랍에 숨기려던 게임기를 낚아챘다. 얼마나 세게 잡아당겼는지 의자에 앉아 있던 아들이 끌려 일어났다. 그녀가 방충망을 열고 게임기를 창밖으로 내던졌다. 앵무새가 날개를 퍼덕거리며 날카롭게 비명을 질렀다. 아무리 봐도 불길한 새다.

아들이 새파랗게 질려 그녀를 바라봤다. 입이 떡 벌어졌다. 억울하면서도 분노에 찬 눈빛이었다. 이어 아이의 입이 보기 흉하게 일그러지더니 코를 실룩거리고 눈물을 뚝뚝 흘리기 시작했다. 그러면서도 아이의 두 손은 본능적으로 케이스를 꼭 잡고 있었다.

"빌어먹을, 이게 뭐야! 어? 대체 넌 쪽팔리지도 않아? 어? 탄량뤄! 엄마가 지금 말하고 있잖아! 어디서 누굴 속이려고 해? 온종일 그럴싸하게 빌어먹을 공부를 하는 척하고 앉아서 게임을 하고 있어? 어? 너 7월 15일에 반 편성 시험 있는 것 알아, 몰라! 어? 이제 곧 중학교에 가잖아! 중학생이라고! 《신개념》 다 외웠어? 황강黃岡중학 올림피아드 문제지, 그 빌어먹을 문제지 다 풀었어? 린 선생님이 특별히 내준 연습문제 풀었어? 두보의 〈추흥팔수〉秋興八首 몇 수나 외웠어? 엄마가 루가오如皋중학에서 구해 온 모의고사 시험지 다섯 장은? 시험지 어디 있어? 그놈의 시험지도 안 보이네."

팡자위가 《신화자전》을 들어 아이를 내리쳤다. 아이가 고개를 한쪽으로 돌리는 바람에 책에 맞지는 않았다. "야, 이 자식아! 어서 안 찾아올래? 시험지 어디에 있냐고 물어봤잖아. 시험지 어디 둔 거야?" 그녀가 아이의 귀를 비틀기 시작했다. 뤄뤄가 소리 없이 흐느꼈다. 아이는 엄마가 기대하는 것처럼 비명을 지르지 않았다.

"괴발개발 이 글씨 좀 봐. 아빠, 엄마가 너 보충수업 보내느라고 돈을 얼마나 썼는지 알아? 엄마 쳐다봐! 너 또 이렇게 할 거면 내일부터 학교 갈 필요 없어. 석탄이나 캐라고 산시山西에 보내버릴 거야. 너 이 자식, 넌 석탄이나 캐는 게 딱 어울려!"

돤우는 더 이상 서재에 앉아 있을 수가 없었다. 그가 뤄뤄 방문 앞까지 가서 안으로 고개를 들이밀며 팡자위에게 말했다. "나가서 산책 좀 하고 올게."

돤우의 목소리가 조금 쉬어있었다. 그가 샌들을 신고 문을 연 후 밖으로 나갔다. 팡자위가 아이를 '교육'할 때는 끼어들지 않기로 전부터 남편과 약속을 했었다. 돤우는 그 약속을 지키기 위해 밖으로 나가는 것이다. 차라리 안 보는 편이 낫다는 식이었다.

"빌어먹을 쓰레기 같은 놈!"

돤우가 나가자 팡자위는 화풀이의 수위를 한층 더 높였다.

"썩을 놈의 자식! 그래, 넌 썩을 놈, 썩을 놈이야! 빌어먹을 넌 촛불처럼 불을 붙여주지 않으면 빛나질 않아! 아니, 불을 붙여도 빛나지 않아! 네 담임선생 말이 하나도 틀린 게 없어. 넌 반에서 가장 못난 놈이야! 다 끓여놓은 국도 망쳐놓는 쥐새끼! 쓰레기! 맞아, 쓰레기야. 걸핏하면 게임기 아니면 페이페이카나 하고. 축구하러 나가지 않으면 앵무새나 가지고 놀고! 두고 봐. 내일 저놈의 사스케인가 뭔가 하는 자식을 대야에 처박아 죽여버릴 테니까. 팔팔 끓는 물에 처박아 털을 죄다 뽑아버리고 배를 갈라 튀겨 먹어버릴 거야! 못 믿겠어? 빌어먹을 놈의 앵무새, 저 앵무새나 가지고 놀아 봐, 칭화대清華大에 갈 수 있을 것 같아? 넌 빌어먹을 허푸사범대학이나 가! 아이, 쪽팔려! 쓰레기 같은 자식!"

"나 쓰레기 아냐!" 아들이 갑자기 벌떡 일어나더니 그 작은 가슴을 쑥 내밀며 미친 듯이 소리를 질렀다. 아이의 눈에 분노의 불길이 이글거렸다. 그 작은 반항에 팡자위는 속으로 깜짝 놀랐다.

어쨌거나 이렇게 클 때까지 대놓고 엄마의 말에 대꾸를 하고 나선 것은 이번이 처음이었다.

"넌 쓰레기야!"

"아냐!"

"맞아!"

"아냐!"

……

그녀와 마찬가지로 아들도 점차 목소리를 높였다. 절대 물러설 기세가 아니었다. 아이의 눈빛이 마치 작은 맹수처럼 살짝 소름이 끼쳤다. 아이의 성격은 제 아비와 딴판이었다.

"그래. 가서 세수해. 어서 빨리 세수하고 와서 숙제해."

마침내 팡자위의 말투가 누그러졌다. 그녀는 아이의 작은 머리를 쓰다듬어 주려고 했지만 뤄뤄는 재빨리 엄마의 손길을 피했다.

뤄뤄가 화장실에서 얼굴을 씻고 코를 풀더니 엄마에게 눈길 한 번 주지 않은 채 맨발로 쿵쿵거리며 자기 방으로 돌아가 '쾅!' 하고 문을 닮았다. 엄마의 권위에 대항하기 시작한 것이다. 이건 단지 시작에 불과했다. 아이의 반항이 미약하긴 했지만 팡자위는 사실 오히려 위안이 되었다. 어쨌거나 그녀가 항상 걱정하던 그런 겁 많고 나약한 아이는 아닌 것 같았다.

팡자위는 침대에서 잠시 TV를 시청했다. 후난湖南 위성TV 프로그램이었는데 정말 재미가 없었다. 옆방에 있는 아이의 동정을 파악하기 위해 TV 소리를 최대로 낮췄다. 거의 아무것도 들리지 않았다. 하지만 그렇게 하니 TV 내용을 오히려 더 쉽게 이해할 수 있었다. 모든 사람들의 얼굴에 욕망이 넘쳤다. 모두들 앞다투어 입을 열었고, 모두 다음 단계로 진입하기 편하도록 다른 사람을 도태시키고 싶어 안달이었다.

그녀는 침대 머리맡에 놓인 파일을 집어 들고 읽기 시작했다. 처음 몇 쪽을 봤을 뿐인데 더 이상 읽을 수가 없었다. 또 아이 유기 사건이었다. 겨우 구순열이라는 이유 하나만으로 부모가 아이를 버리기로 결정했다. 눈 덮인 도랑을 향해 차창 밖으로 아이를 던졌다고 한다. 물론 아이는 곧바로 얼어 죽었다. 인생의 다음 단계로 들어서지 못한 채 그렇게 죽을 운명이었다. 경찰이 신문을 하는 자리, 부모는 껌을 씹으며 그렇게 하는 게 아이에게도 좋다고 생각했다고 딱 잘라 말했다.

옆방, 아이의 방이 조용했다. 그녀는 후회의 눈물이 흘러내렸다. 가만히 침대에서 일어나 살금살금 방문 앞으로 다가가 귀를 방문에 바짝대고 안의 동정을 살핀 후 문 손잡이를 비틀어 열었다.

아들은 책상에 엎드려 잠이 들었다. 오동통한 머리가 차오원쉬안 曹文軒(중국 현대 작가)의 《청동 해바라기》青銅葵花 위를 누르고 있었다. 침이 하나 가득 떨어져 있었다. 팡자위는 살며시 아들이 손에 쥐고 있는 볼펜을 빼내고 쪼그리고 앉아 아이의 두 손을 자기 어깨에 올리고 아이의

강남에 봄은 지고

머리가 자신의 목에 기댈 수 있도록 했다. 그리고 살며시 아이를 안아 들었다. 아이의 몸이 부드러웠다. 꿈속에서도 아이는 길게 한숨을 내쉬며 몸을 부르르 떨었다. 팡자위는 아이를 자기 침대로 안고 가서 옷을 벗기고 이불을 덮어준 후 그 자그마한 얼굴에 입맞춤을 했다.

"아가, 잘 자. 미안해. 엄마가 그렇게 화를 내면 안 되는 건데. 엄만 바보야! 그렇게 우리 아가에게 욕설을 퍼부으면 안 되는데. 우리 착한 아가. 엄마가 누구보다 아끼는, 우리 아가는 엄마의 심장이야. 엄마의 사랑스러운 보배. 엄만 널 사랑해. 엄마는 우리 아가를 제일 사랑해……."

돤우가 돌아왔다. 그는 신발도 갈아 신지 않고 곧장 침실로 왔다. 그가 머리를 들이밀어 곤히 잠든 아들을 보더니 한시름 놓았다는 듯 말했다.

"어떻게 됐어? 전쟁 끝났어? 이렇게 될 줄 알면서 왜 그렇게 화를 내? 당신 욕하는 것 보면 누가 법조계 사람이라고 하겠어? 그게 고등교육 받은 사람이 할 소리야?"

"나가요!"

팡자위가 눈을 부릅떴다.

"입 좀 닫아줄래요? 오늘은 아들 침대에 가서 자요. 난 다른 사람 남편 껴안고 잘 테니."

"난생 한 번 안아본 적도 없는 사람 같네."

돤우가 웃었다.

"아이! 이제 겨우 마음이 좀 풀렸는데 건드리지 말아요!"

"그럼 쉬어. 내일 일찍 또 공상국에 가야 되잖아."

돤우가 이렇게 말하고 나가려는데 팡자위가 그를 불렀다.

"아래층에 내려가서 좀 살펴봐요."

"왜?"

"아래층 석류나무 아래 풀숲 좀 찾아봐요. 게임기 있는지."

6

공상국에 가는 길에 팡자위는 청운문 부근 주유소에서 기름을 넣
고 그 옆 '웨푸月輔자동차서비스센터'에 가서 세차했다. 자동차 앞 유리
에 버드나무 진과 새똥이 묻어 있었다. 차창 사이로 돤우가 길가 나무
그늘 아래에서 담배를 피우는 모습이 보였다.

거지 모녀가 돤우에게 매달려 으레 그렇듯 구구절절 애달픈 사연을
늘어놓으며 구걸을 했다. 돤우는 속아주기로 마음먹고 주머니에서 지
갑을 꺼냈다. 팡자위는 그런 남편의 모습이 짜증나면서 한편으로는 소
중하다는 생각도 들었다.

차안 에어컨의 온도를 가장 낮게 내렸지만 여전히 후텁지근했다.
스모그가 가득한 공기 때문에 마치 사우나에 들어와 있는 것 같았다.
태양이 보이지 않아 강렬한 햇살을 느낄 수 없는데도 찌는 듯한 더위에
숨이 턱턱 막혔다. 세차를 하느라 줄서서 기다리는 사이 타오젠신으로
부터 메시지를 받았다.

일찍이 창해를 겪고 나니 냇물은 물이라 여겨지지 않네.

타오젠신은 화이러우에서 보낸 석 달로 인해 자신의 젊고 아름다

강남에 봄은 지고

운 아내가 하룻밤 사이에 무미건조한 상대가 되고 말았다고 했다. 그가 팡자위에게 허푸에 하루나 이틀 밤만 다녀가면 안 되겠느냐고 물었다. 자기 몸에 너무 많은 정력이 쌓였다고도 했다. 이미 온라인으로 숙소도 잡아놓았단다. 팡자위가 허락한다면 당장이라도 차를 돌려 기차역으로 가서 '허푸로 돌진하겠다'고 했다.

팡자위는 두말할 필요도 없이 거절 의사를 밝혔다.

"형수도 있다고 하지 않았어요? 나한테 핸드폰 번호를 바꾸게 할 심산이 아니라면 더 이상 문자 넣지 말아요. 지금부터 난 당신 모르는 사람이에요. 자중하세요."

그러나 타오젠신은 그 즉시 문자를 또 보냈다. 달리 방법이 없자 팡자위는 핸드폰 전원을 꺼버렸다.

컴퓨터 세차장의 자동분사기에서 물이 사방에서 폭풍우처럼 쏟아졌다. 잠시 팡자위는 이 시끄러운 세상과 격리되었다. 시원하게 쏟아지는 물줄기에 그녀는 눈을 감고 숨을 크게 들이쉬며 고요한 순간을 만끽했다. 그 순간 그녀를 향해 분사되는 크림색의 비누거품이 자동차의 먼지, 나뭇잎, 새똥뿐만 아니라 그녀의 오장육부, 자질구레한 일상사와 기억들까지 모두 씻어내 주는 것 같았다. 빨간색 혼다가 세차장을 나서는 순간 그녀를 맑고 순결한 또 다른 세계로 데려다줄 것만 같았다.

공상국 2층 사무실에서는 머리가 희끗희끗한 직원 한 사람이 그들을 맞이했다. 쉰 정도의 매우 착실하고 신중해 보이는 인물이었다. 그리 친절하다고까지 말할 수는 없지만 그렇다고 쌀쌀맞은 것도 아니었다. 팡자위가 그에게 사건 경위를 말했다. 그가 때때로 벽에 나란히 붙여놓은 서가로 가서 두꺼운 자료 파일을 꺼내 이맛살을 찌푸리며 훑어봤다. 팡자위는 그가 자기 말을 듣고 있는지 의심스러웠다. 잠시 후 직원이 고개를 들고 그녀를 바라보며 말했다.

"계속 말해보세요."

딱 한 번, 그가 손에 들고 있던 연필을 입에 물며 그녀에게 '기다리라'는 시늉을 했다. 그리고는 전화를 받았다. 별로 듣기 좋지 않은 양중揚中(장쑤성에 위치한 도시) 사투리를 써야 했기 때문인지 그는 살짝 목소리를 낮추고 고개를 돌린 채 귀까지 약간 발갛게 달아올랐다. 전화를 받을 때에도 그는 자료를 열람했고, 두 손을 다 써야 할 때는 전화통을 목과 어깨 사이에 끼웠다.

팡자위는 그의 양중 방언을 다 알아들을 수는 없었지만 상대방의 목소리에서 대화 내용을 대충 파악할 수 있었다. 그의 어머니가 허리 수술을 했는데 배뇨가 원활하지 않다는 말이었다. 한데 남자의 대답이 조금 뜬금없었다.

'수돗물을 콸콸 틀어놓으면 그 소리에 자극을 받아 소변이 나올 거예요.'

물론 기저귀를 차라는 말도 했다. 그는 슈퍼에서 성인용 기저귀를 팔고 있는지 확신하지 못했다. 전화를 끊고 난 그는 파일에서 문서 한 장을 꺼내 팡자위에게 내밀었다.

"프렌차이즈 회사예요. 부동산중개업체네요. 등록날짜가 2004년 8월이고. 하지만 이미 여러 해 동안 영업등록증 검사를 안 받았네요. 다시 말하면 영업은 하고 있지만 지금은 불법상태입니다."

그가 다시 문서를 파일에 끼워놓고 잽싸게 서가에 다시 꽂았다. 이어 책상에 단정하게 앉아 깊게 숨을 들이마셨다가 서서히 내뱉은 뒤 무표정하게 이제 가보라는 시늉을 했다.

"그럼, 선생님 말씀은?"

팡자위가 물었다.

"우리 소관이 아니라는 겁니다. 파출소로 가보세요. 두 분에게야 해
괴한 일이겠지만 우리로서는 귀에 딱지가 앉을 정도로 많이 듣는 사건
입니다. 두 분과 같은 일을 당한 집주인들이 허푸에 적어도 열 집이 넘
습니다. 다시 말하면 이거부동산중개업소의 행위가 미리 계획된 사기
극이란 말씀입니다. 공상국은 관리기관이기 때문에 법을 집행할 권한
이 없습니다. 우리가 할 수 있는 건 그들의 영업허가증을 취소하는 것뿐
입니다. 이거부동산중개업소가 수년 간 허가증을 검사받지 않았다는
것은 그들이 이를 개의치 않는다는 말이고, 그렇다면 이미 불법 중개업
소가 되었다는 이야기입니다. 파출소에 가보세요."

"하지만 파출소에서 이를 사건으로 등록하고 수사해 줄까요?"

돤우도 바짝 다가와 물었다.

직원은 그를 차갑게 쳐다보기만 할 뿐 상대하지 않았다. 마치 그의
질문이 가소로워서 응대할 가치도 없는 것처럼 행동했다.

"선생님이 이런 일을 당하셨다면 어떻게 하셨겠어요?"

팡자위가 틀에 박힌 말을 되풀이했다.

"나요? 그거야 간단하죠."

직원은 마치 미국영화에 나오는 사장처럼 어깨를 으쓱했다.

"어떻게 하실 건데요?"

"먼저 내 집에 들어온 입주자에게 이치를 설명하면서 한편으론 감
성적으로 접근해야겠죠. 상대에게 적당한 경제적 보상을 해주고 내보
내는 방식으로 집을 되찾아야 합니다. 억울하지만 손해를 좀 보고 상황
을 마무리해야죠."

"협상이 안 통하면요? 예를 들어 상대방이 제시하는 보상액이 용

납이 안 되면 어떻게 해요?"

"그렇게 나가도 말이 안 통하면 강경책을 동원할 수 있습니다. 거리에 나가 아무 데서나 용접공을 하나 불러 50위안 정도 찔러주고 한밤중에 사방이 조용해졌을 때 몰래 집의 방범용 철문을 밖에서 용접해버리면 안에 있는 입주자가 못 나올 것 아닙니까? 그럼 해결되지 않겠습니까?"

"그게 가능해요?"

팡자위가 웃었다.

상대방의 표정이 엄숙해졌다. 농담이 아닌 것 같았다.

"왜 안 됩니까? 이런 걸 보고 수동적인 행동을 능동적으로 바꾼다고 하는 겁니다. 화해사회和諧社會를 건설하는 시대 아닙니까? 어떤 기관이든 일이 벌어지는 것을 싫어합니다. 그러니 그냥 조금 움직임만 보여주면 되죠. 입주자가 안에 갇혀 못 나오는데 어떻게 할 것 같습니까? 경찰에 신고하겠죠? 일단 경찰에 신고하면 파출소에서 즉각 사람이 나올 겁니다. 경찰이 출동하면 두 분을 현장으로 부를 거고요, 안 그렇습니까? 이거야말로 능동적인 행동 아닙니까? 이유가 있으면 말하면 되고, 협상해야 할 것이 있으면 협상하며, 조정해야 할 것이 있다면 조정하고 그렇게 하면 일이 후다닥 일사천리로 깔끔하게 처리되고 금세 결론이 나겠지요."

"안 돼요. 그렇게 일을 처리할 수는 없어요. 만약 무슨 사고라도 생기면……." 돤우가 말했다.

"아이고, 이것 보쇼. 시도도 해보지 않고 걱정부터 하는 겁니까? 우리 사회에 어떻게 단번에 나쁜 자들이 이리도 대거 등장했겠습니까? 다 당신들처럼 겁 많고 소심한 사람들 때문이지. 그런 일을 당하면 마음을

강남에 봄은 지고

모질게 먹어야 합니다. 당신이 자기 집에 창문을 뚫으려고 하는데 다른 사람이 그렇게 하지 못하게 한다는 것 아닙니까? 그럼 아예 지붕을 뜯어낼 작정을 해야 돼요. 그렇게 하면 상대방이 한발 물러나 당신에게 창문을 내달라고 할 겁니다. 생각해 봐요, 이치가 그렇지 않습니까?"

말을 마친 직원이 갑자기 무슨 일이 생각났는지 이렇게 말했다.

"참, 저기! 성인용 기저귀 어디서 파는지 알아요?"

주말이었다. 저녁 무렵, 팡자위와 돤우는 아들을 데리고 메이청으로 어머니를 만나러 갔다. 어머니는 탕닝완 집을 이미 누군가가 차지하고 있다는 사실을 알고 있었다. 그녀는 돤우에게 일의 경위를 다시 한 번 그대로 들려달라고 했고, 이야기가 끝나자 낯빛이 변하더니 부들부들 떨며 의자에서 일어나더니 돤우에게 말했다. "주방에 가서 지팡이 가져와라."

"뭐하게요?"

돤우가 어리둥절한 표정으로 그녀를 바라봤다.

"가자. 어서 안내해라! 가서 그 요물을 좀 봐야겠다. 개 같은 년, 정말이지 세상이 무법천지군!"

노부인이 한참 동안 캑캑거리더니 짙은 가래를 뱉었다.

돤우는 어머니 심장이 또다시 발작을 하지나 않을까 걱정스러워 부드러운 말로 어머니를 달랬다. 식사준비를 하던 샤오웨이까지 주방에서 뛰어나와 그녀의 등을 두드렸다. 시어머니가 처음으로 자기편을 들면서 같은 상대에게 분개하는 것을 보고 팡자위는 코끝이 조금 시큰했다. 아무리 나이가 들고 기운이 쇠했다 해도 원래 기질이 어디 가겠는가. 다리가 불편하고 몇 가닥 남지도 않은 흰머리가 선풍기 뜨거운 바람에 엉망으로 흐트러졌지만 온갖 세상풍파를 다 겪어낸 위풍당당한 모습을 바라보니 감동적이기까지 했다.

"정말 저 기 센 여자 둘이 만나면 어떤 결과가 나올까?"

팡자위가 돤우의 팔을 꼬집으며 작은 소리로 말했다.

"괜히 부추기면 안 돼." 돤우가 눈을 흘겼다.

"겨우 가라앉혔는데."

팡자위는 웃기만 했다.

저녁이 되자 가족들은 식탁에 둘러앉아 식사를 했다. 시어머니는 여전히 욕설을 퍼붓고 있었다. 거의 한 시간 동안 욕설이 계속되었다. 그리고 욕을 하다 지쳤는지 팡자위를 자기 침실로 불러 그녀의 손을 잡고 말했다.

"공상국이든, 파출소든, 빌어먹을 법원이든, 그런 곳에 찾아다니는 건 이 늙은이 생각엔 아무짝에도 소용이 없어. 이런 일을 다루는 방법은 따로 있어. 거리에 나가서 아무 데서나 용접공을 불러다 30위안만 찔러줘. 그리고 밤이 깊어지고 인적이 뜸할 때 몰래 그 집 입구에 가서……."

"철제 방범문을 밖에서 용접하라고요?"

팡자위가 웃으며 말했다.

장진팡이 깜짝 놀라 자기 며느리를 바라봤다. 처음으로 시어머니의 눈에 찬사의 빛이 가득했다.

"이번에야말로 우리 두 사람의 뜻이 통했구나. 그래, 그렇게 해. 하지만 돤우라는 놈은 곧이곧대로인 데다 점잖아서 말이지. 게다가 정부기관에서 일을 하니 만일 무슨 실수라도 생기면 앞날에 영향을 주지나 않을까 걱정이야. 어쨌거나 그 애를 앞에 세울 수는 없어."

"그럼, 어머님 뜻은 제가 나서서 하라는 거예요?"

팡자위는 화가 치밀어 오르는 것을 애써 참으며 물었다.

"샤오웨이를 데려가도 돼. 만일 싸움이 붙으면 두 사람이 함께 대응을 할 수도 있고."

샤오웨이가 한쪽에서 바보같이 웃었다.

돤우가 입구에 서서 그녀에게 눈짓을 했다.

7

1989년 갑자기 학교가 5, 6개월 동안 휴강에 들어갔다. 슈룽은 아버지에게 반항하느라 시골집으로 돌아가지 않았다. 아버지는 과부 볜*씨와 함께 난징으로 갔다. 아니나 다를까, 여자가 임신을 했다. 인공수정을 했다고 한다. 두 사람은 이미 수속을 마치고 합법적인 부부가 되었다. 학교 지도원은 슈룽이 하루 종일 하는 일 없이 캠퍼스를 돌아다니는 것을 보고 그녀를 도서관 근로학생으로 추천했다. 서적 분류, 목록 작성 또는 서가 정리 등등 자질구레한 일을 하고 약간을 용돈을 벌 수 있는 자리였다. 기숙사에는 그녀뿐이었다. 그녀와 함께 해주는 건 창밖 풀숲의 하얀 고양이 한 마리와 모기장 밖을 퍼덕거리고 돌아다니는 나방뿐이었다.

어느 날 저녁 도서관에서 기숙사로 돌아가는 길에 우연히 노란색 가방을 멘 뚱뚱한 청년을 만났다. 그는 그녀에게 대학생클럽에 가려면 어디로 가야 하느냐고 물었다. 슈룽은 자전거에서 내려 손짓으로 그에게 길을 알려줬다. 그녀가 몇 번이나 거듭 알려줬지만 상대방은 이해를 못하는 표정이었다. 그가 조급해하는 모습을 보고 슈룽이 말했다. "그러면 내가 데려다줄까요?"

뚱보가 잠시 머뭇거리다 말했다.

"내가 뚱뚱해서 자전거에 태울 수 없을걸요? 그러지 말고 내가 그쪽을 태우고 갈게요."

그가 다짜고짜 슈룽의 손에서 자전거 손잡이를 낚아채고는 자전거에 올라탔다. 슈룽은 어쩔 수 없이 자기 자전거의 뒷좌석에 올랐다. 이어 매우 가파른 길이 이어졌다. 그가 슈룽에게 자기 허리를 안으라고 했다. 슈룽은 그의 말대로 했다. 남자는 뱃살이 많은 데다 땀으로 축축하게 젖어 있어서 불쾌한 느낌이 들었다.

대학생클럽은 공산주의청년단학생회가 소재한 작은 건물 지하실에 있었다. 원래 1970년대에 파놓은 지하방공호의 일부였다. 무슨 큰일이라도 난 것처럼 그들이 도착했을 때 주황색 작은 건물 입구에는 이미 많은 사람들이 모여 있었다. 학교 배구팀의 공격수 두 명이 임시 규찰대가 되었다. 지하실 입구를 지키던 그들은 밀려드는 사람들 때문에 좌우로 휩쓸렸다.

그런데 이상하게 뚱보가 나타나자 소란을 피우던 사람들이 갑자기 조용해지며 양쪽으로 길을 비켜줬다. 뭔가 특별한 인물 같았다. 뚱보가 슈룽에게 고맙다고 인사한 후 함께 들어가보지 않겠느냐고 말했다. 그렇게 많은 사람들의 시선을 한꺼번에 받은 건 처음이었다. 슈룽은 호기심과 함께 허영심이 발동했다.

지하실 콘크리트 계단이 심히 가팔랐다. 슈룽의 얼굴이 조금 일그러지자 뚱보는 그녀의 겨드랑이에 손을 껴서 그녀를 부축해줬다. 그의

강남에 봄은 지고

커다란 두 손이 슈룽의 가슴을 전혀 건드리지 않는 건 불가능했다. 심지어 그녀는 티셔츠 하나밖에 입지 않은 상태였다. 그러나 당시 슈룽은 그 손이 품은 동기를 의심할 정도로 머리가 복잡하지 않았다. 게다가 뚱보의 첫 인상은 매우 '성실하고, 도덕적인' 인물 같았다. 그녀는 자신에게 조금 '대담'해지자고 타일렀지만 부끄러운 나머지 쿵쾅거리며 날뛰는 심장을 가라앉힐 수가 없었다. 오히려 발육이 더딘 자기 가슴이 조금 창피하게 느껴졌다.

클럽으로 가는 길에 슈룽은 그의 이름을 알게 되었다. 쉬지스. 허푸 문학연합회에서 일하는 '전국적인 명성을 얻고 있는 청년 시인'이었다. 쉬지스 자신의 소개에 따르면 그와 또 다른 한 사람이 함께 쓴 시집 《개혁자의 노래》가 얼마 전에 출판되었고, 허푸사범학원의 한 부교수가 서평에서 '위대하다'는 말까지 써가며 그들의 작품을 높이 평가했다고 한다. 그러나 슈룽도 《시경》에 나오는 '길사'吉士(지스)[26]가 결코 좋은 이름이 아니라는 것쯤은 알고 있었다.

지하실 안에도 사람들이 많이 몰려 있었다. 사람들 모두 눈자위가 빨갛게 충혈되어 있었다. 신비하리만치 장중하고 엄숙했다. 그렇듯 고요하고 장중한 느낌은 금세 슈룽에게도 전해졌다. 희미한 촛불 속에서 그녀는 환하게 빛을 받고 있는 벽 위의 흑백사진 한 장을 발견했다. 사진은 우울해 보이는 야윈 청년으로, 그 모습이 시골에 있는 사촌 남동생을 닮았다.

"추도회를 열고 있는 거예요?"

---

26) 《시경·소남(召南)·야유사균(野有死麕)》, "아가씨 춘정에 젖으니 멋진 총각이 그녀를 유혹하네(有女懷春, 吉士誘之)." '길사'는 남자의 미칭이다.

슈룽이 지스에게 물었다.

쉬지스는 마침 낯선 사람들과 하나하나 돌아가며 악수를 하면서 한담을 나누고 있었다. 그러나 그녀의 질문에 고개를 돌려 미소를 짓는 것도 잊지 않았다.

"그렇게도 생각할 수 있죠."

이어 그는 사람들 사이로 사라져 버렸다. 슈룽은 모임에 참석한 사람들을 통해 상황을 전해 듣고 깜짝 놀라지 않을 수 없었다.

우울해 보이는 사진 속 청년은 이유는 잘 모르겠지만 금년 3월 26일에 산하이관山海關(허베이성 친황다오시秦皇島市 동북쪽에 있다) 부근 철로에 누워 스스로 목숨을 끊었다고 한다. 그녀는 다시 벽에 걸린 사진을 바라봤다. 분위기나 눈빛으로 볼 때 결코 평범해 보이지 않았다. 시골에 사는 사촌 남동생 따위와 비교할 수 있는 인물이 아니었다. 연설자의 입에서 끊임없이 '성도'聖徒란 말이 흘러나왔지만 전혀 어색하지 않을 정도였다. 그녀는 심상치 않은 그 시인에 대해 전혀 아는 바가 없었고, 그가 쓴 시를 단 한 수도 읽어본 적이 없었지만, 역사교과서에나 나옴직한 '산하이관'山海關이란 지명과 기차에 깔려 산산조각 난 시신을 연상하고, 특히 그의 위장에 채 소화되지 않은 귤이 남아 있었다는 이야기를 들으면서 자신도 모르게 자리에 있던 다른 이들과 마찬가지로 가슴 절절한 눈물을 흘리며 울먹였다.

시인들이 줄지어 등장하여 죽은 자 또는 그들의 시를 낭송했다. 슈룽의 마음속에도 어렴풋이 시를 쓰고 싶은 열망이 생기기 시작했다. 물론 시를 쓰고 싶다는 열망보다 수치심과 자책감이 더 강렬했다. 지금 이 세상에 이처럼 중요한 일들이 벌어지고 있는데 자신은 아무것도 듣지 못하고, 아무것도 알지 못하면서 과부의 임신에나 전전긍긍하고 있었

강남에 봄은 지고

다니! 스스로가 너무 옹졸하고 한심하게 느껴졌다. 저녁모임이 끝난 후 그녀는 자진해서 자리에 남아 학생회 간부들을 도와 의자와 탁자를 정리하고 실내를 청소했다.

그녀는 자신이 앙모하는 쉬지스 선생을 다시 만나지는 못했지만 다시 태어난 것 같은 희열을 느꼈다. 심지어 지하실에서 나와 보니 열쇠를 채워놓지 않은 바람에 누가 훔쳐갔는지 자전거도 보이지 않았지만 조금도 아쉽지가 않았다. 침실로 돌아와 들고양이처럼 가만히 소리를 지르고 길고 긴 일기를 썼다. 날이 밝을 때까지 한숨도 자지 못했다. 자기 몸속에 오랫동안 웅크리고 있던 괴수가 서서히 기지개를 켜며 깨어나는 것 같았다.

세 달 후, 여학생 기숙사 문 앞에서 '우연히' 쉬지스를 다시 만났을 때 그녀는 이미 하이쯔海子27)의 시를 거의 다 읽은 뒤였다. 그녀는 하이쯔의 시를 광적으로 좋아했다. 특히 〈바다를 마주하니 따스한 봄에 꽃이 피었네〉面朝大海, 春暖花開라는 시는 한 글자도 빼놓지 않고 줄줄 외웠다. 그녀는 종종 산하이관 밖 철로를 바라보는 꿈을 꾸었다. 꿈에서 시인은 황량한 철도 위를 쓸쓸히 걸어가고 있었다. 꿈속에서 그녀는 산하이관 성루 위를 감도는 흰 구름, 그 흰 구름 아래 작고 고독한 시인의 모습을 보았다.

꿈속의 그는 귤을 먹고 있었다.

그날 정오 쉬지스가 기숙사 건물 앞에 있는 오동나무의 짙은 그늘 아래에서 세련된 옷차림의 예쁜 여학생과 이야기를 나누고 있었다. 남

---

27) 하이쯔(海子, 1964~1989): 본명 차하이성(查海生). 15세에 베이징 대학 입학, 재학 시절부터 시를 창작. 베이징대학 3대 시인 중 하나로 불림. 25세에 산하이관에서 철로에 누워 자살했다.

학생 몇 명이 뜨거운 태양 아래 농구를 하고 있었다. 쉬 선생은 한눈에 그녀를 알아보고 초은사에 같이 가서 상하이에서 온 '절대적 중량급' 시인을 만나보지 않겠느냐고 물었다. 슈룽이 물었다. 하이쯔와 비교하면 어떤 시인인데요? 쉬지스가 잠시 고민하더니 진지하게 대답했다.

"거의 비슷한 수준이지."

상대 여학생이 경계하듯 곱지 않은 시선으로 자신을 훑어봤다. 나중에야 안 사실이지만 그 여학생 이름은 쑹후이렌, 학교 시사^{詩社}의 회장이었다.

다음 날 오후, 리슈룽은 뜨거운 태양이 내리쬐는 가운데 약속대로 학교 맞은편 3번 버스정류장으로 나갔다. 쉬지스와 쑹후이렌이 이미 한참 동안 그녀를 기다리고 있었다. 쉬 선생이 겨드랑이에 백주 한 병을 끼고, 손에 빨간 비닐봉지 하나를 들고 있었다. 아마도 이제 막 잡은 닭이나 오리가 들어 있는지 비닐봉지 사이로 핏물이 뚝뚝 떨어졌다. 그녀는 처음으로 진지하게 그녀가 앙모하던 쉬 선생님을 바라봤다. 아쉽게도 눈부신 햇살에 비친 그의 모습은 아무리 좋게 봐주려 해도 좀 궁색해보였다. 나이도 젊은데 정수리가 벌써 조금 벗겨져 있었다. 짧은 셔츠 옷깃은 거뭇거뭇 꼬질꼬질했다. 담배에 찌든 누런 이도 가지런하지 못했다.

그들은 폐허가 된 한 사찰, 초은사로 가는 길이었다. 버스가 허푸 외곽 순환도로를 한 바퀴 크게 돈 후 외지고 초라한 남쪽 교외 지역에 이르렀다. 선자차오^{沈家橋}라는 곳에서 차를 내렸다.

쉬 선생이 그들을 데리고 채석장을 가로질렀다. 다 허물어진 초은사 산문^{山門}이 눈앞에 나타났다.

상하이에서 온 시인이 산문 부근 아늑한 대나무 숲에서 참선을 하

강남에 봄은 지고

고 있다고 했다.

외지고 조용한 작은 마당이었다. 깨진 벽돌로 만든 바닥은 최근 새로 깐 것 같았다. 나한송 두 그루가 좌우에 서 있었다. 우물도 하나 있고, 담장 옆의 굵은 대나무가 마당에 짙고 넓은 그늘을 드리웠다. 마당 밖의 드넓은 못에는 자색 수련이 피었다. 차양 모자를 쓴 두 여학생이 나무 아래 앉아 그림을 그렸다.

막 낮잠에서 깨어난 시인의 뺨에 대자리 자국이 남아 있었다. 그는 게슴츠레하게 졸린 눈으로 주랑 기둥 아래 서 있었다. 그들의 방문이 달갑지 않아보였다. 심지어 그의 조용한 오후 시간을 방해해서 불쾌한 것처럼 보였다. 쑹후이렌은 보자마자 그를 달달한 목소리로 '탄 선생님'이라고 불렀다. 상대방이 흐뭇한 표정으로 이맛살을 찌푸리며 중얼거렸다.

"선생은 무슨!"

쉬지스가 그들을 시인에게 소개하면서 '모두 당신의 숭배자'라고 책임질 수도 없는 말을 제멋대로 지어냈다. 그냥 입에서 나오는 대로 지껄인다는 느낌이 들었다.

쑹후이렌은 돤우를 보자마자 그에게 매달려 주소를 알려달라고 했다. 시인이 다시 눈살을 찌푸렸다. 그가 마지못해 쑹후이렌에게서 수첩과 볼펜을 받아 흰 벽에 대고 주소를 쓰려는 순간 슈룽이 잠시 멈칫하다가 재빨리 말했다. "그럼 제게도 하나 적어주세요."

돤우가 뒤돌아 처음으로 그녀를 빤히 바라봤다. 이어 그가 이상야릇하게 웃더니 "사실 속으로는 그럴 생각이 없죠? 안 그래요?"라고 말했다.

"네? 무슨 말씀이신지?"

슈룽이 얼굴을 붉히며 상하이에서 온 시인을 바라봤다.

"다른 사람이 주소를 물어보는데 가만히 있으면 예의가 없는 것처럼 보여서 그런 거 아니에요? 안 그래요?"

슈룽의 얼굴이 더 빨개졌다. 확실히 그랬다. 이 사람, '독심술'이라도 하는 거야? 가볍게 예의상 한 말에 자기 마음을 정확하게 꿰뚫다니, 슈룽은 속으로 조금 섬뜩했다. 다행히 시인은 도량이 넓은지 쑹후이렌의 수첩에서 종이 한 장을 찢어 그녀에게도 주소를 적어줬다. 슈룽은 뻣뻣하게 그 자리에 서서 종이를 받아 도저히 더 접을 수 없을 정도로 접고 또 접었다. 그리고 모두들 어색해 우물쭈물하는 사이에 쪽지를 청바지 주머니에게 집어넣었다.

쉬지스는 잽싸게 마당에서 우물물 한 통을 퍼와 산 채로 잡은 노화계蘆花鷄 한 마리를 대야에 담갔다.

시인은 1층짜리 건물의 동쪽 칸 하나를 쓰고 있었다. 방안에는 채마밭을 가꾸는 도구가 가득 쌓여 있었다. 북쪽 창 아래 야전침대가 하나 놓여 있었다. 침대 옆에 작은 네모난 걸상 하나가 있고 그 위에 껍질이 파란 귤 몇 개가 있었다. 또 귤이야! 옆에 책도 한 권 놓여 있고, 다 타버린 모기향도 있었다. 마땅히 앉을 곳이 없자 시인은 여자 둘을 침대에 앉도록 했다. 여학생들이 앉자 쇠침대가 삐걱거렸다.

쉬지스는 그러지 말고 밖에 나가 산책이나 하자고 제안했다.

이미 폐허가 된 원림이었다. 사찰의 보탑만 멀쩡하고 나머지는 온통 허물어진 담, 자갈투성이였다. 인근 마을의 농민이 여기저기에 채소를 심어 놓았다. 오후 내내 쑹후이렌은 한껏 흥이 돋아 내내 '돤우 선생님'을 쫓아다니며 이것저것 물었다. 그녀는 심지어 그에게 담배를 달라고 하기도 했다. 쉬지스는 그녀가 담배를 피운다는 말을 듣고 곧바로 몇 모

강남에 봄은 지고

금 피우지 않은 담배를 그녀에게 건네줬다. 후이롄 역시 마다하지 않았다. 쉬지스는 음흉하게 그녀의 다리가 희다고 칭찬했고, 후이롄은 웃는 얼굴로 그의 어깨에 기대 "어때요? 탐나요?"라고 까불었다.

대담한 그녀의 말에 슈룽은 갑자기 가슴이 쿵쾅거리며 도서관 건물 앞에서 만났던 이 뚱보가 결코 자신이 숭배할 만한 상대가 아니라는 생각에 슬픔이 밀려왔다. 반바지를 입지 않고 온 것도 조금 후회가 됐다. 내 다리도 사실 아주 뽀얀데. 그녀 혼자 점점 뒤떨어져 멀지도, 가깝지도 않게 뒤를 따랐다. 돤우가 쑹후이롄과 거리를 유지하며 자연스럽게 그녀 쪽으로 다가왔다. 슈룽은 이런 그의 모습에 조금 고마운 마음이 들었다. 쑹후이롄이 외나무다리를 건너기 전 그녀의 선생님, 돤우에게 손을 내밀었지만 돤우는 못 본 척했다. 그들은 물살이 거센 물길을 지나 한참을 걸어 숲속 작은 길로 접어들었다.

커다란 나무와 맹종죽이 햇살을 가리고 있었다. 돤우는 작은 길옆에 서서 그녀를 기다렸다. 손에 막 딴 커다란 버섯을 들고 있었다. 슈룽은 자못 흥미로운 척 그에게서 갈색 버섯 하나를 받아 살짝 돌리며 손톱으로 버섯 위를 기어가는 곤충을 털어냈다. 두 사람만 있을 때도 탄 선생이 계속 눈살을 찌푸리고 있어 슈룽은 더 긴장이 됐다. 쑹후이롄의 웃음소리가 멀리서 전해졌다. 숲은 고요하고 서늘했다. 쑹후이롄과 그녀의 체크무늬 반바지가 더 이상 보이지 않았다.

그가 그녀에게 시를 발표한 적이 있는지 물었다. 슈룽은 재빨리 〈보살만〉菩薩蠻이란 시를 학보에 발표했다고 대답했다. 돤우가 허허, 하고 너털웃음을 웃었다. 비웃는 듯했다. 그는 다시 릴케를 어떻게 생각하는지 물었다. 슈룽은 상대방이 다시 자기를 비웃지나 않을까 무심한 척 답했다.

"그냥 제 느낌엔 평범한 것 같아요."

뜻밖에도 퇀우의 눈이 휘둥그레지며 그녀를 바라보더니 양미간을 모으며 즉시 반문했다.

"그럼 어떤 시를 좋아하는데?"

물론 하이쯔 이야기를 꺼낼 수밖에 없었다. 그럴 수밖에 없었다. 퇀우는 이상한 눈초리로 그녀를 힐끗거릴 뿐, 걸어가는 내내 더 이상 말을 걸지 않았다. 그들이 보탑 아래에서 쑹후이렌과 쉬지스를 다시 만났을 때 슈룽이 용기를 내어 하이쯔에 대한 퇀 선생의 견해를 물었다. 퇀퇀우가 잠시 생각하더니 쌀쌀맞게 대답했다. "그냥 뭐 그렇지."

뒤이어 바로 그는 "하지만 사람은 아주 좋아"라고 덧붙였다.

"그 말은 그분을 안다는 뜻인가요?"

전기가 오르듯 슈룽은 자기도 모르게 몸을 부르르 떨었다. 자기 목소리에도 전류가 흐르는 듯했다.

"어, 그렇게 친하진 않고. 작년에 그가 상하이에 왔는데 묵을 곳을 찾지 못해 내 침대에서 하룻밤 보냈지. 너무 말라서 비좁지는 않았지만, 밤새도록 코를 골아서."

보탑은 동서남북으로 아치형 문이 하나씩 있었지만 시멘트와 벽돌로 막힌 상태였다. 주위에 사람 키 정도로 높이 자란 띠와 잡목이 우거졌다. 쑹후이렌과 쉬지스 두 사람이 한껏 소리를 질렀다. 그러나 소리가 부딪힐 만한 데가 없어서 메아리는 돌아오지 않았다. 태양이 커다란 불덩이처럼 숲 사이에서 산을 넘어갔다.

돌아오는 길, 쉬지스와 쑹후이렌은 다시 어디론가 사라졌다.

다가오는 밤을 맞이하면서 슈룽은 뭔가 이상한 느낌이 들었다. 산바람이 조금 선뜩해서 자기 뺨에 열이 오르고 있다는 걸 알 수 있었다.

강남에 봄은 지고

날은 점점 어두워지고 그녀의 마음은 조금씩 둥둥 떠올랐다. 연못 옆의 마당에 이르렀다. 그림을 그리던 여자애들은 보이지 않았다. 쉬지스와 쑹후이롄은 탄 선생님의 단언처럼 마당 문지방에 앉아 그들을 기다리고 있지 않았다. 슈룽은 걱정스러운 한편 다행이란 생각도 들었다.

그녀는 지금 이 순간이 현실처럼 느껴지지 않았다. 노화계를 깨끗이 씻어 알루미늄 냄비에 넣고 전기난로에 올려놓았을 때 돤우는 그녀에게 닭이 다 고아질 때쯤이면 그들 두 사람이 나타날 것이라고 했다.

슈룽은 물론 그러기를 바라지 않았다. 그녀는 두 사람이 아예 나타나지 않았으면 좋겠다고 생각했다. 돤우가 그녀 옆에 쪼그리고 앉아 귤하나를 건넸다. 그녀가 껍질을 벗겨 반을 그에게 줬다. 슈룽은 차마 그의 얼굴을 바라볼 수가 없었다. 돤우가 귤을 먹으며 갑자기 그녀에게 물었다. "여자 방학例假이 언제지?" 슈룽은 그가 말하는 '여자 방학'이 뭔지 알 수 없어 되는대로 대답했다.

"방학이요? 여름방학이야 벌써 끝났죠. 학교 수업은 이미 시작했어요."

돤우는 할 수 없이 그녀가 이해할 만한 표현으로 다시 물었다. 자신이 그걸 물어본 이유는 콘돔 사용을 좋아하지 않기 때문이라고 했다.

그제야 그의 말뜻을 알아차린 슈룽은 기절초풍할 뻔했다. 정말 그랬다. 머릿속이 뒤죽박죽 엉망이 되고 정신이 혼미해졌다.

"아……, 저…… 세상에……. 선생님 말은……, 늦었네요. 가봐야겠어요……."

하지만 속으로는 떠나긴 이미 늦었다는 생각이 들었다. 그녀는 하이쯔와 한 침대에서 잤다는 시인을 빤히 바라보며 말했다.

"닭 머리를 누르면 닭다리가 삐져나오는데 어떻게 하죠?"

둰우가 건달처럼 막말을 하더니 벌떡 일어나 그녀가 손에 꽉 잡고 있던 젓가락을 빼앗고 거칠게 그녀를 자기 품안으로 잡아당기며 그녀의 눈에 키스하고, 그녀의 귓불을 깨물었다.

그가 말했다. "사랑해."

그녀가 바로 대답했다. "저도요."

몇 시간 후, 마당 밖으로 나와 연못가를 산책하는 사이 슈룽과 둰우는 몇 걸음 내딛다가 멈춰서 키스를 하곤 했다. 그녀는 달빛 아래 연잎이 펼쳐지는 소리, 작은 물고기가 헤엄치며 뻐끔거리는 소리까지 들을 수 있었다. 그녀의 행복은 신비하고 심오했다. 행복이 너무 빨리, 너무 강렬하게 다가와 하느님이 질투를 할까 봐 두려웠다. 그녀는 상처 입은 손을 그의 주머니에 찔러 넣었다.

그녀가 그에게 쑤저우 강변에 있는 화둥정법華東政法대학에 가봤는지 물었다. 사촌언니가 그곳에서 선생을 하고 있는데, 그 언니의 지도로 자기도 법을 공부하고 있으며, 그곳 대학원에 진학할 거라고 말했다. 일단 대학원에 합격하면 상하이에서 결혼하고 싶다고 말했다. 둰우가 그녀의 계획에 가타부타 말을 하지 않자 그녀가 연신 그의 손을 흔들었다. 그제야 둰우가 입을 열었다.

"헛소리! 대학원 재학 기간 중에는 결혼이 허락되지 않아."

밤하늘에 달이 밝았다. 의혹과 근심에 찬 그의 표정이 보였다. 그녀가 다시 말했다. 다행히 허푸가 상하이에서 멀지 않으니 주말마다 '아무 열차나 타고 상하이로 만나러 갈 수 있다'고 했다. 물론 둰우가 원한다면 언제든 허푸에 오겠다고 했다. 그녀는 그의 아이를 많이 낳고 싶다고 했다. 둰우는 그녀에게 계획생육(중국의 한 자녀 정책)과 관련된 규정을 언급하고는 한참동안 아무 말도 하지 않았다. 그의 표정이 아무리 봐도 조금 이상하게 느껴져 그녀는 두려운 생각이 밀려들었다.

"설마 이렇게 빨리 변심한 건 아니죠?"

그녀가 그에게 머리를 기대고 울기 시작했다. 둰우가 그녀에게 거듭해서 자기가 약속을 지키지 않으면 저주를 받을 거라고 맹세하고 나서야 그녀는 환하게 웃었다.

방으로 돌아온 슈룽은 열이 나기 시작했다. 둰우는 여행가방을 뒤져 작은 약병 하나를 찾아내 그녀에게 클로페니라민 두 알을 먹인 후 담요로 그녀를 꼭꼭 덮어주었다. 하지만 그녀는 계속해서 온몸이 오슬오슬 떨렸다. 둰우가 철제 침대 옆 작은 걸상에 앉아 꼼짝 않고 그녀를 바라봤다.

"나 예뻐요?"

그녀가 확인하듯 물었다.

"예뻐."

어쩐지 그의 목소리가 허무하게 느껴졌다.

약 기운 때문인지 그녀는 바로 잠이 들었다. 어둠속에서 가끔 차가운 손이 자기 이마를 만지는 걸 느꼈다. 그럴 때마다 그녀는 그를 향해 함박웃음을 지었다. 그러나 안타깝게도 그는 그런 그녀의 모습을 볼 수 없었다. 그녀는 둰우의 담뱃불이 깜빡이는 걸 보면서 고열이 계속되는 중에도 행복이 밀려왔다. 둰우의 지금 감정도 자신과 똑같을 것이라고 믿었다.

새벽에 잠에서 깨보니 둰우는 사라지고 없었다. 그러나 그녀는 걱정하지 않았다. 황금빛 달무리가 사라진 달은 수면에 둥둥 떠 있는 살얼음 같았다. 그를 부르고 싶었지만 그의 이름을 대놓고 부르기가 쑥스러웠다. 그 순간 그가 마당에 있거나 바깥 연못 근처에 있다면 그 역시 같은 달을 바라보고 있을지도 모를 일이다.

그녀는 돌아누우며 다시 깊은 잠에 빠졌다. 아침 햇살, 그리고 숲속의 새소리가 그녀를 깨웠다. 아직 열이 내리지 않아 아침의 미풍도 싸늘하게 느껴졌다. 벽을 짚고 한 걸음씩 마당으로 나가 문 옆 난간에 앉았다.

연못 맞은편에 등이 굽은 노인 한 사람이 새 밀짚모자를 쓰고 거위떼를 몰며 완만한 언덕을 따라 자기를 향해 오고 있었다. 그의 뒤로 이삭이 팬 늦보리 밭이 보였다. 기차 기적소리에 그녀는 불길한 생각이 들었다.

설마, 이대로 떠나버린 걸까?

조금 전 가까스로 침대에서 몸을 일으켰을 때 침대 머리맡 작은 걸상에 남아 있는 귤껍질과 깨끗이 발라먹은 닭다리 뼈, 쑹후이롄이 그에게 가르침을 청한 《선원문예船院文藝》가 눈에 들어왔다. 침대 아래에 있던 회색 여행 가방은 보이지 않았다. 침대 옆에 있던 책도 없었다.

설마 벌써 떠난 걸까?

시월 중순, 허푸에서
밤은 절반이 지나고
광장의 회오리바람, 푸른 부평초 끝 제단에서 불어와
꽃받침 열고 닫히는 가장 깊은 곳
뜬구름이 더러운 설의褻衣28)를 직조할 때
달빛만 그곳에 있었네.

---

28) 설의(褻衣): 고대 여자의 내의를 말한다. 허리, 가슴, 어깨 등에 묶는 띠가 있다.

강남에 봄은 지고

그가 남긴 여섯 구절의 시였다.

설마 정말 가버린 걸까?

문지방에 앉아 동쪽을 바라봤다. 그들이 어제 이곳으로 올 때 잡초가 무성했던 길이었다. 그곳은 채석장 부근 언덕. 서쪽은 초은사 보탑으로 통하는 숲속 작은 길이다. 그녀는 심지어 쑹후이렌의 웃음소리가 들리는 것 같았다.

설마 정말 가버린 걸까?

자색 수련이 한 송이, 한 송이 연이어 피었다. 연못 위 새털 같은 안개가 아직 다 걷히지 않았다. 심지어 열도 여전했다. 손의 상처는 아직 딱지도 앉지 않은 상태였다.

그가 벌써 가버린 걸까?

대체 이게 무슨 일이야?

이해가 되지 않았다.

슈룽은 다시 방으로 돌아와 그렇게 밤까지 멍하니 누워 있었다. 창밖으로 밝은 하늘이 점점 어두워지다가 나중에는 보슬비가 내리기 시작했다. 비가 남풍을 따라 그녀의 얼굴에 떨어졌다. 그렇게 종일 침대에 누워 꼼짝도 하지 않았다.

연못가 작은 집에서 선자차오 버스 정류장까지의 길은 지금껏 기억하는 그 어떤 길보다도 길게 느껴졌다. 주머니를 모조리 뒤졌지만 한 푼도 남아 있지 않았다. 자기가 아직도 꿈을 꾸고 있는 건 아닌지 의심이 들 정도였다. 의심스럽지만 너무도 확실한 현실, 설마 그럴 리가, 라는 말이 자꾸만 떠올랐다.

트레일러가 실린 텅 빈 커다란 화물차가 3번 버스 정류장 팻말 아래 멈췄다. 그녀는 아직도 차를 타야 할지 말지 결정을 내리지 못했다. 차문이 무겁게 숨을 몰아쉬며 다시 닫히더니 '우당탕탕' 지나가버렸다. 그때까지도 슈룽은 일말의 희망을 버리지 않았다. 뒤돌아보면 그가 있을 거야. 비가 거세지기 시작했다. 돈이 없기 때문에 도시순환도로를 따라 학교 방향으로 걸었다. 정말 한 걸음도 더 떼기 힘들어지면 아무 데나 길가 풀숲에 누워 죽어버리면 되지. 그녀는 자기 같은 사람은 일찌감치 죽어버리는 게 낫다는 생각이 들었다.

맞은편에서 달려오던 검은색 산타나가 길 맞은편에서 멈췄다.

기사가 창문을 내리고 그녀를 향해 큰 소리로 뭐라고 외쳤다. 잘 들리지도 않았지만 대꾸하기도 싫었다. 머리가 너무 어지러웠다. 몇 발짝 가지도 못하고 멈춰서 숨을 몰아쉬어야 했다. 길가 나무를 껴안았다. 산타나가 더 이상 앞으로 나가지 않고 유턴을 한 후 서서히 10여 미터 간격을 두고 그녀의 뒤를 따라왔다.

슈룽은 바짝 긴장했다. 본능적으로 미친 듯이 뛰기 시작했다. 20, 30미터 거리를 죽을힘을 다해 뛰었다. 검은색 자가용은 여전히 자기 뒤를 따라왔다. 마치 목표한 사냥감에 대해 큰 인내심을 발휘하고 있는 것처럼 서두르지 않았다. 그녀는 수시로 뒤를 돌아봤다. 와이퍼가 앞 유리창 빗물을 훑어내는 사이 어렴풋이 차 안에 탄 사람 얼굴이 보였다.

그녀는 다시 앞을 향해 걸었다. 그리고 도저히 더 이상 걸을 수가 없게 되자 길가에 멈춰 섰다. 재빨리 '최악의 결과'를 따져본 후 산타나를 향해 힘없이 손짓했다. 살짝 흥분이 되었다. 마침내 산타나가 그녀 옆에 멈췄다. 우측 문이 열렸다. 그녀는 자동차 앞 조수석에 올랐다.

최악의 결과가 온다 한들 어떻겠는가?

상대가 핸들에 엎드려 고개를 오른쪽으로 돌린 채 희미하게 웃으며 물었다.

"왜 더 안 뛰고? 이제 괜찮을 거란 생각이 들어? 달려요! 계속 달려 보지?"

정말 건달이었다.

그는 히죽거리며 그녀에게 어디까지 가는지 물었다. 슈룽은 입을 열지 않았다. 그자가 손을 뻗어 그녀의 머리를 쓰다듬었다. 그녀는 피하지 않고 몸을 부르르 떨었다. 15분쯤 지나 그녀는 허푸발전소 직원병원으로 이송되었다. 그가 접수를 하고 그녀를 부축해 간이병실의 긴 의자에 앉혔다. 수액이 다 들어가길 기다렸다가 그가 다시 그녀에게 가족과 연락할 방법을 물었다. 그는 여전히 그녀 앞에 쪼그리고 앉아 히죽거리며 그녀를 바라봤다.

슈룽은 그저 눈물만 흘렸다.

남자의 이름은 탕옌성唐燕升, 시 남부지역 파출소 경찰로 이제 막 경찰학교를 졸업했다. 그의 호의에 보답하기 위해 슈룽은 의남매를 맺자고 치근거리는 견습경찰의 제의를 받아들였다. 파출소에 오빠 하나쯤 있는 것도 나쁘지 않다는 생각이 들었다.

하지만 오빠라는 호칭을 그렇게 쉽게 불러도 되는 것인가? 탕옌성은 곧바로 그럴듯하게 오빠로서 책임을 지고 그녀를 보호하기 시작했다.

대학을 졸업하던 그해에 아버지의 재혼과 배 다른 동생의 출산을 받아들일 수 없었던 그녀는 아버지 앞에서 모든 왕래를 끊겠다고 선언했다. 탕옌성은 그녀의 보호자 신분으로 슈룽의 졸업식에 참석했다. 그녀가 탕옌성에게 자기는 엄마가 지어준 이름이 하나 더 있다고 말했다. 아버지와 철저히 결별하고, 더불어 추잡한 기억으로 남은 초은사와도 철저하게 결별하기 위해 그녀는 탕옌성에게 자기 이름을 고칠 수 있는지 물었다.

탕옌성은 그녀의 20세 생일선물로 공안국에 있는 지인을 통해 그녀의 신분증 이름을 '팡자위'龐家玉로 바꿔줬다.

처음에 슈룽은 그를 좋아하지 않았다. 특히 입만 열었다 하면 튀어나오는 상스러운 말이 정말 싫었다. 예를 들면 순환도로에서 만난 그날 밤 이야기를 할 때마다 그는 매번 경박스러운 말투로 그녀에게 묻곤 했다. "날 나쁜 사람이라고 생각했겠지? 어? 내가 숲속으로 데려가 강간하고 죽일 거라고 걱정한 거 아냐?"

오빠는 물론이고 인민경찰 신분으로도 그런 식의 표현은 적합하지 않았다. 슈룽이 단호하게 미국의 경우 이런 식의 농담은 성폭력에 해당한다고 일침을 가했다.

8

그날 아침, 팡자위는 컴퓨터 앞에 앉아 허푸맥주공장으로 보내는 변호사 서한을 수정 중이었다. 쑤이징수隋景曙가 가죽가방을 품에 안고 작업복 차림의 노인 한 사람을 데리고 사무실로 들어왔다. 쑤이징수는

강남에 봄은 지고

난쉬南徐변호사사무소의 또 다른 동업자다. 녹두콩알만 한 눈에 팔자수염, 얼굴은 작고 동글동글했다. 그의 이름에 '징'景이란 글자가 있기 때문에 그와 쉬징양徐景陽을 변호사사무소의 '난쉬이경'南徐二景이라고 칭했다. 그러나 온순하고 착한 쉬징양을 제외한 다른 사무소 동료들은 모두들 몰래 그를 '시궁쥐'水老鼠라고 불렀다.

시궁쥐는 노인을 문 옆 소파-그곳에는 유리장과 금귤 분재로 칸막이를 해놓은 임시 다실이 있었다-에 앉도록 한 후 노인에게 차를 한 잔 타주고 팡자위에게 눈짓을 보냈다.

두 사람은 문밖 복도로 나갔다.

"저 사람은 머리에 조금 문제가 있어."

시궁쥐가 소리를 낮게 깔고 말했다. "들어오자마자 내게 고개를 끄덕이며 '네 엄마가 날 놀라게 하는 바람에 죽을 뻔했다'는 거야. 시간 내서 이야기 좀 해봐. 난 시에 회의가 있어서 가봐야 되니까."

"저 노인한테 무슨 일이 있는데요?"

팡자위가 물었다.

"엄마 어쩌고 하는데 상대하기가 쉽지 않아. 저 사건은 맡지 않는 게 좋겠어. 대충 상대해주다가 잘 달래서 보내버려요."

팡자위가 고개를 끄덕였다. 시궁쥐가 다시 한 번 그녀에게 당부했다. 내일 아침 일찍 법정에 나가야 한다는 걸 절대 잊지 말아요. 팡자위는 이미 구치소 측과 연락을 해뒀다고 하고는 오늘 오후에 다시 가서 당사자를 마지막으로 한 번 만날 거라고 했다. 시궁쥐가 머리에 한 가닥 남은 머리카락을 훑으며 찻주전자를 받쳐 들고 나갔다.

노인은 성이 '정'鄭씨였다. 마르고 키가 크고 머리가 백발이었다. 어렸을 때 천연두를 심하게 앓았는지 군데군데 얼굴이 얽었다.

팡자위는 예의바르게 그를 '영감님'이라고 불렀다. 그가 웃으며 사실 자기는 쉰도 되지 않았다고 했다. 그의 작업복에 지워지지 않은 기름 얼룩과 용접하다 생긴 구멍들이 보였다. 하지만 셔츠 깃은 깨끗했다.

정씨는 춘후이^{春暉}면방직공장의 기계수리공이었다. 웅얼웅얼 말을 하기 시작했는데 채 두 마디도 하기 전에 눈시울이 붉어졌다.

그는 자신이 글자를 알기 시작한 때부터 줄곧 재수가 없었다고 하면서 이유를 모르겠다고 했다. 아내는 류머티즘으로 자리에 누웠고 큰딸은 남의 집에서 가정부로 일하며 아들은 아직 중학교 2학년이었다. 그는 팡자위에게 담배를 한 대 피워도 되겠는지 예의바르게 물어보고 그녀의 허락을 받은 후 귀에 꽂아놓은 담배 한 개비를 꺼냈다. 그러다가 벽에 적힌 '금연'이라는 글씨를 보고 잠시 멈칫하더니 살며시 담배를 다시 주머니에 넣었다. 그는 규칙을 지킬 줄 아는 사람이었다. 팡자위는 그런 그의 모습을 보면서, 이것이 그가 줄곧 재수가 없었던 이유 중 하나일 거라는 생각이 들었다. 그가 다니는 방직공장은 50여 년의 역사를 지닌 국영기업이었다. 이윤을 많이 내는 공장은 아니었지만 그래도 매년 순이익이 2~3백만 위안은 되었다. 3, 4개월 전에 시에서 갑자기 영도자들이 몰려와 직원들을 소집하여 회의를 열더니 방직공장 체제 개편을 선언했다. 2천여 명 노동자 가운데 대다수가 상급의 '매단공령'^{買斷工齡}²⁹⁾에 따라 공장에서 쫓겨났다. 알고 보니 천씨라는 부동산업계 사장이 방직공장 부지에 눈독을 들였기 때문이었다. 방직공장은 운하의 남쪽 언덕에 있었는데 그는 강변에 고급 별장단지를 짓고 싶었다.

---

29) 매단공령(買斷工齡): 중국 개혁개방 초기 국유기업을 개혁하는 과정에서 쌍방협의를 통해 노동계약을 해제하는 방법. 일정한 보상금을 주고 노동자들을 내보냈다.

강남에 봄은 지고

"내가 정말 멍청하죠. 정말요."

정씨가 말했다.

"정부에서 내놓은 방안이 좋다고 생각해서 멍청하게 협의서에 서명을 했어요. 근데 집에 가서 아내가 자기 방법대로 계산을 해보니 30년 근무연한에 고작 3만 위안을 계산……."

그의 말을 듣다보니 은근히 샹린아줌마祥林嫂(루쉰의 《축복》에 나오는 비극적 인생을 산 주인공)의 말투가 느껴졌다. 그는 자신은 노동자들이 단체로 진정을 하러 난징에 가서 시위를 하거나 시에 쳐들어가는 방식에는 찬성하지 않는다고 강조했다. 어쨌거나 지금은 화해사회잖습니까. 이런 시절이 겨우 찾아왔는데……. 하물며 소란을 벌인 사람들은 실제 좋은 결과를 얻지도 못했습니다. 앞장서 시위를 했던 사람 여섯 명이 모두 붙잡혔고 그중 하나는 강제로 정신병원에 입원했다. 결국 그는 사람들의 제안으로 법률사무소를 찾아오게 되었다고 했다.

소송을 해야겠는데 누구를 고소해야 할지 알 수가 없었다.

팡자위는 그와 두 시간 동안이나 앉아 있었다. 일말의 희망을 품고 있던 상대방의 눈빛이 조금씩 어두워지다가 마지막 불꽃마저 꺼지는 걸 보면서 그녀는 자신의 애처로운 마음을 전달할 길이 없었다. 마지막으로 그녀는 정씨에게 전화번호를 남기도록 한 후 그에게 점심을 먹자고 제안했다. 팡자위는 성심성의껏 식사를 대접하려 했지만 정씨는 무거운 마음으로 거절했다.

"당신은 좋은 사람 같군요." 정씨가 작별을 하면서 말했다.

"그렇게 말하지 마세요. 이 세상에 아직도 좋은 사람이 남아있는지 잘 모르겠어요."

팡자위는 갑자기 마음이 슬퍼졌다. 방금 전 한 말이 후회스러웠다.

정씨가 나간 후 팡자위는 아래층 세븐일레븐seven-eleven에 가서 관둥주關東煮(오뎅)와 옥수수 한 개를 샀다. 그리고 차를 몰아 동쪽 근교의 제1구치소로 가서 그녀의 의뢰인을 만났다. 당사자 부모가 지정한 변호사로서 내일 법정에 나가 그를 변호해야 했다.

정씨의 부탁은 자기가 원해도 맡을 수 없는 사건으로 팡자위에게는 변호사로서의 도덕성을 만신창이로 만드는 일이었다. 이에 비해 이번 사건은 싫지만 어쩔 수 없이 최선을 다해 몸과 마음의 정력을 쏟아야 하는 '의무'였다. 팡자위는 사실 이번 살인사건에 대한 자신의 변호가 판결에 어떤 영향도 주지 못하리라는 걸 잘 알고 있었다. 하지만 변호사라는 직업상 그녀는 필요한 모든 절차를 밟아야 했다. 몸과 마음이 모두 지칠 대로 지쳤지만 이미 익숙해진 그런 터무니없는 상황에서 벗어날 수가 없었다. 심혈을 기울여 사건 파일을 살펴보고, 증거를 수집해서 동료와 한도 끝도 없이 사건에 대한 토론을 펼쳤다.

이 사건은 너무도 잔혹하고 처참해서 허푸 사람이라면 모르는 사람이 없을 정도로 유명했다. 그러나 사건 자체는 전혀 복잡하지 않았다. 우바오창吳寶强이란 범인은 자기 여자 친구가 상사와 바람이 났다고 의심해서 비바람이 불고 번개가 치는 날 밤, 연적의 집에 몰래 잠입해 일가족 여섯 명을 닥치는 대로 살해했다. 여기엔 그 집에서 일하던 깐수 출신의 18세 보모와 시중 가격으로 수백만 위안에 달하는 티베탄 마스티프(사자처럼 생겼다고 하여 일명 사자개라 부른다)는 포함되지도 않았다. 그 개는 빈번하게 암캐와 교배를 하는 바람에 원래 갖고 있던 야성을 잃어 자기 집을 지켜야 하는 원래 임무를 다하지 못한 채 거의 아무런 반항도 하지 못하고 예리한 도끼날에 머리가 날아갔다고 한다.

범인은 사람 7명과 개 한 마리를 죽였지만 자신이 사형을 받아야 한다고 생각하지 않았다. 그는 진단서에 희망을 걸었다. 사건 발생 이후 그의 부모는 거금을 들고 사방을 돌아다니며 정신과 의사나 의학전문가의 얄팍한 도덕성과 나약하기 그지없는 정신적 한계를 시험하고 다니는 중이었다. 우바오창은 자꾸만 올라가는 수임료 앞에서 도덕성이란 힘없이 무너지게 되어 있다고 믿었다. 일반적인 논리로는 그의 생각이 맞다. 하지만 그는 자신의 가장 크고 새로운 적수—법원도, 피해자 가족도 아닌 자신의 괴이한 성격을 만들어낸 현대사회의 매체—를 간과하고 있었다. 그는 이 사회에서 새로운 적수가 어떤 역할을 하고 있는지에 대해 무지했다. 매체(특히 인터넷)가 사건에 지속적인 관심을 보이면서 여론이 날로 악화되었다. 모든 이들이 '죽여 마땅하다'고 분노를 터트렸다. 법관이나 그가 끈질기게 매달리고 있는 정신과 전문가들조차 대중매체와 완전히 상반된 입장을 취할 수는 없었다.

별다른 문제없이 곧바로 의학적 진단이 내려졌다. '그는 자기 행동에 능히 책임을 질 수 있는 온전한 정신을 가지고 있다.' 다시 말하면 우바오창이 머지않은 미래에 처형될 것이 거의 확실함을 알려주는 진단이었다. 예외란 있을 수 없었다. 불가항력적인 어떤 변수도 일어날 수 없었다.

우바오창은 소견서 내용을 검토하던 1주일 사이에 양쪽 귀밑머리가 온통 하얗게 셌다. 그는 마치 굶주린 야수처럼 난폭해져 행동 억제 능력을 상실하고 말았다. 그는 기자, 부모 심지어 그가 요청한 변호사까지 접견을 거부했다. 그의 부모는 팡자위에게 변호 비용을 올려줄 테니 어떻게든 아들을 살려달라고 하소연했다. "당신이 이제 우리 가족에게 남은 마지막 희망이에요."

팡자위는 누군가 이 부모의 정신상태를 감정한다면 아마 자신의 아들과 대동소이하다는 소견을 내놓을 거라 생각했다. 팡자위가 최선을 다하겠다고 하자 우바오창의 부모는 그 즉시 그녀의 표현을 정정했다. "최선을 다한다는 말로는 부족해요. 절대 실수가 있어서는 안 돼요."

팡자위는 농담을 할 수밖에 없었다. "제가 법정에서 지금 세상 사람들에게는 어느 정도 모두 정신병이 있다는 것을 증명할 능력이 있으면 가능하겠죠."

그의 부모가 즉시 반문했다. "사실이 그렇지 않나요?"

제2접견실로 가는 길에 구치소 여경이 팡자위에게 이제껏 이 사람만큼 흉악한 자는 본 적이 없다고 말했다.

"그 사람 앞에서는 그냥 변호하는 척 시늉만 하세요. 정말이지 사람이 아니에요."

팡자위는 철창으로 가로 막힌 접견실에서 의뢰인을 만났다. 다음 날 법정에 나가야 하기 때문에 구치소 쪽에서도 돌발 사건이 일어나지 않을까 우려해 경찰병력을 늘린 상태였다. 우바오창은 살짝 고개를 들고 실눈을 뜬 채 명상에 잠겨 있었다. 마치 하느님이라도 된 듯한 표정이었다. 그가 갑자기 눈을 크게 떴다. 그의 칼날 같은 눈빛에 팡자위는 소름이 오스스 돋았다. 그가 나긋하게 팡자위를 '화냥년', '싸구려'라고 불렀다. 그녀가 당장 이 자리를 떠나게 만들든지 아니면 그녀를 화나게 할 의도였다.

"변호사 따위 필요 없어. 꺼져!"

그가 새된 소리로 한마디를 외치고는 다시 눈을 감았다. 팡자위는 참을성 있게 그에게 관련법 규정을 설명하면서 현대 법률제도상 변호사를 거부해봤자 아무 소용이 없다고 말했다. 법정은 변호사 없이는 어떤 사건도 심리하지 않기 때문이었다. 변호사제도 자체가 현대 문명의 일부분이었다. "변호사를 거부해서 당신이 변호 받을 권리를 포기할 수는 있어요. 하지만 그렇게 해도 법원에서는 다시 다른 사람을 지정해줄 겁니다."

"뭐 하러?"

우바오창이 냉소를 지었다.

"날 우스갯거리로 삼으려고? 날 놀리려고? 날 가지고 놀 거면 차라리 지금 끌고 가 총살하라고 해. 그래도 불만 없어. 이런 헛짓거리로 사람 놀리지 말고. 암에 걸린 사람은 그래도 일말의 희망이나 갖지. 어쨌거나 만분의 일, 아니면 십만 분의 일이라도 치유될 가능성이 있으니까. 하지만 난 죽을 게 뻔하잖아, 안 그래? 난 죽을 거야. 그러니 무슨 법이니 어쩌니 하면서 날 희롱할 생각은 하지 마! 소송인이니, 증인이니, 법관이니, 변호사니……."

우바오창의 이런 태도는 법에 대한 무지에서 비롯된 것이다. 그러나 그의 처지를 생각하면 이런 태도가 전혀 비이성적이라고 볼 수도 없었다.

"내일이면 난 죽어, 안 그래? 어떻게 죽일 건지 알려줄 수 있소?"

잠시 후 우바오창이 물었다. 말투가 조금 부드러워졌다.

펑자위는 옆에 서 있는 경찰 둘을 살핀 후 소리를 낮춰 그에게 말했다.

"그렇게 빠르진 않아요. 내일은 그냥 법정 심리만 있는 거예요. 결과는 이론적으로 말하면 지금 확정할 수 없어요. 설사 최악의 결과라 해도 상소할 수 있어요. 사람은 그렇게 쉽게 죽지 않아요. 설사 최악의 결과가 떨어져도 주사를 놓는 방법을 신청할 수 있어요. 만약 원심이 그대로 간다면요."

"마취주사를 놓나? 빌어먹을, 왜 내게 마취주사를 놔?"

우바오창이 웃었다.

"그런 것 필요 없어. 그냥 총을 갈겨! 그래야 제 맛이지."

팡자위가 말했다. "물어보고 싶은 질문이 하나 있어요. 대답 안 해도 상관없고요."

우바오창이 뚫어져라 그녀를 쳐다보며 능글맞게 휘파람을 불었다. 교도관이 큰 소리로 야단을 쳤다. "여자 친구가 왕마오신王茂新과 정당치 못한 남녀관계를 가졌다고 의심해서 그 집에 들어가 살인을 했죠? 정말 잔인한 짓이긴 하지만 동기로 보면 말이 전혀 안 되는 건 아니에요. 내가 묻고 싶은 건 왕마오신은 그렇다 쳐도 왜 무고한 사람들을 그렇게 많이 죽였는가 하는 거예요. 왕마오신을 살해한 후에 왜 위층으로 올라가 그의 부모까지 죽였어요? 왜 그 답답한 옷장에 세 시간이나 숨어 있다가 영화를 보고 돌아온 아내와 딸, 보모까지 죽였죠? 그들에게 무슨 원한이 있다고! 심지어 품에 안고 있던 두 살짜리 아이까지도. 그처럼 무고한 사람들까지 죽인 이유가 그저 핸드폰에 보낸 애매한 문자 때문이었어요?"

우바오창은 얼떨떨해보였다. 이처럼 웃기는 질문을 하다니 놀라울 뿐이었다. 우바오창은 마치 선지자라도 된 것처럼 일고의 가치도 없다는 표정을 지었다.

"그건 왕마오신에게 가서 물어보쇼. 그가 당신에게 모두 답해줄 거야. 왜 그렇게 돈을 많이 벌었는지, 왜 그렇게 많은 부동산을 샀는지, 왜 그렇게 딸을 많이 낳았는지, 그렇게 많은 돈을 다 쓰지도 못할 거면서, 그렇게 많은 집에 일일이 다 살지도 못할 거면서, 그렇게 많은 딸을 어디

강남에 봄은 지고

다 쓴다고! 이 세상 모든 것 중에 잉여가 아닌 것들이 몇이나 될 것 같아? 내게 왜 그렇게 많은 사람을 죽였느냐고? 내가 간단하게 네 글자로 말해주지. 다다익선多多益善. 그 집에 사람이 몇 명이었는지 알지? 마지막 한 명을 죽일 때까지 손을 놓지 않았어. 왜냐, 내 머릿속에서는 살인과 돈을 버는 이치가 마찬가지니까. 다 쓸 수도 없는 잉여의 돈은 아무 짝에도 쓸데없지. 하지만 은행에 넣어두면 마음이 편안하겠지, 안 그래? 살인도 마찬가지야. 옛말에도 이런 말이 있지 않아? 하나를 죽이면 본전이고, 둘을 죽이면 하나를 버는 거라고. 살인과 돈 버는 것을 함께 연결시키는 것은 내가 발명한 게 아니란 말이야. 우린 뭘 하든지 간에 너무 많은 것을 욕심내. 이게 인간의 천성이야. 어쩌면 좀 이상하다고 생각할지도 몰라. 지금 이 세상에 왜 그렇게 일가족 몰살이란 사건이 많은지, 안 그래? 사실 하나도 이상할 게 없어. 살인은 돈 버는 것과 마찬가지거든. 조금 더 벌고 싶으면 그냥 조금 더 벌고, 하나 더 벌고 싶으면 그냥 하나만 버는 거지. 그런 거야. 큰길에서 빨간 불에 건너는 사람들에게 물어봐. 그깟 1분, 아니 5분 절약하면, 씹할, 무슨 소용이 있는데? 자기 집에 앉아서는 멍하니 다섯 시간도 그냥 흘려보내면서, 아무것도 안 하면서 말이야. 하지만 사람이라는 게 그래. 건널목을 건널 때는 전혀 주저하지 않고 빨간불에 건너잖아. 사람이 살려면 어쨌거나 뭔가 좀 더 벌어야지. 그게 쓸모없는 것이라고 해도 말이야.

하지만 이왕지사 금방 죽을 것, 당신에게 좀 더 자극적인 걸 하나 말해주는 것도 괜찮을 것 같군. 난 먼저 왕마오신 마누라를 손 좀 봤지. 그리고 그 딸까지. 원래 그 어린 보모까지 죽이려고 한 건 아니었어. 용서해주려고 했지. 그 애를 갖고 놀 때 벌써 흥미가 없어졌으니까. 화가 치밀었던 건 그년이 내게 보여준 위선이었어. 정말 못 봐주겠더군! 날

보자마자 미친 듯이 날 사랑한다는 거야. 세상에! 지금 누굴 놀려? 그
래서 이 몸께서 피 좀 보게 해줬지. 살고자 하는 바람은 이해할 수 있어.
하지만 위선을 떨면 안 되지!"

팡자위를 데리고 들어왔던 경찰이 시계를 들여다봤다.

팡자위는 그에게 내일 법정에서 심리할 때 되도록 법정에 협조하라
고 했다. 그에게 몰살당한 피해자 가족들의 반응이 엄청날 텐데, 사실
그런 반응은 당연한 것이다.

"거기다 당신 부모님, 그리고 여든이 넘은 할머니까지 모두 법정에
나올 거예요."

그녀의 권고에 우바오창은 생각해 보겠다고 대답했다.

구치소를 나오기 전 팡자위가 다시 한 번 그에게 부탁할 말은 없는
지 물었다. 우바오창이 갑자기 그 두꺼운 혀를 철창 밖으로 내밀더니 기
둥을 핥았다. 그가 그녀를 보고 능글맞게 웃으며 잔뜩 목소리를 깔고
말했다.

"나랑 오럴 섹스를 할 때 야시시한 당신 모습이 어떤지 보고 싶은
걸? 내 큼지막한 좆 한번 빨아보고 싶지 않아?"

9

팡자위는 탕닝완 집 생각만 하면 갑자기 시퍼런 불길이 가슴 밑바
닥에서부터 치솟으며 삭신이 쑤셨다. 단 1분도 더 그곳에 있고 싶은 생
각이 없었다. 마음속 깊이 자리한 '불길'한 생각을 떨쳐버릴 수가 없었

다. 마치 자신이 언제라도 다운될 수 있는 컴퓨터시스템 같다는 생각이
들었다.

돤우는 때로 그녀에게 음악치료를 통해 마음의 위안을 얻어 보지
않겠느냐고 권유했다. 베토벤이나 브람스. 하지만 전혀 귀에 들어오지
않았다. 피아노는 그녀의 심박수를 높일 뿐이었고, 첼로는 거대한 톱,
바이올린은 작은 톱 같았다. 어쨌거나 그 모든 것이 그녀의 신경을 죄다
'썰어'버릴 것 같았다.

이미 공안국, 파출소, 공안지국, 소비자협회까지 모두 가봤고 지난
주말에는 허푸시 중급인민법원도 찾아가서 소장을 냈다. 인맥이 없어
세 시간이나 줄을 섰고 돈을 690위안이나 써서 법원에 소장을 접수했
다. 누구에게도 빚을 지고 싶지 않았다.

팡자위가 집을 되찾기 위해 미친 듯이 이리 뛰고 저리 뛰어다닐 때
춘샤라는 여자는 다리를 꼬고 한가하게 거실에 앉아 정원에서 자란 박
하 잎을 따다 고기를 싸 먹고, 차를 마시고 있을 것이다. 팡자위도 이런
사실을 잘 알고 있었다. 팡자위는 변호사이긴 했지만 춘샤와 소송으로
얽히고 싶진 않았다. 일단 소송을 제기한다는 것은 그녀의 실패를 의미
했다. 누군가 당신의 얼굴에 침을 뱉었다고 해서 시비를 가리려고 법원
을 찾아간다면 법관은 상대방이 당신 얼굴에 뱉은 침 자국은 이미 지워
졌다고 판결할 것이다. 그냥 그것으로 끝이다.

팡자위는 자신이 부딪쳐야 하는 법적 절차를 눈을 감고도 그려낼
수 있었다. 안건이 접수되어 법정이 열릴 때까지 적어도 2, 3개월은 걸린
다. 관례대로라면 사전에 대질심문, 조사, 보완조사가 줄줄이 이어질 것
이다. 가까스로 개정이 되었다 하더라도 춘샤가 소송에 응하지 않아 법
정에 출석하지 않는다면 두 번째 개정을 기다려야 한다. 규정에 따르면

춘샤는 그래도 법정 출석을 거부할 수 있다. 이어 궐석 판결이 나고, 그 결과가 공시되어 더 이상 이의가 없어야만 법원 행정처로 넘어가 집달리에게 인계된다. 팡자위는 물론 강제집행을 요구할 수 있긴 하지만 이런 민사사건 집행은 매우 느리다. 모든 절차가 끝나려면 빨라야 5, 6개월…….

이런 사건은 대부분 그렇게 흘러갔다. 변호사인 그녀가 생각하기에도 정말 이상할 만큼 이런 법적 절차들은 무뢰배들의 권익을 보호하기 위해 만들어진 것 같았다. 그런 무뢰배들이 시종일관 유리한 위치를 차지했다.

돤우는 선과 악이 뒤바뀐 상태가 바로 현대법률의 내밀한 특성 중 하나라고 생각했다.

"생각해 봐. 잔인무도한 전쟁이 얼마나 많아? 그런 전쟁이 모두 《국제법》의 보호 아래 공공연하게 일어나잖아? 파렴치한 약탈이 무역협정이라는 명목 아래 이루어지고, 얼마나 많은……."

돤우가 알맹이도 없고 현실과도 거리가 먼 이런 대비들을 열거하기 시작하자 팡자위가 그를 향해 손을 내저었다.

"당신이 주절거리는 내용들이 우리 집과 무슨 관계가 있어요? 제발 부탁인데 그렇게 밑도 끝도 없는 이야기 좀 그만 해줄래요? 정말 머리 아프다고요."

두 달 후, 팡자위는 법원에 있는 친구를 통해 안건이 어떻게 되어가고 있는지 알아봤다. 상대방의 대답은 예상대로였다.

"아직 개정開廷할 수 없대요."

커다란 흰색 안경을 쓴 법원 서기가 말했다.

"왜요?"

"변호사시니 법률의 '선형후민'先刑後民30) 원칙을 알 텐데요?"

"뭔 얘긴데요?"

"부동산중개업소 이거는 이미 사기 혐의로 기소됐어요. 허푸에서만 유사한 사건 피해자가 20여 가구나 된다고요. 성 공안청에서 특별히 감독하는 중대 사건이 되었죠. 지금 공안기관에서 피의자를 집중 추적하고 있어요."

"다시 말하면 피의자를 잡기 전까지는 이 사건이 끝나지 않을 거라는 이야기예요?"

"아마도 그렇게 되겠죠."

"공안기관에서 피의자를 잡지 못하면요?"

상대방이 웃었다. "그냥 공안기관에서 결국 피의자들을 잡을 거라고 믿는 척하는 거죠."

팡자위는 순간 자제력을 잃어버렸다. 법원에서 집에 돌아오는 길에 팡자위는 계속 돤우에게 상대를 죽이고 싶다고 중얼거렸다.

"정말이야, 정말 죽여버리고 싶어."

돤우는 처음으로 아내의 정신상태가 조금 걱정스러웠다.

10

---

30) 선형후민(先刑後民): 민사소송에서 형사범죄 혐의가 발견되었을 경우, 먼저 수사 기관이 형사범죄 사실을 수사한 후 법원에서 형사범죄에 대한 심리를 거치고 이후 다시 관련 민사책임을 묻는 절차를 말한다.

11월 말, 쑹후이렌이 부모를 만나러 허푸에 왔다. 일정이 빡빡해서 팡자위와의 약속시간을 다시 조정할 수밖에 없었다. 쑹후이렌이 전화에 대고 불평을 늘어놓았다. 고향을 보고 정말 실망했다고 말했다. 과거에 허푸는 산 좋고 물 맑은 도시였는데 지금은 '더러운 돼지우리'가 되어 어떤 생물도 살기 부적합한 곳이 되었다고 투덜대면서 숨도 제대로 못 쉬겠다고 했다. 이런 원망은 누구나 늘어놓는 푸념이고 또한 사실이기도 했다. 그러나 이런 말이 미국으로 '귀화'한 가짜 양코배기 입에서 나오자 팡자위는 비위가 상했다. 오랫동안 봉인되었던 '애국주의'가 먼지를 일으키며 고개를 들었다. 마치 쑹후이렌의 고향 비판이 팡자위의 처지를 비웃는 것 같았다.

고향에 대한 쑹후이렌의 고약한 인상을 조금이라도 개선하기 위해, 또한 쑹후이렌에게 허푸의 '고상한 생활'의 정수를 보여주기 위해 팡자위는 그녀와의 약속을 소영주도小瀛洲島의 부용루芙蓉樓로 정했다. 그녀를 놀래켜 주고 싶었다. 부용루는 아무나 들어갈 수 없는 고급 사교장소였다. 왕창령王昌齡이 신점辛漸31)을 낙양으로 보낼 때 이별한 장소라고 했다. 2년 전 실내 전체를 리모델링해서 새롭게 단장했다. 하지만 약속 당일 아침, 부용루의 매니저가 갑자기 전화를 걸어 무례하게 아무런 이유도 설명해주지 않고 그녀의 예약을 취소했다.

팡자위는 미리 쑹후이렌에게 부용루의 양과자와 신비롭기까지 한 서비스에 대해 한바탕 자랑을 늘어놓은 터라 장소를 바꾸기가 곤란했다. 그녀는 《허푸만보》의 쉬지스에게 전화를 걸어 서우런과의 인맥을

---

31) 왕창령(王昌齡, 698~755): 당나라 시인. 이백과 쌍벽을 이루는 시인이나 안녹산의 난 때 피살당함. 신점(辛漸): 왕창령의 친구. 왕창령은 〈부용루에서 신점을 보내며(芙蓉樓送辛漸)〉라는 시를 지은 바 있다.

강남에 봄은 지고

동원해 이를 해결해달라고 부탁했다.

"그건 불가능해."

쉬지스가 전화에 대고 웃었다. "상부에서 누가 와서 부용루에서 묵는다고 하네. 구체적으로 누구인지는 말할 수 없어. 소영주도 부근 길은 이미 봉쇄됐어."

"그렇게 제멋대로 핑계 댈 거예요?"

팡자위는 입만 열었다 하면 거짓말이 쏟아져 나오는 그를 믿을 수가 없었다.

"방금 차로 거길 지나왔는데 평소나 다름없던데요? 놀러 나온 사람들로 한가득이던데!"

"제발 좀! 놀러 나온 것처럼 보이지만 그 사람들 모두 사복경찰이야."

쉬지스가 장소를 바꾸라고 제안했다.

그는 '도미화사'茶蘼花事란 곳을 추천했다. 개인이 운영하는 곳으로 양식도 먹을 수 있고, 정원 구조물이 나름 운치가 있다고 했다. 게다가 그곳의 계화가 지금 한창 꽃을 피울 때라는 말도 덧붙였다.

"뭐 하나 물어볼게. 대체 누굴 초대하는 건데 이렇게 수선을 떨어?"

"누구겠어요? 선생님 옛 애인이죠." 팡자위가 웃었다.

쉬지스가 자꾸만 추궁을 하자 팡자위는 하는 수 없이 쑹후이롄이 부모를 만나러 허푸에 왔다는 사실을 털어놓았다.

"그래? 좋아, 이번 자리는 내가 내지. 그 못된 계집애를 꼭 봐야겠어. 고년이 그때 영화관에서 내 따귀를 날리는 바람에 경찰서에서 꼬박 보름을 있었어. 아직 그 빚을 갚지 못했거든. 내가 간다는 말은 우선 하지 말고."

팡자위는 전화를 끊고 나서 뭔가 좀 문제가 있다는 생각이 들었다. 어쨌거나 쑹후이렌은 이미 미국인이고, 미국 법 환경에서 생활한 지 수년이 지났으니 인권, 프라이버시, 알 권리 같은 것에 매우 민감하다. 느닷없이 들이닥치는 건 좋은 생각이 아니다. 그녀는 쑹후이렌에게 전화를 걸어 쉬지스가 예기치 못하게 끼어든 일에 대해 그녀의 양해를 구했다.

쑹후이렌이 낄낄대며 한참을 웃었다.

"아예 돤우 씨도 불러. 다 같이 만나지, 뭐. 20년 전 원년 멤버잖아."

돤우는 쑹후이렌이 누군지 전혀 생각이 나지 않는 모양이었다. 팡자위는 샐쭉한 표정으로 당시 초은사의 뜨거운 오후, 검붉은색 체크무늬 반바지, 그리고 그녀의 눈처럼 하얀 허벅지 이야기를 꺼냈다.

"괜히 모르는 척 말아요. 그 애한테 마음이 흔들렸잖아요."

돤우가 피식 웃었다.

"아무리 고왔던 피부라고 해도 20년 풍상을 이기진 못했겠지. 게다가 미국에 있었다며? 다른 건 고사하고 분명히 식물 성장호르몬은 한껏 먹었을걸?"

이어 그는 화장실에 가서 정성껏 면도를 하기 시작했다. 오후에 나갔다가 밤늦게야 돌아올 것 같으니 대신 안부를 전해 달라고 했다. 어디 간다는 말도 하지 않았고, 팡자위 역시 물어보고 싶은 생각도 없었다. 돤우는 먼저 전기면도기로 아래턱을 민 다음, 면도칼을 가져와 면도크림을 바르고 꼼꼼하게 귀밑머리를 다듬기 시작했다. 이도 닦았다. 그리고 두 시간도 안 돼 외출했다.

'도미화사'는 딩자항에 위치한 곳으로, 운하 바로 옆이었다. 원래 남

강남에 봄은 지고

조 송 무제의 별장으로 산 아래 지어졌다. 원림, 산석 그리고 암자는 사라지고 없었지만 커다란 계화나무 20여 그루가 무성한 잎을 드리운 모습에서 어렴풋이나마 당시의 풍취를 느낄 수 있었다.

이곳 주인은 허푸 화원畵院의 나이 든 화가다. 일 년 내내 안후이 치윈산齊雲山에서 그림을 그리고 이곳은 두 딸에게 관리를 맡긴 상태였다. 두 자매는 이미 서른이 넘었는데 청순하고 아름다운 모습이 이 시대의 설보차와 임대옥이라는 소문이 있었다. 둘 다 미혼으로 이곳을 찾은 식객들의 호기심과 추측을 불러일으켰다. 물론 동성애에 대한 호기심도 있었는데 이는 이 시대에 유행하는 부르주아 정서의 일부분이었다.

팡자위는 두 번이나 이곳에 왔었지만 한 번도 자매를 본 적이 없었다.

그녀는 자기의 혼다 자가용이 조금 초라하다는 생각에 택시를 불렀다. 도미화사에 도착하니 약속보다 10분이나 이른 시각이었다. 그러나 쉬지스가 그녀보다 더 일찍 와 있었다. 코가 맹맹한 것이 심한 감기에 걸린 것 같았다. 그의 허풍을 좀 빌리자면 뱉은 가래 때문에 세면대가 막힐 정도였다고 한다. 안타깝게도 그는 코가 막혀 마당 가득 핀 계화 향을 맡을 수가 없었다.

벌써 날이 어두워져 뺨을 스치는 바람에서 한기가 느껴졌다. 트여 있는 작은 천정을 통해 마당에서 바람결에 흔들리는 등롱을 볼 수 있었다. 불빛이 작은 돌다리를 환히 비췄다. 다리 밑으로 물이 졸졸 흘렀다.

두 사람은 자연스럽게 각자의 아이에 대해 이야기를 나누기 시작했다. 쉬지스는 돤우는 왜 오지 않았는지 묻지 않았다.

뤄뤄는 올해 9월 원하던 대로 허푸실험중학교에 들어갔다. 쉬지스에게 이런 소식은 그다지 이상할 것도 없었다. 그를 놀라게 한 것은 뤄뤄가 성적이 바닥인데도 불구하고 올림피아드 고수들이 득실거리는 중점반에 들어갔다는 사실이었다.

"모르긴 해도 허우 국장에게 돈푼깨나 찔러줬겠지."

쉬지스가 기분 나쁜 웃음을 지으며 팡자위를 바라봤다.

팡자위는 웃기만 할 뿐 대꾸하지 않았다.

"얼마나 줬어?" 쉬지스가 말했다.

"내게 잘못된 길이라도 좀 가르쳐 주지그래! 우리 집 돈 덩어리(아들)도 내년에 똑같은 문제에 직면할 테니."

팡자위는 그래도 여전히 입만 실룩거렸다.

"아예 안 주든지, 아니면 단단히 챙겨주든지."

그녀는 대충 이렇게 얼버무리며 입을 닫았다.

쉬지스가 입을 헤 벌리고는 얼떨떨한 표정으로 고개를 끄덕였다.

두 사람이 이야기를 나누는 사이 진한 향수 냄새와 함께 마흔이 좀 안 돼 보이는 여자 하나가 종업원 뒤를 따라 방으로 들어왔다.

팡자위와 쉬지스는 재빨리 눈빛을 교환했다. 두 사람 모두 한껏 놀란 표정이었다.

쑹후이롄은 히비스커스 같기도 하고, 무궁화 같기도 한 커다란 실크 꽃을 머리에 달고 있었다. 윗옷은 분홍색의 화려한 앞여밈 저고리에 아래는 몸에 착 달라붙는 검은색 레깅스 그리고 꽃수가 놓인 천 신발을 신고 있었다. 어깨에는 비스듬히 축 늘어진 에코 백을 걸치고 있었는데 커다란 모란꽃 도안이 눈에 띄었다.

그녀가 방 입구에 서서 두 사람을 향해 웃었다.

처음에 팡자위는 누군가 방을 잘못 찾아왔나 싶었다. 그런데 갑자기 상대방이 의아한 표정으로 입을 열었다.

"어? 나 몰라보겠어?"

"요, 미스 쑹!"

쉬지스가 재빨리 몸을 일으키며 그녀와 악수했다.

"왜 침대시트를 입고 오셨나? 거리에서 만났으면 차마 알은 척을 못 했겠는데."

"보기 싫어요?"

쑹후이롄이 고개를 삐딱하게 기울였다. 그녀의 장난기 섞인 모습이 조금 부자연스러웠다.

쉬지스가 웃었다. "예뻐, 예뻐! 화려한 꽃무늬 차림이 우리 중국인들 보기엔 좀 어지럽지만 미국인들은 좋아하겠네. 그치? 그리고 해외를 한 바퀴 돌면서 이참에 중국의 문화도 좀 전파하고. 왜 보기 싫겠어? 예뻐!"

쑹후이롄은 쉬지스의 비아냥을 못 알아들은 듯 팡자위에게 다가가 그녀를 껴안았다.

"슈룽은 그대로네. 아직도 젊고 예뻐."

그녀가 돤우는 왜 오지 않았는지 물었다. 팡자위가 막 설명을 하려는데 갑자기 쑹후이롄 입에서 줄줄이 영어가 튀어나왔다. 팡자위는 정신이 없어 그녀가 뭐라고 지껄이는지 정확히 알아듣지 못했다.

쑹후이롄은 사람이 180도로 바뀌었다. 20년 전에도 발육상태가 남달랐던 몸매는 미국에 간 후 다시 한 번 성장한 것이 아닌지 의심스러울 정도였다. 기골이 장대하고, 몸은 뚱뚱했다. 모공까지 덩달아 넓게 퍼져보였다. 마치 털이 다 뽑힌 닭 가슴살 같았다. 보드랍고 하얗던 피부가 갈색이 된 걸 보니 일광욕을 너무 많이 한 것 같았다. 그 예쁘던 달걀형 얼굴도 정방형이 되었고 아래턱은 마치 칼로 깎아낸 듯했다. 먹는 음식에 따라 사람도 변한다더니 과연 그 말이 맞는 듯했다. 머리는 와인색으로 염색하고, 이마를 가린 앞머리는 마치 창살처럼 보였다. 성별을 가늠하기 힘들게 몸매와 헤어스타일이 많이 변했고 늙수그레해진 모습이 세월을 그대로 보여주고 있었다.

팡자위는 쉬지스의 눈에서 세상에 대한 슬픔, 인간에 대한 연민의 눈빛을 느꼈다. 20년 전의 감정은 눈 녹듯 사라져버린 듯했다.

쑹후이렌은 외국 사는 사람들이 으레 그러하듯 선물을 가져왔고, 또한 으레 그러하듯 자기가 보는 앞에서 선물을 풀어보라고 하면서 그렇게 하는 것이 '우리 미국'의 습관이라고 강조했다. 그녀는 쉬지스에게 랜덤하우스에서 이제 막 출간된 영문수필집—쉬지스는 톈진 말로 빈정거렸다. 허이! 좋아! 영어는 한마디도 못하는 사람한테, 이건 작정하고 골탕을 먹이는 거 아냐?—과 하버드대학 풍경이 인쇄된 마그네틱을 선물로 가져왔고, 팡자위에게는 같은 수필집 외에 50ml짜리 에스티 로더 Estee lauder 향수 한 병을 가져왔다. 돤우 것도 빼놓지 않았다. 그에게는 4장짜리 브람스 교향곡 CD 전집이 선물이었다. 돤우가 클래식 애호가라는 사실을 아직도 기억하고 있다니……. 팡자위는 잠시 말문이 막혔다.

그녀가 지갑에서 사진 한 장을 꺼내 그들에게 보여주며 누가 자기 husband고, 누가 자기 baby인지 맞춰보라고 했다. 흑인은 키가 크고 약간 만델라 같은 인상이었다. 그녀의 두 baby 역시 모두 거무튀튀했다. 이어 별장의 넓은 잔디밭, 밤이 가득 떨어진 숲, 수영장 옆 장미화원도 소개했다. 팡자위는 예의상 억지로 감탄사를 연발했다. 쉬지스는 옆에서 우울한 모습으로 담배를 피웠다. 이 모든 것들에 전혀 흥미가 없었다.

쑹후이렌은 곧이어 이번에 귀국해서 보고 느낀 것들을 말하기 시

강남에 봄은 지고

작했다. 고향의 부모에 대한 이야기도 했다.

부모는 몇백 평 정도 되는 땅에 배추를 심는데 대부분 시장에 내다 팔았다. 팔고 남은 수십 포기는 그대로 밭에 던져두어 퇴비로 삭힌다고 했다. 쑹후이렌이 배추를 어떻게 버리느냐고 물었다. 왜 집에 가지고 와서 먹지 않고? 엄마는 배추에 약을 너무 많이 쳐 먹을 수가 없다고 했다.

"내가 Boston에 있을 때 사람들이 너희 중국 사람들은 모두 몸속에 독이 가득 들어차서 모기가 물면 오히려 모기가 중독되어 죽는다고 했거든? 천일야화 같은 얘기라고 생각했는데 실상 별 차이가 없더라고. 대체 요즘 어떻게 살고 있어?"

쉬지스가 웃었다. "안심해. 오늘 밤에 배추는 안 시켰으니까. 배추가 있어도 자당께서 키우신 배추는 아닐걸?"

쑹후이렌이 이어 자기 마을에 아시아에서 가장 큰 제지공장이 있다고 했다. 그런데 그 공장에서는 오염된 물을 정화처리도 안 하고 그대로 창장 한가운데로 흘려보낸다고 했다.

"내가 마시는 수돗물이 창장에서 왔다고 생각하니 소름이 끼쳐. 화학공장 매연에 마을 전체가 사우나 같아. 다섯 걸음 정도 떨어져 있는 곳의 소나 말도 구분을 못하겠더라."

쉬지스가 갑자기 세차게 기침을 하기 시작했다. 콜록콜록 한참 동안 기침을 하더니 끝내 가래를 뱉어 냅킨에 조심스럽게 싸서 되는대로 식탁 위에 던졌다. 쑹후이렌이 역겹다는 듯 미간을 찌푸리며 막 음식을 집으려고 뻗었던 손을 재빨리 움츠렸다.

그녀는 거의 아무것도 먹지 않았다.

"네 말이 아마 모두 사실일 거야."

가래를 뱉고 나자 쉬지스의 목소리가 많이 청량해졌다.

"하지만 중국 환경이 그렇게 망가진 데는 객관적으로 말하자면 귀국貴國 역시 적잖은 책임이 있어."

"그게 우리랑 뭔 상관이래?"

"너희 마을에서 생산하는 종이 대부분이 미국으로 수출되거든!"

쑹후이렌이 팡자위 쪽으로 몸을 틀며 말했다. "이유는 모르겠지만 이번에 귀국해보니 상황이 20년 전과 크게 달라졌더라. 마치 사람들 모두 미국에 편견을 갖고 있는 느낌이야. It's stupid!"

"그건 이 세상 대부분의 죄악이 미국인이 저지른 거라 그래."

쉬지스는 여전히 낄낄대며 상대방의 불쾌감을 완전히 무시했다.

"염병할!"

쑹후이렌은 다급해지자 옛 고향 말이 튀어나왔다. 그리고 줄지어 속사포처럼 튀어 나오는 영어에 잠시 멍해 있던 쉬지스가 짜증을 냈다.

"뭐래?"

쉬지스가 어이없다는 듯 팡자위를 바라봤다.

팡자위가 쑹후이렌을 힐끗 보고는 쉬지스에게 괜히 상대방을 몰아붙이지 말라고 눈을 깜빡이며 눈치를 줬다.

"지스 씨가 무시무시한 마오파이毛派(마오쩌둥주의자) 같다고 말하는 거예요."

쉬지스는 여전히 물러설 기색이 아니었다.

"그래. 나 마오파이야. 중국에서 양심이 있는 사람이라면 모두 당신이 말하는 마오파이로 변하는 중이지."

쑹후이렌은 이런 논쟁을 끝내고 싶은 눈치였다. 그녀는 더 이상 쉬지스를 상대하지 않았다. 대신 팡자위를 향해 감회에 젖어 말했다. "오늘 밤에 돤우 선생이 안 나와서 아쉽다!"

그녀는 여전히 그를 선생님이라고 불렀다. 그러나 팡자위 생각엔 돤우가 자리에 있다 해도, 또한 그가 본능적으로 마오파이를 싫어하긴 해도 쑹후이렌의 입장을 지지하진 않을 것 같았다.

마침내 그들은 20년 전 그날의 만남에 대한 이야기를 하기 시작했다. 원래부터 세 사람이 공통적으로 떠올릴 이야깃거리는 그다지 많지 않았다.

쑹후이렌은 그날 만남은 처음부터 끝까지 철저하게 계획된 올가미이자 음모였다고 말했다. 순결하고 무지한 소녀 둘을 초은사로 데려가 상하이에서 왕림한 대 시인을 알현시키는 자리였다는 것이다.

"처음부터 두 사람, 꿍꿍이속이 있었던 거죠. 안 그래요?"

쑹후이렌이 웃으며 말했다.

결국 쉬지스의 얼굴에 음흉한 미소가 떠올랐다. 상스럽기 짝이 없었다. 그는 동의도, 그렇다고 반박도 하지 않은 채 미소만 지었다.

"처음부터 그럴 작정으로 우리 두 사람을 갈라놓은 거예요. 그렇죠? 초은사에서 오후 내내 여기저기 돌아다니느라 다리를 몇 군데나 모기한테 물려서 벌겋게 달아올랐는데. 그게 다 날이 어둡길 기다렸다가 우리를 침대로 끌고 가기 위해서였죠. 그래요, 안 그래요? 이실직고 해요!"

쑹후이렌이 흥분하기 시작했다. 그녀는 쉬지스의 어깨를 툭툭 치며 그날 그런 행동을 했던 이유와 세세한 계획을 실토하라고 자꾸만 다그쳤다.

다시 20년 전 그 시사詩社 모임장에 돌아온 것 같았다.

팡자위는 조금 지겹고 짜증이 났다. 이미 오래전에 가구로 만들어버린 죽은 나무를 두고 애초에 무성한 가지나 잎이 달렸을 때를 회상해야 한다니 아득함을 너머 서글픔이 밀려왔다. 겨우 성에 눈 뜨기 시작하던 때의 일이라고 하거나 아니면 진정 그것이 사랑이었다고 할지라도 이제는 모든 것이 식후에 떠드는 잡담거리에 지나지 않았다. 그녀가 종업원을 불러 찻주전자에 물을 추가해달라고 하는데 쉬지스의 말이 귀에 들어왔다.

"사실 딱히 그러려고 했던 건 아냐. 원래는 그날 오후에 함께 모여서 시에 대한 이야기나 하면서 놀려고 했지. 그날 재래시장에 가서 노화계 한 마리를 샀던 것도 기억해. 그런데 오후에 초은사에서 다닐 때 보니 두 사람 모두 확실히 한껏 마음이 달아오른 상태였어. 특히 후이렌이 말이야. 분위기가 그러니 이 바보들이 모두 헛생각을 한 거지. 나랑 돤우가 오줌을 누면서 이야기했지. 내가 농담으로 만약 두 여자 가운데 한 명과 밤을 보낸다면 누구를 선택하겠느냐고 물었어. 두 사람도 알잖아, 돤우가 군자인 양 위선을 떠는데 일가견이 있다는 것 말이야. 그가 내 말을 듣더니 반대도 하지 않고 그렇다고 누가 좋다는 말도 안 하더라고. 다만 '어떻게 그래?'라고 반문은 하더군. 그때 돤우가 어떤 생각을 했는지는 나도 몰라. 그 후에 다시 물어본 적도 없어. 그냥 그때 나 혼자 돤우가 아무래도 슈룽을 좋아할 거라는 생각이 들더라고. 그렇다면 이어서 내가 할 일은 후이렌을 데리고 빠져주는 거지. '군자는 다른 사람의 완성을 돕고, 소인은 그 반대'라고 했잖아. 그냥 그랬던 것뿐이야."

"문제는 나도 돤우 선생님을 좋아했었다는 거야……."

후이렌의 입술이 잇몸에 붙어 떨어지지 않았다. 잠시 후 그녀가 다시 말을 이었다. "이제 왜 내가 영화관에서 당신 따귀를 때렸는지 알겠죠?"

강남에 봄은 지고

쉬지스는 무의식적으로 자기 뺨을 어루만졌다. 20년 전의 아픔이 뺨에서 생생하게 살아나는 느낌이었다.

"그렇다면 당신 역시 나랑 마찬가지로 그날 모임의 들러리였군. 하지만 우리 둘의 희생이 이렇게 아름다운 결혼을 성사시켰으니, 내가 맞은 따귀가 그래도 값어치가 있었네. 자, 우리 한잔하지!"

"최근 몇 년 동안 난 가끔씩 망상에 빠지곤 해요."

후이렌이 술잔을 비웠다. 그녀의 눈빛이 아련해졌다.

"만약 그날 당신이 데리고 간 사람이 슈룽이고 초은사 연못 옆 작은 집에 남아 있던 사람이 나였다면 운명이 어떻게 달라졌을까? 그래도 내가 미국에 갔을까? 스티븐과 결혼했을까? 나중에 그 망할 놈의 윌리엄과 재혼했을까?"

팡자위는 점점 대화가 추해지자 후이렌의 말을 끊고 쉬지스에게 말했다.

"난 다른 게 알고 싶어요. 돤우 씨는 그날 밤 내게 아무 말도 않고 상하이로 돌아가버렸어요. 지스 씨가 그 사람 기차표를 미리 사줬었어요, 아니면 그날 갑자기 떠나기로 생각하고 역에 가서 표를 샀던 거예요?"

그녀의 말에 쉬지스는 호락호락 대답할 질문이 아님을 직감했다. 그는 정신을 가다듬고 진지하게 생각한 후 말했다.

"그건……, 기억이 잘 안 나네."

팡자위가 굳은 얼굴로 말했다. "내가 말하고 싶은 건 내가 그날 밤의 유일한 수혜자는 아니라는 거예요. 반대로 피해자라고 한다면 그건 내가 유일한 것 같군요."

"그만 하고 술이나 마셔. 자, 마시자고……."

쉬지스가 허둥지둥 말했다.

"좋은 건 자기가 다 차지해놓고 무슨 소릴 하는 거야!"

쑹후이롄이 실눈을 뜨고 그녀를 바라보며 웃었다.

"그때 돤우 씨가 내 수첩에 주소를 써줄 때 왠지 몰라도 그 손을 좋아하게 됐어."

쉬지스가 쑹후이롄에게 말했다. "이 여자 좀 보게! 왜 자꾸 말도 안되는 소리만 하는 거야? 돤우 이야기는 그만 하자고. 우리 둘 사이의 문제가 아직 끝나지 않았어. 다짜고짜 내 따귀를 갈겼잖아. 대체 왜 그랬어?"

쑹후이롄이 멋쩍게 웃으며 말했다. "오늘 결판을 내죠, OK? 좀 있다가 식사 끝나고 당신 따라갈게요. 어디 좋은 데 물색해서 그 빚을 갚을게요, 어때요?"

쉬지스가 멋쩍게 웃으며 아무 대꾸도 하지 않았다.

계산을 끝낸 후 세 사람은 문 밖으로 나와 택시를 기다렸다.

쑹후이롄은 정말 쉬지스와 같이 갈 모양이었다. 그녀가 쉬지스에게 오늘 다른 일이 있는지 묻자 쉬지스는 정색을 하며 친한 친구 몇 명과 약속이 있는데 모두 카드 귀신들이라 호소산장에 카드를 치러 갈 거라고 했다.

"후이롄, 당신은 됐어. 갈 것 없어. 너무 먼 곳이야."

팡자위는 화장실에 가고 싶어 후다닥 그들과 작별인사를 했다.

종업원 하나가 그녀를 데리고 마당 서쪽으로 향했다. 그녀의 귀에 쑹후이롄이 쉬지스에게 아쉬워하는 소리가 들렸다.

"오늘 돤우 씨를 못 만나서 섭섭해요."

하지만 팡자위는 오늘 돤우가 그곳에 있었다는 사실을 알게 되었다.

무슨 육감六感이 있었던 것은 아니다. 그가 오후에 깔끔하게 면도를 할 때 팡자위의 마음 깊숙한 곳에서 잔잔한 파문이 일 듯 스쳐 지나갔던 의혹 때문도 아니었다. 그녀는 푸른 LED 등이 비추는 복도를 지나면서 개나리 가지로 뒤덮인 작은 돌다리 옆에서 우연히 돤우를 발견했다.

회색 운동복 차림의 여자가 돤우의 손을 잡고 다리 옆 아치문 쪽을 가리켰다. 많아 봤자 갓 스물을 넘긴 것처럼 보였다. 그녀가 돤우의 어깨에 비스듬히 머리를 기대고 있었다. 한눈에 봐도 술을 많이 마신 상태였다.

돤우 역시 팡자위를 발견했다. 그는 백치처럼 눈을 깜빡거렸다. 표정이 복잡했다. 어떻게 해야 할지 모르는 눈치였다. 팡자위가 조용히 그의 옆으로 다가가 그의 뺨을 후려갈긴 후 홱 뒤돌아 그 자리를 떠났다. 그녀를 안내하던 종업원이 그 자리에 얼어붙었다.

사실, 팡자위는 따귀를 때리고 난 후 그대로 태연히 화장실에 갈 생각이었다. 그러나 어느새 그녀는 집으로 가는 택시 안에 앉아있었다.

그녀는 소변을 참느라 죽을 지경이었다.

11

뭐뭐가 거실 식탁에서 숙제를 하고 있었다. 이상했다. TV도 보지 않고, 게임기도 하지 않고, 컴퓨터도 켜지 않고, 앵무새와 놀고 있지도 않왔다. 확실히 숙제를 하고 있었다. 귀에 흰색 이어폰도 꽂고 있었다. 그녀의 애플 아이팟이었다. 아이가 고개를 흔들며 문제를 풀고 있었고, 테이블 위에는 여기저기서 모은 시험지들이 가득 널려 있었다.

"엄마, 중간시험 성적 나왔어."

엄마가 들어오는 것을 보고 뤄뤄가 말했다.

팡자위는 아이에게 대꾸하기가 귀찮아 짜증스럽게 외쳤다.

"엄마가 뭐라고 했어? 너한테 천 번도 더 말했잖아, 숙제할 때 음악 듣지 말랬지!"

그리고 그대로 화장실로 달려갔다.

팡자위는 변기에 앉아 시원하게 볼일을 보다 갑자기 아들이 조금 전 한 말이 생각났다. 평소답지 않았다. 어제도 아들이 학교에서 돌아오자마자 싱글벙글 그녀에게 똑같은 말을 했었는데, 그때도 대꾸하지 않았다. 그녀는 이미 끝에서 달랑거리는 아들 성적에 익숙해져 있었다. 매번 시험성적이 나올 때마다 뤄뤄는 성적을 숨기느라 정신이 없었다. 정말 어쩔 수 없을 때가 아니면 먼저 입 밖으로 성적 이야기를 꺼내지 않았다. 그런데 자발적으로 중간고사 시험성적을 말하다니, 설마…….

팡자위는 갑자기 바짝 긴장을 한 채 재빨리 화장실에서 나왔다. 그녀는 아들 맞은편에 앉아 상냥하게 아이의 머리를 쓰다듬었다.

"성적 나왔다고? 수학 몇 점 맞았는데?"

"망쳤어. 마지막 문제 배점이 컸는데 두 단계를 못 써서 좀 깎였어."

"쓸데없는 소리 하지 말고! 대체 수학 몇 점 맞았어?"

"그럭저럭."

아들의 얼굴에 자기에 대한 불만이 새겨졌다. 아이가 시험지를 엄마에게 건넸다.

107점이었다.

120점 만점에 아들이 107점을 맞았다.

그녀는 공대 출신인데도 아들 수학문제를 풀기가 쉽지 않았다. 그런데 뭐뭐가 107점을 맞은 것이다.

팡자위는 왈칵 눈물이 쏟아졌다. 계속해서 소리 없이 흐느껴 울었다. 아들이 엄마 옆으로 와서 그 작은 손으로 엄마 어깨를 토닥거렸다.

"사실 아무것도 아냐. 이번 수학문제 쉬웠어. 모두 다 잘 봤어. 이 점수도 반에도 그렇게 잘 나온 건 아냐."

"이 성적이면 반에서 몇 등인데?"

"9등이야. 상위권이라고 할 수도 없어."

"아가!" 갑자기 팡자위가 숨을 헉, 하고 들이키며 소리를 지르고는 아들을 품에 와락 껴안았다. 오늘 하루 종일 온몸을 감싸던 불쾌감이 연기처럼 사라져버렸다. 그녀는 아들을 품에 안고 한참 동안 쓰다듬으며 다른 과목 성적을 묻기 시작했다. 언어, 영어, 역사, 지리, 그리고 생물. 그리고 아이를 놓아준 후 연필을 붙잡고 시험지 뒷면에 숫자들을 더해가며 아이가 학년에서 전체 몇 등을 했는지 짐작해봤다. 어찌나 흥분이 되는지 마음이 진정이 되지 않았다. 연거푸 세 번이나 계산을 했는데 매번 결과가 달랐다.

아들은 물론 엄마가 뭘 하는지 알고 있었다. 아이가 엄마에게 상냥하게 말했다. 계산할 필요 없어. 전 학년 등수가 어제 오후에 이미 발표됐어. 전체 17개 반斑 7백 여 명 중에서 뭐뭐는 83등이었다.

팡자위가 아들을 떼놓고 침실로 달려가 '다이쓰치 엄마'인 후이웨이胡依薇에게 전화를 걸어 신바람이 나서 아들의 중간고사 시험성적과 등수를 알려줬다.

"축하해요!"

다이쓰치 엄마는 갑자기 이성을 잃은 사람처럼 전화기에 대고 무례하게 소리를 지르더니 씩씩거리며 전화를 끊었다.

이 모두 팡자위의 예상대로였다. 바로 팡자위가 기대하던 반응이었다.

"다이쓰치는 몇 등이나 했어?"

그녀가 거실로 돌아와 아들에게 물었다.

"처참해. 구체적으로는 몰라. 어쨌거나 2백 등 밖이야. 후이웨이 아줌마가 화가 폭발해서 뜨개바늘로 개 얼굴을 찔렀대."

아들의 말에 팡자위의 입가에 냉소가 피어올랐다.

다이쓰치는 팡자위와 같은 단지에 살았다. 허푸실험소학교에서도 뤄뤄와 다이쓰치는 같은 반이었다. 매번 학부모회를 할 때마다 후이웨이는 팡자위를 거들떠보지도 않았다. 거만하기 짝이 없었다. 자기는 임금도 제대로 못 받는 전기도금공장 여공으로 열 손가락에 시꺼멓게 기름때를 묻히고 다니면서도 팡자위와 결코 동급이 아니라고 여기던 여자였다. 다이쓰치는 예쁘고 활발한 아이로 뤄뤄와 사이가 좋았다. 팡자위 역시 그 아이를 좋아했다.

언젠가 학부모회가 끝난 후 팡자위가 농담 반 진담 반으로 후이웨이에게 말했다.

"그러지 말고 그 집 딸하고 우리 아들하고 결혼시키면 되겠네."

그런데 뜻밖에도 평범하기 짝이 없는 농담에 여공인 후이웨이가 발끈했다. 그렇게 많은 학부모들 앞에서 그녀가 날카롭게 그녀에게 물었다.

"그렇게 더럽고 저속한 생각은 어디서 나오는 거예요?"

강남에 봄은 지고

팡자위는 그녀의 말에 이러지도 저러지도 못한 채 얼굴이 흙빛이 되어 그냥 미안하다는 말만 하고 상황을 마무리했다.

넉 달 전, 중학교 입학시험이 있었다. 다이쓰치는 무사히 허푸실험 중학교 '용반'龍班에 합격했다. 한데 뤄뤄의 성적으로는 용반은커녕 호반虎班이나 우반牛班도 들어갈 수 없었다. 결국 가장 꼴찌반인 서반鼠班에 들어가고 말았다. 다이쓰치와 그녀의 엄마는 평소 뤄뤄에 대해 이야기할 때면 뤄뤄를 '쥐새끼 무리'라고 불렀다. 화가 난 팡자위는 숱하게 다짐했던 맹세를 뒤로 한 채 독한 마음을 먹고 시 교육국의 허우 국장을 찾아갔다. 개학 후 3주가 지났을 때 뤄뤄는 슬그머니 용반으로 입성해 가족이 모두 이민을 간 학생의 빈자리를 채웠다.

팡자위는 집 주변이나 교정에서 후이웨이를 만날 때마다 고개를 들지 못했다. 그녀만 보면 바짝 긴장이 됐다. 그럴 때마다 후이웨이는 언제나 쌀쌀맞은 눈초리로 그녀를 흘겨봤다. 그녀의 시선이 마치 불량배의 손길처럼 소리 없이 그녀의 옷을 벗기는 것만 같았다. 마치 팡자위에게 그녀와 허우 국장이 사적으로 맺은 더러운 거래가 금전뿐만이 아니지 않느냐고 추궁하는 듯했다. 그녀는 심지어 《허푸만보》에 익명의 편지를 보내 아예 이름까지 들먹이며 '교육국 모 지도자'에게 파렴치하게 성상납을 했다고 팡자위를 비난했다.

물론 그 편지는 쉬지스가 제때 손에 넣어 불태워버림으로써 더 이상의 소동은 일어나지 않았다.

뤄뤄가 용반에 들어가긴 했지만 팡자위는 후이웨이가 나서서 조직한 '용반 학부모 친선모임'에 들어갈 수 없었다. 그녀의 아들이 '부적절한 경로를 통해 용반에 들어왔기 때문에', 또한 '한 마리 쥐새끼가 다 된 밥을 망칠 수 있기 때문'이었다. 그들은 주말이나 쉬는 날에 여러 가지

방과 후 수업을 조직했지만 단 한 번도 뭐뭐에게 알려주지 않았다. 들리는 말에 의하면 '용반의 순수성을 유지하기 위해서'라고 했다.

하지만 이제는 모든 것이 달라졌다. 모든 치욕을 떨쳐버렸다. 철천지원수에게 복수를 하고 나니 상쾌하기 그지없었다. 이상하게도 이런 희열은 자기 마음이 아니라 육체에서 오는 것 같았다. 태풍이 태평양에서 생성되어 순식간에 하늘을 가득 메우며 폭풍을 몰고 오는 것 같기도 하고, 몸 속 깊은 곳에서 쾌감이 끓어오르며 머리가 아찔할 정도로 높은 정상에 오른 기분이었다. 드디어 기회가 왔으니 꿈에도 그리던 말투로 아들을 향해 처음으로 이렇게 말했다.

"아가, 열심히 하는 게 좋다는 건 알아. 하지만 하루 종일 문제만 풀 수는 없어. 쉴 때는 쉬고 놀 때는 놀아야지. 아가, 오늘은 주말이잖아! TV 봐도 되고 게임 해도 되고, 음악을 들어도 좋고, 뭐든지 해도 돼……."

팡자위가 아들이 막 귀에 꽂은 흰색 애플 이어폰 한쪽을 빼내 자기 귀에 꽂았다.

"오, 존 레논 듣고 있었구나!"

비틀즈의 〈옐로우 서브마린〉Yellow Submarine이었다. 아들이 벌써 비틀즈의 음악을 듣기 시작했다. 아이의 예술적 품격도 그리 낮지 않아 보였다.

"다이쓰치가 그렇게 예뻐?"

갑자기 팡자위가 물었다.

"엄마 생각에는?"

아들이 배시시 웃으며 엄마를 바라봤다.

"난 그냥 평범한 것 같은데. 어릴 때는 그럭저럭 예쁘더니 크면서 점점 못생겨지는 것 같아. 호박같이 생긴 그 엄마 얼굴을 보면 알잖아."

둰우는 아직 돌아오지 않았다.

어린 애인 앞에서 따귀를 날렸는데도 집에 곧장 돌아오지 않다니! 이건 정말 말도 안 돼, 세상에! 그곳 불빛이 너무 어두워서 그들이 정말 손을 잡고 있었는지, 그 애가 정말 남편 어깨에 머리를 기대고 있었는지 사실 그다지 확신은 없었다. 하긴 두 사람이 진짜 그렇고 그런 사이라고 해도 그게 뭐가 어떻단 말인가? 결혼 후 맺은 '군자협정'에 따르면 이런 일 역시 남편의 권리다. 하물며 그 권리를 자기도 이미 써먹지 않았던가. 그것도 한 번이 아니라 여러 차례.

이치적으로 따지면 조금 전 따귀는 조금 어이가 없었다.

둰우가 언제 돌아왔는지 모르겠다. 날이 밝을 무렵, 그녀는 앵무새 울음소리에 잠에서 깼다. 일어나 소변을 본 후 거실에 나가보니 둰우가 어항 아래 소파에서 웅크린 채 잠이 들어 있었다.

그녀는 얇은 이불을 가져다 그에게 덮어줬다.

둰우는 잠을 자지 않고 있었다. 희미한 새벽빛 아래 그녀가 자신의 모습을 쳐다보고 있었다. 그가 아내를 향해 웃었다. 여자애 이름은 뤼주고, 서우런의 친척으로 시 쓰는 걸 좋아한다고 했다. 어제 오후에 그 애가 자기에게 계화 감상을 하자고 해서 '도미화사'에 갔다고 했다. 그들 사이에는 아무 일도 없었다. 아이가 심각한 우울증을 앓고 있어. 무엇보다 중요한 것은 어제 오후 모임에 그들 둘만이 아니었다는 것이다. 민간 환경보호조직인 '대자연기금회'의 책임자인 허톄원이란 사람도 함께 있었다고 했다.

"그 사람도 여자죠?

팡자위가 코웃음을 치며 냉소를 보냈다.

"어때? 이제 안심이지?"

돤우가 갑자기 소파에서 일어나 앉으며 그녀를 바라봤다.

"내가 걱정할 게 뭐 있겠어요? 당신이 뭘 하든 그건 당신 일이에요. 그리고 당신이 아무것도 안 했다고 해서 당신이 하고 싶지 않았다는 걸 말해주는 건 아니잖아요?"

"허톄원은 서우런이 뤼주를 통해 자기 조직에 자금을 좀 지원해줬으면 하고 바라고 있거든. 뤼주 역시 그 여자와 함께 환경보호 사업을 하고 싶어 하고. 그렇게 하면 그 애 우울증을 개선하는데 도움이 될 것 같아서."

"요! 당신이 우울증 치료에도 일가견이 있었어요? 갈수록 능력자가 돼 가네, 안 그래요? 당신 마누라도 심각한 우울증인데 언제 치료 좀 해 줄래요?"

돤우가 헤헤 웃으며 그녀의 손을 잡았다.

하지만 팡자위는 그의 손을 매몰차게 뿌리쳤다.

12

다음 날 아침 아홉 시, 팡자위는 옌쥔항演軍巷으로 탕옌성을 보러 갔다. 조용하고 깊은 골목이었다. 송대부터 군대가 주둔했던 장소다. 팡자위는 그곳의 건물은 물론이고 대문이며 나무, 풀 한 포기까지 모든 것이 익숙했다. 까만 처마와 푸른 기와, 좁은 길과 짙은 녹음이 좋았고, 청석硃이 깔린 길을 걸을 때 나는 달캉달캉 소리도 좋았다. 그윽하고 어두운 그곳이 언제나 마음에 들었다. 예전에는 이 어두운 골목을 걸어갈 때면 마음이 차분하게 안정이 되었었는데. 그 후 어쩌다보니 이곳을 잊고 살아왔다.

10여 년 전, 팡자위는 탕옌성과 신혼집을 준비했다. 봄에서 여름으로 바뀌는 우기였다. 집안에 온통 곰팡이가 핀 것 같았다. 길고 긴 낮 동안 그녀와 함께하는 사람은 옌성이 불러온 목공 두 사람이었다. 그들은 그녀에게 꽃문양이 새겨진 신혼침대를 만들어줬다. 팡자위는 하루 종일 대나무의자에 앉아 책을 봤다. 대개 얼마 보기도 전에 녹나무 톱밥 향기를 맡으며 깊이 잠이 들었다. 정오가 되면 톱밥 향기에 섞여 옆집에서 음식 냄새가 풍겼다. 마음이 정말 편안했다. 거리 가득 피어오른 안개비, 청석판에 어지럽게 흩어지는 물방울, 바람에 흔들리는 담장 아래 풀들, 빗속에 푸르게 낀 이끼를 바라보며 그녀는 문득 조금은 오래 되고 황폐한 이 골목에서 얼마나 될지 알 수 없지만 자신의 일생을 보내는 것도 좋겠다는 생각을 했었다.

그녀는 문득문득 상하이로 가고 싶은 충동을 억눌렀다. 자꾸만 자신에게 더 이상 둰우를 생각하지 말자고 다짐했다. 초은사의 연못, 연꽃과 달을 잊자고. 그래봤자 한 세상 사는 건 모두 마찬가지라고 생각했다. 타지 출신으로 아는 사람도 없는 평범한 한 여자에 불과한데, 그냥 이렇게 사는 거지.

열흘 넘게 내리던 비가 그쳤다. 날이 개자 탕옌성이 팡자위를 데리고 화롄백화점으로 반지를 고르러 갔다. 두 사람은 한 달 후 노동절로 결혼날짜를 잡았다. 2층 저우다푸周大福 보석가게에서 벽에 붙은 네모난 거울에 둰우의 모습이 비쳤다. 마치 귀신을 본 것 같았다. 몸을 돌렸지만 그의 모습은 보이지 않았다. 에스컬레이터가 있는 모퉁이 쪽이 텅 비어 있었다.

탕옌성이 보석가게의 반지를 모두 꺼내 하나씩 껴 보라고 했다. 팡자위는 모두 잘 안 어울린다고 했다. 탕옌성은 참을성이 있었다. 그가 큰길에 있는 신광쇼핑센터 안에 있는 저우성성周生生(저우다푸와 더불어 홍콩을 본사로 하고 있는 2대 보석 브랜드 중 하나)으로 그녀를 데리고 갔다. 팡자위가 갑자기 가슴을 움켜쥐며 바닥에 주저앉았다. 시기적절하게 그녀에게 협심증 증세가 나타났다. 탕옌성이 경찰차를 몰고 사이렌을 울리며 번개처럼 병원으로 그녀를 호송했다.

병원으로 가는 도중, 당연히 그녀의 협심증 증세는 절로 좋아졌다.

다음 날, 그녀는 간단한 쪽지를 남겨 놓고 짐을 정리해 조용히 사라졌다.

이상하게도 탕옌성 역시 그녀를 찾지 않았다.

3년 후 청명절, 그녀는 돤우와의 사이에서 낳은 돌잡이 아들을 안고 학림사로 복사꽃 구경을 갔다. 그런데 그곳에서 그녀는 경찰차에서 내리는 탕옌성을 만났다. 탕옌성은 성큼성큼 그녀에게 다가오더니 멋쩍은 듯 씩 웃으며 말을 걸었다. 자신에게 주어진 운명을 묵묵히 받아들이는 듯했다. 하지만 그녀는 옌성의 말 한마디에 끝내 울음을 터뜨렸다.

"결국 이렇게 되어버렸네. 이제 다시 오누이 사이로 돌아가는 건 불가능하겠지?"

그녀는 탕옌성의 아이를 낙태한 적이 있었다.

팡자위는 차를 옌췬항 밖 길가에 세우고 골목 안으로 걸어 들어갔다. 골목은 현재 '민속풍경 일번가'로 개조 작업이 한창이었다. 원래의

강남에 봄은 지고

회색 벽돌 건물에 페인트칠을 하는 중이었다. 붉은색, 회색빛이 감도는 남색 또는 흰색이었다. 가게 문 앞에 오르락내리락 빨간 등롱을 걸어놓은 모습이 매우 인상적이었다. 가게에서 파는 차, 납염 천, 꽃신, 장신구, 골동품과 비단 모두 이 지역 토산물이었다.

아침이라 거리에는 여행객이 별로 보이지 않았다. 한데 예전 그 자리 그대로인 공중화장실은 아직도 낡고 허름하고 냄새가 고약했다. 푸젠회관福建會館의 커다란 담장 아래 노인 하나가 지팡이를 껴안은 채 난간에 앉아 졸고 있었다. 옆에는 커다란 누런 개가 엎드려 있었다. 그녀의 발소리에 잠이 깬 노인은 뚫어져라 지나가는 그녀를 바라봤다. 그 눈빛에 무슨 생각이 담겨 있는지 종잡을 수가 없었다.

조금은 낯설게 느껴지는 거리를 걸어가며 팡자위는 자신의 가슴속에 남아 있던 뭔가가 이제 모두 죽어버렸다는 생각이 들었다. 하지만 그래도 괜찮다. 그녀의 마음을, 그녀의 기억을 부추기는 것들은 이제 존재하지 않았다. 적어도 이처럼 환하게 빛나는 긴 거리에서 과거의 자신을 만날 걱정은 할 필요가 없었다.

탕옌성 집 옆의 잡화점은 술집으로 변해 있었다. 마당 문이 잠기지 않은 채 그냥 닫혀 있었다. 좁은 천정 공간에 나비 리본을 한 7, 8세쯤으로 보이는 여자애가 손에 제기를 들고 해맑은 눈빛으로 그녀를 빤히 바라봤다. 여자애 옆에 청순한 여인 하나가 서 있었다. 서른 초반으로 보이는 여자가 입에 초록빛 머리끈을 물고 햇살 아래 머리를 빗고 있었다. 그녀가 팡자위를 보더니 방 쪽으로 고개를 돌려 소리를 질렀다.

"옌성, 누가 찾아왔어."

여인이 잽싸게 머리를 묶고 웃는 얼굴로 팡자위를 데리고 안으로 들어섰다. 방안에서 변기 물 내리는 소리가 들렸다.

이곳 마당에 두부 만드는 가족이 살았던 기억이 났다. 탕옌성 말이 두부장수 장씨는 재작년에 암으로 세상을 떠났다고 했다. 그는 장씨 아들로부터 이곳을 구입했다. 작은 방 몇 개를 연결하고 동, 서 양쪽에 창문 하나씩을 냈다. 어두침침했던 방은 지붕의 기와까지 PVC 지붕창으로 바꾸고 나서 훨씬 더 넓어지고 환해졌다.

그들은 창가에 놓인 4인용 탁자에 둘러앉았다.

서풍에 파란 하늘이 드러났다. 햇살이 조용히 내려앉았다.

"당신 집을 차지하고 있는 그 여자 이름은 리춘샤야."

탕옌성이 여연如煙(전자담배의 일종) 한 개비를 손가락에 끼고 그녀에게 말했다.

"제일인민의원 특수병동 간호부 주임이고."

병원에서 일했었구나.

팡자위가 그녀를 만났을 때 춘샤는 자신의 몸에서 나는 냄새를 죽음의 냄새라고 했다.

그랬었구나.

"그런 사람들이 제일 다루기가 힘들어. 인맥이 복잡하게 얽혀 있거든. 시의 크고 작은 지도자에다 부자들까지 모두 그녀에게 치료를 받았을 테니까. 분명히 그냥 일반인이라고 볼 수는 없지."

탕옌성의 아내가 두 사람을 위해 철관음鐵觀音(중국차의 일종)을 우렸다. 이어 유자 하나를 가져다 껍질을 벗겼다. 그녀는 과도로 유자에 칼집을 몇 줄 낸 후 유자껍질을 벗기다 잘못해서 손톱이 나갔다. 탕옌성이 안타까운 듯 그녀의 손을 잡아 햇빛 아래 비춰보더니 가만히 웃었다. "당신도 참."

여자도 그를 바라보며 웃었다. 다정하고 자연스러운 부부의 모습이었다.

"그럼 우리 집은 계속 그 여자가 차지하는 거예요?"

팡자위가 물었다. 그녀의 목소리가 어딘지 모르게 조금 건조하고 딱딱했다.

"그런 말이 아니야."

탕옌성이 그녀를 위로했다.

"조급해 하지 말고. 천천히 방법을 생각해 보자고. 차 마셔."

그들은 차를 마시며 잠시 한담을 나눴다. 팡자위가 힐끗 탕옌성을 살폈다. 귀밑머리가 조금 희끗희끗했다. 햇빛 아래 얼굴의 모공이 두드러져 보이고 뺨에는 드문드문 검버섯도 보였다. 사람은 예전보다 훨씬 더 안정되어 보였다. 얼마 안 있어 여자가 아이를 데리고 나갔다. 둘은 시립 소년궁에 갔다. 아이가 피아노를 배운다고 했다.

탕옌성이 그녀를 놀렸다. "랑랑(郞朗32)이 등장한 후 모든 경찰들이 아이의 미래에 대해 허무맹랑한 생각을 하기 시작한 것 같아."

여자가 헤헤 웃으며 뒤돌아 팡자위에게 말했다.

"점심 먹고 가요. 괜찮죠?"

그녀의 외모처럼 그녀의 말도 시원시원했다. 과거 자기와 탕옌성의 관계도 아는 것 같았다. 다만 구체적으로 탕옌성이 아내에게 어떤 식으로 과거 이야기를 했는지는 정확히 알 수 없었다. 그녀가 아이를 안고 천정을 지나 문밖으로 나가는 모습을 보고 있자니 웬일인지 팡자위는 조금 남우세스러웠다.

---

32) 랑랑(郞朗): 1982년생. 중국의 세계적인 피아니스트. 공안이었던 랑랑의 아버지는 아이가 7살 때 공안을 사직하고 랑랑의 피아노 교육을 위해 베이징으로 갔다.

어젯밤에 꿈을 하나 꿨었다.

팡자위가 막 마당에 들어서는데 탕옌성이 자신의 허리를 끌어안더니 차가운 수갑으로 그녀를 침대에 묶어두고 그녀의 두 다리를 쳐든 채 그녀의 가장 깊숙한 곳으로 들어오는 꿈이었다. 달구질하는 것 같기도 하고, 방아를 찧는 것 같기도 했다. 그녀가 필사적으로 몸부림을 치자 탕옌성이 느물거리며 말했다. '본건으로 들어가기 전에 먼저 이전 수업을 복습해 보는 게 어때?' 팡자위는 잠시 생각한 후 수치스러움을 꾹 참고 그냥 그에게 몸을 맡겼다. 그런데 그 '복습'이라는 것이 한도 끝도 없었다. 마치 기억 속의 부슬부슬 내리는 봄비 같았다.

지금은 광분의 시대, 그녀의 꿈 역시 광분해 날뛰고 있었다.

그런데 지금 눈앞에 있는 탕옌성은 진심이든 거짓이든 매우 점잖고 진지했다. 그가 말했다. "우리 같은 형사들은 결국 시체를 거두는 역할이야. 하는 일들이 어쨌거나 결국 뒷북치는 일이지. 내 말뜻 알겠어?"

팡자위가 고개를 끄덕였다. 사실 그녀는 그의 말이 이해가 되지 않았다. 그녀가 손톱으로 유자껍질을 조금 찢어 동글동글 말았다. 동그랗게 말린 황금빛 작디작은 공 모양 껍질이 땀과 손때 때문에 서서히 거무죽죽해지는 모습을 멍하니 내려다봤다. 탕옌성은 전보다 많이 늙어 보였다. 양미간에서 느껴지던 용맹한 느낌도 훨씬 덜했다.

"우리들 일이라는 것이, 그러니까 뭐라고 말할까? 예를 들면 우리 몸에 생긴 종기를 예로 들 수 있겠네. 피부 아래 작은 덩어리가 생기면 아프고 가렵잖아. 하지만 달리 없앨 방법이 없지. 안 그래? 종기가 좋아지려면 그냥 참고 기다리는 수밖에 없어. 곪아서 고름을 깨끗하게 짜내고 약을 발라야 낫지. 내 말 뜻은 독이 나오기 전에는 우리 경찰들도 손을 쓸 수 없다는 거야. 리춘샤가 당신 집을 차지하고 있지만 그 여자 손에 중개업소의 정식계약서가 있잖아. 다시 말해 법원 판결이 나오기 전까지 그녀의 행위는 기본적으로 합법이라는 거지. 우리가 문을 부수고 들어가 당신을 위해 그 여잘 쫓아낼 수는 없어. 당신네 두 집이 실질적으로 어떤 접촉도 없다면 그냥 법원의 절차를 따를 수밖에. 형사가 개입하려면 우선 뭔가 소동이 벌어져야 해. 내 말 뜻 알겠어? 좀 듣기 거북하게 말하면, 당신네 두 집이 정말 싸움이 붙어 누군가 죽거나 다친다면야 뭐 두말할 필요도 없이 우리가 즉각 출동해서 누구보다 앞서 현장에 이를 수……."

"당신 말은 날더러 사람들을 데리고 쳐들어가란 말이에요?"

팡자위가 말했다.

"그래. 바로 그 뜻이야. 만약 당장 문제를 해결하고 싶으면 그게 유일한 방법이야."

듣자니 탕옌성의 '농창膿瘡 이론'은 시어머니의 '용접鎔接 방안'과 본질적인 차이가 없었다. 그러나 지금 이 순간 그녀를 뜨악하게 만드는 건 무슨 피부 아래 종기덩어리가 아니라 그녀의 마음속에서 슬그머니 피어오르는 창망한 마음이었다. 탕옌성은 이미 완전히 딴 사람이 되어 있었다. 과거의 모습은 어디서도 찾을 수 없었다. 시도 때도 없이 느물거리던 모습도 더 이상 찾아볼 수가 없었다.

탕옌성은 그녀에게 형사들이 빠른 시간 안에 이거부동산중개업소의 사장을 체포하길 바라는 것은 극히 비현실적이라고 했다. 게다가 범인을 잡지 못할 경우 법원은 1년 반 정도 질질 시간을 끌 것이며 과연 법정을 열게 될지도 장담할 수 없다고 했다. 그렇다면 이 답답한 상황이나 무례한 짓거리를 모두 참고 견뎌야 한다는 소린데! 결국 그가 팡자위에게 물었다.

"내친김에 하나 물어보지. 조폭 쪽 사람들 좀 아나?"

"몰라요."

팡자위는 갑자기 심장이 덜컹 내려앉았다.

"내가 어떻게 그런 사람들을 알겠어요?"

"거리 깡패들, 노동개조에서 석방된 자들, 건달패들은?"

팡자위는 '당신밖에 없어요'라고 말하고 싶었다. 하지만 그런 농담을 했다가 정말 상대방이 안면을 바꿀 수도 있겠다는 생각이 들자─어쨌거나 만난 지 벌써 많은 세월이 흘렀기 때문이다─ 하고 싶은 말을 꿀꺽 삼킬 수밖에 없었다.

"몰라도 상관없어."

탕옌성이 잠시 생각하더니 다시 말을 이었다.

"다음 주 일요일에 내가 해결해 줄게. 친척, 친구 몇 명 데려와. 사람이 많을수록 좋아. 가능하면 젊은 애들로. 모두들 검은색 정장 입고 선글라스 쓰라고 해. 우선 어떻게 해서든지 리춘샤가 문을 열게 한 다음 다짜고짜 안으로 쳐들어가라고. 집안으로 들어간 후에는 말 섞지 말고. 되도록 신체 충돌은 피하고. 내 말은 '되도록'이야. 설사 무력을 쓴다 해도 사람을 다치게 하지는 말고. 그러고 나면 바로 나한테 전화해. 그날 아침에 탕닝완 부근을 순찰하고 있을 테니까 5분 내에 현장에 도착할 수 있어. 그 다음은 신경 쓰지 마. 우리가 알아서 할 테니까."

"어떻게 처리할 건데요?"

"흐흐! 중재를 하는 거지."

탕옌성이 말했다.

"중재가 실패하면 어떻게 해요?"

탕옌성이 웃었다. "실패할 일은 거의 없어. 사람들이 그렇게 많이 몰려가면 겁 많은 사람은 일찌감치 바지에 오줌을 지릴 거야. 내 경험으로 볼 때 아마 그들도 기꺼이 우리에게 중재를 해달라고 할 거야. 그때가 되면 그들도 배상을 요구할 텐데, 그건 당신이 미리 좀 마음의 준비를 해둬야 해. 내가 보기에 그쪽 배포가 그리 크지 않으면 대충 흥정해서 조금 찔러주면 그대로 해결이 될 거야. 그럼 되겠지?"

그녀가 일어나 탕옌성에게 작별 인사를 하는데 탕옌성은 점심을 먹고 가란 말을 하지 않았다. 대신 인상을 쓴 채 아무 말이 없었다. 두 사람은 문을 나와 골목에 이르렀다.

살랑대는 바람에 거리의 등롱이 흔들렸다. 팡자위는 갑자기 마음이 울컥하며 하마터면 눈물을 쏟을 뻔했다.

당시 아무 말도 없이 그를 떠난 그날 오후, 바람이 많이 불었다. 그녀는 혼자서 이 깊은 골목에서 걷다 서다를 반복했다. 한 사람이 삼륜자전거를 끌며 계속 그녀를 쫓아왔다. 그녀는 내심 퇴근하고 돌아오는 탕옌성을 만나길 기대했다. 그가 그 거친 팔로 자신의 마음을 돌려놓길 바랐다. 하지만 그게 불가능한 일이라는 걸 그녀도 알고 있었다. 그날 아침 탕옌성은 전화를 받고 쥐룽九龍으로 범인을 체포하러 갔기 때문이다.

탕옌성은 팡자위의 정서적 변화를 눈치채지 못한 것 같았다. 두 사람은 나란히 걸었다. 탕옌성이 갑자기 한숨을 길게 내쉬며 그녀에게 말했다. 정말이지 더 이상 이 개떡 같은 경찰복을 입고 싶지 않다고 했다. 인간이 할 짓이 아니라고도 했다. 업보야. 아마도 말할 수 없는 고충이 있는 듯했다. 팡자위는 아무것도 묻지 않았고, 그 역시 더 이상 말하지 않았다.

탕옌성은 평생의 가장 큰 소망이 교외 '금수강남'錦繡江南에 복층구조로 된 아파트를 구입해서 별장에 사는 기분을 느껴보는 거라고 했다. 아이도 학교에 보내야 하고, 돈 모으는 속도가 집값을 따라잡지 못하기 때문에, 지금은 그저 생각뿐이라고 했다. 그의 또 다른 계획은 퇴직 후 이 집의 일부를 격조 있는 카페로 리모델링해서 조용히, 그리고 완벽하게 아무 거리낌 없이 마음의 나래를 펼치고 싶다고 했다. 그는 마당에 포도나무를 심을 생각이라고 했다. 매일 짙푸른 녹음 아래 누워 차를 마시다가, 위단于丹(베이징사범대학 교수. 중국 CCTV《백가강단》百家講壇 스타 교수)이나 이중톈易中天(중국 샤먼대학 교수. 베스트셀러 작가)의 책도 읽고, 리처드 클라이더만Richard Clayderman(프랑스 출신의 피아노연주가)의 음악도 듣고⋯⋯.

그는 세상에는 천 갈래, 만 갈래 길이 있지만 돌아갈 수 있는 길은 단 한 갈래도 없다고 했다. 분명히 그녀에게 들으라고 하는 소리였다. 팡자위는 아무 말도 하지 않았다.

골목 입구에서 두 사람은 아무 말 없이 헤어졌다. 탕옌성이 갑자기 그녀의 머리를 쓰다듬었다.

마치 진짜 오빠처럼 그녀를 향해 웃었다.

13

아홉 시 반이 채 안 돼 뤄뤄가 숙제를 마치고 일찍 잠자리에 들었다. 앵무새가 발에 가는 쇠사슬이 묶인 상태로 침대 머리맡 솟대 위에 외다리로 서 있었다. 뤄뤄 머리 옆에 비눗갑만 한 메밀껍질을 넣은 베개와 작은 꽃무늬 이불이 놓여 있었다. 아들이 앵무새를 위해 준비한 침

강남에 봄은 지고

구였다.

그러나 팡자위는 단 한 번도 사스케가 그 침대에서 잠자는 걸 본 적이 없었다.

돤우는 거실에서 음악을 듣고 있었다. 아들이 깊이 잠들었기에 음량을 조금 크게 키웠다. 소파 옆 화병 모양의 작은 스탠드에서 인디고 빛이 퍼졌다.

바이올린 선율이 마치 비단에 감도는 광택처럼 들릴 듯 말 듯 은은하게 흘렀다. 모처럼 고요하고 아늑한 시간이었다.

팡자위는 서재에서 《돈키호테》를 꺼내 다시 읽으며 가끔 낄낄대고 웃었다.

탁자 서랍 네 개를 꼼꼼하게 다 뒤졌지만 돤우와 뤼주가 편지를 주고받았다는 어떤 증거도 없었다. 그녀는 돤우의 일기까지 보고 싶진 않았다. 그녀에게도 나름 도덕적 마지노선이 있었다. 일본식 유리서가에 편지 뭉치가 있었다. 살짝 들춰보니 20, 30통 정도였는데 모두 위안칭이 정신병원에서 보낸 편지였다. 하긴 요즘 같은 세월에 정신병자가 아닌 이상 누가 손 편지를 쓰겠는가?

팡자위는 손 가는 대로 한 통을 골랐다. 편지를 꺼내 탁자 앞 스탠드 아래 바짝 대고 반복해서 읽어 내려가다 보니 감탄이 절로 나왔다. 보통 글이 아니었다. 그녀의 시아주버니는 정신이 오락가락하는 와중에도 경구와 격언들로 가득한 글을 화선지에 작은 해서체로 반듯하게 적었다.

우리는 다만 전지剪紙(종이예술)로 만든 인형. 비록 살아 있는 날도 죽어있는 시간과 같으니.

만일 누군가 자신이 노예가 되었던 사실을 바꿀 수 없다면 온갖 방법을 동원해 이를 미화시킬 수밖에 없다.

여인은 평생 순결할 수 있다. 그러나 일단 붉은 살구꽃 담장을 넘으면 단지 한 번에 그치지 않으리니

화자서의 작은 섬에 서원 하나 세워볼까.

수원이 탁한데 물줄기를 깨끗하게 만드는 것이 가한가?
뿌리가 썩었는데 가지를 무성하게 만드는 것이 가한가?

나를 아는 사람은 내 마음의 근심을 말하고, 나를 모르는 사람은 무엇을 구하느냐 말하네.
아득히 푸른 하늘, 대체 누가 나를 이리 만들었단 말인가?

장유더가 계속 날 죽이려고 하고 있으니, 당연히 공안국에 예의주시해달라고 해야 한다. 이는 명확한 사실이다.

팡자위는 위안칭의 "여인은 평생 순결할 수 있다"란 문장을 뚫어져라 바라보았다. 글씨 하나하나가 그녀의 심장을 송곳으로 찌르는 것 같았다. 그녀는 쓰촨 서쪽에 위치한 연우蓮禹에서 이가 죄다 빠진 라마승이 의미심장하게 그녀에게 던졌던 말이 떠올랐다.

어떤 일을 평생 잊을 수 없을 거요. 보살님의 마음을 괴롭게 하는 일이

강남에 봄은 지고

두 번 또는 두 번 이상 일어날 겁니다.

거실에서 바이올린 소리가 희미하게 전해졌다. 흐느끼듯 울려 퍼지는 선율에 슬픔이 배어 있었다. 처음 듣는 곡이었다. 바이올린을 좋아하지 않는 그녀였지만 자꾸 듣다보니 어느새 점점 바이올린 선율에 빠져들었다. 마치 늦은 봄 드넓은 광야를 표현하는 것 같기도 하고 과부가 흐느끼며 호소하는 것 같기도 한 음악소리가 그녀를 인적 드문 들판으로……

세상에 이렇게 멋진 선율도 있었구나.

이유는 알 수 없지만 안타깝게도 바이올린의 겁약한 소리는 언제나 거친 첼로 소리에 의해 무자비하게 끊어져버렸다. 마치 봄날 들판에 갑자기 세찬 바람이 몰아치는 것 같았다. 어항 속 홍젠紅箭과 후피虎皮도 음악에 심취했는지 이따금 수면 위로 뛰어올라 물을 내리치는 꼬리 소리가 분명하게 들렸다.

착!

착, 착!

그녀는 마치 깊은 저택의 마당에 앉아 있는 듯했다. 어두운 방에 타오르는 향 하나, 가물가물 피어오르는 연기가 마치 꿈결같이 아득했다. 그러나 방 밖은 찬란한 황금빛, 흡사 늦봄 화자서의 유채 꽃밭 같았다.

수년 전, 그녀는 위안칭의 법률고문 자격으로 동업자 장유더와 담판을 하러 갔다. 오후에 일이 없어 혼자서 섬을 이리저리 돌아다녔다. 까만 서까래를 드러낸 허름한 벽돌집이 매혹적인 작은 섬에 흥취를 더했다. 돤우 말이, 그의 외할머니가 시집가던 날 도중에 토비를 만나 그곳에 끌려갔다는 이야기를 들었는데 진위는 알 수 없다고 했다. 그날 오후, 그녀는 허물어진 담장을 세 시간이나 배회했다. 태양이 아름다웠다. 동풍이 불었다. 호수가 찰랑거렸다. 사방이 고요했다.

시간을 내 정신병원에 위안칭을 보러가야겠다고 생각했다.

"조금 전에 당신이 들은 곡이 뭐예요?"

팡자위가 찻잔을 든 채 물을 보충하며 돤우에게 물었다. 그녀는 두 눈에 눈물이 그렁그렁 맺힌 채 이따금 콧물을 훌쩍거렸다.

"베토벤? 모차르트?"

"둘 다 아냐."

돤우가 조금 뜻밖이라는 표정으로 그녀를 바라봤다. 아내가 왜 눈물을 흘리는지 이해가 안 갔다.

"러시아 사람이야, 보르딘^{Borodin}(1833~1887. 19세기의 대표적인 러시아 음악가이자 과학자)."

팡자위가 "아!" 하더니 "듣기 좋은데요"라고 말했다.

돤우는 보르딘이 러시아 황족의 사생아로 국민악파 5인조의 한 사람이라고 알려줬다. 음악 이야기를 할 때면 돤우는 언제나 약간 거들먹거렸다. "사실 보르딘은 원래 의사였고, 종종 몸이 아플 때나 소일거리로 작곡을 했어. 그의 팬들이 왜 그가 병이 나길 바랐는지 설명이 되지."

"다른 것도 좀 들어 봐요."

팡자위가 물을 더 부은 후 남편 옆으로 가서 앉았다.

"누구 작품 듣고 싶은데?"

아내가 처음으로 자진해서 그의 옆에 앉아 음악을 듣겠다고 하자 돤우는 조금 마음이 설렜다.

"크라…… 어쩌고 하는 음악가가 있지 않아요?"

강남에 봄은 지고

"리처드 클레이더만 말하는 거야?"

"맞아, 맞아. 그 사람요."

"어, 그 쓰레기!"

돤우는 혐오스러운 표정으로 눈살을 찌푸리며 생각할 것도 없다는 듯 이렇게 단언했다.

"차라리 그 러시아 사람 것을 듣는 게 나아."

돤우는 차분하게 설명을 해줬다. 보르딘은 '제2현악사중주'만 좀 들을 만해. 나머지, 예를 들어 교향시 '중앙아시아 초원에서' 같은 건 내게 있는 판본이 조금 오래전 거야. EMI 1950년대 초기 녹음을 1960년대에 카피한 것인데 정전기 소리가 비교적 큰 편이지. 시끄럽다고 느껴지지 않아?"

"그럼 조금 전 곡을 다시 한 번 들려줘 봐요."

돤우가 웃으며 말했다. "뜬금없이 왜 보르딘을 좋아하게 됐어? 사실 이 사람 작품은 그냥 좀 구미가 당긴다 정도지, 어떤 경지에 이르렀다고 말할 수 없어."

"그만 떠들어대고요." 팡자위가 잔뜩 콧소리를 내며 말했다. 🐝

제3장

인간의 분류

1

    호소산장呼嘯山莊. 대낮부터 과음을 한 탄롼우와 쉬지스는 강변에 자리한 연못가에서 한창 낚시 중이었다. 롼우는 편안하게 나무 의자에 누워 샤오구가 조금 전 주전자째 가져다 준 '금준미'金駿眉(중국 우이산武夷山에서 생산되는 홍차의 한 종류)를 마시며 쉬지스가 떠들어대는 로맨스를 듣고 있었다. 이야기는 언제나 대동소이했다.

    쉬지스는 알게 된 지 얼마 안 된 세무서 여자와 호텔에 방을 잡았다. 한껏 몸이 달아오른 두 사람은 엘리베이터가 오기를 기다릴 수조차 없을 정도였다.

    쉬지스는 4층 계단 입구에서 막 엘리베이터에서 내리는 남녀 한 쌍을 발견했다. 남자는 적어도 예순은 넘어 보였다. 이마는 훌러덩 벗겨졌는데 그래도 양쪽 귀밑머리는 아직 검었다. 마치 뿔 솟은 늙은 황소 같았다. 그 늙은 건달은 술에 잔뜩 취한 게 분명했다. 30대로 보이는 여자가 팔에 핸드백을 걸고 그를 부축했다. 늙은이는 엘리베이터에서 내리자마자 그녀를 껴안고 거칠게 키스를 퍼부었다. 세무서 여자가 낄낄거리며 목소리를 낮게 깔고 지스에게 말했다. "당신보다 더 조급한 사람도 있네."

모든 이야기는 클라이맥스가 있기 마련이다. 지스의 이야기 역시 예외가 아니었다. 그가 호텔에서 우연히 목격한 이 장면에 실은 은밀한 내용이 들어 있었다. 갑작스레 끼어든 장면으로 인해 무미건조한 쉬지스의 이야기가 한껏 흥미진진해지는가 싶었다.

"그런데 아무리 봐도 그 여자가 자네 와이프 같은 것 있지?"

쉬지스가 뒤를 돌아보며 심각한 표정으로 그를 바라봤다. 엷은 갈색 선글라스 뒤로 희미하게 눈빛이 번뜩였다.

평소 쉬지스는 농담을 잘했지만 그래도 수위조절은 하는 편이었다. 확실하지 않은 이야기를 이처럼 대책 없이 내뱉는 유형은 아니었다.

뙨우가 물어보면 대답 못 할 것도 없었다.

뙨우는 그냥 가볍게 '음' 하고 대꾸했지만 속으로는 가슴이 철렁 내려앉았다. 수면 위에 떠 있던 찌가 재빠르게 물속으로 가라앉으면서 손에 쥐고 있던 낚싯줄이 팽팽해지고 낚싯대가 활 모양으로 휘었다. 쉬지스가 재빨리 뛰어와 그를 도왔다. 족히 30분 넘게 씨름을 하고 나서야 그들은 7, 8근 되는 초어草魚(산천어)를 낚아 올렸다.

그 후 두 사람이 만나도 쉬지스는 당시 했던 이야기를 다시는 꺼내지 않았다. 다만 팡자위에 대한 그의 태도에 미묘한 변화가 생겼다. 이야기를 할 때면 지나치게 예의를 차리면서 겸연쩍어했다.

몇 년 전 일이었다.

하지만 이번에는 상황이 좀 달랐다.

아침 아홉 시, 그는 화장실에서 양치질을 하고 있었다. 팡자위의 핸드폰이 울렸다. 아내는 아래층 피부미용실로 맹인마사지를 받으러 갔다. 핸드폰 가져가는 걸 잊은 모양이었다. 톈우는 전에 그 맹인을 한 번 본 적이 있었다. 무척 젊었다. 혹시 가짜 맹인 행세를 하는 건 아닐까 의심을 한 적도 있었다.

톈우는 칫솔을 문 채 방안을 몇 바퀴 돌아본 후에야 핸드폰 벨소리가 나는 곳을 찾았다. 신발장 위 나일론으로 된 빨간색 비치백에 들어 있었다.

허둥지둥 비치백에서 핸드폰을 꺼냈지만 상대방이 이미 전화를 끊은 후였다. 핸드폰 액정에 '시궁쥐'라고 이름이 기록되어 있었다. 팡자위 변호사 사무실의 동업자 중 한 사람으로 원래 이름은 쑤이징수다. 한두 번 같이 식사를 한 적이 있었다.

핸드폰을 다시 백에 넣는데 손가락에 보들보들한 휴지뭉치가 잡혔다.

손끝에 느껴지는 탄력이 뭔가 의심스러웠다.

휴지뭉치를 꺼내 조심스럽게 펼쳤다. 놀랍게도 이미 사용한 콘돔이 들어 있었다. 정액이 새어나오지 않도록 매듭까지 묶여 있었다. 그는 고무 끝을 조심스럽게 집어 들고 밝은 곳으로 가 자세히 들여다보며 다른 한 손으로 볼록한 콘돔을 눌렀다. 표면은 매우 깨끗했다. 심지어 코에 대고 냄새를 맡아보기도 했다. 자신이 조금 변태처럼 느껴졌다. 그는 다시 휴지로 콘돔을 싸서 가방 속 원래 위치에 둔 후 지퍼를 잠갔다. 그의 입가에서 비치백 위로 치약 거품이 떨어졌다. 그는 수건을 가져다 꼼꼼하게 닦았다.

몇 번이나 손을 씻었지만 조금 전 느꼈던 손가락 끝 물컹한 감촉이 사라지지 않았다. 돤우 자신은 지금껏 이런 파란색 콘돔을 쓴 적이 없었다. 고급스러워 보였다. 자기도 모르게 자꾸만 콘돔 주인이 누굴까, 라는 생각에 빠졌다. 일부러 생각을 하지 않으려 애를 썼다.

돤우는 그러다 조금 의아한 생각이 들었다. 아무 데나 버릴 수 있는 물건을 왜 아내는 가방에 넣어뒀을까? 만약 밀회장소가 호텔이었다면 일이 끝난 후 이를 처리할 수 있는 가장 합리적인 장소는 그곳의 휴지통일 것이다. 바람난 상대가 증거를 남기고 싶어 하지 않았다면 프론트에 체크인을 했다는 전제하에 특별히 콘돔을 챙겨 나오는 것도 신중한 행동인 셈이다. 이는 사정한 상대방이 절대적인 안전을 필요로 한다는 증거였다.

가능성이 가장 높은 경우는 운우지정을 나눈 후 아내가 자발적으로 증거를 처리하는 책임을 맡았다는 것이다. 그녀가 그를 향해 아름답게 웃으며 나에게 줘요, 라고 했겠지. 아마 얼굴 표정이 조금 장난스러웠을 것이다. 그는 이미 자신에게는 아무 의미가 없어진 이런 시시콜콜한 장면에 한참을 집착했다.

일주일 후, 그는 '성투'城投(성시城市(도시)건설투자회사의 약칭)라는 곳에서 우연히 쉬지스를 만나 정중하게 그에게 질문 하나를 던졌다. 일반적으로, 그러니까 정말 일반적으로 호텔에서 일이 끝난 후 콘돔을 어떻게 처리해?

쉬지스가 웃었다. "응? 너 바람피우려고? 고수가 이제 강호에 나오실 때가 됐다 이건가? 안 쓰면 녹이 슬지! 오늘 밤에 내가 좋은 곳에 데려갈게."

쉬지스는 한 번도 콘돔을 써본 적이 없다고 했다.

"나는 그대로 싸는 게 좋아. 콘돔을 끼우면 별 느낌이 없어. 직접 접촉을 안 하는 거잖아!"

무의식중에 꺼낸 쉬지스의 말에 돤우는 내심 위안이 되었다.

점심때 팡자위는 미용실에 갔다가 돌아왔다. 돤우는 쇤베르크
A. Schonberg(1874~1951. 오스트리아 빈 태생의 표현주의 음악가)의 '정화된
밤'(1899년 작곡한 현악 6중주곡)을 듣고 있었다.

그녀가 샤워를 하고 머리를 말린 후 새 옷으로 갈아입었다. 손에 구
리거울을 들고 전신거울 앞에 서서 머리 뒤쪽을 비춰보며 돤우에게 말
했다.

"어때요? 예뻐요? 스타일이 좀 구닥다리 같지 않아요?"

돤우가 웃었다. "예뻐. 전혀 촌스럽지 않아."

팡자위가 허리가 잘록하게 들어간 평상복 차림에 울로 된 회색 반
바지를 입었다. 바지에 달린 장식용 주석 단추가 차가운 빛을 내며 번뜩
였다. 청회색 스타킹을 신고 있었다.

"오늘은 일요일이잖아. 그렇게 차려입을 필요까지 없지 않나?"

"에이! 망할 놈의 쏭후이렌이 미국에서 왔잖아요. 참, 오늘 저녁에
후이렌이 당신한테 밖에서 같이 식사하자던데, 괜찮겠어요?"

"어떤 쏭후이렌?"

잠시 생각해보던 돤우가 황망히 말했다.

"오후에 약속 있어. 아마 좀 늦게 올 거야."

콘돔 사건 때문에 한껏 차려입은 아내가 낯설게 느껴졌다. 뭔가 범
접할 수 없는 차가운 아름다움이 느껴졌다. 뭔가가 그의 마음을 훑고
지나가는 것 같았다. 어찌된 일인지 팡자위가 좀 더 매력적으로 다가왔
다. 부패하기 시작한 달짝지근한 느낌. 정결하진 않지만 마치 발효한 음

식처럼 더 입에 감도는 맛 같은 느낌이었다.

2

오후 3시, 돤우는 정확하게 '도미화사' 서쪽에 자리한 작은 정원에 도착했다. 천정에 노란 나뭇잎이 잔뜩 떨어져 있었다. 뤼주와 단발머리 여자 하나가 이미 와 있었다. 상대는 'ARC TERYX'라는 상표의 하늘색 외투를 입었는데 보아하니 짝퉁 같았다. 이마를 가린 앞머리가 지나치게 단정해서 넓은 얼굴이 마치 네모난 창 같았다. 그녀는 민간환경보호 조직 '대자연기금회' 팀장 허이원何軼雯이라는 여자였다. 두 사람 사이에 무슨 다툼이 있었는지 둘 다 기분이 좋지 않은 얼굴이었다. 청화접시 위에 올려진 인도 향이 거의 다 타들어간 상태였다. 향 끄트머리 빨간 불빛이 '치익' 하는 소리와 함께 약한 불똥을 터트렸다. 이따금 향의 탄재가 청화 접시 바깥쪽으로 떨어졌다. 뤼주가 냅킨으로 재를 닦았다. 향 연기 속에 짙은 계화 향기가 스며 있었고, 공기 중에는 퀴퀴한 먼지 냄새가 섞여 있었다.

바깥마당이 적막했다.

돤우가 자리에 앉자마자 뤼주가 자기 앞에 있는 녹차 잔을 그에게 내밀며 웃었다.

"방금 우린 거예요. 안 마신 거예요."

뤼주는 여전히 전처럼 자유분방했다. 앞이 시원하게 파인 쥐색 운동셔츠가 지나치게 커 보였다. 때로 소매를 걷어 올릴 때마다 팔에 그려진 파란색 나비그림이 눈에 띄었다. 물론 타투가 아니라 물에 지워지는 헤나로 한 벤디였다.

뤼주는 최근 갑자기 동물권익보호에 심취했다. 며칠 전 서우런이 돤우에게 전화를 걸어 푸념을 늘어놓았다. 뤼주가 어디서 떠돌이 개랑 고양이를 집으로 데려와 기른다고 했다. 처음에는 그래도 견딜 만했다. 성격 좋은 샤오구가 그녀를 도와 아기 동물들 목욕도 시키고, 털도 빗겨주고, 상처도 싸매주고, 동물병원에 데리고 가서 주사도 맞히고, 심지어 강태의원의 접골과 과장까지 불러와 다리를 저는 강아지 접골까지 했다고 했다. 동물마다 이름도 지어줬는데 나중에는 점점 그 수가 늘어나면서 누가 누군지 구분할 수도 없었다. 집에 하루 종일 개, 고양이 소리가 시끄럽고 지린내가 코를 찔렀다. 게다가 동물 털이 마치 봄날 버들개지처럼 사방에 날아다녔다. 샤오구는 하루 종일 피부가 간지럽다고 툴툴거렸고, 사람들 모두 미치기 일보직전이었다. 하지만 뤼주는 이런 보배들이 생기고 난 후 더 이상 불면증에 시달리지 않았고, 우울해 하지도 않았다. 눈이 먼 애, 다리를 저는 애, 얼굴이 추한 애 등 하나같이 단 한시도 그녀 곁을 떠나지 않았다. 그녀가 동쪽으로 가면 동물들도 우르르 달려가고, 그녀가 서쪽으로 가면 또 다시 우르르 서쪽으로 달려갔다. 위풍이 넘쳤다!

"어쩜 저앤 저렇게 제멋대로야?"

허이원은 동물보호에 전혀 관심이 없었다. 그녀는 이제 막 시작이라 인력이나 물자나 모두 한계가 있어 환경오염 관리에 전력을 기울여야 한다고 했다. 예를 들면 쓰레기 분리수거나 화학공장 오염물질 배출 모니터링, 오수처리 특히 허푸 일대는 납에 대한 오염도 조사가 시급한 문제였다. 그런데 뤼주는 허푸 일대에서 조류 전수조사를 하자고 제안했다. 조류의 종류, 개체수, 주요 서식지를 DVD로 촬영하여 〈이동하는 새〉와 같은 다큐멘터리를 제작해 국제다큐멘터리 영화제에 참가하자고 했다. 그녀는 또한 자금이 부족하다면 그녀의 '꼬마 이모부'에게 좀 더 투자하도록 할 수 있다고 강조했다. 어쨌거나 그러면 돈은 얼마든지 있으니까 말이다.

둬우는 여자들의 논쟁에 끼어들고 싶은 마음이 없었다. 두 사람이 서로 얼굴을 붉히며 한 치도 물러설 기미를 보이지 않았기 때문에 자기 의견을 내놓기도 불편했다. 다행히 뤼주가 따분해하는 모습을 눈치채고 그를 향해 입을 삐죽 내밀며 말했다.

"가방 안에 책 있어요. 따분하면 책이라도 보고 있어요. 조금 있으면 끝나요."

나무의자에 커피색 가방이 걸려 있었다. 마치 거대한 자물쇠 같았다. 가만히 가방 지퍼를 열자니 가슴이 이상하게 두근거렸다. 남의 가방을 열려니 상대방의 옷을 벗기는 기분이었다. 매우 익숙한 느낌이었다. 물론 안에서 정액이 가득 든 콘돔 같은 것이 나올 걱정은 할 필요가 없었다.

그는 가방에서 책 한 권을 꺼냈다. 《월리스 스티븐스 시집》Wallace Stevens(1879~1955, 미국 시인)이었다. 표지는 초록색이었다.

의자를 창 쪽으로 끌고 갔다. 암록색 칼라 섀시 사이로 마당의 천정이 보이고, 멀리 운하를 천천히 지나가는 놀잇배가 눈에 들어왔다. 20년 전 상하이에서 석사과정을 들을 때 이 미국 시인에게 매료된 적이 있었다. 그런데 이상하게도 오늘 이 시들을 다시 읽으니 별 감흥이 느껴지지 않았다. 당시에는 〈병사의 발라드〉Ballad of a Soldier를 읽으며 큰 충격

강남에 봄은 지고

에 빠졌었는데, 지금은 마치 동요처럼 밋밋한 느낌이다. 스티븐스 탓이
아니라는 걸 그는 잘 알고 있었다.

죽음은 절대적인 것, 기념일이란 없다
마치 가을날 바람이 그친 것과 같이
바람이 그쳐도 하늘에
흰 구름은 여전하니

스티븐스는 죽음이야 여전히 일상적인 일이지만 이제 더 이상 흰
구름은 잘 보이지 않는다는 사실을 몰랐으리라. 모두 여섯 번 장례식에
참석했는데 모두 흐린 날이었다.
뤼주는 여전히 허이원과 논쟁 중이었다. 두 사람이 한껏 목소리를
낮췄지만 돤우는 더 이상 스티븐스의 순수한 시 세계로 빠져들 수가 없
었다.
허이원은 이 '대자연기금회'가 정부 환경보호국의 지도를 받아들일
수 있길 바랐다. 그녀는 경험이 많은 기성세대의 말투로 그녀의 동업자
를 타일렀다. 현재 중국은 정부 기관의 지원을 벗어나서는 아무것도 할
수가 없어. 하지만 뤼주는 환경보호국의 린 국장이 싫었다. 젊은 여자들
을 향한 그의 눈빛이 마치 살갗을 파고드는 것 같았다. 그가 이끄는 환
경보호국은 그냥 겉치레에 불과했다. 그곳 사람들은 시비판단에 어두
운 사람들이었다. 그저 업체에서 담배 몇 보루만 가져다 안기면 배출기
준을 넘어선 환경오염에도 눈을 감아줬다. 여자들은 쏭이라는 사람 이
야기도 많이 했다. 한참 후에 돤우는 그자의 이름이 쏭젠宋健, 허이원의
남편이자 현재 난징농업대학의 부교수란 사실을 알았다. 두 여자는 마

침내 프로젝트 가동의 구체적인 날짜까지 의견일치를 보기에 이르렀다. 그날 그녀는 시 전체의 환경보호 자원봉사자를 조직해 허푸 최고봉인 관인산観音山에서 한 차례 집단서약을 하기로 했다. 그들은 인터넷 동영상 실황중계도 할 것이었다. 허이원이 그녀에게 적어도 부시장 한 명 정도는 참석해야 한다고 말했다.

"청춘카니발青春嘉年華(중국 온라인 영화 제목)이라도 하는 줄 알아? 사사건건 모든 것을 갖춰야 행복이라고 생각하시나!"

허이원은 남아서 저녁을 함께하지 않았다. 그녀는 다섯 시 반이 되자 자리를 떴다.

"정말 수다스럽네." 그녀가 떠나고 나자 뤼주가 길게 한숨을 내쉬며 돤우에게 말했다.

"원래 허이원과 점심 식사만 하고 두 시 전에 보내려고 했어요. 그렇게 하고 우리 둘이 아래층 천정에서 사람을 불러 평탄評彈이나 구경하고 햇볕을 쬐면서 계화도 감상하려 했는데. 저리 주절주절 말이 많을 줄은 몰랐어요. 오후를 다 망쳐버렸네요."

"다시는 상대 안 하겠다고 내게 저주를 퍼붓더니 웬일이야?"

"아이, 말이 그렇단 이야기죠. 속으로는 조금 아쉬웠어요."

예전보다 낯빛이 훨씬 좋았다. 고운 피부에 살짝 홍조를 띠고 웃으니 요염하기까지 했다.

"뭐가 아쉬웠는데?"

"늙고 추레한데……." 뤼주가 잠시 생각하더니 천천히 입을 열었다. "하지만 사람을 볼 때 그 눈빛이 맑아요."

"꼭 그렇다고 할 수는 없지."

돤우가 테이블 옆으로 다가와 헤헤거리며 그녀 맞은편에 앉았다.

강남에 봄은 지고

"사실 불순한 생각을 늘 하곤 해."

"정말요?"

뤼주가 눈앞의 메뉴를 펼치고 눈썹을 위로 치켜떴다. 조금 방정맞아 보이면서도 표정은 진지했다.

"농담이야."

둰우가 재빨리 자기 말을 부인했다. 그는 불안한 듯 문 옆에 서 있는 종업원을 바라봤다. 무표정한 얼굴로 자수를 놓은 치파오 차림에 두 손을 공손히 모으고 있었다.

"애개! 그렇다고 금방 그렇게 움츠러들어요? 당신같이 늙은 남자들은 에너지가 꽝이야!"

뤼주가 종업원을 불러 음식을 주문했다. "말해 봐요, 뭐 먹고 싶어요?"

"아무거나. 뤼주가 알아서 시켜."

뤼주가 '탁' 하고 메뉴판을 덮고 종업원에게 말했다.

"좋아요. 준치찜 하나, 파파야 복어 스튜, 파 부레 구이 하나씩 주세요."

"왜 전부 물고기야?"

"세 가지를 같이 먹어야 창장 삼선三鮮(창장長江에서 나오는 세 가지 물고기 요리)을 먹었다고 할 수 있죠." 뤼주가 말했다. "머리 쓰는 일이 가장 싫어요. 골치 아파요."

그녀가 다시 동갓요리와 칠레산 와인 한 병을 시켰다.

"허이원은 어떻게 알았어?"

"남편인 쑹젠宋健을 먼저 알았죠. 왜요?"

뤼주가 입술을 깨물더니 한참 동안 골똘히 생각하다 입을 열었다.

"복잡한 일이 있었어요. 설명하자면 조금 복잡해요. 그 사람 어떻게 생각해요?"

"말하기 쉽지 않지."

"그게 무슨 뜻이에요?"

"이해를 못하겠다는 말이지."

"이해를 못하는 게 아니라 말하기 싫은 거겠죠. 아니에요?"

"당신 같은 사람은 안전지상주의니까."

돤우는 반박을 하지 않은 채 웃기만 하고 더 이상 아무 말도 하지 않았다.

"꼬마 이모부가 누구한테 맞은 건 알아요?"

잠시 후 뤼주가 물었다.

"서우런 말하는 거야?"

"그 사람 말고 나한테 어디 또 이모부가 있어요?"

뤼주가 곱지 않은 시선으로 그를 쳐다봤다.

"맞아서 뇌진탕에 걸렸어요. 어제서야 겨우 퇴원해서 집에서 요양 중이죠."

"무슨 일이 있었는데?"

"춘후이春暉 면방직공장 땅이 마음에 들었었나 봐요. 거기에 또 건물을 짓고 돈을 벌고 싶었겠죠. 그래서 시정부에 가서 담판을 벌였어요. 그런데 뜻밖에도 면방직공장 쪽 노동자들이 결사반대했어요. 시위를 벌이기도 하고 집단으로 진정서를 내기도 하고, 그렇게 여러 달 동안 난리법석을 피워서 경찰도 여러 번 출동했었어요."

"그런 말을 들은 적이 있는 것 같군. 그런데 부지에 관한 문제는 벌써 해결된 것 아니었어?"

강남에 봄은 지고

"일이 해결되긴 했죠. 그런데 노동자들이 그에게 이를 갈았어요. 내가 봐도 당해도 싸요. 시간만 나면 꼬마 이모부가 공장지대에 나가서 돌아다녔어요. 마치 농민이 농작물을 살펴보듯이, 어디에 독채를 짓고, 어디에 공동건물을 지을 건지 구상하면서요. 자까지 들고 가서 여기저기 측량도 했어요. 그러는 동안 노동자들이 이모부의 동선을 파악한 거죠. 어느 날 아침, 꼬마 이모부가 노래를 흥얼거리며 방추를 쌓아둔 창고 옆을 지나가는데 뒤에서 사람들이 떼거지로 뛰어나왔어요. 사람들이 다짜고짜 머리에 마대를 씌우고 바닥에 쓰러뜨리고는 죽도록 흠씬 두들겨 팼어요. 결국 병원에 가서 머리를 십여 바늘 꿰맸죠. 그날 나도 병원에 갔었는데 머리를 꼭 번데기처럼 붕대로 둘둘 감고 경찰한테 당장 가서 사람들을 체포하라고 고래고래 소리를 지르고 있더라고요. 잡긴 뭘 잡아! 사람들이 머리에 마대를 씌워서 누가 때렸는지도 모르는데 누구에게 책임을 묻겠어요? 완전히 벙어리 냉가슴 앓기지!"

"그래서 많이 다쳤어?"

"의사 말로는 괜찮대요. 하지만 누가 알겠어요? 오늘 아침 이모한테 집이 빙글빙글 돈다고 하더라고요. 웃기지도 않아! 나무 몽둥이로 얼마나 맞았는지 머리가 움푹 들어갔는데 세상이 돌지 않고 배기겠어요? 하지만 절대 병문안은 가지 말아요. 그냥 모른 척해요. 체면이 제일 중요한 사람이라 나한테 절대 밖에 나가 이야기하지 말라고 했어요. 그리고 언론매체도 무서워하잖아요. 온라인에서 떠들까 봐 걱정하니까요."

준치요리가 나왔다. 뤼주는 준치 비늘은 먹을 수 있다고 말했다. 딴우도 잘 알고 있었지만 그냥 입맛이 없었다. 대충 살점을 집어 입에 넣고 씹었지만 마치 플라스틱을 씹는 것 같았다. 이어 나온 파파야 복어요리는 그런대로 맛이 있었다. 양식이라 독이 없는 복어는 크고 살이 쫄깃

했다.

포도주 한 병을 둘이 다 마셨고, 복어는 남겼다. 뤼주는 이 세상의 빈곤함은 바로 이렇게 남긴 것들을 통해 나타나는 거라고 개탄했다. 풍성함이 곧 빈곤이라고 했다.

돤우가 생각해보니 그녀의 말도 조금 일리가 있었다.

둘이 자리에서 일어났을 때는 이미 아홉 시가 넘은 시각이었다. 뤼주는 운하 옆 술집거리를 산책하고 싶었다.

아래층으로 내려와 천정으로 나갔다. 금붕어를 기르는 물길을 넘어 벽돌로 쌓아 올린 월량문月亮門을 지나 마당 가운데 작은 돌다리 옆까지 걸어갔다. 뤼주가 갑자기 발걸음을 멈췄다. 그녀가 다시 뒤돌아 월량문을 바라봤다.

"매번 이 망할 놈의 문을 지날 때마다 열심히 고개를 숙여요. 행여 머리를 부딪칠까 봐. 그런데 까치발을 해보니 한참이나 남더라고요."

뤼주는 소학교 3학년 때부터 자전거를 타고 등교를 했다고 한다. 학교 가는 길에 철로의 아치형 다리를 지나야 했는데 그럴 때마다 똑바로 자전거에 앉아 있으면 머리를 부딪칠까 봐 항상 몸을 구부정하게 구부린 채 그곳을 지났다. 당시는 아직 어렸을 때라 키가 상당히 작았다. 하지만 농구 선수 야오밍이 자전거를 타고 그곳을 지나간다고 해도 똑바로 앉은 채 통과할 수 있는 높이였다.

"그 사실을 알아봤자 소용이 없어요. 지금 타이저우로 돌아가도 그곳을 지날 때면 몸을 굽힐 거예요. 고개를 숙이는 게 습관이 됐으니까. 우린 실제 일어나지도 않을 위험에 언제나 조바심을 내며 평생 걱정을 쌓아 두고 살죠."

돤우가 막 무슨 말인가를 하려는데 뤼주가 갑자기 그의 소매를 잡

강남에 봄은 지고

아당겼다. 그는 자기가 음식을 나르는 종업원 길을 막고 있나 생각하고 살짝 몸을 비켰다. 그런데 이 '종업원'이 그에게 다가온 이유는 그의 옆을 지나가려고 한 것이 아니었다. '종업원'이 그에게 따귀를 날렸다. '종업원'이 어찌나 따귀를 세게 날렸는지 그의 머리가 옆으로 휙 돌아갔다. 눈앞이 아찔하고 벌과 나비가 마구 춤을 췄다. 뤼주가 몸을 부르르 떨며 나지막이 중얼거렸다.

"허! 이런!"

경악을 하는 건지, 찬사를 보내는 건지 알 수가 없었다.

따귀를 날린 이는 꽝자위였다. 그녀 역시 이곳에서 식사 중이었다. 이런 우연이!

똰우가 정신을 가다듬고 그녀를 불러 세우려 했을 때 잔뜩 화가 난 꽝자위는 이미 어둠속으로 사라진 뒤였다. 뤼주가 입을 가린 채 그를 향해 웃었다.

"방금 뭐라고 했지? 일어나지도 않을 위험에 언제나 조바심을 낸다고 그랬지? 그럼 어디 한번 말해볼래? 대체 위험한 거야, 안 위험한 거야?"

똰우가 억지웃음을 지으며 자신을 비웃듯 뤼주에게 말했다.

뤼주가 한참 동안 박장대소한 후 흥분을 가라앉히고는 말했다.

"아직 말 다 안 끝났거든요?"

"무슨 말?"

"위험은 부지불식간, 창졸지간에 강림하시니, 미처 손쓸 시간이 없도다."

그녀가 여전히 이죽거렸다.

"하지만 이런 상황도 괜찮아요."

"괜찮긴 뭐가 괜찮아?"

"그녀가 당신 따귀를 날렸으니 둘이 비겼잖아요. 아무도 빚진 게 없죠. 아내분이 보기에 어쨌거나 우리 둘이 그렇고 그랬다는 거잖아요, 안 그래요? 집에 돌아가 빨래판 위에 무릎을 꿇고 앉아 닭이 모이를 쪼듯 머리를 조아리며 잘못했다고 해도 이미 때는 늦었어요. 그냥 그렇게 억울하게 당하느니 우리 진짜 한번 해봐요. 어때요? 다 죽을 때 돼서 여자 속곳 갈아입지 말고……."

돤우는 그녀가 가보옥과 청문晴雯[33]의 이야기를 하고 있다는 걸 알았다. 난처해진 그는 헛웃음만 짓고 더 이상 대꾸하지 않았다.

한참 후 다시 뤼주가 풀이 죽어 말했다.

"아쉽게도 오늘이 그날이네요."

뤼주의 말에 돤우는 문득 코가 시큰해지면서 뜨거운 감동이 밀려들었다. 자기 나이가 그녀보다 배는 많은 걸 생각하니 이런 감동 속에서도 일말의 죄의식이 느껴졌다.

그들은 운하 옆을 산책했다. 물에서 비릿한 냄새가 스멀스멀 올라왔다. 언덕 양쪽의 빨간색, 초록색, 오렌지색 불빛이 물에 비쳤다. 더럽긴 했지만 황홀한 비단자락처럼 색색의 물결이 흐늘거렸다. 욕망이 꿈틀대는 말세의 아름다움 같았다. 하도에 놓인 몇 겹의 비첨으로 이루어진 다리구조물이 네온사인 불빛에 영롱하게 빛났다. 운하에는 놀잇배가 떠가고 노랫소리가 하늘을 찔렀다. 목청이 터질 것 같은 가라오케 노랫소리에 사람들은 이야기를 주고받기 위해 한껏 소리를 높여야 했다.

---

33) 청문(晴雯): 가보옥의 측근 시녀. 모함을 받아 쫓겨난 후 병들어 죽게 되자 자신의 붉은 속옷을 손톱과 함께 보옥에게 전했다.

강남에 봄은 지고

사람들 얼굴이 마치 은을 한 겹 칠해놓은 것 같았다.

발을 창턱에 걸쳐놓고 차를 마시는 사람, 어깨를 드러내고 어두운 불빛 아래 손님을 끄는 소녀, 탁구를 치는 젊은이……. 그 모든 사람을 뤄주는 '비인'非人이라 불렀다. 그녀는 뒨우의 손을 잡고 술 냄새와 싸구려 향수 냄새가 풍기는 사람들 사이를 빠르게 지나 맞은편 술집으로 그를 데리고 갔다. 매컬러스(미국 소설가) 소설의 제목을 딴 술집이었다.

마음은 고독한 사냥꾼

그 술집 역시 사람이 가득했다. 위층, 아래층 할 것 없이 손님들이 빽빽하게 들어차 빈자리가 없었다. 그들은 그곳에서 칭다오 맥주 한 병을 사고 작은 노점에서 튀긴 처우더우푸臭豆腐 몇 꼬치를 사서 운하 난간을 따라 앞으로 걸어갔다. 진주목걸이를 파는 사람들이 그들에게 다가왔지만 뤄주는 눈길도 주지 않은 채 욕을 내뱉었다.

"꺼져!"

한동안 두 사람은 이야기를 나눌 기분이 아니었다. 그저 난간 아래 강가의 쓰레기더미, 유람선, 유람선 위에서 흥청망청 놀고 떠드는 '비인'들을 물끄러미 바라봤다. 맥주병이 그들 손을 번갈아 왔다 갔다 했다. 뤄주가 갑자기 그의 귓가에 얼굴을 바짝 갖다대면서 나지막한 소리로 말했다.

"이 느낌, 마치 키스하는 것 같지 않아요?"

별다른 말도 아니었다. 뒨우 역시 속으로 그런 생각이 들었기 때문이다. 하지만 뒨우는 순간적으로 아찔한 느낌이 들며 마치 그 말에 감전이라도 된 것처럼 소리 없이 전류가 마음 밑바닥을 훑고 지나갔다. 그들은 조금씩 앞을 향해 몇 걸음 내딛은 후 얼떨떨한 기분으로 해적판 DVD를 파는 노점을 넘어 좁은 골목길로 접어들었다.

돤우가 거칠게 그녀를 벽으로 밀쳤다. 뤼주는 조금 놀란 눈으로 그를 바라보더니 눈을 감았다. 두 사람은 키스를 하기 시작했다. 조금 전 처우더우푸를 먹지 말았어야 했다고 중얼대는 뤼주의 말소리가 들렸다.

그녀의 몸은 팡자위와 달리 연약했다. 그녀의 입술은 맥주병 주둥이처럼, 아니 그보다 훨씬 더 부드럽고 매끄러웠다. 그는 탐욕스럽게 그녀에게 키스를 퍼부었다. 윗입술, 아랫입술 그리고 양쪽 입가까지. 거칠고 사납게 키스를 퍼부었다. 마치 자기가 가장 아끼는 무언가를 순식간에 다 써버리는 데 온 힘을 다하고 있는 사람 같았다.

뤼주는 치아끼리 부딪치는 단단한 느낌이 싫었는지 힘껏 그를 밀어내고 한참 동안 숨을 몰아쉰 후 말했다.

"많은 사람들이 여자의 사랑은 질 안에 있다던데 왜 나는 입술에 있다는 생각이 들죠?"

돤우가 그녀의 입을 막으려 했지만 이미 뤼주는 하고 싶은 말을 다 한 후였다.

"좀 작게 말할래? 밖에 사람 있어."

뤼주가 웃었다.

"당신이 믿든 안 믿든 난 정말 별로 키스를 안 해봤어요. 뭘 어떻게 해도 좋은데 키스만은 할 수 없었어요. 당신이 두 번째예요."

"그럼 첫 번째는 누구였어?"

뤼주의 얼굴이 갑자기 어두워지더니 한참만에야 입을 열었다.

"내게 그림을 가르쳐줬어요. 이따금 시도 쓰고."

강남에 봄은 지고

오직 그와 결혼하겠다는 일념으로 어머니와 대판 싸우기까지 했다. 대학입시 전날 밤이었다. 그녀의 얼굴이 갑자기 우울해지고 눈에 눈물이 반짝였다. 롼우는 감히 더 이상 물어볼 수 없었다. 뤼주가 얼굴을 가까이 댔다. 그들은 다시 키스를 시작했다.

그들이 있는 장소는 어떤 집의 서쪽 창문 아래였다. 어두컴컴한 창문으로 수증기가 모락모락 흘러나왔다. 조용한 가운데 방안에서 사람 목소리가 들렸다. 한 노인이 큰 소리로 말했다.

"쑹팡! TV 리모컨 어디에 뒀어?"

이어 '달그닥-달그닥' 마작 두는 소리가 들렸다. 쑤베이蘇北 억양의 할머니가 좀 더 먼 곳에서 소리쳤다. "니미! 거기 어디 있겠지. 내가 어떻게 알아? 침대 위에 찾아봐."

그들은 동시에 웃음을 터트렸다.

"나이 든 부부의 일상대화는 어쩜 저렇게 구질구질하고 상스럽지?"

롼우가 조용히 말했다.

"아니면 내가 왜 저 사람들을 '비인'이라 부르겠어요?"

그들은 칠흑같이 어두운 골목을 벗어났다. 뤼주는 여전히 그의 손을 놓지 않고 있었다. 롼우는 이런 그녀의 행동에 기분이 좋으면서도 걱정을 떨칠 수 없었다.

그들은 골목 입구 노점 앞에서 멈춰 섰다. 뤼주가 바닥에 쪼그리고 앉아 물건을 고르더니 상인과 가격을 흥정했다. 나중에 그녀는 그곳에서 영화 DVD 두 장을 샀다. 모두 미조구치 겐지溝口健二(1898~1956. 일본 영화감독)의 작품이었다.

그들은 이내 술집거리 끝에 이르렀다. 축축한 계단을 따라 가파른 언덕을 올랐다. 눈앞에 넓은 공공녹지가 펼쳐졌다. 윈하는 이곳에서 방향을 급히 틀어 옛 성벽을 따라 구불구불 북쪽으로 이어졌다. 녹지의 나무는 모두 새로 심은 것으로 나무마다 새끼줄이 묶여 있고 바람에 쓰러지지 않도록 목재 삼각대가 받쳐져 있었다. 이제 막 옮겨온 오동나무 두 그루는 아직도 타르샌드가 잔뜩 묻은 검은 망으로 씌워져 있었다. 녹지의 철 난간 바깥쪽은 넓은 순환도로였다. 하지만 지금은 지나가는 차가 드물었다.

아는 사람을 만날 수도 있다는 걱정이 사라지고 나자 두 사람은 다시 손을 잡았다.

"갑자기 시 한 수가 떠올랐어요. 들어볼래요?"

뤄주가 말했다.

"스티븐스 시야?"

"아뇨. 자이융밍翟永明(중국의 페미니스트 여류시인)이에요."

아홉 시에 출근할 때

나는 커피와 필묵을 준비한다

다시 고개를 내밀어

멀리서 온 몇 번째 풍속계

유용한지 그렇지 않은지 살필 때

내 잠수정은 모두 근무 중이다.

연회색 몸체가

바람 잔 얕은 물속에 숨어 있다

처음에 나는 이렇게 쓰고 싶었다

지금은 이미 별로 전쟁이 일어날 것 같지 않으니

이제 저주도 방식을 바꿔야지

감청할 때

바스러진 은 조각들이 주르륵 흘러가는 소리

들을 수 있었네

……

뤼주는 최근 들어 미치도록 자이융밍을 좋아하게 되었다고 말했다. 특히 〈잠수정의 슬픔과 상처〉는 아무리 읽어도 지겹지가 않다고 했다. 마치 시간의 끝에 서서 번화한 도시를 지켜보고 있는 것처럼, 넓은 세상의 허망한 화려함과 처량함이 담겨 있다고 했다. 그녀는 이 시를 요양 중인 서우런에게 들려줬는데 그조차 이 시를 좋다고 했다.

"처량한 면이 조금 있긴 하네. 하지만 허망한 화려함 같은 건 느껴지지 않는데?"

"주르륵 흘러가는 은 조각들. 이게 그런 느낌 아니에요?"

돤우는 씩 웃고는 더 이상 논쟁을 벌이지 않았다. 대신 "자이융밍이 우리 두 사람이 이렇게 깊은 밤에 자기 시를 낭송하고 있다는 것을 알면 얼마나 기뻐할까!"

"자이융밍을 알아요?"

"두 번 만났을 뿐이야. 그리 잘 안다고 할 순 없지. 언젠가 같이 남아프리카에 갔었는데 그때 그녀가 낭송한 시도 이거였어."

"당신이 느끼기엔 어때요?"

"그럭저럭 괜찮아. 하지만 마지막 부분이 별로야."

"잠수정을 위해 물을 만든다는 그 부분요?"

돤우가 고개를 끄덕이며 뤼주의 어깨를 감싸 안으며 말을 이었다.

"하지만 그것도 그녀 탓은 아니야. 그녀의 재능이 부족하다고 말하는 것도 아니야. 어떤 시인에게나 마무리는 조금 힘들거든."

"그건 또 이유가 뭔데요?"

"이 세상이 너무 복잡해. 매일 변하거든. 수없이 많은 가능성이 있고, 수없이 많은 일이 얽히고. 한데 문제가 바로 거기에 있어. 당신도 세상이 마지막에 어떻게 변할지 모르잖아. 늘어놓는 건 어렵지 않아. 하지만 마지막은 좀 난해해."

"당신이 말하는 걸 전부 기록해둬야겠어요."

돤우는 그녀에게 첫 번째 빈 택시가 오면 그녀를 '호소산장'으로 돌려보내기로 했다. 뤼주를 보낸 후 그는 그 차를 타고 돌아올 생각이었다. 하지만 노란색 택시가 그들 옆에 서자 뤼주는 생각이 변했다.

그가 작별의 인사로 다시 그녀를 안으려 했지만 뤼주가 심란한 듯 그를 밀쳐냈다. 그리고 혼자서 우울한 표정으로 택시 앞좌석에 올라 시큰둥하게 그를 향해 손을 내저었다. 그녀가 갑자기 바래다주겠다는 돤우를 거부한 것은 택시기사가 중년여성이었기 때문이었다.

어디서 뜬 구름 하나가 날아왔는지 그녀의 마음에 그림자를 드리웠다.

3

뤼주는 자신이 비웃는 숱한 중생들을 일률적으로 '비인'이라 불렀다. 그건 별로 이상한 것도 아니다. 돤우가 보기에 사람들은 대부분 자

강남에 봄은 지고

신의 척도에 따라 다른 사람을 다양한 유형으로 나누었다. 인간에 대한 분류는 사실 이 복잡한 세계를 추상적으로 파악하거나 이를 통제하려는 시도로 극히 단순하긴 하지만 또한 상징성을 가지고 있다. 이는 세계에 대한 우리의 인식과 관련이 있을 뿐만 아니라 공감하기를 갈망하는 우리의 마음이며 동시에 각자의 도덕적 입장과 가치 준칙을 암시하며, 잘 꾸며진 정치적 음모, 본능적 배타성과 여러 가지 생존을 위한 지혜를 담고 있다. 물론 어떻게 인간을 분류하느냐는 분명히 사회의 성격과 일반적인 상황을 반영한다.

예를 들면 초기 식민지개척자는 '문명'과 '야만'으로 인류를 구분하였는데 이는 매우 기발한 발상이었다. 이것은 일종의 문화유산으로, 이런 분류법은 적어도 2백년간 계속되었다. 그것이 현대 국제정치 질서의 탄생을 촉진시켰을 뿐만 아니라 자본의 흐름, 미사일의 포물선, 재부財富의 집산방식 및 쓰레기의 최종 처리장소를 결정지었다.

또다시 예를 들면, 중국에서는 최근 수십 년 동안 '빈자'貧者와 '부자'라는 경직된 이분법에 따라 이미 완전히 새로운 세계가 형성되었다. 이는 '빈자'에 대한 정의를 바꿨으니, 정신과 육체의 이중 파산, 번거로움, 야만, 우매함, 위험, 치욕이 되었으며 나아가 '인간'에 대한 정의도 바꿨으니, 우리는 문화가 정의한 '빈궁'에 빠져들지 않을까 걱정하여 이를 미연에 방지하기 위해 몸 안의 모든 세포를 동원하여 최선을 다할 수밖에 없다.

돤우는 만약 그가 이해한 방식이 옳다면 이것이 바로 뤼주가 이른 바 '비인'을 만들게 된 사회적 토대라고 생각했다.

돤우는 브레히트Bertolt Brecht(1898~1956. 독일의 극작가이자 시인이며 연출가)를 각별히 좋아했다. 과거 상당히 오랫동안 그는 브레히트가 기독교에 기반해 인간을 '호인'과 '비호인'非好人으로 간단하게 구분하는 것이 도무지 이해가 가지 않았다. 그런데 불행하게도 브레히트의 이런 예언은 정확했다. 호인은 브레히트의 말대로 이 세상을 살아갈 방법이 없었다. 바꿔 말하면 이 세상에서는 이제 '호인'을 탄생시킬 모든 조건이 철저히 사라져버렸다.

이제는 브레히트 역시 이미 옛 이야기가 되어버린 듯하다. 돤우가 보기에 브레히트 이후 이 세상에는 더욱 새로운 기제가 등장했는데 바로 사력을 다해 '나쁜 사람'을 격려하는 것이다.

돤우가 어렸을 때 어머니는 돤우에게 처세에 도움이 되는 분류법을 주입시켰다. 어머니는 희한하게도 사람을 '성실한 사람'과 '임기응변에 능한 사람'으로 분류했다. '성실한 사람'은 당연히 무용無用, 즉 쓸모없음의 또 다른 호칭이었고, '임기응변에 능한 사람'은 눈으로는 사방의 길을, 귀는 팔방의 소리를 들어 언제든지 자신의 생존책략을 조정하는 사람이라고 알려줬다. 돌격하거나 움츠리거나, 의지를 하거나 배반을 하고, 결사의 각오로 전진하거나 대를 위해 소를 포기하고, 강을 건너 다리를 부수거나 반격을 가하는 길을 선택한다. 이러한 분류법은 그가 좋아하는 장기 또는 어머니의 입을 통해 대대로 전해지던 민간 이야기처럼 진부하고 낡은 사고방식이다.

한동안 그의 형 위안칭은 갑자기 '정상인'과 '정신병자'의 경계에 대해 병적일 정도로 관심을 보였다. 당시 돤우는 형이 급속도로 자신이 두려워하는 '미치광이' 진영에 빠져들고 있다는 사실을 인식하지 못했다. 그러나 그가 발병한 후 모든 것이 뒤집어졌다. 그는 자신이 이 세상의 유일한 '정상인'이며, 다른 사람은 모두 미치광이라고 자부했다.

강남에 봄은 지고

"그럼 나는요?"

언젠가 팡자위가 키득거리며 그를 놀렸다.

위안칭이 쌀쌀맞게 말했다. "예외가 아니지. 네가 돤우랑 이혼하고 내게 시집오지 않는 한."

팡자위는 얼굴이 새빨개져 더 이상 웃지 않았다.

쑹후이렌의 방문으로 팡자위는 불쾌한 기억을 간직하게 되었다. 마치 파리 한 마리를 집어삼킨 것 같았다. 그날 저녁 우연히 돤우와 뤼주를 만나서만이 아니었다. 그녀는 쑹후이렌이 입만 열었다 하면 '너희 중국인들'이라고 말하는 바람에 불같이 화가 났다. 그녀가 보기에 쑹후이렌은 '중국인'과 '중국인이 아닌 사람'으로 사람을 분류하여 시대에 뒤떨어진 자신의 우월감을 드러내고, 자기 동포를 조롱하고 멸시하고 있었다. 사실 그녀는 미국이나 서방세계 곳곳을 돌아다니며 강연을 하고, 실력도 없으면서 대접을 받을 때면 그녀가 멸시하는 '중국인' 신분이 바로 사기를 치는 그녀의 유일한 자산이었다. 그녀는 영어수필집 《당신에게 진짜 중국을 알려드립니다》에서 자신이 두보와 이백의 '직접적인 계승자'이며 전제정치의 '예리한 관찰자'라 했고, 심지어 일부 정치적 인물의 사생활 및 여러 가지 놀랄 만한 '일화'를 엮어 외국 독자들의 관심을 끌었다.

돤우는 모든 정치인들에게 일절 호감을 갖지 않았지만 그래도 아내의 견해에 무조건 동의했다.

"응, 당신도 알잖아. 시단에도 쑹후이렌처럼 행동하는 이들이 있어. 그중 일부는 국내에서는 자본주의와 제국주의를 통렬히 비난하면서 외국에만 나갔다 하면 독재정치 운운하며 자기 나라를 욕하는……."

인간에 대한 분류에 있어 팡자위의 방식은 다른 이들과 달랐다.

그날 밤, 아이가 일찍 잠들자 부부 둘이 식탁에 앉아 한가로이 이야기를 나누었다. 보기 드문 시간이었다. 잘 만들어진 자사호紫沙壺 주전자로 차를 우렸다. 입술에 닿는 촉감을 음미하며 고요하고 아늑한 시간을 즐겼다.

팡자위에 따르면, 인간은 '죽은 사람'과 '산 사람' 두 부류이다. '사람이 숨을 쉴 수 있으면 어떤 일이나 할 수 있지만 그 숨이 끊어지면 아무 것도 할 수가 없다'는 말이었다. '산 사람'은 한층 더 세분하여 생활을 즐길 줄 아는 사람과 걸어 다니는 고깃덩어리(무능한 사람)로 분류했다. 이 세상의 비극은 날로 치열해지는 생존경쟁을 통해 사람의 생명이 어느 날 돌연 끝날 수도 있다는 사실을 잊게 만드는 데 있다고 했다. 그렇게 보면 단 1분도 살아 있었던 적이 없는 이들도 있다.

"내 자신은 걸어 다니는 고깃덩어리예요. 옛 사람의 말은 정말 언제나 '입목삼분'入木三分34)이에요. 걸어 다니는 고깃덩어리, 얼마나 생생한 비유예요?"

팡자위는 '죽은 사람'을 다시 두 종류로 분류했다. 한 번 죽는 사람과 두 번 죽는 사람이다.

"그건 또 무슨 뜻이야?"

돤우가 다시 물었다.

"중생들, 그러니까 나 같은 사람은 그냥 한 번밖에 못 죽어요. 죽으면 그걸로 끝나는 거죠. 금세 연기처럼 사라져버려요. 세상에 이런 사람

---

34) 입목삼분(入木三分): 왕희지가 목판에 글자를 쓰는데 목공이 이를 팔 때 보니 이미 글자가 목판을 깊이 파들어 간 데서 유래한 말. 필력이 강함을 말하며 문제를 매우 심오하게 분석함을 비유하기도 한다. 여기서는 견해나 의론이 날카롭다는 뜻이다.

강남에 봄은 지고

이 존재했었다는 것조차 기억하는 사람이 없어요. 팡자위 또는 리슈룽. 그녀가 얼마나 고통스러웠고, 얼마나 벌을 많이 받았고, 얼마나 시달렸는지요. 그녀 마음 속 깊이 느꼈던 기쁨, 그게 불쌍할 정도로 조금이었다 해도 어쨌거나 그걸 아는 사람은 없어요. 그녀가 꿈꿨던 웃기지도 않았던 꿈들도요. 그리고 또 한 종류의 사람은, 예를 들면 당신 같은 사람? 그런 사람은 죽어도 그 영혼이 흩어지지 않죠. 글이나 명성이 이 세상에 남아 누군가 그걸 기억하고 늘 또는 이따금 끄집어내요. 시간이야 길 수도 있고 짧을 수도 있지만요. 하지만 그런 당신도 언젠가는 사람들에게 잊혀요. 그때가 되면 두 번째로 죽는 거예요. 내가 이런 식으로 말한다고 화내진 않겠죠?"

"그런 식이라면 두보와 이백은 영원히 죽지 않겠네?"

"그 사람들도 죽죠. 세상이 언젠가는 멸망할 테니까. 가장 낙관적인 과학자들조차 그렇게 말하니까요. 지금 이런 추세대로라면 멀지 않았을 거예요. 안 그래요?"

팡자위가 돌연 돤우 쪽으로 고개를 돌렸다. "당신은 어떤 식으로 나누는데요?"

돤우는 이런 문제를 진지하게 생각해본 적이 없었다. 하지만 꼭 분류를 해야 한다고 하면 대충 성공한 사람과 실패한 사람으로 나눌 것 같다. 감정적으로 볼 때 그는 별 이유도 없이 실패한 사람을 좋아하고, 성공한 사람을 멸시한다.

"그건 질투지." 팡자위가 낄낄거렸다.

"또 하나 있네. 당신이 말 안 한 것."

"뭔데?"

팡자위가 얄미운 듯 비아냥거렸다. 화를 내고 있는 건가?

"미녀. 다른 생물들도 마찬가지로 말이에요. 내 말이 틀리지 않죠? 미녀를 제외하고 다시 말해 무슨 홍紅이네 뤼樂네, 주珠네 옥玉이네 하는 여자들 빼고 나머지 것들은 당신 눈에 들어오지 않죠, 안 그래요?"

"쉬지스에게 그런 말을 대입한다면 그건 뭐 얼추 비슷한 것 같네."

돤우가 교활한 표정으로 배시시 웃었다.

"하지만 우리 기관의 펑 선생, 당신이 자주 입에 올리는 펑옌허는 아주 흥미로운 견해를……."

하지만 팡자위는 돌연 이런 주제가 따분하게 느껴졌다.

그녀가 하품을 하더니 그에게 탕닝완 집에 대한 문제를 상의했다. 탕옌성 이야기를 꺼냈다.

이번 일요일, 탕옌성이 그토록 오랫동안 질질 끌며 골머리를 썩인 부동산 분쟁을 깔끔하게 해결해 주겠다고 나선 이야기를 했다.

4

펑옌허는 자신이 싫어하는 모든 사람들을 모두 '신인'新人이라고 칭했다. 왜 그런 식으로 부르는지 잘 이해가 가지 않는다. 뭔가 칭찬 속에 비하의 뜻도 섞인 것 같은데 세상에 대한 분노와 질투라면 사실 그가 뤼주보다 훨씬 극단적이었다.

그의 견해에 따르면, 30년 동안 이 사회가 대대로 만들어낸 '신인'은 이미 날갯짓을 할 정도로 성숙한 상태가 되었다고 한다. 이제 그들은 사회를 전면적으로 장악할 준비를 마친 상태이다. 그들은 마치 하나의 주

강남에 봄은 지고

형에서 수많은 물건을 만들어내듯이 모두 똑같은 틀에서 주조된 이들이다. 그가 말하는 '신인'은 연령대에 의한 구분이 아니다. 낫 놓고 기역자도 모르는 농민도 현재 환골탈태하여 '완전히 새로운 인종'이 되어가고 있는 중이다. 이들은 똑같은 머리와 심장을 가지고 있다. 히죽거리며 껄렁대고, 아무생각 없이 어리벙벙하며, 과거도 없고 미래에 대해서도 말하지 못한다. "조불급석, 상시사리"朝不及夕, 相時射利35)라는 말에 딱 어울린다. 이런 인격이 최고의 경지에 오르면 심지어 자신에게 전혀 이익이 없음에도 불구하고 타인을 해치는 나쁜 짓거리에 골몰하게 된다. 이러한 '신인'은 아무리 좋은 제도와 법률이 있다 해도 무용지물이다.

둬우는 그에게 이런 불평을 한두 번 들은 것이 아니기 때문에 귀에 못이 박일 정도였다.

그날 오후, 펑 선생이 전화를 걸어 그에게 명령 반, 애걸 반으로 바둑을 두자고 졸랐다.

펑 선생은 평소처럼 둬우에게 먼저 손을 씻으라고 했다. 그러면 자기는 어떤가? 수시로 틀니를 쑤셔대며 번들번들한 점액을 파내는 바람에 바둑알이 축축해지기 일쑤였다. 둬우는 매번 속이 뒤집힐 것 같은 걸 꾹 참고 잔뜩 인상을 쓴 채 그의 검은 바둑돌을 집어내곤 했다.

중반부에 이르러 흑백의 바둑알이 한가운데서 혈전을 벌였다. 펑 선생이 얼굴이 벌겋게 달아오르더니 아무리 생각해도 한 수가 모자라자 하는 수 없이 판을 물리며 패배를 인정했다.

"그럼 선생님은요? 시대와 함께 나아가며 '신인'으로 바뀌지 않으셨

---

35) 조불급석, 상시사리(朝不及夕, 相時射利): 형세가 급박하여 아침에 저녁 일이 어떻게 될지 알지 못하고, 이익을 얻을 기회를 엿본다는 뜻. 소식(蘇軾), 〈삼괴당명〉(三槐堂銘).

습니까?"

돤우가 웃으며 물었다.

"난 그냥 괴물이지. 하루 종일 배부르게 처먹고 하는 일 없는 늙은 괴물."

그는 다탁에서 비스킷 통을 들어 뚜껑을 연 후 소다 비스킷 몇 개를 꺼냈다. 그리고 돤우에게는 권하지도 않고 혼자 비스킷을 먹기 시작했다. 그는 위궤양이 심해 수시로 위에 뭔가를 집어넣어야만 했다. 그는 손에 묻은 비스킷 가루까지 탈탈 털어 먹은 후에야 다시 입을 열었다.

"옛날에는 인류를 구분할 때 성인, 현인, 서민 정도로 구분했지. 그리고 이런 세 유형의 경계가 절대적인 것도 아니었어. 성인에게 배우는 사람이 현인이고, 현인에게 배우는 사람이 서민이며, 반대로 서민에게도 배워야만 성인이 될 수 있는 거였네. 다시 말하면 삼자가 서로 주고받으며 어울렸다는 뜻일세. 왜 이런 말이 있잖은가. '필부로 백세의 스승이 되고, 한마디 말이 천하의 법도가 된다.'[36]라고 말이야."

"지금도 그래요."

돤우는 괜히 노인네 말에 트집을 잡고 싶었다. "선생님이 말하는 '신인' 역시 지혜로움과 우둔함, 아름다움과 추함, 좋고 나쁨의 구분이 있지 않겠어요?"

"그런 말이 아니야."

펑옌허는 자신의 주장에 대한 반박에 전혀 신경을 쓰지 않았다.

"성인이든 현인이든 아니면 서민이든, 과거에는 그들이 마주하는 것이 모두 똑같은 세상천지였지. 이른바 천지가 만물을 화육하는 일에 참

---

36) "匹夫而爲百世之師, 一言而爲天下法", 소식, 〈조주한문공공묘비〉(潮州韓文公廟碑)

여하고 달이 차고 기울며 소멸하여 사라지는 것을 볼 수 있었다는 말일세. 중국인은 하늘과 땅을 가장 신성시했어. 고상한 행위, 지혜롭고 건전한 인격, 이 모든 것이 자연의 은사恩賜 아닌 것이 없었지. 하늘에는 일월성신, 땅에는 강과 산, 초목 등이 그것이라. 그래서 고정림顧亭林[37]은 '하상주夏商周 삼대三代 사람들은 모두 천문을 알았다고 하면서 칠월유화七月流火는 농부가 한 말이고, 삼성재천三星在天은 부녀자의 말이며, 월리어필月離於畢은 변경을 지키는 수졸戍卒의 표현이고 용미복진龍尾伏辰은 아이들이 부르는 동요이다.'[38]라고 말씀하신 거야. 이렇듯 옛날 사람들은 천지, 자연과 교류하는데 장애가 없었어. 풍상우설風霜雨雪(혼란스럽고 힘든 세월)이든 월단화조月旦花朝(태평성세)이든 관계없이 언제나 사람들의 마음과 지혜를 계발하고 맑은 정신을 이끌었던 걸세. 어디, 자네가 한번 맞춰보게. 소동파가 〈전적벽부〉에서 슬픔에 젖어 있다가 기쁨을 느끼게 된 계기가 무엇인지 아는가? 역시 모르는군. 그건 청풍명월淸風明月이었네."

"얼마 전에 원자바오溫家寶 총리가 아이들은 하늘의 별을 봐야 한다고 했는데 참으로 탁월한 생각이야. 한데 애석하게도 요즘 허푸의 하늘은 망원경을 동원해도 별이 보이지 않을 걸세. 하늘과 땅이 막히고, 산하는 어지럽지 않은가. 그까짓 전기 좀 쓰겠다고 강을 엉망으로 만들었

---

37) 고정림(顧亭林): 명말청초의 사상가이자 경학가인 고염무(顧炎武, 1613~1682). 그의 고향에 정림호(亭林湖)가 있어 정림선생이라고 칭했다.

38) 고염무(顧炎武),《일지록(日知錄)》, "三代以上, 人人皆知天文. '七月流火', 農夫之辞也. '三星在天', 婦人之語也. '月離於畢', 戌卒之作也. '龍尾伏辰', 兒童之謠也." '칠월유화(음력 7월이 되어 심수가 점차 서쪽으로 기울면서 날씨가 점차 시원해진다,〈국풍·빈풍豳風〉)', '삼성재천(삼성이 하늘에 떴다,〈당풍唐風·주무綢繆)》', '월리어필(달이 필성으로 들어가니 비가 올 징조,〈소아小雅·점점지석漸漸之石〉)', '용미복진(미수尾宿는 28수 가운데 여섯 번째 별. 태양이 미수에 있으니 미수가 숨어 보이지 않는다,《좌전·희공5년(僖公五年)》' 등은《시경》과《좌전》에 나오는 말이다.

어. 현자는 아래에 처하고 비열한 자가 위에 군림하며, 착한 이는 위태롭고 악한 자는 제멋대로 날뛰네. 하여 불가능한 것도 없고, 어떤 나쁜 짓도 못할 것이 없지. 이런 자연에서 제대로 된 사람이 만들어질 수 있을까? 그저 대거 '신인'만 만들어낼 뿐이지."

그의 말을 듣고 있으려니 돤우는 왠지 심란하고 서글퍼졌다. 그의 의론이 뛰어났기 때문이 아니라 어제 점심 때 식당에서 밥을 먹을 때도 그가 똑같은 말을 했기 때문이었다. 두 번씩이나 똑같은 말을 하면서 단 한 글자도 틀림이 없는 것을 보고 내심 정말 기가 막히다는 생각을 금할 수 없었다. 그렇기 때문에 그는 노인네가 곧이어 "나라는 쇠하지 않았지만 천하는 이미 망했다"國未衰,天下亡는 말로 보다 큰 논의를 시작할 것임을 이미 알고 있었다. 아마도 그 이야기까지 다 끝나려면 한두 시간 가지고도 모자랄 것이다. 그는 하는 수 없이 무례함을 무릅쓰고 펑옌허가 잠시 뜸을 들이는 사이에 벌떡 일어나 이제 그만 가보겠노라고 작별 인사를 했다.

"서두를 것 있나."

펑 선생이 웃음을 거두고 그의 어깨를 툭 치며 정색했다.

"아직 자네에게 진지하게 물어볼 말이 남아 있는데."

"왜 그렇게 갑자기 정색을 하세요?"

돤우가 고개를 흔들며 어쩔 수 없이 다시 자리에 앉았다.

펑옌허가 진지하게 물어보고 싶다는 말은 전혀 진지한 것이 아니었다.

"최근에 직장에서 나에 대한 유언비어가 돌아다닌다고 하던데 혹시 자네는 뭐 좀 들은 것 있나?"

"어떤 부분에 대해서요?"

순간 돤우는 얼굴이 빨개졌다. 마치 면목 없는 일을 저지른 사람처럼 머뭇머뭇 그를 바라봤다.

펑 선생이 기분 나쁘다는 듯이 '에이, 에이' 하고 소리를 치더니 이내 참지 못하고 손을 휘저으며 눈앞에서 윙윙거리는 파리 한 마리를 쫓아냈다. 마치 '설마 한두 가지가 아니란 말인가?'라고 묻는 듯했다.

"그럼 말씀드릴게요. 화내시면 안 됩니다."

"있는 그대로 말해 봐."

그는 아내가 일찍 세상을 떠난 후 계속 홀아비로 지냈는데 몇 년 전, 그의 유일한 아들마저 자동차 사고로 사망하고 말았다. 눈이 많이 내리던 날이었다. 아들이 친구 몇몇과 함께 기패실棋牌室(카드나 마작 등을 할 수 있는 일종의 성인 오락실)에서 '쌍승'雙升(카드놀이의 일종)을 두다가 새벽 세 시에 차를 몰고 귀갓길에 올랐다. 길거리에서 환경미화원에 의해 발견되었을 때 그의 시신은 이미 꽁꽁 얼어 얼음덩어리가 된 상태였다. 그가 탔던 폭스바겐 보라BORA는 무참히 찌그러졌고 시신은 50미터 밖 도랑 가에 누워 있었다. 펑 선생은 경찰에게 범인 또는 사고를 낸 사람이 누구인지 애써 찾지 않아도 된다고 말했다. 설사 찾는다고 할지라도 아들을 되살릴 수 없기 때문이라고 했다. 경찰은 기꺼이 일반 교통사고로 처리하고 사건을 일단락지었다. 네티즌들은 온라인에서 무책임한 경찰을 조롱하기 위해 망자를 '공중비인'空中飛人이라 칭했다. 장례절차가 끝나고 며느리가 손녀를 데리고 허푸로 시아버지를 찾아왔다. 그리고 떠나지 않았다. 펑 선생은 연줄을 찾아 단지 내 엘리베이터에서 일을 할 수 있도록 했다.

남편을 잃은 며느리가 시아버지와 함께 살다 보니 자연스럽게 이러

저러한 뒷말이 나왔다. 펑옌허가 지방지사무실로 전근할 때도 이런 잡스러운 이야기가 함께 따라왔다. 하지만 사람들은 그 일을 그리 대수롭지 않게 생각했다. 어쨌거나 노인은 아들을 잃은 슬픔을 겪었고, 마흔된 며느리가 혼자서 아이를 건사하는 것도 쉬운 일이 아니었기 때문이다. 설사 노인과 며느리 사이에 무슨 구차한 일이 있다 하더라도 그건 그 사람들 일이었다.

한데 최근 들어 갑자기 며느리가 펑 선생의 아이를 가졌다는 소문이 떠돌았다. 시정부 청사에 이런 유언비어가 들끓었지만 돤우는 신빙성이 없다고 생각했다. 연세가 이미 일흔이 훨씬 넘은 노인네 아닌가.

언젠가 그가 국토자원국에 자료를 보낸 적이 있었는데 그곳 여자과장은 이미 그 아이가 태어났다고 확신했다. 펑 선생이 아이더러 자신을 아버지라고 부르게 해야 할지, 아니면 할아버지라고 부르게 해야 할지 몹시 심란한 것 같다고 덧붙이기도 했다. 또 누군가는 펑 선생이 자기 아들의 차 사고가 있기 전에 사실은 이미 며느리와 그렇고 그런 관계였으며 아들이 그 사실을 알고 화가 치솟았지만 감히 말을 못했을 뿐이라고 했다.

물론 가장 기괴한 소문은 펑 선생의 아들이 사실은 죽지 않았다는 소문이었다. 아버지의 파렴치한 '간통'을 우연히 알게 된 아들이 화가 난 나머지 집을 나가 온두라스로 가버렸다는 이야기였다. 이런 소문 속에 이른바 '공중비인'이란 별칭은 또 다른 의미를 갖게 되었다.

마치 레이먼드 챈들러(1888~1959. 미국 범죄소설 작가)의 소설을 읽고 있는 것 같았다.

돤우는 이런 소문들을 전하면서 노인네가 심하게 충격을 받지 않도록 차마 들을 수 없는 내용은 대충 여과해서 전했다.

강남에 봄은 지고

그의 말이 다 끝난 후에도 펑옌허는 아무런 표정의 변화가 없었다. 한참을 멍하니 있던 그가 중얼거렸다.

"라오궈老郭가 얼마 전 그런 농담을 한 것도 당연하군."

펑 선생은 라오궈가 어떻게 농담을 했는지에 대해서는 전혀 언급하지 않았다. 그러나 곧이어 그가 한 말은 매우 충격적이었다.

"그 소문들이 모두 황당무계한 건 아니지. 설사 그런 일이 있었다고 한들 또 어쩌겠나? 옛날 왕부지王夫之39)를 생각해 봐. 뭐 큰일 날 것도 아니지."

돤우는 펑 선생이 왕부지를 자신과 비교하는 것이 전혀 엉뚱한 소리가 아님을 알고 있었다. 왕부지는 말년에 청상과부로 지내던 며느리의 보살핌을 받았는데 시간이 지나면서 점차 공공연하게 동거생활을 했다. 역사 자료에서도 이에 관한 이야기를 찾을 수 있다. 두 사람이 죽은 후 마을사람들은 시아버지와 며느리를 합장했다. 적어도 당시 그곳 친척이나 마을사람들에게는 그들의 불륜이 인생의 오점이 아니라 오히려 아름다운 이야기로 남았다.

일반적인 도리에 어긋난 과감한 행동을 보자면 펑옌허 역시 틀림없는 '신인'이다. 그러나 그가 성현에게 배움을 얻었다면서 왕부지 같은 인물을 예로 들어 자신을 변호하는 것을 보면 그야말로 엄연히 도덕에 부합하는 '구인'舊人, 즉 '옛사람'이 아니겠는가.

돤우는 총편집실에서 나와 텅 빈 복도를 따라 자료실로 돌아왔다. 이미 퇴근시간이 지난 후였다. 샤오스는 아직 퇴근 전이었다. 그녀가 손

---

39) 왕부지(王夫之, 1619~1692): 고염무, 황종희(黃宗羲)와 더불어 명말청초 3대 사상가.

거울을 들고 눈썹이랑 눈 화장을 고치고 있었다.

실내에 은은하게 화장품 향기가 풍겼다.

"왜 아직도 안 갔어?"

돤우가 탁자 위 문서를 정리하며 무심코 물었다.

"돤우 씨 기다렸죠."

샤오스가 입술을 비비면서 손거울을 책상에 내려놓으며 웃었다.

"나 기다려서 뭐하게?"

"보고 싶어서죠, 뭐!"

돤우가 쓴웃음을 지었다. "나 시험하지 마! 난 그 방면에선 자제력이 없기로 유명하거든."

"어느 방면요? 말해 봐요. 호호, 괜찮아요. 돤우 씨가 참지 못해도 내가 있으니까. 어쨌거나 나는 필사적으로 저항할 거니까요."

이렇게 말하며 샤오스가 바보같이 혼자 깔깔거리기 시작했다.

돤우의 눈길이 절로 그녀를 향했다.

멀쩡한 계집애가 오늘은 왜 저래? 돤우는 갑자기 한 가지 일이 생각났다. 그는 들고 있던 문서를 파일에 끼우고 아무렇게나 실을 돌돌 감은 후 그녀 책상 앞으로 가서 그녀의 어깨에 손을 얹고 한껏 목소리를 낮췄다.

"무시무시한 사람 좀 알고 있어? 예를 들어 건달이나 불량배 같은!"

"왜요? 누구랑 싸우려고요?"

샤오스가 고개를 돌리며 그를 보고 웃었다. 입술이 빨갛게 두드러졌다. 돤우는 꿈틀거리는 욕구를 진정시킨 후 스스로 모험을 하지 말자고 거듭 다짐했다.

"이번 일요일에 탕닝완 집을 찾으러 갈 거거든. 그 집을 다른 사람이 차지한 지 거의 1년이 다 돼 가. 사람들 몇 명 데리고 가려고. 진짜 싸울 건 아니고 그냥 소란만 좀 피우면서 겁만 주면 돼."

"알겠어요."

샤오스가 눈을 깜빡이며 한참을 생각하다 입을 열었다.

"이런 일이라면 '강철포'가 제일 적당하겠네, 이전 남친인데요. 조금 있다가 전화해 볼게요."

"잠깐만, 그 사람 믿음직해?"

"완전요! 평소 경찰이 멀리 피해 다닐 정도예요. 정말 싸우기 시작 하면 혼자서 7, 8명은 거뜬히 때려눕힐 수 있어요. 언젠가 남친이랑 공원 산책을 갔다가 남녀 한 쌍을 만났어요. 멀찌감치 호숫가를 산책하고 있더라고요. 우리한테 뭐라고 한 것도 아닌데 남친이 한사코 눈에 거슬린다고 성큼성큼 그 사람들한테 가서 호수에 빠뜨려버렸어요."

그렇다면 그녀의 남친 '강철포'는 더도 덜도 말고 완벽한 '신인'이라고 할 수 있다. 만약 정말 신통하게 폭력에 폭력으로 제압할 수 있는 사람을 부른다면 경찰들이 오기도 전에 리춘샤 일행이 꽁지 빠지게 달아날 것이다. 그런 생각이 들자 얼굴 한 번 보지 않은 '강철포'가 사랑스럽게 느껴졌다.

"그 사람에게 분명하게 말해둬. 절대 정말로 폭력을 쓰면 안 된다고. 그냥 검은 정장에 선글라스 끼고 흉악한 차림새로 가장자리에 서 있으면 돼. 담판은 우리가 지을 테니."

돤우는 연거푸 샤오스에게 당부했다.

"말 똑바로 전해야 돼. 절대 일 벌이면 안 된다고 해!"

"그럼 아예 모레 같이 갈게요."

"넌 왜 오는데?"

"내가 안 가면 어떻게 그 사람을 감당할 건데요? 그리고 나도 선글라스 끼고 구경 가야지."

돤우는 잠시 생각하다 그러라고 승낙할 수밖에 없었다. 그는 샤오스에게 모레 아침 일찍 만날 시간과 장소를 알려줬다. 샤오스가 탁상달력을 한 장 찢더니 뒷면에 시간과 장소를 적었다.

창문에 그림자가 쓱 스치고 지나갔다. 정확히 누군지 보지 못했다. 아마도 라오궈일 것이다.

과연 샤오스가 책상 위 화장품을 가죽가방에 싹 쓸어 담고 허겁지겁 바바리코트를 입더니 돤우에게 '바이, 바이' 인사를 하고 육감적인 엉덩이를 실룩거리며 나가버렸다.

5

탕닝완으로 집 문제를 해결하러 간다는 사실을 알고 토요일 저녁 장진팡이 샤오웨이를 데리고 메이청으로 달려왔다. 그녀는 마음이 놓이지 않았다.

"쓸데없이 번거롭게. 그렇지 않아도 정신없는데 왜 또 어머니까지!"

팡자위가 눈을 흘기며 짜증을 냈다.

돤우 역시 조금 후회가 됐다. 오후에 어머니랑 통화할 때 굳이 그런 얘기까지는 할 필요가 없었는데 왜 그랬을까. 팡자위는 시퍼렇게 질린 얼굴로 시어머니를 상대조차 하지 않았다. 한 가족이 식탁에 둘러앉아 각자 밥만 먹었다. 어머니만이 목소리를 낮춰 매사에 조심하라고 일렀

강남에 봄은 지고

다. 그녀는 이런 중요한 순간에는 절대 소란을 피워서는 안 된다는 것을 알고 있었다.

팡자위가 안방을 양보하고 깨끗한 침대시트를 갈아 끼웠다. 어머니와 샤오웨이가 더블침대에서 자고, 돤우는 소파, 자신은 아들 침대에서 자기로 했다. 어머니가 뭐뭐하고 같이 자겠다고 했지만 아들은 그날 숙제를 끝내야만 했다.

시어머니와 샤오웨이의 잠자리를 마련해 준 후 팡자위는 한마디 말도 없이 밖으로 나갔다. 딱히 어디 간다고 말하지 않았고, 돤우 역시 감히 물어볼 수가 없었다. 그는 소파에 앉아 《신오대사》新五代史를 펼쳤지만 한 글자도 눈에 들어오지 않았다. 다음 날이면 탕닝완 집이 다시 자기에게 돌아온다는 생각을 하니 조금 흥분이 됐다. 그 집이 원래 자기 것이라는 생각도 잊은 채.

새벽 한 시가 조금 넘어서 팡자위가 돌아왔다.

탕닝완에 다녀오는 길이라고 했다.

"춘샤가 아직 거기 살고 있는지 알아보고 싶었어요. 내일 떼로 몰려갔다가 텅 빈 집을 덮치면 안 되니까."

"있었어?"

"어쨌거나 집에 불이 켜져 있어요. 불 끄고 자는 것 보고 왔어요."

그 집은 팡자위에게 마음의 병이 되었다. 살짝 강박 증세마저 보이고 있었다. 때로 그녀는 한밤중에 이를 악물고 일어나 흠뻑 땀에 전 모습으로 꿈에 '그 바보 같은 년의 목을 졸랐다'고 돤우에게 말했다. 아내의 눈밑이 까매지고 몸이 바짝 여윈 것을 보고 돤우는 조금 불쌍한 생각마저 들었다. 다행히 이 모든 것이 내일이면 완전히 해결될 것이다.

잠이 든 지 얼마 되지도 않은 것 같은데 어머니가 바스락거리며 일어나 탕탕거리고 주방으로 가는 소리를 들었다. 그녀가 흰죽을 한 냄비 끓이고 어젯밤에 가져온 만두도 찌고, 식구 숫자대로 달걀도 한 개씩 삶았다. 날이 채 밝기도 전에 어머니는 이 모든 일을 다 마쳤다. 그러고 는 혼자 식탁 가장자리 벽에 기대 졸고 있었다.

어머니는 한사코 그들에게 샤오웨이를 데리고 가라고 했다. 어머니 말이 싸울 때는 사람이 많으면 많을수록 좋다고 했다. 한 사람 더 데리 고 가면 그만큼 더 대적을 할 수 있다는 말이었다. 집을 나서기 전, 어머 니는 다시 돤우를 침실로 불러 문을 닫은 후 낮은 소리로 당부했다.

"정말 싸움이 붙으면 넌 절대 나서서 맞붙지 마. 넌 바람만 불어도 비틀거리는데 괜히 맞붙으면 손해야! 넌 뒤에서 멀찌감치 그냥 따라가 기만 하면 돼. 상황이 아니다 싶으면 냅다 도망치고! 알아들었어?"

돤우는 고개를 끄덕일 수밖에 없었다.

쉬지스로부터 어제 전화가 왔다. 신문사 발행부에서 솜씨 좋은 애 들 네 명을 골랐다고 했다. 모두 그의 카드놀이 동료였다. 샤오스는 그녀 의 전 남친 '강철포'를 데리고 올 것이고 거기에 돤우 부부와 샤오웨이 까지 합치면 딱 열 명이었다. 그들은 아침 아홉 시에 탕닝완 단지 동쪽, 현재 건설 중인 테니스장에서 만나기로 했다.

태양은 이미 떠올랐지만 하늘 가득한 더러운 안개는 아직 흩어지 지 않은 상태였다. 그들 차가 막 탕닝완 분양사무실 정문을 지날 때 눈 매가 예리한 샤오웨이가 한눈에 테니스장 초록색 벽에 두 사람이 기대 서 있는 것을 발견했다. 샤오스 일행이 먼저 도착해 있었다.

'강철포'는 그러나 샤오스가 큰소리친 것처럼 위풍당당하지 않았 다. 키는 180cm 정도로 길었지만 영 매가리가 없어 보였다. 팡자위의 말마따나 아무리 봐도 '병든 닭'처럼 보였다. 검은 정장이 잘 맞지 않아 몸에서 붕 떠 있는 데다 바지도 짧아 안에 입은 분홍색 양모셔츠가 촌스럽게 삐져나와 있었다. 돤우가 '강철포'와 악수할 때 보니 손이 여리고 얼굴은 병색이 짙었다. 말을 한마디 하려다가도 한참 동안 기침을 했다. 낯빛이 홍조를 띠다가 다시 하얗게 질리곤 했다. 목소리는 마치 벌이 윙윙거리는 것 같아 듣는 사람이 걱정스러울 정도였다.

오히려 샤오스가 여자 깡패 같아 보였다. 멋들어지게 선글라스를 끼고 억지로 입을 크게 벌려 상스럽게 껌을 짝짝 씹었다. 검은색 바바리코트의 단추를 풀고 두 손을 주머니에 찔러 넣었다.

팡자위는 기분이 좋지 않았다. 그녀가 못미더운 듯 두 사람을 위, 아래로 훑어보더니 조롱기 가득한 눈빛으로 남편을 바라봤다. 마치 어디서 이런 우스꽝스러운 한 쌍을 구해왔냐고 말하는 듯했다.

아홉시 20분이 되었지만 쉬지스 일행은 나타나지 않았다. 팡자위가 계속 시계를 들여다보며 초조함을 감추지 못했다. 돤우는 벌써 그에게 두 번이나 전화를 했지만 계속 통화 중이었다.

"안 올 리 없겠지? 아홉 시라고 했는데."

돤우가 중얼거렸다.

"다시 전화해 봐요."

팡자위가 침울한 표정으로 화를 냈다.

"아니면 우리가 먼저 칠까요?"

샤오스는 팡자위가 더 이상 그녀의 말에 대꾸를 하지 않자 먼저 의견을 내놓았다.

"고작 이 몇 사람으로? 말라비틀어진 배춧잎같이 생겨가지고, 바람만 불어도 쓰러지게 생겼는데, 사람들이 보면 웃겠어!"

다급한 나머지, 꽝자위의 말이 조금 심하게 나왔다.

샤오스가 재빨리 변명을 했다.

"아니에요. 원래 이렇지 않은데. 싸움을 한다는 말에 신이 나서 어젯밤에 새벽 세 시까지 술을 마신 데다 오는 길에 또 흑맥주를 두 병이나 마셨거든요. 술이 깨야 한다고. 그랬더니 천식이 도져서요."

그때 돤우의 핸드폰이 울렸다. 쉬지스였다.

"여보세요? 지금 어디야?"

돤우가 소리쳤다.

"목소리 좀 줄일래? 귀청 터지겠다! 도착했어."

쉬지스는 여전히 침착하게 말했다

"어디 있는데?"

돤우가 몸을 돌리며 사방을 살폈다.

"왜 안 보여?"

"넌 날 볼 수가 없지." 쉬지스가 낄낄거렸다.

"너희 집 거실에 있으니까. 이미 제1방어선을 구축해 뒀지. 빨리 출격해!"

알고 보니 쉬지스는 7, 8분 정도 늦게 도착하자 일을 그르치지나 않을까 걱정이 돼 직접 차를 단지 북문으로 몰아 집 입구에 댔다. 다섯 명이 차에서 내렸다. 쉬지스는 비닐봉투 두 개를 들고 쓰레기를 버리러 나오는 춘샤를 목격했다. 그는 현관문이 열린 것을 보고 하늘이 준 기회라고 생각했다. 이에 그 즉시 데리고 온 사람들에게 안으로 들이치라고 명령을 내렸다. 그는 춘샤가 항의를 하자 바로 핸드폰을 꺼내 경찰에 연락하고 거실 소파에 앉아 유유자적 담배를 피우기 시작했다.

꽝자위는 쉬지스 쪽에서 손을 썼다는 말에 한시름을 놓았다. 족히 일주일 동안 그녀는 시도 때도 없이 탕닝완에 갔는데 춘샤가 문도 안 열어주면 어떡하나 걱정을 하던 중이었다. 이제 첫 번째 난관을 쉬지스가 손쉽게 해결해줬으니 더도 덜도 말고 딱 적절한 타이밍이라고 생각했다.

복도의 불빛이 희미했다. 옆집 102호 문이 조금 열려 있었다. 백발이 성성한 할머니가 머리를 밖으로 내밀고 있다가 둰우 일행이 오는 것을 보더니 '탕' 하고 문을 닫았다.

춘샤는 조금 전의 당황스러움을 떨쳐버리고 마음을 가라앉힌 상태였다. 그녀는 거실의 스탠드 사각 의자에 다리를 꼬고 앉아 쉬지스와 언쟁을 벌이고 있었다. 둰우가 실내로 들어서자 춘샤가 잔뜩 화가 나서 쉬지스에게 소리를 지르고 있었다. "빌어먹을, 그래! 어디 한번 해보시지!"

그녀 옆에 또 한 여인이 서 있었다. 면으로 된 큼직한 꽃무늬 잠옷 바지를 입고 품에 검은 고양이를 안고 있었다. 춘샤와 비슷하게 생겼는데 나이만 조금 더 들어보였다. 꽝자위 일행이 들어오는 것을 보고 춘샤가 웃으며 습관적으로 콧소리를 내더니 눈썹을 치켜뜨고 야유를 보냈다.

"허, 동생! 어디서 이런 오합지졸들을 데리고 왔어? 멀대 같이 생겨가지고, 무슨 공연이라도 하러 온 거야?"

꽝자위는 아무 말도 하지 않았다. 춘샤 말을 무시하긴 했지만 조금 당황한 기색이 보였다. 그녀가 샤오스와 샤오웨이를 불러 주방 긴 식탁 앞에 앉힌 후 핸드폰을 꺼내 문자를 보냈다.

춘샤는 당연히 그냥 넘어가지 않았다.

"동생, 우리 두 자매를 괴롭히려고? 왜 동생도 가서 선글라스도 끼고 까만 바바리코트 입고 나타나 폼 좀 재보지 그랬어?"

춘샤 옆에 있던 여인이 끼어들었다.

"북도 치고, 징도 울리고, 기를 든 의장대도 등장했네. 주인공께서 납시었으니 공연을 시작해야지. 무슨 재주가 있는지 어서 보여 봐. 귀를 활짝 열고 잘 감상해줄 테니."

그녀의 입안에 금니가 번뜩였다. 한눈에 봐도 만만한 인물이 아니었다. 지난번 봤던 작고 뚱뚱한 남자는 보이지 않았다. 아마도 한국으로 돌아간 모양이었다.

쉬지스는 팡자위가 아무 말도 못하고 당황하자 조금 당혹스러웠다. 상대방의 맞수가 아니었다. 그가 막 나서려는데 갑자기 옆에 있던 '강철포'가 식탁 옆에서 벌떡 일어나는 바람에 안에 있던 사람들이 깜짝 놀랐다.

돤우는 울화가 치밀어 더 이상 두고 볼 수가 없었다. '강철포'가 신나게 돌려차기로 두 여자를 창문 밖으로 날려 보내줬으면 하는 생각이 간절했다.

"이, 이봐……."

'강철포'가 흥흥거리더니 이내 힘겹게 숨을 몰아쉬었다. 그의 입에서 다시 벌떼 소리 같은 목소리가 흘러나왔다. "이봐, 여기 화장실이 어디야?"

알고 보니 화장실이 가고 싶은 모양이었다. '강철포'가 마치 구름 위를 밟듯이 비틀거리며 앞으로 나갔다. 샤오스가 재빨리 그를 부축했다.

"아이고, 제대로 걷지도 못하는군! 쓰러지지 않게 잘 부축해!"

춘샤가 경멸의 눈초리로 그들을 힐끗 바라 본 후 입을 삐죽거리며 비웃음 가득한 모습으로 언니와 눈빛을 주고받았다.

금세 화장실에서 요란한 구역질 소리와 함께 애절한 한숨소리가 들렸다. 실내에 있던 사람들이 서로를 바라봤다. 민망하기 그지없었다. 똰우의 얼굴이 붉으락푸르락했다. 쉬지스가 그를 향해 목을 빼고 눈을 껌뻑거리며 뭔가 행동을 취하라고 신호를 보냈지만 대체 구체적으로 뭘 어떻게 하라는 건지 알 수가 없었다. 사람들의 시선 때문에 대놓고 물어볼 상황도 아니었다.

쉬지스가 발행부에서 데려왔다는 젊은 애들 몇 명도 마치 중, 고등학생처럼 어설펐다. 싸움을 하러 온 것이 아니라 마치 친선모임에 온 사람들 같았다. 게다가 작은 머리통에 쥐새끼 같은 눈하며 외모가 괴상망측하고 축 처진 모습이 피곤에 절어 보였다. 네 녀석이 소파에 한데 앉아 있었는데, 그중 한 놈은 시종일관 키득거리기만 했다. 쉬지스가 팔로 그를 쿡 찔렀다. 뭔가 보여주라는 뜻 같았다. 하지만 '뻐드렁니'는 의아한 눈초리로 그를 쳐다보며 그저 어깨만 으쓱 올릴 뿐이었다.

'강철포'가 화장실에서 나왔다. 그렇게 구토를 했지만 상태가 전혀 좋아 보이지 않았다. 샤오스가 숨을 고르게 쉬도록 연신 그의 가슴을 쓸어내렸다. 팡자위가 작은 소리로 샤오스에게 그를 데리고 나가라고 말했다. 샤오스가 뭐라고 대꾸하기도 전에 갑자기 팡자위가 벌컥 화를 내며 샤오스를 향해 소리쳤다.

"제발 부탁이야! 나가달라고! 여기서 더 이상 일 만들지 말고!"

팡자위가 이성을 잃은 듯했다.

다행히 일이 더 꼬이기 전에 집 밖에서 요란한 경찰 사이렌 소리가 들렸다. 북쪽 창 너머로 똰우는 차에서 내리는 경찰 셋을 발견했다. 안으로 들어서기도 전에 경찰들이 복도에서 시끄럽게 소리를 지르기 시작했다.

"멈춰, 아무도 움직이지 말고! 움직이면 모두 체포한다!"

경찰봉을 들고 안으로 들이닥친 경찰은 실내에서 다과회라도 하는 양 사람들이 얌전히 앉아 있자 조금 당황한 눈치였다. 가슴을 쑥 내밀고 배가 불룩한 중년의 경찰이 아마도 팡자위가 말한 그 탕옌성 같았다.

"어, 이건 뭐하는 건가? 당신네는, 어? 회의라도 하시나?"

그가 손에 들고 있던 경찰봉으로 손바닥을 치며 먼저 웃기 시작했다.

탕옌성은 간단하게 자초지종을 물어본 후 더 이상 다투는 일이 없도록 지시했다. 그가 경찰봉으로 자매 두 사람을 가리키며 소리쳤다. "두 사람!" 그리고 다시 몸을 돌려 팡자위를 가리키며 "그리고 당신! 안에 들어가서 이야기합시다. 다른 사람은 앉아 있어, 움직이지 말고!"

이렇게 말한 그는 곧장 안쪽 서재로 들어갔다.

춘샤 자매는 서로 눈짓을 한 후 그를 따라 서재로 들어갔다.

팡자위가 남편에게 애원의 눈빛을 보내며 같이 들어가자고 했다. 돤우 역시 애원하듯 그녀에게 거절의 눈빛을 보냈다. 팡자위는 하는 수 없이 혼자 서재로 담판을 하러 들어갔다. 그녀가 방문을 닫았다.

곧이어 쉬지스가 데려온 젊은이 네 명이 식탁을 둘러싸고 웃고 떠들며 카드놀이를 시작했다. 샤오스는 '강철포'를 부축해 소파 앞에 앉혔다. 그는 몸이 소파 쪽으로 기우는가 싶더니 곧바로 코를 골기 시작했다. 팡옌성이 데려온 경찰 두 명은 집 밖 화단에 앉아 담배를 피웠다. 쉬지스는 할 일 없이 멍하니 서 있는 샤오웨이와 샤오스에게 2백 위안을 주면서 도시락을 사오라고 했다.

팡자위는 담판 도중 화장실에 가기 위해 서재에서 나왔다. 쉬지스가 어떻게 돼 가는지 묻자 팡자위가 쓴웃음을 지으며 고개를 절레절레 흔들면서 일부러 큰 소리로 말했다. "이렇게 파렴치한 사람들은 처음 봤어요. 세상에 이런 법이 어디 있담! 정말 죽고 싶어요."

눈물이 그렁그렁한 팡자위를 보며 롼우는 차마 뭐라고 말도 못하고 우물쭈물했다.

팡자위가 화장실에 들어가자마자 롼우는 서재에서 갑자기 흘러나오는 고함소리를 들었다.

"잘 들어요. 똑바로 처신하라고요. 개자식! 탕 순경! 이렇게 무조건 한쪽 편만 들면 당신하고는 말……."

탕옌성에게 욕을 하는 것 같았다. 하지만 뒤를 이어 탕옌성이 뭐라고 말을 하는데 소리가 너무 작아 똑똑히 들을 수가 없었다. 쉬지스의 안색이 변했다. 그가 뛰어 들어가려는 것을 롼우가 잡았다.

"저 싸가지 없는 여편네들, 쑨리 닮았다고 조금 봐주려고 했더니. 저렇게 미쳐 날뛰면서 인민경찰까지 윽박지르고 있잖아! 썁할! 정말 가관이네……."

그때 쉬지스의 핸드폰이 울리기 시작했다. 그가 주머니에서 핸드폰을 꺼냈다. 하지만 전화를 받는 대신 뒤돌아 선 그는 데려온 사람들을 가리키며 욕을 퍼부었다. "야, 이 화상들아! 여기서 카드나 치라고 너흴 데려온 줄 알아? 어? 뭔가 행동을 해야 될 것 아냐! 싸울 건 싸우고, 부술 건 부수고! 정말 내가 쪽팔려 죽겠다!"

젊은이들이 약속이나 한 듯 일제히 카드를 내려놓았다. 하지만 여전히 목석처럼 그곳에 멍하니 앉아 있을 뿐이었다. 그들은 입을 벌린 채 꼼짝도 하지 않았다. 실내에서 신호가 잘 잡히지 않는지 쉬지스가 계속

"여보세요, 여보세요"를 외치면서 그 길로 문을 나서 밖으로 전화를 받으러 나갔다 .

다시 대략 10여 분이 지난 후 서재 문이 열렸다. 춘샤 자매가 얼굴이 시퍼렇게 질려 안에서 나왔다. 두 사람은 거실이 아니라 곧장 침실로 들어가버렸다. 그리고 얼마 후 침실에서 정오 뉴스 시작을 알리는 음악 소리가 흘러나왔다. 팡자위와 탕옌성은 아직도 서재에서 작은 소리로 뭔가 이야기를 나누고 있었다.

돤우가 들어갔다. 팡자위는 눈시울이 붉어진 채 입김을 불며 안경을 닦고 있었다. 춘샤 자매가 1만 위안을 보상 조건으로 내놓았는데 탕옌성이 거듭 권고하며 애쓴 결과 8천 위안으로 금액을 낮추는 데 동의했다. 그러나 그들은 자신들이 여유를 갖고 새 집을 찾을 수 있도록 두세 달 유예기간을 달라는 조건을 내걸었다. 탕옌성의 권고로 팡자위는 수치와 분노를 애써 참으며 그들의 조건을 받아들였다. 하지만 팡자위가 정식계약을 제의하자 자매는 단호하게 거부했다.

팡자위가 말했다. "이건 아무것도 합의가 안 된 거나 마찬가지잖아요. 세 달 후에도 안 나가면요! 그럼 괜히 8천 위안만 들어간 거잖아요."

안경을 닦으면서 너무 힘을 썼는지 안경다리가 부러져버렸다. 작은 나사가 또르르 바닥을 몇 번 튀어가더니 순식간에 어디로 갔는지 보이지 않았다. 팡자위는 화가 나서 책상을 향해 안경을 내던졌다.

"옌성, 당신네 사람들 데리고 나가 할 일 해요! 내 일에는 신경 쓰지 말고. 어쨌거나 이 집에 들어왔으니 다시는 나가지 않을 거예요. 저 여자들이 내 집에서 나가든지, 아니면 내가 남아 저 여자들하고 같이 살든지."

탕옌성의 낯빛이 조금 이상했다. 그는 잠시 생각에 잠겼다가 갑자기

강남에 봄은 지고

커다란 두 손으로 다리를 세게 내리치며 이를 악물고 말했다.

"다시 한 번 말해 볼게."

그가 자리에서 일어나 옆방으로 가서 두 자매와 이야기를 시작했다.

탕옌성이 자리를 뜬 후 쉬지스가 히죽거리며 도시락 몇 개를 가지고 다가왔다.

"우선 밥부터 먹어, 밥부터. 이야기는 조금 있다가 하고."

톈우나 팡자위나 입맛이 있을 리 없었다. 톈우는 바닥에서 나사를 찾아내 전지剪紙(종이공예)용 칼끝으로 조심스럽게 안경다리에 나사를 끼우고 있었다. 그가 간략하게 조금 전 중재결과를 쉬지스에게 설명했다. 쉬지스는 밥을 먹느라 정신이 팔려 아무런 대꾸도 하지 않았다. 그는 닭다리를 깨끗이 발라 먹고 입을 훔친 후에야 비로소 팡자위에게 웅얼거렸다.

"제수씨, 조급해 할 것 없어요. 조금 있으면 진짜 폭력배가 옵니다."

팡자위와 톈우가 서로를 마주보더니 약속이나 한 듯 쉬지스를 바라봤다.

"조금 전 '국구'와 전화 통화를 했어요. 벌써 오고 있는 중입니다. 15분 안에 도착한대요. 우리가 데려온 사람들은 영 힘을 못 쓰네. 경찰 세 명도 모두 맥없이 계집애 같은 목소리로 지껄이고. 내가 보기에 이건 '국구'가 나서서 정리를 해야 할 것 같습니다."

"국구가 누구예요?"

팡자위가 말했다.

"그런 건 신경 쓸 것 없고. 조금 있다가 어깨부대가 대거 들이닥치면 저 아줌마들 바지에 오줌 좀 지릴 겁니다."

쉬지스가 손에 들고 있던 피가 묻은 이쑤시개를 도시락 통에 던지고 트림을 한 후 말을 이었다. "지금 제일 성가신 건 오히려 저 경찰 세 사람이에요. 조금 있다가 국구가 등장할 때 경찰들이 현장에 있으면 손을 쓰기가 거북할 테니 뭔가 방법을 생각해서 먼저 보내버려요."

"그건 괜찮아요. 옌성은 우리 쪽 사람이에요. 그건 절대 자신해요."

말을 마친 팡자위는 순간 얼굴이 발개지면서 더 이상 아무 말도 못했다. 탕옌성이 이미 서재 입구에 서 있었기 때문이었다. 그가 모자를 벗어 성근 머리카락을 손가락으로 빗질하더니 무거운 짐을 내려놓은 듯 팡자위를 향해 웃었다.

"이제 좀 말이 통하네. 오늘 오후에 나가기로 했어. 하지만 돈을 좀 더 줘야 할 것 같아."

"얼마나?"

팡자위가 물었다.

"1만 5천 위안."

"잠깐, 잠깐. 남의 집을 차지해서 1년을 공짜로 산 주제에! 방세 달라고 안 하는 것만 해도 많이 봐준 건데 어디 적반하장으로 돈을 요구해? 세상에 이런 식으로 시비를 가리는 법도 있나?" 쉬지스가 탁자를 내리치며 탕옌성을 향해 소리를 높였다.

팡자위가 그의 소매를 잡아당겼지만 쉬지스는 아랑곳하지 않았다.

"1만 5천 위안? 나 같으면 한 푼도 못 줘. 이거야말로 몸 판 값이네. 아니, 몸을 팔았다고 해도 그렇게 많은 돈을 주진 않을 거야. 지금 파랑 髮廊(이발소)에 가서 아가씨랑 한 번 하는데 얼마면 되는 줄 알아? 좀 거북스런 말 좀 해볼까? 저년들 거시기는 금테라도 둘렀대?"

탕옌성이 쉬지스의 쌍욕에 눈을 부라렸다. 그가 모자를 반듯하게

강남에 봄은 지고

쓰고 정색하며 화를 내려고 할 때 갑자기 문밖에서 자동차 경적소리가 울렸다.

사람들이 후다닥 거실로 달려갔다. 돤우가 창밖을 바라보니 '금배' 金杯 승합차 두 대가 앞뒤로 세워져 있었다. 첫 번째 차에서 초라한 늙은 이 한 사람이 내렸다. 하도 빨아대 하얗게 바랜 작업복 윗옷에 허리에는 푸른색 앞치마를 두르고 있었고, 머리는 잔뜩 헝클어져 있었다. 노인은 단정한 차림에 범포帆布로 만든 천 가방을 비껴 메고 손에 붉은색 공구 함을 든 채 차에서 내려 사방을 두리번거렸다.

아무리 봐도 조직 쪽하고는 거리가 멀어 보였다.

이어 두 번째 차에서 회색 중절모를 쓴 통통한 중년 남자가 내렸다. 한쪽 손을 코트 주머니에 찌르고 다른 손에는 굵은 시가를 들고 있었 다. 그가 고개를 들어 실눈으로 문패 번호를 살피더니 침착하게 안으로 걸어 들어왔다.

그 사람이 바로 쉬지스가 말한 '국구'였다.

그의 본명은 렁샤오추로 반 년 전, 돤우는 호소산장에서 그를 본 적 이 있었다. 탕옌성과 렁샤오추는 잘 아는 사이 같았다. 렁샤오추를 보 자마자 탕옌성이 뒤돌아 팡자위를 보며 웃었기 때문이다.

"우린 가봐야겠네. 이런 일은 렁씨가 우리보다 경험이 훨씬 많거든."

이렇게 말한 후 그는 경찰 둘을 향해 손짓을 하고는 밖으로 나갔다.

그는 입구에 이르러 고개를 들이밀고 안을 살피던 렁샤오추를 만 났다. 탕옌성이 친근하게 그의 손을 잡더니 다시 렁샤오추의 귓가에 대 고 낮은 소리로 뭐라고 당부했다. 렁샤오추가 웃었다. 그는 아무 거리낌 없이 짙은 시가 연기를 내뿜으며 대뜸 욕지거리를 날렸다. "좆같은 것 들!"

그가 가지런하고 하얀 세라믹 치아를 드러냈다.

"자! 같이 온 요 꼬맹이들, 잡것들, 모두 불러내쇼. 내 곧 깨끗이 처리해 줄 테니!"

렁샤오추의 말에 쉬지스는 황급히 사람들을 밖으로 내몰았다. 소파에서 곤히 잠을 자고 있던 '강철포'도 샤오스가 깨워 샤오스와 쉬지스의 부축을 받으며 밖으로 나갔다. 밖에서 나는 소리에 리춘샤가 손에 TV 리모컨을 들고 달려 나왔다.

"경찰은?"

그녀가 소리쳤다.

그녀의 두껍고 육감적인 입술이 바들바들 떨리기 시작했다. 하지만 이미 그녀의 질문에 대답을 해줄 사람은 아무도 없었다.

집안에 있던 사람들이 모두 잔디밭으로 나오자 두 대의 금배 승합차 문이 활짝 열리고 안에서 사람들이 뛰쳐나왔다. 마치 똑같은 틀로 찍어낸 사람들 같았다. 하나같이 똑같은 파란 작업복에 흰 장갑을 끼고, 똑같은 고무창 신발을 신고 있었다. 게다가 모두 짧은 상고머리였으며, 머리는 사각형, 눈은 작았으며 손마다 쇠파이프를 들고 있었다. 그들이 허리를 굽히고 안으로 쳐들어갔다.

가장 앞에 달려가는 대여섯 사람은 모두 손에 누렇고 커다란 포대를 들고 있었다. 돤우가 세어 보니 모두 23명이었다. 맞은편 고층 주택의 창문이 하나씩 열렸다. 얼굴이 똑똑하게 보이진 않았지만 사람들이 하나씩 창문 밖으로 고개를 내밀고 이쪽을 살폈다. 단지를 순찰 중인 경비원 두 명이 멀찌감치 화단 옆에 서 있었다. 그들은 감히 접근도 못하고 그렇다고 외면한 채 그 자리를 떠날 수도 없었다.

마지막으로 집에 들어온 사람은 얼룩덜룩한 위장 군복을 입은 기사였다. 그는 공구함을 든 노인을 보며 소리쳤다.

"씹할, 뭘 기다려? 빨리 들어가 작업해!"

"열쇠공이군."

쉬지스가 팡자위에게 자신 있게 말했다.

"저 노인네는 열쇠공인데, 제수씨네 집 열쇠를 다 바꿀 거요."

"무슨 일을 저지르진 않겠죠?"

팡자위가 걱정스러운 표정으로 흥분을 억누르며 말했다.

"안심해요. 국구는 이제껏 단 한 번도 이런 일에서 실수를 한 적이 없어요."

"앞에 저 사람들 손에 들린 포대는 뭐 하는데 쓸 거예요?"

팡자위가 다시 물었다.

"아, 저걸 그 여자들 머리에 뒤집어씌울 거예요. 예전 같으면 저걸 뒤집어씌우고 한바탕 두들겨 팼었는데."

쉬지스가 웃었다.

"기다려 봐요. 잠시 후면 두 사람이 마치 죽은 개처럼 끌려나올 테니까."

하지만 나중에 알고 보니 이른바 암흑사회의 행동 방식에 대한 쉬지스의 지식도 별 볼 일이 없었다. 그의 기대와 달리 20여 명이 들어간 후에도 안에서는 한참 동안 아무런 움직임도 전해지지 않았다. 울고불고 난리치는 소리도, '퉁탕'거리는 소란이나 그 흔한 욕설도 전혀 들리지 않았다. 열쇠공이 망치로 방범용 대문의 자물쇠를 내리치는 소리 외에는 온 집안이 쥐 죽은 듯이 고요했다.

잠시 후 렁샤오추가 배시시 웃으며 안에서 나왔다. 그가 손에 들고 있던 시가에 불을 붙여 힘껏 한 모금 빨았다. 그리고 다짜고짜 "아주 좋아!"라고 말했다.

쉬지스가 그에게 물었다. "'아주 좋아'라니, 무슨 뜻이야?"

"지금 짐 정리하고 있어. 조금 있으면 끝나."

렁샤오추는 쉬지스의 말에 간단하게 이렇게 답한 후, 이어 "그 두 년, 아주 재밌던데?"라고 말했다.

쉬지스가 "어떻게 재밌는데?" 라고 물었다.

"난 또 다루기 엄청 힘든 물건들인 줄 알았지. 그런데 겁이 진짜 많아. 우리하고 죽이 잘 맞더라고. 내가 들어가자마자 두 여자를 가까이 오라고 불렀지. 떨지 말라고 했어. 여자가 내 앞에서 떠는 거 정말 싫거든. 내가 무서워? 라고 말했지. 그랬더니 둘 다 고개를 흔들더군. 내가 말했지. 무섭지 않으면 왜 떨고 있는데? 떨지 마! 그래도 둘이 덜덜 떠는 거 있지."

"딱 세 마디 했지. 오늘 둘이 자리를 옮겨야겠다. 그랬더니 그 여자 둘이 서로 쳐다보며 아무 말도 안 하더라고. 내가 말했지. 오늘 여길 나가야 한다. 반드시. 상의할 필요도 없다. 알았나? 한데 어떻게 나가지? 그건 너희 둘이 선택. 옷을 입고 나가든지, 아니면 홀라당 벗고 나가든지. 당신들이 선택하라고. 그랬더니 말을 아주 잘 들어! 금방 옷을 입고 나가겠다고 하더라고. 그래서 또 물었지. 빈손으로 나갈래, 아니면 너희들 물건을 들고 나갈래. 그 여자들이 들고 나가겠대. 20분이면 충분하냐고 물었지. 그랬더니 대충 그 정도면 충분하다고 하더군. 난 손 하나 까딱 안 했어. 지금 서랍장 뒤집느라 정신이 없어. 난 그냥 모래포대 여섯 개만 가져왔는데 다 담을 수 있을지 모르겠네."

렁샤오추의 말에 그제야 팡자위의 잔뜩 찌푸린 이마가 활짝 펴졌다. 하지만 돤우는 오히려 얼핏 현기증이 일었다. 춘샤의 언니가 커다란 얼룩고양이를 안고 집에서 나올 때까지 돤우는 자기가 꿈을 꾸고 있는 듯했다. 춘샤가 언니 뒤를 따라 나오며 지금 막 벽에서 떼어낸 액자를 들고 있었다. 이어 모래포대 다섯 개를 든 깍두기 머리의 청년들이 나왔다. 자매는 물건이 많지 않았다. 마지막 모래포대 하나는 필요도 없었다.

춘샤가 회색 현대 '소나타' 뒤 트렁크를 열자 청년들이 그녀의 물건을 집어넣었다. 넣지 못하고 남은 것은 차 뒷좌석에 내던졌다. 춘샤가 차문을 닫고 팡자위를 향해 걸어왔다. 팡자위는 순간적으로 어떻게 대응해야 할지 몰라 핸드폰을 보는 척했다.

춘샤가 그녀 가까운 곳까지 와서 멈춰 섰다. 그녀가 꼼짝 않고 팡자위를 바라보며 나지막한 목소리로 뭐라고 했다. 돤우는 뭐라고 하는지 잘 들리지 않았지만 아내의 얼굴이 하얗게 질리는 것을 봤다.

'소나타'가 유유히 동문을 빠져나가자 열쇠수리공 역시 대문 열쇠 교체를 끝냈다. 수리공이 공구함을 들고 일어섰다. 몸에 땀이 흥건했다. 그가 새로운 열쇠를 렁샤오추에게 건넸다. 렁샤오추가 열쇠를 손에 쥐고 가늠해 보더니 다시 돤우에게 줬다.

일은 이렇게 마무리 되었다.

돤우는 렁샤오추에게 저녁 식사를 대접하겠다고 했다. 렁샤오추가 생각해 보더니 좀 있다가 일이 있다고 했다. "다른 날로 하죠. 오늘은 서우런을 만나야 해서. 모임이 있어요."

렁샤오추가 사람들을 데리고 자리를 뜬 후 쉬지스 역시 발행부 동료들을 데리고 낡은 구닥다리 폭스바겐 제타Jetta에 비집고 들어가 앉은 후 작별인사를 했다. 팡자위는 차를 서문 테니스장에 세워뒀기 때문에 남은 사람들은 단지를 관통해 서쪽으로 갔다.

어느덧 해가 서산으로 지고 있을 때라 인근 마을의 농부가 자류지의 채소, 고구마, 쌀을 화물차에 싣고 단지 안까지 들어와 물건을 팔았다. 너무 말라 피골이 상접한 할머니가 단지 내 입주자와 가격 흥정을 하고 있었다. '강철포'는 할머니 야채 노점이 눈에 거슬렸는지 아니면 몸 풀 기회가 없어 근질근질했는지 버럭 화를 내며 할머니의 야채바구니를 냅다 발로 차서 공중으로 날려버렸다.

6

탕닝완의 집은 이렇게 해서 다시 그의 손안으로 들어왔다. 그런데 팡자위의 기분은 조금도 좋아지지 않았다. 말수가 점점 더 줄어들고 온종일 우울한 모습인 데다 자꾸만 뭘 잊어버렸다. 돤우가 그녀에게 그날 춘샤가 떠날 때 대체 무슨 말을 했는지 물었다. 팡자위는 고개를 저으며 깊이 한숨을 쉬다가 나중에는 아리송한 말을 했다.

"춘샤의 말이 맞는지도 몰라. 전혀 틀리지 않았어."

그는 그런 상황에서 춘샤가 좋은 말을 했을 리 없다는 걸 능히 짐작할 수 있었다. 하지만 그 말 한마디 때문에 며칠 동안이나 계속해서 우울해하다니 조금 이해가 되지 않았다. 그는 그다지 심각하게 생각하지 않았다. 게다가 팡자위는 아들에게 숙제를 하라고 독촉할 때면 잠시 고민을 잊는 듯 정상을 회복했다. 아들에 대해서만큼은 여전히 지독하고 전혀 융통성이 없었다.

어머니 장진팡은 허푸에서 지낸 지 한 달이 넘었지만 메이청으로 돌아가겠다는 말을 하지 않았다. 팡자위는 아침 일찍 변호사 사무실에 출근하고 저녁에는 아홉 시가 지나서야 집에 돌아왔다.

그녀는 되도록 시어머니와 마주치지 않으려고 애썼다.

돤우는 샤오웨이를 통해 어머니 의중을 떠보도록 했다. 뜻밖에 어머니는 이렇게 반문했다.

"탕닝완 집을 찾았는데 왜 우리에게 이사를 못 가게 해! 대체 무슨 생각을 하는지 모르겠네."

알고 보니 어머니는 떠날 의사가 전혀 없었다.

어머니가 돤우에게 메이청 쪽은 더 이상 사람이 살 수 없는 곳이 됐다고 투덜댔다. 솔직히 말해 그곳은 허푸의 뒷간이었다. 화학공장이 이주한 것은 그렇다 치더라도 쓰레기차가 계속해서 쓰레기를 실어 날랐다. 창문만 열면 고무가 타는 역한 냄새며 심지어 죽은 쥐 냄새까지 모든 악취가 풍겼다. 물조차 마실 수 없었다. 그녀는 암에 걸리고 싶지 않았다.

돤우는 어머니의 생각을 팡자위에게 말했다. 팡자위가 이상야릇한 얼굴로 냉소를 짓는가 싶더니 어느새 눈가에 눈물이 어른거렸다. "해가 지나면, 어머니에게 양도할게요."

분명히 말 속에 무슨 다른 뜻이 있었다. 이로 인해 돤우는 아내에 대한 걱정이 더욱 심해졌다. 그는 다시 돌아가 어머니를 위로할 수밖에 없었다. 장진팡은 당연히 전혀 물러설 기세가 아니었다. 죽어도 가만히 있지 않겠다고 했다. 마지막에 샤오웨이가 말했다. "생각해 보세요. 허푸는 메이청에서 20킬로미터예요. 공기란 것이 하늘을 날아다니는데 메이청의 공기가 안 좋다면 여기라고 좋을 리가 있겠어요? 이제 막 집을 되찾았으니 정리를 해야지요. 게다가 이사가 작은 일도 아니고, 맹인

점쟁이에게 가서 날도 잡고 그럴듯하게 잔치도 해야 되잖아요."

갖가지 말을 다 동원해 으르고 달래고 나서야 겨우 그녀를 메이칭으로 돌려보냈다.

그런데 어머니가 떠난 후 채 이틀도 안 돼 전혀 예상치 못한 일이 발생했다.

그날 저녁 돤우는 퇴근 후 집으로 곧장 가지 않고 택시를 타고 잉황英皇호텔 옆 다롄 해산물식당으로 갔다. 뤼주가 두 시간 전에 그곳에서 만나자고 그에게 문자를 보내왔다. 돤우와 상의할 매우 중요한 일이 있다고 했다. 날은 어둑어둑하고 북동풍이 불었지만 그렇게 춥진 않았다. 눈이 올 것 같았다.

돤우가 탄 불법 택시가 막 빈장도로로 접어들었을 때 아내로부터 전화가 왔다. 그에게 빨리 집에 와달라는 전화였다. '뭐뭐가 뭔가 좋지 않은 것 같다'고 했다.

돤우는 깜짝 놀라 재빨리 기사에게 지름길로 돌아가 달라고 부탁했다. 그들은 신호등도 무시한 채 집을 향해 달려갔다. 머릿속에 온통 힘없이 웃는 아들의 모습이 떠올랐다. 불길한 예감이 가득 심장을 파고들었다. 뤼주가 연거푸 서너 번이나 문자를 보내 어디까지 왔냐고 물었다. 그는 답 문자를 보낼 여유가 없었다.

팡자위가 아들 침대 옆에 앉아 눈물을 훔치고 있었다. 아들 이마에 젖은 수건이 얹혀 있었다. 아들은 정신이 혼미한 상태에서 코로 급하게 숨을 몰아쉬고 있었다. 허약하고 마른 몸이 이불에 싸인 채 가끔 한 번씩 발을 버둥거렸다.

"왜 갑자기 이렇게 떨어?"

돤우가 아들의 이마에 손을 얹었다.

"아침까지만 해도 멀쩡했는데 어쩌다 이렇게 됐어?"

"조금 전에는 더 심하게 떨었어요. 지금은 조금 좋아진 거예요. 이 불을 두 겹이나 덮어줬는데도 계속 춥다고 소리를 질러요."

꽝자위가 멍하니 그를 바라봤다.

"체온 재봤어?"

"39도가 넘어요. 방금 미림美林 시럽(부루펜 시럽. 진통해열제)을 먹였더니 열이 조금 떨어졌어요. 병원에 데리고 가야 할까요?"

꽝자위 말이, 아들이 학교에서 돌아와 혼자 멍하니 침대 앞에 앉아 있었다고 했다. 몇 번을 불렀지만 아이는 대꾸를 하지 않았다. 꽝자위가 다가가 그의 머리를 만져봤다. 괜찮았다. 다만 코가 좀 맹맹했다. 그녀는 평소처럼 아이에게 숙제를 하라고 했다. 아들은 엄마 말대로 천천히 스탠드를 켜고 책가방을 열어 시험지를 꺼내놓고 손으로 작은 머리를 받쳤다.

"별로 신경 쓰지 않고 그냥 주방으로 밥을 하러 갔거든요. 그런데 얼마 후 아이가 주방으로 오더니 '엄마, 오늘 숙제 안 하면 안 돼? 잠깐 자고 싶어'라고 했어요. 난 애가 피곤한가 보다 생각하고 그럼 30분만 자라고 했어요. 숙제는 밥 먹고 나서 하자고요. 그런데 밥을 다하고 가보니 그 조그만 게 침대 옆에 뻗어 있었어요. 어디가 아프냐고 물었더니 아무 소리도 안 했어요. 그제야 뭔가 이상하다는 생각이 들었어요. 사스케도 안 보이고……."

퇀우는 이미 그 슬픈 현실에 주목하고 있었다. 침대 머릿장 솟대 위에 사스케의 모습이 보이지 않았기 때문이다. 길고 가는 사슬이 마치 뱀처럼 머릿장 위에 놓여 있었다. 사스케가 사슬을 물어뜯고 날아간 것이 분명했다. 하지만 겨울이라 창문을 꼭 닫아놓았는데. 설사 사스케가 사슬을 잘랐다고 해도 밖으로 날아갈 방법이 없었다. 그가 팡자위에게 자기 생각을 말하자 그녀가 남쪽 창가에 에어컨 실외기 연결 때문에 뚫린 둥근 구멍이 있다고 했다.

"거기로 빠져나갔을까요?"

"그럴 리가!" 돤우가 말했다.

"잊었어? 참새 몇 마리가 풀이랑 마른 잎을 물고 와서 거기 둥지를 지었잖아. 구멍이 꽉 막혀 있는데 그렇게 큰 새가 어떻게 거길 뚫고 나갈 수 있겠어? 뤄뤄와 사스케가 얼마나 친해졌는데, 설사 사슬을 풀었다 해도 날아가버리진 않았을 거야……."

그때 팡자위가 갑자기 초조한 목소리로 화를 버럭 냈다.

"사스케니 뭐니 제발 그만 찾아요! 우선 아이를 소아과에 데리고 가야겠어요. 폐렴에라도 걸리면 큰일이잖아요. 빨리 애 옷 좀 입혀줘요. 애 데리고 단지 북문에서 기다려요. 차 갖고 갈게요."

이렇게 말한 후 팡자위가 온 집을 뒤지며 차 열쇠를 찾았다.

돤우는 아이의 옷을 입혀 등에 업었다. 막 아래층으로 내려가려는데 갑자기 아들이 귓가에 대고 힘없이 그에게 창문을 열어달라고 말했다.

"왜? 밖에서 찬바람이 들어올 텐데."

"사스케가 밖이 춥다는 걸 알면 알아서 돌아올지도 모르잖아요……."

그들은 소아과 응급실로 가서 한참 동안 줄을 선 다음 접수할 때 특진을 신청했다. 의사는 자애롭게 생긴 노부인이었다. 뤄뤄의 앞, 뒤 가슴소리를 청진기로 들어 보고 피검사를 했다. 그래도 다행히 그냥 상부

강남에 봄은 지고

호흡기 감염이라고 했다. 부부는 그제야 한시름을 놓았다.

의사가 처방전을 작성하며 그들에게 말했다.

"감기는 4, 5일 지나면 좋아질 수 있지만 아이 정신상태가 걱정스럽습니다. 생각해 보세요. 7, 8년 키우던 애완동물이 없어졌는데 그 자리를 그냥 새로운 애완동물로 채운다 한들 견뎌낼 수 있겠습니까. 절대 그렇지 않습니다. 다른 아이들처럼 차라리 울고불고 난리를 피우면 오히려 상관없습니다. 하지만 댁의 아들처럼 한 곳만 뚫어져라 바라보며 말을 듣지 않는 건 정신적으로 충격을 받았기 때문이에요. 며칠 동안 아이 옆에서 지켜봐 주시고 말도 많이 걸어주세요. 필요하다면 정신과에 한번 가보시는 것도 좋습니다. 적절하게 심리치료가 들어가도 좋지요."

주사실에서 링거를 맞고 나자 확실히 열이 점점 내려갔다. 병원에서 집으로 돌아오는 길에 꽝자위가 시내 중심가에 있는 신꽝백화점 스포츠용품 가게가 아직 환하게 불을 밝힌 걸 보고 뤄뤄를 데리고 가 빨간색 나이키 축구화를 사줬다. 전에 뤄뤄가 항상 이런 축구화를 사달라고 졸랐는데 꽝자위는 한사코 반대하며 사주지 않았다. 꽝자위가 아이에게 신발을 신겨주며 좋은지 물었다. 아이가 입을 헤벌리고 어색하게 웃었다. 그들은 아이를 데리고 다시 상가 5층에 있는 식당가로 식사를 하러 갔다. 꽝자위가 아이에게 은행과 돼지 간을 넣어 만든 죽 한 그릇과 평소 가장 좋아하는 '셰커황'蟹殼黃(전병) 두 개를 시켜줬다. 하지만 아이는 한 개도 채 안 먹고는 더 이상 못 먹겠다고 했다. 셰커황에 붙어 있는 깨와 바삭바삭한 껍질이 탁자에 한 가득 떨어졌다. 뤄뤄는 부스러기들을 조심스럽게 손바닥에 올렸다.

집에 돌아가 사스케에게 줄 먹이였다. 수년 간 계속되어온 습관이었다.

팡자위는 아이에게 이젠 사스케가 없다고 차마 말할 수가 없어 옆에서 몰래 눈물만 훔쳤다.

집으로 돌아가자 거센 바람이 윙윙 소리를 내며 창문을 때리고 탁자 위 시험지와 연습문제지가 온통 바닥에 널려 있었다.

사스케는 돌아오지 않았다.

팡자위가 뤄뤄의 발을 씻긴 후 가까스로 뜨거운 우유 한 컵을 먹였다. 이어 자기 뺨을 아이 목에 부비며 상냥하게 말했다.

"오늘 엄마 침대에서 같이 자자. 응?"

아이가 멍하니 고개를 저었다.

팡자위는 하는 수 없이 아이를 자기 방에 가서 자게 했다. 아이가 뚫어져라 창밖 어두운 밤하늘을 바라봤다. 아직도 앵무새 걱정을 하고 있는 것이 분명했다.

"그럼 엄마가 네 침대에서 같이 잘까? 어때?"

"아빠랑 같이 잘래."

아들이 말했다.

팡자위는 마치 뭔가에 찔린 듯 놀라서 두 눈을 크게 떴다. 머뭇거리는 눈빛으로 힐끗 돤우를 쳐다보고는 일부러 토라진 척 '치!' 하고 이불을 덮어준 후 재빨리 방을 나왔다. 돤우는 그녀의 놀란 눈을 보자 뭔가 의구심이 들었다.

설마 팡자위가 일부러 앵무새를 내보낸 걸까?

잠시 후 아들의 일기장을 통해 이런 의혹이 사실로 밝혀졌다.

돤우는 아들 침대에 엎드려 자신도 알쏭달쏭한 헛소리를 늘어놓았다. 예를 들면 이런 것이었다. "아빠는 막내아들을 제일 좋아한단다." 아들은 금세 잠이 들었다. 아마도 약 때문일 것이다. 아이의 이마에 땀

강남에 봄은 지고

이 송골송골 맺히면서 열이 떨어졌다. 돤우는 안도의 한숨을 내쉬었다. 그리고 문득 이 세상은 여전히 예전처럼 아름답구나, 라는 생각이 들었다. 아내가 옆방에서 아무 말 없이 TV를 보고 있었다. 그는 아들 침대 옆에 잠시 쪼그리고 앉았다. 할 일도 없고 심심해서 아들 책상을 정리했다.

책상에 교재와 참고서가 하나 가득 쌓여 있었고, 황강중학교와 치둥중학교의 모의고사 시험문제지도 있었다. 《용문龍門 연습문제 해설》이라는 두꺼운 책 아래 하드커버로 된 갈색 노트가 눈에 띄었다. 수년 전 돤우가 시를 베낄 때 쓰던 노트로 서가에 두고 오랫동안 사용하지 않았다. 노트는 이미 많이 낡았고 종이도 얇았다. 아들이 어디서 빼왔는지 알 수 없었다. 노트 앞쪽에 상하이에서 공부할 때 베낀 어윈 앨런 긴즈버그[40]의 시 두 편이 적혀 있었다. 하나는 〈미국〉, 또 하나는 〈아, 해바라기여〉Ah, Sun-flower였다. 시 두 편 뒤에 아들이 이따금씩 쓰는 일기가 적혀 있었다. 그는 아들이 일기 쓰는 습관이 있다는 사실을 전혀 몰랐다.

모든 일기가 앵무새와 관련이 있었다. 게다가 한결같이 '바보궁둥이 엄마가 오늘 또 발작했다'라는 문장으로 일기가 시작됐다. 그중 가장 최근 일기에는 다음과 같이 적혀 있었다.

바보궁둥이 엄마가 또 발작했어. 이번 학기 기말고사에서 50등 안에 들지 못하면 널 삶아먹겠다고 했어. 엄마가 그랬지. 자긴 한번 한다고 하면 반드시 한다고. 물론 삶아 먹지는 않을 거야. 그냥 한 말이겠지. 엄마

---

40) 앨런 긴즈버그(Irwin Allen Ginsberg, 1926~1997): 미국 시인. 1950년대 비트 제너레이션의 지도적인 시인들 중 하나. 군국주의, 물질주의, 성적 억압에 반대했다.

는 그 말을 벌써 몇 번이나 했지만 정말 그렇게 하진 않을 거야. 하지만 사스케야, 넌 정말 안전하지 않아! 엄마가 정말로 네게 손을 댄다면 아마도 사슬을 끊어서 창문으로 던져버리겠지. 만일 정말로 그런 날이 와서 내가 학교 끝나고 집에 돌아왔는데 네가 안 보인다면, 엄마는 모르는 척, 네가 날아가버렸다고 하겠지. 그럴 위험이 커지고 있어. 사스케, 사랑하는 나의 친구! 밤에 숙제를 해야 해서 너랑 놀 시간이 많지 않아. 꼭 착하게 말 잘 들어야 해. 절대 함부로 울지 말고. 특히 깊은 밤엔 말이야. 사람의 인내심은 한계가 있어. 정말 내가 학년 전체에서 50등 안에 들어갈 수 있다면 바보궁둥이 엄마가 우리를 데리고 싼야三亜(하이난 다오海南島의 도시 이름) 봄 축제에 간대. 장려금인 셈이지. 널 데리고 비행기를 탈 수 있을지 모르겠다. 말더듬이는 데리고 갈 수 있다고 하고, 장페이페이는 안 된다고 해. 데리고 갈 수 없으면 난 차라리 안 갈래. 어쨌든지 간에 친구야, 내게 힘을 줘. 50등 안에 들지 못하면 난 자살할 거야!

사스케, 파이팅!

한밤중에 뤄뤄가 일어나더니 물을 마시고 싶다고 했다. 돤우가 이마를 짚어봤다. 괜찮았다. 돤우가 주방에 가서 오렌지 즙을 짠 후 따뜻한 물을 섞어 뤄뤄에게 가져다줬다. 우황은교牛黃銀翹(중국 감기약) 두 알도 먹었다. 갑자기 뤄뤄가 눈을 번쩍 뜨더니 물었다.

"아빠, 사스케는 어디 있을까?" 아이가 드디어 입을 열었다. 적어도 앵무새를 잃어버렸다는 현실을 받아들이고 있다는 증거였다. 돤우는 잠시 생각한 후 대답했다. "멀리 가진 않았을 거야."

"우리 집 근처가 바이셴공원이잖아. 지금쯤 아마 거기 숲에 있겠지.

너 다 나으면 우리 같이 공원에 나가보자. 어딘가 나무에서 사스케를 볼 수 있을지도 몰라."

"밖이 추워서 얼어 죽을지도 몰라. 앵무새는 열대동물이잖아. 여기 선 밖에서 살 수가 없어."

"꼭 그렇지만도 않아. 앵무새는 영리한 새거든. 사람들 말소리를 흉 내 낼 수도 있잖아, 그렇지? 사스케는 똑똑하니까 걱정 마. 어디 동굴이 나 나무 위 까치집을 찾아내 숨었으면 별일 없을 거야. 날이 조금 따뜻 해지면 남쪽으로 날아가겠지. 그럼 자기 고향인 롄위蓮禹까지 날아갈지 도 몰라."

"롄위 멀어?"

"아주 멀어. 적어도 2천km가 넘지. 하지만 새들에게 그 정도 거리 는 아무것도 아냐.《이동하는 새》봤지?"

아들이 그를 잠시 멍하니 바라보더니 몸을 뒤집어 이불속으로 들 어가 잠을 청했다. 이불 밖으로 부드러운 머리카락이 살짝 삐져나왔다. 밖에서 바람이 어찌나 거세게 휘몰아치는지 마치 적병이 질주하는 느 낌이 들었다. 돤우는 아이의 침대 곁에 앉아 있다가 잠이 든 걸 확인한 후 스탠드를 끄고 살금살금 밖으로 나와 방문을 닫았다.

다음 날은 금요일이었다. 팡자위는 고의로 행인을 깔려 죽게 만든 택시기사 사건을 처리하기 위해 아침 일찍 사무실에 나갔다. 돤우는 기 관에 결근계를 내고 집에서 아이를 돌봤다. 뭐뭐는 오전에는 열이 나지 않더니 낮이 되자 다시 열이 오르기 시작했다. 오후에 팡자위가 문자를 보내 아이 상황을 물었다. 그녀는 돤우에게 아들 담임에게 전화를 넣어 달라고 부탁했다. 한데 돤우가 전화를 넣기도 전에 장 선생이 먼저 전화 를 했다.

돤우는 그녀에게 뤄뤄가 감기에 걸렸다고 말했다. 또한 앵무새가 집을 나간 이야기와 더불어 의사선생님의 걱정도 함께 전했다. 전화기 너머로 장 선생이 낄낄대며 웃었다. 담임 역시 돤우에게 할 이야기가 있다고 했다.

"지난 주, 아니 지지난주예요. 학교에서 운동회가 열렸었어요. 뤄뤄는 참가 항목이 없었는데도 친구들과 놀기도 할 겸 육상경기장 쪽으로 구경을 나왔더라고요. 전 다른 선생 몇 명과 시합 순서를 적은 자료를 들고 여기저기 뛰어다니느라 정말이지 날개라도 있었으면 하는 심정이었고요. 그런데 뤄뤄가 손에 커다란 앵무새를 받쳐 들고 트랙 한가운데 서 있잖아요. 정말 신기했어요. 만약 아이 손에 시가라도 하나 들고 있었다면 정말이지 완벽한 히치콕 영화의 한 장면이었다고요. 심판관들이 출발 신호를 보내야 하는데 총만 든 채 4백 미터 육상선수들이 행여 부딪치지나 않을까 차마 출발 신호도 내리지 못하고 쩔쩔맸지 뭡니까. 하는 수 없이 제가 달려가서 아이를 끌어냈어요."

"그 애는, 정말이지 13세 소년 같지가 않아요. 좋게 말하면 천진난만하고 순수하고, 나쁘게 말하면 자주 얼이 빠진 모습에다 매사에 좋고 나쁜 것도 분간을 못해요. 같은 나이 또래인 마위차오 같은 애들은 얼마나 이해력이 높은데요. 저녁 모임 같은 준비를 시켜도 조리 정연하게 말끔히 일을 한답니다. 랴오샤오판 같은 애들은 이제 막 끝난 시 주최 영어말하기 대회에서 1등을 했고, 마샹둥은 숨도 쉬지 않고 《상서》를 줄줄 외워요. 아이! 이쯤 해두죠. 사실 아드님도 훌륭해요! 다만 언제나 동화 속 세상에 사는 애마냥 영아기에 머무른 채 성장하려 들질 않아서 문제죠. 이리저리 생각을 해봤는데 당최 이유를 모르겠더라고요. 그러다 그날 알게 됐죠. 아, 그래! 그 앵무새가 조화를 부린 거네!"

강남에 봄은 지고

"제가 그날 밤 댁에 전화를 걸었어요. 어머님께 빨리 그 앵무새를 처리해 달라고 했죠. 어머님이 계속 이리저리 미루시더라고요. 새가 아이와 7, 8년을 살아 처리하기가 좀 힘들다는 둥 하면서요. 왜 처리를 못해요? 그래서 쇠고리를 풀어 창밖으로 던져버리면 되지 않느냐고 했어요. 아드님은 잠재력이 있어요. 중간고사를 아주 잘 봤어요. 이번 기말에 학부모님께서 힘을 좀 몰아주면 100등, 아니 50등 안으로 들어올 가능성이 커요. 학부모님들이 아이에게 독하게, 좀 더 독하게 하셔야죠. 아시잖아요, 이 사회가 앞으로 경쟁이 얼마나 잔혹할 정도로 치열해질……."

이제야 자초지종을 알 것 같았다.

담임은 여전히 전화기에 대고 재잘재잘 수다를 떨었다. 하지만 둬우는 더 이상 그녀의 말을 듣고 싶지 않았다. 장 선생이란 사람, 초등학교 때 살이 너무 많아 삼중턱이던 '바오췐'과 비교해 전혀 나을 것 없는 인간이었다. 생각할 것도 없이 뤼주가 말한 '비인'의 유형에 넣을 그런 인간이었다. 그런 생각이 들자 둬우는 오히려 별로 화도 나지 않았다.

"오늘은 집에서 쉬게 하고요. 내일은 토요일인데 학교에서 수요일자 보충수업이 있어요. 되도록 왔다가야 좋아요. 수학, 영어 선생님을 특별 초빙해서 총 복습을 하거든요. 다음 주가 기말고사예요. 이번이 전 지역 통합고사니까요."

장 선생이 진지하게 강조했다.

"하지만 애가 계속 열이 납니다."

"그래 봤자 감기잖아요? 겨울이라 감기가 유행이에요. 우리 반이 46명인데 언제나 감기 걸린 애가 있죠. 전부 댁의 아드님같이 머리가 아프고 열이 난다고 학교에 안 오면 학교가 돌아가겠습니까?"

돤우가 그녀에게 재차 설명하려고 했지만 장 선생은 이미 전화를 끊은 후였다.

저녁에 팡자위가 돌아오자 돤우는 그녀에게 장 선생과의 통화 내용을 전했다. 팡자위가 흥! 하고 콧방귀를 뀌더니 목소리를 잔뜩 깔고 말했다.

"그동안 억울했던 내 심정이 결국 풀렸다는 것 아니에요? 사실 어제 앵무새를 창문으로 날려 보내자니 정말 안타까웠어요. 앵무새가 창문 아래 석류나무에 앉더니 잠시 주위를 둘러보고는 갑자기 창문을 향해 날아오더라고요. 그 앵무새, 당신 아들하고 진짜 정이 들었나 봐요. 창문으로 날아와 필사적으로 날갯짓을 하는 것 있죠? 그런데 유리가 미끄럽잖아요. 그런데도 숏대를 보더니 떠나려고 하질 않는 거예요. 그래서 내가 유리창을 살짝 열고 옷걸이 하나를 가져와 눈 딱 감고 이를 악문 채 그 노란색 배를 인정사정없이 찔렀죠. 그랬더니 그게 '깍, 깍' 비명을 지르고 창문 옆을 한참 동안 빙빙 돌다가 사라졌어요. 그땐 나도 혼자서 한참 동안 울었어요."

팡자위의 두 눈이 빨개졌다. 돤우 역시 코가 시큰했다. 그가 다시 아내에게 택시기사 사건에 대해 물었다. 아내가 고개를 저으며 그냥 '참담하다'는 말만 하고는 입을 다물었다.

토요일 오전, 이틀 동안 계속되던 강풍이 드디어 멈췄다. 하지만 날씨가 엄청나게 추워졌다. 뤄뤄는 열이 내렸다. 그래도 좀 기운이 없어 보였다. 팡자위가 허바오단荷包蛋(중국식 달걀후라이) 하나에 라창臘腸(중국식 순대) 하나를 쩌줬다. 뤄뤄는 입맛이 없다고 작은 요거트 한 병과 사과 한 조각만 먹었다.

강남에 봄은 지고

학교에 가기 전, 팡자위가 뤄뤄에게 스웨터 두 벌을 더 입힌 후 목에 양모로 된 스카프도 둘러줬다. 아내가 학교까지 태워줄까 물었지만 뤄뤄는 아무 대답도 하지 않았다. 차라리 자전거를 타고 가겠다고 했다. 아직도 엄마에게 화가 나 있는 것 같았다. 돤우는 아내에게 앵무새를 쫓아낸 이야기를 아들에게 이실직고하고 아예 그 책임을 '장 선생'에게 모두 전가시키는 것이 어떻겠느냐고 했다. 팡자위가 잠시 생각해 보더니 고개를 저었다.

"그건 별로 좋은 것 같지 않아요. 그냥 악역은 내가 맡을게요."

단지에서 허푸실험중학교까지는 멀지 않았지만 그래도 중간에 큰길 네 곳을 건너야 했다. 아내는 그 사이 계속 잔소리를 퍼부었다. 아이가 아래층으로 향하자 아내와 돤우는 발코니에 엎드려 마치 복어처럼 통통한 아이의 모습을 지켜봤다. 아이가 동쪽으로 분수대를 지나 흔들거리며 아파트단지 정문을 빠져나갔다.

대략 30분쯤 후 팡자위는 담임에게 전화를 걸어 아이가 학교에 도착했는지 확인한 후에야 비로소 마음을 놓았다. 두 사람은 후다닥 아침을 먹었다. 팡자위가 어지럽다고 하면서 잠시 침대에 가서 눕겠다고 했다. 돤우는 거실 소파에 앉아 계속해서 《신오대사》를 읽었다. 팡자위는 잠을 이룰 수가 없었다. 생각할 것이 너무 많았다. 잠시 후 그에게 학기가 끝날 때 학교 주요과목 선생님들에게 무슨 선물을 해야 좋을지 묻다가 다시 아들이 돌아오면 입맛 돋울 수 있는 것으로 점심은 뭘 주면 좋을지 물었다. 돤우는 뤄뤄가 일본요리를 제일 좋아하니 차라리 잉황호텔에 데리고 가자고 했다. 그곳 스카이라운지에 회천초밥집이 있었다. 팡자위도 좋다고 했다. 선생님에게 줄 선물에 대해서도 두 사람은 곧바로 의견의 일치를 봤다.

그냥 돈을 주기로 결정했다. 언어, 수학, 외국어 각 선생마다 2천 위안씩이다.

두 사람이 이야기를 나누는 동안 팡자위는 완전히 잠이 달아나버렸다. 그녀는 TV를 켰다. 그러나 너무 이른 시간이라 볼 만한 프로그램이 없었다. 난방설비기술자를 빙자해 가택침입을 한 범죄자 이야기나 명의좌당名醫坐堂이란 프로그램에서 당뇨병, 암 예방 약물과 비방秘方을 추천하는 내용들이었다. 팡자위가 TV를 끄며 투덜거리는 소리가 들렸다. "죄다 이런 것들뿐이야!"

돤우는 들고 있던 책에서 시선을 떼며 웃는 얼굴로 그녀를 위로했다.

"구양수가 편집한 오대사와 비교하면 그래도 좋은 것들이 많아."

12시 반이 되었지만 뤄뤄는 돌아오지 않았다.

팡자위는 친구 집에 돌아가며 전화를 걸었다. '다이쓰치 어머님'께서는 대충 12시 10분에 뤄뤄가 다이쓰치와 자전거를 타고 단지 정문을 들어서는 걸 봤다고 했다. 그녀가 단지 야채가게에서 야채를 사던 시각이었다. 그 말에 찌푸리고 있던 팡자위의 얼굴 주름이 펴졌다. 하지만 한 시까지 기다려도 초인종이 울리지 않았다. 팡자위는 뭔가 잘못됐다는 느낌이 들었다. 단지로 들어왔는데 왜 지금까지 오지 않는 걸까?

걱정이 된 팡자위는 계속 중얼거리며 자문자답했다.

부부는 아래층으로 내려가 각자 아이를 찾아보기로 했다.

돤우는 단지 구석구석을 모두 뒤졌다. 관리센터 2층 미장원과 발마사지 업소까지 모두 가봤지만 아들의 모습은 보이지 않았다. 마지막으로 단지 중앙통제실로 달려갔다. 팡자위가 이미 그곳에 있었다. 팡자위의 끈질긴 요구에 단지 경비원이 12시 전후 정문 쪽 CCTV를 하나씩 천

강남에 봄은 지고

천히 돌려봤다. 금세 희미한 화면에 뒤뚱거리며 걸어가는 아들의 모습이 드러났다. 후이웨이가 말한 것처럼 뤄뤄가 다이쓰치와 자전거를 타고 나란히 단지 정문을 들어서고 있었다. 아들은 숲 그늘이 우거진 작은 길로 들어서자 다이쓰치와 손을 흔들며 작별했다.

경비가 그들을 안심시켰다. 단지에 들어왔으니 절대 잃어버릴 일은 없습니다. "혹시 친구 집에 놀러간 건 아닐까요? 더 찾아보실 거예요?"

중앙통제실을 나오자 팡자위가 갑자기 돤우에게 말했다. "우리가 찾는 사이에 벌써 집에 온 건 아닐까요? 지금쯤 입구 돌 의자에 앉아 있을지도 몰라."

돤우도 그렇게 생각했다.

그들은 종종 걸음으로 아파트 동 입구에 이르러 단숨에 6층을 뛰어올라갔다. 복도는 여전히 텅 비어 있었다.

성격이 급한 팡자위는 불안한 모습으로 돤우를 힐끗 보더니 핸드폰을 꺼내 경찰에 신고하려 했다. 바로 그때 단지의 경비원 한 사람이 쿵쾅거리며 뛰어올라와 숨을 헐떡이며 단지 위 변전소 옆에 한 아이가 앉아 있다고 말했다.

"이 댁 아이일지 모르니 빨리 한번 가보세요."

그들은 경비를 따라 곧장 서쪽으로 달려갔다. 단지를 건설하면서 지반공사 때 나온 흙과 쓰레기를 제때 밖으로 실어내지 않아 단지 뒤 공터에 산이 하나 생겼다. 후에 이곳에 백양나무와 탑송을 심은 후 변전소를 만들었다. 바이셴 공원 롤러스케이트장 바로 옆이었다. 돤우와 팡자위가 단지 뒤 대나무 숲을 돌아가자 한눈에 아들의 자전거가 보였다. 높은 흙산 위 뤄뤄가 변전소 아래에 서서 바이셴 공원 숲을 향해 휘파람을 불고 있었다.

앵무새를 향해 신호를 보내고 있는 것이다.

단지 울타리 바깥쪽은 넓은 하천이었는데 지금은 살얼음이 얼어 있었다. 햇빛에 비친 물길이 마치 다이아몬드가루를 뿌려놓은 것처럼 반짝거렸다.

맞은편이 바로 바이셴 공원의 돌담이었다. 커다란 백양나무 몇 그루가 잎이 다 떨어진 채 가지가 담장 밖으로 뻗어 있었다. 돤우의 눈에 어렴풋이 나뭇가지 끝에 있는 초록빛 물체가 보였다. 뤄뤄가 휘파람을 불며 나무를 향해 돌을 던졌다. 그러나 돌은 멀리 가지 못했다.

"사스케, 돌아와!"

아들이 발을 동동 구르며 울부짖었다. 목소리가 쉬었다. 돤우가 흙 산으로 올라가 아들 옆으로 다가간 후 어두침침한 나뭇가지 쪽을 바라봤다.

앵무새가 어디 있단 말인가! 바람에 날려간 초록색 비닐봉지였다.

팡자위가 바닥에 쪼그리고 앉아 아들의 작은 손을 잡으며 중얼거렸다.

"미안해. 엄마가 잘못했어. 엄마가 앵무새를 보내지 말았어야……"

뤄뤄가 그녀를 보더니 고개를 돌려 백양나무를 바라봤다. 아이는 여전히 주저하고 있었다. 한참이 지나 아이가 머리를 팡자위 어깨에 묻으며 그녀의 목을 끌어안고 엉엉 울기 시작했다.

바이셴공원의 넓은 인공호수를 바라보며 돤우는 뤄뤄의 어린 시절, 아이의 일생 중 가장 값진 시간이 이렇게 영원히 막을 내렸다는 생각에 깊은 슬픔이 밀려왔다.

강남에 봄은 지고

7

원단元旦(양력 설날) 하루 전날, 팡자위는 성 남쪽 연춘원에서 렁샤오추와 그의 부하들을 위해 감사의 자리를 마련했다. 서우런과 샤오구도 동행했다. 렁샤오추는 그의 기사 겸 경호원 한 사람만 데리고 왔다. 금테 안경을 쓴 경호원은 매우 점잖아 보였다. 서우런은 거의 회복이 되었는지 안색이 좋았다. 홍조가 피어오른 흰 얼굴에 광택이 흘렀다. 모두 자신이 개발한 양생법 재료인 랴오둥의 해삼, 동남아 제비집, 칭짱고원의 동충하초 덕분이라고 했다. 한껏 흥분한 모습이 역력했다.

문학예술계연합회의 톈 선생은 언제나 그랬던 것처럼 초대하지 않아도 알아서 참석했다. 그는 서우런에게 매달려 춘후이 면방직공장 자리에 새로 개발한 단지 내 '쌍병'雙拼(쌍병빌라. 단독 동棟에 독채 두 개가 있는 빌라) 한 채를 자기에게 반값에 달라고 졸랐다. 서우런은 낄낄거리며 웃기만 할 뿐 대꾸를 하지 않았다. 그래도 톈 선생이 자꾸만 매달리자 그는 "반값은 무슨 반값! 내년에 완공되면 아무거나 하나 골라 들어오면 될걸"이라고 말했다.

분명히 교묘하게 부탁을 회피하는 대답이었다.

쉬지스가 샤오구에게 뤼주는 왜 함께 오지 않았는지 물었다 샤오구가 웃었다.

"그 애는 원래 속인들과 교류를 안 해요. 며칠 전에 돤우가 바람을 났다고 지금 집에서 씩씩거리고 있을걸?"

쉬지스가 돤우 쪽으로 고개를 돌렸다. 그가 웃으며 말했다.

"우리는 속인이니 괜찮지. 예외도 있잖아. 한데 속담에 토끼는 집 근처 풀은 먹지 않는댔어. 너도 어린 아가씨를 침대로 끌어들이면 안 되지."

"당신이나 그렇지! 돤우 씨는 안 그래!"

샤오구 말에 따르면, 뤼주가 얼마 전 환경운동조직의 미친 계집년 하나를 만나더니 갑자기 환경보호 어쩌고 하면서 이모부를 졸라 70만 위안 넘게 기부를 하도록 했다고 한다. 그런데 돈을 넣자마자 상대방과 소식이 끊겼다. 전화도 꺼버리고 문자를 넣어도 답이 없었다. 갑자기 지상에서 사람이 증발한 듯했다. 돈은 둘째 치고⋯⋯.

서우런이 막 입을 열려는데 갑자기 팡자위가 샤오스를 데리고 웃고 떠들며 들어왔다. 모두들 입을 다물었다.

'강철포'는 샤오스와 함께 오지 않았다. 돤우는 속으로 쾌재를 불렀다.

서우런과 렁샤오추가 나타나자 식당의 대머리 사장이 화들짝 놀랐다. 그는 직접 홀의 다실에서 차 대접을 했다. 또한 음식점 안이 너무 시끄러워 말이 아니라며 굳이 원래 예약되었던 이층 자리를 제쳐두고 후원에 위치한 사택 화원으로 자리를 옮겨 매우 정중하게 그들을 접대했다.

연춘원은 '신광여사'新光旅社(여관 이름) 옛 터에 새로 건물을 올렸다. 3층 건물이라 눈에 띄진 않았지만 사업은 가히 폭발적이었다. 한창 게가 맛있는 계절이라 대기 중인 손님이 입구의 목제의자부터 바깥쪽까지 장사진을 이루었다. 사장이 그들을 데리고 연기가 피어오르는 주방 옆문을 통해 맞은편의 작은 사합원四合院으로 들어섰다. 사장은 평소 예술품 소장을 좋아해서 좁은 악기 연습실을 지날 때 보니 양쪽 진열장에 어디서 모았는지 진귀한 골동품들이 즐비하게 진열되어 있었다.

샤오스는 대번에 진열품에 매료되었다. 그녀는 이리저리 소장품을

강남에 봄은 지고

살펴보며 대머리 사장에게 이것저것 캐물었다. 사장은 참을성 있게 하나씩 그녀에게 설명해 주었다. 이태백의 장검, 춘추시대 오나라 계찰季札의 고금古琴, 동진시대 도사 갈홍葛洪이 연단을 만들던 작은 단로丹爐, 동한시대 말기 최고의 미인인 소교小橋의 화장함, 손견의 영패令牌, 기노寄奴(유송劉宋 고조高祖 유유劉裕의 자字)의 사조만궁射雕彎弓, 동한의 석고石鼓, 육조의 동경銅鏡…….

사장의 설명이 거창하게 늘어지자 돤우 역시 절로 발걸음을 멈추고 자세히 기물을 관찰했다. 갑자기 앞에서 걸어가던 쉬지스가 팡자위에게 작은 소리로 중얼거렸다.

"저 사람 말하는 것 좀 보게! 그 시대 물건 중 진품이 어디 있다고! 전부 가짜야. 가오차오高橋에 가면 마을 전체가 이런 모조품을 만들어. 신문에서도 벌써 몇 번을 보도했는데. 안타깝게도 저 대머리는 우리 신문도 안 보나 보네. 괜히 거금만 아깝게 허비하고!"

렁샤오추가 고개를 돌려 쉬지스를 흘겨보며 웃었다. "썅할! 그런 데 쓸 정신이 어디 있어! 어서 와. 우리 당질이 자네 신문사에서 인턴 중이야. 편집한다고 제발 야근 좀 시키지 말고……."

악기 연습실 옆에 넓은 홀이 있었다. 팔선탁에 앉으니 인원수가 딱 맞았다. 히터를 켰지만 그래도 실내가 조금 추웠다. 홀의 북쪽은 인공 연못이었다. 연못 옆에 돌을 쌓아 산을 만들고, 연못 중앙의 팔각정까지는 돌다리로 이어져 있었다. 돤우는 이도저도 아닌 어중간한 풍경이 너무 촌스럽게 느껴졌다. 차마 눈 뜨고 못 봐줄 정도였다. 사장은 여름이면 종종 이곳에 연예인들을 불러 파티를 연다고 했다. 바깥에 높은 담이 있어 북풍을 막아주기도 했고 외부의 시선을 차단해 조용하고 아늑하긴 했다.

식사자리에서 팡자위가 서우런에게 상처는 좀 어떤지, 어쩌다 그렇게 당했는지 묻자 서우런이 괴로운 표정을 지었다. 누구든 그 이야기를 꺼내길 원치 않는 것 같았다. 그는 대충 형식적으로 응대했다. "요즘 노동자들은 다루기가 쉽지 않아."

그는 그렇게 얼버무렸다. 하지만 그는 금세 자기가 다친 후 두 달 넘게 누워 있는 동안 책을 많이 읽으면서 나름 적지 않은 이치를 깨달았다고 말했다. 그가 《자본론》, 《루이 나폴레옹의 브뤼메르 18일》, 심지어 중국의 민주혁명가이자 교육가인 황옌페이黃炎培(1878~1965)와 마오쩌둥이 옌안에서 나눈 다소 괴이한 대화까지 언급하는 바람에 돤우는 매우 뜻밖이었다.

"역사는 되풀이 되지, 혹은 순환된다고 표현하기도 하고. 중국뿐만 아니라 서양도 마찬가지야."

서우런은 가장자리에 앉아 있던 쉬지스에게 담배 한 개비를 달라고 하더니 두 모금쯤 피우고는 꺼버렸다.

"처음에는 제기랄, 뭐 그딴 게 있나 라고 생각했지. 중국인들은 보통 60년을 한 갑자로 보는데 그게 좀 미신 같잖아? 그런데 마르크스와 헤겔도 그렇게 봤더군. 《루이 나폴레옹의 브뤼메르 18일》을 읽고 나서야 왜 자본주의 사회에서 주기적으로 위기가 폭발하는지 알았어. 이런 위기를 왜 근본적으로 피할 수 없는지……."

"빨리 말해 봐요. 그러니까 왜 피할 수 없는 건데요?"

갑자기 샤오스가 뜬금없이 끼어들었다. 그녀의 질문에 모두들 웃음을 터트렸다.

서우런은 웃진 않았지만 그녀의 도발적인 질문에 그냥 입을 다물어 버렸다. 잠시 후 그가 샤오스에게 이상한 질문을 했다.

강남에 봄은 지고

"아가씨, 어제 저녁에 꿈 꿨어요? 혹시 눈 내리는 꿈 꾼 적 있어요?"

샤오스가 얼떨떨한 표정을 짓더니 인상을 쓰며 잠시 생각한 후 어정쩡하게 웃었다.

"아뇨. 한 번도요. 왜 한 번도 눈 오는 꿈을 안 꿨지? 잠깐만! 정말, 한 번도 그런 꿈은 안 꿨네. 이상하다!"

서우런이 다시 몸을 돌려 하나씩 돌아가며 자리에 있던 사람들에게 물었다. 모두들 서로 얼굴을 마주보며 그런 적이 없다고 말했다.

팡자위가 마지막으로 질문을 받았다. 톈우의 예상과 달리 팡자위는 매우 자신 있게 대답했다.

"난 꾼 적 있어요. 그것도 여러 번. 왜요? 좋은 거예요, 나쁜 거예요?"

서우런은 웃기만 할 뿐 대답을 하지 않았다. 그가 자리에서 일어나 술잔을 들고 팡자위에게 말했다.

"보아하니 우리 둘이 인연이 있는 것 같군요. 자, 우리 둘이 한잔 합시다!"

"두들겨 맞고 나더니 사람이 좀 이상해졌어!"

샤오구가 팡자위에게 말했다.

"헛소리 들을 필요 없어요."

팡자위가 일어나 자기 술잔을 비운 후 종업원에게 술잔을 채워달라고 하면서 톈우를 끌고 함께 렁샤오추에게 건배 제의를 했다. 렁샤오추는 술을 좋아해 연거푸 세 잔을 비웠다. 그가 팡자위에게 최근 허푸를 떠들썩하게 한 사건에 대해서 물었다. 재산을 일찍 물려받기 위해 살수殺手를 고용해 모친을 살해한 사건이었다. 술기운이 달아오르자 중국 사회의 최대문제인 건전치 못한 법률 등에 대한 논의가 펼쳐졌다. 모두 상투적이고 케케묵은 이야기들이었다.

아무도 쉬지스에게 말을 걸지 않자 링샤오추는 생각에 잠긴 듯 앉아있는 쉬지스에게 말을 걸었다. 그가 조금 전 한 말이 '이치에 맞느냐'는 질문이었다.

돤우가 보기에 쉬지스의 관점은 그리 섬세하지 않았다. 사실 그는 별로 주관이 뚜렷하지 않았다. 아침에는 '유서방론자'唯西方論者(오직 서구만 옳다고 주장하는 사람)였다가 낮이 되면 잠정적 신좌파가 되고, 저녁이 되면 다시 결연한 마오주의자가 되었다. 때로 술을 마시면 매우 엄격한 도덕주의자로 변신하여 걸핏하면 훈계질을 마다하지 않았다.

그는 링샤오추의 관점에 대해 일고의 가치도 없다고 했다. 그는 링샤오추의 질문에 직접적인 대답을 내놓지 않았다. 다만 《좌전》에서 진나라 숙향叔向이 정나라 자산子産에게 보낸 편지를 인용했다. "백성들이 법률이 있음을 알면 윗사람을 꺼리지 않을 것이다.", "송곳과 칼끝에서 끝까지 다툴 것이다. 어지러운 옥사가 점점 많아지고 뇌물이 횡행하게 될 것이다.", "나라가 망하려면 법령이 많아진다."

《좌전》이 뭔지도 모르는 링샤오추는 그의 답변에 말문이 막혀 그저 빤히 상대를 쳐다보면서 속만 태웠다. 마지막으로 쉬지스가 그의 어깨를 툭툭 치며 의미심장하게 말했다.

"국구 아우! 법률 문제는 자네 같은 사람이 함부로 말할 수 있는 게 아냐. 자넨 그저 수십 명의 부하들이나 잘 관리하면 돼. 우리가 법으로 해결할 수 없는 문제가 나오면 자네의 아우들이 즉각 출동해서 때리고 죽이면 그뿐이지. 다른 일들은 굳이 관여하지 않는 것이 좋아!"

쉬지스가 면전에 대고 무안을 주자 링샤오추는 표정관리가 안 됐지만 그렇다고 대놓고 성질을 부릴 수도 없어 그냥 허허 웃기만 했다. 다행히 그때 전화가 한 통 걸려왔다. 그는 핸드폰을 꺼낸 후 전화를 받으러 창가로 갔다. 쉬지스는 전혀 아랑곳하지 않고 렁샤오추를 놀렸다.

"봐! 내 말에 초조해져서 조직 사람들을 부르려고 전화하잖아."

다시 식탁에서 한바탕 웃음이 터졌다.

돤우 오른쪽에 앉아 있던 톈 선생이 계속 입을 다물고 있다가 돤우의 팔을 툭툭 치며 작은 소리로 말했다.

"오늘 저녁 이야기가 조금 이상하지 않아? 자넨 안 그래?"

"어디가 이상한데?"

돤우는 톈 선생이 꿈속에서 눈 내리는 모습을 본 것에 대해 이야기하는 줄 알았다. 하지만 그것이 아니었다.

"자네도 생각해 봐. 자본가가 마르크스 책을 읽은 이야기를 하고, 조직 보스는 중국에 법이 없다고 개탄하고 있잖아. 쉬지스 저 자식은 천하의 미녀들과 한때의 향락을 즐기지 못해 안달이 난 녀석인데, 그런 주색잡기에 능한 난봉꾼이 오히려 사회도덕을 재건해야 한다느니 떠들고 있으니 이거야말로 골계滑稽(익살스러움)가 아니고 무엇이겠나? 우리 시인께서 입을 다물고 있는 것이 당연하지."

농담으로 건넨 말이긴 했지만 매우 귀에 거슬리는 말임은 분명했다. 하지만 술자리에서 정치적 화제가 중요 가십거리가 된 오늘날, 돤우는 자신이 할 수 있는 말이 확실히 줄어들었음을 실감하고 있었다. 그는 차라리 입을 다물고 있는 편이 좋았다.

대머리 사장이 주방장을 데리고 와서 술잔을 올렸다. 샤오스는 대화에 끼어들지 못해 무료하던 차에 사장이 술잔을 들고 그녀 앞으로 오자 그의 소장품을 다시 한 번 볼 수 있겠느냐고 물었다.

"물론이지요." 사장이 감동한 듯 서둘러 말했다. "위층에 더 좋은 것이 많이 있습니다. 제가 모시고 가지요." 사장은 공수拱手 자세를 취하고 여러 사람들에게 돌아가며 "편안히 드시라"고 인사한 후 샤오스를 데리고 나갔다. 그는 마음이 급한지 술을 권할 사람이 한 명 더 있다는 사실조차 잊어버리고 서둘러 나갔다.

"저 두타頭陀(행각승. 대머리 사장을 빗댄 말)가 판차오윈潘巧雲(《수호전》에 나오는 두령 양웅楊雄의 처로 승려인 배여해裴如海와 사통하다가 발각되어 살해되었다)을 모시고 부처님 이빨을 보러가느라 조급하여 샤오구를 빼먹었네." 지스가 쓴웃음을 지었다.

"판차오윈이 누구예요?" 샤오구는 사람이 고지식해서 지스가 한 말의 뜻을 제대로 이해하지 못하고 누군가를 찾는 듯 주변을 두리번거렸다. 사람들이 폭소를 터뜨렸다.

서우런이 아내에게 말했다. "탕이나 드슈."

"더 못 먹겠어요." 샤오구가 말했다. "나도 밖에 나가서 찬 공기나 쐬어야겠어요. 실내가 너무 더워요."

샤오구가 나가자 텐 선생이 그녀의 자리로 옮겨와 서우런과 작은 소리로 이야기를 나누었다. 돤우는 그가 서우런에게 매달려 별장을 매입하는 것에 대해 이야기하는 줄 알았는데 자세히 들어보니 무슨 양생법에 관한 토론이었다. 텐 선생은 서우런에게 얼마 전 신문에서 본 비방을 추천했다. 자신이 이미 써보았는데 효과가 좋다고 했다. 양음곽羊陰藿(삼지구엽초의 옹근 풀을 말린 것. 음양곽), 구편狗鞭(개의 생식기), 산약山藥(마), 자소紫蘇(차조기 잎) 등을 한데 넣어 푹 삶은 것으로 콩팥의 양기를 북돋아 매일 아침 일어나면 "속곳의 거시기가 딱딱해진다"고 했다.

돤우는 그들의 이야기를 듣다가 자리에서 일어나 바깥 연못으로 나가 담배를 피웠다.

안개가 자욱하게 피어올라 바로 눈앞에 있는 높은 건물조차 윤곽만 희미하게 보일 뿐이었다. 담장 밖 먼 곳에서 자동차 지나가는 소리가 마치 바람소리처럼 들려왔다. 샤오구는 연못 난간에 몸을 기울여 금붕어를 구경하고 있었다.

땅에 낮게 깔린 푸른색 조명등 아래 물고기들이 떼를 지어 노닐었다. 가끔씩 물고기들이 꼬리를 치는 소리가 들렸다.

돤우가 문득 생각났다는 듯이 샤오구에게 물었다. "뤼주는 요즘 어떻게 지내요?"

샤오구가 웃으며 말했다. "뭘 더 할 수 있겠어요? 환경보호를 한다고 깝죽대다 사기꾼에게 큰돈을 잃었으니. 그래도 금세 안정을 되찾고 며칠 되지 않아 비디오카메라를 들고 산이나 계곡을 쏘다니고 있어요. 말로는 허푸 일대의 새들을 모두 찍어 슬라이드를 만든다고 하네요. 밖은 여전히 춥고 땅도 꽁꽁 얼었는데 그 애는 춥지도 않나 봐! 혹시라도 밖에서 나쁜 놈이나 만나면 어떻게 하나 걱정이 되어 운전기사더러 한 걸음도 떨어지지 말라고 신신당부했어요. 지금 같은 계절에 산속에 무슨 새가 있다고 그러는지. 그저 배는 부른데 할 일이 없으니 그런 거 아니겠어요? 어제는 그 애가 싱글벙글하면서 나랑 서우런에게 컴퓨터에 저장된 사진을 보여주더라고요. 아이고! 어째 전부 참새들뿐이던데."

돤우는 그저 웃기만 했다.

샤오구가 다시 입을 열었다. "며칠 후에 걔를 보게 되면 저 대신 잘 타일러 주세요. 밖에서 미친년처럼 싸돌아다니지 말라고. 당신 말이라면……, 혹시 알아요? 반 마디라도 들을지."

옆방의 악기 연습실에 불이 켜졌다. 닫힌 커튼 사이로 돤우는 대머리 사장이 샤오스 옆에 바짝 붙어서 그녀에게 고금古琴 타는 법을 가르쳐주는 모습이 보였다. 그의 손이 그녀의 옷깃 사이로 쑥 들어가니 샤오스가 몸을 움찔했다. 똰우도 소스라치게 놀랐다.

"추워요?" 샤오구가 살갑게 물었다.

"아니, 춥지 않아요."

"서우런이 요즘 별로 좋지 않아요." 샤오구가 걱정스럽다는 듯이 똰우에게 말했다.

"내가 보기에는 아주 좋은 것 같던데!"

"그건 겉모습이죠! 이젠 빈 껍질만 남았어요. 하루 종일 무슨 근심이 그리 많은지 눈살을 잔뜩 찌푸리고 있네요. 그이도 이제 공부 같은 건 안 해요. 그까짓 아무 쓸데도 없는 책만 읽어서 뭘 하겠어요? 최근 들어 무슨 의심이 그리 많은지, 뭔가 맘속에 꽁꽁 감추고 있는 것 같아요. 물어보고 싶은 마음이야 굴뚝같지만 어디 그리 쉽게 물어볼 수 있겠어요?"

똰우가 그녀를 안심시키느라 몇 마디 위로의 말을 건넸다. 방안에서 또 다시 폭소가 터졌다. 서우런의 허스키한 목소리가 들렸다.

"요즘은 무엇보다 목숨을 보존하는 게 제일 중요해!"

하지만 서우런은 살날이 그리 많이 남아 있지 않았다.

8

똰우는 발코니로 나가 담배를 피웠다. 다시 눈이 내리기 시작했다.

강남에 봄은 지고

싸라기 같은 눈이 북쪽 발코니 유리로 쏟아졌다. 내일부터 기말고사라 팡자위가 거실에서 뤄뤄의 수학을 봐주고 있었다. 아내는 공대 출신이지만 수학을 내려놓은 지 오래되었다. 그런데도 아들과 함께 그 어려운 수학문제를 푸느라 끙끙대고 있었다. 그녀는 아들에게 풀이 과정을 반복해서 설명하다 점차 인내심을 잃어갔다. 처음에는 낮은 소리로 지적을 했지만 갑자기 화가 치솟는지 욕설이 튀어나왔다. 분노의 욕설이 결국 이성을 잃은 고함으로 변했다. 탁자를 내리치는 횟수가 현저히 증가했다. 눈이 내리는 고요한 밤, 아내의 목소리에 뤄우는 가슴이 두근거리며 자꾸만 불안해졌다. 하지만 꾹 참을 수밖에 없었다.

다시 두 번째 담배를 피워 물었다. 도저히 감정을 통제할 수 없자 그는 뤄주의 영단묘약靈丹妙藥의 힘을 빌리는 수밖에 없었다. 일단 그녀를 '비인'의 유형으로 분류하고 치솟는 분노를 애써 억눌렀다.

이런 문제의식이 처음은 아니었다. 아내로 인해 그가 느끼는 질투와 무관심, 고통, 난폭함, 일상적인 상처에 비하면 정치나 국가, 사회적 폭력은 아무것도 아니었다. 게다가 집안에서 일어나는 갈등과 폭력은 사회에서 받는 스트레스의 희생양이 되어 일상생활에서 언제든지 일어날 수 있기에 도저히 벗어날 수가 없었다. 그건 마치 미세한 가루나 짙은 안개처럼 모든 공간에 가득 차서 사람을 질식시키기 때문에 보고도 못 본 척 무시할 수도 없었다.

물론 이혼을 생각해 볼 수도 있었다.

그의 머릿속에 처음으로 이런 생각이 떠오른 건 팡자위와 결혼한 바로 다음 날이었다. 하지만 그냥 생각뿐이었다. 결혼피로연에서 마신 술이 아직 깨지도 않은 상태에서 그녀에게 이혼 이야기를 한다는 것은 파렴치한 일이었기 때문이다. 그는 자신의 행동을 2주 후로 미루기로 결정했다. 하지만 2주를 미뤘으니 다시 2년을 미루지 못할 이유가 없었다. 이렇게 20년이란 세월이 물 흐르듯 흘러갔다. 외부에서 특별한 압력이 있지 않는 한 이혼은 이제 멀고 먼 나라의 이야기일 뿐이다. 그는 자신에게 그 어떤 것도 바꿀 힘이 없다는 걸 알고 있었다. 외압 가운데 가능성이 가장 큰 것은 물론 갑작스럽게 또는 예상대로 찾아올 죽음이었다. 그는 이따금씩 외압이 하루라도 빨리 강림해 주시길 독한 마음으로 기도했다. 그녀든 자신이든 상관없었다.

초은사의 퇴락한 사원에서 그녀를 처음 만났을 때, 그는 이후 어떤 중대한 사건이 자기에게 일어날 것이라는 예감이 들었다. 그녀의 얼굴에 피어난 수줍은 미소는 운명의 초청장이었다. 그들의 만남과 연애는 서로의 배반에서 시작되었다. 그는 다음날 새벽 아무런 말도 없이 사라졌다. 진짜 건달처럼 그녀의 청바지 주머니에 든 돈을 몽땅 털어서 떠났다. 팡자위는 곧바로 탕옌성이라는 경찰과 동거를 시작했다. 그녀는 심지어 그의 아이를 낙태시킨 적도 있었다. 그가 허푸에서 팡자위를 다시 만났을 때 그녀는 탕옌성과 결혼을 준비하던 중이었다. 그녀의 이름은 슈룽에서 팡자위로 바뀌어 있었다. 이는 마치 낮과 밤의 경계가 분명한 것처럼 한 시대를 둘로 분명하게 구분 짓는 것이었다.

'슈룽'이 대표하던 시대는 이미 멀리, 연기처럼 사라졌다. 그 시대는 선사시대처럼 낡고 오래되어 알아보기 힘들었다. '팡자위'의 시대는 시간의 흐름에서 마땅히 있어야 할 빛을 잃어버린 채 생명을 의미 없는 시련으로 바꾸고 말았다. 돤우는 발코니에서 서재로 돌아와 계속해서 구양수歐陽脩를 읽었다.

방안에 약초 냄새가 가득했다. 대략 한 주일 전부터 팡자위는 매일밤 탕약을 달이기 시작했다. 돤우는 그녀에게 어디가 아픈지조차 물어보지 않았다. 그렇게 물어보는 자신이 위선자처럼 느껴졌기 때문이다. 거실에서 아들이 훌쩍거리는 소리가 들려왔다. 팡자위는 욕을 해도 소용이 없다고 생각했는지 이제는 비아냥거리기 시작했다.

숨을 멈추고 잠시 귀를 기울이던 돤우는 아내가 이제 아들에게 문제를 푸는 정확한 방법을 알려주려는 것이 아니라 아이의 자존감을 공격하고 인격을 짓밟는 것이 목적인 것처럼 느껴졌다.

그는 서재에서 나와 옷장 문을 열고 양모 스카프를 걸친 다음 털모자와 가죽장갑을 꼈다. 그리고 식탁 옆 두 사람에게 말했다.

"나가서 좀 돌고 올게."

팡자위는 당연히 거들떠보지도 않았다. 아들은 눈물이 가득 고인 불쌍한 눈으로 뒤돌아 애걸하듯 아빠를 쳐다봤다.

돤우가 막 아래층으로 내려가려는데 갑자기 초인종 소리가 들렸다. 잠시 후 가죽 재킷을 입은 청년이 올라왔다. 열쇠를 돌려주기 위해 온 모양이었다. 아마도 아내의 차를 빌린 모양이었다. 하지만 다시 보니 꼭 그런 것 같지도 않았다. 팡자위를 보더니 얼굴을 붉힌 채 다가가 이상하게 계속해서 한참을 고맙다고 했기 때문이었다. 그것 역시 무슨 일인지 물어보고 싶지 않았다.

밖은 눈발이 더 세졌다. 풀풀 날리던 눈이 하늘을 온통 뒤덮은 채 함박눈이 되었다. 길에는 이미 두껍게 눈이 쌓여 있었다. 다행히 바람이 없어 그가 상상했던 것처럼 춥지는 않았다. 이따금 운동복을 입은 이들이 숨을 몰아쉬며 눈밭을 날아가듯 질주했다.

그는 건물 앞 작은 길을 따라 계속해서 동쪽으로 걸어갔다. 야외 어린이 놀이기구를 빙 돌아가자 커다란 홰나무가 보였다. 단지를 건설할 때 수명이 오래된 나무로 보호수 명단에 들어가 다행히 살아 남았다.

팔뚝만 한 커다란 쇠기둥이 시들고 병든 나무를 받치고 주위에 흙을 가득 채운 시멘트로 만든 둥근 받침대가 설치되어 있었다. 시멘트 받침대 위에 쌓인 눈을 털어내니 그리 젖어 있지 않았다.

그곳은 그에게 익숙한 장소다.

밤 10시. 이곳에서 두 시간만 더 있다가 집으로 돌아가면 아내와 아들의 코고는 소리를 들을 수 있겠지. 그렇게 소란스러웠던 밤도 고요와 평안이 찾아들 거야. 이런 생각이 들자 금세 마음이 평온해졌다.

뤼주가 그에게 문자를 보냈다. 그에게 눈이 온다고 알려줬다.

돤우는 지금 혼자 바이셴 공원 맞은편에 앉아 눈을 감상하고 있다고 답 문자를 보냈다. 뤼주가 곧바로 답을 보냈다. 내가 갈까요?

그는 그녀가 진심으로 말하고 있음을 알았다. 핸드폰 액정의 푸른 빛이 그의 마음에 길고 달콤한 감동을 선사했다. 목이 메었다. 그는 잠시 주저하다 그녀에게 전화를 걸었다.

뤼주의 어머니가 타이저우에서 그녀를 만나러 오면서 개다리 하나를 가져왔다고 했다. 지금 가족들이 모두 벽난로 앞에 둘러앉아 개고기를 먹으면서 캐나다산 아이스와인을 마시고 있다고도 했다. 뤼주가 잔뜩 흥분해서 자랑을 늘어놓았다. 어제 남산 국가산림공원에서 진귀한 조류 사진 두 장을 찍었다고. 하나는 산화상山和尚으로 모양이 산비둘기처럼 생겼는데 머리가 둥글고 소리가 마치 고양이 같았지만 부엉이는 아니라고 했다.

"그리고 한 종류가 또 있어요. 처음에는 이름을 몰랐는데 나중에 네티즌들이 그러는데 이미 멸종된 새로 알려진 전설 속 굴뚝새의 일종이래요. 어때요? 멋있지 않아요?"

"허! 난 또 뭐라고. 굴뚝새야?" 돤우가 웃음을 터트렸다.

"어릴 때 메이청에서 보리 수확을 할 때면 하늘이고, 들판이고 온통 굴뚝새 천지였는데. 배가 노랗고 등이 짙은 초록색이지? 안 그래? 제비처럼 물을 가르고 날아오르기 좋아하고……."

"오! 물을 가르고 날아오르기까지! 하하! 지금 시 써?"

뤼주의 핸드폰이 서우런에게 넘어가 있었다. 서우런이 웃으며 말했다. "눈밭에서 전화질이야! 안 추워? 아예 이쪽으로 오지 그래? 같이 술이나 마시자. 바로 차 보낼게."

"아니, 그럴 필요 없어. 눈이 정말 많이 와. 길도 위험하고."

"그러지 말고 와! 중요한 일도 있고. 네 의견을 듣고 싶어."

"무슨 일인데?"

서우런이 잠시 침묵하더니 정색을 하고 말했다. "장례식."

돤우는 속으로 뜨악했다. 대체 무슨 일인지 물어보려 하는데 뤼주가 핸드폰을 뺏었다.

"헛소리예요, 들을 필요 없어요. 여긴 이미 취했어요. 참 잊고 있던 말이 있는데, 지난번에 만난 허이원이라는 사람 말예요, 결국 전화가 왔어요. 한번 맞춰 봐요. 그 사람 지금 어디 있을 것 같아요?"

"내가 어떻게 알아?"

"세상에! 에콰도르에 있대요."

돤우는 눈밭에서 두 시간을 넘게 있었다. 돌아갈 때는 다리에 감각이 없을 지경이었다. 축축하고 미끄러운 계단을 따라 6층까지 올라가자 집안에서는 여전히 아내가 퍼붓는 욕지거리가 들려왔다. 심장이 덜컹 내려앉았다. 이미 새벽 한 시였다.

그가 신발을 바꿔 신을 때까지도 아내의 욕설은 그치지 않았다. 아들이 나지막한 소리로 뭐라고 중얼거리자 팡자위가 탁자 위 모의고사 문제지를 전부 싸잡아 뭉쳐 아들의 얼굴을 향해 던졌다. 뤄뤄가 고개를 한쪽으로 피하자 종이뭉치가 벽을 맞고 튕겨 나와 돤우 발 앞까지 굴러왔다.

"내일 시험인 것 잊었어?"

돤우가 침울한 얼굴로 아내에게 다가가 애써 분노를 누르며 말했다.

"참견하지 말아요!"

"지금 몇 신 줄 알아? 애 안 재울 거야? 저래가지고 내일 어떻게 시험을 봐?"

"상관없어요."

팡자위는 그를 쳐다보지도 않았다.

"왜 이렇게 달달 볶아? 당신 친아들 아냐?"

"빌어먹을, 입 닥치란 말이에요."

"당신에게 하나밖에 안 물었어. 친아들 맞아, 아냐?"

돤우 역시 조금씩 이성을 잃어가고 있었다. 그가 아내를 향해 큰 소리를 친 다음, 말 없이 아들 손을 잡아 잠을 재우러 침실로 데려갔다. 아들이 겁에 질린 듯 엄마를 힐끗 쳐다본 후 막 발걸음을 떼려 할 때 히스테릭한 팡자위의 목소리가 들렸다.

"탄량뤄譚良若!"

아들이 자리에 멈췄다. 아이는 멍하니 그곳에 서서 꼼짝도 하지 않았다.

"괜찮아, 저 미치광이 상대하지 마! 넌 가서 잠이나 자."

돤우가 아들의 머리를 쓰다듬으며 아이를 침실로 밀어넣었다.

팡자위가 씩씩거리며 자리에서 벌떡 일어서더니 아들 침실을 향해 내달렸다. 돤우가 발을 들어 그녀의 무릎을 걸었다.

"아니! 어디서 발길질이에요?"

팡자위가 도전적으로 그를 향해 얼굴을 들이댔다.

"때려 봐, 때려 보라고요!"

아내의 우격다짐에 하는 수 없이 그가 뺨 한 대를 때렸다. 손이 방향을 잘못 틀어 귀를 때린 듯했다.

처음이었다. 얼마나 세게 때렸는지 서재로 돌아온 후에도 손바닥이 얼얼했다. 곧이어 주방에서 그릇 부수는 소리가 들렸다. 그녀는 산지 얼마 되지 않은 플라스마 TV나 그가 아끼는 스테레오 음향기기에는 손을 대지 않았다. 적어도 아직까지는 충동을 자제할 수 있다는 뜻이었다. 돤우는 그냥 내버려뒀다.

전화벨 소리가 귀청이 찢어지게 울렸다. 단지 내 관리소 당직실에서 온 전화였다. 아마도 아랫집 주민이 소란을 참다못해 관리소 당직실에 전화를 건 모양이었다. 당직 근무자가 경찰에 신고하겠다고 으름장을 놨다. 돤우는 제기랄, 아무렇게나 하라고 답변했다. 곧이어 거실에서 아들의 울음소리가 들려왔다.

"엄마, 그만 해요. 내일 시험 잘 볼게요……."

"저리 꺼져!"

장작개비처럼 마른 아들이 두 손을 가슴 앞에 모으고 팬티만 입은채 거실에서 바들바들 떨었다. 팡자위가 부엌칼을 들고 식탁을 내려쳤다. 돤우가 서재에서 뛰쳐나갔다. 돤우는 인정사정없이 입에 담기도 역겨운 욕을 퍼부은 후 그녀의 얼굴에 침을 뱉었다.

팡자위가 갑자기 얼어붙은 듯 난동을 멈추었다. 두 줄기 뜨거운 눈물이 천천히 그녀의 얼굴에 흘러내렸다.

"나한테 뭐라고 했어요?"

뜻밖에도 팡자위의 목소리에서 힘이 빠졌다. 마치 때리고, 발로 차고, 얼굴에 침을 뱉은 모든 행동은 전부 별게 아니고 그와 함께 내뱉은 욕 한마디로 인해 그녀의 혼이 나가버린 것 같았다. 그녀가 두 눈을 동그랗게 뜨고 뚫어져라 그를 쳐다봤다. 망연자실한 두 눈빛이 절망으로 가득 차 있었다. 퇀우는 조금 전 욕을 다시 한 번 해줄 생각이었다. 그러나 그는 바로 입안까지 차오른 욕을 삼키고 말았다. 그는 자리에서 일어나 숨을 헐떡이며 자기 서재로 돌아가버렸다.

집안 분위기가 죽음처럼 적막했다.

그의 눈빛이 오랫동안《신오대사》514쪽 한 줄에 머물렀다.

작은 것에 소홀함이 있어선 안 되니, 항상 조짐이 보일 때부터 막아야 한다.不敢忽於微 而常杜其漸

머리가 더 이상 돌아가지 않았다. 한참이 지난 후에야 그는 뒤이어 아내가 보일 반응, 일이 어떻게 결말이 날 것인지에 대해 생각하기 시작했다. 다시 시간이 한참 지났다. 마침내 요란하게 온수기 돌아가는 소리가 들렸다. '쏴아' 수돗물 떨어지는 소리가 이어졌다. 아내가 아마도 샤워를 하나 보다. 서재 북쪽 창을 열어 몸을 날려 아래로 뛰어내리는 것도 몇 초면 된다. 물론 그는 진짜 뛰어내리진 않을 것이다. 참으로 따분한 일이다.

팡자위가 샤워를 끝내고 초록 땡땡이 무늬가 있는 잠옷 차림으로 그의 서재로 들어섰다. 그녀는 아무 말도 하지 않은 채 스탠드 의자 위 수선화 화분을 책상 위로 옮겨놓고 의자에 앉았다. 잠옷 사이로 하얀

강남에 봄은 지고

허벅지가 드러났다. 가운을 펼쳤다가 다시 오므렸다. 전혀 필요 없는 행동이었다. 팔뚝에 반창고가 붙어 있었다. 아마도 뢌우가 칼을 빼앗을 때 실수로 그은 것 같았다. 20년 전과 다른 점이 있다면 이번에는 흉터가 팔뚝에 있다는 것이다.

"이혼해요."

팡자위가 귓가의 젖은 머리카락을 젖히며 한껏 목소리를 깔고 말했다.

"당신이 이혼합의서 작성해요. 내일 일찍 법원에 가요."

"당신이 변호사잖아. 이런 일은 당신이 더 적합하지. 당신이 적어. 조건은 아무래도 상관없어. 난 괜찮아."

"그것도 좋겠네."

조금 후 둘은 인터넷에서 기본 형식을 찾아내 약간의 수정을 가했다. 그리고 둘이서 구체적인 일을 상의했다. 탕닝완의 집을 되찾았으니 집 두 개 중에 하나 골라. 그리고 아이는 누구랑 살아?

"당신이 원하면 데리고 가. 하지만 힘들 것 같다면 내가 데리고 있을게. 난 상관없어."

"집은?"

"모두 당신 돈으로 산 거니까, 당신 뜻대로 해. 어떻게 해도 상관없어."

"상관없다는 말 좀 그만해요!"

팡자위가 마치 구토를 하듯이 웩웩거렸다. 뢌우는 조금 전 그녀가 바닥에 쓰러졌을 때 혹시나 뒷머리를 다치지 않았는지 걱정스러웠다. 조금 전 샤워할 때 한기가 들었을지도 모른다. 그는 의자 등받이에 걸쳐 있던 외투를 가져다 그녀를 덮어주고 어깨를 몇 번 도닥거렸다. 팡자위가 뒤돌아 그의 손을 걷어냈다.

"몸 괜찮아? 얼굴색이 정말 안 좋아 보여."

"제발 그만 좀 해요! 이혼 얘기나 해요."

꽝자위가 입술을 깨물며 한숨을 내쉬었다.

"요 며칠 당신 한약 먹는 것 봤는데……."

"당장 죽진 않아요."

꽝자위가 이렇게 말하고 목소리를 한 단계 낮췄다.

"마흔 됐을 때 벌써 생리가 끊겼어요, 에이 짜증나! 벌써 오래 됐네!
한의원에 갔더니 의사가 내분비 계통에 문제가 있대요."

"그럼 나중에 우리 잠자리 할 때 콘돔 안 해도 된다는 이야기야?"

돤우가 그녀의 등을 토닥인 후 스탠드를 끄고 그녀를 품에 안았다.
그녀가 아무리 발버둥을 쳐도 그녀를 꼭 안은 채 놓지 않았다.

물론 이런 행동이 조금 역겹기는 했지만 더 나은 방법이 생각나지
않았다.

"탄돤우! 당신 언제부터 이렇게 능글맞아졌어요? 좀 진지할 수 없
어요? 제발 부탁인데……."

꽝자위가 힘껏 그를 밀쳐냈지만 밀어낼 수가 없었다. 사실 그녀 역
시 정말 남편을 밀어버리고 싶은 건 아니었다. 다만 화해에도 자기만의
방식이 있었다. 너무 갑작스레 둘 사이가 회복될 순 없었다. 이혼 이야기
를 계속 해야만 했다.

"우리 그러지 말고 이혼 이야기나 하죠."

"누가 이혼한대?"

돤우가 히죽거리며 바보처럼 그녀에게 미안하다고 했다.

꽝자위는 그런 그를 거들떠보지도 않았다. 다만 더 이상 발버둥은

강남에 봄은 지고

치지 않았다. 한참 만에 그녀가 뜬금없이 말했다.

"당신이란 사람! 반은 차갑고, 이기적이고……."

"그럼 다른 반은?"

"사악해!"

좀 어리둥절하긴 했지만 돤우는 아내의 말이 완전히 헛소리가 아니라는 생각이 들었다. 그 순간 그는 최선을 다해 아내를 대하려 했다. 후회하는 척, 사랑하는 척, 마치 이혼하겠다는 생각이 황당한 것처럼 보이려고 애를 썼다. 행동이나 말 모두 억지스러웠다. 그는 달리 방법이 없었다.

나이가 들어 이제 조금 뚱뚱해 보이는 그녀의 몸매는 어쨌거나 뤼주와 판연히 달랐다. 피부의 탄력이나 밀도가 달랐고, 숨소리의 청탁도 달랐으며, 수시로 상대방을 위해 자신을 불사르는 느낌도 달랐다. 애써 그럴듯하게 행동하려는 자신이 느껴지자(팡자위 역시 이를 느끼지 못하는 건 아니었지만 그래도 남편에게 보조를 맞춰주려 노력했다) 아내가 조금 불쌍하다는 마음이 일었다.

"당신, 내가 더럽다고 생각해요? 당신 마음속으로 내가 정말 나쁜 여자라고 생각하는 것 아니에요? 조금 전 당신이 화냥년이라 했던 것처럼?"

돤우가 중얼거렸다. "싸울 땐 다 그렇지, 누가 싸울 때 좋은 말을 골라서 하나!"

"내 질문에 대답해요!"

돤우는 잠시 생각에 잠겼다. 신중하게 표현을 고르려니 머리가 지끈거렸다.

"뭐라고 말해야 하나, 사실……."

하지만 팡자위는 그 이상의 말을 원하지 않았다. 그녀가 남편의 말을 끊었다.

"조금 전 내 얼굴에 침을 뱉었죠. 정말 내가 극도로 혐오스럽지 않다면 어떻게 그렇게 할 수 있어요?"

돤우는 하는 수 없이 기계적으로 그녀를 꼭 껴안을 수밖에 없었다.

그는 아내에게 그러지 말고 침대로 가서 이불 속에서 천천히 이야기하자고 했다. 밖에 눈이 많이 내리고 있었다. 이러고 있으면 감기 걸려.

"그러지 말고 우리 강아지나 좀 보고 와요." 잠시 후 마침내 아내가 입을 열었다.

뤄뤄는 이미 곤하게 잠이 들어 있었다. 이불이 반절은 바닥에 떨어져 있었다. 팡자위가 아들에게 이불을 덮어주고 난 후 다시 아이 귓가에 소곤거렸다. 고개를 들었을 땐 이미 얼굴이 눈물로 흠뻑 젖어있었다.

아들 침대 머리맡에 커다란 앵무새 사진이 있었다. 팡자위는 뤄뤄가 디지털카메라에서 골라 사진관에 가서 크게 확대해 온 것이라고 했다.

"이 앵무새는 왜 머리통이 없지? 이상하네!"

"자고 있는 거예요."

팡자위가 살짝 미소를 짓더니 말을 이었다.

"잘 때는 머리를 목 옆 깃털 속에 파묻어요. 자세히 봐요, 얼마나 귀여운데. 잠잘 때는 한 발로 서고요. 다른 한 발 역시 깃털 속에 있어요. 그래야만 한 번에 대여섯 시간 동안 잠을 잘 수 있어요."

정말 그랬다. 앵무새가 가느다란 쇠사슬에 묶인 채 한 발로 서서 솟

강남에 봄은 지고

대를 꼭 잡고 있었다. 팡자위가 예전에 렌위의 사찰에서 처음 앵무새를 봤을 당시 바로 그 모습이라고 했다.

그녀는 꿈속에서도 티베트에 가는 꿈을 꾸었다. 그해에 그녀는 새 차를 샀다. 티베트로 가는 길에 엄청난 산사태를 만나 결국 되돌아올 수밖에 없었다. 아내는 줄곧 티베트 여행이 중간에 무산된 이유가 바로 뤄뤄에게 앵무새를 선물해주기 위함이었던 것 같다고 말했다.

문제는 그 앵무새를 그녀가 쫓아버렸다는 사실이다.

두 사람은 아이 방을 나와 주방으로 가서 깨진 그릇을 정리했다. 팡자위가 그릇을 너무 많이 깼기 때문에 커다란 비닐봉지가 두 개나 가득 찼다. 식탁은 치우기가 조금 번거로웠다. 조금 전 팡자위가 너무 세차게 내리치는 바람에 식탁 한쪽에 일고여덟 군데 칼자국이 깊게 파였다. 보기에도 섬뜩했다.

"내일 아침 일찍 식탁 사러 가야겠어요." 팡자위가 말했다.

"그럴 필요 없어."

롼우가 의미심장하게 웃었다.

"식탁 방향을 돌려놓으면 돼."

그들이 칼자국이 있는 쪽을 벽에 붙이고 꽃무늬 천을 깐 다음 차통, 냅킨 통, 비스킷 통을 올려놓자 식탁이 처음과 똑같아 보였다.

팡자위는 일을 마치자 한결 가벼운 표정으로 그를 바라보며 비웃었다.

"당신은 얼렁뚱땅 일처리를 하는 데는 가히 천재적이에요."

그들은 라면 두 개를 끓였다. 정말 맛있었다. 조용히 눈이 내리는 밤, 그들은 식탁에 나란히 앉아 계속해서 이야기를 나눴다.

팡자위가 다시 리춘샤라는 여자 이야기를 꺼냈다.

"그날 그 여자가 내 곁으로 다가와 뭐라고 했는지 알아요?"

"악담을 했겠지! 안 그래?"

"그랬죠. 그녀가 그랬어요. 내가 한마디 해주지. 다른 건 잘 모르겠지만 한 가지 분명한 게 있어. 그걸 내가 지금 너에게 알려주지. 넌 반드시 내 손에 죽을 거야!"

"당시 상황이 상황이니만큼 독기를 품어서 그래. 당신에게 못되게 굴고 싶었겠지. 당신 절대 넘어가면 안 돼."

"넘어간다고요? 그녀 말은 거의 그대로 이루어져요. 그 여자 별명이 사신死神이라잖아요."

팡자위는 조금 지쳤는지 얼굴을 돤우의 어깨에 기댄 채 조용히 말했다.

"사신은 함부로 아무렇게나 말하지 않아요."

금세 날이 밝아왔다.

9

연말연시가 되면 한가하던 지방지 사무실이 일 년 중 가장 바쁜 시기를 맞이한다. 한 해의 경제발전과 사회운영에 관한 각종 통계숫자가 줄줄이 나왔다. 모든 기관에서 이곳으로 자료를 송부했다. 문물관리위원회, 문물국, 계획위원회, 경제무역위원회, 운송, 세무, 도시건설투자공사, 토지국……. 수도 없이 많았다. 모든 문서와 보고서는 자료과에서 정리하여 목록을 만들고, 제본해서 서가에 올려놓는다. 하필 이렇게 한창 바쁠 때 샤오스가 장기 휴가를 신청했다. 허락이 떨어지기도 전에 이미 일주일 넘게 출근하지 않았다. 그녀의 책상 위에 먼지가 쌓이기 시작했다. 궈 주임은 언제나처럼 매일 사무실에 들러 건들거리다 돌아가곤 했다. 때로는 자사호를 받쳐 들고 성큼성큼 걸어 들어와 돤우와 몇 마디 한담을 나누기도 하고, 때로는 그저 입구에서 고개만 들이민 채로 샤오스가 출근했는지 살피는가 싶다가 어느새 사라졌다.

어느 날 펑옌허에게 바둑을 두러 갔다가 샤오스 이야기를 꺼내자 그의 얼굴이 좀 괴로워 보였다. 그가 돤우에게 어떻게 해서든지 샤오스에게 연락을 취해 사흘 안에 출근하지 않으면 즉시 해고라고 전하도록 했다.

사흘은 금방 지나갔고, 샤오스는 여전히 출근을 하지 않았다.

돤우가 그녀에게 전화를 걸었지만 없는 전화번호였다. 핸드폰을 바꾼 모양이었다. 펑옌허는 하는 수 없이 다른 과에서 임시로 인원을 지원해줬다. 다리를 절어서 걸을 때마다 절뚝거리는 사람이었다. 얼굴 피부 가운데 상당 부분이 탈색되어 마치 낡은 살색 스타킹이 희디흰 속살을 드러낸 것 같아 한눈에도 백반증白斑症 환자라는 것을 알 수 있었다. 그에 비해 머리는 까맣게 염색을 한 데다 기름까지 바르고 있었다.

그런데 '백반증'이 지원 나온 다음 날, 샤오스가 불쑥 모습을 드러냈다. 얼굴이 환하게 피어 있었다. 그녀는 파란색 나사 외투에 사선 무늬의 버버리 스카프를 두르고, 풍만한 두 다리에 꽉 끼는 검정 가죽바지 차림에다 손에는 캐리어를 끌고 있었다. 지금 막 앙코르와트를 여행하고 돌아오는 길이라며 돤우에게 목각으로 된 비슈누 신상을 선물로 가져왔다.

"요, 멋있는데?" 롼우가 그녀를 한참 동안 바라보며 웃었다.

"하마터면 못 알아볼 뻔했어."

"어때요? 놀랄 만큼 예뻐졌죠? 한 사무실에서 생활한 지가 거의 2년이 다 되어 가도록 제대로 한번 쳐다본 적도 없었잖아요. 이제 후회되죠?"

샤오스가 바보처럼 킥킥댔다.

"후회되네. 후회돼 죽겠어. 하지만 지금 시작해도 늦진 않겠지?"

"집에 돌아가서 빨래판 위에 무릎 꿇고 싶어요?"

그녀가 자기 책상 앞으로 가더니 그녀를 멍하니 쳐다보고 있는 '백반증'에게 말했다.

"식충이, 옆으로 가요. 물건 정리 좀 하게!"

알고 보니 서로 아는 사이였다. '식충이'는 아마도 그의 별명인 듯했다. 그가 팔에 끼고 있던 토시를 빼내 의자 등받이에 걸어두고 공손하게 '가보겠어요'라고 하더니 밖으로 나갔다. 아마도 화장실을 가는 것같았다.

샤오스는 이미 사직서를 낸 상태였다. 롼우가 그녀에게 어디 좋은 곳으로 옮기는지 묻자 샤오스는 함박웃음을 지으며 짐짓 뭐라도 있는 것처럼 입을 열려고 하지 않았다. 그녀가 캐리어를 열고 서랍 속에 들어 있던 잡동사니를 한꺼번에 쓸어 넣었다.

"저 사람이 새로 온 직원이에요?"

샤오스가 손에 김치라면을 들고 잠시 머뭇거리다 쓰레기통에 던져버렸다.

"펑 선생이 임시로 좀 도와주라고 보냈어. 자네가 가면 정식으로 사람이 들어올지는 분명하지 않아."

"문제가 좀 있는 사람이에요. 조심해야 돼요."

돤우가 무슨 말인지 물어보려는데 샤오스가 그를 향해 눈을 깜빡거렸다. '백반증'이 벌써 화장실에서 돌아와 있었다. 그는 손에 묻은 물을 털어낸 후 바지에 닦고 벽에 걸린 세계지도를 보는 척했다.

돤우는 힐끗 샤오스를 훔쳐봤다. 그렇게 빼어나진 않지만 그래도 봐줄 만했다. 특히 웃었다 찡그렸다 하면서 농담을 할 때면 묘한 아름다움이 느껴졌다. 막상 샤오스가 떠난다고 하니 돤우는 자기도 모르게 아쉽기도 하고 서글프기도 했다.

샤오스가 거리 맞은편 훠궈 집에서 돤우에게 점심을 대접하겠다고 했다. 돤우가 말했다. "마지막 식사니까 구내식당에서 먹지. 기념도 되고."

천성적으로 주관 같은 건 없이 남의 이야기를 잘 듣는 샤오스인지라 그 즉시 돤우의 제안을 받아들였다.

그들은 식당 계단 입구에서 '라오구이'老鬼(늙다리)를 만났다. 샤오스가 당당하게 앞으로 다가가 그를 '귀 주임님'이라고 불렀다. 그런데 이상하게도 '늙다리'는 무뚝뚝한 얼굴로 좀스럽게 고개를 숙인 채 사람들 무리에 섞여 지나가버렸다. 무뚝뚝한 '늙다리'의 얼굴 표정에 샤오스는 좀 난처하긴 했지만 그렇다고 한껏 흥이 나 있는 그녀의 기분을 망칠 정도는 아니었다. 그녀가 가볍게 한숨을 내쉬었다.

"어쨌거나 저 사람도 잘 넘겼네."

두 사람이 배식창구에서 음식을 받은 후 흰 타일이 깔린 긴 탁자에서 빈자리를 찾아 막 식사를 하려는데 펑옌허가 식판을 들고 배시시 웃으며 다가와 그들 맞은편에 앉았다.

샤오스는 펑옌허에게 두세 번이나 눈물을 쏙 뺄 정도로 혼이 난 적

이 있기 때문에 사직서를 낸 지금도 두려운 생각이 들었다. 그런데 펑옌
허는 뜻밖에도 매우 살갑게 그녀를 대했다. 그는 샤오스에게 이것저것
물어보며 '나중에 부자가 돼도 서로 잊지 말자'는 식의 이야기를 몇 번
이나 되풀이했다. 그런 모습 때문에 샤오스는 오히려 자리가 불편했다.
그녀는 친구가 하는 식당을 도와주기 위해 사직한다는 말을 했다. 요즘
처럼 요식업 경쟁이 치열한 상황에서 이처럼 한가로운 직장을 떠난다니
조금 아쉽다는 말도 덧붙였다.

펑옌허가 말했다. "후다닥 떠나지 말고. 내일 우리 지방지 사무실에
서 환송 겸 다과회를 열어줄 테니……. 탄뤄우, 자네가 알아서 준비 좀
하시게. 어찌 되었거나 이곳에서 샤오스가 2, 3년 일했지 않은가. 속담
에 거래는 이루어지지 않았어도 정은 남는다고 했어."

샤오스가 얼굴이 빨갛게 달아올라 계속 사양했다. 하지만 펑옌허
는 아무런 대꾸도 하지 않았다.

무슨 말을 하려던 샤오스가 연달아 몇 번 재채기를 했다. 냅킨으로
입을 막긴 했지만 밥을 먹고 있던 펑옌허가 놀랐는지 잠시 멍한 표정을
지었다. 샤오스가 놀란 눈으로 뤄우를 바라봤다.

펑옌허의 얼굴이 어두워지더니 주머니에서 핸드폰을 꺼내 마구 번
호를 누르고는 그들 두 사람에게 말했다.

"좀 급한 일이 있어서 먼저 가봐야겠네. 둘이 천천히 들어."

이렇게 말한 후 그가 식판을 들고 긴 의자를 넘어 자리를 떴다.

이로써 샤오스를 위한 다과회는 그냥 그렇게 흐지부지 끝나고 말았
다.

"도대체 왜 저러죠?"

샤오스가 망연자실한 모습으로 뤄우를 바라보며 작은 목소리로 말

강남에 봄은 지고

했다.

"펑옌허 저 사람! 왜 갑자기 기분이 나빠진 거예요?"

"자네가 금방 재채기했기 때문 아냐?"

돤우가 웃었다.

"재채기가 어때서요?"

"몰라? 펑 선생, 결벽증 있어. 거의 병적이야. 아마 자네가 기침했을 때 침이 식판에 튀지 않았을까 걱정했을 거야."

"그 정도까지?"

"그런 사람 많아. 의학적으로 볼 때 때로 이를 의병증疑病症이라고 해. 강박증과 조금 차이가 있어. 노이로제 범주에 속한다고 볼 수 있지."

돤우는 이야기를 시작했다 하면 끝이 없었다. 그는 이어 카프카와 캐나다 피아니스트인 글렌 굴드에 대한 이야기도 꺼냈다.

"어떻게 그렇게 모르는 게 없어요?"

"어떤 의미에서 보면 나도 병이야. 다만 겉으로 드러나는 모습이 좀 다를 뿐이지."

"어떤 부분이 다른데요?"

"말로 표현하기가 쉽지 않아. 이런 병에 걸린 사람은 나만 빼놓고 기본적으로 모두 천재야."

샤오스가 식판에 남은 밥에서 절반을 돤우에게 나눠주고 다시 야채 위에 놓인 큼지막한 고기 한 덩어리도 그에게 집어줬다.

"손 안 댄 거예요." 그녀가 강조했다.

"더럽다고 싫어할 건 아니죠?"

"자네 침이 싫진 않지."

돤우가 이렇게 말했다. 하지만 막상 말을 하고보니 조금 외설적인 느낌을 줬을 수도 있겠다는 생각이 들었다. 다행히 샤오스는 그런 부분에 그리 민감하지 않았다.

"화자서라는 곳에 가본 적 있어요?"

샤오스가 갑자기 그에게 물었다.

"안 가봤어."

"남자들이 좋아하는 기생집이라던데, 정말 촌스러우시다!"

"가끔씩 들어보긴 했어."

"내가 가려는 곳이 더우좡豆庄이라는 곳인데요. 화자서에서 멀지 않아요. 그 사람이 그곳에 막 분점을 냈거든요. 날더러 거기서 좀 도와달래요. 먼저 부사장 직을 주겠다고 했어요. 월급은 한 달에 6천 위안, 연말 보너스는 별도고."

돤우는 대충 샤오스가 말하는 '그 사람'이 누군지 짐작했다. 다만 두 사람 관계가 이 정도까지 급속도로 발전했을 거라고는 생각지 못했었다. 이 여자애도 참! 정말 좀 모자라는 것 아닌가? 이제 막 만난 사람에게 그렇게 쉽게 자기를 내주다니!

"페이 씨가 그러는데 더우좡에서 관리경험이 좀 쌓이면 1년 반 정도 후에는 가게 전체를 내가 경영하도록 맡기겠대요."

샤오스가 젓가락으로 식판 위의 두부를 헤집었다. 그래도 약간은 걱정스러운 것 같았다.

"그 사람 성이 페이야?"

돤우가 물었다.

"맞아요. 페이! 왜요?"

"아냐." 돤우가 입꼬리를 올리며 웃었다.

연춘원에서 식사를 하던 날, 사장이 주방장을 데리고 나와 술을 청한 후 샤오스를 데리고 그가 소장한 골동품을 보러 갔다. 쉬지스는《수호전》의 고행승과 반교운潘巧雲(양웅楊雄의 처인 반교운이 스님 배여해裴如海와 사통하다가 발각되어 살해되었다) 이야기를 들먹이며 두 사람을 비웃었다. 당시 돤우는 쉬지스가 일부러 전고를 사용하나 생각했는데 뜻밖에도 그 대머리 사장의 성이 '페이'였다.

"그럼 그 사람……." 돤우가 웃음을 참은 채 다시 물었다.

"이름은 뭔데?"

"페이다춘요." 샤오스가 의아한 눈빛으로 물었다.

"아니, 왜 자꾸 사람 긴장하게 만드는데요? 대체 뭔 말이 하고 싶은 거예요?"

돤우가 한숨을 내려놓았다. 다행히 페이루하이란 이름이 나오진 않았다.

"다 샤오스에게 관심이 있어서 그런 것 아니겠어?"

돤우가 정색하며 말했다.

"페이씨는 사람이 어때?"

"물어 뭐해요? 끝내주죠. 내가 지금 걸치고 있는 옷들 전부 그 사람이 사 준 거예요. 근데 그 사람, 뭐라고 해야 할까……. 조금 변태예요."

돤우가 젓가락질을 멈추고 고개를 들어 샤오스를 쳐다봤다. 돤우가 놀라자 샤오스는 순간 얼굴이 빨갛게 달아올라 재빨리 자기가 말하는 변태란 그런 뜻이 아니라고 해명했다.

"이번에 캄보디아에 여행 갔을 때도요, 여행 내내 귀찮게 자꾸만 서우런과 무슨 관계냐고 물어보잖아요. 어떻게 천서우런을 알았느냐, 그 사람하고 키스는 했느냐, 잠자리를 한 적은 있느냐, 열 번도 더 넘게 물어봤어요. 한데 아무리 대답을 해도 계속해서 내가 자기한테 거짓말을 한다고 의심하는 거예요. 이게 변태 아니고 뭐예요? 설마 그 사람이 천서우런을 두려워하겠어요?"

"아마도? 많은 사람들이 그를 두려워하지."

"천서우런이 어디가 무서운데요? 그날 우리랑 같이 밥 먹을 때 보니 웃고 떠들고 좋기만 하더구먼."

"그건 우리가 친구 사이니까 그렇지."

"설사 페이씨가 그를 두려워한다고 해도 그게 나랑 무슨 상관이에요? 정말 이상해!"

"이상하지 않을 것도 없지."

돤우는 그녀가 정말 이해를 못하는 것 같아 분명하게 말을 해주어야 할 것 같았다.

"페이씨가 오해를 한 거지. 널 서우런이 데려온 친구라고. 분명하게 알아보질 않았으니, 함부로 네게 손을 댈 수 없는 거고."

"난 왜 돤우 씨가 무슨 말을 하고 있는 건지 도통 이해가 안 가는 거죠?"

돤우가 씩 웃은 후 고개를 숙이고 밥을 먹었다. 사실 그는 이미 충분히 알아들을 만큼 얘기를 했다. 더 이상 말을 하면 그녀의 자존심을 건드리게 될 것이다. 정말 바보 같은 여자다.

한 가지 분명한 것은 대머리 페이씨의 현란한 소장품 가운데 여자도 포함이 된다는 것이었다. 비록 여자에게는 모조품이니 어쩌니 하는 표현을 쓸 수는 없지만 가치가 떨어지는 속도로 치면 아마 여자가 모조품보다 더 빠를 것이다.

"둘이 결혼증서는 받았나?"

돤우는 식사를 마치고 샤오스가 내미는 휴지를 받았다.

강남에 봄은 지고

"아직이요. 안심해요. 그건 문제가 아니에요. 지금 그 사람 아내랑 이혼수속 중이에요. 유가증권이랑 재산분할 때문에 그렇게 빨리 처리되진 않을 거래요. 그이가 내게 좀 참고 기다려야 한다고 했어요. 그때가 되면 돤우 씨, 우리 결혼식에 와야 해요!"

"꼭 갈게."

그날 오후, 그는 샤오스와 헤어진 후 뭔가 마음이 허하고 내심 걱정이 되기도 했다. 퇴근하고 집으로 돌아와 팡자위와 거실에 앉아 차를 마시며 샤오스 이야기를 들려줬다. 그러나 팡자위는 별 관심이 없는 듯 무덤덤하게 말했다.

"하루 종일 쓸데없이 무슨 그런 걱정을 하고 그래요? 그 샤오스라는 여자애가 당신이 생각하는 것처럼 그렇게 단순한 줄 알아요? 내가 보기엔 그 애가 순진한 게 아니라 당신이 순진하네. 그리고 말이 나왔으니 말인데, 그 옛날 탄모씨의 행동도 그 대머리 페이씨 못지않았거든요?"

10

새벽 한 시, 돤우가 거실에서 족욕을 하고 있는데 갑자기 전화벨이 울렸다.

감정이 묻어날 리 없는 단조로운 전화벨 소리였지만 돤우는 그 즉시 불길한 전화임을 예감했다. 그는 슬리퍼를 신을 겨를도 없이 맨발로 곧장 서재로 튀어갔다.

쉬지스의 목소리는 이미 상당히 가라앉아 있었다. 그는 마치 장례식의 사회자처럼 천서우런에게 일이 생겼다고 말했다. 제일인민병원이었다. 쉬지스도 병원으로 가는 중이라고 했다. 그는 돤우에게 눈이 아직 녹지 않은 데다 밤이라 도로가 결빙상태이니 팡자위가 운전할 때 각별히 조심을 시키라고 당부했다.

돤우가 수화기를 내려놓자마자 샤오구에게서 전화가 왔다.

그녀는 울기만 할 뿐 제대로 말을 하지 못했다.

팡자위는 다음 날 아침 재판이 있기 때문에 자기 전에 수면제를 몇 알 복용한 상태였다. 돤우가 깨우자 정신이 멍하고 반응이 느렸다.

"이런 상태에서 운전할 수 있겠어?"

그녀가 정신이 가물가물한 상태로 침대에 기대 몽롱한 눈빛으로 남편을 바라보며 한숨을 쉬더니 혼잣말로 중얼거렸다.

"며칠 전만 해도 멀쩡하더니 무슨 일이래요?"

"당신은 안 가는 게 좋겠어. 택시 타고 갈게. 뤄뤄도 내일 마지막 생물 시험이 있으니 누군가 아침 차려 줄 사람이 있어야 되고."

"그것도 좋겠네. 당신 조심해요."

어둠 속에서 팡자위는 스탠드 옆의 백자 찻주전자를 가져다 다 식은 차를 한 모금 마신 후 이불을 돌돌 감고 몸을 돌려 다시 잠을 청했다.

한밤중의 도로는 텅 비어 있었다. 보송보송한 눈발이 북풍에 실려 빙글빙글 돌며 떨어졌다. 돤우는 횡단보도를 두 개 건너고 24시간 영업하는 나이트클럽 앞에 이르러서야 겨우 택시 한 대를 잡을 수 있었다.

제일인민병원 응급실 복도에 사람들이 가득 모여 있었다. 쉬지스와 렁샤오추도 벌써 와 있었다. 샤오구는 퀭한 눈으로 오렌지색 의자에 앉

강남에 봄은 지고

아 있었다. 뤼주가 이모의 한쪽 팔을 꼭 붙잡고 있었다. 두 사람 모두 말이 없었다. 가죽재킷 차림의 쉬지스가 까치발을 하며 응급실 상단 유리창을 통해 안을 들여다보았다.

서우런은 여전히 응급조치 중이었다. 그러나 쉬지스의 말에 따르면, 한때 혈압과 심박동이 정상으로 회복되긴 했었지만 응급조치는 그냥 상징적인 것일 뿐 그다지 낙관적이지 못하다고 했다.

그들은 건물 밖으로 나와 담배를 피웠다. 뤼주가 두꺼운 면포 커튼을 젖히고 그들을 따라 나왔다.

뤼주가 당시 상황을 들려주었다. 대략 밤 11시쯤, 아래층에서 클랙슨 소리가 두세 번 울렸다. 그때 그녀는 침대에 앉아 노트북을 들고 낮에 촬영한 새 그림을 감상 중이었다. 이모부가 왔다는 걸 알 수 있었다. 평소 주차를 할 때 클랙슨을 울리면 이모부 차 트렁크에 선물이 가득 들어 있으니 그녀랑 샤오구에게 내려와 함께 날라달라는 신호였다. 새해 명절이 코앞이라 이모부는 귀가할 때마다 그렇고 그런 선물을 하나 가득 가져왔다. 담배, 술, 차, 서화 같은 물건이었다. 이모가 3층에서 내려가는 소리를 들었지만 그녀는 그냥 침대에 누워 꼼짝하지 않았다. 그런데 조금 이상한 생각이 들었다. 길거리에서 데려온 십여 마리의 떠돌이 개들이 별채 서쪽 마당에서 일제히 짖어대고 있었다. 왠지 소름이 끼쳤다.

곧이어 아래층에서 이모의 처절한 울부짖음이 들려왔다.

뤼주는 잠옷 차림으로 침대에서 벌떡 일어나 슬리퍼를 끌고 아래층 차고 옆으로 달려갔다. 캐딜락 앞문이 열려 있었다. 이모부는 두 다리를 차안에 걸친 채 몸이 밖으로 엎어진 상태였다. 샤오구가 멀리 계단 입구에 서서 벽을 두드리며 비명을 질러댔다. 결국 뤼주가 달려가 눈밭에 꿇어앉아 두 손으로 이모부의 머리를 안아 올렸다. 황급히 달려온 경비 한 사람이 경찰에 신고를 했다.

당시 이모부는 그래도 의식이 있었다. 심지어 피범벅이 된 손을 들어 올려 그녀의 얼굴을 쓰다듬기도 했다. 그는 뤼주에게 누가 한 짓인지 안다고 했다. 하지만 그자의 이름은 말할 수 없었다.

"그게 둘한테도 좋아."

이렇게 말한 후 그가 고개를 들어 숲 쪽 하늘을 바라보더니 남은 힘을 다 짜내 씩 웃으며 뤼주에게 말했다.

"내가 그동안 그렇게 많은 사람을 돌봐주었는데 아무 쓸모가 없네. 그들이 날 죽일 때 달만 그곳에 있었어."

병원으로 가는 응급차 안에서 서우런은 한 번 의식이 돌아왔다. 그러나 이미 숨을 쉬기도 힘든 상태였다. 그가 뤼주에게 마지막 말을 전하려고 애썼다. 작업실 컴퓨터 E-드라이브에 문서 하나가…….

대략 20분이 지난 뒤 응급조치마저 중단되었다.

의사들이 줄줄이 나와 고개도 돌리지 않은 채 곧장 사라져버렸다. 마지막에 나온 간호사가 응급실 문을 열어줬다. 톈우의 눈에 수술대 위에 누운 서우런의 커다란 발이 보였다. 수술대가 온통 피로 범벅인지라 마치 지금 막 돼지 한 마리를 죽인 현장 같았다. 각종 주사용 빈 병들이 한가득 바구니에 담겨 있었다. 간호사 한 사람이 조심스럽게 그의 머리에 씌워진 호흡기를 떼어냈다. 피를 너무 많이 흘린 탓인지 그의 입은 벌어진 상태 그대로였고, 낯빛은 창백했다. 또 다른 간호사 두 명이 마스크를 벗고 뭔가 이야기를 나눴다. 그중 한 사람이 손에 딱딱한 서류철을 받친 채 인상을 쓰며 여러 가지를 종이에 기록했다. 심장과 혈압

강남에 봄은 지고

측정기에서 울려 퍼지는 '뚜뚜' 소리가 마치 남의 재앙을 비웃는 듯했다.

실패……. 실패……. 실패…….

쉬지스가 간호사를 향해 저 망할 놈의 기계 좀 꺼버리면 안 되겠냐고 짜증을 부렸다. 간호사가 상냥하게 안 된다고 말했다. 응급조치 절차의 하나라고 했다. 환자는 이미 사망했는데 절차가 아직 끝이 나지 않았다니. 환자의 호흡이 정지되고, 맥박이 잡히지 않고, 심장도 뛰지 않으니 환자가 이미 사망했음이 분명했다. 그러나 이는 관찰의 측면에서 볼 때 사망이며, '의학적'으로 진짜 사망은 일정한 시간이 흐른 후, 그러니까 저 짜증나는 '뚜뚜' 소리가 멈춰야 최종 확인을 할 수 있다고 했다. 구체적으로 얼마나 기다려야 하는지 간호사는 말해주지 않았다.

간호사는 서우런의 시신을 깨끗이 닦은 후 몸의 각 구멍에 솜과 스펀지를 넣고, 하얀색의 깨끗한 시트로 그의 몸을 꽁꽁 감쌌다. 이어 서우런의 팔을 교차시키기 쉽게 근육이 경직되지 않도록 그의 두 손을 들어 배 위에 나란히 올렸다. 그런 후에야 간호사는 가족들에게 들어와 그의 마지막 모습을 보도록 했다.

뤼주가 샤오구를 부축하고 들어갔다. 응급실 입구에 이른 샤오구는 온몸의 맥이 풀렸다. 사람들이 다시 그녀를 응급실 바깥쪽 의자에 앉혔다. 판우가 간호사에게 시신의 입이 아직 다물어지지 않았다고 일렀다. 간호사 말이 그건 전문가인 영안실 자오^揃 선생이 와서 처리할 거라고 했다.

그렇게 말하고 있는 사이, 자오 선생이 시신운반용 트레일러를 밀고 왔다.

자오 선생의 방법은 지극히 간단했다. 휴지 한 롤에 유리실을 끼워

휴지를 아래턱에 받치고 유리실을 힘껏 위로 잡아당긴 후 머리 부분에서 매듭을 지었다. 그러자 서우런의 입이 닫혔다.

사전에 이야기한 대로 역할을 분담하여 영결식 전날 오전, 돤우와 팡자위는 도시 북쪽에 있는 장례식장으로 달려가 화장을 마쳤다.

쉬지스는 원래 화장터에 오기로 했지만 렁샤오추를 따라 묘지를 알아보러 갔다.

사람들로 북적거리는 대기실에서 일을 간단히 하기 위해 그들은 비용을 더 내고 '원 스톱 서비스'를 예약했다. 검은색 유니폼을 입은 아가씨들이 그들을 데리고 관을 고르러 갔다. 지관紙棺(종이로 만든 관)에서 조각이 새겨진 녹나무 관까지 디자인과 가격에 따라 십여 종의 다양한 관이 마련되어 있었다.

팡자위가 샤오구에게 전화를 걸었다. 샤오구가 한참을 울더니 팡자위에게 전권을 맡겼다. 가격은 고려할 필요가 없었다. 팡자위는 가장 비싼 관으로 골랐다. 아름다운 관을 바라보면서 팡자위는 그제야 찌푸렸던 얼굴을 펴고 혼자 중얼거렸다.

"사람이 죽으면 그대로 화로에 던져져 태워지나 했는데, 관이 있었군."

검은색 유니폼의 안내원이 씩 웃더니 팡자위의 말에 끼어들어 '죽은 자도 존엄하다'는 식의 고상한 말을 늘어놓는 바람에 팡자위는 짜증이 났다.

그들은 다음으로 영구차의 규격과 수준을 결정했다. 팡자위는 전혀 망설임 없이 가장 호사스러운 캐딜락을 선택했다. 안내원이 다시 '청결 화장로 서비스'가 필요한지 물었다. 팡자위는 '청결 화장로 서비스'가 무슨 말인지 이해할 수 없었다. 안내원이 차분하게 그녀에게 설명했다.

"청결 화장로란 단독 화장을 의미합니다. 이렇게 하면 적어도 유골에 다른 영혼이 섞이는 일은 일어나지 않습니다."

이에 그들은 '청결 화장로 서비스'를 선택했다.

안내원이 마지막으로 유골이 화장로에서 유골접수 창구까지 오는 동안 의장대 호송이 필요한지 물었다. 팡자위는 생각해볼 것도 없이 이를 거절했다.

"무슨 지랄 같은 의장대! 그래봤자 자기네 경비들 아냐? 왜 쓸데없이 돈을 들여?"

그녀는 옆에 아무도 없는 것처럼 돤우에게 중얼거렸다.

팡자위는 완전히 자기 역할에 몰입한 사람처럼 보였다.

그들은 중간 사이즈의 고별실을 선택하고 꽃바구니 스무 개를 예약했다. 또한 화장 업무 담당자를 만나야겠다고 말했다.

샤오구가 특별히 관심을 가진 절차였다.

팡자위는 담당자와 괜히 이 말, 저 말을 섞어가며 이야기를 나누다 안내원이 시선을 딴 곳으로 돌린 사이에 그의 흰 가운 주머니에 천 위안을 밀어 넣었다.

모든 수속이 끝나자 안내원이 그들에게 내일 화장할 때 꼭 검은 우산을 가져오라고 당부했다. 팡자위는 검은 우산의 용도를 물었다. 안내원이 골분을 장례식장에서 집으로 가져갈 때 반드시 검은 우산을 씌워야 한다고 했다. 그렇게 해야 망자의 영혼이 함부로 다른 곳으로 가지 않는다고 했다. 물론 황당한 이야기였다.

그들이 장례식장에서 나왔을 때는 이미 오후 두 시가 넘은 시각이었다. 막 주차장에 이르렀을 때 팡자위는 뤼주로부터 전화를 받았다. 원래 영안실의 곱사등이 라오자오에게 이모와 세 시 반에 서우런의 수의를 입히러 가겠다고 약속했는데 이모가 현기증이 심해 일어나질 못한다고 했다. "영안실은 음침해서 혼자 차마 들어갈 수가 없어서요."

그들은 하는 수 없이 병원으로 차를 몰았다.

제일인민병원 입원실 서쪽에 좁고 긴 골목이 있었다.

팡자위가 차를 도로 가장자리에 세우고 주변 국수집을 찾아 식사를 하러 갔다. 국수집 옆에 수의壽衣를 파는 집이 있어서 그랬는지 팡자위는 국수를 한 입도 먹지 못했다.

"안 무서워요?"

팡자위가 두 손으로 턱을 괴며 갑자기 돤우를 향해 웃었다.

"뭐가 무서워?"

"영안실이요."

"괜찮아."

"언젠가 내가 죽으면 이렇게 요란법석을 떨어야 한다고 생각하니 속이 안 좋네요. 이따가 서우런 옷 입힐 때 나는 안 들어가면 안 돼요?"

"그럼 당신은 고별실에 있어. 수의 입히는 일은 빨리 끝날 거야. 30분도 채 안 걸릴걸?"

그들은 국수집에서 나와 커다란 철문을 지나서 병원 고별실에 이르렀다. 영안실은 고별실 지하에 있었다. 뤼주는 벌써 도착해 있었다. 그녀가 가방에서 얼궈터우주二鍋頭酒 몇 병을 꺼냈다. 곱사등이 자오 선생이 시신 처리를 끝낸 후 손을 씻을 때 사용할 거라면서 요즘 유행하는 장례 의식이라고 했다.

고별실 정중앙에 한 늙은이의 초상화가 걸려 있었다. '침통한 마음으로 판젠궈(潘建國) 동지를 애도합니다'라고 적힌 현수막이 걸려 있었다. 작업복 차림의 화장(化匠) 두 사람이 화분에 물을 주고 있었다. 화분이 U 자 형으로 놓였다. U자 형 한가운데 빈 공간에 판젠궈의 시신이 놓일 것이다.

곱사등이 자오 선생이 뤼주와 돈 계산을 하고 있었다. 손에 계산기가 들려 있었다. 그의 곁에 스무 살도 안 돼 보이는 청년 하나가 서 있었다. 자오 선생의 아들로 시신의 화장(化粧)을 맡았다.

뤼주가 돈 계산을 끝낸 후 별도로 자오 선생에게 돈이 든 봉투를 건넸다. 곱사등이는 예의상 몇 번 거절하는 척하다가 결국 봉투를 받았다. 마지막 고별 순간이 되자 팡자위는 마음을 바꿔 그들과 함께 영안실에 들어가겠다고 했다.

그들은 커다란 옷 보따리 몇 개를 들고 자오 부자 뒤를 따라 복도를 걸어 보통보다 훨씬 넓은 엘리베이터에 올랐다. 그들은 곧장 지하 2층으로 내려갔다. 원래 이곳 영안실은 병원의 지하 설비실이었다. 천장이 온통 스티로폼으로 감싼 파이프였다. 복도 역시 사방팔방으로 통해 있어 수술복을 입은 의사들이 수시로 오고 갔다. 곱사등이 자오 선생이 육중한 철문을 열며 '다 왔습니다'라고 말했다. 그들은 영안실로 들어섰다.

벽에 흰 양철 냉동고가 줄지어 있었다. 서우런의 시신은 새벽에 꺼내 바퀴가 달린 트레일러에 눕혀놓은 상태였다. 해동 중이었다. 그의 곁에 은발의 노인이 보였다. 그는 반듯한 양복차림에 입술이 빨갛게 칠해져 있었다. 이 사람이 판젠궈일까?

이모부의 시신을 보자 뤼주가 참지 못하고 작은 소리로 울먹이기 시작했다. 팡자위가 그녀를 안고 함께 눈물을 흘렸다. 해동된 시신은 갑작스런 죽음을 맞이했을 때처럼 흉악스럽지 않았다. 그의 가슴이 커다란 흰 거즈로 꽁꽁 묶여 있어 당시 처참했던 모습은 볼 수 없었다. 다만 왼쪽 팔에 새겨진 마오쩌둥 두상의 문신은 수축과 팽창이 반복되어 약간 변형이 된 상태였다.

라오자오가 능숙한 솜씨로 서우런 손가락에 끼워진 반지와 목에 찬 양지옥羊脂玉(양의 기름 덩이같이 빛이 나고 윤택이 있는 흰 옥)을 빼내 뤼주에게 줬다.

뤼주가 목이 메어 말했다. "이모부 물건은 그냥 이모부가 가져가게 하세요."

라오자오가 웃으며 말했다. "가지고 못 갑니다."

"이렇게 좋은 물건은 태우기도 아깝잖아. 이모 대신 우선 거둬 둬."

옆에 있던 팡자위도 그녀에게 권했다.

그러나 뤼주는 한사코 자기 의견을 굽히지 않았다. "태워주세요. 괜히 가지고 가면 이모 마음만 아파요."

라오자오가 다시 웃으며 말했다. "두 분 다 내 말뜻을 이해하지 못하는군요. 내 말 뜻은 이런 값나가는 물건은 화로에 가지고 들어갈 수 없다는 뜻……."

아주 노골적이었다. 그들은 한참 동안 서로 무슨 말인지를 생각하다가 겨우 말뜻을 깨달았다.

마지막에 뤼주가 잠시 생각하더니 라오자오에게 말했다.

"아니면, 아저씨께서 가지시면 어떻겠어요?"

라오자오가 다시 한참을 사양하다가 결국 거듭 고맙다는 인사와 함께 물건을 아들에게 줬다.

옷을 다 입히고 나자 뤼주가 다시 라오자오에게 이모부의 고향 풍속에 따라 '짝수가 아닌 홀수로 입혀 달라'고 부탁했다. 이모가 특별히

강남에 봄은 지고

부탁한 내용이었다. 하지만 숫자를 세어보니 모자와 장갑, 신발과 양말을 빼고 10벌이었다. 불길한 숫잔데!

자오 선생이 일찌감치 다 생각을 해뒀다는 듯 "조급해하지 말라"고 한 후, 서우런의 목에 넥타이를 둘렀다.

영안실을 나오면서 돤우는 팡자위의 오른쪽에서 그녀를 부축하며 걸었다.

영안실에서 엘리베이터까지 가려면 불빛이 희미한 복도를 지나야 했다. 그곳에 병원 해부실이 있었다. 돤우는 조금 전 이곳에 들어올 때 젊은 의사 몇 명이 시신을 해부하는 장면을 보는 바람에 하마터면 조금 전 먹었던 국수를 다 토할 뻔했었다. 그는 팡자위가 충격을 받도록 내버려둘 수 없었다.

그들은 고별실 문밖에서 뤼주와 헤어진 후 차를 몰고 그곳을 빠져나왔다.

팡자위와 돤우는 아무런 말도 하지 않았다. 자동차가 강변 고속도로를 타기 시작하자 팡자위가 갑자기 그를 힐끗 바라보더니 영안실 옆 시신해부실을 봤는지 물었다.

"당신도 봤어?"

"차마 자세히 볼 순 없었어요."

팡자위가 자동차 햇빛가리개를 내렸다.

"남자였어요, 여자였어요?"

"여자."

돤우가 사실대로 말했다.

"여잔 건 어떻게 알았어요?"

돤우는 얼굴이 빨개지며 설명했다.

"발이 밖으로 나와 있었거든."

"나이는요?"

"자세히 볼 순 없었지만 아마 당신이랑 비슷했을 거야."

팡자위가 갑자기 고속 구간에서 브레이크를 밟았다.

혼다가 '끼익' 소리와 함께 길 한복판을 가로지르며 멈춰 섰다. 날카로운 브레이크 소리가 한참 동안 귓가에 어른거렸다. 팡자위가 창백한 모습으로 핸들에서 머리를 들어 올리며 그를 향해 이상야릇한 표정으로 미소를 짓더니 한 글자, 한 글자 또박또박 말했다.

"그 사람이 나였으면 했죠? 안 그래요?"

집으로 돌아오자마자 팡자위는 드러누워버렸다. 다음 날 아침 장례식장에서 열린 영결식에도 참석하지 않았다. 모르는 이들이 대거 참여했다. 샤오구는 불길한 예감이 든다고 말했다. 서우런을 죽인 범인이 추도했던 사람들 사이에 끼어 있을지도 모른다고 했다. 쉬지스와 렁샤오추는 그녀가 너무 예민하다고 생각했다.

원래 계획대로 그들은 서우런의 유골함을 들고 미리 골라둔 공원 묘지로 향했다. 묘지로 가는 도중 갑자기 보슬비가 내렸다. 묘지에 함께 가던 사람들이 모두 좋은 징조라고 했다. 허푸 일대 사람들은 예로부터 전해 오는 속담을 굳게 믿고 있었기 때문이다.

부자가 되려면 (장례식 때) 묘소에 비가 내려야 한다.

렁샤오추는 서우런이 그냥 장소만 바꿔 사장이 되었을 뿐이라고 말했다. 온순하고 미신을 잘 믿는 샤오구는 그의 말에 얼굴 가득 퍼져 있던 암울함이 서서히 걷혔다.

11

장례식이 끝나고 얼마 안 돼 뤼주의 어머니가 허푸를 방문했다. 그녀는 샤오구를 타이저우로 데려가 며칠간 함께 지내겠다고 했다. 여동생이 걱정돼 환경을 좀 바꿔주려는 생각이었다. 납팔일(음력 12월 초파일)이 지나자 금세 설이 찾아왔다. 뤼주도 고향에 돌아가 명절을 지낼 생각이었다. 그녀는 떠나기 전 돤우와 '호소산장'에서 만나기로 약속했다.

그날 오후, 그들은 강둑을 따라 산책했다.

두 사람은 바로 이 강둑에서 알게 된 사이였다. 1년이 채 되기도 전에 너무 많은 일이 벌어졌다. 마치 몇 번의 생을 산 것 같았다. 이모의 주홍빛 긴 실크 카디건을 걸친 뤼주의 모습에서 예나 다름없이 분방한 여유가 느껴졌다.

그녀는 돤우에게 '꼬마 이모부'가 세상을 떠난 다음 날 아침, 이모와 병원에서 돌아오니 시 공안국 경찰이 집 문밖에서 오랫동안 그들을 기다리고 있더라고 했다. 사진을 찍고, 현장을 둘러보고, 끊임없이 질문이 이어졌다. 서우런의 유언대로 샤오구는 아무것도 모른다고 대답했다. 뤼주는 이모부가 컴퓨터 E드라이브에 남긴 문서를 보기 전이라 그 부분에 대해서도 각별히 유념해 일절 언급을 회피했다. 오후에 공안국에서 다시 차를 보내 샤오구를 경찰국에 데리고 가 기록을 남겼다. 뤼주는 이모가 없는 틈을 타 재빨리 이모부 서재로 달려가서 애플 컴퓨터를 열었다.

그녀는 순식간에 그 문서를 찾아냈다.

"유언은 개뿔! 그냥 '꼬마 이모부'가 날 위해 지은 몇 백 수의 14행짜리 시였어요. 조판 배열이나 페이지 처리도 되어 있고 심지어 내가 제일 싫어하는 케니 지$^{Kenny G}$의 음악을 배경으로 깔아놓았더라고요. 이도 저도 아닌 이상한 삽화까지, 좀 웃겼어요. 시를 읽어 내려가면서 웃음이 절로 나왔어요."

그들은 어느새 폐쇄된 도크 부두까지 와 있었다. 두 사람은 듬성듬성 녹이 슬고 무너져 내린 철제 지지대에 나란히 앉아 물끄러미 강물을 바라봤다. 햇빛이 임종을 맞이한 환자의 마지막 탄식처럼 아른거렸다. 강에는 지나가는 배가 거의 보이지 않았다. 바람도 불지 않았다.

"하지만 지금 생각해보니 그래도 조금 후회가 돼요."

뤼주가 중얼거렸다.

"처음부터 그냥 이모부에게 의지했더라면 좋지 않았을까요?"

돤우는 뤼주가 뭘 '후회'한다는 말인지 어렴풋이 짐작이 갔다. 갑자기 마음이 좀 아팠다. 가슴 시리도록 노란 수선화가 한가득 피어 있었다. 사실 서우런은 불쑥 키만 자란 남자애에 불과했다. 허무하고, 연약하고, 겁도 많고, 두려움과 염증 속에서 궁지에 몰려 구차하게 하루하루를 살았다. 뤼주가 말했다. 서우런은 적어도 시를 쓰는 순간만큼은, 적어도 마음 한구석에 순결함이 남아 있었어요. 그녀는 수 년 전 일을 회상했다.

그해, 이모부와 이모가 타이저우로 설을 쇠러 갔다. 이웃 마을에서 극단이 와서 탈곡마당에 무대를 만들고 공연을 했다. 뤼주도 그들과 함께 공연을 보러 갔다. 이유는 잘 모르겠지만 당시 소복하게 쌓였던 눈길이 지금껏 그녀에게는 달 밝은 밤 푸르고 영롱한 기억으로 남아 있다. 그날 밤 공연은 양극揚劇(장쑤성 양저우시에서 시작되어 상하이에서 크게 발전한 전통 희곡 중 하나) 〈진향련〉秦香蓮이었다. 그녀는 이모부 어깨에 기대 그의 머리를 만졌다. 극을 보다가 금세 잠이 들었다. 꿈속에서 그녀는 이모부 목에 오줌을 쌌다.

이후 허푸에서 이모부와 아침부터 저녁까지 내내 함께 지내면서 매번 그 일이 떠올라 마음이 불편했다. 왠지 짜증스럽고 불결한 느낌이 들었다. 마치 그녀와 이모부 사이에 원래부터 추잡한 꿍꿍이가 있었던 것 같은 생각이 들었다.

"어제 오후에 나 혼자 이모부를 만나러 묘지에 가서 몰래 묘비에 오줌을 쌌어요."

"그건 또 무슨 짓이야?"

돤우는 이해가 가지 않았다.

"이모부 보여주려고요. 이모부가 줄곧 날 원했거든요. 난 이모부에게 의지하지 않았어요. 이모부가 계속 내게 치근대며 좀 보자, 안 돼? 라고 말했죠. 난 그래도 이모부에게 보여주지 않았어요. 변태 같지 않아요?"

뤼주가 그제야 작은 치아를 드러내며 미소를 지었다.

뤼주는 이모부가 가버린 요즘 많은 생각을 한다고 말했다. 기생충처럼 친척에게 기대 사는 삶에는 염증이 날 대로 났다. 앞으로의 계획에 대해 이야기하면서 뤼주는 얼마 전 알게 된 두 명의 예술가에 대해 이야기했다.

그들은 쌍둥이로 난징 사람이다. 최근 엄청난 돈을 조달하여 원난

롱쯔龍孜 산간 지역의 땅을 대거 구입했고, 그곳에 비영리 NGO 프로그램을 시작할 계획이었다. 프로그램의 명칭은 '샹그릴라의 유토피아'로 생태보호, 농민교육 및 향촌 재건에 힘쓸 생각이라고 했다. 그들 형제가 그녀에게 완벽하게 새로운 삶을 꾸려보자고 적극적으로 접근해왔다. 하지만 그녀는 그곳에 가야 할지 말아야 할지 아직 생각을 정리할 수가 없었다.

"어쨌거나 타지에 나가는 거잖아요. 쌍둥이 형제에 대해서도 잘 모르고요. 어떻게 생각해요?"

전처럼 돤우는 한마디도 하지 않았다. 그는 뤼주의 질문에 대한 대답 대신, 그저 담담하게 플로베르Flaubert(1821~1880. 프랑스 소설가)가 말년에 《부바르와 페퀴셰》라는 기괴한 소설 한 편을 썼다는 말만 했다.

"본 적이 있는지 모르겠네?"

"아뇨. 좋은 책이에요?"

뤼주가 물었다.

돤우는 뭔가 생각하는 듯 '어'라고 했지만 더 이상 다른 설명은 하지 않았다.

창장 맞은편 언덕에 거대한 굴뚝 세 개가 서 있었다. 그곳의 한 발전소에서 백색의 구름 기둥이 피어올랐다. 연기가 서서히 하늘로 올라가 황갈색 미세먼지에 합류했다. 머리꼭대기 위로 아주 작은 면적의 하늘만 청회색이었다. 강물 냄새가 비릿했다. 언덕 근처 간석지의 드넓은 갈대밭은 이미 까맣게 썩은 상태였다. 갈대숲으로 밀려온 파랑波浪에 수없이 많은 흰색 스티로폼이 넘실거렸다. 그 모습이 마치 갈대숲에서 먹이를 찾아 날개를 펴고 날아오르려는 백로를 연상케 했다.

"조금 전 얘기 다 안 끝냈는데요."

강남에 봄은 지고

뤼주가 팔꿈치로 그를 툭 쳤다.

"플로베르의 소설이 뭐요? 어서 말해 봐요."

"별것 없어. 사실 이야기는 무미건조해. 부바르와 페퀴셰는 좋은 친구 사이로 파리의 한 회사에서 필경사로 일했어. 어느 날 뜻밖에 큰돈을 손에 쥐게 된 두 사람은 꿈을 꾸기 시작했지. 그들은 그 돈으로 소란한 속세에서 아주 멀리 떨어진 시골의 장원 한 곳을 구입했고 그곳에서 존엄한 삶을 살려고 준비했어. 마음 가는 대로 자유롭게 자신의 여생을 지식과 이성, 생명에 대한 깨달음으로 채워가고 싶었던 거지. 대충 이런 내용이야."

"그 뒤는 어떻게 됐어요?"

"그들이 예상치 못했던 걱정이 생기기 시작했지. 두 사람이 상상했던 유토피아 생활이 그들의 마음과 몸을 극도로 지치게 만들었던 거야. 결국 그들은 파리로 되돌아가기로 결심하고 원래 회사로 돌아와 다시 필경사로서의 삶에 안주했어."

"그럼 내가 윈난 가는 것을 찬성하지 않는 거네요. 사실 마음속으로는 가지 않았으면 하고 생각하는 거죠? 아니에요?"

뤼주의 아름답고 커다란 두 눈이 반짝거렸다. 말소리가 점점 작아졌다.

돤우가 들고 있던 담배를 한참 동안 만지작거리며 머뭇거리다 입을 열었다.

"꼭 내게 의견을 묻겠다면, 그러니까 뭐라고 해야 할까? 내가 생각하기엔 한번 가보는 것도 괜찮을 것 같긴 해."

"왜요?"

뤼주는 어리둥절했다.

"가보는 것도 좋겠어. 내 말은, 이제 서우런도 없으니 어쨌거나 너도 일을 좀 찾아야 하잖아. 타이저우로 가는 건? 타이저우로 돌아가고 싶지는 않아? 윈난雲南 쪽에 가는 것도 하나의 선택이 될 수 있지. 하지만 그렇다고 아직 그 쌍둥이에 대해 정확하게 판단을 하지 못한 상황에서 먼저 그 생활 속으로 들어가 보라는 말은 아니야. 어쨌거나 유토피아라는 건 너도 알겠지만……."

"대체 뭐라고 지껄이는 거예요!"

그가 자꾸만 중얼대자 뤼주는 단번에 그의 말을 자르고 벌떡 일어나 몸에 붙은 녹 부스러기와 마른풀을 툭툭 털어냈다. 그녀가 냉소를 지으며 말했다.

"당신이란 사람, 정말 시시해."

이어 그녀는 고개도 한 번 돌리지 않고 그대로 도크를 떠났다.

12

아들의 기말고사 성적이 나왔다. 학년 전체에서 삼백 등 밖으로 밀려났다. 팡자위는 이런 결과를 이미 예상한 듯했다. 그녀는 결과를 듣고도 아들 머리를 쓰다듬으며 웃었다.

"사실 이 정도로도 정말 잘했어. 한 학년에 1천 명이 넘는 애들이 모두 죽어라고 공부하잖아. 이 정도 성적도 쉽지 않아."

아버지와 아들 모두 이런 상황이 어색하게만 느껴졌다. 두 사람 모두 팡자위가 비꼬는 것이라고 여겼다. 하지만 이후로도 그들이 상상했던 히스테릭한 발작은 일어나지 않았다. 어쩌면 이는 앞으로 다가올, 어느 순간 엄청난 폭발력으로 닥칠 태풍을 예고한 것인지도 몰랐다.

다이쓰치는 50등 안에 들었다. 겨울방학이 시작되자마자 학교에서는 겨울캠프 대상자를 선발해 베이징으로 갔다. 아들은 이 때문에 계속 기분이 울적했다. 팡자위는 평소와 달리 아들을 안고 달래줬다.

"겨울캠프라는 거, 그냥 단체로 작은 깃발 하나 들고 칭화대나 베이징대 캠퍼스를 한 바퀴 도는 것일 뿐이야. 그리고 지금 베이징 날씨가 얼마나 추운데. 온통 꽁꽁 얼어붙었어! 칼바람 같은 북서풍을 맞으며 주쯔칭朱自淸(1898~1948, 중국의 시인, 수필가)이 산책했다는 악취 나는 연못 주변이나 한 바퀴 도는 거야. 그게 뭐야! 내년 여름방학에 연꽃이 활짝 필 때 엄마랑 같이 놀러 가자. 어때?"

이상하게도 아내가 이런 말을 하자 이유는 모르겠지만 가슴이 아팠다. 그녀는 마치 줄 끊어진 진주목걸이처럼 주르르 눈물을 흘리다가 나중에는 소리도 내지 못하고 울먹거렸다. 아들은 엄마가 왜 우는지 알 수 없었다. 엄마의 눈물에 놀랐는지 아들도 따라 울었다.

돤우는 팡자위가 강인한 사람임을 알고 있었다. 아들이 시험을 망쳤으니 얼마나 마음이 쓰리고 가슴이 아플지 능히 짐작이 갔다. 뤄뤄는 근신하듯 매사에 행동을 조심했다. 다이쓰치의 엄마는 걸핏하면 팡자위에게 전화를 걸어 베이징에 가 있는 딸의 상황을 보고했다. 다이쓰치가 칭화대 캠퍼스의 조란원照瀾院이란 곳에서 우연히 양전닝楊振寧(중국계 미국인. 노벨 물리학상 수상자) 부부를 만난 이야기, 그들과 사진을 찍은 이야기를 늘어놓았다. 형식은 그대로인 채 내용만 바꿔가며 계속 읊어대는 현란한 자식 자랑에 팡자위도 이성을 잃고 말았다. 그녀는 가시 박힌 말로 후이웨이의 속을 긁었다.

"그럼 당장이라도 서둘러 '어질어진 쓰치를 보러 가셔야' 하는 것 아닌가?"[41]

팡자위는 심지어 그동안 그렇게 존경해마지 않던 양전닝마저 괜히 미워하기 시작했다. 돤우는 이런 그녀가 조금 지나치다는 생각이 들었다.

하지만 돤우가 모르는 일이 있었다. 팡자위가 최근 이처럼 정서적으로 엉망이 되어버린 건 사실 다른 이유가 있었다.

뤄뤄의 담임선생이 그녀에게 전화를 걸었다. 뤄뤄가 자신이 이끄는 반에서 '가장 빠르게 퇴보한 학생'이라면서 '잘못을 뉘우치고 반성'하라고 비난했기 때문이다. 장 선생은 아이의 성적이 떨어진 주요 책임이 부모에게 있다고 했다. 그녀는 팡자위에게 진지한 반성과 함께 반성문을 작성해 이틀 후 열리는 학부모회의에 아들의 반성문과 함께 제출하라고 말했다.

평소와 달리 팡자위는 수화기에 대고 평소 호랑이처럼 위엄을 자랑하는 담임에게 고래고래 고함을 질렀다.

"뭐라고요? 나한테 반성문을 쓰라고? 다시 한 번 말해 봐! 너 몇 살이야? 어? 빌어먹을 당신 보너스 깎이는 것과 우리 아이 성적이 무슨 상관이야!"

팡자위는 상대가 이미 전화를 끊었는데도 불구하고 전화기에 대고 계속 욕을 퍼부었다. 분이 풀리지 않은 나머지 그녀는 학부모회의에도 참석하지 않았다. 주요 과목 선생님을 위해 준비했던 촌지도 자연히 흐

---

41) 견현사제(見賢思齊): 현자를 보면 같아지기를 생각하라는 뜻. 《논어》에 나온다. 다이쓰치가 사제(思齊)와 같은 한자를 쓰기에 이를 인용해 후이웨이를 비아냥거린 것이다.

강남에 봄은 지고

지부지되고 말았다.

얼떨결에 6천 위안을 절약했으니 이것도 작은 위안이라면 위안이다.

아들은 잠잠한 엄마 모습에 적응이 되질 않았다. 언젠가는 더 큰 재앙이 덮쳐올 거라고 예감했다. 그 전에 철저히 반성하고 개과천선해야겠다고 마음먹었다. 아이는 밤중에 꼼꼼하게 '초과 달성 계획'을 세우고 이를 벽에 붙인 후 매일 계획표대로 생활했다. 심지어 자발적으로 엄마에게 겨울방학 동안 학원을 보내달라고 요구하기도 했다. 거의 매일 저녁 영어 교재《신개념》을 품에 안고 잠이 들었다. 엄마가 일어나 발 씻으라고 부를 때도 게슴츠레 졸린 눈으로《수경주》水經注42)를 외웠다. 팡자위는 아이의 건강이 염려스러웠다.

그녀는 아들에게 계속 밖에 나가 친구들과 축구도 하고, 공원에 가서 스케이트도 타라고 했지만 뤄뤄는 들은 척도 안 했다. 엄마와 아들의 유일한 오락은 아파트 건물 앞 석류나무 숲에서 즐기는 제기차기였다. 하지만 이런 순간에도 뤄뤄는 시간을 낭비하고 있다고 여기는 듯했다.

팡자위의 출근시간은 남편보다 조금 일렀다. 평소 그녀는 아침을 준비할 때 돤우는 생각지 않고 그녀와 아들의 달걀 두 개만 삶았다. 아침에 기상한 돤우를 기다리는 건 언제나 식탁 위에 떨어진 부스러기와 빈 그릇뿐이었다. 오랜 기간 부부생활을 하면서 돤우를 곤혹스럽게 하는 의문 중 하나가 바로 아내는 왜 어차피 달걀을 삶을 건데 하나 더 삶지 않느냐는 것이었다.

---

42) 수경주(水經注): 북위(北魏)시대 역도원(酈道元)이 펴낸 중국의 하천에 관한 책인《수경》의 주석서.

최근 들어 예상치 못한 변화가 조금씩 일어나기 시작했다. 찜기가 항상 따끈했다. 안에는 달걀이나 만두, 옥수수, 그리고 그가 좋아하는 쫑쯔가 항상 들어 있었다. 퇴근하고 집에 오는 길, 팡자위의 가슴에는 때때로 꽃송이가 안겨 있었다. 때로는 노란 장미, 때로는 붓꽃이나 자라난紫羅蘭도 있었다. 그들은 식사 후 자기 전까지 차를 마시며 이야기를 나눴다. 팡자위는 그에게 요즘 처리중인 사건 이야기를 들려주기도 했다. 시아버지가 며느리에게 농약을 먹인 사건, 부사장이 킬러를 고용해 사장을 살해한 사건 등이었다. 사건 이야기를 듣다보면 돤우는 부아가 끓어올라 씩씩거리기 일쑤였다. 그럴 때마다 팡자위가 오히려 그를 위로했다.

"당신 아내가 변호사잖아. 평소 항상 이런 어두운 사회에 둘러싸여 일을 해요. 많이 듣다보면 세상에 살인과 절도만이 가득하다고 생각되지만 사실 이 세상은 언제나 변함이 없어. 그렇게 좋지도 않지만, 꼭 나쁘지만도 않아."

어느 날 밤, 이미 11시가 넘은 시각에 팡자위가 갑자기 무슨 바람이 불었는지 돤우에게 영화를 보러 가지 않겠느냐고 말했다. 그들은 이제 막 단잠에 빠진 아들을 깨워 차를 몰고 시내 중심가에 자리한 가화영화관에 갔다. 심지어 아들이 정크 푸드Junk food—뼈를 삭히는 '코카콜라', 시궁창 기름으로 튀긴 '프렌치 프라이드', 공업용 사카린을 사용한 데다 형광증백제가 들어 있는 '팝콘'—을 먹고 싶다고 해도 말리지 않았다.

그들은 〈낫살의 전기〉를 보고 다시 〈뮬란〉을 보러 갔다.

그들이 집에 돌아왔을 때는 이미 날이 밝아오고 있었다.

주말 어느 날, 돤우가 타오바오왕淘寶網(알리바바 그룹이 운영하는 오픈

강남에 봄은 지고

마켓)에서 미국산 트랜스 페어런트$^{TRANS-PARENT}$ 스피커케이블을 찾아냈다. 그가 계속 사고 싶어 하던 케이블이었다. 원가가 2만 위안이 넘었다. 살모사처럼 생긴 케이블 사진만 보고 있어도 가슴이 두근거렸다. 팡자위가 다가와 보더니 입에 침이 마르도록 칭찬을 퍼부었다. 게다가 그녀는 이 케이블 선의 중국 이름인 천선배天仙配도 맘에 들어 했다.

"이상해요, '천선배'라는 통속적인 이름을 케이블에 붙이니 뭔가 말할 수 없는 신비로움이 느껴지네!"

돤우는 한참을 생각했지만 대체 이 이름 어디가 신비스럽다는 건지 이해가 되지 않았다.

며칠 동안 계속 돤우는 케이블을 주문할 건지 말 건지 결정을 내리지 못했다. 그런데 월요일 낮 '순풍'順豊 택배에서 케이블이 그의 사무실로 배달되었다. 팡자위로부터 문자메시지가 왔다.

맘에 들어요?

그 순간, 돤우의 가슴에 마치 첫사랑의 감정처럼 행복이 밀려들었다.

밤에 탄돤우와 팡자위는 거실 소파에 나란히 앉아 음악을 들었다. 새로 산 '천선배'로 케이블을 바꿨다. 역시 소리가 달랐다. 섬세한 바이올린 음색이 공기 속을 유유히 날아다니는 듯, 마치 비단결 같은 냉염함을 선사했다. 팡자위를 감동시켰던 알렉산드르 보로딘, 그것도 바로 현악4중주 제2번 3악장 야상곡이었다. 그런데 팡자위가 이번에는 전혀 감동을 받지 못하는 눈치였다.

"이건 누구 작품이에요? 너무 어수선해요. 좀 잔잔한 걸로 바꿀 수 없어요?"

"제일 잔잔한 건데?" 돤우가 설명했다.

"이거 당신이 좋아한다고 했던 보로딘 곡이잖아?"

그래도 돤우는 재빨리 다른 곡을 선택했다. 모차르트의 '플롯과 하프 콘체르토' 느린 악장이었다. 팡자위는 잠시 듣더니 피곤하다며 수심이 가득한 얼굴로 살짝 미소를 짓고는 이내 자리에서 일어났다.

전혀 음악을 들을 분위기가 아니었다.

돤우는 팡자위에게 일어나고 있는 기이한 변화가 당혹스럽긴 했지만 마음은 정말 편안했다. 결혼한 지 거의 20년이 되어 가는데 이렇게 평온하고 달콤한 기분은 처음이었다. 심지어 자신이 이런 호사를 누릴 자격이 있나 의심이 들 정도였다. 물론 본능적으로 이런 달콤한 고요함 속에 뭔가 불안한 요소가 숨어 있다는 느낌이 들었다.

최근 들어 팡자위가 보여준 이상한 행동은 이뿐만이 아니었다.

1. 시골로 자기 아버지를 만나러 다녀왔다. 전에는 아버지와 거의 왕래가 없었다. 돤우가 때로 장인어른 이야기를 꺼내면 팡자위는 짜증을 내며 그의 말을 자르곤 했다. "난 아버지 없어요. 이미 마음속에서 죽은 사람이에요." 결혼 후 돤우는 장인을 세 번밖에 보지 못했다. 장인은 허푸에 올 때마다 딸에게 돈을 요구했다.

2. 아내가 늦잠을 자느라 제때 출근하지 못하는 일이 빈번해졌다. 전에는 이런 일이 단 한 번도 없었다. 게다가 늦으면 아예 출근을 안 한다.

3. 담배를 피우기 시작했다. 때로는 정말 지독하게.

4. 혼다 소형자동차를 자기 사무실 동료―이제 막 정법대학을 졸업한 대

학원생으로 변호사 사무실의 업무보조원이다-에게 양도했다. 환경문제를 생각해서 그랬다고 말했다.

자신의 의혹을 만족시킬 만한 답안을 찾지 못하고 있던 롼우에게 마침내 수수께끼의 답이 도착했다. 음력 12월 29일 밤, 아들이 깊이 잠이 든 걸 확인한 후 팡자위가 그의 서재로 들어와 프린트한 문서 한 부를 그의 책상에 내려놨다. 그녀는 아무 말도 하지 않은 채 가만히 방문을 닫고 나갔다.

간단하게 작성한 이혼합의서였다. 이혼합의서에서 팡자위는 단 한 가지 권리만을 주장했다. 탕닝완의 집을 갖겠다는 내용이었다. 비록 이전에 이혼에 대한 어떤 조짐이 없었던 것은 아니지만 롼우는 이번만큼은 그냥 농담이 아니라는 느낌이 들었다.

그가 합의서를 들고 침실로 갔을 때 팡자위는 침대에서 TV를 보고 있었다.

롼우는 한 가지 질문만 던졌다.

"누구 다른 사람이 생긴 거야?"

팡자위의 대답은 간단했다.

"네."

그와 동시에 그녀는 강조의 뜻으로 고개를 끄덕였다.

롼우는 침실에서 한참을 멍하니 있었다. 갑자기 정액이 가득 담겼던 콘돔이 생각났다. 눈앞에 정수리가 벗겨진 남자 모습이 어른거렸다. 그들이 엘리베이터에서 나오자 늙은이가 그녀의 입에 키스를 했다. 마치 더 이상 할 말이 없는 사람처럼 롼우가 말했다.

"밖에 나가 좀 돌다 올게."

그러나 아래층으로 내려간 그는 단지를 대충 한 바퀴 돌고는 금세 다시 돌아왔다. 얼굴 표정이 좋지 않았다.

"내일이 음력 12월 30일이야. 아직 어머니에게는 알리지 말아 줄래? 이혼은 설 지나고 다시 이야기하자. 괜찮겠어?"

팡자위가 힘껏 입술을 깨물며 자기도 그렇게 생각한다고 말했다.

다음 날 오전, 돤우는 아내와 아이를 데리고 택시 한 대를 불러 노인과 설을 쇠러 메이청으로 갔다. 샤오웨이는 어제 고향인 안후이로 내려가고 없었다. 어머니는 설음식을 잔뜩 장만해 놓았다. 샹창을 훈제하고 라러우臘肉를 절이고, 쑤지素鷄(말린 두부에 죽순, 버섯볶음을 넣은 간장조림)를 조렸다. 팡자위가 좋아하는 단술도 한 항아리 담갔다.

어머니는 하루하루 노쇠해갔다. 대충 옷을 걸치고 등은 잔뜩 굽어 몸을 돌리는데도 한참이나 끙끙댔다. 팡자위는 집에 가자마자 화장실 옆에 던져놓은 더러운 옷들을 세탁했다. 이어 조용히 대걸레와 양동이를 들고 바닥청소를 하러 갔다. 어머니도 조금 의외인 듯했다. 어머니가 아들에게 입을 삐죽이며 웃었다.

"며늘애가 왜 저렇게 부지런해졌다니?"

어머니가 앞치마 주머니에서 잔돈을 한 움큼 꺼내 돤우에게 줬다.

"손 좀 벌려 봐라. 뭔 벼슬이라도 한 게냐? 내려가서 폭죽 좀 사가지고 오렴. 밤에 어린 것하고 폭죽이나 터트리고 놀자꾸나. 올해는 불운한 해였어. 뭣 같지도 않은 일들이 많이 있었지. 밤에 나도 너희랑 함께 나가 재수 없는 일 몰아내게 폭죽이나 터트려야겠다."

"오는 길에 사 왔어요." 돤우가 말했다.

"그럼 그렇게 빈둥빈둥 앉아 있지 말고 어린 것 불러 둘이 춘련이라

강남에 봄은 지고

도 붙여!"

아들은 할머니 침대에 누워 TV를 보고 있었다. 할머니가 아이를 껴안더니 뭐라고 했는지 둘이서 큰 소리로 웃었다.

팡자위는 바닥 청소를 마치고 다시 화장실 욕조를 청소했다. 거실로 돌아와서는 어머니와 나란히 앉아 냉이를 다듬었다.

"넌 좀 쉬어라. 내내 일만 하고. 물이라도 좀 마시고."

어머니가 연이어 말했다. "나이가 드니 사람이 쓸모가 없어지네. 냉이를 한 광주리 캤더니 허리가 아파서 펴질 못하겠어."

팡자위가 아픈 곳을 물어보더니 살살 허리를 두드려주며 당부했다.

"이 연세에 나물 캔다고 나가지 마세요. 시장에서 사도 똑같아요."

그녀는 어머니의 흰머리 한 가닥이 이마에 붙은 걸 보고 쓸어 올려주며 말했다.

"머리 감겨드릴까요?"

"내 머리에서 쉰내 나지?"

"조금 기름져서요."

팡자위가 웃었다.

"그럼 아예 목욕시켜 주렴."

어머니의 말에 팡자위는 돤우를 시켜 침실 적외선 난방기를 욕실로 옮기도록 한 다음, 자기는 재빨리 주방으로 가서 물을 데웠다.

돤우는 침대에 비스듬히 누워 아들과 TV를 보다가 자기도 모르게 살짝 잠이 들었다. 어렴풋이 동네 곳곳에서 도맛소리가 들렸다. 아래층 어느 곳에서는 벌써 드문드문 폭죽 터트리는 소리가 들리기도 했다.

시어머니와 며느리가 주방에서 분주히 움직이고 있었다. 팡자위는 침실에 벌써 한 번 다녀갔다. 허리에 빨간색 앞치마를 두르고 소매를 높이 걷어 올린 채 갓 씻은 겨울대추를 들고 문지방에 서서 그에게 먹을 건지 물었다.

돤우는 몸을 뒤집어 다시 잠이 들었다.

저녁 식사 시간, 어머니는 처음으로 팡자위의 그릇에 음식을 집어 올려줬다. 노인네는 평강주封缸酒(장시성 주장九江의 유명한 황주黃酒)를 예닐곱 잔이나 마시는 바람에 조금 취기가 돌았는지 또 다시 쓸데없는 말을 늘어놓기 시작했다. 다섯 살 때 아버지가 죽고, 열세 살에 민며느리로 강남에 팔려갔다고 했다. 첫 번째 남편은 낭떠러지에서 실족해 죽은 목공이고, 위안칭에게 누나가 있었는데 태어나자마자 요절했다는 말도 했다.

돤우는 어머니가 비참했던 어린 시절 이야기를 시작하면 한도 끝도 없이 이어진다는 것을 잘 알고 있었기에 재빨리 다른 쪽으로 화제를 돌렸다. 돤우가 자꾸 딴 말을 하자 어머니도 자기가 무슨 말을 하려고 했는지 헷갈렸다.

"조금 전에 어디까지 말했지?"

그녀가 팡자위와 돤우를 번갈아 바라봤다.

팡자위는 말없이 웃기만 했다.

어머니가 갑자기 한숨을 쉬더니 팡자위에게 말했다.

"너, 내 며느리 하지 말고 그냥 딸 하면 어떻겠니?"

"좋아요."

팡자위는 입으로는 이렇게 말했지만 표정은 밝지 않았다.

뤄뤄는 벌써 밥을 다 먹고 창문에 엎드려 한참 동안 밖을 바라보다 아래층으로 폭죽을 터트리러 가겠다고 소리쳤다. 돤우가 자리에서 막 일어나는데 팡자위가 어머니에게 하는 말이 들렸다.

강남에 봄은 지고

"돤우 씨와 이혼해야 할 것 같아요."

돤우는 깜짝 놀라 두 눈이 휘둥그레졌다. 어머니도 얼떨떨한 표정으로 이 갑작스런 상황에 무슨 말을 해야 할지 갈피를 잡지 못했다.

"왜?"

노인네가 물었다. 창밖의 불빛이 깜빡거리며 그녀의 얼굴을 붉게, 그리고 다시 파랗게 물들였다.

"딸을 아들에게 시집보내는 법이 어디 있어요?"

팡자위가 웃었다.

어머니가 정신을 가다듬고 손에 쥐고 있던 젓가락을 반대로 잡아 팡자위의 손등을 가볍게 내리쳤다.

"망할 것 같으니라고. 명절에 사람 간 떨어지겠다!"

13

정월 초사흘. 아침 일찍 샤오웨이가 안후이에서 돌아왔다. 그녀는 올케와 한바탕 싸움을 했다고 말했다. 팡자위가 그녀를 한참이나 위로하더니 명절을 쇠라고 3백 위안을 찔러줬다. 샤오웨이가 일찍 돌아와 그들은 그날 오후 어머니 집을 떠나기로 했다. 할머니는 뭐뭐에게 메이청에 며칠 더 있다 가라고 했지만 아들 녀석은 계속 돌아가겠다고 고집을 부렸다.

초나흘. 돤우는 난산에 있는 정신병치료센터로 형을 보러 갔다. 이혼이 자꾸만 목에 걸린 가시처럼 신경이 쓰이는 바람에 돤우는 건성으로 20분 정도 머물다 돌아왔다. 그는 말주변도 없고 느려 터진 형으로부터 한 가지 나쁜 소식을 들었다. 지은 지 10년도 안 된 정신병원이 철거될 거라는 소식이었다.

잠시 후 저우 주임에게 전화를 해보니 그 말이 사실이라고 했다. 이 부지에 눈독을 들이는 사람이 있다고 했다.

"형님이 지나치게 좋은 곳을 골랐어요."

저우 주임이 전화에 대고 웃었다.

"하지만 철거하는 것도 잘된 일입니다. 이렇게 좋은 땅을 정신병원으로만 묶어두는 건 사실 자원낭비라고 할 수 있어요. 어, 안 그래요? 어쨌거나 정신병자들이 이런 풍경을 감상할 줄 아는 것도 아니고. 에이 씹할! 홍중紅中(마작에서 중中자가 적힌 패) 뽑았잖아. 돈 걸어!"

저우 주임은 마작을 하는 중인 모양이었다.

돤우는 당시 형이 시청과 협의했던 내용을 말했다. 저우 주임이 귀찮은 듯 그의 말을 끊었다.

"형님은 미친 사람이잖아요? 법률적으로 볼 때 미친 사람은 독립 법인이라고 볼 수가 없어요. 패 걸어야지, 건방떨지 말고!"

초닷새. 돤우는 아내와 아들을 데리고 '황일관'黃一觀(도교사원)으로 묘회廟會 구경을 갔다. 팡자위는 원래 도관에 가서 제비뽑기 점을 치고 향을 올리고 싶었지만 도관으로 가는 골목에 사람이 너무 많아 비집고 들어갈 수가 없었다. 그들은 골목 입구를 대충 돌아본 후 꽃시장에서 납매臘梅 한 가지를 사가지고 집으로 돌아왔다. 납매는 꽃잎이 파리 날개처럼 얇았는데 코끝에 대고 냄새를 맡아보니 아무런 향기도 나지 않

강남에 봄은 지고

왔다.

초엿새. 돤우는 따분한 마음에 쉬지스의 신문사를 찾아갔다. 이제 막 사장 겸 부편집국장으로 승진을 한 그는 당직 중이었다. 돤우는 그에게 이혼문제를 말하려 했지만 막상 얼굴을 마주하자 생각이 바뀌었다. 그가 들어서는 것을 보고 쉬지스가 책상에 올려놨던 다리를 내리고 똑바로 앉아 그에게 웃는 얼굴로 말했다.

"이런, 하나가 가고 나니 또 하나가 왔네. 참!"

"누구?"

"누구겠어?"

쉬지스가 일어나 그에게 차를 따라줬다.

"천지사방으로 널 찾아다니던데. 문자에는 답도 안 하지, 핸드폰도 안 받지. 정말 사람 한번 확실하게 끊네."

"설 지내러 타이저우로 돌아간 것 아니었어?"

그제야 돤우가 반응을 보였다. 쉬지스가 말한 사람은 다름 아닌 뤼주였다.

"계집애, 여기서 오전 내내 쉬지 않고 떠들어댔어. 하지만 나한테는 관심 없다더군. 떠나기 전에 나한테 책을 빌리러 왔대. 무슨 책이 보고 싶으냐고 물었더니 커다란 눈을 까뒤집고 천장을 바라보다 플로베르가 쓴 책인데 두 명의 필경사라나 뭐라나 하면서 한참 동안 제대로 말을 못하더라고.《보바리 부인》도 아니고,《감정교육》도 아니고, 그럼 뭔데? 라고 했지. 컴퓨터로 검색해봤지만 안 나오더라고. 맑고 깨끗한 남의 집 아가씨를 그렇게 듣도 보도 못한 책으로 괴롭히는 건 너무 옹졸한 짓 아냐?"

"이야기하다가 그냥 나온 말인데, 뭐. 읽어보라는 말도 안 했어."

돤우가 어색한 웃음을 지었다.

"그냥 한 말에 방향을 분간하지 못할 정도로 완전히 돌았던데? 내가 보기에 그 아가씨는 네 꼬임에 완전히 넘어간 것 같더라."

"언제 갔어?"

"금방. 10분만 일찍 왔어도 만났을 텐데."

그들은 아래층 닝샤 사람이 경영하는 청진관淸眞館(회교 음식점)에서 양셰즈羊蠍子(양의 척추)를 먹었다. 쉬지스는 설 직전에 베이징의 탕샤오두唐曉渡로부터 전화가 와서 친구들을 허푸로 불러 시詩 심포지엄을 열자는 제안을 하더라고 말했다.

"나도 열고는 싶지만 돈을 어디서 마련해?"

쉬지스가 돤우에게 맥주를 가득 따라주며 쓴웃음을 지었다.

"시인, 평론가, 거기에 기자까지 적어도 20, 30명은 될 텐데. 이틀 동안 회의 열고, 관광하고 식사까지 대충 계산해보니 30, 40만 위안 정도는 있어야 제대로 열겠더라고. 서우런이 살아 있었다면 일도 아니겠지만 서우런이 가고 없으니……. 그렇다고 샤오구에게 손을 내밀 수는 없잖아?"

"샤오구에게는 말하지 않는 게 좋지. 신문사에서 좀 지원받을 수 없어?"

"9, 10만 위안 정도야 문제없지만 그 이상은 좀 그래. 나도 이제 막 재무를 넘겨받아서 머릿속이 뒤죽박죽이야. 대어를 낚을 방법을 생각해야겠어."

두 사람은 식당에서 한참 동안 모의를 했지만 만만한 '피해자'가 딱히 떠오르지 않았다.

강남에 봄은 지고

초열흘. 뤼주가 '톈추마오샹'天厨妙香에서 선차禪茶를 마시자고 했다. 그녀가 계속 귀찮게 매달리는 바람에 돤우도 그냥 그러자고 하는 수밖에 없었다.

뤼주가 미니Mini 쿠페를 몰고 그를 데리러 왔다. 그들은 단지 정문에서 자전거를 타고 돌아오는 팡자위를 보았다. '이군'利軍미장원에서 머리를 하고 돌아오는 길인 것 같은데 새로운 헤어스타일이 영 촌스러웠다.

뤼주는 순간 당황했지만 돤우는 아내를 못 본 척 괜스레 휘파람을 불었다. 이어 뤼주에게 목소리를 낮게 깔며 '신경 쓰지 마'라고 말하고는 느긋하게 차 앞좌석에 올랐다.

흰색 지붕의 미니 쿠페가 요란한 엔진소리를 내며 쏜살같이 달려갔다.

열하루. 돤우와 팡자위는 법원에 가서 이혼수속을 했다.

돌아오는 길에 그들은 몇 년 만에 처음으로 버스를 탔다. 텅 빈 차 안에 기사와 매표원, 그리고 그들 둘뿐이었다. 나란히 앉았지만 왠지 부자연스러웠다. 아내가 곧 자신을 떠나 또 다른 높은 가지에서 서식할 것이라고 생각하니 돤우는 마음이 차갑게 식어버렸다. 그저 번거로운 일이 빨리 끝나길 바랄 뿐이었다.

탕닝완 집은 돤우 이름으로 산 집이었다. 그가 아내에게 파출소에 가서 '겸사겸사' 소유권 명의변경 수속도 같이 하는 것이 좋지 않겠냐고 물었다.

팡자위가 벌떡 일어서더니 사납게 소리를 질렀다. "이건 명명백백 날 내쫓자는 거네!"

돤우는 이를 악물고 고개를 빳빳이 세운 채 아무 말도 하지 않았

다. 마치 '굳이 그렇게 이해하겠다면 그렇게 해!'라고 말하는 듯했다. ❦

제4장

밤과 안개

1

　팡자위는 2월 마지막 날 떠났다. 보름이 지났을 때 둰우는 쉬징양의 조언대로 단지 내 중앙통제실에 가서 28일의 녹화영상자료를 보여달라고 했다.

　동영상에 팡자위가 집을 나가는 장면이 고스란히 찍혀 있었다. 대략 11시 반, 눈이 흩뿌렸다. 아내는 짙은 남색의 모직 코트를 입고 있었다. 몸이 조금 뚱뚱해 보였다. 무거운 캐리어를 끌고 하얗게 눈 쌓인 거리를 천천히 걸어갔다. 동영상을 빨리 돌리자 마치 민국民國시대 영화처럼 우스꽝스러운 화면이 연출되었다. 뻣뻣한 걸음걸이에 지나치게 압축된 화면은 현실성이 없었다.

　단지 입구에서 귀마개를 한 오토바이 기사가 아내에게 손짓을 하며 무슨 말을 했다. 곧바로 기사가 아내의 캐리어를 얇은 철판을 용접하여 만든 간이 짐칸에 쑤셔 넣었다. 삼륜 오토바이는 왜 그런지 단지 입구 커다란 화단을 크게 빙 돌고 나서야 동쪽으로 달려가 모니터의 범위를 벗어났다.

다소 모호한 영상 화면에 돤우가 기억하는 아내의 모습이 영원히 고정되었다. 18년 부부생활의 이모저모가 흑백 화면에 압축되었다. 이후 팡자위를 생각할 때면 돤우의 의식 속에 언제나 당시 그녀의 암울한 모습이 떠올랐다. 소리 없는 정적靜寂, 실제 존재했음에도 불구하고 허망한 모습은 추억 특유의 모호한 분위기에 부합했다.

사실 팡자위가 떠나기 전날 밤에 이미 어떤 조짐이 있었다.

아이가 깊이 잠든 후 그들은 서재 간이침대에서 다정한 시간을 가졌다. 이혼 후 돤우는 일부러 서재에 간이침대를 갖다놓고 아내와 떨어져 잤다. 이혼이라는 현실이 가져다주는 심리적 반응 때문에 그는 아내의 몸이 조금 낯설게 느껴졌다. 그가 농담을 하듯 팡자위에게 말했다. 마치 다른 사람의 아내와 자는 것처럼 느낌이 조금 이상해. 팡자위가 정색했다. 사실이 그렇잖아요. 돤우는 처음으로 눈앞의 욕정에만 매달리는 '은밀한 기쁨'[偸歡]이 스멀스멀 기어올라 흥분이 된다고 말했다. 마치 이번 기회를 놓치면 다시는 오지 않을 순간 같았다. 팡자위는 얼굴이 빨갛게 달아올라 그를 쳐다보며 웃었다. 한참 후 그녀가 문득 돤우를 보며 한숨을 내쉬었다.

"'구차하게 산다'[偸生고 말하는 것이 훨씬 사실적이네요."

그녀의 말에 돤우는 마음이 무거워지면서 망연자실해지긴 했지만 그렇다고 그다지 마음에 두진 않았다.

팡자위가 그에게 물었다. 만약 내가 '그 사람'과 결혼한다면 결혼식에 오겠느냐고. 돤우는 잠시 뜸을 들인 후 대답했다.

"아니, 안 갈 거야. 내가 그렇게 따분한 인간은 아니야."

그는 비록 이혼은 했지만 아내가 낯선 사람과 그렇게 풍기문란하고

강남에 봄은 지고

엉망진창인 곳에 나타나는 것을 본다면 견딜 수 없을 거라고 말했다. 그의 대답에 팡자위는 만족한 것처럼 보였다. 그녀가 갑자기 그를 꼭 껴안았다. 롼우는 자신의 등짝이 순식간에 축축하게 젖어들고 있다는 느낌이 들었다. 롼우는 자신이 진심으로 그렇게 생각한 것인지 아니면 일부러 그렇게 말하며 '전처'의 환심을 사려 했던 건지 딱히 생각이 분명치 않았다. 그는 놀리기라도 하듯 팡자위에게 '그 사람'에 대해 알려줄 수 있는지 물었다. 팡자위는 대답이 없었다.

"안 알려줄 거예요. 그냥 하느님이라고 생각하세요."

당신 책 두 권 가져가요.

아내가 그에게 남긴 마지막 쪽지였다. 시가 적힌 탁상용 일력을 찢어 그 위에 적었다. 날짜는 2월 27일이었다. 책상 위의 백자 찻잔으로 쪽지를 눌러 뒀다. 그날의 일력에는 폴란드 시인 체스와프 미워쉬Czesław Miłosz(1911~2004)의 시가 적혀 있었다. 번역자는 천징룽陳敬容이다.

동이 틀 때 창밖을 바라본다
어린 사과나무가 서광에 일광욕을 하고 있다
또다시 동이 틀 때 창밖을 바라보니
사과나무에 이미 사과가 주렁주렁
아마도 많은 세월이 흘렀겠지
꿈속에서 뭘 보았을까, 나는 더 이상 기억이 나지 않는다.

아내의 떠남과 아무런 관련이 없는 시였지만 오히려 더도 덜도 아닌 딱 그만큼 진한 이별의 슬픔을 전했다. 퇀우는 순간 온갖 감정이 밀려와 가슴이 부르르 떨리며 서글퍼졌다. 퇀우는 자기도 모르게 창 쪽으로 얼굴을 돌렸다. 아직도 눈이 오고 있었다. 흐릿한 하늘에서 눈꽃이 나풀나풀 춤추듯 날렸다. 거리의 가로등은 이미 환하게 불을 밝혔다.

무엇인지 알 수 없는 책 두 권 이외에 아내는 화장실 세수용품도 가지고 갔다. 약간의 입을 옷과 생활필수품도 가져갔겠지. 옷장 가득한 옷, 서랍 가득한 립스틱과 향수, 신발장 가득한 신발과 하이힐은 건드리지도 않았다. 침대 머리맡 보석함 속에 가득 들어 있는 상아, 터키석과 다양한 귀걸이까지 모두 그대로였다. 이런 상황이 퇀우에게 실낱같은 위안을 선사했다. 마치 아내가 항상 그랬던 것처럼 금방이라도 돌아올 것 같았다.

그날 저녁 잠들기 전, 뭐뭐가 의아한 눈빛으로 아빠에게 화를 내듯 물었다.

"엄마 어디 갔어?"

퇀우는 이 질문에 대한 답안을 미리 마련해둔 상태였다. 아들은 반신반의했다. 다음 날, 아들은 다른 식으로 질문했다.

"엄마 언제 돌아와?"

이 역시 예상하고 있던 질문이었다. 그는 맘을 모질게 먹고 이후 아들에게 내밀 답을 위해 복선을 깔았다.

"응, 확실치 않아."

3일째, 뭐뭐는 더 이상 그를 난처하게 하지 않았다. 다만 자기 이불과 요, 베개를 엄마 것과 바꿨다. 퇀우는 왜 그렇게 귀찮은 짓을 하는지 물었다. 아들은 엄마 냄새를 맡고 싶다고 했다.

순간 눈물이 솟았다.

아빠와 아들은 별로 말이 없었다. 뤄뤄는 하루 종일 우울했다. 아내와 마찬가지로 뤄뤄도 울적해지면 언제나 어두운 방구석에 멍하니 웅크리고 앉아 있었다.

팡자위가 그에게 전화를 걸어 은행카드 번호를 물어본 적이 있었다.

"어디야?"

돤우는 그녀의 목소리를 듣자 재빨리 물었다.

"어디겠어요? 탕닝완이지. 우리 꼬마는 요즘 어때요?"

"그런대로 괜찮아."

돤우는 공상은행工商銀行 카드번호를 여러 번 반복해서 말해줬다. 그리고 아들이 이불과 요를 바꾼 이야기를 했다. 수화기 너머에서 팡자위는 오랫동안 아무 말도 하지 않았고, 결국 뚜, 뚜, 뚜 소리가 들려왔다. 돤우는 접속이 끊겼다고 생각하고 다시 전화를 걸었지만 팡자위는 이미 핸드폰을 부재중 서비스를 걸어놓은 상태였다. 이후 돤우는 몇 번이나 전화 통화를 시도했다.

핸드폰이 꺼져있거나 아니면 '지금 거신 전화는 서비스 지역을 벗어나 있습니다'라는 안내방송이 나올 뿐이었다.

3월 중순, 계속 이어지는 빗속에 가까스로 봄이 찾아왔다. 바이셴 공원 하구 쪽 거대한 버드나무의 가지가 술처럼 늘어뜨려져 있었다. 빗속에 담황색이 초록으로 옷을 바꿔 입었다. 창밖으로 들쑥날쑥 이어진 제방이 연무로 뒤덮였다. 강가에는 개나리가 노랗게 꽃을 피우고, 흰 자리刺梨와 살구, 여린 벚나무 역시 연지 빛으로 차례로 꽃을 피웠다. 동풍에 실려 오는 화학공장의 자극적인 악취를 생각지 않는다면, 하늘의 미세먼지와 강가에 가득한 쓰레기를 못 본 척한다면, 그리하여 공원의 작고 푸른 녹지만 시야에 담는다면, 이 봄은 과거 여느 때와 별반 차이가 없으리라.

한밤중, 돤우는 북쪽 서재에서 장편소설을 구상하느라 끙끙대면서도 나른한 정적 속에서 봄 특유의 냄새를 느꼈다. 그의 글쓰기는 아무런 진전이 없었다. 계속해서 글머리만 여섯 편이나 긁적여봤지만 모두 그다지 만족스럽지 않았다.

한동안 마음을 안정시킬 수 없었다. 아내가 떠난 후 느낄 허전함, 오랫동안 함께 했던 세월에 대한 추억의 무게를 과소평가했다.

아내가 남기고 간 이탈리아 커피 반 캔을 마셨더니 한밤중이 되어도 잠을 이룰 수 없었다.

팡자위가 돌연 이혼을 이야기한 저변에 중요한 비밀이 담겨 있는 건 아닐까라는 불안한 생각이 엄습했다. 팡자위가 걱정스러웠다. 지금 이 순간 그녀가 나누고 있을 사랑의 여정을 추측하지 않을 수 없었다. 그가 인정하든 않든 그런 생각이 가슴 깊이 파고드는 것이 사실이었다.

어느 날 그는 자동현금인출기로 출금을 하러 갔다. 은행 카드에 남은 잔고를 보고 그는 깜짝 놀랐다. 8천도, 8만도 아닌 80만 위안이었다.

줄곧 그의 마음속에 똬리를 틀고 있던 불길한 생각이 순식간에 활활 타올랐다.

그는 직접 탕닝완에 가서 그의 '전처' 및 지금 그녀와 동거를 하고 있을지도 모를 '그 사람'에게 실례를 범하기로 마음먹었다.

강남에 봄은 지고

2

탕닝완의 집은 아직 아내 이름으로 명의변경을 하지 않은 상태였다. 굳이 필요 없을 수도 있겠지만 신중함을 기하기 위해 그는 문을 열기 전 두세 차례 문을 두드렸다. 집에서 옅은 세제 냄새가 났다. 소파 등받이 커버와 테이블보, 굳게 닫힌 커튼을 새로 빤 것 같았다. 거실 벽에 걸려 있던 배용준 영화포스터는 보이지 않고 대신 거울 크기의 자국만 남았다. 다탁 위 화병에 여러 가지 색깔의 데이지 꽃이 꽂혀 있었지만 이미 시들었다.

사실 팡자위는 꽃 중에서 데이지를 가장 싫어했다. 그런데도 매번 그녀와 함께 꽃집에 가서 이것저것 꽃을 고르다보면 결국 언제나 데이지 한 다발을 골랐다. 무엇보다 가격이 저렴한 까닭이었는데, 그렇게 시간이 흐르다 보니 팡자위는 자신이 그 꽃을 좋아한다고 착각하게 되었다. 그런 옛일을 돌이켜 보니 그녀의 성격에 불합리한 부분이 있다는 생각이 들었다.

언젠가 돤우가 농담처럼 그녀에게 왜 그렇게 자신이 혐오하는 일을 위해 사력을 다하느냐고 물어본 적이 있었다. 팡자위는 당시 '그게 바로 내 운명이니까'라고 담담하게 대답했다.

실내는 심하다 싶을 정도로 깨끗하게 정리되어 있었지만 식탁에는 희뿌연 먼지가 가득했다. 적어도 아내가 이곳에 살지 않은 지 오래 되었다는 사실을 말해주는 것이다. 침대 옆 협탁에 먹다만 루간蘆柑(감귤의 일종)이 놓여 있었다. 사각형 유리찻잔에 담긴 립톤 티백에 두꺼운 곰팡이가 끼어 셰이크처럼 보였다.

들뜬 아침 햇살이 정원의 꽃밭 한구석을 비추고 있었다. 인테리어를 할 때 그와 팡자위가 수십 킬로미터 떨어진 묘목농원에 가서 장미를 골랐던 기억이 났다. 팡자위가 그렇게 좋아하는 걸 본 적이 없었다. 장미꽃 넝쿨이 무성하게 자라 초록빛 철제난간을 타고 올라 꽃봉오리가 가득 맺혔다. 담장 아래 배수구 근처에 박하풀이 자랐다. 강한 생명력으로 미친 듯이 자라난 박하는 바닥에 깔린 붉은 벽돌을 뒤집어놓을 기세였다.

옆집 할머니가 마당에서 모자를 쓰고 허리를 두드리며 부추에 나무와 풀을 태운 재를 뿌려주고 있었다. 그녀는 '쯔라이수'自來熟(일명 껄떡쇠)로 붙임성이 좋은 데다 말이 정말 많았다. 그녀는 강한 양저우 억양으로 돤우에게 짐짓 자랑스럽게 자신의 아들에 대한 이야기를 늘어놓았다. 아들은 성이 '바이'白씨로 중앙텔레비전방송국에 출근한다고 했다. 돤우는 곱지 않은 속내를 숨기며 아들이 바이옌쑹白岩松(CCTV 유명 앵커)이냐고 물었다. 할머니가 웃으며 아직 그 정도까진 높진 않다고 했다. 하지만 그가 보내온 엽서에 확실히 바이옌쑹이라는 이름이 적혀 있긴 했다. 알고 보니 그의 가정집 운전기사인데 부대에서 일하다 전직했다고 한다.

돤우는 할머니에게 아내에 대해 물었다. 할머니는 아내가 며칠 지내는 건 봤는데 그리 오래 있진 않았다고 하면서 최근 들어 통 보이지 않는다고 했다. 한번은 아내가 꽃밭에서 장미 가지를 치고 있기에 부추 한 줌을 잘라 울타리 너머로 건네주었더니, 팡자위가 할머니를 깔보듯 힐끗 쳐다보고는 '원후文平, 원후더文平的'라고 말하더라고 했다. 돤우 역시 '원후, 원후더'란 말이 무슨 뜻인지 몰라서 그냥 아마도 아내가 할머니의 강북 사투리를 알아듣지 못했을 거라고 위로했다. 돤우는 혹시 다른 사람은 다녀간 적이 없는지 물었다. 할머니가 앞치마를 걷어 올려 눈곱

강남에 봄은 지고

을 닦더니 그를 향해 고개를 저었다. 아내는 늘 혼자서 마당의 금은화 밑에 멍하니 앉아 있었고 때로는 그렇게 꼬박 반나절을 앉아 있을 때도 있었다고 했다.

탕닝완을 빠져나온 돤우는 더욱 걱정이 됐다. 출근하는 대신 불법 영업 택시 한 대를 불러 그대로 다시로ㅊ西路에 있는 변호사 사무실로 향했다.

6층 복도에서 화장실을 갔다 오는 쉬징양을 만났다. 아내의 동업자 중 한 사람이다. 원래 피둥피둥 살이 찐 사람이었는데 작년에 암이라고 오진 판정을 받고 충격을 받은 탓에 스트레스가 쌓인 탓인지 이전보다 더 뚱뚱해진 모습이었다. 그와는 몇 번인가 식사 자리에서 만난 적이 있었다. 간단히 인사를 나눈 후 쉬징양이 냅킨으로 통통한 손가락을 꼼꼼하게 닦더니 불쑥 "팡자위는 요즘 어떻게 지내요?"라고 물었다. 그의 말에 돤우는 깜짝 놀랐다.

그는 잠시 후 정신을 가다듬고 쉬징양에게 쓴 웃음을 지으며 말했다.

"내가 이렇게 초조해서 달려온 까닭이 바로 그걸 물어보고 싶었기 때문이에요."

"어, 그게 무슨 말이에요?"

쉬징양이 어리둥절한 표정으로 그를 바라봤다. 커다란 머리를 재빨리 돌리며 뭔가 생각을 하는 듯했다.

"팡자위 출근 안 했어요?"

돤우가 물었다.

이번에는 쉬징양이 놀랄 차례였다.

하지만 쉬징양은 곧 문제의 심각성을 깨닫고 돤우의 어깨를 툭툭 치며 말했다.

"날 따라와요."

그들은 화장실 옆 계단을 통해 7층으로 올라갔다. 돤우를 자기 사무실로 안내한 그는 책상에 엎드려 서류를 살피던 비서를 내보냈다. 이어 그는 손깍지를 끼고 책상 앞에 단정하게 앉아 한 글자 한 글자 또박또박 천천히 말했다.

"설 지나고 출근한 첫날, 대충 지금 이 시간쯤이었을 거예요. 팡자위가 내 사무실로 왔어요. 지금 돤우 씨가 앉은 그 자리에 앉았죠. 나는 룬장구潤江區 어린이 납치사건하고 인신매매 사건을 상의하러 온 줄 알았습니다. 한데 팡자위가 입을 열자마자 '내가 무슨 말을 하든 요란법석 떨지 말고, 두 번째로 이유를 묻지 말라'고 하더군요. 그땐 뭐 아무 생각 없이 그냥 고개를 끄덕였죠. 그랬는데 그녀가 돌연 사직서를 내겠다고 하면서 동업할 때 지불한 투자금하고 이익금을 결산해 달라고 하더군요."

"혼자서 한참을 생각했어요. 어쨌거나 너무 급작스러웠으니까요. 결국 돈이 언제까지 필요하냐고 물어봤어요. 빠를수록 좋다고 하고는 바로 일어났어요. 낯빛을 보니, 음, 뭐라고 말해야 하나…… 좀 이상했어요. 무슨 큰일이 있는 사람처럼. 그래서 팡자위가 좋아하는 '중리다오'에 가서 커피를 마시자고 했지요. 갑자기 사직하는 이유를 듣고 싶었거든요. 그런데 팡자위는 입구에서 걸음을 멈추더니 담담하게 '나중에요'라고 말하고는 그냥 가버렸어요. 곧바로 그 일을 쑤이징수 변호사에게 알렸습니다. 쑤이 변호사도 너무 갑작스러운 일이라고 생각했지요. 어찌되었든 간에 팡자위와 이야기를 좀 해보자고 했어요. 우리 둘이 곧바로 사무실로 찾아갔지만 그땐 벌써 떠나고 없었어요. 사무실 물건도 모

강남에 봄은 지고

두 정리해 가져간 상태였고요."

"그 후로는 출근 안 했어요?"

"네."

쉬징양이 차 한 모금을 마신 후 입을 오물거리고는 조심스럽게 찻잎을 손바닥에 뱉었다.

"전화가 한 번 와서 자기가 말한 계좌번호로 돈을 보내라고 했어요. 재무 쪽 서류에는 내가 대신 사인을 해줬고요."

"얼마였어요?"

"대략 80, 90만 위안 정도요. 원래 지불할 금액 외에 쑤이 변호사하고 상의해서 6개월치 월급을 더 지불했어요. 어쨌거나 오랫동안 동업한 사이에 마무리가 중요하니까요."

"담배 피웁니까?" 돤우가 물었다.

"네. 나도 한 대 줘요!"

쉬징양은 담배를 받고도 피우지는 않고 코끝에 대고 살살 돌렸다.

돤우는 담배를 힘껏 몇 모금 빨아들인 후에야 불안한 마음을 진정시키고 팡자위가 2월 28일 집을 나가 지금까지 거의 보름 넘게 실종상태라고 말했다. 어디로 갔는지 알 수가 없습니다. 돤우는 그에게 이미 이혼했다는 사실을 말하지 않았다. 혹시라도 쉬징양의 판단에 영향을 줄 수 있기 때문이었다.

"법적 의미에서 보면, 실종이라고 부를 수는 없어요." 쉬징양이 그를 위로했다.

"경찰에 신고해야 할까요?"

쉬징양이 잠시 생각하더니 말했다. "아직 그럴 필요는 없어요. 설사 경찰에 신고한다 해도 그다지 실질적인 의미가 없어요. 지금 가장 시급한 문제는 왜 갑자기 집을 나갔느냐는 거예요. 나가기 전에 말다툼한 적있어요? 싸웠어요? 아니면 뭐 다른 일이라도 있었어요? 사실, 팡자위가갑자기 사직을 한다고 해서 정말 뜻밖이었어요. 며칠을 생각해 봐도 이유를 모르겠더라고요. 내 전화를 받지 않을 거라고 짐작했지만 그래도계속 전화를 했어요."

된우의 얼굴이 살짝 상기되었다. 그가 한참을 망설이다가 겨우 입을 열어 아내의 실종 전후 상황을 곧이곧대로 말하려는 찰나 쉬징양이다시 입을 열었다.

"이렇게 하죠. 집에 가서 먼저 단지 내 CCTV 영상을 살펴봐요. 만약 여행 가방을 가지고 나갔으면 문제가 그리 크지 않다고 볼 수 있어요. 며칠 돌아다니며 기분전환을 하고는 알아서 돌아올 수도 있으니까요."

탁자 위 크림색 전화기가 울렸다.

쉬징양이 전화를 받아 침착하게 '아, 아'라고 말하는가 싶더니 갑자기 펄쩍 뛰며 큰 소리로 전화통에 대고 냅다 소리를 질렀다.

"내가 몇 번을 말했나. 철거 사건은 일괄 수임하지 말라고!"

이어 그가 요란하게 수화기를 내려놓았다.

"이 말을 해야 할지 말아야 할지 모르겠는데……."

쉬징양이 감정을 추스른 후 다시 말을 이었다.

"팡자위가 돌아오면 심리 상담을 좀 받는 게 좋을 듯합니다."

"정신적으로 무슨 문제라도 있어 보였습니까?"

"꼭 정신적인 것만은 아닐 수도 있어요."

쉬징양이 손으로 자기 가슴을 가리키면서 말했다.

"문제는 바로 여기에 있죠. 그녀는 당초 이런 업종에 들어올 사람이 아니었어요. 우리 직업을 가진 사람에게 가장 중요한 것은 모든 것을 덤 덤하게 받아들일 수 있는 무심함이지요. 지나치게 감정 이입을 시켜서 는 안 된다는 말씀입니다. 이런 직업, 돤우 씨도 알 거예요. 결국은 일종 의 게임일 뿐이잖아요."

"법을 말하는 겁니까?"

"물론." 쉬징양이 고개를 끄덕였다.

돤우가 놀란 눈으로 쉬징양을 바라보자 그가 다시 말을 이었다.

"똑같이 음주운전으로 사람을 치어 죽였다고 해도 공공의 안전을 심각하게 위배했다는 이유로 사형에 처할 수도 있고, 단순한 교통사고 로 처리하여 1년 징역에 2년 집행유예를 판결할 수도 있어요. 법률적 의 미로 볼 때 원칙을 견지하면서도 융통성을 발휘할 때가 있고, 변하지 않는 원칙도 있지만 변할 수 있는 변칙도 있는 것이거든요. 융통성은 본 래 법의 근본적인 특징이에요. 사법부의 부패 문제는 별도로 치더라도, 법은 여하간 매우 탄력적입니다. 일반인들은 잘 몰라요. 가장 간단한 예 를 들어보죠. 솔직하게 말하면 관대하게 처분해준다는 말이 있잖아요. 왜 그렇다고 생각하세요? 왜 자수하거나 고액의 배상금을 물면 처벌을 감량해주죠? 만약 내가 누군가를 없애버리고 싶다면 일단 그자를 죽 인 후 바로 자수하고 진심 또는 거짓으로라도 죄를 뉘우치는 척하고 게 다가 고액의 배상금까지 물어낸다면 사형을 면할 수 있어요. 만약 그 사 람이 중요한 사건 내막을 알고 있어서 일단 자수한 후 그 내용을 자백 해 공을 세우면 더욱 더 형기가 짧아지게 됩니다. 죽은 사람 입장에서 보면 당연히 불공평하죠. 하지만 법은 사실 공정성에 관심이 없어요."

"우리는 법률의 설정이 공정과 정의를 출발점으로 하고 있다고 오해 하는 경향이 있어요. 팡자위 변호사는 정통 법대를 나온 사람이 아니라 이런 유연함을 잘 받아들이지 못하는 거예요. 법률의 주안점은 사실 사회 관리라는 측면의 효과와 이에 상응하는 원가가 얼마냐 하는 데에 있어요. 현대 법률은 탄생 직후 지금껏 진정으로 공정성을 실현한 적이 없어요. 그 점에서는 중국이나 서양이나 똑같아요. 그렇기 때문에 진짜 중요한 건 법 조항 자체가 아니라 이에 대한 해석 및 탄력적인 운영이죠. 이런 탄력성이 없으면 법률이 존재할 수 없다고 말할 수 있지요. 이야기가 너무 멀리 나갔군요. 내 말뜻은 팡자위 변호사가가 너무 감성적이고 여려서 우리 같은 업종에 맞지 않는다는 뜻입니다. 사직하기 전까지도 팡변은 사건 파일을 읽을 때마다 눈물을 흘렸어요. 그럴 필요 있나요? 지나치게 부정적인 것들이 팡 변호사의 가슴을 억눌러 마치 결석처럼 떼어내지도 못하고……."

돤우가 일어서자 쉬징양은 예의바르게 그를 엘리베이터 입구까지 전송했다. 그는 돤우에게 어떤 문제가 생기면 언제든 자신에게 전화를 달라고 당부했다.

한 시간 후, 돤우는 아파트단지 중앙통제실에 앉아 있었다. 그는 28일 아내가 집을 나설 때의 동영상을 바라보고 있었다.

그는 쉬지스에게 연거푸 전화를 걸었지만 계속 통화중이었다. 마침내 쉬지스와 전화 연결이 된 후 돤우는 택시를 타고 〈허푸만보〉 사무실 빌딩에 도착했다.

쉬지스가 잔뜩 화가 난 얼굴로 노발대발하며 사무실의 젊은 여직원을 혼내고 있었다. 돤우는 그와 눈빛을 교환한 후 문 옆 소파에 앉아 기다렸다. 다탁에 놓인 〈삼련생활주간〉을 들고 뒤적이다 짜증스럽게 다탁 위에 잡지를 내려놨다. 쉬지스가 손에 든 문서다발을 두드리며 여직원에게 욕설을 퍼붓는 소리가 들렸다.

"'난 정말, 정말 좋아'가 도대체 무슨 빌어먹을 소리야? 어디서 이런 죽도 밥도 아닌 어설픈 표현을 배웠어? 그리고 여기, '젠비諫壁발전소의 이런 작태는 옛날 속담에 이른 것처럼 이제 막 사회에 발을 들여놓은 우리 같은 이들에게 갈등을 일으키게 하지 않겠는가? 만약 제때 바로잡지 않는다면 수많은 간부와 일반대중이 어찌 이를 감당하겠는가?' 이런 젠장 뭐가 어쩌고저쩌고……. 이걸 누가 이해하겠어? 네가 난징대학 중문과를 졸업했다는 걸 누가 믿겠니! 뭐? 옛 사람들이 이르다니, 이르긴 뭘 일러? 내가 보기엔 네가 무슨 말을 이르시는지 도통 이해가 안 간단 말이야……."

그의 말을 듣고 있으려니 돤우는 자기도 모르게 웃음이 터졌다.

쉬지스는 사장이 된 지 두 달도 안 돼 성깔이 고약해진 건 그렇다 치고 직원 잡는 능력에도 도가 트인 듯했다. 돤우가 보기에 그는 십 분 넘게 부하직원을 윽박지르고도 분이 안 풀리는 것 같았다. 그에 비해 여리고 이목구비가 수려한 여직원은 윗사람의 분노가 전혀 안중에 없는 눈치였다. 그녀는 변명을 하지도, 그렇다고 긴장을 한 것 같지도 않았다. 뒷짐을 진 채 입술을 다물고 가볍게 몸을 흔들면서, 자기가 열심히 듣고 있다는 표시로 때때로 애교 섞인 목소리로 감탄사를 이어갔다.

길게 '오!'

좀 더 길게 '아~.'

콧소리로 '그런 거군요.'

쉬지스가 협박조로 말했다. "날더러 다시 한 번 더 이런 개 같은 문장을 보라고 하면 당장 잘라버릴 테니 그런 줄 알아!"

여직원은 혀를 쏙 내밀며 자기 윗사람을 향해 놀라 자빠지겠다는 표정을 지었다. 이어 합판마루 위를 양가죽 슬리퍼를 질질 끌며 나가버렸다.

사무실에 새로 들인 가구들이 눈에 띄었다. 실내에 가득한 칠 냄새가 고약했다. 사무실 탁자에 색채가 강렬한 작은 오성홍기五星紅旗 두 개가 놓여 있었다.

여직원이 나갔는데도 쉬지스는 여전히 한쪽 손을 허리에 올리고 있었다. 알고 보니 어젯밤에 '취화음'醉花蔭에 가서 테니스를 치다가 허리를 삐끗했기 때문으로 부하직원 앞에서 거드름을 피우기 위해 취한 자세가 아니었다.

쉬지스가 서랍에서 '황학루' 두 보루를 꺼내 그에게 주더니 다시 '창신일호'搶新一號라고 적힌 양철통을 건넸다. 안에 뭐가 들어 있는지 알수 없었다.

"신문사에 근무한 지 7, 8년 동안 내 사무실에 찾아온 적이 거의 없었는데……."

쉬지스가 웃으며 말했다.

"최근 한 달 사이에 벌써 두 번째 방문일세. 무슨 일 있어?"

돤우가 팡자위에 대한 이야기를 꺼냈다. 집 나간 이야기. 이혼. 갑작스런 퇴직. 지난해의 이상한 행동들. 빨간색 혼다를 팔았던 일. 단지 내 CCTV 기록.

쉬지스는 그의 말을 듣는 내내 손을 쉬지 않았다. 전기포트의 물이 끓자 '홍정산인'紅頂山人(홍차 브랜드) 티백 하나를 꺼낸 후, 자연스럽게 대나무 집게로 청화 찻잔을 돌려가며 씻은 후 차를 우렸다. 그는 별로 놀란 기색이 아니었다. 한참 후에 그가 가만히 입을 열었다.

"뜨거우니 조심해."

돤우는 조금 어이가 없었다. 그는 해야 할 말을 마친 후 혼잣말처럼 한마디를 덧붙였다.

"어디로 갔는지 모르겠어!"

다시 한참 침묵이 흘렀다.

"해외로 나간 건 아닐까?"

쉬지스는 편안하게 소파에 기대 허리에 쿠션을 받친 후 천장으로 시선을 보냈다.

"예를 들어 외국인에게 시집을 갔다든지. 28일 떠날 때 누가 데리러 오진 않았어?"

"아니. 혼자서 삼륜오토바이를 불러서 타고 갔어."

"그건 정말 수상쩍네. 하지만 지금은 딱히 좋은 방법이 생각나지 않아. 어쨌거나 사람을 찾겠다고 광고를 낼 수는 없잖아? 이미 핸드폰을 꺼 놨다면 지금 너랑 어떤 연락도 원하지 않는다는 뜻이겠고. 네가 걱정하는 건 혹시라도 나쁜 놈을 만났을 수도 있다는 건데, 그런 확률은 극히 적어. 우선 좀 기다려 봐. 어차피 이혼한 사이잖아? 일단 아무 생각하지 말고 있어 봐. 혹시 알아? 좀 지나면 답이 절로 나올지. 네 생각은 어때?"

쉬지스는 조만간 열릴 전국 규모의 시가 심포지엄에 대해 말을 이어갔다. 얼마 전 알게 된 장유더라는 사람 이야기도 했다. 그는 화자서 상무商務그룹의 이사장이었다. 장유더는 기꺼이 이번 회의를 위한 숙식, 교통 및 대표 당 출장비 5천 위안을 내놓기로 약속했다. 반면 그가 내건 조건은 아주 간단했다. 쉬지스의 신문사에 민판대학民辦大學(민간인이 경영하는 사립대학)을 졸업한 장유더의 외조카 여자애를 위한 자리를 하나 마련해주고 야근을 시키지 않는 것이었다. 동시에 쉬지스는 신문지상에 그룹 홍보를 위해 비정기적으로 지면을 할애하겠노라고 약속했다.

물론 이 모든 것은 식사 자리에서 이루어진 구두합의였다. 쉬지스가 웃으며 말했다.

"회의가 끝나기만 하면 저것의 엉덩이를 툭툭 쳐서 내쫓아버려야지. 그런들 날 어떻게 하겠어?"

회의 일자는 4월 1일에서 4일까지로 정해졌다. 장소는 화자서다. 오전에 회의를 열고 오후에 관광을 할 예정이다. 쉬지스는 이미 현지 조사차 사람을 파견했다. 호텔은 호수 한가운데의 작은 섬에 있었다. 환경이 상당히 좋은 편이라는 보고가 올라왔다.

"회의 통지는?"

"벌써 보냈지." 쉬지스가 몸에 떨어진 담뱃재를 털고 꽁초를 눌러 껐다.

"회의참석자 명단은 나랑 샤오두가 상의해서 결정했어. 첫날 오전은 개막식인데 선X 부시장이 와주기로 했어. 허푸의 크고 작은 매체도 전부 출동할 거야. 개막식 후에 바로 이어서 첫 번째 토론회가 열려. 네가 사회를 보면 좋겠는데, 어때?"

돤우는 한사코 거부했지만 쉬지스가 자꾸 매달리는 바람에 할 수 없이 둘째 날 오전 회의에 강평자로 나서기로 했다. 이어 두 사람은 회의 세부 사항을 의논했다. 이야기를 하다가 쉬지스가 다시 팡자위 이야기를 꺼냈다.

사실 쉬지스는 회의 세부사항을 의논하는 내내 팡자위의 일이 마음에 걸렸다.

"방금 전에 팡자위가 네 은행계좌에 돈을 보냈다고 했지? 얼마나?"

"대략 80만 위안 정도야."

"맙소사! 그거 정말 이상하네. 그게 어딜 봐서 이혼이야! 기분이

강남에 봄은 지고

좀……."

똰우는 그가 하고 싶었던 말이 무엇인지 알 것 같았다. 등골이 서늘
했다.

똰우가 아파트로 돌아왔을 때는 이미 오후 다섯 시 반이었다. 뤄뤄
가 하교해서 집으로 돌아왔지만 열쇠가 없어 집안으로 들어가지 못하
고 동 입구의 돌 탁자에 앉아 숙제를 하고 있었다. 날이 어두워지고 있
었다. 아이의 작은 손과 뺨이 꽁꽁 얼었다. 똰우는 탁자 위에 늘어놓은
책이랑 공책을 정리하면서 혹시라도 아들이 엄마에 대해 물어보면 뭐라
고 둘러댈까 고민했다. 그런데 뜻밖에도 아들이 콧물을 훌쩍 들이키고
는 고개를 들며 말했다.

"엄마가 오늘 전화했어."

"정말? 엄마 어디 있대?" 똰우가 허둥지둥 물었다.

아들이 이상하다는 눈빛으로 아빠를 바라보며 반문했다.

"엄마 어디 갔는지 몰라?"

"너 어떻게 엄마 전화를 받았어?"

"엄마가 교무실로 전화했어. 그때 운동장에서 체육수업 중이어서
못 받았어."

똰우가 아무리 물어봐도 아들 입에서 더 많은 정보를 들을 수는 없
었다. 하지만 아내가 아들에게 전화를 했다니 적어도 지금 상황이 자기
가 생각한 것처럼 엉망은 아니라는 추측이 가능했다. 똰우는 살짝 마음
이 놓였다.

이후 며칠 동안 집에 전화가 끊이질 않았다. 제일 먼저 샤오구에게

서 전화가 온 뒤로 렁샤오추, 문학예술계연합회 톈 씨, 샤오스, 심지어 팡자위의 전 남자친구인 탕옌성까지 통화에 가세했다.

모르는 사람도 있었다. 그중에는 작년 베이징 화이러우에서 함께 연수를 들었다는 사람도 있었다. 성이 타오였다. 돤우는 마치 전 세계 사람들이 너 나 할 것 없이 자기 가정에서 벌어진 작은 사건에 관심을 가지고 있다는 착각이 들 정도였다. 진심이든 거짓이든 그들의 문안問安이나 관심은 모두 허무하고 도식적이었다. 그들은 하나같이 요령부득으로 입에 담기 거북한 세세한 이야기까지 캐물었다.

돤우는 속으로 쉬지스가 쓸데없는 일을 만들었다고 짜증을 냈다.

다만 샤오스는 전화에 대고 난데없이 '이혼한 후에 만났어야 했는데, 심히 한스럽다'라고 말해 돤우를 어이없게 만들었다. 그녀는 여전히 바보 같았다. 아무 생각도 없이 입에서 나오는 대로 떠들었다. 벌써 임신을 했고 지금은 운전을 배우고 있다고 했다. "일찌감치 당신 같은 사람이 이혼할 줄 알았더라면 그렇게 서둘러 지방지 사무실을 떠나지 않아도 됐을 텐데 말예요."

돤우는 그녀의 말이 무슨 소린지 모르겠다고 했다.

샤오스가 웃으며 설명해줬다.

"난 당신이 차버린 어린 소녀라고요."

비록 표현이 모호하긴 했지만 그 말에 돤우는 몸이 오싹했다. 전화기를 내려놓은 돤우는 체격이 크고 늘씬한 그녀의 몸을 생각하며 책상 앞에서 한동안 멍하니 앉아 있었다.

'다이쓰치의 엄마', 같은 단지에 살고 있는 후이웨이에게서도 전화가 왔다. 전화로 말이 많았다. 그녀는 돤우에게 반복해서 '잘 지내야 한다'거나 '어쨌거나 잘 버텨야 한다'고 신신당부했다. 전화 끝에 그녀가

강남에 봄은 지고

이야기를 하다 말고 갑자기 울음을 터트렸다. 정말 뜻밖이었다. 돤우가 도리어 그녀를 위로하는 입장이 되었다. 마지막에는 그 여자한테 무슨 일이 생긴 건 아닌지 염려스러울 정도였다.

학교가 끝나고 집에 돌아온 아들에게 물어보고 나서야 다이쓰치가 개학 이후 한 번도 등교하지 않았다는 사실을 알았다. 이유가 뭔지 물어볼 여유조차 없었다.

뤼주에게서 전화가 온 것은 3월 말이었다. 돤우는 메이청으로 가는 길이었다. 다음 날 화자서에서 회의가 있었기 때문에 어머니와 샤오웨이를 집으로 데려와 며칠 동안 아이를 돌봐달라고 부탁할 생각이었다. 그는 뤼주가 원난 룽쯔에 있는 줄 알았는데 사실 그녀는 상하이 쑹장松江에 있었다. 화둥 제9설계원 산하 스피드-케이프speed-cape란 작업실에서 야근도 마다하지 않고 다산茶山 '포스트모더니즘 건축군'에 대한 최후 심의에 매달리고 있다고 했다.

뤼주의 목소리에 피곤함이 잔뜩 묻어났지만 한껏 들뜬 분위기가 느껴졌다. 그녀는 매일 이모와 연락하면서 돤우의 일거수일투족을 손바닥 들여다보듯 환하게 알고 있다고 했다. 그녀의 말대로라면 팡자위가 집을 나간 사실도 모를 리 없는데 이상하게도 이에 대해서는 단 한마디도 언급하지 않았다. 그녀는 장아이링張愛玲(1920~1995. 중국 작가)을 우습게 여기면서도 그녀의 명언, '함부로 다른 사람의 운명에 끼어들지 말라'는 말만은 전적으로 신봉했다.

그녀는 벌써 한 달째 제대로 잠을 잔 적이 없다고 했다. 룽쯔로 가기 전 허푸에 와서 며칠 쉬었다 갈 거라고 했다.

"당신, 아무 데도 못 가요! 기다려요. 집에 콕 박혀서 착하게, 얌전히 날 기다리라고요!"

그는 애교를 부리듯 명령하는 뤼주의 말투가 정말 좋았다.

돤우가 '헤헤' 웃으며 그녀랑 몇 마디 더 나누고 싶었지만 뤼주는 멋쩍게도 '지금 너무 바빠서 오줌 눌 시간도 없어요'라고 말하고는 전화를 끊었다.

3

출발할 때도 여전히 보슬비가 내렸다. 쉬지스가 토요타 지프를 몰고 왔다. 자기 회사에서 제일 좋은 차라고 했다. 낮에 술을 너무 많이 마신 바람에 가는 내내 돤우는 깊이 잠이 들었다. 머리가 깨질 듯 아팠다. 이따금 잔뜩 취기가 오른 눈을 게슴츠레 뜨고 차창 밖으로 스쳐가는 들판의 풍경을 바라봤다. 흐릿한 하늘, 드넓은 텅 빈 벌판, 녹조가 가득 낀 못과 붉은색 담장뿐이었다. 담장에는 에이즈예방 포스터가 곳곳에 붙어 있었다. 빨간색 벽돌 담장 아래에 간간이 쓰레기 봉지가 쌓여 있었다.

이상하게도 마을이 거의 보이지 않았다.

봄 들판에 이따금 한두 채씩 빈집이 덩그러니 서 있을 뿐이었다. 길가에 자리한 구질구질한 점포나 무너진 지붕, 삐죽 솟아 있는 'ㅅ'자 모양 지붕, 드러난 서까래 등등 한창 철거 중인 마을의 잔해만 묵묵히 빗속에 엎어져 있었다. 시골마을이 점차 사라져가고 있다는 사실은 그도 알고 있었다. 농민들은 철거를 반대하기는커녕 오히려 목을 빼고 고대

강남에 봄은 지고

한다고 들었다. 어쨌거나 시골마을은 급속도로 사라져가고 있었다.

하지만 봄날의 들판까지 황폐해진 것은 아니었다. 자본이 허리케인처럼 강남의 봄을 휘저어 피폐해진 모습 위에 걸쳐준 화려하고 세련된 외투가 어색하기 그지없었다. 허장성세의 느낌이 들었다. 드디어 도로 등급이 상당히 높은 6차선 도로와 지나치다 싶을 정도로 사치스러운 녹지대가 눈에 들어오기 시작했다. 이어 반사등에 빨간 풍선을 매달고 양쪽 전조등을 깜빡거리면서 상상 속 행복을 향해 질주하는 호화로운 웨딩카가 줄줄이 지나갔다. 마침내 연도에 거대한 부동산 광고판과 부동산이 보장하는 '몽환夢幻 인생'이 모습을 드러냈다.

쉬지스는 가는 내내 비틀즈를 들었다.

돤우는 팡자위에게 전화를 걸었다.
물론 전화는 꺼져 있었다.

내가 힘든 시기 내 자신의 모습을 발견했을 때
어머니 메리는 내게 다가와
지혜의 말씀을 해주셨어요.
'Let it be'

나의 어두운 시간 속에서
어머니는 내 앞에 환하게 서서
지혜의 말씀을 해주셨어요,
'Let it be'

지혜로운 말을 속삭여요.

'Let it be'

상심한 사람들이

세상을 살아가며 같은 생각을 가지고 있을 때

그곳에 현명한 답이 있을 거예요.

'Let it be'

비록 그들이 헤어짐을 겪게 되더라도

여전히 그들에겐 다시 깨달을 기회가 있어요

분명 그곳에 답이 있겠죠.

'Let it be'

구름 낀 밤에

여전히 내 위에서 빛나는 빛

내일까지도 빛나고 있을 거예요.

'Let it be'

가사와 리듬이 지금 그의 심경 그대로였다. 마치 존 레논이 자신을 위해 이 곡을 쓴 것처럼 느껴졌다. 자기를 위해, 지금 이 순간을 위해. 누군가 존 레논을 마르크스, 공자와 비견할 수 있다고 했는데 정말 그럴 만하다는 생각이 들었다. 그의 마음속에 오랫동안 인간세상을 휘감고 있는 슬픔과 기쁨이 동시에 솟구쳤다. 진부하면서도 신선했다.

강남에 봄은 지고

지프가 더우챵 부근에서 좁은 시골길로 들어섰다. 양쪽은 너른 보리밭이었다. 멀리 활짝 핀 유채 꽃밭이 보였다. 마치 기운 헝겊처럼 작은 유채 꽃밭이 초록의 언덕 사이에 드문드문 노랗게 펼쳐져 있었다. 물안개가 희미하게 피어올랐다.

비가 많이 왔다. 앞 유리창 와이퍼가 쉴 새 없이 요란하게 움직이며 안개 자욱한 호수의 모습을 갈라놓았다. 사실 돤우는 한참 전에 호수를 발견했지만 족히 30분은 넘게 달린 후에야 지프가 호수 위 제방에 이르렀다.

쉬지스가 예전에는 더우챵에서 화자서에 오려면 배를 탈 수밖에 없었다고 말했다. 이 긴 제방은 항저우 시후西湖의 소제蘇堤를 모방해 만들었다. '유랑문앵'柳浪聞鶯43), '단교잔설'斷橋殘雪44) 등과 같이 인공으로 만든 정주汀洲(토사를 침적하여 만든 평평한 땅)지만 긴 제방 양쪽에 버드나무와 복숭아나무를 심은 것은 이허위안頤和園(베이징에 있는 어원御苑)의 호수에 있는 큰 제방의 복사판이었다. 복사꽃이 빗속에서 퇴색되고 있었다. 물가에는 창포가 빽빽하게 자라고 나무 아래에 펼쳐진 푸른 풀밭에는 꽃그늘이 드리웠다. 흩날리는 버드나무 여린 가지 사이로 희미하게 산과 산꼭대기에 위치한 불탑이 보였다. 때로 어선 몇 척이 바람에 일렁이는 모습도 보이고, 눈처럼 하얗게 물살을 가르며 날듯이 달려가는 모터보트도 눈에 들어왔다. 호수 물결이 바람에 제방까지 밀려와 물거품을 일으켰다.

---

43) 유랑문앵(柳浪聞鶯): '서호십경'(西湖十景) 가운데 하나. 시후 남동쪽 호숫가에 위치한 공원. 3월이 되면 봄바람에 버드나무 가지가 물결치고 꾀꼬리가 버드나무에 앉아 노래한다 하여 붙여진 이름이다.
44) 단교잔설(斷橋殘雪): 서호십경 가운데 하나. 눈이 오면 군데군데 눈이 녹지 않아 다리가 끊어진 것처럼 보인다고 해서 붙여진 이름이다.

비가 내려서일까. 제방에는 자동차나 행인이 하나도 보이지 않았다. 다만 노란색 유람선이 모여 있는 부두 근처에 우산을 든 승려 두 사람이 어른거렸다. 오른쪽 호수 너머 그물이 둘러쳐진 넓은 고지가 보였다. 누군가 넓은 보리밭에 새를 잡으려고 그물을 친 것인 줄 알았는데 가까이 가보니 골프 연습장이었다.

"형이 왜 화자서에 왔는지 알 것 같아."

돤우가 말했다.

"여긴 정말 다른 세상이네. 명불허전이야."

쉬지스는 아무 대꾸도 하지 않고 헛웃음을 지었다. 그는 한참 후에 돤우에게 고개를 돌려 웃으며 말했다. "내가 보기에 화자서의 기묘한 부분은 이게 아닌 것 같은데. 너도 알잖아."

지프가 상운패루祥雲牌樓(상서로운 구름을 조각한 패루) 앞에서 멈췄다. 젊은 여자 둘이 서 있었다. 한 명은 약간 통통하고, 다른 한 명은 마른 편이었다. 둘이 우산 하나를 쓰고 패루 앞 돌사자 옆에서 그들을 향해 손짓했다.

쉬지스가 창유리를 내린 후 여자들에게 차에 타라고 손짓했다. 여자들은 허푸사범학원 대학원생들로 쉬지스가 회의 일정을 보조하도록 부른 애들이었다. 두 여자 모두 어색한 표정으로 차에 올랐다. 아무도 먼저 말을 하려 하지 않았다. 지프가 덜컹거리며 시멘트 길을 달렸다. 한쪽에는 시냇물이 흘렀고 다른 한쪽은 두꺼운 융 같은 이끼가 잔뜩 낀 산비탈이었다.

곧이어 텅 빈 주차장 부근에서 지프가 칠공석교七孔石橋를 지났다. 돤우는 멀지 않은 곳에 위치한 작은 섬을 발견했다. 처음 이곳에 왔지만 왠지 전에도 본 듯한 친숙한 느낌이었다. 이곳이 화자서에서 가장 좋

강남에 봄은 지고

은 호텔이라고 한다. 건축물은 전체적으로 '공'ㅗ자 형태였다. 벽면이 푸른 기와로 된 3층짜리 작은 건물로 밝은 파란색 기와가 얹혀 있었다. 대나무가 양 날개를 가리고, 푸른 풀밭이 펼쳐졌다. 어디나 그렇듯 정교하게 만들어진 가산假山이었다. 또한 으레 그렇듯 고기들이 헤엄치는 분수 연못도 보였다. 자동차가 대나무 숲 작은 길을 통해 모퉁이를 돌자 정문 계단에 도착했다.

두 여자가 그들의 짐을 들어줬다.

홀에 들어가자 여자들은 체크인 수속을 하러 프런트 데스크로 달려갔다. 돤우와 쉬지스는 소파에 앉아 담배를 피웠다. 쉬지스가 인상을 썼다. 방금 문자 한 통을 받았는데 탕샤오두가 내일 올 수 없다는 내용이었다. 거대한 통유리 밖으로 금은화가 잔뜩 핀 언덕이 보였다. 바닥등이 이미 환하게 불을 밝히고 있어 언덕 위 초록빛 풀이 밝게 빛났다. 잠시 후, 조금 통통한 여자가 그들에게 다가와 신분증을 달라고 했다. 웃음 띤 눈빛에 망설임과 함께 뭔지 모를 자긍심이 엿보였다.

"모두 네 팬들이야." 쉬지스가 소개했다.

그의 말에 여자가 조금 놀라는 눈치였다. 그녀는 가타부타 아무 말도 하지 않고 돤우를 향해 미소를 지었다.

그녀가 가고 나자 쉬지스가 담배를 또 한 대 피워 물고 둥근 팔걸이 의자에 기대 좌우로 목을 돌리더니 돤우에게 얼굴을 바짝 들이대고 귀엣말을 했다. 두 사람이 일제히 큰 소리로 웃기 시작했다.

두 여자가 고개를 돌려 그들을 바라봤다.

그의 방은 2층 맨 끝 방이었다. 북향인 데다 방 번호도 없었다. 방문에 까치그림이 조각된 석조가 상감되어 있었다. 석조 위쪽에 동패가 하나 있었는데 '희작영'喜鵲營이란 글자가 적혀 있었다. 옆방을 보니 각기

'화미영'畵眉塋, '노로영'鷺鷺塋이다. 객실 이름이 모두 새 이름이다. 좀 독특했다. 객실 장식도 제법 신경을 썼고, 시설도 호사스러웠다. 화장실이 유난히 넓었다. 샤워 시설이 두 개나 있었다. 굳이 흠을 잡자면 실내장식을 끝낸 지 얼마 되지 않아 페인트 냄새가 코를 찔렀다.

최근 20여 년 동안 허푸는 물론이고 다른 지역의 호텔, 다실, 나이트클럽 등 거의 모든 방에서 숨이 막힐 것 같은 화학 냄새가 코를 찔렀다. 이렇게 세월이 흐르다 보니 돤우처럼 자진해서 유폐 생활을 하는 이는 허푸 사람들이 최근 수십 년 동안 지칠 줄 모르고 집을 짓고, 실내장식을 하고, 집을 철거하고 또 다시 집을 짓고, 실내장식을 하는 등 똑같은 일을 반복하고 있다는 착각에 빠질 정도였다.

돤우는 시원하게 샤워를 한 후 노트북을 켜고 차 한 잔을 우렸다. 그는 쉬지스가 식당에 가자고 문을 두드릴 때까지 이메일 확인을 하거나 기사를 읽었다.

여학생들은 여전히 홀에서 분주했다. 몇몇 남학생들과 함께 다음 날 회의 등록을 할 때 필요한 긴 탁자를 배치하고 기념품과 회의 자료가 든 문서봉투를 준비하고, 호텔문 밖에 환영 현수막을 걸었다. 쉬지스가 그녀들에게 손짓하자 두 사람은 하던 일을 내려놓고 후다닥 달려왔다. 쉬지스는 마이크, 이름 팻말, 과일, 티타임에 사용할 커피와 간식거리 등 회의 준비상황을 자세히 물었다. 그는 마지막으로 회의 일정표와 대표 명단 인쇄물이 나왔는지 물었다.

"네. 지금 사무국에 있어요."

한 여학생이 대답했다.

"조금 후에 가져다 드릴게요. 선생님 방이 어디죠?"

"'구곡영'虧谷塋이야. 사무국 옆 방."

강남에 봄은 지고

단우가 그의 말을 들으면서 '구곡'은 도대체 무슨 새일까 궁금해 하던 차에 갑자기 여학생 한 명이 '푸!' 하고 웃음을 터트렸다. 또 다른 학생도 뭔가 아는 눈치였다. 그녀 역시 웃음을 참으려고 애를 썼지만 결국은 다른 여학생보다 더 심하게 웃음이 터졌다. 두 사람이 뒤돌아 허리를 굽히고 깔깔거렸다.

쉬지스와 단우가 서로 얼굴을 쳐다봤다. 어리둥절하기는 피차 마찬가지였다.

두 사람은 식당으로 갔다. 쉬지스가 몇 가지 음식을 시킨 후 단우에게 말했다.

"한 번에 너무 많이 먹지 마. 조금 있다가 바^{Bar} 거리 좀 돌아보게. 거기서도 맛볼 게 많으니까."

"난 별로 가고 싶지 않은데. 피곤해."

쉬지스가 웃었다. "피곤할수록 더 가야지. 너도 기분도 좀 풀고. 이번에는 내 말대로 해. 어쨌거나 이미 이혼한 거 아냐?"

종업원이 주문을 받고 돌아가자 쉬지스가 갑자기 뭔가 생각난 듯 말했다.

"아, 너 알아? 조금 전 그 두 아가씨, 왜 그렇게 웃었지?"

단우는 잠시 생각한 후 쉬지스에게 말했다.

"나도 그게 궁금해. 너 방 열쇠 좀 보여줘 봐."

"열쇠는 왜?"

"좀 보여줘 봐."

쉬지스가 주머니에서 센서가 달린 장방형의 합성수지로 만든 반투명 열쇠를 꺼내 양면을 살펴본 후 그에게 건넸다. 단우가 위에 적힌 '구욕'鸲鹆 두 글자를 보고 웃기 시작했다.

"이봐, 네가 두 글자 모두 틀리게 읽었네. 구곡이 아니라 구욕이잖아. 하긴 이 두 글자 모두 평소 잘 안 쓰이는 글자긴 하지. 너《요재지이》聊齋志異45)도 안 읽어봤어?"

"세상에! 그랬구나. 한데 구욕은 대체 무슨 샌데?"

"바거八哥(크기가 큰 앵무새과의 통칭)야."

쉬지스가 난감한 표정을 지으며 허허 웃었다.

"이런, 체면 다 구겼네. 마치 애들이 내 바지를 벗긴 기분이네."

화자서에 등불이 켜졌다. 섬 전체를 밝힌 화려한 등불이 비온 뒤 습기를 머금은 공기에 비쳐 가물거렸다. 멀리서 보니 마을 전체가 마치 영롱한 주렴을 드리운 산채 같았다. 등불에 멀리 겹겹이 이어진 산들의 진회색 윤곽이 비쳤다. 보슬비를 맞으며 그들은 어느새 칠공석교 정중앙에 이르렀다.

바람이 그들의 눈앞을 가르며 평황산 꼭대기의 커다란 먹구름 덩어리를 몰아냈다. 비가 내린 어두운 밤이었지만 돤우는 출렁이는 호수의 물결을 볼 수 있었다. 차가운 공기 속에 송진향이 배어 있었다.

"넌 지금껏 그런 곳에 가본 적이 한 번도 없어? 정말? 못 믿겠는데!"

쉬지스가 한껏 목소리를 낮췄다.

"그런 곳이란 게 윤락업소를 말하는 거야?"

"그래."

"가본 적 있지." 돤우가 사실대로 말했다.

---

45) 요재지이(聊齋志異): 중국 청대 단편 문언소설집. 포송령(蒲松齡) 작품으로 옛 사람들이 쓴 짧은 이야기나 민간전설에서 취한 500여 편의 이야기가 실려 있다.

하지만 그것도 10여 년 전의 일이었다.

그해 처음으로 나간 해외여행, 베를린에서였다. 뮌헨에 거주하는 소설가 한 사람이 그들의 안내를 맡았는데 그를 데리고 홍등가 구경에 나섰다. 조금 이른 시간이었다. 어두운 입구에서 그의 동료들－국내에서 함께 간 몇몇 시인들－과 함께 매가리 없이 문 앞 계단에 앉아 초조하게 업소 문이 열리길 기다렸다. 간간이 그 옆을 지나치던 독일인들이 약속이나 한 듯 모두 이상한 눈초리로 안달이 난 중국인들을 훑어봤다. 너무 일찍 업소를 찾아간 것이 분명했다.

행인들의 눈길이 마치 칼처럼 그의 마음을 도려내는 듯했다. 롼우와 뮌헨에서 온 친구는 그냥 그곳을 지나가던 중인 것처럼 도망치듯 홍등가를 떠났다.

"그게 뭐야! 그래서 결국은 안 들어갔다는 것 아냐? 그리고 말인데 난 서양여자 거시기는 관심 없어!" 쉬지스가 웃었다.

"잘 됐네. 내가 널 파계시켜주지. 걱정할 것 없어. 금기를 깨트려 줄게. 날 메피스토펠레스로 생각해."

이어서 그는 괴테의 《파우스트》에 나오는 '인류사회의 모든 것을 경험해야 한다'는 명언을 들먹이며 그를 부추겼다. 그들은 먼저 바 거리로 가서 술을 마셨다. 위스키, 생맥주, 그리고 진해거담 시럽처럼 마시기 거북한 칵테일까지 마셨다. 쉬지스가 말한 것처럼 자꾸 마시다보니 그도 점차 경박한 밤 풍경이 자연스럽게 느껴지기 시작했다. 동시에 마음속으로 만약 쉬지스가 그를 데리고 '그런 곳'에 가자고 고집을 피우면 한 번쯤 가 봐도 괜찮겠다는 생각이 들었다.

그들이 간 바 거리는 다른 곳과 별다를 것이 없었다. 그냥 조금 더 세련되고 깔끔한 것뿐이었다. 작은 술집과 커피숍 이외에 목각, 판화, 은

기, 모빌 등을 파는 작은 가게도 있었다. 과일 노점과 이미 영업이 끝난 꽃가게도 보였다.

술집을 세 곳이나 바꿨지만 롼우는 시끄러운 것이 딱 질색이었다.

쉬지스는 그를 데리고 조용한 곳에 가기로 했다.

막 비가 그친 후라 산길 청석판 노면이 조금 미끄러웠다. 술을 마신 탓에 두 발이 마치 보송보송한 솜을 밟는 듯했다. 밤이 깊어지자 계곡에서 세차게 흐르는 물소리가 더욱 생생하게 들렸고, 꽃그늘 사이 뻐꾸기 울음소리도 들렸다. 왠지 현실 세상 같지가 않았다.

두 사람은 앞뒤로 수많은 계단을 내려간 후 조용하고 외진 골목길로 들어섰다. 골목길 안, 눈에 잘 띄지 않는 작은 나무문 앞에 이르니 어둑한 등불이 자수바늘처럼 흩뿌리는 빗줄기를 비췄다. 안에서 치파오를 입은 여자 두 명이 몸을 굽혀 인사하며 일어나 그들을 향해 방긋 웃었다.

문을 들어서자 천정이 나왔다. 우뚝 서 있는 커다란 태호석, 그 구멍 사이로 서늘하고 맑은 옥이 보이고 바닥에는 잔잔한 그림자가 가득했다. 석산 옆에는 태평항太平缸(소방용 물 항아리) 두 개가 놓여 있고, 연죽 덤불이 우거졌다. 천정 뒤쪽은 넓은 대청이 있는 듯했으나 태호석에 가려 컴컴했다. 한눈에 새로 지은 곳이라는 것을 알 수 있었지만 그래도 질박한 옛 느낌은 살아 있었다.

천정을 지나자 물가 옆에 화청花廳(응접실)이 나왔다. 못은 크지 않았지만 꽃나무가 무성하고 돌 틈새로 난초가 자라고 있었다. 주랑을 몇 번 꺾어 돌아가자 돌이 쌓인 좁은 길 양측에 주랑 밖으로 매화, 해당화, 복숭아나무, 버드나무 같은 나무에 살포시 부슬비가 내렸다. 문 앞, 흰색 바탕에 검은 글씨의 전서체 대련이 걸려 있었다.

강남에 봄은 지고

비 온 뒤 여린 난 잎 윤기 머금고

바람 앞 매화 봉오리 이제 막 꽃을 피우려 하네

그들이 화청에 앉아 가재 튀김 몇 조각을 먹고 있는데 소형무전기를 손에 든 여자가 성큼성큼 문안으로 들어섰다. 그녀 뒤로 유니폼 차림의 여자 십여 명이 들어와 화청 앞에 일렬로 섰다.

이런 모습을 한 번도 본 적이 없었던 돤우는 심장이 쿵쾅거리며 제대로 숨을 쉴 수가 없었다. 여자들은 머리를 높이 묶고 짙푸른 유니폼과 짧은 치마에 검은 스타킹을 신고, 목에는 빨간색과 흰색이 섞인 줄무늬 스카프를 맸다. 언뜻 보기에 스튜어디스 유니폼 같았다. 미녀들이 대거 하늘에서 강림하여 꽃무더기를 이루니 가슴이 철렁 내려앉았다.

무전기를 손에 든 여자가 돤우에게 다가오더니 그의 앞에 꿇어앉아 귓가에 뭐라고 속삭였다. 돤우의 표정이 금세 어색해졌다.

쭈뼛거리는 그의 모습에 여자가 입을 가리고 웃었다.

그녀가 한 말은 줄지어 서 있는 여자들 가운데 한 명을 고르라는 것이었다.

"저, 그게……. 미안해서 어떻게!" 돤우의 발언은 오히려 추태를 부린 꼴이 되고 말았다.

여자들이 모두 까르르 웃었다.

돤우는 연신 바보 같은 웃음을 헤헤거리며 한참 동안 시간을 끌었다. 자기가 생각하기에도 참으로 변변치 못한 자기 모습에 짜증이 날 지경이었다. 결국 쉬지스가 나섰다.

쉬지스가 자리에서 일어나 아무 말 없이 여자들 앞으로 다가갔다. 그리고는 노련한 모습으로 때로 숨을 들이마시기도 하며 여자들을 하나하나 살펴보더니, 그 중 두 명을 앞으로 잡아당겼다.

나머지 여자들이 풀이 죽어 돌아갔다.

"눈 돌아가지? 안 그래?"

안에 네 사람만 남았을 때 쉬지스가 돤우에게 말했다.

"어디 눈만 돌아가?"

돤우가 솔직하게 인정했다.

"꿈인지 생신지 실감이 안 나는데."

그들이 속닥거리는 동안 여자 둘은 차와 술을 준비하느라 분주했다.

"넌 두문불출하며 수련하는 기간이 너무 길었어!"

쉬지스가 우쭐대며 그를 향해 웃었다.

"갑자기 눈을 떠보니 바깥세상이 확 달라졌지?"

"꼭 그런 것만도 아니야. 두문불출이라고 하긴 그래. 잠깐 졸았을 뿐이지."

"느낌이 어때?"

돤우가 잠시 생각해보더니 말했다.

"마치 하룻밤 동안 평생의 운을 다 써버릴 것만 같아."

"뭐 그렇게 심각할 것까지야."

돤우가 여자가 가득 따라 준 술을 들어 마시려 하자 쉬지스가 황급히 그를 만류했다.

"술 마시는 데만 급급하지 말고. 일이 아직 안 끝났잖아. 이 둘은 모두 처음 온 애들인 것 같은데…… 이전에는 본 적이 없거든. 이중에 네가 먼저 하나 골라. 나머지는 내가 데리고 갈게."

돤우는 재빨리 앞에 있는 두 여자애를 살폈다. 한 아이는 매혹적인

강남에 봄은 지고

데 조금 통통한 편이고 한 아이는 약간 말라보였다. 하나는 자유분방한 성격에 피부가 시리도록 뽀얗고 예뻤다. 다른 하나는 수줍은 표정을 짓고 있었는데 왠지 무언가에 원한이 있는 사람처럼 보였다. 잠깐 살폈지만 돤우는 한눈에 조금 통통해 보이는 여자애가 맘에 들었다. 하지만 이런 생각을 입 밖으로 꺼내기가 멋쩍어 자꾸만 머뭇거리다보니 진땀이 났다.

쉬지스는 마냥 기다리고 있을 수가 없었다.

그가 꽁초를 바나나 껍질에 눌러 끄고는 말했다.

"그렇게 정중하게 나올 거면 내가 먼저 골라도 돼?"

이어 그가 통통한 여자 쪽을 당겨 그녀의 허리를 껴안더니 옆방으로 향했다.

돤우는 한참 동안 멍하니 있었다. 20년 전, 햇빛 찬란했던 초은사의 오후가 조금 불쾌하게 재현되고 있는 느낌이었다.

아무래도 조금 전 나간 그 여자의 모습을 떨쳐버릴 수가 없었다. 은밀하고 도발적인 눈빛, 풍만하고 음탕한 입술 때문에 눈앞의 여자에게 흥미가 떨어졌다.

아무리 노력해도 기분이 나지 않았다.

예의상 그는 그 여자의 팔을 잡았다. 상대 역시 조금 불안한 듯 본능적으로 두 다리를 꼭 붙이며 공손한 눈길로 그를 바라봤다.

그녀가 곧이어 망사스타킹을 벗고 겁먹은 표정으로 돤우에게 먼저 욕실에서 샤워를 하라고 했다.

"저녁에 씻었어."

"그게 아니고요."

여자애가 어색하게 웃음을 터트리고는 말했다.

"제가 씻어드릴게요."

그녀의 입에서 마치 닭똥 냄새처럼 구린 냄새가 났다. 그의 마음속에 자리했던 혐오스러움이 곧이어 기쁨으로 바뀌었다. 드디어 아무것도 안 해도 될 이유가 생긴 것이다. 그는 다른 건 다 참을 수 있지만 구취만은 참을 수가 없었다.

그가 인상을 찌푸리며 관심이 없다는 듯 그녀에게 말했다.

"괜찮아. 우리 그냥 이야기나 하자."

돤우는 일부러 그녀와 일정한 거리를 유지하면서 지극히 엄숙하고 장중한 분위기를 연출했지만 이어진 이야기는 결코 장중하지도, 엄숙하지도 않았다.

돤우는 그녀에게 이처럼 예쁜 용모에 왜 정당한 직업을 갖지 않는지 물었다. 그녀가 웃으며 나지막한 소리로 그의 말을 반박했다. 그녀는 자신의 현재 직업이 정당하지 않다고 여긴 적이 없다고 했다.

돤우가 다시 경제적인 이유, 예를 들어 가족의 생계를 책임지는 것 이외에 또 다른 이유가 있는지 물었다. 예를 들면 어떤 신체적인 이유가 있나? 남자처럼 성욕이 강하고, 각기 다른 유형의 남자가 자신의 몸에 들어오는 것을 좋아하기 때문인가? 그렇다면 그것도 중독이라고 할 수 있을까? 여자가 색을 밝히는 것은 남자가 이해하지 못하는 어떤 은밀한 천성 때문인가…….

이야기가 이쯤에 이르자 여자는 화가 난 표정으로 저질이 따로 없다고 욕을 했다.

거기에 그치지 않고 돤우는 그녀에게 '기술적인' 문제에 대해서도 질문을 던졌다. 예를 들면…….

"불과 얼음, 전혀 다른 두 분위기를 경험한다는 말은 뭐지?"

강남에 봄은 지고

돤우는 호기심이 강한 사람이었다.

"선생님도 영화에서 봤죠? 불은 알코올을 의미하고, 얼음은 당연히 얼음덩어리를 의미해요. 모두 혀끝의 내공이죠. 아이! 케케묵은 그런 짓은……, 유행이 지나간 지가 언젠데. 얼음은 이제 잘 이용하지 않아요."

"그럼 요즘은 뭘 이용하는데?"

"톡톡 캔디요, 톡톡 캔디 먹어봤어요?"

"아니."

"그럼 뭐라고 설명을 해야 하나? 느낌을 모르실 텐데……. 그러지 말고 지금 한번 해볼까요?"

돤우는 한참 동안 망설이다가 결국 이를 거절했다.

그녀는 장시성^{江西省} 우위안^{婺源} 출신이었다. 처음 성폭행을 당했던 이야기를 털어놓을 때는 자못 자랑스러워 보이기까지 했다. 사실 화자서에도 '정당한' 직업이 있기는 해요. 돤우는 이미 흥미를 잃은 상태였다. 따분한 시간을 때우기 위해 그녀가 돤우에게 주사위놀이 한 종류를 알려줬다. 처음 시작할 때는 그나마 흥미가 있는 척이라도 했지만 시간이 흐를수록 짜증만 났다. 결국 그는 '돈은 한 푼도 빼지 않고 주겠다'고 말하고 그녀를 돌려보냈다.

그는 소파에 웅크리고 앉아 졸기 시작했다. 그렇게 새벽 세 시까지 버텼다.

4

다음 날 아침 10시쯤, 한창 꿈나라를 헤매던 돤우는 핸드폰 소리에 놀라 잠에서 깼다. 탕샤오두에게서 온 전화였다. 탕샤오두는 지금 베이징 서우두首都 공항 T3 청사에서 보안검사 대기 중이라고 했다. 그는 베니스의 시 페스티벌에 참가한 후 이어 스위스 바젤대학을 방문하고 마지막으로 이스탄불로 갈 예정이라고 했다. 그야말로 진정한 의미의 공중비인空中飛人이었다.

"회의 발기인이 이렇게 뺑소니를 치다니 좀 너무한 것 아냐?"

돤우가 웃으며 말했다. 핸드폰 신호가 잘 잡히지 않아 그는 커튼을 젖히고 창문을 열었다.

"어디서부터 말을 해야 하나? 출국 계획이 작년 가을부터 잡혀 있었어. 양력설 전에, 쉬지스가 베이징에 출장을 왔기에 내가 취안진청權金城(불고기 요리로 유명한 음식점)에서 훠궈를 대접했지. 쉬지스가 자기가 사장 겸 부편집장이 됐는데 수중에 돈이 남아돈다고 모임을 하나 열자고 하더라고. 내가 제일 무서워하는 게 회의잖아. 그래서 나는 빠지는 대신 사람들만 추천해 주기로 약속했어. 너는 지금 어디 있는 거야?"

"화자서. 허푸에서 멀지 않아."

탕샤오두가 가볍게 탄성을 질렀다.

"그 화자서라는 곳, 대체 어떤 곳이야?"

"글쎄, 나도 처음 온 곳이라."

"쉬지스가 내게 전화를 할 때마다 입만 열었다 하면 화자서 이야기를 하더라고. 화자서 이야기만 나오면 흥분을 해. 마치 닭 피 주사라도 맞은 사람처럼. 분명히 평온하고 부귀한 동네겠지?"

"비슷해."

"그게 내가 바로 걱정하는 부분이야."

갑자기 탕샤오두의 목소리가 엄숙해졌다.

"그렇게 많은 돈을 쓰고 어렵게 회의를 열었는데 진지하게 연구토론을 해야지. 놀면 안 된다는 것이 아니라 엉망진창으로 노느라 사달을 일으키면 안 된다는 이야기야. 내가 무슨 말 하는지 알 거야. 요즘은 별것 아닌 일도 인터넷에 오르면 전국적으로 입방아에 올라. 게다가 쉬지스는 이제 막 승진을 했잖아. 지금은 관리도 고위험군 직업이야. 매사에 신중한 게 좋아. 방금 쉬지스에게 전화를 걸었는데, 그 건달이 핸드폰을 꺼놨더라고."

중국 시문학계의 대부인 탕샤오두는 후덕한 인물이다. 예전부터 노련하고 신중한 모습으로 정평이 나 있었다. 마지막으로 그는 돤우에게 이번 회의에 참가하는 시인 가운데는 몇몇 신분이 '조금 특수한' 사람이 있으니 신경을 써야 한다고 했다.

날이 벌써 밝았다. 햇빛에 반짝이는 호수 상공에 두꺼운 물고기비늘구름이 떠 있었다. 칠공석교를 마주한 호수 맞은편 언덕은 오래된 풍우장랑風雨長廊이었다. 장랑이 산마루를 따라 구불구불 산꼭대기 보탑까지 통해 있었다. 마치 햇빛에 비쩍 말라 쭈글쭈글해진 지네 같았다. 화자서는 장랑을 중심으로 동, 서 양쪽으로 구분되었다. 좌측은 물고기비늘같이 다갈색 거리가 줄지어 빽빽이 이어졌다. 깨진 기와로 올린 까만 지붕. 'ㅅ'자형 지붕의 검은 색 가옥과 비첨飛檐, 허물어진 낡은 정원. 길고 짧은 골목. 우뚝 솟은 회화나무 혹은 녹나무의 수관樹冠이 옛 거리에 어느 정도 활력을 불어넣고 있었다.

긴 회랑 우측은 모두 새로 건설한 별장지역이었다. 하얀색 담. 빨간색 지붕. 지붕에 태양광 전지 패널과 위성안테나가 설치되어 있었다. 이상한 건 별장의 용마루마다 마치 빙탕후루冰糖葫蘆(산사자 또는 해당화 열매

등을 꼬챙이에 꿰어 설탕물이나 엿을 발라 굳힌 것)처럼 구리 도금을 한 피뢰침이 달려 있다는 점이었다. 별장 사이에 파란 하늘색 야외수영장과 테니스장도 눈에 띄었다.

돤우는 사과를 먹으며 책상 앞에 앉아 메일을 읽고, 시나닷컴의 뉴스를 훑어봤다. 이런 햇살은 정말 오랜만이었다. 창밖 버드나무가 바람에 흩날리고, 호수 물결이 층층이 언덕으로 밀려들며 파도가 부서졌다. 고요함 속에 봄 특유의 나른하고 권태로운 기운이 느껴졌다.

뤼주가 새로 쓴 장편시를 보냈다. 나머지는 모두 스팸 메일이다. 아름다운 남자로 만들어드립니다. 유럽 테마 여행. 담배 판매. 스마트한 남성 만들기. 각종 '영수증 발매'發漂 등등. 돤우가 아무리 생각해도 이해가 되지 않는 부분은 그에게 영수증을 팔겠다는 장사치들마다 모두 '표'票 자에 삼수변을 붙여 표漂로 쓰고 있다는 점이었다. 마치 마음대로 부수를 갖다 붙이면 사람들이 두려워하는 법률이 그 즉시 유명무실한 종잇장으로 변하기라도 하는 듯했다.

뤼주의 시는 족히 3백여 줄이나 되었고, 제목은 놀랍게도 〈이것이 나의 중국인가?〉였다. 일부러 긴즈버그의 《울부짖음》Howl(알렌 긴즈버그Allen Ginsberg의 시집,《Howl and Other Stories》)을 모방한 것 같았다.

그는 일어나 욕실로 갔다. 양치질을 하고 있을 때 노트북에서 마치 쇳가루들이 진동할 때 나는 것 같은 기분 좋은 소리가 들려왔다. 귀뚜라미 울음소리 같기도 했다. 모두 세 번 반복되었다.

돤우는 당연히 이 소리가 뭘 의미하는지 알고 있었다.

팡자위가 그를 소환했다.

그는 자기 귀를 믿을 수가 없었다.

그는 칫솔을 물고 곧장 거실 컴퓨터 앞에 앉았다. 컴퓨터 바탕화면

강남에 봄은 지고

오른쪽 아래의 펭귄 아이콘이 계속 반짝였다.

슈룽: 있어요?

슈룽: 당신 있어요?

슈룽: 당신 뭐해요?

QQ에 뜬 글, '슈룽'이란 이름을 보자 그의 두 눈이 금세 촉촉해졌
다. 돤우는 후다닥 한어병음(중국어 발음표기법)을 치기 시작했다. 있어!
조수 같은 거센 물줄기가 그의 가슴을 강타하면서 목까지 차올랐다.

돤우: 있어.

돤우: 당신 어디야?

슈룽: 여행 중이에요.

돤우: 밀월여행인가?

슈룽: 그런 셈이지요.

돤우: 즐거워? 당신은 어때?

슈룽: 살아 있어요.

돤우: 조금 구닥다리 대답인데?

슈룽: 살아 있어요, 그러니까 아직 안 죽었다는 말이에요. 당신 소설 첫
머리 생각해냈어요?

돤우: 연거푸 여섯 편이나 긁적였는데 다 좀 그래.

슈룽: 당신, 오늘이 무슨 날인지 기억해요?

돤우는 눈을 감고 기억에 남아 있는 모든 중요한 시간들을 재빨리

훑었다. 그리고 약간 주저하다가 자판에 한 줄을 쳤다. 그냥 평범한 하루데!

    돤우: 4월 1일, 별것 없는데? 그냥 평범한 하루야!
    슈룽: 생각 안 나면 관둬요.
    돤우: 당신이 알려 줄래?
    슈룽: 우리가 두 번째 만난 날이에요. 당신을 다시 만날 줄은 몰랐죠. 화
    롄백화점 2층.

    돤우는 오랫동안 침묵했다. 그의 눈앞에 어렴풋이 얼굴 하나가 떠
올랐다. 의아해하고 놀라고 우울한 표정. 스무 살의 팡자위였다. 거울에
비친 모습이다.

    슈룽: 생각났어요?
    돤우: 어떻게 그렇게 잘 기억해?
    슈룽: 마침 만우절이었거든요.
    슈룽: 그리고 서장력西藏曆으로 4월 1일이 불길상일佛吉祥日(석가모니의 탄
    생, 성불, 열반을 축하하는 기간. 음력 9월 24일~30일)이 시작된 날이에요.
    슈룽: 아!
    돤우: 왜 그래?
    슈룽: 막 생각이 났는데 우리 재회가 마치 만우절 농담 같다는 느낌이
    들었던 것 같아요.
    돤우: 당신 지금 어디 있는지 알 것 같아. 시짱西藏(티베트) 아냐?
    슈룽: 언제부터 그렇게 똑똑해졌어요?

슈룽: 정말 당신 티베트야?

슈룽: 그런 셈이죠.

돤우: 4월 초는 아직 춥지?

슈룽: 초원의 눈은 벌써 녹았어요.

돤우가 기억하는 한, 팡자위는 언제나 티베트에 가고 싶어 했다. 결혼한 후 아내는 세 번 정도 티베트로 향했었지만 이상하게도 매번 목적지에 이르지 못했다.

첫 번째는 상하이 정법대학 선생으로 있는 사촌언니와 함께였다. 칭짱靑藏(칭다오~티베트)철로를 타고 갔었다. 거얼무格爾木(칭하이성 남부 해발 2,800m의 고산지대에 위치한 현급 시)에서 한 주 정도 머물다 가까스로 군용차를 얻어 탔다. 쌀과 밀가루를 운반하던 큰 트럭이었다. 8월 중순의 뜨거운 열기 속에 꼬박 하루 밤낮을 달린 트럭이 탕구라산 설봉 아래에서 고장이 났다. 이론적으로 보면 그곳도 이미 티베트 지역이었다. 사촌언니가 고산증 때문에 얼굴이 하얗게 질려 계속 구토를 하면서 제발 돌아가자고 애걸했다. 팡자위는 급히 말을 싣고 가던 차를 세워 안타까움을 간직한 채 시닝西寧으로 돌아왔다.

두 번째 티베트 행은 그녀가 막 차를 구입했을 무렵이다. 그녀는 '녹야선종'綠野仙踪 사이트에서 사귄 네티즌 세 사람-모두 남자였다-과 자가운전 여행에 나섰다. 당시는 촨짱川藏(쓰촨~티베트)도로를 택했다. 출발 후 6일째 되는 날, '렌위'라는 곳에서 대대적으로 산사태가 났다. 그곳에 도착한 그들은 근처 라마교 사찰에서 3, 4일 머물렀고 라마승으로부터 사랑앵무 한 마리를 얻어 집으로 돌아왔다.

가장 최근에 라싸에 간 건 바로 1년 전의 일이다. 팡자위가 바람을

넣어 변호사 사무실 동료들이 '나무춰'^{納木錯}(티베트에 위치한 호수) 성지여
행을 떠났다. 그러나 팡자위는 지나치게 흥분한 탓인지 출발 하루 전날
급성 장염에 걸려 입원했다. 하는 수 없이 아내는 쉬징양이 보내온 사진
을 통해 온라인으로 동료들의 여정을 따라갈 수밖에 없었다.

딴우: 장족(티베트족) 친구가 하나 있는데 자창핑춰^{嘉倉平措}라고, 티베트
TV방송국에서 일해. 급한 일이 있을 땐 도움을 청해도 돼. 1391081517,
그 사람 전화번호야.

슈룽: 아마 필요 없을 거예요.

슈룽: 뭐 하나 물어볼게요. 당신은 '운명'이란 걸 믿어요?

딴우: 글쎄. 당신은 언제나 헛생각을 잘 하더라.

슈룽: 뭐뭐는 어때요?

딴우: 그런대로.

슈룽: 그런대로가 무슨 뜻이에요?

딴우: 별일은 없고, 다만 좀 우울해보여.

슈룽: 지금 생각해보면 정말 좀 후회가 돼요.

딴우: 뭐가?

슈룽: 애당초 아이를 갖지 말았어야 했는데……. 우리에겐 너무 사치였
어요.

슈룽: 화자서에 회의하러 갔으면 누가 뭐뭐랑 같이 있어요?

딴우: 엄마랑 샤오웨이 데려왔어. 이상하네. 내가 화자서에 있는 줄을
어떻게 알아?

슈룽: 허푸 온라인 신문에 소식이 실렸어요. 그 사람 아직도 있죠?

딴우: 누구?

슈룽: 괜히 모르는 척하지 말아요!

돤우: 뤼주 말하는 거야? 윈난에 있어.

돤우: 당신 안 나간 거지?

돤우: 아직 안 나갔어?

돤우: 수시로 계속 연락해.

슈룽: 내일 오전 10시에 시간 되면 또 이야기해요.

돤우: 바이바이.

돤우은 립톤^{Lipton} 홍차를 한 잔 타 마시며 꽝자위와 나눈 대화를 처음부터 끝까지 두 번 읽었다. 지금 상황이 어떤지 확실히 감이 오지 않았다. 그녀의 대화는 암시로 가득했다. 마치 꿈처럼 종잡을 수가 없었다. 심지어 그녀의 행방도 상당히 의심스러웠다. 돤우가 지금 티베트에 있냐고 물었을 때, '언제부터 그렇게 똑똑해졌어요?'라는 그녀의 표현은 분명 야유가 섞인 발언이었다.

그의 마음속에 갑자기 뭐라 설명할 수 없는 예감이 번뜩였다. 아마 지금 꽝자위는 화자서에 있을지도 몰라! 그와 함께 이 청회색 건물에 있을 가능성이 높아. 물론 그것은 그의 헛된 생각일 뿐이었다. 마치 봄날의 아름다운 태양처럼 간사하고 변화무쌍한 생각.

활짝 웃던 태양이 모습을 감췄다. 하늘이 갑자기 어둑어둑해졌다. 호숫가 버드나무 가지가 동풍에 허리를 꺾으며 몸을 날리고, 규룡 같은 번개가 화자서 상공의 비구름 사이로 솟아올라 흐릿한 호수 위로 날카로운 발톱을 번뜩였다. 이어서 '우르르 쾅! 쾅!' 천둥소리가 울려 퍼졌다. 칠공석교 위로 누군가 뛰어갔다. 비가 내렸다. 호수에 자잘한 포말이 뽀글거렸다. 솨, 솨, 빗소리가 창문 아래 사이잘삼 덤불로 몰려들었다.

12시 반, 그는 아래층 식당으로 점심을 먹으러 갔다.

홀에 온몸이 비에 흠뻑 젖은 시인 세 명이 막 도착해 있었다. 그들은 프런트데스크에서 체크인 수속을 밟고 있었다. 그중 두 명은 돤우가 아는 사람이었다. 하지만 말을 섞고 싶은 기분이 아니었기에 못 본 척하고 멀찌감치 떨어져 그들 뒤쪽을 지나쳐갔다.

5

밤에 소규모 연회가 열렸다. 시인 30여 명, 편집인, 기자 등이 2층의 커다란 룸에 모였다. 탁자 세 개가 가득 찼다. 화자서의 책임자 장유더는 참석하지 않았다. 다만 말 잘하는 그의 보좌관을 보냈다. 외모는 아름다웠지만 입가의 크지도 작지도 않은 사마귀가 작은 흠이었다. 접대하는 쪽을 대표해 화자서 신구 관리위원회 장 주임이 환영사를 낭독했다. 그는 자신의 전공부터 소개했다. 대학에서는 영어를 전공했고, 석사 때는 비교문학을 했습니다. 그래서 그런지 그는 치사를 할 때 'actually', 'anyway' 같은 단어를 많이 섞어 썼다. 그렇다고 반감이 들 정도는 아니었다. 하지만 그는 자신이 장유더의 사촌동생이란 사실은 말하지 않았다. 그의 치사는 간결하고 적절했다. 상투적인 말이나 군더더기 말도 대구 형식을 사용하니 마치 깊은 뜻이 담긴 것 같았다.

쉬지스는 돤우를 억지로 끌어다 메인테이블에 앉히고, 정작 자신은 눈에 잘 안 띄는 귀퉁이에 앉았다. 그는 술을 권할 때만 식탁 사이를 돌아다녔다.

강남에 봄은 지고

됸우의 왼쪽에 시인 캉린康琳이 자리했다. 상하이에서 같이 공부했던 친구다. 그는 여자 같은 이름 때문에 당시 남성숭배자들로부터 끊임없이 쏟아지는 연애편지로 인해 골치를 썩였다. 10여 년 만이었다. 그는 프랑스 국적의 여성과 결혼해 부에노스아이레스에서 1년을 살았다. 그는 됸우에게 자신이 1년 동안 부에노스아이레스에 사는 사이, 아르헨티나 사람들만 보면 보르헤스의 고택이 어딘지 물어봤지만 아는 사람이 하나도 없었다고 했다. 서글프다 못해 나중에는 분노가 치밀었다. 그런데 그가 부에노스아이레스를 떠나 파리로 돌아오는 길에 여행사에서 파견한 운전기사가 사실은 그가 묵었던 여관이 바로 '그 장님'[46]이 살던 옆집이라고 알려줬다.

됸우 오른쪽에는 시인 지졘紀鋧이 앉았다. 그 역시 오랜 친구라 할 수 있다. 하지만 됸우는 그와 이야기를 나눌 기회가 없었다. 그는 옆에 앉은 '츠池'씨 성을 가진 미녀 시인과 얼마 전 다녀온 인도 아그라 여행에 대해 이야기를 하느라 정신이 없었다. 1569년 무굴 제국의 황제 악바르가 만든 신도시 '파테푸르 시크리'의 귀신이 나온다는 호텔에서 보낸 밤 이야기, 벵골 만에서 장거리를 날아온 스리랑카 아시아호랑이모기에 물려 고열에 시달렸던 이야기, 어느 날 밤 열린 창문을 통해 우아한 발걸음으로 자기 침대 앞까지 다가온 공작새와 이야기를 나눠보려 했다는 이야기, 그와 동행한 한 중국 시인이 타지마할 궁전에 매료되어 눈물을 흘린 이야기 등등 그들의 이야기는 끝이 없었다.

이제 시인들은 그리 크지 않은 지구 위를 날아다니며 소소한 잡담거리로 사람들을 끌어당기는 데 열중하고 있는 것 같다. 이는 새로운 유

---

[46] 30대 초반부터 실명이 진행된 보르헤스는 70대에 이르러 완전히 장님이 되었다.

행이다. 아마도 사람들의 발자취가 잘 닿지 않는 이역의 풍경만이 그들의 고귀한 상상력을 불러일으키나 보다. 이제 막 외국을 드나들기 시작한 사람들이 걸핏하면 미국, 유럽 이야기를 떠들어대는 건 이미 창피스러운 일이 되었다.

쉬지스는 피곤한 기색이 역력했지만 그럼에도 불구하고 술잔을 들고 사마귀 미인을 대동한 채 한 사람씩 돌아가며 인사를 나누고 다녔다. 또한 식사 후 함께 바에 가서 이야기를 나눌 사람들도 물색 중이었다. 돤우에게 다가온 그가 돤우 귓가에 대고 조용히 뭐라고 속삭였다. 주위가 시끄러워 돤우는 그가 무슨 말을 하는지 똑똑히 들을 수가 없었다. 물론 똑똑히 들을 필요도 없었다.

식사 후 그들은 다시 호수 맞은편 바 거리로 갔다.

동행한 네 사람은 돤우가 잘 모르는 사람들이었다. 로비의 프런트 데스크에서 우산을 사람 숫자대로 주지 않았기 때문에 돤우는 쉬지스와 우산 하나를 같이 썼다. 두 사람은 어젯밤 이야기를 했다. 쉬지스는 끊임없이 불평을 늘어놓았다. 어젯밤 그가 데리고 간 그 통통한 '가짜 스튜어디스'가 별로였다고 했다. 입술이 온통 부르터서 상대하기가 정말 불편했다고 투덜거렸다.

호수 제방에 불이 들어왔다. 보슬비 속으로 번지는 흐릿한 불빛이 쓸쓸함을 더했다. 쉬지스는 원래 캉린을 데려오려고 했는데 그가 거절을 하는 바람에 어떤 형식의 향락을 즐기더라도 기분이 별로일 것이라고 말했다. 말투에 염세적인 느낌이 짙었다. 돤우는 팡자위 생각을 했다. 아내는 어디 있는지, 그곳에도 지금 이곳과 마찬가지로 비가 내리고 있는지 궁금했다.

그들은 칠공석교 옆 텅 빈 주차장을 빙 돌고 신기루 같은 거리를 몇

강남에 봄은 지고

블록 지나 초록 넝쿨이 가득 우거진 정방형 건물 앞에 이르렀다. 쉬지스는 이곳이 화자서에서 분위기가 가장 좋은 술집이라고 했다. 문밖에는 맥주를 마시는 손님을 위해 마련된 철제 차양막이 있었다. 비가 오기 때문에 지금은 사람이 없었다. 흰 테이블에 의자가 올려져 있었다.

조용한 술집이었다. 사람이 많지 않았다. 종업원이 목소리를 낮춰 그들과 이야기를 나눴다. 타원형 스탠드 옆 의자에 소곤소곤 조용히 대화를 나누는 남녀 몇 쌍이 앉아 있었다. 스탠드 맞은편으로 거대한 수차가 보였다. 수차는 돌고 있진 않았지만 물이 졸졸 흘렀고, 연못 안에 놓인 플라스틱 수련이 흔들렸다. 그들은 철제 계단을 통해 2층으로 올라갔다. 까만색 병풍 뒤 긴 탁자 앞에 자리를 잡았다.

쉬지스는 한 사람당 위스키 1온스씩을 시켰다. 흥을 돋우기 위한 선택이었다. 이어 그는 친구들에게 벨기에 맥주를 추천했다. 돤우는 그들로부터 멀지 않은 어두운 구석 자리에 앉아 있는 18, 19세 정도의 여자에게 마음이 쓰였다. 목에 하늘색 실크스카프를 메고 있었다. 탁자 위 작은 스탠드가 그녀의 단아한 옆모습을 환하게 비췄다. 수심에 잠긴 듯했다. 노트북이 켜져 있었다. 자판 두드리는 소리가 빗소리와 섞여 잘 구분이 가지 않았다. 얼핏 뤼주를 닮아 보였다.

저녁 모임 때 뤼주에게 문자가 두 통이나 왔지만 답장을 보낼 겨를이 없었다. 그녀는 이미 상하이에서 허푸로 돌아왔다고 했다. 돤우는 그녀에게 전화를 하고 싶었지만 핸드폰 액정을 보니 배터리가 바닥 상태였다.

돤우 맞은편에 앉은 두 사람이 작은 소리로 뭔가 이야기를 나누고 있었다. 그중 한 사람은 수도사범대학 교수로 허난 말투가 강했다. 또 다른 사람은 사회과학원 사회학연구소 연구원으로 시가평론은 단지

취미일 뿐이라고 했다. 나이가 좀 들어 보였다. 돤우는 그들 대화의 내용이 무엇인지 정확히 알 수 없었지만 두 사람의 의견이 맞지 않는다는 것은 알아차릴 수 있었다.

또 다른 시인 두 사람은 탁자 다른 쪽 끝에 멀찌감치 앉아 있었다. 고의적인 건 아니지만 다른 네 사람과는 상당히 떨어져 있었다. 그들은 한 친구의 시 창작에 대해 이야기를 나눴다. 한 사람은 구레나룻을 길러 좀 지저분해 보였고 또 다른 사람은 얼굴이 하얗고 깔끔하며 유행하는 꽁지머리를 묶은 모습이었다.

"구석에 앉은 저 여자애 봤어?"

쉬지스가 뚫어져라 그녀를 바라보며 곁눈질로 돤우에게 말했다.

"작게 말해."

돤우가 재빨리 주의를 줬다.

"저렇게 예쁜 애들은 요즘 흔하지 않은데." 쉬지스가 말했다.

"요즘 여자애들이 갈수록 못생겨지는 거 너 몰라?"

"솔직히 말해 난 모르겠는데." 돤우가 소리 죽여 말했다.

"저 애를 보고 있으니 위장韋莊(약 836~910. 만당시기 시인)의 시 한 구절이 떠오르는군."

"설마 '꽃 같던 창가의 여인'綠窗人似花은 아니겠지?" 돤우가 잠시 생각하더니 웃으며 말했다.

"마음 더욱 심란해지네"此時心轉迷47)

히죽거리는 쉬지스의 목소리에 음란한 기운이 흠뻑 배어났다.

돤우가 막 무슨 말을 하려고 하는데 맞은편에 앉은 교수가 갑자기

---

47) 모두 위장(韋莊)의 〈보살만〉(菩薩蠻)에 나오는 구절이다.

　　　　　　　　　　　　　　　　　　　　강남에 봄은 지고

흥분해서 연거푸 형이상학적 논리를 줄줄이 풀어놓았다.

"테니스 신발 끈을 위에서 묶든 아래에서 묶든 그 자체는 문제가 안 됩니다. 그렇지만 그건 결코 간단한 의미의 질문이 아니라고 할 수 있죠. Asking. 알 반키의 대답에 그의 아내는 언어의 늪에 빠졌어요. 우리가 생각해야 하는 건 일반적인 질문이 아닙니다. 어떤 의미에서, 그리고 아주 크게는 일상 어휘와 갈래가 다르거나 또는 벗어나 있어요. 다시 말하면 실질적인 기능이나 수사적 기능에 있어 전혀 비교를 할 수 없다는 겁니다. 어법의 수사화라고나 할까요, 아니면 수사의 어법화라 할까요? OK?"

교수는 한껏 자기의 목소리를 낮추려고 노력했지만 몇 안 되는 손님들이 일제히 몸을 돌려 그를 바라봤다. 롼우는 조금 전 교수가 한 말을 몇 번이나 돌이켜 생각해봤지만 끝내 무슨 말을 하는 건지 이해할 수 없었다. '알 반키'가 누군지도 모르겠고 왜 테니스 신발 끈을 묶는 건지, 더더욱 왜 그자의 아내 이야기가 나왔는지도 알 수 없었다. 하지만 또 다른 측면에서 이는 대학의 이른바 학문이라는 것이 얼마나 심오한 지경에 이르렀는가를 생각해보는 계기가 되었다.

탁자 다른 쪽 끝에 앉은 두 젊은 시인은 한창 대화가 무르익은 듯 친근해 보였다. 교수의 말에 대화가 끊긴 건 단 30초 정도였다. 이어 두 사람은 다시 머리를 맞대고 이야기를 이어갔다. 그들은 반금련, 서문경 또는 무송에 대해 이야기했다. 처음에 롼우는 그들이 《수호전》에 대해 토론하는 줄 알았다. 그런데 나중에 보니 구레나룻이 인상적인 이가 연거푸 두 번씩이나 서문경의 사위인 진경제에 대해 언급하는 것을 듣고 《수호전》이 아니라 《금병매》에 대한 이야기라고 생각했다.

그런데 둘 다 아니었다.

돤우의 귀에 갑자기 꽁지머리 시인이 시를 읊는 소리가 들렸다.

그는 난쟁이에게 달려가려 했다
소식 하나를 가지고. 그의 발걸음을 늦춘 사람은
모두 그의 머릿속에서 말로가 좋지 않았으니.
그는 그렇게 빨리 달렸다. 가벼운 화살대처럼
……

꽁지머리의 기억력은 매우 놀라웠다. 시인의 원작을 줄줄 암송하는
그에게 돤우는 질투심을 느꼈다. 그는 의도적으로 두 사람의 대화에 끼
어들려고 맥주잔을 들고 그쪽으로 다가가 잔을 부딪쳤다. 두 젊은이 역
시 우호적이었다. 그들은 공손하게 그를 '돤우 선생님'이라고 불렀다. 구
레나룻은 더더욱 겸손하게 그들이 모두 '돤우 선생님의 시를 읽으면서
자란 사람'이라고 말했다. 이런 식의 아첨이 너무 진부하긴 했지만 돤우
도 기분이 나쁠 리가 없었다.

돤우가 그들에게 무슨 이야기를 나누고 있었는지 묻자 둘은 약속
이나 한 듯 헤헤 웃었다. 꽁지머리가 말했다. "그냥 헛소리들이에요."

그들은 다시 친근하게 대화를 시작했다. 옆에 앉은 '돤우 선생님'의
존재도 개의치 않았다. 돤우는 대화에 끼어들지 않았지만 그렇다고 바
로 자리를 뜨기도 예의가 없는 것 같아 어정쩡하게 몸을 돌려 다른 쪽
으로 시선을 돌렸다.

두 학자들 사이의 담화는 이제 고담준론의 수사학에서 일반 사회
평론으로 옮겨갔다. 두 사람은 중국 사회현상과 미래에 대해 깊은 근심
을 털어놓았다. 쉬지스가 그 사이를 알랑거리며 끼어들었다. "기우杞憂는

전통적인 중국 지식인들의 가장 우수한 품격이죠."

무슨 말을 하는 건지 도통 앞뒤가 맞지 않았다.

교수는 책벌레를 좋아했다. 학내 엄격한 훈련은 어떤 황당한 견해에도 합리적인 외투를 입혀주지만 그의 이야기에 논리성을 부여하는데는 적절한 도움을 주지 못했다. 그의 말은 다양한 개념과 사실 사이를 오갔다. 금세 왕안석의 변법에 대해 이야기하다가 단번에 톈진조약 체결로 넘어갔다. 그러나《국제법》의 번역 문제에서 '말이 나온 김에 한마디'라는 식의 접합제를 붙여 자연스럽게 1946년 프랑스와 미국 사이에 체결한 협의[48])에 대한 설명이 이어졌다.

"말이 나온 김에 한마디 하죠. 바로 이 협정 체결 이후 '누벨바그 (1957년부터 프랑스 영화계에 나타난 새로운 트렌드)'가 나타나고……."

연구원이 막 반박을 하려 하자 교수가 재빨리 그의 말을 막았다. "내 말 아직 안 끝났어요!"

이어 GITT, 코펜하겐 협정, 아도르노(1904~1969. 독일 사상가)가 임종 전에 남긴《The reflections of the damaged life》, 시실리화(정부의 마피아화, 마피아의 정부화), 탈문화화, 그람시, 장 보드리야르(1929~2007. 프랑스 사회철학자)와 풍계분馮桂芬(1809~1874. 만청시대 사상가, 산문가), AURA를 중국어로 '펀웨이'氛圍라고 번역할 것인가, 아니면 '후이광'輝光이라 할 것인가 등등 이야기가 장황하게 이어졌다. 교수의 결론은 다음과 같았다.

미래 중국 사회에 들이닥칠 가장 큰 위험은 매판자본, 현재 소리 소문 없이 형태를 갖춰가는 매판계층에서 비롯한다. 그들은 제국주의자

---

48) 1946년 '블룸-번스 협정'을 말한다. 이를 통해 미국 영화 수입에 대한 모든 종류의 제한이 철폐되었다.

들과 의기투합하고, 중국의 부패 관리들은 남은 잔반을 위해 백성들의
고혈을 짜내고…….

 돤우는 교수가 서두에 말한 복잡하고 어수선한 토론에서 어떻게
이런 결론을 추론해냈는지 알 수가 없었다. 자신의 관점을 뒷받침하기
위해 교수는 간디의 명언도 인용했다. 안타깝게도 허난 발음이 강한 그
의 영어는 그다지 정확하게 들리지 않았다.

 돤우는 다시 두 젊은 시인의 이야기에 관심이 쏠렸다.

 그녀는 피곤했다, 멈췄다
 땀이 흘러, 재로 떨어졌다. 그리고 거친 유두로 변해
 그녀의 두 다리를 적셨다. 하지만 심지어
 그녀의 가장 은밀한, 그 열린 곳조차도 바람이 불어
 말할 수 없는 흥분을 느꼈다
 ……

 시의 '그녀'는 아마도 반금련을 가리킬 것이다. 돤우는 긴장한 표정
으로 구석에 앉은 여자를 힐끔거렸다. 다행히 여자는 귀에 흰색 이어폰
을 끼고 있었다. 하얀 손가락이 자판을 가볍게 두드리다가 점점 짙어지
는 담배 연기를 몰아내기 위해 창문을 열었다. 그녀의 머리카락이 창문
으로 날아든 산들바람에 가볍게 흩날렸다.

 쉬지스가 초조한 듯 시계를 들여다봤다. 그가 꽁지머리 청년 곁으
로 다가가 그의 어깨에 손을 얹으며 귓속말을 했다. 꽁지머리가 고개를
들더니 웃었다. "그건 걱정 마세요."

 연구원은 교수의 관점에 동의하지 않는 것이 분명했다.

강남에 봄은 지고

"사회는 이미 통제력을 상실했어요."

그는 다짜고짜 이렇게 말했다. 그는 탁자 위 유리볼에서 땅콩 몇 알을 집어 껍질을 까서 입안에 넣고 우물거렸다. 그리고 다시 말을 시작했다.

"물론 이런 통제력 상실은 권력이 사회 운영을 효과적으로 관리, 제약하지 못하고 있다는 걸 의미하지는 않습니다. 내 말은 각 사회구성원의 마음속에서 살그머니 이런 변화가 일어나고 있다는 말입니다. 그들, 어쩌면 우리들이라고 말해야 할지도 모르죠. 우리는, 이미 더 이상 의심할 여지없이 확실한 어떤 것이 있다고 믿지 않습니다. 어떤 가치도 더 이상 인정하지 않습니다. 이 사회에서 일어나는 모든 것이 우리와는 무관하다고 생각하는 겁니다. 우리는 모두 계속해서 5분 이상 사고할 수 없으며 5백 미터 밖의 세계는 볼 수 없습니다. 사회 유기체의 각 세포가 모두 망가져 죽어가고 있어요."

"좌파가 자본주의를 비판하고, 미국을 공격합니다. 자유주의자는 창끝을 체제와 권력으로 돌리고 있고요. 지금껏 존재해본 적이 없는 이런 두 가지 사상의 치열한 겨루기 속에서 양측 모두 자본, 권력이 국내외, 중국석유천연가스집단공사CNPC, 세계은행을 막론하고 처음부터 서로 호감을 가지고 있다는 사실을 잊고 있어요. 그들 사이에 일종의 음……, 뭐라고 말해야 할까, 원래부터 친화력이 있다고 해야 하나. 심지어 서로 탐색할 필요도 없이 한두 번 왔다 갔다 하더니 벌써 찰떡궁합을 자랑하는 거죠. 국내에서 당신이 만약 48위안을 주고 CNPC 주식을 샀다면 그저 자기 조상의 덕이 부족했다고 탓할 수밖에 없어요. 수 년 사이 CNPC 주가가 12위안까지 떨어졌으니까. 정말 비참한 가격이죠. CNPC가 미국에서 융자를 받은 금액은 고작 29억 달러인데 해외 투자자에게 나눠 준 이익금 합계가 무려 119억 달러예요. 많은 이들이 중국은 언제 정치체제를 개혁하느냐고 천진난만한 질문을 합니다. 제가 말하고 싶은 건 이런 개혁은 시작하지 않은 것이 아니라는 겁니다. 제 관찰에 의하면 이미 내부적으로 조용히 완성되었어요. 이미 철옹성을 갖췄어요. 이제는 어느 누구도 손을 쓸 수가 없습니다."

"이런 장벽을 보호하는 건 방탄 철판이 아닙니다. 기득권자들이 모의, 의기투합했을 뿐만 아니라 사람들이 경악해마지 않을 리스크 자본이 이에 대한 방어벽을 구축했어요. 감당하기 힘든 리스크를 피하기 위해서는 현상 유지가 최고의 선택입니다. 이제 점점 더 많은 사람이 현상 유지 쪽으로 기울고 있어요. 현상을 유지한 결과, 동시에 더욱 높은 차원의 리스크가 쌓이고 있는데 이런 순환이 계속해서 이어지고 있을 뿐입니다. 이런 거죠. 아닙니까? 앞으로 이 사회가 어쩔 수 없이 재건해야할 시기가 온다면 최근 몇 년 동안 우리가 치러야 했던 대가가 어느 정도인지 발견하게 될 겁니다. 여기서 대가라고 함은 환경과 자원뿐만이 아니라 아마 몇 세대에 걸친 사람들일 수도 있어요. 물론 GDP는 좋아요. 곧 일본을 추월할 거라고 하더군요. 그래요?"

교수가 웃으며 끼어들었다.

"곧이 아니라 이미 그래요. 때로 우린 처세에 능해요. 한편으로는 정말 우스울 정도로 유치하죠. 사자 한 마리가 자신의 크기가 엄청나다고 자랑하는 것은 상관없습니다. 하지만 양이나 돼지 같은 동물이 하루종일 자기 몸집이 크다고 허풍을 떨면 앞날이 걱정스럽죠."

이어 그가 다시 설명을 덧붙였다.

"이건 루쉰 선생이 한 말입니다."

연구원은 더 이상 아무 말도 하지 않았다. 시가 낭독 소리에 그의

강남에 봄은 지고

사고가 뒤엉킨 것 같았다.

쪽진 머리 허리까지 풀어헤쳐 소용돌이 이루니
종말의 권태로움과 어우러져
수련 같은 얼굴
맑은 하늘에 풀어놓은 정전기를 한데 모은 꽃 한 송이

살다가 지친 이 몸
아직도 보글보글 거품을 내뿜는다.
갈수록 더 큰, 갈수록 더 둥근

연구원이 둰우에게 시선을 돌리며 물었다.
"시인께서는 어떤 고견이 있으신가요? 어떻게 보십니까?"
둰우가 웃었다.
"난 시골사람이에요. 할 말이 별로 없네요. TV, 모임, 보고회장, 인터
넷, 라디오 그리고 사람들 모두 한시도 쉬지 않고 말을 하지만 그러면서
도 다른 사람들이 뭐라고 하는지 전혀 신경을 쓰지 않지요. 결론은 이
미 다 나와 있는 상태죠. 사람들 모두 자신의 입장에서만 말을 해요. 비
극은 바로 이런 쓸데없는 말들이 전혀 이치에 맞지 않는다는 겁니다. 여
기저기 지나치게 목소리가 많기 때문에 당신이 채 말을 꺼내기도 전에
이미 사람들이 구역질을 하는 시늉을 하거나 케케묵은 진부한……."
연구원이 말했다. "동의해요. 이 사회는 사실 진정한 의미에서는 무
언無言의 상태입니다. 풍자적 의미가 있는, 이런 무언의 표현방식이 침묵
이 아니라 오히려 말을 하는 겁니다."

단우는 연구원이 자기 말뜻을 오해했다고 생각해 설명을 덧붙이려는 순간, 쉬지스가 연신 하품을 하며 자리에서 일어나는 모습이 보였다. 그가 의자 등에서 재킷을 들어올렸다.

이제 일어날 시간이었다.

단우는 그들과 함께 나이트클럽에 가지 않았다.

쉬지스는 좀 특별한 곳에 갈 거고, 어젯밤과는 많이 다르다는 암시를 줬다. 여자들이 홍위병 복장을 입고 있다고 했다. 영혼이 가출하는 광적인 분위기에다 회고적 분위기가 짙은 곳이라는 말도 했다. 하지만 단우가 이미 가지 않겠다고 마음먹은 것을 보고는 더 이상 그에게 강요하지 않았다. 오히려 교수가 그를 향해 눈을 껌뻑이며 구닥다리 익살을 부렸다.

"모습은 초췌해졌지만 어찌 마음까지 다 탄 재가 되었겠습니까?"

그들은 술집 문밖 부슬부슬 비가 내리는 가운데 헤어졌다.

6

오전 9시에 시작한 개막식은 매우 간단해서 10시가 채 못 돼 끝났다. 그들은 시대와 함께, 세계와 함께 간다는 선언을 외쳤다. 이어 으레 그렇듯 대표들과 지역 지도자들의 기념촬영 차례였다. 단우가 사람들을 따라 호텔 문 앞까지 갔을 때는 이미 팡자위와 약속한 채팅시간이 임박해 있었다.

날은 갰지만 여전히 공중에서 살살 비가 뿌렸다. 단우는 사진 찍기

강남에 봄은 지고

전 서로 자리를 양보하는 틈을 타 몰래 빠져나와 자기 방으로 갔다. 로비를 지나 계단 입구까지 갔을 때 어깨까지 머리를 기른 재독在獨 시인이 그의 앞길을 막았다. 그가 미소를 지으며 서양식으로 포옹하더니 누가 초안을 잡았는지도 모를 공동선언문을 내밀면서 서명을 요청했다. 돤우는 그의 이름도 생각나지 않았다. 그냥 성이 '린'이라는 것밖에. 당시 스톡홀름에서, 숲 주변 식당에서 북유럽식 족발을 먹을 때 얼굴을 스친 적이 있었다. 돤우는 그의 가식적인 모습이나 사람됨됨이가 조금 혐오스러웠다.

"가오 선생은 잘 지냅니까?"

그가 웃는 얼굴로 돤우에게 말했다.

"가오 선생이라뇨?"

"가오 선생도 기억 못합니까? 7, 8년 전 우리가 스톡홀름에서……."

돤우는 귀찮은 듯 그로부터 선언문을 받아 자세히 읽어보지도 않고는 그에게 종이를 돌려줬다. "죄송하지만 사인 못하겠네요."

재독 시인은 화를 내지 않았다. 우아하게 팔짱을 끼고 웃는 모습이 심지어 살짝 어린애 같다는 느낌도 들었다. "왜요? 겁이 많고 약해서라고 이해해도 됩니까?"

"어떻게 이해하든 그건 당신 일입니다."

돤우는 고개도 돌리지 않은 채 그 자리를 떠났다.

팡자위는 이미 QQ에 접속해 있었다.

강남의 한 몰락한 명문가, 하인이 많은 거대한 저택에서 태어난 꿈을 꿨다고 했다. 아버지가 갑자기 가출하는 바람에 집안이 쑥대밭이 된 꿈이었다. 시절은 아마도 늦봄인 것 같았고, 비가 내리고 있었

다. 마당에 활짝 폈던 도미화酴醾花는 이미 다 시들었다. 아버지가 없으
니 그녀는 살아갈 수 없었다. 계속 비가 내렸다. 매일 하는 일이라고는
축축한 뜰을 넘어 문 앞에 한없이 펼쳐진 유채꽃밭과 보리밭을 바라
보며, 아버지가 빗속에 나타나 집으로, 그녀 곁으로 돌아오길 바랄 뿐
이었다. 얼마 후 한 젊은 혁명당원이 흰 옷에, 흰 말을 타고 나타났다.
말의 목에 달린 청동방울이 딸랑거렸다. 그의 모습이 문 앞 연못에 비
치는데……

판우: 당신은 그 혁명당원하고 금세 사랑에 빠졌군. 그렇지?

슈룽: 드디어 돌아왔네요. 회의 안 가도 돼요?

판우: 몰래 빠져나왔어. 당신 꿈 이야기 좀 더 해줄래?

슈룽: 뭐 하러?

판우: 혹시 지금 쓰는 내 소설에 도움이 될까 해서.

슈룽: 벌써 다 잊어버렸어요. 다른 꿈도 있는데 들어볼래요? 요즘 며칠
동안 꿈꾸는 것 말고는 달리 하는 일이 없어요. 대부분 악몽이죠.

판우: 당신 지금 대체 어디 있어?

슈룽: 당신이 내가 티베트에 있다고 하지 않았어요? 당신 정말 내가 어
디에 있는지 그렇게 궁금해요?

판우: 조금 진지해질 수 없어?

슈룽: 좋아요. 알려줄게요. 지금 당신 뒤에 서 있어요. 내 말 들어 봐요.
지금 눈을 감고 천천히 몸을 돌려요. 반드시 천천히요. 그리고 마음속으
로 열까지 세요. 그럼 보일 거예요

판우는 그녀가 또 이상한 짓을 하고 있다는 걸 알았지만 그녀가 말

강남에 봄은 지고

한 대로 눈을 감고 천천히 뒤로 돌았다. 마음속으로 아라비아 숫자를 10이 아니라 30까지 셌다.

과연 누군가 노크하는 소리가 들렸다.

돤우는 거울 속의 자기 얼굴을 봤다. 사람의 낯빛이 아니었다. 그는 문으로 달려가 와락 방문을 열었다. 흰색 작업복을 입은 종업원이 청소 수레를 몰고 가다 그를 향해 미소를 지었다.

"뭐라고 하셨어요?" 그가 물었다.

종업원이 웃는 표정을 짓느라 입을 벌리자 테트라시클린(항생물질의 일종) 때문에 누렇게 변색된 치아가 드러났다. 그가 방금 전 한 말을 되풀이했다.

"지금 객실 청소해도 되겠습니까?"

돤우는 재빨리 '필요 없어요'라고 말하고 방문을 닫았다.

컴퓨터 QQ에 아내가 방금 보낸 이미지가 나타났다. 리위춘李宇春49)의 얼굴이 점점 뒤틀려 변형되더니 나중에는 야오밍(중국 농구선수)이 되었다.

돤우는 이미지를 지켜보다 조금 전의 긴장이 풀리며 조금 과장되게 웃음을 터트렸다.

슈룽: 어때요? 재미있죠?
슈룽: 당신에게 진지한 말을 좀 할게요.
돤우: 말해.

---

49) 리위춘(李宇春): 1984년생. 중국 가수. 후난성 오디션 프로그램 《초급여성》(超级女声)에 참가하여 1등을 했다.

슈룽: 말 안 할래요. 재미없어요.

돤우: 말해 봐. 어차피 딴 일도 없어.

슈룽: 20년 전 초은사 연못 옆 그 방에서요. 내가 고열에 시달렸죠. 당신
은 아무 말도 없이 사라지고. 치! 당신 정말 양심도 없는 인간이었죠. 가
기 전에 내 바지에 있는 돈까지 다 털어가고. 기억해요?

돤우: 물론.

슈룽: 지금 내게 그 이유를 알려줄 수 있어요?

돤우: 차표를 샀어야 했어.

슈룽: 그건 알고 있는 거고요. 내가 알고 싶은 건 그때 당신 생각이에요.
당신이 날 처음 본 순간부터 기차에 오를 때까지의 모든 과정 말이에요.
어찌 된 일이었는지 있는 그대로 내게 말해줘요.

돤우: 지금 그런 말이 당신한테 무슨 의미가 있어?

슈룽: 있죠. 적어도 내게는 그래요.

슈룽: 왜 아무 말도 안 해요?

슈룽: 당신 뭐해요?

슈룽: 여자 시인이라도 오셨나?

돤우: 쉬지스가 전화했어. 왜 도망갔냐고. 오늘 내가 토론자였거든. 신경
쓸 것 없어.

돤우: 뭐라고 말해야 하나! 난 내가 허푸로 다시 돌아올 거라고는 꿈에
도 생각 안 했어. 1989년, 운명이 변했지. 이게 사실이야.

돤우: 상하이행 기차였어. 창밖의 달, 구름이 빨리도 흘러가더군. 난 차
가 거꾸로 초은사 연못으로 달려가고 있다는 느낌이 들었어.

돤우: 난 베이징에 가거나 상하이에 남아 일하고 싶었어. 그런데 뜻밖에
도 허푸로 돌아왔지. 이해 돼?

강남에 봄은 지고

슈룽: 잘 모르겠어요.

돤우: 아, 당신 괜히 모르는 척하는군. 사실 박사반 시험에 떨어진 후 상하이에 남을 기회도 있었어. 예를 들면 바오산寶山철강회사나 상하이박물관에. 그런데 어쩌다보니 지도교수와 갈등이 생겼어. 지도교수한테가 아니라 나 자신한테 미안했지. 이제야 알겠어. 뭔가 불가항력적인 힘이 암암리에 수작을 부린 거야. 하지만 그땐 왜 그렇게 됐는지 이해를 못했어. 심지어 짐을 들고 허푸에서 10여 킬로미터 떨어진 광산기계공장에 도착해 신고를 할 때까지도 어쩌다가 그렇게 됐는지 정말 모르겠더라고.

돤우: 그러다 어느 날 화롄백화점에서 당신을 우연히 만났지. 그날은 만우절이었어, 맞아. 하지만 운명의 장난은 아니야. 운명이 내게 비밀을 보여준 거지.

슈룽: 왜 그렇게 무섭게 이야기해요?

돤우: 당신을 본 순간 깨달았어. 2년 동안 계속됐던 황당한 일들이 대체 뭣 때문이었는지. 당시 내 마음속에는 증오뿐이었어. 당신을 증오한 게 아니라 나 자신을 말이야.

슈룽: 날 증오했다고 해도 상관없어요.

돤우: 상하이에 있을 때 당신에게 편지를 쓴 적이 있는데 되돌아왔더군. 학교 사무동에서 두 시간이나 줄을 섰어. 쉬지스에게 시외전화를 걸고. 당신 소식이 알고 싶었거든.

돤우: 화둥정법대학에도 갔었어. 믿을 수 있겠어? 못 믿겠어? 거기 가서 이름도 모르는 당신 사촌언니를 찾아가려고 했어. 쑤저우 강변 입구를 한참 동안 돌았지만 결국은 차마 들어갈 수가 없었어.

슈룽: 몰랐는데, 당신 참 감성적이네.

슈룽: 그날 한밤중에 한 번 깬 적이 있어요. 당신이 안 보이기에 난 또 나

를 위해 약을 사러 간 줄 알았어요.

돤우: 우리 화제 바꾸지.

슈룽: 이제 채팅 더 못해요. 나가야 해요.

돤우: 마지막 질문이야.

슈룽: 빨리 말해요.

돤우: 우리 또 만날 수 있어?

슈룽: 그건 그 사람이 허락할지 물어봐야죠.

돤우: 새 남편 말하는 거야?

슈룽: 아뇨.

슈룽: 하느님요.

돤우: 당신이 무슨 말을 하는 건지 모르겠어.

슈룽: 알게 될 거예요. 이만 나갈게요.

돤우: 안녕

슈룽: 안녕

7

오후, 회의에서 화자서 옛 거리 참관을 기획했다.

여자 가이드가 껌을 씹으며 확성기를 옆에 끼고 손에 삼각기를 흔들며 대표들에게 차양 모자를 나눠줬다. 빨간색이었다. 차양에 황금색의 반룡盤龍 무늬가 찍혀 있었다.

바람이 불었다. 하늘이 황혼 빛이었다. 마치 잘 익은 살구 같기도 하

강남에 봄은 지고

고, 황달에 걸린 환자 얼굴 같기도 했다. 칠공석교 위에는 행인들의 신발 자국이 찍힐 정도로 두껍게 모래흙이 깔려 있었다. 공기 중에도 목이 막힐 정도로 먼지와 모래가 섞여 있었다. 일행은 주차장을 통과해 가파른 산 가장자리를 따라 동쪽을 향해 걸었다. 답청을 온 사람들이 풍우장랑 입구에 모여들었다.

빨간 시멘트 기둥. 진초록의 시멘트 난간. 회랑은 한눈에 보기에도 새로 만든 것이 분명했다. 산길을 따라 회랑이 구불구불 위를 향해 뻗어 있었다. 까만 칼새가 삼삼오오 회랑 안을 비켜 지나갔다. 둥지를 만들기에 적당한 곳을 찾고 있는 듯했다. 앞으로 백 보 정도 가니 여행객들을 위한 정자가 보였다. 조각이 되어 있는 기둥과 들보는 모두 정성껏 장식이 되어 있었다. 둥근 지붕에는 파초, 대나무 숲, 연기가 피어오르는 향로 그림이 그려져 있었다. 조용히 차를 끓이며 모락모락 피어오르는 차 연기와 함께 다향을 즐기는 분위기였다. 그러나 그림이 조잡해서 감상할 기분이 들지 않았다. 더욱 이상한 것은 가는 선으로 그려진 여인의 모습이 하나같이 허리가 가늘고 둔부가 풍만하고, 모두 무릎을 꿇고 앉아 차를 올리고 있는 것이었다. 이에 비해 남자는 점잖게 대나무 침상에 앉아 손에 부들부채를 들고 있었다. 둥근 배를 한껏 드러낸 모습이 매우 방만해 보였다. 타이족의 풍물 그림 같기도 하고 일본의 우키요에浮世繪 같기도 한 것이 이도 저도 아닌 그림이었다.

가이드는 평황산의 이 회랑을 왕관청王觀澄이란 사람이 동치 11년(롼우가 재빨리 계산해보니 1885년이었다)에 처음 만들었다고 소개했다. 왕관청은 은자의 유적을 따라 장시성 지안吉安에서 출발하여 화자서에 이르렀다고 한다. 신선을 찾아 도를 찾는 데 몰두했던 왕관청이 어쩌다 유명한 비적 두목이 되었는지 묻자 가이드는 그건 모르겠다고 대답했다.

"그 은자가 누구예요?" 시인인 지젠이 참다못해 물었다.

"자오셴焦先(동한시대 은사)이에요. 화자서 최초의 주민 중 하나입니다." 가이드가 웃었다.

"그의 유골이 여러분이 묵고 있는 호텔 지하에 묻혀 있습니다. 아마 어느 분의 침대 밑일지도 모르죠."

그녀의 말에 1층에 묵고 있는 캉린이 말했다. "어쩐지 어젯밤에 악몽을 꾸더라니."

그들은 곧이어 산중턱에 이르렀다. 깊은 계곡 위에 떠 있는 작은 널다리를 통해 마을로 들어갔다.

마을은 산간 평지의 완만한 언덕에 조성돼 있었다. 마을 안에 있는 정원이 고요했다. 가가호호 모든 가옥의 양식이 일률적이었다. 얼룩덜룩한 석회 벽, 진회색 비늘 모양의 깨진 기와, 처마 밖으로 삐져나온 서까래, 아담하고 정교한 마당, 새끼줄에 홈이 팬 우물. 동쪽과 서쪽에 있는 유채. 푸른 풀이 가득한 연못은 바닥이 드러나 두껍게 이끼가 덮여 있었다. 나무 울타리와 누창漏窗(투조식 창문)을 통해 줄지어 찾아드는 여행객의 모습이 보였다. 사람들이 우물 옆 울타리 옆에서 카드놀이를 하거나 사진기를 들고 이리저리 돌아다녔다.

유감스럽게도 마을에는 주민이 거의 보이지 않았다.

가이드의 소개에 따르면 마을 지역민 대부분은 2년 전 10킬로미터 떨어진 더우좡으로 이주했다고 한다. 물론 그들의 '자원'自願에 의한 것이었다고 소개했다.

허물어진 연자방앗간, 폐허가 된 옛 사당을 돌자 돤우는 멀지 않은 도화나무 숲속에 커다란 건물 한 채가 우뚝 솟아 있는 것을 발견했다.

강남에 봄은 지고

건물 디자인이 독특했다. 높고 기세등등한 마두장^{馬頭牆}(방화벽)이 층
층이 이어져 있어 용마루와 회색빛 기와를 완전히 가렸다. 흰색 옹벽 너
머로 녹나무, 은행나무 가지가 뻗어 있었다. 여의문⁵⁰⁾, 동서 양쪽에 철
제로 받쳐 둔 촉부해당^{蜀府海棠}이 한 그루씩 세워져 있었다.

아마도 이곳이 가이드가 여기까지 오는 동안 줄곧 말하던 왕관청
의 고택인 듯했다.

화자서 쪽에서 시인들을 위해 특별히 공연을 준비했다. 벽이 기울
어진 옛 사당에서였다.

불빛이 어두웠다. 낭하 위쪽 천창에서 비스듬히 빛줄기 하나가 새
어 들어왔다. 무대를 준비한 연기자들이 뒤에서 '둥, 둥' 달려나오자 먼
지가 뽀얗게 일었다. 지스는 이 사당이 왕관청이 수하 비적두목을 불
러 모아 회의를 하던 곳이자 무기와 전리품을 쌓아두던 창고라고 했다.
1950~1960년대 이곳은 '화자서 인민공사' 식당이기도 했다.

돤우는 무대 옆 구석에서 호랑이가 누워 있는 모양의 커다란 부뚜
막을 발견했다. 솥뚜껑, 바가지, 국자, 주걱, 사발 등이 모두 갖추어져 있
었다. 부뚜막 위쪽 벽에 투각 장식의 창문이 있었고 그 창문 사이로 대
나무가 무성한 바깥마당의 짙은 녹음을 볼 수 있었다. 벽에 붙은 포스
터는 이미 퇴색되어 글씨가 흐릿했지만 '소근장'⁵¹⁾, '낭와장'⁵²⁾, '자오청

---

50) 여의문(如意門): 단독 가옥식 대문. 문틀 및 양쪽 벽과 만나는 지점에 여의 형상의 장식을 넣어 붙여
진 이름.
51) 소근장(小靳莊): 톈진시 교외의 한 농촌 마을. 마오쩌둥의 부인이자 사인방 중 하나인 장칭이 낡은
습관을 타파하고 혁명전통을 계승하여 새로운 생활방식을 주장하며 이곳에서 성과를 거두었다. 이에 따
라 1974~1975년 사이에 전국적으로 '소근장 배우기 운동'이 벌어졌다.
52) 낭와장(狼窩掌): 산시성 다자이(大寨) 산골짜기 7곳 가운데 가장 큰 골짜기. 폭우가 내릴 때마다 홍
수가 났다. 예로부터 자주 늑대가 출몰한다 하여 붙여진 이름이다. 1953~1962년까지 지역민들의 노력
으로 이곳에 계단식 밭이 건설되었다.

에서 화정웨이가 나왔네'[53] 등은 아직도 글자를 알아볼 수 있었다.

조용히 공연이 시작되길 기다리는 사이, 한바탕 주위가 소란스러웠다. 돤우가 뒤돌아보니 위더하이라는 키 작은 사람 하나가 재독 시인인 라오린을 쫓아 실내를 뛰어다니고 있었다.

"라오린이 서명을 부탁했지?"

쉬지스가 음흉하게 웃으며 물었다.

"당연하지. 그런데 상대도 안 했어."

"위더하이도 불쌍해. 라오린이 대표들 모두 공동선언문에 서명을 했다고 그에게 거짓말한 걸 정말 믿었나 봐. 첫 번째로 서명을 했대. 내 단언컨대 아마도 지금까지 서명한 사람은 위더하이 하나밖에 없을 걸? 그래서 위더하이가 라오린에게 자기 서명을 취소해달라고 저렇게 쫓아다니는 거야. 하지만 그게 어디 가능할 것 같아? 라오린 저 사람, 너도 알지? 유령 같은 사람이잖아. 저 사람이 귀국해서 어딘가 나타났다 하면 누군가 꼭 재수가 없거든."

무대 뒤에서 징과 북이 울렸다. 서서히 막이 오르기 시작했다.

도사 차림을 한 배우가 얼굴을 오창귀五猖鬼(전설 속의 요괴. 오통신五通神이라고도 함)처럼 분장하고 한손에는 귀각선龜殼扇을 들고 무대 중앙에 섰다. 그는 목청을 가다듬은 후 껄렁거리며 자기소개를 했다. 돤우는 그가 극중에서 그냥 교활한 역할을 맡았을 뿐이라고 생각했는데 그의 긴 대사를 자세히 듣고 난 후 혁명당 역할이라는 것을 알았다. 그의 이름은 저우이춘周怡春, 별명은 '당나귀'였다. 그가 화자서에 잠입해 수행해야

---

53) 자오청에서 화정웨이가 나왔네(交城出了个华政委): 화정웨이는 마오쩌둥 사후 국무원 총리와 주석을 지냈던 화궈펑(华国锋)을 말한다. 그의 고향 자오청 사람들은 그가 사인방을 숙청하였기에 오늘날 개혁개방이 이루어질 수 있었다고 그를 높이 평가한다.

강남에 봄은 지고

할 임무 가운데 하나는 토비 세력 내부에 들어가 분열을 획책하고 혁명 당원들의 현성 공격을 위해 병사를 모집하고 말을 매입하는 일이었다.

그는 육손이였다.

그가 여섯 번째 손가락을 관중들에게 보여주려는 순간, 껌으로 붙인 가짜 손가락이 실수로 떨어져나가는 바람에(물론 이 역시 연기자가 익살을 부린 것일 수 있다) 무대 아래에서 한바탕 폭소가 터져 나왔다. 신세대 젊은이들은 신해혁명 전날의 혁명당원 역할을 맡았는데, 그들의 터무니없는 엉터리 대사도 별반 이상해 보이지 않았다. 빌 게이츠와 저우제룬周杰倫(타이완 가수 겸 배우, 감독) 같은 인물로 분장하여 사람들의 웃음을 자아낸 연출은 요즘 민속풍물극의 일반적인 특징이기도 했다. 혁명당원이 입은 도포자락 아래로 청바지단과 흰 나이키 운동화가 보일 정도였으니 더 말할 것도 없었다. 돤우는 혐오감을 감출 수 없었다. 아무리 집중을 하려고 해도 극에 몰입할 수가 없었다.

그는 정신을 가다듬고 계속 연극을 보다가 결국 마변馬弁이 등장할 즈음 잠이 들었다. 하지만 그렇게 깊이 잠이 든 건 아니었다. 무대 아래에서 폭소가 터지는 바람에 다시 눈을 뜨고 어리둥절한 표정으로 무대 위를 살폈다. 총소리가 터져 나와 그는 완전히 잠이 달아나버렸다.

무대 위에 연출되고 있는 화자서는 풍성학려風聲鶴唳54)라는 표현이 걸맞은 스산한 곳이었다.

토비 분장을 한 뚱보 한 사람이 거대한 뱃가죽을 그대로 드러낸 채 무대 중앙에 놓인 대나무 침상에 누워 있었다. 그의 첩 두 사람이 침상

---

54) 풍성학려(風聲鶴唳): 바람 소리와 학의 울음소리. 적의 추격이 두려워 바람 소리와 학의 울음소리만 들어도 적이 쫓아오는 줄 알고 도망간다는 뜻. 하찮은 일이나 작은 소리에도 몹시 놀람을 비유한다. 《진서》(晉書)〈부견재기〉(苻堅載記)

양편에 무릎을 꿇고 앉아 한 사람은 부채질을 해주고, 한 사람은 다리를 두드렸다. 첩의 섬섬옥수가 그만 '실수'로 거시기를 치는 바람에 주인이 괴성을 지르며 두 손으로 사타구니를 움켜쥐고 허푸 일대 사투리로 욕을 퍼부었다.

"니미, 씹할 년이 어디를 치나?"

무대 아래에서 다시 폭소가 터졌다.

"이상해."

똰우가 작은 소리로 옆에 앉은 쉬지스에게 중얼거렸다.

"왜?"

"무대 위 저 첩 말이야. 뚱뚱한 쪽, 왜 낯이 익지? 어디서 본 것 같은데."

"전혀 이상할 것 없어."

쉬지스가 그에게 바짝 다가와 킥킥 웃었다.

"네가 잘 봤어. 벌써 잊은 거야? 쟤들 만났잖아. 그것도 아주 가까이에서. 다만 스튜어디스 복장을 연극 의상으로 갈아입었을 뿐이지."

똰우는 처음에는 무슨 말인지 몰라 어리둥절하다가 한참이 지나서야 중얼거렸다.

"어찌 그런!"

쉬지스가 씩 웃으며 더 이상 아무 말도 하지 않았다.

똰우는 자리에서 일어나 사람들 틈을 빠져나가 벽 쪽 통로를 통해 사당의 또 다른 쪽으로 이동했다.

천정 옆 문턱에 치파오를 입은 종업원 하나가 서 있었다. 그녀가 친절하게 화장실 위치를 손으로 가리켰다. 똰우는 화장실에 가려는 것이 아니라고 말했다.

천정 청석판에 태호석이 우뚝 서 있었다. 태호석의 감각적 구멍 위로 '도원유미'桃源幽媚라는 네 글자가 적혀 있었다. 바위 주변에 물이 가득 담긴 태평항 두 개와 연죽 덤불이 우거져 있었다. 천정 높은 담벼락 옆으로 작은 쪽문이 하나 나 있었다.

돤우는 문득 그저께 밤, 부슬비를 맞으며 뿌연 안개를 뚫고 쉬지스와 함께 이 문으로 들어섰던 기억이 났다. 문 맞은편은 천정의 또 다른 한쪽으로 월량문이 있었다. 그들이 이곳을 지날 때 빗물 때문에 미끄러워 하마터면 쉬지스가 넘어질 뻔했었다.

지금 월량문 입구에는 '관람객의 출입을 금합니다'라는 팻말이 서 있었다.

돤우는 경고문에도 아랑곳하지 않고 태연하게 그 안으로 걸어 들어갔다. 연못 근처에 세운 화청이 눈에 들어왔다. 연못은 크지 않았다. 초승달 모양으로 푸른 물이 담겨 있고, 언덕 옆에는 큰 버드나무들이 있었다. 못 맞은편에 정자 하나가 서 있었는데 돌과 자갈이 어지러이 깔려있고 여러 종류의 나무들이 자라고 있었다. 돤우가 앞으로 채 몇 걸음 가기도 전에 갑자기 석방石舫(돌로 만든 배) 쪽 오솔길에서 누군가 황급히 달려 나오는 모습이 보였다. 고수머리의 중년 남자였다. 그가 돤우에게 나가라고 손짓하며 소리를 질렀다.

"누가 함부로 들어오라고 했소! 입구의 팻말 못 봤습니까? 나가, 어서 나가요!"

돤우가 씩씩거리며 뒤돌아 나가려는데 쉬지스가 문가에 삐딱하게 서서 그를 향해 눈을 깜빡였다.

"여긴 금지구역이야. 벌건 대낮에 여긴 왜 들어와?"

쉬지스가 웃으며 돤우가 사당에 놓고 간 모자를 그에게 돌려줬다.

"그저께 저녁에 우리가 여기……."

"조용히 해! 이제야 알겠어?"

쉬지스가 사방을 둘러보더니 말했다.

"여긴 회원제야. 그리고 밤에도 아무나 들어올 수 없어."

돤우가 여전히 고개를 돌리며 두리번거리자 쉬지스가 다시 한껏 목소리를 낮춰 웃으며 말했다.

"생각이 간절해? 그래? 그럼 오늘 밤에 내가 다시 한 번 더 데리고 올까?"

중년 남자는 이미 보이지 않았다. 마당이 고요했다. 거센 바람이 산 꼭대기를 넘어 먼지와 꽃잎을 가득 싣고 마치 눈이 내리듯 연못 상공에서 나풀나풀 흩어져 내렸다.

"돈만 있으면 여기선 뭐든지 가능해. 심지어 황제가 될 수도 있다니까!"

"황제? 그게 무슨 뜻이야?"

"비빈을 거느릴 수 있단 말이지. 알아듣겠어?"

쉬지스가 웃을 듯 말 듯 의미심장한 표정을 지으며 그를 잡아당겼다.

8

다음 날, 오전 내내 돤우는 컴퓨터 앞을 지키고 앉아 있었다. 팡자

강남에 봄은 지고

위는 QQ에 접속하지 않았으며, 그에게 일언반구도 남기지 않았다.

친구 목록의 유일한 표시가 침묵 속에 희미한 채 불이 들어오지 않았다.

다시 하루가 지났다. 상황은 여전히 마찬가지였다.

그는 화자서에서 허푸 집으로 돌아왔다.

어머니와 샤오웨이는 바로 메이청으로 돌아갔다. 내일이 청명절이라 어머니는 창저우에 가서 첫 번째 남편－손재주가 뛰어나고 매사에 고분고분했다는 목공－의 성묘를 갈 예정이다. 어머니는 이제껏 탄궁다의 성묘는 챙긴 적이 없으니 이번에도 당연히 그럴 리가 없다. 아버지의 묘 자리에는 폐기처분된 MD－82 비행기가 놓여 있었다. 허푸에 항공산업단지를 건설하고 있다는 표식 가운데 하나다. 아버지의 묘와 시신은 행방이 묘연하다. 하지만 그의 생전의 일관된 이상과 염원을 비춰볼 때 지하에 영령이 남아 있다면 시신은 사라지고 자신이 묻혔던 곳이 국가 항공산업을 위해 사용되는 사실 앞에 분명 구천에서도 미소를 지으리라. 팡자위가 당시 그를 위로하며 한 말이다. 돤우 역시 그렇게 생각했다.

어머니의 말에 따르면, 돤우가 화자서에 있을 때 팡자위가 전화를 걸어 뤄뤄와 한참 동안 대화를 나눈 후 마지막에 어머니와도 통화를 했다고 한다. 어머니는 며느리의 목소리가 '왠지 좀 이상하다'고 했다. 팡자위는 어머니와 샤오웨이에게 허푸에 와서 살라고 했다. 어머니가 그녀에게 허푸의 본가에 살지, 아니면 탕닝완의 새집에 살지 물어봤더니 팡자위가 '마음대로 하시라'고 하고는 전화를 끊었다고 한다.

핸드폰 충전을 끝내고 나니 그동안 대기하고 있던 문자 알림 신호가 끊임없이 울렸다. 모두 12통이 넘었다. 그 가운데 하나는 법원에 와서 소환장을 받아가라는 보이스 피싱이었다. 문의 전화를 하도록 유도하여 돈을 빼낼 의도였다. 물론 돤우는 무시하고 전화를 걸지 않았다. 나머지 11통은 뤼주에게서 온 문자였다.

돤우는 그녀가 지금 허푸에 있는지 알 수 없었다. 전화를 걸어보니 신호는 가는데 전화를 받자마자 상대방이 전화를 끊어버렸다. 다시 걸자 전화가 꺼져 있는 상태였다.

뤼주가 화난 것도 이해가 갔다. 마음이 켕겼지만 그녀까지 챙겨줄 여유가 없었다. 그는 컴퓨터를 켜고 최근 며칠 동안 꽝자위와 나눴던 대화를 다시 여러 번 정독했다. 불길한 예감이 갈수록 커졌다. 마지막으로 그의 시선이 '하느님'이라는 글자에 꽂혔다. 그는 처음으로 '애가 탄다'는 말을 실감했다. 얼마나 절절하게 초조한 상태를 말해주는 표현인가.

뭐뭐가 학교에서 돌아왔다. 아이는 까맣게 탄 얼굴로 땀에 흠뻑 절어 웃고 있었다. 머리카락이 이마에 찰싹 달라붙어 있었다. 아이가 책가방을 바닥에 내팽개치며 신발을 벗었다. 신발이 한 짝씩 각기 다른 방향으로 날아갔다.

"빨리, 빨리! 바보궁둥이 엄마한테 전화해."

아들의 얼굴에 희색이 돌았다.

돤우는 아이를 안아주려 했는데, 아들은 마치 미꾸라지처럼 그의 겨드랑이 아래를 빠져나가 화장실로 뛰어 들어갔다. 최근 본 모의고사에서 아들이 반 1등을 했다. 수학과 영어는 모두 만점이었다. 이 밖에 이제 막 끝난 학급회의에서 장 선생님이 아이를 반장대리에 임명했다고 한다. 아이가 변기에 대고 소변보는 소리가 들렸다. 아들이 이상한 말투를 썼다.

"하늘이 나를 도우셨도다!"

"반장은 다이쓰치 아나? 왜 네가 대리를 해?"

반쯤 열린 화장실 문 사이로 돤우가 아들에게 물었다.

"걔는 쓰레기야. 꼴값을 떤 거지. 그래서 우스갯거리가 됐어."

"어디서 그런 말을!"

돤우가 정색했다.

"고운 말을 써야지! 대체 그 친구는 어떻게 됐는데?"

"끔찍해. 입원했대."

아들이 세수를 하며 대수롭지 않다는 듯 말했다.

"어디가 아픈데?"

"잠을 못 잔대. 죽고 싶다고 한대."

"저런."

돤우가 작은 소리로 중얼거렸다.

오늘 아침 쓰레기를 버리러 갈 때 맞은편에서 '다이쓰치 엄마' 후이웨이가 다가왔다. 그녀는 몇 마디 하지도 못한 채 두 눈이 벌게지며 고개를 돌리고 가버렸다.

그랬구나.

"다이쓰치가 금방 퇴원할까, 아빠?"

"아빠가 의사도 아닌데 어떻게 알아?"

돤우가 아들을 물끄러미 바라봤다.

"왜? 보고 싶어?"

뤄뤄는 다이쓰치와 어려서부터 친구였다. 짝꿍을 한 적도 많았다.

"무슨! 영원히 퇴원 안 했으면 좋겠어."

"무슨 그런 말이 있어!" 돤우가 펄쩍 뛰며 호되게 야단쳤다.

"어찌 그리 매정해? 다이쓰치가 돌아오면 네가 반장 못할까 봐 그러는 거야?"

"갠 수학을 잘한단 말이야! 특히 올림피아드 수학은 거의 변태에 가까울 정도로 성적이 좋아. 개가 돌아오면 우리 모두 등수만 밀려나."

아들은 한창 키가 크는 중이라 그의 앞에 서니 그와 겨우 머리 반 정도밖에 차이가 나지 않았다. 돤우는 아들의 사고방식에 문제가 있고 심리상태도 건전하지 않다고 생각했다. 이야기를 좀 하려고 하는데 아들은 이미 책가방을 들고 자기 방으로 들어간 후였다. 방문을 닫기 전 아이가 고개를 내밀며 말했다.

"7시 전까지는 방해하지 말아주세요, 아빠! 오늘 숙제가 겁나 많아!"

"그럼 아빠 한 번 안아주고."

아들이 마지못해 그를 안았다.

"자, 됐지? 나이 드신 우리 색정광 아빠."

아이가 웃으며 힘껏 아빠를 밀어낸 후 요란하게 방문을 닫았다.

돤우는 멍하니 아들 방문 앞에 서서 아들이 조금 전 '하늘이 나를 도우셨도다'라고 한 말을 떠올리며 갑자기 걱정이 밀려왔다.

아들 세대가 자기 나이가 될 때면 이 세상은 어떻게 변할까?

그는 다이쓰치 엄마에게 전화를 걸어보고 싶었다. 수화기를 잡았지만 잠시 생각하다 힘없이 수화기를 내려놓았다.

9

강남에 봄은 지고

슈룽: 정말로 달갑지 않아요.

돤우: 뭐가 달갑지 않은데?

슈룽: 나는 정말 티베트에 갈 수 없는 걸까! 이상하단 생각 들지 않아요?

돤우: 뭐?

슈룽: 왕두이旺堆가 그냥 한 말인데 마치 리춘샤의 예언처럼 적중했어요.

돤우: 왕두이가 누군데?

슈룽: 렌위의 활불이에요. 뤄뭐의 앵무새를 준 그 스님.

돤우: 당신은 항상 터무니없는 생각을 잘해. 괜찮아. 나중에 내가 같이 가줄게.

슈룽: 그러길 바라요.

돤우: 당신 핸드폰은 왜 그렇게 자주 불통이야?

슈룽: 돈을 못 내서 정지됐어요.

슈룽: 내 조언 하나 들어볼래요?

돤우: 먼저 당신부터 무슨 일인지 말해줘.

슈룽: 금연. 담배 끊어요. 애를 생각해서라도.

돤우: 생각해 볼게.

슈룽: 생각해 볼 것도 없어요. 금연해요. 어서 약속해요. 아들이 결혼할 때까지 살겠다고.

돤우: 그건 장담 못하겠는데.

돤우: 그리고 뤄뭐가 만약 결혼 안 하면?

슈룽: 우리 뤄뭐에게 뽀뽀하고 싶어요. 실컷. 얼굴이랑 그 작은 손이랑. 팔딱팔딱 뛰는 뤄뭐의 심장 소리, 꼭 작은 북소리 같아요. 까맣고 토실토실한 엉덩이랑.

돤우: 당신 대체 왜 그래?

돤우: 꼭 세상과 이별할 사람처럼. 무슨 일이야?

슈룽: 맞아요. 이별.

슈룽: 어제 오전에 식물원에 갔었어요. 거기서 두 시간 있었어요.

돤우: 어디 식물원?

슈룽: 화장실 다녀올게요. 기다려요.

오후 3시 15분. 사무실 불빛이 어둑하다. 날씨가 흐렸다. 본래 남쪽 창을 통해서는 먼 곳까지 볼 수 있었다. 아스팔트처럼 거무튀튀한 운하도 볼 수 있고, 지류가 나눠지는 곳에 떠도는 플라스틱 쓰레기, 수면의 선박, 볼록하게 솟은 언덕, 작은 밭 등도 모두 볼 수 있었는데 지금은 고층건물이 가운데 높이 솟아올라 넓게 퍼지던 햇빛조차 가로막아버렸다. 노란색 안전모를 쓴 건설현장 노동자 한 사람이 비계에 서서 강 쪽으로 오줌을 눴다.

샤오스 대신 그의 사무실로 발령 받은 사람은 먹는 것을 좋아하여 별명이 '식충이'인데 언제나 깊이 잠든 아기처럼 고요했다. 그는 절름발이에 백반증을 앓고 있었다. 하지만 그런 것은 아무것도 아니었다. 돤우는 최근 그의 몸에서 문제점을 발견했다. 그에게 액취가 심하다는 것이었다. 그나마 지금은 4월이라 냄새가 그리 지독한 편이 아니지만 일단 날씨가 더워지면 아마도 참기 힘들어질 것이다.

돤우는 그의 이름을 알고 있었다. '후젠창'胡建倉. 만약 그가 주식을 한다면 돈을 벌기는 틀린 것 같다.[55] 하지만 그는 시간이 나면 야한 성인사이트 보는 것을 좋아할 뿐, 주식에는 흥미가 없다. 돤우는 유일한 취미에 빠져든 그의 모습을 보고도 못 본 척하고 '식충이' 역시 그를 귀

강남에 봄은 지고

찮게 하지 않았다.

평옌허로부터 조금 전 이상한 전화가 왔다.

최근 그는 심장 혈관에 스텐트를 다섯 개나 박았다. 직장 동료는 평
옌허가 조만간 백호성^{白虎星}(불길한 사람)인 며느리 베개에서 죽을지도 모
른다고 악담 섞인 걱정을 했다.

이번에 평옌허가 그에게 전화를 한 건 바둑을 두자는 이야기가 아
니었다. 평옌허가 그에게 바이샤오셴^{白小嫻}이란 사람을 아는지 물었다. 사
람들은 보통 그 이름을 들으면 대개는 꽃처럼 아름다운 여인을 떠올릴
것이다. 그러나 사실 그녀는 이미 일흔이 넘은 노인네다. 돤우는 회의에
서 딱 한 번 그녀를 만난 적이 있다. 몹시 말랐지만 건강관리를 잘한 덕
분에 아주 건강했다. 그녀는 문화 사업을 책임지고 있는 부시장이다. 평
옌허가 전화를 했을 당시 그녀는 평옌허의 사무실에 있었다. 그녀가 돤
우를 만나보고 싶다는데 이유는 알 수 없다고 했다. 돤우 역시 아무리
생각해도 그 이유를 알 수 없었다.

그는 대충 핑계를 대며 거절했다.

그가 가지 않은 것은 잘한 일이었다.

슈룽: 어젯밤에 또 꿈을 꿨어요.

돤우: 또 혁명당 사람 꿈은 아니겠지?

슈룽: 누군가 나를 죽이려고 쫓아왔어요. 가을 들판을 뛰고 있었어요.
들판에 옥수수가 잘 익었더군요. 비가 내리고 있었고요.

---

55) 젠창(建倉)은 주식을 사들인다는 뜻이기도 하다. 또한 후(胡)는 제멋대로, 엉터리의 뜻이 있으니 엉
터리 주식을 사들인다는 뜻이다.

돤우: 그래서, 잡혔어?

슈룽: 말할 필요도 없죠! 완전히 저질 늙은이였는데, 옥수수 발에서 일어나면서 보니 아랫도리에 아무것도 안 걸쳤더라고요. 그가 득의양양하게 자기 손에 찬 수갑을 보여주며 괴이하게 웃고는 날더러 처녀냐고 물었어요. 자기는 공안公安이 아니니 무서워하지 말라고 했어요. 처녀막을 수집하는 장사꾼이랬어요. 조상대대로 내려오는 비법이 있는데 처녀막을 여자 몸에서 빼내 말려서 피리청을 만든댔어요. 어때요, 재미있어요? 만약 자기 말을 들어주면 일이 끝나고 곧바로 풀어준댔어요.

돤우: 기꺼이 승낙했겠네, 그렇지?

슈룽: 피!

슈룽: 내 인생은, 지금 와서 보니 그냥 이렇게 얇은 막 하나였어요. 그 안에는 치욕밖에 없어요.

돤우: 조금 전 이야기, 아직 안 끝났는데.

돤우: 식물원에 갔다고 했잖아.

슈룽: 맞아요. 식물원에 갔었어요. 하지만 정문으로 들어가진 않았어요. 톈후이산天回山 산자락에 농가 하나가 있었는데 거기 앉았어요. 새로 난 죽순을 먹고 맥주 반잔을 마셨고요. 희뿌연 안개가 껴서 화초는커녕 아무것도 안 보였어요. 그래도 어쨌거나 봄이었지요.

슈룽: 인정해요. 확실히 난 바보 같은 짓을 했어요. 정말 바보 같았어요. 한 번 더 기회가 온다면 다시는 그렇게 하지 않을 거예요. 정말 마음이 내키지 않아요. 하지만 이미 이 지경이 되었으니 돌이킬 수 없어요. 사람은 너무 나약한 존재예요.

돤우: 그럼, 당신 지금 청두에 있어?

돤우: 당신 청두에 있지. 그지?

슈룽: 네. 청두예요.

슈룽: 당신 정말 똑똑해요. 그냥 손 가는 대로 롄후이산이란 지명을 쳤는데.

돤우: 하하, 드디어 당신 잡았네.

슈룽: 원래는 티베트에 가고 싶었는데. 라싸, 나취, 르카쩌……. 아니면 아무 데라도 좋아요.

슈룽: 그냥 사람 없는 곳에 가서 죽어버리려고요.

슈룽: 그런데 비행기가 난징南京의 루커우禄口공항에서 이륙하자마자 열이 나기 시작했어요. 롄위의 왕두이 라마승이 모든 일이 내 안에서 두 번 일어난다고 했는데 또 열이 났어요. 라마승이 그 까만 얼굴로 계속 내 앞을 왔다 갔다 했어요. 스튜어디스가 냅킨에 얼음을 싸서 이마에 얹어줬어요. 그리고 날 일등석으로 옮겨줬어요. 덕분에 평생 처음으로 일등석을 탔어요, 아마도 마지막이겠지만.

슈룽: 청두에 도착하자마자 대기 중이던 120 구급차에 실려 공항 근처 병원으로 이송됐고요. 그곳에 이틀 정도 있었어요. 의사가 폐렴 때문에 열이 났다고 하더군요. 하지만 내 병이 폐렴같이 간단한 것 같진 않다고 더 큰 병원에 가보라고 했어요. 그리고 이곳으로 옮겼죠. 5층 특수병동에 있어요.

돤우: 대체 어떻게 된 거야?

돤우: 놀라게 하지 말고!

돤우: 무슨 병인데?

슈룽: 뭘 물어요?

돤우: 언제 발견했는데?

슈룽: 허푸 떠나기 전에 당신한테 편지 보냈어요. 편지 받게 되면 다 알

거예요. 조급해할 것 없어요.

돤우: 편지 받은 적 없는데?

슈룽: 받을 거예요. 리춘샤가 그랬죠. 내가 6개월을 못 넘길 거라고요. 벌써 다섯 달째예요. 그래도 마음은 편해요. 병원은 나름 환경이 좋아요. 담당 의사가 황전성이란 사람인데, 유머 감각이 있어요. 내게 죽음에 대해 서슴없이 말해요. 나처럼 암 말기 환자는 결국 폐렴으로 죽는대요. 제일 좋은 항생제를 쓰고 있고 모르핀도 조금 써요. 4, 5일 지나니 열이 가라앉았어요. 수술해도 가망이 없다고 했어요. 다행히 약물이 몸에 받는대요. 그러니 상황이 그리 나쁘진 않을 것 같아요. 스티브 잡스도 잘 살았잖아요?

슈룽: 하루나 이틀에 한 번씩 황전성이 병실에 와서 잠시 이야기를 나누고 가요. 현대의학은 이미 '치유'라는 개념을 철저히 포기했대요. 할 수 있는 건 다만 '유지'라는 거죠. 사실 유지도 포기라고 해야죠. 생명을 유지시키면 시킬수록 치유하고는 멀어져 가니까요. 의사 말이 자기 업무는 사실 '안정을 유지'시키는 거라고 했어요. 그래서 자기 일이 싫대요, 더러운 게 싫은 건 아니고요. 매일 말기 암과 싸우다 보니 생명에 무슨 존엄 같은 건 없다는 생각이 든대요. 자기가 담당한 나이 든 간부 한 사람이 있는데 벌써 나이가 아흔이 넘었다나 봐요. 전혀 의식이 없는데도 코로 영양을 공급하면서 3년을 넘겼대요. 적어도 의학적으로는 아직 살아 있는 거죠. 측정기의 생명징후가 상당히 안정적이래요. 물론 그에게 들어가는 돈은 다 공금이죠.

돤우: 혼자야? 누가 간병해 줘?

슈룽: 간병인이 하나 있어요. 후난 리링醴陵 사람이에요. 어제 절 데리고 식물원에 다녀왔어요. 요즘 며칠 동안 계속 제게 자기 고향 후난으로 갈

이 가자고 권유하더라고요. 자기 당숙이 하나 있는데 '부수'符水(부적을 태운 물)로 병을 치료한대요. 우습죠?

슈룽: 나쁜 소식이 또 하나 있어요.

돤우: 말해 봐.

슈룽: 카드에 돈이 다 떨어져가요.

돤우: 지금 전화해서 비행기 표 예약할게. 내가 바로 갈게. 바로. 눈 깜빡하면 도착할 거야.

슈룽: 오지 말아요.

슈룽: 당신이 아무리 빨리 와도 내가 더 빨라요.

돤우: 무슨 뜻이야?

슈룽: 무슨 뜻인지 알잖아요.

돤우: 부탁인데, 제발 그런 생각하지 마.

돤우: 나 겁주지 마.

돤우: 당신 아직 있어?

날은 이미 완전히 어두워져 있었다. 30분 전쯤 후젠창은 자료실을 나가 퇴근했다. 그는 돤우를 위해 등을 켜줬다. 백열등에서 '지지직' 소리가 났다. 창밖 건설 현장에서도 사람 모습이 보이지 않았다. 뼈만 남은 커다란 검은 고양이 한 마리가 비계에서 살벌한 표정으로 그를 노려봤다. 철학자 같았다. 멀지 않은 곳에서 동력을 설치한 범선의 모터소리가 울려 퍼졌다.

돤우는 쉬지스에게 전화를 해야 할지 망설였다.

슈룽: 아직 있어요. 내 사랑.

슈룽: 그날 우린 렌후이산 아래 농가에서 해가 질 때까지 있었어요. 황혼 무렵에야 해가 모습을 드러냈어요. 바람 한 점 없었고요. 식물원 입구 작은 숲에서 많은 노인들이 운동을 하고 있더라고요. 사람들 얼굴에 모두 '자부심'이 넘쳤어요. 쉬징양 말이 일리가 있어요. 그들 모두 천군만마를 뚫고 살아 남은 행운아들이잖아요. 살아 있다는 것, 그게 바로 그들의 전리품이죠.

슈룽: 전에 우리가 인간의 분류에 대해 토론했던 것 기억해요? 이 세상에는 죽은 사람과 살아 남은 자, 두 종류의 사람밖에 존재하지 않는다고 말했잖아요. 난 실패했지만 그냥 받아들이려고요.

슈룽: 오지 말아요! 적어도 지금은. 혼자서 마지막 고비를 넘어야 해요. 내가 제일 혐오하는 사람이 누군지 알아요?

돤우: 9시 20분, 청두로 가는 항공편이 있어.

돤우: 당신 계속 이야기해.

슈룽: 아는 사람. 내가 아는 모든 사람. 대학 다닐 때도 낯선 사람들 속에서 살면 좋겠다는 꿈을 꿨어요. 투명 옷을 입으려고 했죠. 그러다가 어느 날 도서관에서 기숙사로 돌아가던 길에 쉬지스를 만났어요. 1989년 여름이 끝나갈 때였어요. 하이쯔 추도모임에 참가하러 대학 동아리에 간다고 했어요. 그리고 우연히 당신을 만났지요. 초은사에서. 말 안 할게요. 당신을 만난 후로 원래 투명인간처럼 지내던 세상으로 다시 돌아갈 수 없다는 걸 깨달았어요. 어떻게 해도 돌아갈 수 없었어요. 이름을 바꿔봤지만 소용이 없었어요.

슈룽: 어디서 죽어도 괜찮지만 병원에서 죽는 건 싫어요. 참을 수가 없어요. 그건 죽음이라 할 수도 없어요. 내 말 뜻 알겠어요?

돤우: 밤 9시 20분, 청두로 가는 항공편이 있어.

강남에 봄은 지고

슈룽: 오지 말아요. 그만 나갈게요. 커튼콜 인사를 해야겠죠. 그런데도 병원에 있어야 한다니. 정말 못 견디겠어요.

슈룽: 병원은 핑계일 뿐이에요. 이거야말로 우리가 사는 세상에서 가장 혹독한 법이에요. 심지어 헌법보다 상위에 있어요. 이곳은 형형색색의 탈락자를 위해 준비된 곳이에요. 우린 반항할 수가 없죠. 일단 병원에 오고 나면 수속과 동시에 몸에 남은 한 가닥 삶의 기운이 바닥이 날 때까지 붙잡혀 있어야 해요.

슈룽: 결국 스스로의 선택인 것 같아요. 우리가 자발적으로 추구했던 것의 마지막 결과예요.

슈룽: 작년 겨울에 서우런이 피살되던 그때, 기억해요? 사실 난 이미 한 번 죽었어요. 모든 수속을 밟았고, 모든 비밀을 알았어요. 마치 예전에 변호사시험을 칠 때 미리 부정행위가 준비되어 있었던 것처럼 말이죠. 난 미리 답을 알았어요.

슈룽: 다른 사람으로 변신하고 싶었어요. 낯선 사람. 투명 옷을 총도 칼도 들어가지 않는 갑옷으로 바꿨어요. 다른 사람의 발걸음을 쫓아가고 싶은 마음뿐이었어요. 아이를 낳는 것 외에 내가 한 일은 모두 내 자신을 혐오하는 일이었어요. 마치 눈을 감아버리면 모든 생각을 하지 않아도 되는 것처럼. 점점 중독이 됐어요. 나는 스스로 이 사회에 들어갔다고 여겼어요. 매일같이 절대 대오에서 낙오해서는 안 된다고, 단 한 걸음도 떨어져서는 안 된다고 매달렸어요. 어느 날 병원 화학분석표가 아주 가볍게 아웃을 선언할 때까지요. 사람들은 누구나 낙오돼요. 안 그래요? 그냥 시기가 다를 뿐이죠.

슈룽: 시간 자체가 가치가 없다면 당신이 아무리 오래 산들 뭐하겠어요.

슈룽: 난 최선을 다했지만 결국 실패했어요. 난 아웃이에요. 하지만 이

렇게 빨리 다가올 줄은 몰랐어요. 완전히 산산조각이 날 정도로 갈리고 말았죠. 어떤 흔적도 남기지 못할 운명이네요. 생각지도 못했었는데.

슈룽: 내게 하나 약속해 줄래요?

돤우: 말해 봐.

돤우: 말해.

돤우: 말해. 어떤 약속이든 할게.

돤우: 내가 곧 갈게. 당신 주소 알려줘. 제발 부탁이야.

돤우: 제발.

슈룽: 우선 나에 대해 우리 아버지에게 말하지 말아요. 매년 12월 말과 6월 초에 한 번씩 돈을 보내줘요. 6천 위안씩이에요. 그것보다 적으면 안 돼요. 그렇지 않으면 아버지가 찾아올 거니까요.

슈룽: 다른 사람에게도 말하지 말아요. 아무에게도 빚지고 싶지 않아요.

슈룽: 우리 집 아래 석류나무가 있어요. 당신이 그 나무 밑에 구멍을 파 주세요. 밤에 몰래 파야 해요. 절대 관리실 경비에게 들키면 안 돼요. 가능한 깊게. 그리고 내 유골을 나무 아래 묻어줘요.

슈룽: 매일, 매일, 뭐뭐를 볼 수 있으니까. 뭐뭐가 책가방을 메고 학교 가는 걸 볼 거예요. 무사히 학교가 끝나고 집에 오는 것도 볼 거고.

슈룽: 석류꽃이 필 때…….

날이 어두워졌다.

돤우는 온라인에서 항공편을 뒤지고 또 뒤졌다.

밤 9시 20분. 쓰촨항공에 청두로 가는 항공편이 있었다. 지금 출발하면 루커우 공항에 시간 내에 갈 수 있을 거야. 쉬지스의 핸드폰은 꺼져 있었다. 큰일이다. 그는 행운을 바라며 공항에 전화했다.

당직자가 그에게 나쁜 소식을 알렸다. 평소와 달리 안개가 잔뜩 껴서 모든 항공편이 운항을 중지했다고 말했다.

"오셔도 소용없어요. 공항 부근 호텔이 체류 여행객들로 만원이에요."

큰일이다. 항공편이 언제 운항을 재개하는지 물었다. 날씨를 지켜봐야 한단다. 정말 큰일이다.

뤼주에게 문자를 보냈다. 원래 쉬지스에게 보내려고 했지만 허둥대다보니 뤼주에게 보냈다. 그래도 좋다. 문자 내용은 간단했다.

급한 일이 있으니 답 문자 부탁해.

돤우는 택시를 타고 집으로 가는 도중에 뤼주로부터 전화를 받았다.

단지 슈퍼마켓에서 냉동물만두 두 봉지, 10봉지가 들어 있는 매운 배추라면 한 묶음, 아들이 제일 좋아하는 감자칩 한 통, 우유 한 팩을 샀다. 슈퍼를 나온 후 보니 감자칩이 아니라 테니스공이었다. 다시 가서 바꿀 시간이 없었다.

그는 슈퍼마켓 옆 재래시장에 갔다. 구두 수리점 옆에 있는 열쇠점에서 방범 철문, 방문 열쇠 두 개를 맞췄다.

아들이 아파트 동 입구 벽에 기대 영어 문장을 외우고 있었다. 책가방은 다른 사람 자전거 뒷자리에 올려놓았다. 누군가 아파트 동 문을 열며 아이에게 들어갈 거냐고 물었지만 아이는 고개를 저었다. 문 앞 센서 등이 꺼지면 아이가 발을 동동 굴렀다.

A friendly waiter

told me some words of Italian

then he lend me a book

then he lend me a book

then he lend me……

I read few lines, but I don't understand any word.

문 앞 석류나무가 짙은 안개 속에 묵묵히 서 있었다. 돤우는 차마 그쪽을 볼 수가 없었다.

저녁식사 후 돤우는 간단하게 짐을 꾸린 후 숙제를 하고 있는 아들을 식탁 앞으로 불렀다. 그는 애써 태연한 척했다.

그는 차분하게 아들에게 아빠가 며칠 어디 좀 다녀와야 하는데 혼자 집에 있을 수 있는지 물었다. 그는 아까 맞춰 온 열쇠를 그의 자전거 열쇠고리에 끼워줬다.

"오래 있다 와?"

아들이 눈치를 살폈다.

"아직 모르겠어. 아마 2, 3일? 아니면 조금 더 걸릴 수도 있어."

"무슨 일 있어?"

"아니."

돤우가 손을 아이의 어깨에 얹었다.

"사실 너 혼자 있는 건 아니야. 내일부터 어떤 누나가 와서 돌봐줄 거야. 매일 저녁 올 거야."

"내가 아는 사람이야?"

강남에 봄은 지고

"아니. 그렇지만 좋은 누나야."

"아빠 여자 친구야?"

"무슨 소리!"

"아빠, 회의하러 가?"

"엄마……, 데려오려고."

"엄마한테 나 대리반장 된 이야기했어?"

"물론. 엄마 벌써 알아."

"엄마가 뭐래?"

아들의 눈에 갑자기 맑은 빛이 서렸다.

"엄마 분명히 하하, 하고 바보처럼 웃었지?"

"엄마……, 웃었지."

똔우는 잠시 말을 멈추고 떨리는 목소리를 진정시키려 애를 썼다.

"지금 가려고?"

"응. 조금 있다가."

"오늘 밤은 혼자 자야 하는 거지? 그치? 좀 무섭다."

"불 켜고 자도 돼."

"그럼 좋아. 하지만 아빠도 나한테 약속 하나 해 줘."

"뭔데?"

"먼저 그러겠다고 약속해 줘."

"그래."

"엄마랑 이혼하지 마."

"알았어. 이혼 안 할게."

"그럼 나 숙제하러 갈게."

아들은 안도의 한숨을 내쉬고는 맨발로 자기 방으로 돌아갔다.

돤우는 화장실 수납장에서 검은색 우산 하나를 꺼내다가 잠시 멈칫하고는 꽃무늬 우산으로 바꿨다. 왈칵 눈물이 쏟아졌다.

돤우는 아들 방으로 들어갔다. 아이의 뺨에 뽀뽀를 해줬다. 10시에 아이의 방을 나왔다. 열쇠를 열쇠구멍에 넣고 두 번 돌렸다.

10

돤우는 어릴 때 안개를 정말 좋아했다. 당시에는 아직 메이청 시진 두西津渡 부근 옛 거리에 살 때였다. 거리 뒤쪽으로 갈대밭이 우거지고 그 뒤로 거센 창장이 흘렀다. 강변에 무쇠 빛 암벽이 숲 밖으로 불쑥 튀어나와 있었다. 산 위에는 아무도 살지 않는 도관이 자리하고 있었다. 벽돌 담장이 빨간색이었다.

늦봄 또는 초여름 새벽에 깨어나면 바람에 날리는 버들개지 같은 운무가 초록색이 돋아나기 시작한 갈대를 뒤덮어 도관과 암벽, 울창한 숲의 강건한 윤곽이 희미해 보였다. 비온 뒤엔 산의 암석과 창장의 아득한 범선 사이로 풀솜 같은 운무가 떠올랐다. 흐릿하고 희뿌연 운무가 한참 동안 사라지지 않았다. 마치 솜사탕같이 보슬보슬 부드럽고 토끼털처럼 하얗게 보였다.

고등학생이던 왕위안칭은 그에게 그건 안개도, 구름도 아니라고 말했다. '남'嵐이라는 그것만의 특별한 이름이 있다고 했다. 탄돤우가 상하이에서 대학을 다닐 때는 '몽롱시'[56)가 유행하던 시절이었다. 돤우의 글에서 '무'霧는 언제나 '남'嵐과 쌍음절 어휘를 이루었다. 형의 선물이었

강남에 봄은 지고

다. 둰우가 사랑하는 그 어휘는 왁실덕실했던 그 시대에 서정적이며 애잔한 분위기를 선사했다.

당시 문학모임의 회원들은 컴퓨터 교육 건물동의 비밀스러운 시설실 공간에 모여 29인치 소니 모니터를 통해 금지된 외국영화를 감상하곤 했다. 알랭 레네[57]가 1956년에 만든 유명한 단편 〈세상의 모든 기억〉Toute La Memoire Du Monde(22분)은 처음으로 안개와 죄를 연결시킨 작품이다. 둰우는 그때 자신의 청춘기와 작별을 고했다. 이후로 그의 작품에서 무霧든 무람霧嵐이든 모두 종적을 감췄다. 그는 더 이상 몽롱시처럼 지나치게 달짝지근한 격조를 좋아하지 않게 되었다.

이제 다시 그의 시에 나타난 '안개'는 무의식 속의 물리적 반응을 나타내는 어휘로 완전히 탈바꿈했다. 그가 창작을 위해 펜을 들고 주위 풍경을 묘사하려고 할 때 가장 먼저 머리에 떠오르는 단어는 언제나 '안개'였다. 마치 강박증에 시달리는 사람 같았다. 동시에 '안개'와 다른 글자를 조합하는 방식도 모두 자취를 감췄다. 허푸 같은 지역에 사는 사람들에게 '남'嵐이란 글자는 자전 속에 있는 뜻 이상의 의미를 부여하지 않는다. 마치 '안빈낙도'라는 성어가 의심스런 전설이 된 것과 마찬가지이다.

'안개'霧에는 새롭게 더 적절한, 둘도 없이 친밀한 조합이 생겼으니 그건 '매'霾, '무매'霧霾(스모그)다. 이 어휘는 기상캐스터가 혀끝에 달고 사는 전문용어가 되었다. 이 시대의 가장 전형적인 풍경 중 하나가 바로

---

56) 몽롱시(朦朧詩): 1970년대 말에서 1980년대 초 개혁개방이 심화되면서 젊은 시인들 사이에 나타난 시풍. 직접적인 정치 선전 시에 반발하여 실험 정신에서 출발해 현대주의를 표방하는 시들이 등장했다. 주관적이며 서정적이고, 모호한 느낌을 준다.
57) 알랭 레네(Alain Resnais, 1922~2014): 프랑스 영화감독. 1950년대 말 프랑스에서 비정통적이고 영향력 있는 영화감독들이 일으킨 누벨 바그(Nouvelle Vague) 운동의 중심인물.

'무매'다.

바람이 없는 날이면 지면에서 수증기가 피어올라 먼지와 매연, 이산화탄소, 눈에 보이지 않는 유독성 미립자, 납 성분에 때로 농민들이 보릿짚을 태울 때 올라오는 연기까지 한데 뭉쳐 마치 두꺼운 담요처럼 보였다. 시간이 흐르면서 스모그는 사람들의 머리 위로 떠올라 그늘을 드리우고, 사람들의 마음을 짓눌렀다. 스모그는 시적 정취를 위한 자양분인 동시에 그에게 의문을 제시했다.

그가 갖는 의문은 스모그의 유해성에서 비롯된 것이 아니라 그 문제에 대해 너무도 태연한 사람들의 모습 때문이었다. 마치 스모그가 최근 나타난 신생 물질이 아닌 것 같다. 자연에 대한 능욕이 아니라 자연 그 자체로 보는 듯하다. 어두운 밤과 의기투합한 적도, 햇살의 기운을 삭히고, 시간을 정지시킨 적도 없는 듯하다. 그건 경고도, 우언도 아니라고 생각하는 것 같다.

이제 돤우는 짐을 끌고 등불이 흐릿한 거리를 통과해, 이 도시가 그토록 아름답다고 자랑하는 광장을 통과하고 있다. 이처럼 스모그가 지독한 공간에서도 여기저기 건강한 사람들이 보였다. 그들은 헐떡거리며 달리기를 하고 이따금 무당처럼 미친 듯이 자기 가슴과 신장, 췌장과 쓸개를 두드렸다. 또한 그보다 더 많은 이들이 이제 막 만들어진 음악분수 주변에 모여 갑작스럽게 시작되는 바그녀의 〈발퀴레의 기행〉騎行과 함께 하늘로 치솟을 분수를 기다리고 있었다.

누렇고 포시시한 더러운 안개는 그의 마음속에 죄악과 수치심을 번식시키며 불빛 아래에서 깊숙한 어둠을 향해 퍼져나갔다. 그의 눈앞에 펼쳐진 인적이 드문 골목길에서 짙은 안개가 비밀스러운 음모를 꾸미고 있었다. 이는 상상 속 정시에 출발하는 항공편과 도착하고자 하는 목적

강남에 봄은 지고

지를 차단시켰으며, 또한 삶과 죽음도 갈라놓았다.

11

뤼주가 잉황英皇호텔 로비에서 그를 기다리고 있었다. 허푸에서 몇 안 되는 오성급 호텔 중 하나다. 돤우의 아파트에서도 멀지 않았다. 뤼주는 약간 허름한 검은색 외투에 흰색 면 셔츠를 입고 있었다. 룽쯔의 햇살이 강해서였는지 전보다 까맣게 그을렸다. 하지만 그것이 오히려 침착한 인상을 줬다.

그녀가 묵묵히 돤우 손에서 캐리어를 건네받은 후 그를 데리고 비즈니스센터 옆 찻집으로 가서 자리를 골라 앉았다. 창밖은 낮게 움푹 파인 선큰sunken식 정원이고, 맞은편은 호텔 별장 구역이다. 불이 켜져 있었다. 돤우가 그녀에게 열쇠를 주고 자기 집 동 호수와 방 번호를 기억시켰다.

오랜만의 만남이라 두 사람 모두 살짝 어색했다.

"근데 나는 밥은 못해요."

뤼주가 빨간색 열쇠고리에 열쇠를 집어넣으며 말했다. "아이 데리고 밖에 나가서 사 먹여도 돼요? 이름이 뭐예요?"

"뤄뤄. 그냥 편하게 대하면 돼. 그래도 다른 사람들과 잘 맞춰 지내는 편이야."

돤우가 딱딱하게 굳은 얼굴로 나지막이 말했다.

그는 또 몇 가지 다른 부탁도 했다. 아침 6시 15분 전에는 반드시 뤄뤄를 깨워야 해. 6시 45분 전에는 반드시 집에서 나가야 하고. 아침 자습에 늦으면 벌로 뒤에 나가 서 있어야 하거든. 빵은 냉장고에 있어. 우유는 방금 샀어. 아침에는 계란 하나를 삶아주면 돼. 그리고 계란을 다 먹는지 지켜봐야 돼. 안 그러면 어른들이 부주의한 틈에 몰래 호주머니에 넣었다가 밖에 나가서 버리거든.

"지금 갈 거예요?"

"공항에 가도 아마 내일 새벽까지 기다려야 할 거야."

돤우가 담배를 몇 모금 세게 빤 후 다시 입을 열었다.

"지금 가도 소용없다는 걸 알지만 그렇게 해야만 마음이 좀 편할 것 같아."

"창저우 공항에도 전화를 걸었어. 거기도 안개가 짙게 껴서 항공편이 취소됐대. 상하이 푸둥은 정상 운항 중이긴 한데 지금 가면 시간 안에 도착하지 못할 거야."

뤼주가 그에게 차가운 맥주 한 잔을 따라줬다.

"마음대로 해요. 지금 가도 돼요. 공항에 갈 택시 불렀어요. 기사님 성이 '양'씨예요. 주차장에서 대기 중이에요. 공항 쪽은 지금 분명히 복잡할 거예요."

돤우는 아무 말도 하지 않았다. 찻집에는 두 사람뿐이었다. 육각형 스탠드에 나비넥타이를 멘 종업원이 술잔을 나란히 놓고 깨끗한 천으로 닦고 있었다. 부드러운 불빛이 체크무늬 목재 나무홀더와 하얀 종업원 손을 밝게 비췄다. 스탠드의 다른 부분은 모두 어두컴컴했다.

뤼주가 이모는 아직 타이저우에 있다고 했다. 샤오구는 두 달 동안 고민을 한 끝에 강변 쪽 집을 팔았다고 한다. 거래소에 내놓은 후에도 살인사건이 일어난 흉가라고 구매자가 나서지 않았단다. 뤼주가 최근에 가보니 집안이 온통 먼지투성이였다. 마당도 황폐하기 그지없었다.

"일기예보를 들으니 한밤중부터 비가 온다는데 진짜 비가 올지 누가 알겠어요!"

뤼주가 살짝 하품을 하며 손목시계를 들여다봤다.

"원래 오늘 오후에 쿤밍에 갈 거였어요. 이렇게 안개가 짙게 끼지 않았으면 우리도 못 볼 뻔했어요."

"내 부탁 때문에 일에 지장 있는 건 아니지?"

"무슨 일요?"

"윈난 쪽 네 일."

"안심해요. 내 일은 당신이 신경 쓸 것 없어요. 아이는 내가 잘 돌볼게요. 내가 아이들을 좋아하는 편은 아니지만 당신이 올 때까지 잘 지낼게요. 룽쯔 쪽 일은 슬슬 싫증이 나던 중이에요."

"왜, 무슨 일 있었어?"

"간단히 설명할 수 있는 문제가 아니에요. 나중에 천천히 얘기해요."

뤼주는 돤우가 보기에도 좀 우울해 보였다.

"청두에 가도 아내가 어느 병원에 있는지 모르는데 어떻게 할 거예요? 청두에 있는 병원을 다 뒤질 수는 없잖아요?"

"식물원에서 멀지 않다고 했어. 지금은 그것까지 생각할 여유가 없어. 일단 빨리 청두에 가야 해."

돤우가 남은 맥주를 비우고 손등으로 입술을 훔쳤다.

"오히려 아내가 어디 있는지 알게 될까 봐 걱정이 돼."

"무슨 말인지 잘 모르겠네요."

뤼주가 이맛살을 찌푸리며 그를 바라봤다.

"어디 있다는 걸 알게 된다는 건 이미 이 세상 사람이 아닐 가능성이 높은 거니까."

뤼주는 그래도 이해가 잘 안 가는 듯했다. 하지만 더 이상 물어보지 않았다. 종업원이 쟁반을 들고 와 허리를 굽히고 뤼주에게 더 필요한 건 없는지 조용히 물었다. 퇴근할 시간이라고 했다. 뤼주는 종업원에게 물을 더 달라고 한 후 다시 시원한 맥주 두 병과 견과류 안주 하나를 시켰다.

곧이어 스탠드 불이 꺼졌다. 유니폼을 입은 작고 뚱뚱한 경비가 경비용 곤봉을 들고 텅 빈 홀을 순시했다.

"혹시 한동안 쉬고 싶으면 룽쯔에 와 있어도 돼요. 기분 전환도 좀 하고요."

"벌써 싫증이 났다고 하지 않았어?"

"내 말은 그 프로젝트가 싫증났다는 거예요. 재미가 없어요. 하지만 그곳 풍경은 정말 좋아요. 제1기 공사가 아직 끝나지 않아 당분간 산에서 살 수밖에 없어요. 산지기 집인데 대문 앞에 앉으면 메이리쉐산梅里雪山이 보여요. 중일 연합 등산팀이 눈사태에 묻혔던 신성한 산이에요. 해발이 높은 편이라 처음에 갔을 땐 숨을 잘 못 쉬겠더라고요. 2, 3일 지나면서 괜찮아졌어요. 산꼭대기에서 불어오는 세찬 바람소리 외에는 아무 소리도 안 들려요. 정말 속세를 멀리 떠나온 느낌이에요. 그 쌍둥이 형제가 어떻게 그런 곳을 찾았는지 모르겠어요. 산 아래 마을에는 이족彝族이 살고 있어요, 한족漢族도 있고요. 허름한 인장 가게도 있죠. 산 아래로 작은 개울이 흐르는데 그곳 주민들은 페이추이허翡翠河라고 부르죠. 야생 사슴이랑 노루들이 자주 물을 마시러 내려와요. 하늘이 마치 염료처럼 파랗고, 별은 금박지 같아요."

강남에 봄은 지고

"현지 사람들이 그러는데 7, 8월이 가장 좋대요. 산이랑 들판, 개울가, 습지에 모두 꽃이 피어요. 산과 들 모두 꽃 천지예요. 멀리서 보면 마치 작은 산이랑 둔덕에 붉은 양탄자를 깔아놓은 것 같아요. 우연히 흰색 꽃이 보이면 그건 대부분 감자……."

뤼주의 말이 끝날 것 같지 않자 돤우는 할 수 없이 그녀 말을 끊었다.

"구체적으로 너희 계획이 뭔데?"

"까놓고 말해 그 산허리에 살고 있는 십 여 가구는 모두 사냥으로 먹고 사는데 그들에게 돈을 좀 집어주고 다른 곳으로 내쫓는 거죠. 그런 다음 산 전체에 새로 주택을 짓는 거예요. 50년 사용권을 얻었어요."

"어떤 집? 별장?"

"그렇게 단순하지 않아요. 제1기 프로젝트는 주로 생활단지예요. 마치 토치카처럼 지을 거예요. 절반은 지하, 나머지 절반은 지상인데, 좀 특이하게, 전혀 예쁘지 않게요. 마치 동굴집처럼 짓는 거죠. 그들 형제는 이를 포스트모더니즘 건축이라고 하더라고요. 이렇게 설계를 하는 이유는 산림의 원시적인 상태를 파괴하지 않기 위해서래요. 가능한 한 나무를 베지 않을 것이고. 모두 남향으로 지을 거예요. 형제 둘 다 환경보호 의식이 철저하거든요. 제2기 프로젝트는 모던한 박물관을 짓는 거예요. 건축은 모두 지상에 위치해요. 형제가 수년 간 수집한 예술품을 전시한다나 봐요. 주로 한화漢畵, 탁본, 동경, 석조, 고대 기물 등이지요. 그리고 산중턱에 전일제 소학교도 지으려고요. 이번에 상하이에 가는 건 심의회를 열기 위해서예요."

"산에 사는 사냥꾼들이 이사를 하고 싶어 할까?"

"우리가 직접 그 사람들을 만나지는 않아요."

뤄주의 입에서 일단 '우리'라는 말이 튀어나오자 곧바로 두 번째 '우리'라는 말이 나왔다.

"우린 그 지역 정부하고만 협상을 할 거예요. 표현이 좀 그렇긴 하지만 그 농민들은 동물이나 별반 다를 바가 없어요. 무뚝뚝하면서도 도무지 속을 알 수가 없고 교활하면서도 불쌍한데, 그 바보 같은 머릿속으로 대체 하루 종일 무슨 생각을 하는지 모르겠어요. 허푸 철거민들처럼 철거라는 말을 듣자마자 밤낮을 가리지 않고 산에 차나무를 심고, 집 앞뒤에 과일나무를 심고 사랑채를 만들고, 마당을 넓히고 있어요. 산림 손실과 집 면적을 계산할 때 정부와 출자한 쪽에 돈을 조금이라도 더 타내려는 수작이 아니고 뭐겠어요."

"협상을 하던 날, 영악한 사냥꾼 대표 두 사람이 이건 얼마니 저건 얼마니 하다가 다시 소 우리 면적, 말 사육장 면적까지 들먹이더라고요. 조금 전에 협상해서 정한 배상금을 눈 깜짝할 사이에 번복하는 것도 예사예요. 이른 새벽부터 밤늦게까지 어찌나 들볶였는지 형제 둘 다 혼이 다 빠져버렸어요."

"결국 형제 둘이 그 사냥꾼 두 사람에게 간단한 산술 문제를 냈어요. 그들에게 서까래며 못이며 모든 물건을 각기 하나씩 다 계산해서 아예 가격을 매기라고 했지요. 다시 말하면 수십 세대가 한 달 이내에 산 아래로 이사하는데 모두 얼마가 필요한지 계산하라고 한 거죠. 두 대표가 서로 멍하니 바라보다 지역 사투리로 뭐라고 한참을 상의하더라고요. 그러다 마지막에 쭈뼛거리며 액수를 말했어요. 두 사람이 큰맘 먹고 얼굴이 벌겋게 달아올라 이를 악물고 내놓은 숫자에 형제 둘 다 어안이 벙벙해졌죠. 그 액수가 쌍둥이 형제가 원래 배상해주려고 했던 금액의 1/4이었으니까요. 웃기지 않아요?"

"그래서 넌 거기 계속 있을 거야?"

"당신 말투는 내가 거기 있길 바라지 않는 것 같네요."

"그런 뜻 아냐. 그냥 물어본 거야."

"나도 몰라요." 뤼주가 살짝 그의 눈치를 봤다.

"뭐라고 해야 할까, 애당초 샹그릴라[58]에 갔던 건 일종의 세상 밖 무릉도원에 간 느낌이었어요. 그런데 룽쯔는 디칭^{迪慶}(윈난성 장족자치구^{藏族自治區})에서도 정말 멀고, 외진 곳이에요. 지역 사람들은 그곳을 '샹그릴라'라고 불러요. 당신이 간 곳은 그냥 '샹그릴라'예요. 디칭에 가본 적 있어요?"

"아니."

둰우가 여전히 우울한 얼굴로 조금 딱딱하게 대답했다. 잠시 후 그가 다시 자기는 식민지적인 색채가 풍기는 곳, 사람들이 우르르 떼 지어 몰려드는 그런 지명은 좋아하지 않는다고 했다. 샹바라^{香巴拉}(샹그릴라의 티베트어 표현)나 샹그릴라 같은 것 말이야. 그리고 시얼둔^{希爾頓}(힐튼의 음역)도 그래. 삼류소설이나 다를 바 없는 《잃어버린 지평선》. 샹그릴라는 원래 존재하지 않아. 그건 그냥 무미건조하기 짝이 없는 꾸며낸 전설일 뿐이야.

"존재하지 않기 때문에 유토피아라고 하는 거죠."

"내 앞에서 유토피아 같은 단어 꺼내지마. 짜증 나." 둰우가 쌀쌀맞게 말했다.

---

58) 샹그릴라: 영국 작가 제임스 힐튼(James Hilton)의 소설 《잃어버린 지평선(Lost horizon)》(1933)에 등장하는 가상의 장소. 티베트 쿤룬산맥(崑崙山脈)에 있는 라마교 사원 공동체로 신비스런 이상향으로 묘사되고 있다. 하지만 중국 정부는 윈난 성과 티베트를 잇는 차마고도(茶馬古道)에 있는 디칭 티베트 자치주가 샹그릴라라고 주장하고 2001년 중뎬(中甸)을 샹그릴라로 개명했다.

뤼주는 그럼에도 불구하고 자신이 심란한 까닭은 두 형제의 저의를
잘 모르기 때문이라고 했다. 그들이 돈을 어디서 가져오는 것인지, 왜
그렇게 궁핍하고 외진 곳을 사들이려고 하는지 이해가 안 가요. 순환생
태 시범구역을 만들어 오염이 전혀 안 된 과일, 채소, 담뱃잎을 생산하
겠다고 했다가 또 금세 량수밍梁漱溟(1893~1988. 사상가, 철학가), 옌양추晏陽
初(1890~1990. 향촌건설가, 평민교육가)를 본떠 향촌건설을 통해 물욕이 넘
치는 말세에 '시적 정취가 물씬 풍기는 주거 지역'으로 만들겠노라고 하
질 않나. 그들은 스토아학파의 금욕주의를 신봉한다지만 때로는 곤드레
만드레 취해 한밤중에 난데없이 주사를 부리기도 한다니까요.

또한 형제는 그곳에 머무는 일이 극히 드물다고 했다.

뤼주가 룽쯔에 도착한 세 달 동안, 형제 두 사람은 벌써 두바이에
한 번, 네팔에 두 번 다녀왔다. 만약 그들이 유토피아를 건설하려는 최
종 목적이 단지 이를 구실삼아 은퇴한 후 노년을 보낼 곳을 마련하기 위
한 것이라면 뤼주를 포함하여 예닐곱 명의 팀원은 집사나 잡역을 도맡
을 가능성이 농후하다.

이는 뤼주가 도저히 참을 수 없는 상황이다.

형제 두 사람은 표정이 무뚝뚝하고 행동이 괴팍하다. 양미간에서
우수가 느껴지지만 두 사람 사이는 매우 좋다. 평소 말이 적고 이따금
씩 음험하게 웃어 사람들을 공포에 몰아넣기도 했다. 그들은 자주 '금
언'禁言, 즉 말을 하지 말 것을 선포했다. 그들이 올 때면 1주일에 하루, 이
틀은 금언이었다. 그들 자신도 말을 하지 않았고 다른 사람도 말을 못
하게 했다. 뤼주는 하는 수 없이 수화로 형제와 의사소통을 했다. 그들
은 이를 '정적과 죽음을 느끼는' 행위예술의 일부분이라고 했다.

뤼주는 때로 두 사람이 정말 쌍둥이 형제가 맞는지 의심스러울 때

강남에 봄은 지고

가 있다고 투덜거렸다. 형제를 가장한 동성애자는 아닐까? 왜냐하면 팀원들 모두 두 형제가 전혀 닮지 않았다고 수군거렸기 때문이다.

뤼주는 계속 주절거렸다. 하지만 환우가 그녀에게 어떻게 하다 그 '간악한 사람'들을 알게 되었느냐고 묻자 뤼주는 말을 아꼈다.

"그건 비밀이에요. 적어도 아직은 알려줄 수 없어요. 우울한 사람끼리는 언제나 서로 끌리는 법이죠."

환우는 할 수 없이 조용히 듣기만 할 뿐, 더 이상 다른 의견이나 평가를 내놓지 않았다. 형제 두 사람이든 룽쯔든 그가 보기에는 새로울 것이 전혀 없었다. 모든 곳이 똑같이 복제되고 있었다. 물론 사람들 역시 모두 똑같은 사람으로 변해가고 있었다. 신인. 그는 룽쯔 프로젝트에 대해 아는 바가 별로 없었지만, 그것 역시 또 다른 화자서에 불과하다는 느낌을 받았다.

하지만 그는 자신의 이런 생각을 뤼주에게 말하지 않았다.

두 시가 지나자 마침내 그토록 기다리던 비가 죽죽 내렸다.

갑자기 불어온 거센 바람에 탁자보가 뒤집혔다. 마침내 비가 내리기 시작한 것이다.

줄줄이 이어지는 천둥소리가 마치 교향악의 베이스 드럼 같았다. 마침내 비가 내렸다.

천둥소리의 여음이 채 가시기도 전에 창밖 마당이 벌써 물바다가 되었다. 마침내 비가 내렸다.

큰비가 지나가고 찾아들 평온함을 기다리는 동안 뤼주는 말이 없었다. 마치 룽쯔의 형제 둘이 그녀에게 금언을 선포한 것 같았다. 하지만 환우는 이런 조용한 뤼주의 모습이 좋았다. 그녀와 둘이서 조용히 앉아 아무 말도 하지 않는 것이 좋았다.

한 시간이 흘렀지만 비는 그치지 않았다. 돤우는 출발해야 했다.

그녀는 그를 문까지 배웅하지 않고 위층으로 올라갔다.

공항으로 가는 고속도로에서 돤우는 칠흑 같은 비의 장막 속에 다시 20년 전 자신을 발견했다.

거의 같은 시각이었다. 그가 살금살금 초은사 연못 옆 작은 마당을 떠나 동쪽 근교 기차역으로 갔던 시간.

당시 슈룽은 고열로 인해 깊이 잠이 들어 있었다. 기차역에서 멀지 않은 광장 부근에서 그는 인력거를 세웠다. 도로 옆에 훈툰鯤飩을 파는 노점이 있었다. 그는 그곳에서 훈툰 한 그릇을 먹었다. 훈툰을 먹은 돈도 슈룽의 주머니에서 나온 것이다. 그는 계속해서 한 가지 문제를 생각하고 있었다. 돌아갈까, 말까?

새벽의 차가운 바람결에 뺨이 시큰거렸다. 기차역의 오래된 종루鐘樓가 검붉은 아침햇살로 샤워를 하고 있었다. 먹구름이 잔뜩 낀 하늘, 여명이 밝아오고 있었다.

여행객들이 몰려 돤우의 항공편은 아침 8시가 되어서야 이륙 준비를 했다. 탑승 후 그는 금세 잠에 빠졌다. 비행기가 청두 쌍류雙流공항에 도착한 시각은 오전 10시 2분이었다.

그가 택시를 타기 위해 줄을 서 기다리는 동안 핸드폰에 문자 여러 개가 떴다.

청두에 오신 걸 환영합니다. 차이나모바일 청두 지사는 당신의 성공을 기원합니다!

강남에 봄은 지고

뭐뭐는 학교 갔어요. 모든 일이 편안해요. 언제든지 연락해요. 뤼주.

민생과 함께 조화로운 사회를 열어갑니다. 강변의 생태 인문경관, 습지의 가치를 높입니다. 남쪽 교외 수묵水墨정원이 몰라보게 달라졌습니다. 단독빌라를 단 200만 위안에 구입할 수 있는 찬스입니다. 새로운 귀족의 첫 번째 선택. 초대형 정원식 과일나무 숲, 발코니와 주차시설이 제공됩니다.

청두 푸지普濟의원으로 속히 오시거나 황전성 의사에게 전화주세요.

12

팡자위는 그날 새벽에 숨을 거뒀다. 병원 측 사망 추정 시간은 3시에서 5시 사이였다.

간병인인 샤오샤는 한밤중에 화장실에 가려고 일어났다. 변기에 앉아 있다가 우연히 화장실 천장 알루미늄 판이 떨어져 내부 수도 파이프가 드러나 있는 모습이 눈에 들어왔다. 하지만 별로 신경 쓰지 않았다. 그녀는 철제 접이침대로 돌아와 계속 잠을 잤다.

어둠 속에서 팡자위가 깊이 한숨을 내쉬는 소리가 들렸다. 샤오샤가 그녀에게 물을 마시고 싶은지 물었다. 견디기 힘들어요? 의사선생님 불러줄까요? 팡자위는 한마디밖에 하지 않았다.

답답해요.

샤오샤가 침대에서 일어났을 때 특수병동은 이미 의사와 간호사들로 가득 차 있었다. 화장실 철제 파이프에 끈이 매달려 있고 바닥에 노란 오줌 흔적이 보였다. 이미 너무 늦었다.

장거리 여정으로 인한 피곤과 수면부족 때문인지 돤우는 유난히 조용했다. 권태로움. 무감각. 아무것도 존재하지 않는 것 같은 고요. 그의 눈물샘에서는 아무것도 나오지 않았다. 그는 마음속으로 내내 한 가지만 생각했다. 의사의 추정이 정확하다면 광자위가 까치발로 욕조 가장자리에 서서 무게를 느낄 수도 없는 실크스카프를 파이프에 묶었던 시각은 그가 공항으로 달려가던 때였다.

그는 아내가 생전에 있었던 병실로 들어섰다. 병실이 부족한 탓에 그곳에는 이미 비쩍 마른 노인이 입원해 있었다. 우체국 퇴직 간부라고 했다. 겁을 잔뜩 먹은 겁약한 눈빛이었지만 여전히 간호사와 가족에게 성깔을 부렸다. 진정제를 주사했지만 전혀 진정이 되지 않았다. 쇠약해진 그의 성대를 통해 흘러나오는 욕지거리가 가래에 뒤섞여 마치 부드러운 귀엣말처럼 들렸다. 그는 병실 번호가 싫었다. 514호였다. '난 죽을 거예요'我要死(워야오쓰. 1은 야오라고 읽기도 한다)라는 말과 발음이 비슷했다. 그는 한사코 병실을 바꿔달라고 했다. 평생 마음에 깊이 새긴 유물론도 그의 공포심을 해결할 수 없었다. 입원담당 주임이 병실에 왔다. 그는 '인간적'인 방법을 생각해냈다. 그는 즉시 병실의 팻말을 555로 바꾸도록 했다. 노인은 그제야 만족하고 잠이 들었다.

샤오샤는 여전히 병실에 있었다. 다만 간병하는 대상이 바뀌었을 뿐이다. 그녀는 돤우를 보자 묵묵히 눈물만 흘렸다. 그녀의 모습에 돤우는 놀랍기도 하고 한편으로 깊은 감동을 받았다. 돤우가 그녀에게 500위안을 줬지만 그녀는 한사코 받으려 하지 않았다.

황전성 선생은 오전에 수술 두 건이 있었다. 오후 3시가 되어서야 그들은 병동 맞은편 '상따오'上島 커피숍에서 만났다.

닥터 황은 솔직하고 젊은 의사였다. 좀 수다스러운 편이었다. 그는 환자가 병원에서 목을 매달아 자살했으니 병원 측과 자기 모두에게 책임이 있다고 했다. 그는 이 점을 명확히 했다. 애당초 보호자가 없는 환자를 받아들이기로 결정한 데다 주소지도 현지민이 아닌 중환자를 받았으니 책임 회피를 할 생각은 없다고 했다. 간혹 막무가내로 따지고 드는 가족을 만나면 병원 측과 큰 싸움이 벌어지거나 심지어 소송으로 이어지기도 한다고 했다.

하지만 그는 둔우가 그러지 말아주길 바랐다.

"우리가 당초 아내 분을 받아들여주지 않았다면 아마도 한 달 전에 이미 저 세상 사람이 되었을 겁니다. 의료기관으로서 병원 측이 가장 먼저 생각해야 하는 문제는 사람을 구하는 것이 아니라 법률상의 면책임을 아실 겁니다. 이는 공공연한 비밀입니다. 미국이라면 소소한 충수염 수술조차도 의사와 환자 간에 작성해야 하는 합의서가 50쪽이 넘습니다. 다시 말하면 당시 우리는 아내 분을 거절할 충분한 이유가 있었다는 말입니다. 120구조대가 40도 고열에 시달리는 환자를 싣고 병원을 찾는다면 운에 맡기는 수밖에 없습니다."

황전성은 둔우에게 환자의 입장에서 이 문제를 생각해 달라고 했다. 입장을 바꿔 생각하는 것은 닥터 황이 굳이 말하지 않더라도 둔우가 능히 할 수 있는 일이었다.

환자 몸의 암세포가 이미 다른 곳으로 전이되었다. 적어도 두 가지 서로 다른 종류의 암이 서너 군데 자리하고 있다고 했다. 아무리 낙관적인 판단을 내린다 해도 반년을 넘길 수 없겠지. 비싼 의료비, 도저히 감당할 수 없는 의료비는 차치하고서라도 의사로서 그는 마지막 반년이 환자에게 도대체 어떤 의미인지 잘 알고 있었을 것이다. 특히 꽝자위처럼 사람으로서 마지막 존엄을 지키고 싶은 환자의 경우에는…….

"아마도 의사로서 제가 이런 말을 해서는 안 되겠지요. 지금 이 상황이 가족 분들은 받아들이기 힘들겠지만 환자의 입장에서 말한다면 결코 나쁜 결과가 아닙니다."

돤우는 멍한 얼굴로 끝까지 그의 말을 들었다. 중간에 전혀 끼어들지 않았다. 닥터 황이 말하고 있는 사람이 자신과는 전혀 관계가 없는 낯선 이 같았다. 마지막으로 돤우는 닥터 황에게 마지막 한 달 동안 아내를 치료해주고 보살펴줘서 고맙다고 인사했다. 병원 측 책임 소재에 대해 그는 전혀 그런 생각을 해본 적이 없다고 말했다. 그 역시 이번 일을 처리하는 과정에서 병원 측이 어떤 잘못을 저질렀다고 생각하지 않는다고 했다.

그의 말에 감격한 젊은 의사는 얼굴을 바짝 대고 낮게 속삭였다. 손가락으로 서양식 제스처까지 써가며 자기 말을 듣고 놀라지 말라고 했다.

"3일 전쯤부터 아내 분이 자살할 거라는 조짐을 느꼈어요. 그때 제게 만약 온라인에서 청산가리 같은 약물을 구입하면 믿을 만하냐고 물었거든요. 제가 할 수 있는 일은 가능한 한 열심히 그런 생각을 하지 않도록 아내 분을 설득하는 것뿐이었어요. 하지만 정말로 마지막 순간이 오면 의사라는 직업의 도덕적 범위 내에서 모르핀 주사량을 늘려주겠다는 암시를 줬어요. 오늘 새벽에 집에 있다가 특수병동 전화소리에 깜짝 놀라 일어났는데, 곧바로 어떤 일이 일어났는지 짐작이 되더군요."

그와 헤어질 때 닥터 황은 돤우에게 이미 병원 측에 그녀의 사망진

강남에 봄은 지고

단서를 발급할 때 '비정상적 죽음'이란 기록을 빼달라고 부탁했다고 말했다. 그러면 돤우가 타지에서 화장 수속을 할 때 불필요한 번거로움을 덜어낼 수 있을 것이다. 돤우는 이에 대해 아무런 이의도 달지 않았다. 그는 황 선생에게 슬픈 사실을 털어놓았다. 두 사람은 이미 이혼한 사이로, 법적 의미에서 볼 때 자신은 그녀의 시신을 처리할 권한이 없다는 것이었다.

닥터 황이 웃으며 말했다. "그건 상관없어요. 화장터 사람들은 결혼 증명서를 조사하지 않거든요."

팡자위가 병원에 남긴 물품은 노트북 한 대, 인조 뱀가죽으로 만든 구찌GUCCI백, 순도가 그리 좋지 않은 화전옥和田玉 팔찌, 애플 아이팟 한 대. 그리고 책 두 권이었다. 책은 그녀가 떠나기 전 서가에서 꺼내 여행하면서 읽을 거라고 가져갔던 책이다. 하나는 《하이쯔 시선》, 또 하나는 파드마삼바바59)가 쓴 《티베트 사자의 서》西藏生死書였다.

그녀가 돤우에게 남겼다는 편지는 찾을 수 없었다.

그녀의 시신은 다음 날 저녁 무렵 화장되었다. 장례식장에는 그녀 외에 다른 사람이 없었다. 직원이 사용한 꽃바구니를 쓰레기차에 던졌다.

텅 빈 유골 수령처에서 냄새가 변질된 진한 백합 향기를 맡으며 돤우는 문득 당대 시인 강위江爲의 시 두 구절이 생각났다.

황천에 묵어갈 주막 없으니,

---

59) 파드마삼바바(Padmasambhava): 8세기의 인도 불교 신비주의자, 구루 림포체(Guru Rimpoche)라고도 한다.

오늘 밤은 뉘 집에서 지낸단 말인가?

뤼주는 그에게 아침에 일어나 뤄뤄 방을 정리하느라 진땀이 흐르고 머리카락까지 흠뻑 젖었다고 했다. 그녀는 뤄뤄가 앞으로 며칠 동안 예쁜 방을 보고 마음이 좀 나아졌으면 좋겠다고 말했다.

"어제 당신 서가도 정리했어요."

뤼주가 축축한 머리카락을 뒤로 넘겼다. 확실히 좀 피곤해 보였다.

"어제 저녁에 당신 집에서 밤새도록 책을 봤어요. 미안해요. 봐서는 안 될 것도 봤어요."

돤우는 그녀가 봐서는 안 될 것이라는 물건이 도대체 무엇인지 알 수 없었다. 일기인가? 하지만 묻고 싶지 않았다. 그녀 몸에 걸친 흰 목욕가운은 팡자위가 평소 입던 것이었다. 아마도 그녀는 몰랐을 것이다. 아니 아마 알았을 수도 있지만 딱히 꺼림칙하게 생각하지 않았을 수도 있다.

대춧빛 유골함을 거실 다탁 위에 올려놓았다. 뤼주가 다탁 옆에 무릎을 꿇고 앉아 한참 동안 들여다본 후 손으로 쓰다듬고 나서 뒤돌아 돤우에게 조심스럽게 물었다.

"열어 봐도 돼요?"

하지만 그녀는 감히 열어볼 용기가 나지 않았다. 그녀는 그 위에 바틱batik(무늬가 그려진 부분을 밀랍으로 막아 물이 들지 않게 염색한 천) 천을 덮었다.

"당신 아들은 정말 사랑스러워요." 뤼주가 말했다.

어젯밤 그녀는 뤄뤄를 데리고 식당으로 밥을 먹으러 갔다. 음식이

나오길 기다리면서도 뤄뤄는 식탁에 엎드려 수학문제를 풀었다. 그녀가 왜 그렇게 열심히 하는지 묻자 꼬마는 콧물을 들이마시며 좋은 성적을 받으면 엄마가 미친 사람처럼 신이 나서 웃는다고 말했다. 친구들 앞에서도 전혀 주저하지 않고 아들을 품에 안고서는 아들 얼굴에 뽀뽀를 퍼붓는다고 했다.

"그건 정말이지 유린이나 마찬가지예요." 뤄뤄가 웃으며 말했다.

그는 이제 막 반장대리가 됐다. 아이는 이에 대해 신경을 많이 썼다. 아이는 뤄주에게 반장대리가 실제 반장과 다를 바 없다고 설명했다.

"엄마가 내일 돌아와요. 내가 반장이 된 걸 알면 얼마나 좋아할까!"

아이의 눈에 자부심이 넘쳐흘렀다.

그때 뤄주는 이미 돤우로부터 전화를 받고 팡자위의 죽음을 알고 있었다. 뤄뤄의 말에 뤄주는 재빨리 일어나 화장실에 가는 척하며 아이가 없는 곳에서 펑펑 울었다.

"아이에게 어떻게 말할 거예요?"

"아직 생각 안 해봤어."

돤우가 깊이 한숨을 쉬더니 갑자기 얼굴을 들고 그녀에게 물었다.

"아직은 아이에게 말하지 말고……, 안 되지. 조만간 알게 될 텐데. 조금 있다가 학교가 끝나고 집에 오면 들어오자마자 물어볼 거야. 첫 번째로 묻겠지."

두 사람은 이어 벌어질 장면을 상상하며 몇 번이나 모의 연습을 했다.

뤄주는 내내 눈물을 흘렸다.

네 시가 안 돼 뤄주가 집을 떠났다. 뤄뤄가 학교 끝나고 신나게 집에 들어오는 모습을 차마 볼 수 없다고 했다. 그러나 그들이 미리 준비해

둔 대사는 단 한마디도 쓰지 못했다. 아들이 학교가 끝나고 집에 돌아온 후 실제 상황은 돤우의 예상과 완전히 어긋났다.

"저 왔어요!"

뭐뭐가 평소처럼 아빠에게 인사했다. 아이는 문 옆에 신발을 벗고 책가방을 아무 데나 던졌다. 아마도 돤우의 엄숙한 표정이 평소와 다르다고 느꼈는지 뒤돌아 재빨리 아빠 눈치를 살폈다. 심지어 아이의 눈빛이 얼핏 다탁 위 유골함을 스친 것 같기도 했다. 그러나 아이는 금세 시선을 돌렸다. 눈빛은 마음보다 앞선 직관이다. 아이는 본능적으로 그 물건이 불길하다는 느낌을 받은 것 같았다.

아이가 화장실로 들어갔다. 아이가 화장실에 머문 시간이 평소보다 많이 길었다.

이어 아이가 맨발로 식탁 옆으로 달려가 물을 마셨다.

"바보궁둥이 엄마는?"

아이가 일부러 유골함에서 시선을 피한 채 시큰둥하게 물었다.

"안 좋은 소식이 있어. 아빠가 알려줄게……."

"뭔지 알아. 말하지 마."

아들이 심각한 목소리로 돤우의 말을 막았다.

"좋아. 나 숙제하러 갈게. 오늘 숙제가 겁나게 많아. 〈등왕각서〉滕王閣序(초당初唐 시인 왕발王勃이 등왕각을 노래한 시)도 외워야 하고. 치둥啓東 수학문제지 두 장하고 작문도 하나 있어."

아이가 잰걸음으로 식탁을 벗어나 자기 방으로 들어갔다.

돤우는 머리가 터질 것만 같았다. 식탁 앞에 앉았다. 아들의 괴이한 행동에 어떻게 대처해야 할지 갈피를 잡을 수가 없었다. 잠시 후 아들이 눈물이 그렁그렁한 얼굴로 방에서 뛰어나와 화를 내듯 큰 소리로 아빠

강남에 봄은 지고

에게 선포했다.

"만약 아빠랑 엄마랑 이혼하면 나는 엄마랑 같이 살 거야."

돤우는 식탁 옆에서 일어나 아이에게 다가갔다. 그는 아이의 머리를 힘껏 자기 가슴에 안으며 아이 머리카락의 땀내를 깊이 들이마셨다. 그리고 아이에게 조용한 목소리로 아빠가 조금 전에 말한 '나쁜 소식'이란 이혼보다 더 심각한 이야기라고 말했다.

1백 배 더 심해. 1천 배도 더.

아들이 그를 밀어내더니 다시 아빠의 얼굴, 소파 옆 플로어 스탠드, 이어 마지막으로 다탁 위의 유골함을 보고는 꼼짝하지 않았다.

돤우는 자신이 더 이상 아무 말도 할 필요가 없다는 걸 알았다.

뤄뤄의 눈빛이 마지막으로 머문 곳에 모든 답이 있었기 때문이다.

의심의 여지가 없었다.

결코 돌이킬 수도 없었다.

새벽 한 시가 되어서야 뤄뤄는 작은 자기 침대에서 잠이 들었다. 밀려오는 피로에 돤우는 눈을 뜰 수가 없었다. 그러나 여전히 잠이 오지 않았다.

소식을 알게 된 어머니와 샤오웨이가 밤을 도와 허푸로 달려오는 중이었다.

이어 그는 자기 메일함에서 팡자위가 자신에게 보낸 이메일을 읽었다.

한 달 반 전 탕닝완의 집에서 쓴 글이었다. 그녀가 티베트로 출발하기 전날 밤이었다. 돤우는 이메일을 읽는 동안 시간상의 작은 혼란으로 마치 시간을 되돌려 팡자위가 살아 있던 때로 돌아간 것 같은 착각이 들었다. 이 세상 한구석에서 그녀가 슬픔과 원망이 가득한 말투로 돤우와 이야기를 나누고 있었다.

13

작년 양력설 전날, 남쪽 교외 연춘원에서 렁샤오추 일행을 초대해 식사를 했지요. 서우런도 왔었어요. 식사자리에서 무슨 이유에서인지 서우런이 샤오스에게 이상한 질문을 했어요. 그가 꿈속에서 눈 내리는 장면을 본 적이 있느냐고 물었어요. 샤오스는 진지하게 생각해 보더니 한 번도 없다고 했죠. 서우런이 이어서 한 사람씩 돌아가면서 물어보았지만 아무도 그런 꿈을 꾼 적이 없다고 했어요. 내 차례가 되었을 때 나는 진실을 말할 수밖에 없었어요. 왜냐하면 나는 자주 눈이 내리는 꿈을 꿨고, 이불을 세 장이나 덮어도 추위를 느꼈거든요. 더구나 꿈에서는 일단 눈이 내리기 시작하면 끝이 없었어요. 왜 그가 그런 질문을 했는지 알 수 없었어요. 그냥 어렴풋이 눈이 내리는 꿈을 꾸는 것이 아마도 별로 좋은 일은 아닐 거라고 생각한 것 같아요.

12월 중순, 제일인민병원에서 두 번째 흉부 천자술을 했어요. 차마 결과를 물어볼 수가 없었어요. 그런데 병원에서 전화가 왔어요. 그들에게 좋은 결과인지, 나쁜 결과인지 물을 수밖에 없었지요. 상대방이 잠시 머뭇거리더니 말했어요, 자기도 잘 모르겠다고요. 그냥 날더러 빨리 병원에 가보라고 권하더라고요. 뭔가 별로 좋지 않다는 걸 직감했죠.

그날 밤, 서우런이 술잔을 들고 자리에서 일어나 나와 건배를 한 후 농담하듯 말했어요. 그가 동병상련이라고 말했을 때 나는 사실 무척 감동했어요. 아마도 조금은 위로가 되었었나 봐요. 하지만 뜻밖에도 그 사람이 나보다 먼저 죽었어요.

양력설이 지나고 출근 첫 날, 변호사 사무실에서 오후 세 시까지 고민했어요. 그러다 결국 병원에 가서 운을 시험해 보기로 했죠. 사실 나도 집작은 하고 있었어요. 답이 거의 나와 있었거든요. 우 선생이란 늙은 의사가 기다리고 있었어요. 주임인 그녀는 아주 자상했어요. 그녀가 내게 왜 가족과 같이 오지 않았느냐고 묻더군요. 심장이 철렁 내려앉았어요. 조금 일찍 결과를 알기 위해 그 의사를 속였어요. 부모님은 일찌감치 돌아가시고 결혼은 안 했다고. 의사가 내게 나이랑 직장을 물어보더니 잠시 주저하다 CT 촬영 결과를 보여줬어요. 모두 4장이었는데 차례대로 유리에 붙였어요. 그녀가 차분하게 폐에 전이되어 있는 형태를 하나씩 보여주면서 그 모습이 의학적으로 의미하는 것이 무엇인지 설명해줬어요. 그러면서도 그녀는 그냥 가능성일 뿐이라고 했어요. 하지만 또다시 걱정스러운 모습으로 폐의 병소가 원래 발생 지점이 아니라고 하더군요. 내가 용기를 내 물었지요. 그렇다면 암세포가 이미 전이된 건가요? 우 주임이 다시 '가능'이란 단어를 강조했어요. 그녀는 결론적으로 말하면 조금 번거롭게 되었네요, 되도록 빨리 입원수속을 해요, 빠를수록 좋아요, 라고 말했어요.

당시 내가 의사 진료실에서 나와 어떻게 엘리베이터 앞에 이르렀는지 이제는 잘 생각도 나지 않아요. 그냥 엘리베이터가 오르락내리락, 6층에서 일고여덟 번을 멈췄는데도 엘리베이터를 탈 생각을 못했어요. 병원으로 가면서 최악의 결과를 각오했었지만 그래도 너무 무서웠어요. 정말 무서웠어요. 마지막으로 엘리베이터가 멈추고 안에서 한 사람이 걸어 나왔어요. 춘샤였어요.

그녀가 품안에 진료 차트를 한가득 안고 있었어요. 날 보자 많이 놀라는 것 같더군요. 곧이어 그녀가 마음을 가다듬나 싶더니 쌀쌀맞게 날 향해 웃으며 정통 북방 발음으로 내게 말했어요.

"와우! 팡 변호사님, 어쩐 일이야? 어쩐 일로 시간이 나서 우리 병원에 지도指導를 다 나오셨나?"

춘샤가 엘리베이터 입구에 서서 30초쯤 날 바라보더니 가볍게 날 밀치며 웃었어요.

"대체 왜 그래? 그새 바보가 되셨나?"

그리고 다시 한참이 흘렀어요. 그녀가 묻더군요. 2층 자기 사무실에 좀 앉았다 가겠느냐고요. 내가 그렇게 하겠다고 했어요. 심지어 마음이 좀 따뜻해졌어요. 난 사람이 얼마나 사악할 수 있는지 항상 너무 과소평가해요. 그때 난 평생 아마도 가장 심각한 실수를 했을 거예요. 그녀가 내게 잠시 기다리라고 했어요. 할 일이 있으니 금방 돌아오겠다고요.

엘리베이터 앞에서 10분 동안 그녀를 기다렸어요. 그리고 그녀를 따라 2층으로 내려가 간호사실 옆에 있는 당직실로 들어갔어요. 그녀가 의사 진단서를 보여달라고 하더군요. 그러더니 곧 고개를 쳐들고 신나게 웃기 시작했어요.

"와우, 축하해. 대상에 당첨이 되셨네."

그녀가 담당의를 물어봤어요. 그녀에게 알려줬지요. 생각해볼 것도 없이 그냥 자동적으로요. 그녀가 즉시 우 주임에게 전화를 거는데 줄곧 입가에서 웃음이 떠나질 않았어요. 그녀가 수화기를 내려놓은 후 짐짓 걱정스러운 듯 언제 폐가 이상해진 걸 알았는지, 늑골에 통증이 일반적으로 어느 정도 지속되는지, 어떤 느낌인지 물었어요. 그땐 이미 그녀의 말투에 숨겨진 은근한 기쁨을 확실하게 느낄 수 있었어요. 내가 사냥감이

강남에 봄은 지고

되어 상대 앞에 널브러져 있다는 사실을 알았지만 그녀가 마지막 연민을 보여줄지도 모른다는 희망을 품었어요.

그리고 또 이후 그녀가 있는 곳에서 치료를 받는다면 최선을 다해 그녀와 화해할 거라고 생각했어요. 그래서 진지하게 그녀의 모든 질문에 답했어요. 어쨌거나 제일인민병원은 허푸 최고의 병원이고, 내가 예약한 병원이기도 하니까요. 어찌해도 그녀의 손바닥 안을 벗어날 수 없으니까요.

마음이 약해졌고, 환상도 품었어요. 물론 두려움도 있었죠. 그래서 생각이 엉망진창이 된 거예요. 춘샤가 화메이(매실 설탕 소금 절임) 봉지를 따서 내게 먹으라고 권했어요. 잠시 망설이고 있는데 춘샤의 얼굴이 사납게 일그러졌어요.

그녀가 말했어요. 정말 하늘이 내려다보고 있는 것이 맞아!

그녀가 말했어요. 내 예언은 언제나 틀림이 없어!

그녀가 말했어요. 반드시 인과응보는 있어. 인과응보가 행해지지 않는 것이 아니라 그저 시간이 무르익지 않은 것뿐이야!

그녀가 다른 말도 했지만 이제 잘 기억이 안 나요. 그녀는 내가 멍하니 아무 말 없이 앉아 있는 것을 보고 의자를 가까이 당기더니 웃는 얼굴로 말했어요.

"네 병이 아무리 심각해도 넌 걱정할 필요가 없어."

"왜?" 그녀의 말에 난 한 가닥 희망을 품었죠. 내가 바보처럼 그녀에게 물었어요.

"넌 정말 대단하잖아! 방법이 얼마든지 있지! 수단이 엄청나! 안 그래? 하느님도 널 두려워하잖아! 네 그 경찰 서방을 찾아가 봐! 그래도 정말 안 되겠으면 암흑가 보스가 출동해 문제를 해결해 줄걸?"

그때까지도 난 여전히 그녀의 냉소와 풍자를 부동산 문제에 대한 당연한 반응이라 생각했어요. 난 그때 이 세상에 수치라는 두 글자가 있다는 걸, 사람들로부터 손가락질 당하는 그녀의 비열함을 잊고 겸연쩍은 얼굴로 그녀에게 사죄를 해야겠다고 결심했어요. 부동산 문제로 일어난 잘못은 내가 전부 책임질 테니 용서해달라고 말이지요.

"그런 말은 할 필요 없어. 그건 불가능해!"

춘샤가 콧방귀를 뀌더니 말했어요.

"루쉰 선생의 <풍쟁>風箏이란 소설이 있어. 학교 다닐 때 배웠지? 그래, 안 그래? 이른바 '용서'란 없다고 했어. 네깟 것이 뭔데? 넌 그럴 자격이 없어! 하지만 넌 얼마든지 안심해도 돼. 비록 난 영원히 널 용서하지 않겠지만 네가 입원 치료를 받으면 난 의료진의 신성한 도덕적 양심으로 최선을 다해 돌봐줄 테니. 최대한 부드럽게 널 대할 거야."

그때 마침 누군가가 노크를 했어요. 환자 보호자가 과일 두 박스에 차를 보냈더군요. 춘샤가 웃으며 그들에게 선물을 탁자에 올려놓으라고 하면서 내게 가도 좋다고 눈짓을 했어요.

나는 마치 실오라기 하나 걸치지 않고 벌거벗겨진 사람처럼 그녀의 당직실을 떠났어요.

떠나기 전 그녀에게 마지막 질문을 했어요.

내게 시간이 얼마나 남았어요?

춘샤라면 기꺼이 대답을 해줄 거라고 생각했어요.

"이런 상황이면 빠르면 두세 달이야. 길어 봤자 6개월을 못 넘길걸? 우주임이 방금 전화에 대고 말한 거야. 병원 규정상 네게 말하면 안 되지만 그래도 우린 오랜 친구잖아? 네게 뒷문을 열어준 셈 치지. 이제 넌 하

강남에 봄은 지고

루하루 손가락을 꼽으며 지내야만 할 거야."

병원에서 나오니 해가 지고 있더군요. 담황색 불구덩이가 고압선 상단에 걸려 있었어요. 마치 썩어 들어가는 내 췌장 같았어요. 가죽재킷을 입은 불법택시 기사가 손에 보온병을 들고 나를 향해 걸어오더군요. 내가 차가 있다고 말하자 그냥 가버렸어요.

차에 올랐는데 아무리 해도 시동이 안 걸렸어요. 평소처럼 시동이 걸렸다가 꺼지는 것이 아니라 차 키를 아무리 다시 꽂아도 아예 반응이 없었어요. 기계적으로 계속 똑같은 동작을 되풀이했어요. 키를 뽑았다가 다시 꽂고 시계방향으로 아무리 돌려도 반응이 없었어요.

한참 시간이 지나 그 재킷 입은 청년이 다시 내 쪽을 향해 걸어왔어요. 그가 내 차 창문을 두드렸어요. 창문을 열려고 했는데 시동이 안 걸리니 창문이 꼼짝달싹도 안 했지요. 나는 하는 수 없이 차문을 열었어요.

청년이 웃으며 무슨 문제가 생겼냐고 물었어요. 차가 안 움직인다고 했죠. 청년이 잠시 머뭇거리더니 보온병을 바닥에 내려놓고 내 몸을 누른 채 키를 몇 번 돌렸어요. 그리고 내게 조금 전 주차하고 키를 빼낼 때 '펑' 하는 소리가 안 났냐고 묻더군요. 머릿속이 텅 빈 듯 혼란스러워 아무것도 기억이 안 난다고 했어요. 그가 조금 놀란 표정으로 날 바라보더니 아마 자동차 배터리가 방전된 것 같다고 하더군요. 자기 판단이 정확한지 보기 위해 그가 몸을 구부리고 내 발 옆에서 자동차 보닛을 여는 연결봉의 손잡이를 찾았어요. 그의 입과 코가 내 허벅지를 눌렀어요. 고의적이었지만 그냥 내버려둘 수밖에 없었어요. 보닛을 열고 보니 정말 그가 말한 대로였어요. 배터리 위 플라스틱 커버가 완전히 조각났더라고요. 코를 찌르는 황산 냄새가 났어요. 어떻게 해야 하느냐고 물었죠. 그가 손에 들고 있던 보온병을 돌리며 이상한 눈빛으로 뚫어져라 쳐다보더니 새 배터리로 바꿔야 한다고 했어요. 누군가에게 도움을 청하든지 아니면 자동차 4S점에 전화를 걸라고 하더군요.

그가 내게 집에 바래다줄까, 라고 물었어요. 그의 웃음이 호의적이지 않다는 걸 알았지만 머리가 멍해서 아무 생각 없이 그의 차에 올랐어요.

그래도 처음엔 괜찮았죠. 차가 거의 없는 순환도로로 들어서자 눈이 내리기 시작했어요. 그의 말이 점차 두서없이 뒤죽박죽이 되더군요. 하지만 조금도 두렵지 않았어요. 그가 대담하게 오른손을 내 다리 위에 올려놓았어요. 나는 여전히 꼼짝도 하지 않고 앉아 있었죠. 남자가 손을 부들부들 떨며 잠시 망설이더니 내가 아무런 반응도 보이지 않자 과감해지기 시작했어요. 난 오히려 그가 좀 더 대담하게 나오길 바랐어요. 적어도 그 순간만큼은 오직 그의 손만이 나에게 춘샤의 얼굴을, 이 세상의 모든 사악함, 잇속, 알력, 배반, 그리고 마치 거대한 산이 나를 찍어 누르는 것 같은 공포를 잊어버리게 해줄 수 있었으니까요. 내 몸 어딘가는 그래도 정상이라고, 그의 모욕적인 행동에 반응을 할 수 있을 것이라고 느꼈지요. 마음이 조금 가벼워졌어요. 적어도 그 순간만큼은 전혀 모르는 청년에게 이미 무용지물로 선포된 내 몸이 쓸모가 있는 셈이니까. 만약 그가 날 그의 집으로 끌고 간다고 해도 난 아무런 반항을 하지 않았을 거예요. 하지만 그 청년의 요구는 매우 간단했어요. 그가 천문대 근처 소나무 숲으로 차를 몰더니 거칠게 내 손을 자신의 다리 사이로 잡아당기더군요. 그곳은 초은사에서 멀지 않은 곳이었어요. 순환도로에 사람은 전혀 보이지 않고. 바로 그곳에서 탕옌성을 만났었는데……. 왕두이旺堆 말이 옳았어요. 모든 일은 두 번 일어난다고 했죠.

4, 5분 만에 끝났어요.

　　　　　　　　　　　　　　　　　강남에 봄은 지고

그는 갓 스무 살이 넘었을까.

그가 나를 단지 입구까지 바래다줬어요. 자꾸만 내 눈길을 피하며 차마 똑바로 쳐다보지 못하더군요. 차에서 내릴 때 갑자기 나에게 말하더군요. 차 키를 자기에게 줄 수 없냐고. 차량 배터리를 자신이 책임지고 교환한 후 내게 돌려주겠다고요. 난 생각할 필요도 없이 키를 그의 손에 넘겨주고 그에게 우리 집 호수도 알려줬어요.

"내가 차 가지고 도망갈까 봐 걱정 안 돼요?"

그가 열린 창문 사이로 고개를 내밀고 내게 소리를 질렀어요.

"마음대로 해요."

난 고개도 안 돌리고 그 자리를 떠났어요.

이후의 일은 당신도 알 거예요.

사실 나는 아이가 잠들고 나면 병원에 갔던 일을 당신에게 솔직하게 말하려고 했어요. 그런데 뜻밖에 우리가 한바탕 싸웠잖아요. 당신이 날 바닥에 넘어뜨리고, 내 몸에 올라타서 내 얼굴에 침을 뱉었지요. 난 화장실로 가서 세면대 거울을 보며 침을 닦았어요. 그때 머릿속에 한 가지 생각이 스쳤어요. 당신이 내게 했던 말이 생각났어요. 당신이 그랬죠. 우리가 결혼한 그날부터 당신은 줄곧 나랑 이혼할 꿈을 꿨다고요. 당신이 그냥 한 말이 아니라는 걸 알아요. 맞아요. 나도 처음부터 한 가지 생각을 했어요. 그 순간 갑자기 생각이 명료해지더라고요. 내 앞에 먹구름으로 가득했던 길이 환하게 밝아오면서 마치 무거운 짐을 내려놓는 기분이었어요.

후에 서우런의 죽음으로 그 생각이 기이할 정도로 정확하고 확고해졌어요.

내일 아침, 난 허푸를 떠날 거예요. 내 머리가 아직 맑고 기운이 조금이라도 남아 있을 때 당신에게 편지를 쓰는 것이 좋겠다고 생각했죠. 내가 어디로 갈 건지 당신에게 알려주고 싶지 않아요. 난 우울 속에서 죽어가겠지요. 이 세상에 그 어떤 흔적도 남길 만한 것이 없어요. 다행히 마지막으로 가고 싶은 곳이 있어요. 당신은 그곳이 어딘지 알 거예요.

말 나온 김에 하나만 더 할게요. 설이 지난 후 9일인지, 아니면 10일이었는지 기억이 잘 안 나지만, 춘샤가 내게 연거푸 문자를 몇 통이나 보냈어요. 그날 병원에서 나에게 그런 말을 한 것이 후회가 된다고요. 춘절 내내 후회와 원망이 뒤섞인 시간을 보냈대요. 단 한순간도 마음이 편안한 적이 없었다고 했어요. 그날 그렇게 악랄하게 대한 까닭은 우리가 조폭을 불러들여 어쩔 수 없이 쫓겨난 것이 너무나 분했기 때문이래요. 자기는 평생 누구한테도 고개를 숙인 적이 없다고 했어요.

그녀의 사죄는 성의가 없었어요. 한참 동안 말하고 나더니 내가 귀신이 되어 자신에게 들러붙어 괴롭히지 않을까 걱정하고 있더라고요. 그 사람은 나에게 사죄할 때조차 사악했어요. 그녀가 보낸 문자는 자신의 악한 행동에 대한 결과를 견뎌낼 힘이 없음을 보여줄 뿐이었어요. 그녀 역시 약한 존재였죠. 며칠 동안 똑같은 꿈을 꿨는데 산발한 여자귀신이 자기보고 언니라고 부르더래요.

동기가 어떻든 간에 난 그 여자의 성의를 믿어주는 척했어요. 그녀를 안심시키느라 바로 답 문자를 보냈고 아무런 미련도 없이 그녀를 용서했어요.

하지만 그녀가 사죄를 했다고 해서 지금 내 결정이 바뀔 수는 없겠죠.

아이는 당신에게 보낼게요. 난 가소롭게도 아이가 누구보다 뛰어나길 바랐어요. 이제 그런 생각은 하지 않아요. 그냥 평안하기만 하면 그것으로 족해요.

강남에 봄은 지고

당신도 마찬가지예요. 마음 편히 지내면 돼요.

이젠 당신을 알게 된 걸 후회하지 않아요. 만약 당신이 여전히 내가 떠나기 전 당신에게 마지막으로 한마디 남기길 원한다면 내 선택은 이래요.

당신을 사랑해요. 언제나 그랬어요.

당신이 내 말을 믿어준다면.

14

일반적으로 봄이 지나갔음을 분명하게 느끼게 해주는 현상들이 적지 않다. 아름다운 여인이 솜옷을 벗고 살구껍질처럼 얇은 옷을 입는다. 배 과수원에 바람이 많아지고, 오동나무가 그늘을 드리운다. 또는 갑작스럽게 몰아치는 비바람에 눈부시도록 화려했던 모습이 하루아침에 모두 사라지고 만다. 하지만 지금은 사계절이 분명한 강남 깊숙한 곳일지라도 세시의 변화가 무디고 애매하기만 하다. 단 하룻밤 사이에 날씨가 참을 수 없을 정도로 무더워진다. 몽골 고비사막에서 불어오는 황사가 단번에 하늘을 뒤덮는다. 돤우는 침실 창 앞에 서서 명절의 바이센공원을 바라보았다. 마치 오래된 빛바랜 사진을 바라보고 있는 듯하다.

어머니의 간절한 부탁으로 돤우는 팡자위의 유언과 달리 그녀의 유골을 문 앞 석류나무 아래에 묻지 않았다. 어머니는 설사 이웃의 입장을 생각하지 않는다 하더라도 유골을 자기 집 입구에 묻는 것은 불길하다고 했다. 대신 그들은 성 동쪽 광활한 골짜기에 그녀의 묘지를 골랐다. 가격이 터무니없이 비쌌다.

사람들이 파산하는 방법은 여러 가지다. 그중 아예 뿌리째 가산을 탕진할 수 있는 최신의 방식은 거절 불가능한 묘지 선택이다.

아내를 묻던 날, 지스와 렁샤오추, 샤오스 모두 참석했다. 며칠 안 보는 사이에 지스에게는 새로운 걱정거리가 생겼다. 그는 시인대市人大(시인민대표대회)에 들어갈 것인지 아니면 정치협상위원회에 들어갈 것인지 결정을 내리지 못했다. 렁샤오추는 여전했다. 그는 이미 새로운 '동업자'를 찾아내는 한편 자기 회사를 등록했다.

이미 오래전에 임신소식을 알린 샤오스는 어쩐 일인지 여전히 배가 평평했다. 당연히 비정상이다. 느릿느릿 움직이며 암담한 표정으로 혼자 멀리 떨어져 있었다. 더우쩡의 식당 경영이 그다지 성공적이지 않은 까닭인지 아니면 다른 걱정이 있기 때문인지 모를 일이다. 그녀는 자기 남편을 '개자식'이라 불렀다.

샤오구도 특별히 고향 타이저우에서 달려왔다. 그녀는 황량한 산골짜기―저승세계―에 있는 서우런에게 친구가 생긴 것을 위안으로 삼았다.

그들은 내친김에 서우런의 제사를 지냈다.

5월 1일 노동절 기간에 돤우는 난산南山에 있는 형을 찾아가 탕닝완으로 거처를 옮겨 어머니와 샤오웨이와 함께 살라고 권했다. 형이 손수 지은 정신병예방센터가 곧 철거될 거야. 형은 여전히 그에게 우편으로 자신이 창작하거나 베낀 경구나 격언을 보냈다. 최근에 보내온 글 가운데 돤우가 잊지 못하는 구절이 있었다.

강남에 봄은 지고

만약 똥오줌이 가치가 있다면 가난한 사람은 분명 똥구멍이 없을 것이다.

형은 여전히 자부심이 강하다. 그는 자신이 이 세상에서 유일한 정상인이라고 주장한다. 곰곰이 생각해보면 틀린 말도 아니다. 그날 오후 그들은 형의 퇴원수속을 마쳤다. 저우 주임이 껄껄 웃으며 조만간 그의 상태를 보러 오겠다고 했다.

어머니는 또 한 번 기상천외한 생각을 떠올렸다. 샤오웨이를 설득해 위안칭과 짝을 지어주는 것이었다. 여기에 동원되는 방법도 구닥다리방식, 바로 '이야기'였다.

어머니의 이야기는 설득력이 대단하고 철학적 이치가 풍부하게 담겨 있다. 도도히 흐르는 강물이 힘차게 흐르는 것 같고, 서풍이 휘몰아쳐 모래와 돌이 한꺼번에 날리는 것 같다. 고지식하고 얌전한 샤오웨이는 머리가 혼란스러웠다. 그녀는 어머니 이야기의 마력을 이겨내지 못하고 결국 어머니의 뜻을 따랐다.

이 일로 인해 돤우는 이 세상에 진리라고 말할 수 있는 건 없다는 직관을 다시 한 번 확인했다. 이른바 진리란 다만 시대에 따라 변하는 이야기일 뿐이다.

어쨌거나 그는 바로 호칭을 바꿔 가정부 샤오웨이를 '형수'라고 불렀다.

그는 담배를 끊었다.

돤우는 마침내 구양수의 《신오대사》를 모두 읽었다. 이는 쇠미한 시대의 책으로 그 뜻과 표현이 엄정하다. 역사학자 첸무錢穆(1895~1990. 역사학자. 사상가)는 이를 일컬어 "논찬을 공연히 만든 것이 아니다"論贊不苟作라고 했으며, 조구북趙甌北(1727~1814. 청대 문학가, 사학가. 조익趙翼. 구북은 호)은 《이십이사찰기》卄二史札記에서 "구양수가 기전紀傳(기전체)에 춘추의 필법을 담았으니 설사 《사기》라고 할지라도 이에 견줄 수 없다"歐公寓春秋書法於紀傳之中, 雖史記亦不及고 찬사를 보냈다. 심지어 천인커陳寅恪(1890~1969. 중국 국학대사)는 구양수가 한 권의 역사서로 시대의 기풍을 순정하게 돌려놓았다고 평가했다.

이는 모두 사가들의 말이다.

돤우는 이 책을 읽으면서 늘 두 가지 부분에서 마음이 아팠다. 책에서 어떤 인물의 죽음에 대해 논할 때면 대부분 '이우졸'以憂卒(우울 속에 죽다)이란 세 글자가 등장했다. 비록 세 글자에 불과하지만 이를 통해 돤우는 당시 난세를 살았던 수많은 이들의 운명을 떠올리며 하염없이 상념에 젖었다. 또 다른 하나는 작자가 시대 비평을 하면서 언제나 서두에 '오호'嗚呼라는 두 글자를 썼다는 것이다. '오호'라고 하면 어떤 말이든 이미 끝난 것이나 다를 바 없다. 또는 아무 말도 하지 않은 상태에서 일단 분위기를 조성한 후 그 시대에 대한 장탄식을 토해낸다.

오호!

돤우는 소설을 쓰기 시작했다. 팡자위가 청두 푸지의원에서 세상을 떠났기 때문에 푸지普濟라는 강남의 작은 마을에서 일어난 일로 스토리를 구성하기로 결정했다.

이틀 전, 뤼주가 윈난 룽쯔에서 그에게 문자를 보냈다. 그녀는 부바르나 페퀴셰가 장원의 은거생활에 염증을 느끼고 파리로 돌아가 다시 필경사가 되길 원한다면 그건 가능한 일인가, 라고 물었다.

물론 돤우는 그 질문 안에 숨은 뜻을 이미 눈치챘다.

그녀는 이미 선자항沈家巷 주민사무소에서 운영하는 유아원에 연락을 넣은 상태였다. 그들은 선생님으로서의 그녀를 대환영했다. 뤼주는 그에게 수년 간 유랑하면서 누군가에게 의지해 살아가던 삶이 부끄럽고 피곤하다고 했다. 허푸에 정착해 착실하고 소박하게 살고 싶다고 했다. 그녀는 또한 지금 시대에는 단순하고 소박한 영혼이야말로 도덕적인 영혼이라고 강조했다.

이에 대해 돤우는 반박할 이유가 없었다.

뤄뤄는 변성기가 시작되었다. 아이는 아직도 번번이 꿈을 꾸다가 놀라서 깨어나곤 한다. 주말이나 명절, 기념일이면 잊지 않고 탕닝완으로 할머니를 보러 갔다. 위안청의 상태는 들쭉날쭉이다. 그는 언제나 똑같은 마술로 뤄뤄를 웃게 만들었다. 뤄뤄는 '정신병자 큰아버지'가 난감해하지 않도록 언제나 처음 보는 것인 양 웃었다.

아버지와 아들 둘은 대화를 많이 나누지 않았지만 어쩔 수 없이 엄마에 대한 이야기가 나오면 뤄뤄는 엄마를 그냥 '바보궁둥이'라고 부르고 싶어 했다.

팡자위의 유물을 정리할 때 돤우는 아내의 선박공정학원 졸업기념 책자에서 자신이 20년 전에 쓴 시를 발견했다. 제목은 〈제단 위의 달〉이었다.

시는 '초은사 공원관리처'의 붉은 줄이 그어진 편지지에 적혀 있었다. 오래되어 종이가 버석거리고 글자도 희미했다. 여러 해가 지나 계절이 바뀌고 모든 것이 달라진 가운데 낯선 시 구절은 마치 운명이 일부러 남겨둔 수수께끼처럼 그를 다시 초은사의 밤으로 이끌었다. 기억 깊은 곳에서 그는 다시 한 번 그 시절의 자신을 돌이켜봤다.

그는 시의 제목을 〈수련〉睡蓮으로 바꾸고 60행으로 늘려 쓴 후 〈현대한시〉 가을호에 발표했다.

수련

시월 중순, 허푸에서
밤은 절반이 지나고
광장의 회오리바람, 푸른 부평초 끝 제단에서 불어와
꽃받침 열고 닫히는 가장 깊은 곳
뜬구름이 더러운 설의襲衣를 직조할 때
달빛만 그곳에 있었네.

달빛 중난산終南山 꼭대기에 쌓인 눈 환히 비추고
드뷔시의 베르가마스크[60]를 환하게 비춘 적도 있었지
전생의 꿈속에서 나는 무한히 그 별을 향해 다가서지만
오늘밤도 여전히 요원하기만 하다.

어찌 제자리에서 동그라미를 그리고 소나무 가지와 무궁화로

---

[60] '달빛'은 '베르가마스크 모음곡'에 포함된 곡이다.

강남에 봄은 지고

자신의 우리를 만들지 않는가?

바람, 서리, 눈의 형기는 끝이 없다고 말하지만

비가 올 때 우연히

자유로움을 느낄 수 있으니

겨울밤 대부분은 《춘추》를 읽고

여름에는 딱히 도달할 필요 없는 티베트로 향한다.

나는 큰 소리로 당신을 향해 고함을 지른다.

꿈의 맞은편 언덕, 수련

당신은 들을 수 없다.

떠나거나 그곳에 살거나

달려가는 건 항상 그랬던 것처럼 의심스러운 아침 통근버스

눈 먼 박쥐, 위아래로

나에게 사람 하나 없는 플랫폼을 넘어가라 권한다.

제단 위의 수면睡眠이 파랑을 일으키고

나는 칼끝 위에 서식하며, 칼날이 구부러지길 기다린다.

뭔가 심장 바닥을 훑고 지나간다.

잔잔한 물결 여전히 날카로운 모습

유약을 바른 달빛 문득 서늘하다.

만약 다시 만나지 않을 운명이라면

자색의 수련

당신의 물빛 반짝이는 꿈속에 가둬

모네는 아직 태어나지 않고

지베르니 정원은 아직 바닷물에 잠겨 있으리니

기억 속 막힘없이 줄줄 외우는 주돈이^{周敦頤}

본래 애련^{愛戀}하지 않았다는 설^說⁶¹⁾이 있나니

한밤중에 깨어난다 해도 잔 속 얼룩덜룩 비늘무늬 뱀 그림자도

날 놀라게 할 수 없으리라.

아, 만약 우리가 다시 만나야 한다면

나는 거울 속

자신이 하루하루 노쇠해지는 것 바라보며

안개와 노을 퇴색해가는 세월, 시간이란 히든카드를 밝히리라.

흰개미 연밥을 모두 갉아먹고

소란과 권태가 계속 이어진다.

거울 속 내 모습을 주시하는 나

마치 패배가 확정된 장군이 그의 패잔병들을 사열하듯

다행히, 드넓은 불모지 외에도

당신 역시 항상 그곳에 있다.

매번 보름달이 뜨는 밤, 나는 마음대로 전화를 걸어

초은사의 학 울음소리를 들을 수 있다.

사랑하는 이여, 그대 거기에 있는가?

있는지 없는지

---

61) 주돈이의 산문 중에 〈애련설(愛蓮說)〉이 있다. 이를 빗댄 구절이다.

강남에 봄은 지고

언제나 달빛처럼 의심의 여지가 없다.

그럼 충분하다. 마치
하늘과 땅이 선사시대처럼 청신하여
사물은 아직 명명되지 않고, 횡포함에 물들지 않아
화석처럼 고요하게
비밀의 연못 개방되어
호흡의 중량
이 세상과 똑같아, 더도 덜도 아닌 꼭 그만큼. 🌸

〈완결〉

더봄 중국문학 13

강남에 봄은 지고

- 강남 3부작 제3권

제1판 1쇄 인쇄	2019년 7월 1일
제1판 1쇄 발행	2019년 7월 5일

지은이	거페이
옮긴이	유소영
펴낸이	김덕문

책임편집	손미정
디자인	블랙페퍼디자인
마케팅	이종률
제작	백상종

「더봄 중국문학전집」 기획위원

심규호	중국학연구회 회장, 제주국제대 중국언어통상학과 석좌교수(현)
홍순도	매일경제·문화일보 베이징특파원, 아시아투데이 중국본부장(현)
노만수	경향신문 문화부 기자, 출판기획자 겸 번역가(현)

펴낸곳	**더봄**
등록번호	제399-2016-000012호(2015.04.20)
	12088 경기도 남양주시 별내면 청학로중앙길 71, 502호(상록수오피스텔)
대표전화	031-848-8007 ‖ 팩스 031-848-8006
전자우편	thebom21@naver.com
블로그	blog.naver.com/thebom21

ISBN 979-11-88522-56-9 04820
ISBN 979-11-88522-53-8 (전3권)